国家社科基金2012年度重大项目

当前社会「文学生活」调查研究

温儒敏 主编

江蘇鳳凰教育出版社
Phoenix Education Publishing, Ltd

图书在版编目(CIP)数据

当前社会“文学生活”调查研究/温儒敏主编. —南京:江苏凤凰教育出版社,2017.5
ISBN 978-7-5499-6429-1

Ⅰ.①当… Ⅱ.①温… Ⅲ.①中国文学—当代文学—文学研究 Ⅳ.①I206.7

中国版本图书馆 CIP 数据核字(2017)第 099445 号

书　　名 当前社会“文学生活”调查研究
主　　编 温儒敏
策划编辑 章俊弟
责任编辑 吴文昊　周敬芝
出版发行 江苏凤凰教育出版社(南京市湖南路 1 号 A 楼　邮编 210009)
苏教网址 http://www.1088.com.cn
照　　排 南京前锦排版服务有限公司
印　　刷 江苏凤凰新华印务有限公司(电话:025-68037410)
厂　　址 江苏省南京市新港经济技术开发区尧新大道 399 号
开　　本 787mm×1092mm　1/16
印　　张 38.25
版　　次 2017 年 5 月第 1 版
2017 年 5 月第 1 次印刷
书　　号 ISBN 978-7-5499-6429-1
定　　价 120.00 元
网店地址 http://jsfhjycbs.tmall.com
公 众 号 苏教服务(微信号:jsfhjyfw)
邮购电话 025-85406265,025-85400774,短信 02585420909
盗版举报 025-83658579

代 序

引入“文学生活”视野，天地陡然开阔①

温儒敏

提到“文学生活”，大家都能意会，但当它作为一个学术性的概念时，主要是指社会生活中的文学阅读、文学接受、文学消费等活动，也牵涉到文学生产、传播、读者群、阅读风尚等等，甚至还包括文学在社会生活各个方面的影响、渗透情况，范围是很广的。专业的文学创作、批评、研究等活动，广义而言，也是文学生活，但专门提出“文学生活”这个概念，是强调关注“普通国民的文学生活”，或者与文学有关的普通民众的生活。提倡“文学生活”研究，就是提倡文学研究关注“民生”——普通民众生活中的文学消费情况。事实上，每一个当代普通人每天接触报纸、互联网、电视或者其他媒体，甚至对孩子的学习辅导，等等，都可能自觉不自觉地以某种方式参与了“文学生活”②。笔者于2009年9月在武汉召开的一次会议上，就提出过研究“文学生活”，主张走向“田野调查”③，了解普通读者的文学诉求与文学活动。但当时的提议没有引起注意，我也没有在这方面多下工夫。前年我到山东大学任教，和文学院同事讨论学科发展，大家都认为“文学生活”这个提法有新意，可以作为调查研究的一个题目，推广开去，可能是一个学科的生长点，为

---

① 本文主要部分曾以《“文学生活”概念与文学史写作》为题，发表于《北京大学学报》2013年3期。
② 参见温儒敏：《关注文学生活，寻找阅读与研究的源泉》，载《人民日报》2012年1月10日。
③ 参见温儒敏：《温儒敏：文学研究要走进“田间地头”》，载《楚天都市报》2009年9月27日。

沉闷的现当代文学研究开启一个窗口。我们的兴趣就起来了。

这个概念的提出，也源于对现有的研究状况的不满足。现下的文学研究有点陈陈相因，缺少活力。很多文学评论或者文学史研究，当然还有理论研究，大多是“兜圈子”，在作家作品—批评家、文学史家这个圈子里打转，很少关注圈子之外普通读者的反应，可称之为“内循环”式研究。就拿2012年获得诺贝尔文学奖的莫言来说，研究评论他的文章、专著不少，或探讨其作品特色，或评说其创作的渊源，或论证其文学史地位，等等，大都是围绕莫言的创作而发生的各种论述，极少有人关注普通读者是如何阅读与“消费”莫言的，以及莫言在当代国民的“文学生活”中构成了怎样的影响。不是说那种重在作家作品评价的研究不重要——这也许始终是研究的“主体”，而是说几乎所有研究都落脚于此，未免单调。忽略了普通读者的接受情况，对一个作家的评价来说，肯定是不全面的。其实，所谓“理想读者”，并非专业评论家，而是普通的读者。在许多情况下，最能反映某个作家作品的实际效应的还是普通读者。正是众多普通读者的反应，构成了真实的社会“文学生活”，这理所当然要进入文学研究的视野。我们设想从“文学生活”的调查研究入手，把作品的生产、传播，特别是把普通读者的反应纳入研究范围，让文学研究更完整、全面，也更有活力。这样的研究做好了，可以为文化政策的实施提供参照，又能为学科建设拓展新生面。

以前也有过“文学接受”的研究，比如“接受美学”，探讨某些作家作品的“接受”情况。其所考察的“接受主体”，还是离不开批评家与学者，所谓“接受现象”也就是一些评论和争议之类，很少能兼顾到普通读者的反应，以及相关的社会接受情况。这样的“接受”研究，只是“半截子”的。现在提出“文学生活”的研究，可以适当吸收“接受美学”的精义与方法，但眼界要拓宽，不只是关注批评家与学者的“接受”，更应包括普通读者的“接受”，这是更完整的“文学接受”研究。

“文学生活”的提出还将丰富文学史写作。迄今为止的各种文学史，绝大多数就是作家作品加上思潮流派的历史，很少能看出各个时期普通读者的阅读、“消费”以及反应等状况。“文学生活”的提出将为文学史写作开启新生面，这种新的文学史研究，将不再局限于作家与评论家、文学史家的“对话”，还会关注大量“匿名读者”的阅读行为，以及这些行为所流露出来的普遍的趣味、审美与判断，不但要写评论家的阐释史，还要写出隐藏的群体性的文学活动史。

近年来有些学者主张研究“日常的美学”，和我们说的“文学生活”有些关联，但不是一回事。“日常的美学”主要还是属于社会学或文化学的研究，对文学和精神层面的兼顾可能较少。而“文学生活”研究的着眼点还是文学，是与文学相关的社会精神生活。

不过，“文学生活”研究必然带有跨学科的特点。这种研究既是文学的，又是社会学的，二合一，就是“文学社会学”。这种研究所关心的并非个别人的阅读个性，而是众多读者的“自然反应”。既然是社会对文学的“自然反应”，当然也就要关注文学的生产、传播与消费，关注那些“匿名集体”（既包括普通读者，也包括某些文学的生产、传播者）从事文学活动的“社会化过程”，分析某些作品或文学现象在社会精神生活中起到的结构性作用。这对我们来说的确是新的学问。“文学生活”研究有赖于运用访谈、问卷、个案调查等方式，通过大量数据收集统计分析，来论证文学的社会“事实”。这和传统的文本分析或者“现象”的归纳是有不同的，要求的是更实事求是的扎实学风。这样说来，“文学生活”研究还是有难度的，需要具备某些跨学科的知识与能力，超越以往文学界的、人们习惯了的那些研究模式。我们也意识到这种难度，中文系出身的学者不太擅长做社会调查，而“文学生活”研究是必须靠数据说话的。我们还得补课，学点社会学、文化研究等等。比如如何设计调查问卷，都是有讲究的。还有一个办法是邀请社会学、传播学等学科的专家加入“文学生活”的研究。

“文学生活”研究所关注的是文学生产、传播、阅读、消费、接受、影响等等，在这样的视野下，有可能生发许多新的课题，文学研究将展示新生面。举例来说吧，20世纪五六十年代的《青春之歌》《红岩》等作品，曾有过巨大的社会影响，满足了一代人的审美需求，并对一代人的精神成长起到关键的作用。记得我上中学时，阅读的物质条件很差，读书的风气却很浓，没有钱买书，学校就把《青春之歌》撕下来，每天贴几张到布告栏上，同学们就像看连续剧一样，每天簇拥在布告栏前读小说，一两个月才把《青春之歌》读完。这种文学阅读的热情，以及这种文学的社会影响，现在是很难想象了。但无论如何，那一代人也有他们的审美追求，有他们的文学生活。这种特殊的文学接受现象也是文学史现象。可是现在的相关研究，对这些现象缺少必要的关注，也难以做出深入的解释。光是“意识形态灌输”或者“体制的控制”

并不能说明当年那种文学生活与复杂的社会精神现象。现在不少研究现当代文学的论作，所做的工作无非就是用某种现成的理论去阐释文本，即使对当时的读者接受（其实很多仍然是评论家的言论）有所顾及，那也是为了论证某种预定理论，极少把目光投向当时的阅读状态与精神面貌，并不顾及那种鲜活的“文学生活”。这类研究比较空洞，不解渴。我们有理由期待那种知人论世的文学史，能真实显示曾经有过的“文学生活”图景。

引入“文学生活”的视野，文学研究的天地就会陡然开阔。比如对当下文学的跟进考察，也可以从“文学生活”的角度切入，关注社会反应，而不是只盯着作家作品转圈。现在我国每年生产3000多部小说，世界上很少国家有这种小说“生产力”，可是我们弄不清楚这些小说的生产、销售、传播、阅读情况。那些畅销小说是怎样出炉并引发效应的？如何看待“策划”在文学生产中所起的作用？这些小说（包括那些发行量极大的小说）主要在哪些方面引起了当代读者的兴趣或关注？普通读者的“反应”和批评家的评说之间可能存在哪些差异？小说在普通读者的精神生活中有什么影响？以及畅销书、通俗文学生产与“出版工作室”及“图书销售二渠道”的关系，等等，都值得去研究。再举些例子，诸如社会各阶层文学阅读状况，“韩寒现象”，“杨红樱现象”，网络文学的生产传播，《故事会》《收获》《知音》的读者群，中小学语文中的文学教育，电视、广告中的文学渗透，甚至四大名著、古代诗词对当代精神的影响，等等，都可以做专题调查研究，也很有学术价值。还有当前社会各阶层群体的文学阅读情况，包括农民、城市“白领”、普通市民、大中小学生等群体的文学阅读调查；一些重要文学类型的接受，如诗歌、武侠小说、打工文学等的接受情况；还有文学经典在当前社会的传播、阐释、变异的状况；等等，都可以作为“文学生活”研究的课题。

不只是现当代文学，古代文学也可以引入“文学生活”的视野。比如研究“词”的形式演变。最初的“词”是伶工之作，相当于古代的“流行歌曲”，与温柔敦厚的“诗教”是相悖的，自然不登大雅之堂。后来“词”由伶工之作转为士大夫之作，形式不断更新和雅化，读者“接受”也随之变化，其“地位”才逐步提升。如果结合文学生产、传播与“接受行为”来探究“词”，就会对其形式变迁看得比较清楚，同时对古人的审美心理也会有更多细腻的了解。古代文学在当代仍然产生巨大的影响，人们对有些“接受”现象是存在问号的。比如现下为何家长都要让三五岁的孩子读李白、王维、白居易，而一定不会让其读郭沫若、艾青或穆旦？到底其中有什么心理积淀？“四大名著”精华糟粕并存，可是在现实中传播、阅读极广，到底对当代道德观念有何影响？这些都是“文学生活”研究的题中应有之义。

现在的文学研究仿佛“人多地少”，很“拥挤”，每年那么多的文学研究生、博士生毕业要找论文题目，按照旧有思路会感到题目几乎做尽了，很难找。如果目光挪移一下，看看普通国民的“文学生活”，那就会有许多新的题目。这的确是个拓展，研究的角度方法也肯定会随之有变化。这可能就是学术的更新与推进吧。自然不能要求所有学者评论家都改弦更张来研究“文学生活”，但鼓励一部分人进入这块领域，启用不同于传统的研究方法，起码会活化被“学院派”禁锢了的研究思路，让我们的学术研究和文学评论更“接地气”。

“文学生活”研究必然涉及文化研究，这个新的研究方向应当也可能从文化研究的理论中获取某些启示，或采用文化研究的某些方法，但也应当防止陷于“泛文化”研究的困境。数年前，我曾经写过文章，对“泛文化”研究有过批评①。我说的“泛文化”研究，是指那种粗制滥造的学术泡沫，是赶浪潮的学风。当时不少所谓“文化研究”的文章目的就是理论“炫耀”，舍本逐末，文学分析反倒成了证明理论成立的材料。我认为这类研究多半是僵化的，机械的，没有感觉的，类似我们以前所厌弃的“庸俗社会学”的研究，完全远离了文学；而把它放到文化研究的专业领域里，也未必能得到真正在行的社会学、文化研究的学者的认可。现在提出“文学生活”研究，会涉及社会学、文化研究理论等方法，但本义还在文学，也不会脱离文学。这和我以前的批评意见并不矛盾。文学研究其实包括很多方面，除了艺术分析、文本解读等“内部研究”，还有很多属于“外部研究”，比如思潮研究、传播研究、读者接受研究等等，适当引入社会学、传播学、文化研究的眼光与方法，有可能取得突破。比如，在一些通俗文学的生产传播方式，特别是关于“文学与读书市场关系”的研究中，引入文化研究的模式，也能别开生面。当然，“文学生活”研究本身也有局限，它在有些重要的方面可能派不上用场。比如在作家作品的审美个性、形式创新、情感、想象等方面，都不是“文学生活”研究所能解决的。提倡“文学生活”研究，要有一份清醒。

---

① 温儒敏：《谈谈困扰现代文学研究的几个问题》，载《文学评论》2007年第2期。

现在处于信息量极大的时期，文学作为人们社会生活的一部分发生了很多变化，也给研究者提出许多新的课题。网络创作与网络阅读越来越成为日常生活。2011年网络文学用户就达到2亿200多万[①]，而智能手机等硬件的发展，更是创造了新的文学样式。网络文学已经成为当代“文学生活”的重要部分。以网络为载体的新的“文学生活”方式，明显区别于传统的以印刷为载体的“文学生活”方式，现在的读者不再是被动的受众，他们有更多机会也更主动地参与到创作活动当中，直接影响文学的生产传播。在网络文学的“生活”中，以往传统文学那种强调创作主体个性化的特征在消退，创作主体与受众客体越来越融合。网络文学的生产很大程度上受制于市场，总的说来良莠不齐，但确实也有好作品。这都是新的课题，可以纳入“文学生活”研究的范围。

网络文学并不能取代传统的文学，但传统的文学创作和读者接受也在发生大的变化。现在的读者分类比以前更多样更复杂，“文学生活”也呈现前所未有的多元分野现象。文学生产越来越受制于市场，出版社的“策划”很大程度上控制了作者，甚至可以“制造”和左右社会审美趋向。这些都是新的“文学生活”。不断听到有人说“文学正在消失”，似乎有点根据。且看人们如此依赖网络，变得越来越烦躁，没有耐性，只读微博与标题了，哪还有心思读文学？是不是文学在走向没落？可是认真调查又会发现“反证”。比如现今每年长篇小说的出版就有三四千部，各式各样的散文作品散布在各种媒体上，创作的门槛低了，队伍却大大扩张了；电视、电影很多都在依靠文学，什么“法制”节目、婚介节目等等，都搞得很“文学”，文学对各种媒体的渗透比任何时期都要广大与深入。如果看到这一切，恐怕就不会认为文学在“没落”或者“消亡”了。这些现象，也都可以纳入“文学生活”的研究范围。

“文学生活”概念的提出，的确带来许多新的思考，可以肯定，这将成为文学研究的“生长点”。

最后需要说明的是，2012年笔者邀请山东大学文学院（以现当代文学研究所为主）和北京大学中文系部分老师，联手申报国家社科基金项目“当前社会‘文学生活’调查研究”，很顺利就获得批准，成为2012年的重大课题（批准号12&ZD168）。这个集子所汇集的就是这个课题的主要成果，大部

---

① 史建国：《网络文学生态的调查报告》，载《中国现代文学研究丛刊》2012年第8期。

分为调查报告。

“当前社会‘文学生活’调查研究”分五个子课题，包括：当前社会的文学阅读和接受调查(由贺仲明主持)，网络文学和多媒体文学(由张颐武、邵燕君主持)，当前社会文学生产的实证研究(由郑春主持)，文学经典在当前社会的传播、接受和影响研究(由张学军主持)，以及当前社会的非主流文学生态研究(由刘方政主持)。直接参与项目调查研究的有叶诚生、谢锡文、史建国、马兵、丛新强、国家玮、程鸿彬、唐锡光、王小舒、邵燕君、杨海燕、孙丽华、王世诚、葛兆清、赵淑华、孙婷、张铭芳、刘启涛、杨连、张丽娜、周轶、肖映萱、王恺文、李强、庄庸、高寒宁、陈红、叶栩乔、朱航、李天豪、徐栩、赖洪波、李亚祺、王玉王、金涛、陈立新、徐志伟、倪赛美、赵小燕、梁立民、齐敏、张婵、郭佳琦、唐宁、高磊、李莎、孙俊杰、杨恬、夏昀、向维、黄瑞、任哨奇、李萌、封小翠、杨念泽、马凯盈等。

还要特别提到的是，贺仲明、叶诚生、史建国、国家玮等在项目的组织工作方面贡献最大，谢锡文、侯滢等对于“文学生活馆”的开展出力甚多，山东大学文学院现当代文学研究室是整个项目实施的中坚力量。

三年时间过去了，回想从项目设计和申请，山东大学当代中国文学生活研究中心的成立，分头的调查研究，几次邀集全国专家研讨指教，到成果的陆续发布，课题组数十位同仁付出了多么艰辛的劳动！我要向他们表示崇高的敬意！也向所有关心和支持这个课题研究的专家学者表示诚挚的谢意！

本论集分六辑，大致就是以五个子课题来划分，最后加上关于“文学生活”概念方法之理论探讨的几篇文章，作为第六辑。每一辑下分若干章节，分别在当页注解中注明撰写者。

2015年10月21日写，12月16日修改

目　录

第一辑　当前社会的文学阅读和接受调查

第二辑　网络文学和多媒体文学

第三辑　当前社会文学生产的实证研究

第四辑　文学经典在当前社会的传播、接受和影响研究

第五辑　当前社会的非主流文学生态研究

第六辑　“文学生活”概念方法的理论探讨

第一辑

当前社会的文学阅读和接受调查

导　言[①]

在“文学生活”中，文学阅读和接受是非常重要的一个部分。因为在一般的文学生产和消费运行模式中，文学阅读和接受是最终的环节，只有通过文学阅读和接受，文学才能实现其生产的基本目的——进入社会文化中，产生社会影响。而从“文学生活”的角度说，在所有的文学运行机制中，阅读和接受是与生活联系最广泛、最密切的，或者说，它们是文学与生活连接的基本纽带和途径。所以，我们完全可以将文学阅读和接受当作是文学生活中最核心、最关键的环节。我想，这也应该是当初温儒敏先生申报课题，将文学的阅读与接受设计为第一子课题的原因。

文学阅读和接受的范围非常广泛，当然不可能漫无目的地进行调查，也就是说，选择阅读和接受调查，必须确立一定的原则，根据原则选题，才可能达到调查的效果。我们的原则是：一是选择典型受众群体。所谓典型受众，就是具有代表性，最能体现文学与社会关联的群体。我们重点选择了农民工、大学生、作家、中小学生等群体，因为农民工群体人数庞大，却没有受到社会应有的关注，他们的文学、文化状况引人注目；而作家的文学阅读直接关联文学创作情况，大、中、小学生是集中受教育的群体，他们也是文学的未来。我们从教育的未来考虑，还调查了幼儿的文学读物情况。此外，我们还考虑了城市“白领”、大学中文系教师等群体，调查结果还没有完成。二是以问题为中心。比如，考虑到当前社会正进入信息时代，阅读方式正在极速地发生变化。这种阅读方式的改变对文学阅读有何影响，有何挑战，非常值得关注。所以，虽然课题组已经安排网络文学方面的子课题，我们还是结合文学阅读和接受的角度，对新媒体对文学阅读和接受的影响做了个案典型调查。再如郭敬明对中小学生影响很大，是当前文学值得关注的重要现象，我们也就带着问题调查了相关群体。三是将文学接受与文学生产结合起

① 导言由贺仲明教授撰写。贺仲明，山东大学文学与新闻传播学院教授，博士生导师。

来。文学阅读不是孤立和被动的，而是密切关联着文学的生产领域。因此，我们选择了一些文学期刊来进行调查，考察它们的文学接受理念和相关措施，了解它们的读者群体和读者反映，以及最后获得的接受效果。我们选择了《收获》《时代文学》两种纯文学期刊，以及《读者》《知音》等亚文学期刊。此外，对《人民文学》等期刊的调查尚在进行当中。

对文学阅读和接受的调查，目的是希望能够对文学生活的认识更为全面和深化，从一个侧面了解到当前文学生活的真实状况。具体说，我们的目标有以下三点：其一，对各群体的文学阅读状况作了解。这在总体上对应中国社科院等机构正在进行的“国民文学阅读调查”等活动，但我们的调查更具体，更在探求深度。其二，发现和揭示当前社会文学阅读和接受中存在的一些问题，诸如阅读量、阅读类型和阅读阻力等方面的问题，并对其背后的原因进行思考和探讨。其三，对文学阅读和接受中相关文学制度和环节进行反思，并进行较为深入的理论探讨。因为文学阅读的问题关联读者因素，但也与作者、编辑和文学管理者的文学理念、创作方向等有直接关系，对它们的讨论会直接影响到文学阅读和接受。

文学阅读和接受是存在于社会生活的外在现象，但是，要真正准确揭示出来并不容易。为此，我们在调查方法上也花费了许多精力，力求创新而具有实效。简单地说，其一是点面结合。文学阅读和接受的一部分状况，比如阅读数量、书目等，可以透过数据体现出来，但是还有一部分，比如影响、效果等，在一定程度上属于个人心理和感受，很难完全依靠数据进行实证分析。考虑到这一点，我们在调查方法上也作了充分的规划，就是将数据调查和个案调查相统一。特别是对那些在数据上无法深入反映的一些问题以个案访问的方式进行补充。其二是综合应用。我们每个课题组成员、每次调查所采用的方法都不一样，可以说是针对问题、对象而安排。所以，我们的成果中，有的文章偏重于社会学调查和统计方法，有的偏重于思想和思辨性，特点不一。但总体而言，我们的调查都采用了多种方法，比如调查数据问卷、个体访问、网络调查等。

按照预设的计划，我们子课题进行了三年的工作，取得了一系列研究成果。从成果看，应该说基本上达到了预期的目标。就所收录的成果看，主要有以下收获：

其一，对一些重点群体进行了深入调查，在多个阅读和接受群体调查中得到了可靠细致的数据。比如对农民工的阅读调查，最早是在课题立项之前进行的，调查得出的结论——“农民工文学阅读比例高于整体国民水平”引起较大关注，成果先后被《新华文摘》和《中国社会科学文摘》全文转载，产生了一定的社会反响。在此前提上，我们对农民工文学阅读进行了再度调查和研究，发现了农民工的文学阅读数量较高的客观物质原因（主要原因在于他们物质条件较差，没有电视，或者不习惯现代娱乐），也发现了他们文学阅读作品质量较低这样的事实。应该说，两次调查结合起来看，结论更全面，也更让人反思。再如，我们对大学中文系学生、中小学生的文学阅读的调查，也以充分的数据证明了我们各类学生文学阅读的比例相当低下，共同的关键原因是应试教育给他们带来的巨大压力，他们根本没有足够的阅读时间。在这当中，我们还重点调查了在中小学生中有很大影响的“郭敬明文学现象”，也发现了其中很值得思考的问题。另外，我们对《收获》《时代文学》等文学期刊的编辑和发行理念，以及读者订阅期刊的情况进行了细致调查，了解了文学期刊生存的某些问题，对新媒体从业者的文学阅读情况进行了调查，了解了这些最早接触新媒体的群体在多大程度上还阅读传统纸质文学，以及在更换阅读媒介上的速度，等等。

其二，发现了一些与文学阅读有关的值得注意的问题。文学阅读不只局限于阅读者，也关系到创作者和其他文学领域。我们对作家文学阅读的调查就典型体现出这一点。我们平常看作家创作谈，基本上都谈到外国文学的影响，很多作家也表示不关心中国当代文学。但我们调查后的结果与此大相径庭，也就是说作家们对中国当代文学还是很有热情和兴趣的，而且对西方文学的热情也不是那么高。这一结论初看让人不敢相信，但进一步的分析能够释疑：当前的作家群体事实上存在较大分化，底层作家、经济落后地区作家与成名作家、经济发达地区作家在文学趣味、阅读趋向上存在着巨大差异，只是前二者的声音被忽略了而已。此外，我们对《知音》《读者》等亚文学期刊的调查也发现了不少问题。这些发行量和社会影响都很大的流行期刊，一个重要的方式就是以文学为点缀和卖点，借助文学性对各种现实事件进行文学加工。它们其实是在虚构和真实之间打擦边球。它们的成功，在一定程度上证明文学性并没有失去自身的魅力，人们对文学性也保持着兴趣。这一结论对于我们成天埋怨文学边缘化的学者和作家具有一定的警醒意义：也许不只是读者抛弃了文学，也许文学自身也在抛弃着读者，在抛弃着自己。如果单纯从发行量来看，将《知音》《读者》等亚文学期刊与《收获》《时代文学》等纯文学期刊进行对比，效果更突出，也更有思考价值。

当然，文学阅读和调查是一个内容非常丰富、含量很广博的课题，我们在三年中所做的工作还很有限，取得的成果也不够。其一，一些重要调查还未完成，成果还没有问世；其二，一些调查的范围和深度还未能完全达到预期效果。比如对小学生的文学阅读，这是一个很值得关注的问题，我们也计划在较大范围展开调查，然而最终因为种种原因未能达到初衷。

不过，三年的工作也带给了我们很多启示，可以供后来者共享。首先，文学阅读值得特别关注。文学阅读的意义不只是对于文学，它对于个人、社会，对于社会文化，都有着很大的影响。以往我们的文学界重视不够，以后应对此深入思考。我们的调查进一步证实了这个问题。特别是从更深层次上，对文学从业者提出了警醒意义。因为在很多情况下，不是读者不愿意读，而是我们的文学距离他们太远。其次，文学阅读和接受内涵丰富，值得深入挖掘。文学阅读的许多问题看起来很平常，或者说我们习以为常，但其实，在平静表面下存在波澜，存在着复杂的现象。事实上，文学生活调查不仅是调查研究，还可以适度介入文学，参与创造和改进文学生活。比如开展文学生活方面的活动，指导、介绍文学给大众，在文学与社会之间起到一个桥梁的作用。这也许可以说是文学生活研究的副产品，却也可能正是文学生活调查研究的真谛。最后，我们呼吁更多的人重视文学的阅读和接受，参与到这项工作中来。说实话，文学阅读调查工作复杂繁琐，产生成果也比较慢。写一篇调查文章，需要花费写一篇普通研究论文几倍的时间，要经历从设计问卷、调查、整理统计、分析研究到写作成文的多个过程。而且，学术界对这些成果还不是很重视，不把它当作是正规的研究论文，发表起来也比较困难。所以，我呼吁大家认识到这种调查研究的意义，给予更多的支持和关注，也期待更多的人投身其中，使我们能够更清晰、全面、深入地认识到当前文学的阅读和接受状况。

第一章　典型群体文学阅读情况调查

第一节　农民工文学阅读情况再调查①

在我们进行的第一次农民工文学阅读调查中，得出“农民工的文学阅读量高于一般国民的平均水平”的结论。② 这个结论让一些读者感到意外。事实上我们最初也曾不很相信。但数据胜于理念，我们在认真反复核对相关数据后，认可了这个结果。当然，我们还是想寻找更多的材料，对这个问题做出更全面的回答。立足于这一前提，我们对农民工的文学阅读情况做了进一步的调查。这次调查主要在两处进行，一是广东省深圳市一家大型私有企业，二是山东省济南市的一个农民建筑工程队。调查的主要形式是问卷，同时还进行了典型个案访问。本文的写作主要建立在第二次调查的基础上，也部分采用了第一次调查的问卷和统计数据。

一、农民工为什么会读文学?

我们这次调查的一个重要内容是考察农民工的业余文化生活，试图认识阅读文学作品在农民工生活中的位置，进而了解他们阅读文学作品的真正理由。我们的第一个问题是“你的业余生活主要做什么”，选择最多的是“睡觉”和“游戏”，分别占到30%和25%。之后是“逛街”“看电视”“读书”。选择“读书”的比例为8%。这一比例与我们前次调查的结果基本一致。不过值得指出的是，在不同环境中工作的农民工的选择存在较大差异。我们调查的两个群体，代表了当前农民工的两种主要工作类型：一种是大型企业，工作较规范，条件也比较好些；另一种是小型集体企业，以及小工程队和个体小业主等，他们的工作条件较差，却比较富有灵活性。两种工作类型的

---

① 本节由贺仲明执笔。

② 贺仲明：《农民工当代文学阅读情况调查》，载《中国现代文学研究丛刊》2012年第8期。

农民工对业余生活的选择差异相当大。大型企业的农民工选择“看电视”的比例较高，达到35%。而建筑工地的农民工生活条件比较差，宿舍里没有电视可看，选择“看电视”的几乎没有。与之相关，我们的第二个调查问题是“你一个月内看几次电影？少于3次者回答原因”。结果，大企业农民工选择“三次以上”的占了42%，而建筑工程队的农民工绝大部分人选择的是“三次以下”(达到82%)，还有5%的人选择“一次没看”。选择的原因中，“经济原因”为首，占到了55%；其次为“交通原因”和“时间原因”；最后是“习惯原因”。具体考察两部分农民工的年龄和学历构成，在大企业工作的多是青年人，文化水平也多在高中以上，而建筑工程队的多是中老年农民工，高中文化水平的只占不到20%。所以，我们清醒地认识到，农民工是一个庞大的群体，其构成人员、工作环境等都存在着很大的差异。我们对调查结果的分析需要更加理性、客观和全面。

第三个问题集中于文学作品的阅读上：“你每月会读几本文学作品？原因是什么?”其中大约28%的人选择了“三本以上”，25%的人选择了“一本不读”，其他的人选择的是“一到两本”。在回答原因时，主要选择的是“无聊”“好玩”和“方便”，一共占到了87%，选择“喜欢”选项的只有13%。第四个问题与上一题相关联，是“如果有可以选择的娱乐方式，你更愿意做什么”。在所提供的选项中，选择“电影电视”和“体育休闲”的最多，分别占到了26%和24%。“游戏”第三，为21%，选择这一项的人大多为30岁以下的青年农民工。选择“阅读文学作品”的只占到2%。最后，我们还调查了一个问题：“你阅读文学作品的目的是什么?”选择“消磨时间”的占56%，“获得知识”占22%，“审美”和“提高思想认识”两个选项加起来才只有8%。这一问题与第一次调查中“你希望在文学阅读中得到什么”有些类似，所得到的结果略有差异，但有显著的共同点，就是农民工的文学阅读选择都带有比较强的实用性，看重实际功用价值。

结合这些调查结果可以看出，尽管农民工阅读文学作品的为数不少，但是真正喜爱文学的却很少。他们阅读文学的主要原因是没有其他多样的娱乐方式可以选择，以及经济、交通等方面的客观限制。此外，我们也可以看出，农民工们都有着对文化生活的迫切需求，特别是青年农民工，不满足于简单的工作、生活模式，也有寻求业余生活多样化的要求。通过这次的调查，我们对上次调查的结果——农民工文学阅读数量高于一般国民水平——有了更明确的体认，更认识了其背后的原因。只是我们对于所认识的结果并不感到高兴，相反倒是感到有些沉重。

二、农民工到底爱读什么文学?

我们的第一次调查已经有不少内容涉及这一问题。如我们了解到在农民工中最受欢迎的文学刊物是通俗故事期刊《故事会》和《读者》，真正的纯文学作品接受度不高，等等。如此看，对相关通俗文学进行调查，以及对网络文学的阅读接受情况进行调查，都是很有意义的活动，我们将在以后进行。

我们这次调查主要集中于纯文学领域，并且侧重于了解反映农民和乡村生活的乡土文学在农民工中的阅读情况。我们设计了一个调查问题："在你的文学阅读中，什么是你选择和喜爱的首要标准?"提供了"故事精彩""思想深刻""艺术性高""富于哲理"等多个选项，可多选。结果，"故事精彩"高居第一位，达到了56%。其他的选择比例都比较低，分别为24%、18%和13%。另外，我们重点对一些作家作品的阅读情况进行了调查："除了课堂，你是否阅读过以下作家的作品? 鲁迅、沈从文、赵树理、柳青、周立波、路遥、贾平凹、迟子建。"选项为多选，结果，鲁迅和路遥两位作家遥遥领先，分别为34%和33%。其他作家都没有达到10%。值得注意的是，有高达45%的人选择的是"都没有读过"。我们的另一个相关调查问题是"你所熟悉与喜爱的文学作品"，提供的选项基本上关联上一问题，包括"《阿Q正传》《边城》《小二黑结婚》《创业史》《平凡的世界》"等。选项为多选，选择的结果与上一题基本一致，就是《阿Q正传》和《平凡的世界》两部作品遥遥领先，分别为35%和41%。对"喜欢的原因"的回答，则以"批判精神""关注现实""感情真挚"占据前三位，分别为33%、28%和24%。

这一次调查中，我们还专门设计了针对"打工文学"的相关问题，问题之一是："你读过打工文学作品吗?"回答"是"的占56%，回答"否"的占44%，应该说比例还算比较高。问题之二是："你喜欢打工文学作品吗?"回答"是"和"否"的比例分别为34%和45%，另有21%的人选择"无所谓"。问题之三是针对上题选择"是"的人："你为什么喜欢打工文学?"选项为多选，分别是"写出了我们的真实生活""表达了我们的感情和愿望""故事好读""大家都读，没有特殊原因"，选择比例分别为35%、38%、51%和28%。问题之四是针对问题二选择"否"的人："你为什么不喜欢打工文学?"选项为多选，分别是“写的生活不真实”“没有表达我们的真实感情”“故事不精彩”“没有特殊原因”，结果，选择比例分别是45%、56%、25%和35%。由此可见，真正喜欢打工文学的农民工读者并不算多。根据这一结果，再结合我们第一次调查中的问题“是否喜欢和关注打工文学”，选择“是”的比例为38.5%，可以说，以农民(工)为书写对象的当前乡土文学和打工文学，在农民(工)中的接受情况并不理想。特别是对比创作题材相似的鲁迅和路遥，以上结论值得今天的乡土文学作家和打工文学作家进行深入的思考。

出于与农民工的乡土文学阅读情况调查进行比较的目的，我们还设计了农民工对其他文艺形式中同题材作品的兴趣调查。一个问题是：“在电影电视中，你最喜欢观看什么题材生活的作品？原因是什么？”选项可多选。结果，“乡村题材”是最受欢迎的，高达56%的认可率。而在“喜欢原因”的选择中，大都选择了“熟悉，有亲切感”的选项，比例高达77%。其次的原因有“故事精彩，吸引人”和“艺术性高”，但比例都不足10%。值得关注的是，在农民工的选择中，其他题材“战争题材”“城市婚恋题材”的受欢迎比例也比较高，分别为38%和29%。选择的原因主要是“故事精彩，吸引人”和“艺术性高”。由此我们可以看出，农民工在观看影视剧时对乡村题材有特别的兴趣和喜好，这与文学领域的乡土文学和打工文学境遇有比较鲜明的对比，值得思考。同时，从农民工所欣赏的艺术作品范围看，他们的审美趣味并不狭窄，他们不只是爱看乡村题材作品，对其他题材同样有兴趣——这一点与我们第一次调查中得出的“农民(工)文学阅读趣味并不狭窄”的结论是完全一致的。

三、典型个案访问

本次调查，我们还采用了个案访问的方式，以做到点与面的结合。我们主要调查了两个农民工。一个是在深圳某大型企业做机械操作工的湖南青年梁某某(以下简称“梁”)：22岁，男，18岁高中毕业，高考落榜后，通过亲戚介绍来深圳工作，工龄4年，一直没有改换工作岗位。梁性格比较腼腆，说话不多，但文学阅读相当广泛而丰富。因此，他在工友中显得比较异类，被大家调侃地称作“秀才”。他从中学阶段就开始喜欢阅读文学作品，高考时语文分数达到110分，是他所有功课中最出色的，也是他们全班同学中最高的语文分数。

梁最喜欢的作家是鲁迅和路遥。特别是鲁迅，他不但阅读了鲁迅的绝大部分作品，而且还亲自从网上购买了一套《鲁迅全集》，这套800多元的书花费了他小半个月的工资。另外，他还喜欢阅读金庸和古龙的武侠小说。他也曾经阅读过巴尔扎克、司汤达等西方传统现实主义作家的作品，感觉一般，他坦言读书时间有限，西方文学基本上不读了。但他对网络小说不感兴趣，并且对它们主要持批评态度。另外，他也关注当前的打工文学，阅读过《佛山文艺》等刊物，知道郑小琼等打工作家。他喜欢其中的某些作品，但总体评价不很高，觉得写得不是很真实，没有将他们的生活反映出来。而且，最重要的是，“没有鲁迅那样的批判精神，不能给人以精神激励”——这是他的原话。

在梁看来，文学的作用主要是社会批判，然后是心灵慰藉——后一点是在我们的启发下说出来的。因为在我们看来，对于他的生活而言，文学具有强烈的精神慰藉作用。他生活方式比较单调，与人交往也不多，只是因为喜欢看文学作品，使得生活很充实，自我感觉也比较愉快。他认同并接受了我们的看法，但还是强调文学应该批判社会，揭示生活中的不公正、不平等，要有鲁迅那样的批判精神。

虽然不大愿意说，但最终他还是承认自己私下里也在尝试写作，主要写小说。他没有让我们看他的作品，但表示他自己写的也是打工生活，再就是回忆少年时代的家乡生活。他的学习对象是路遥，也期待自己的创作能够正式发表，产生影响。在我们问他为什么不写鲁迅那样的作品时，他承认自己没有那样的生活和认识高度，写不出来，但以后能够写的时候肯定会写。

另一个访问对象是一个出生于1957年的中年农民丁某某（以下简称“丁”）：山东菏泽人，男性，在济南从事建筑小工的工作，家中有一儿一女，都已经成家，妻子在老家农村。丁不是长期固定在外打工，基本上每年农闲时出来8个月左右，其他时间在老家种田，这样半工半农的生活方式已经持续有十多年了。

丁小时候读到初中，“文革”中初中毕业，之后一直在家务农。因为父亲有些文化，是农村里的“老秀才”，“文革”前家里还藏有一些旧书。受父亲影响，他从小就爱读书，十来岁时就读了家里的部分藏书，有《东周列国志》《三国演义》《水浒传》《说唐》等。现在还读书，有时候上书店去买书，主要买古典文学作品，还买对联书、旧体诗词书。十几年前，他常常给村里人讲故事，讲古代小说故事。但是现在不讲了，因为大家都不听，都回家看电视去了。而且邻居之间的交往也比以前少多了。他也偶尔看看电视剧，主要看古装历史剧，还看“百家讲坛”。

丁读过鲁迅的《故乡》《阿Q正传》《社戏》等，也读过很多“红色经典”，喜欢《林海雪原》《铁道游击队》等；不知道其他乡土文学，也没有读过路遥的小说；听说过网络文学，知道现在的年轻人爱看，但没有看过；不会上网，也没有电脑，不想赶这个时髦，就愿意看书，戴着老花眼镜也要看；最喜欢的作品是《三国演义》和《聊斋志异》，然后还喜欢《阅微草堂笔记》，只是有些句子看不大懂，“自己的文字水平太低了”，也看过《红楼梦》，但不是很喜欢，觉得自己与那种生活太遥远，没有亲近感。丁觉得他读文学作品的目的就是一种习惯、爱好，看到文字觉得亲切，读起书来，觉得日子过得更有滋味。他说家里人也习惯了，支持。一开始是不大理解，后来就支持他了，因为觉得这是很文雅的爱好嘛，不像吃喝嫖赌，害人害己。村里人对他也尊重，不过现在农村里人越来越少了，也没有什么氛围了。在建筑队打工条件不大好，有空时与大伙聊聊，讲讲历史、故事，还比较受欢迎。打工人员中读书的少，时间也比较紧，没有在农村时感觉好。

四、几个结论

其一，农民工的业余文化生活非常值得社会关注，文学也应该加强与现实的联系，以多种方式关注农民工的文化生活。农民工是一个数量非常庞大的群体，他们的业余文化生活与他们的生活质量息息相关，也构成他们幸福感的一部分，进而关联着城市的文化、形象乃至治安问题。而且农民工普遍较年轻，文化可塑性强。他们的文化状况是社会文化的重要部分，会通过他们的下一代影响到我们未来的国民文化素质。虽然农民工的文化生活与文学没有直接的必然关系，或者说这一问题的主要责任在于政府的有关管理部门，但文学界也应该有积极参与的意识，多了解农民工的生活爱好，进行积极的关注。在现在这样一个人际关联越来越密切的时代，文学没有理由置身现实之外、漠然看待现实和周围人的生活。文学管理部门、组织部门和文学教育工作者、文学创作者都应该给予农民工这一弱势群体以更多的关注和关怀。而从文学自身角度说，农民（工）也是文学可以争取的庞大市场，如果能够与农民（工）建立起良好的信任关系，将有力地促进文学的发展。

其二，文学的接受问题是当前文学不可忽略的重要问题，值得作家们给予更多的思考。最近一些年，很多人都在感叹文学没落的命运，甚至认为“文学将要消亡”。其实，文学远远没有陷入要消亡的困境，甚至在相当长一段时间内都不会陷入这样的困境。面对图像艺术，文学的社会影响力会降低，文学需要有改变，但只要人类有情感的需要，文学就会存在。这一点，在我们的农民工阅读调查中也可以见出。虽然总体上说，农民工文学阅读的质和量都不是很令人满意，但依然有相当部分文学作品受到农民工的普遍欢迎。所以，相比于思考文学的没落与消亡，我们更应该重点思考这些作品为什么会受人喜欢。这些作品大体包括两方面：一是传统经典。如《三国演义》《水浒传》等，这些作品在农民工中受欢迎，事实上在整个出版市场上也是长销书、畅销书，它们拥有相当稳定的读者队伍，基本上不受时代潮流影响。这在很大程度上依赖于传统文化的因素，说明传统文化元素在文学接受中具有不可忽略的地位。二是鲁迅的作品、路遥的《平凡的世界》等。这些作品一个最大的特点是关注现实，充满着热切和真诚。文学阅读需要将心比心，是心灵的交流。只有关注读者生活，以热情去关注现实，以热忱之心直面社会中的黑暗，批判现实中的不公，才会在大众中获得共鸣，受到大众广泛的欢迎。这两方面都很值得当前作家们思考和借鉴。

其三，文学的普及与提高始终是一个难以解决却又不可忽略的重要问题。总体来说，农民（工）的文学阅读起点确实比较低。文学当然不能一味迎合，降低自己的品质，放弃自己的立场——这样，它可能会暂时拥有更多的读者，但却失去了文学自身的高度和更广泛的意义，也最终会被读者抛弃。文学需要有所坚持，有所拒绝，不能做大众趣味的奴仆。但是另一方面，文学又不应该忽略农民（工）这么一个庞大的群体。他们既是文学不可忽略的关注对象，也是文学生存的重要基础。在这方面，外部教育环境的改善，水平的提高，自然是根本的，但文学自身也需要有所应对。一方面，文学当然应该坚持自己的立场，但另一方面，在坚持自我独立性的前提上，文学也可以采用更丰富的方法来吸引读者。其中最重要的，是增加对他们生活的关注，通过感情的投入和对他们的积极书写获得读者的认可——鲁迅是一个典型的例子。鲁迅始终反对简单的“大众化”，曾经表示：“若文艺设法俯就，就很容易流为迎合大众，媚悦大众。迎合和媚悦，是不会于大众有益的。”[①]其创作也始终保持强烈的自我意识和独立精神，艺术形式上也拒绝通

① 鲁迅：《文艺的大众化》，原载《大众文艺》1930年3月第2卷第3期，收入《鲁迅全集》第7卷，北京：人民文学出版社，1981年，第349页。

俗，保持很高的艺术水准，所以在鲁迅逝世80年之后的今天，他的作品依然非常受普通读者（包括文化水平较低的群体之一的农民工）的欢迎。鲁迅的人格魅力是最重要的原因，当然还有上面反复提到的他作品的现实精神。那些与鲁迅同时期的许多通俗、媚俗的作家，他们在当时也许拥有较大的读者市场，甚至可能比鲁迅更受欢迎，但在今天，早已经被历史也为大众所遗忘。鲁迅的情况虽然是突出的个案，但对于解决文学普及与提高的困境，也许具有一定的启迪意义。

第二节　阶层身份焦虑的疗救

——打工者群体与一般群体文学阅读状况对读[①]

受众从被讯息操纵者到操纵讯息者的身份变化经常被认为是传播学研究中的重要事件。[②] 这个判断也许需要必要的前提：受众是谁？“作为大众的受众”“作为群体的受众”，抑或是“作为市场的受众”都显见地遮蔽了“受众”作为整体存在的不可能性。麦奎尔关于受众的分析更多与媒介相联系，因为“媒介使用一般是非常杂乱无章的、缺乏效率的，而且是不确定的，带有多重意味”，所以“最好不要把它视为了解受众的一种手段”[③]。他似乎忽略了媒介信息传播的无序与“受众”阶层区隔之间的关联。“阶层”这一表述在“包括经济、政治和文化行为甚至政府行为，都深刻地受制于资本和市场的活动”[④]的今天变得充满活力，虽然难免存在固化的风险，但区域发展不平衡所致人口大规模流动以及受制于市场逻辑的整体文化氛围，仍使“改变命运”的超越自身阶层之梦成为并不遥远的希冀。（在对深圳、郑州富士康工厂近300名工人的访谈中，几乎所有受访者都将改变自身与家庭经济条件作为选择在工作之余进行文化、职业课程学习的首要原因。）今天，身处大城市的打工者纵使可以灵动地分辨、筛选自己所需的讯息，也并不意味着他们

① 本节由国家玮执笔。国家玮，山东大学文学与新闻传播学院副研究员，博士后。

② 参见E. M. 罗杰斯对芝加哥学派传播学研究的传记式描述。［美］E. M. 罗杰斯著，殷晓蓉译：《传播学史——一种传记式的方法》，上海：上海译文出版社，2012年8月，第202—205页。

③ ［英］丹尼斯·麦奎尔著，刘燕南、李颖、杨振荣译：《受众分析》，北京：中国人民大学出版社，2006年3月，第109—111页。

④ 汪晖：《当代中国的思想状况与现代性问题》，载《死火重温》，北京：人民文学出版社，2000年1月，第42页。

成为讯息过程中的操控者。碎片化的讯息传递/接收方式仅仅是技术进步必然导向的变化,无论对城市白领或是普通的打工者都并无区别。问题其实没有绕出雷蒙·威廉斯当年的卓见:“工人阶级由于其自身地位的缘故,自工业革命以后就没有产生狭义上的所谓文化。这个阶级所产生的文化是集体性的民主机构,诸如工会、合作化运动或者政治党派等。……工人阶级文化,以其历经的阶段而言,基本上是社会性的(因为它创造了机构),而非个体性的(特别是在智性或想象性作品上)。”[①]在当时的社会语境中,威廉斯毫无疑问地认为“这是一个非凡的创造性成果”。今天,人们仍然可以说打工者很少个体性地创造智性或想象性作品,所谓新世纪以来的打工文学总是令人生疑。传统意义上的工会很难“福荫”打工者们,偶尔举行的大型互动活动类似城市白领阶层的“派对”,交友征婚总是这些大型活动的主题。在深圳或郑州富士康这样动辄有二三十万工人的大型工厂,企业文化(尤其是管理理念)替代了工人阶级文化。工厂的生产作业有严格的分区,一线打工者在生产线上的工作时间可以根据自身情况申请,工作时间越长,获得报酬越多。中午或晚上进餐时间,工人们分批错时到餐厅用餐,厂区距离餐厅较远,甚至需要乘坐通勤大巴,员工与管理者按照所属等级被分配到不同餐厅,人们在车上与餐厅里交流甚少。对1990年代以来的中国社会来说,工人阶级到打工者身份的变化伴随着一种文化上根深蒂固的变化。国企改制是这种“创造了机构”的文化“以悲剧的形式陈述自身”的终结。[②] 当这种“一个历史时代中形成的工人阶级的自主性和勇气”作为文化衰落,工人成为了打工者。后者起源于市场逻辑之中,没有稳定的阶层认同感,没有明确的属于自身的文化谱系,个体性的文化活动取代了集体/社会性的机构。

无论是打工者群体还是随机抽取的能够代表一般人群阅读情况的受访者,都声言文学阅读不能使自己的阶层归属感更为强烈,其文学阅读目的在于提高人文素养,获得必备知识,丰富人生阅历。(认同此说法的打工者占群体总数的70.8%,一般人群为73.6%。)显然,这一带有明显目的论的陈

---

① [英]雷蒙·威廉斯著,高晓玲译:《文化与社会:1780—1950》,长春:吉林出版集团有限责任公司,2011年8月,第339页。

② 汪晖:《改制与中国工人阶级的历史命运——江苏通裕集团公司改制的调查报告》,载《去政治化的政治:短20世纪的终结与90年代》,北京:生活·读书·新知三联书店,2008年5月,第316—317页。

词滥调在过分强调学习改变命运的文化背景之下得到了最为热烈的响应，不过这样的响应是出自受访者本心还是他们早在“亲身经历之前就可以对绝大多数事物进行想象”①则不得而知。为了测试这一被广泛认可的说法的信度，必须给定一个具体情境。以受访者对小说类型的偏好度设问能够使受访者忽略问题之间的逻辑联系，较好反映其真实态度。似乎都广泛赞成文学阅读有扩展视野、启迪心智、陶冶情操功效的两批受访者表现出对小说类型较大差异的偏好度。虽然从全国各省随机抽取的一般人群与打工者群体都有30%左右（一般人群略多，为34.5%，打工者群体为29.2%）拒绝主动选择而宁愿在时下流行作品中择取与自己目下生活状态相关的作品，但在主动选择小说阅读这一方面来看，虽然两者都有通过小说阅读寻求跨越自身阶层获得想象快感的需求，但打工者更强调对阶层跨越的想象以纾解慰疗自身生存现状为起点（有47.9%的打工者认同此项，而一般人群则只有26.4%），一般人群则更多仅是纯粹追求暂时的逃离感，希望获得另外的生活体验（仅有17.7%的打工者认同此项，而一般人群则有35.6%）。无论是在工厂访谈所获得的经验性印象还是问卷定量分析得到的数据都支持如下判断：打工者群体表现出对个体生存状态更为敏感的倾向，一种对融入城市生活隐秘的希冀。对作为摩登都市象征的上海，打工者较一般人群表现出更大的热情，读过或听说过六六及其小说《蜗居》的打工者占群体总数的43.8%，而对这部小说有所了解的一般人群仅占其群体总数的21.8%。问卷列出写上海的四部小说（《长恨歌》《繁花》《陆犯焉识》《蜗居》），完全没有听过或读过的受众中，一般人群占比比打工者群体多出10%左右（一般群体为31%，打工者群体为20.8%）。《蜗居》获得的关注来自其无论从小说情节抑或是后期营销方法上对市场主导时代文学机制最为热切以至直露的呼应。女主人公最后的失败只能是劝百讽一，精打细算下来，小说其实告诉读者，如女主人公那样行事也许是没有任何社会地位的小市民获得权利、金钱、享乐的风险最小的途径。与另一部个人奋斗史《杜拉拉升职记》相比，《蜗居》指明的是另一条捷径。值得注意的是，两部小说的青年主人公虽然通向成功的路径各不相同，但类似作品都为打工者谋划了个人奋斗的线路图。它不远不近地呼应着据说常常被误读成励志著作的《平凡的世界》，有

① [美]沃尔特·李普曼：《公众舆论》，上海：上海人民出版社，2006年4月，第67页。

尊严的劳动者被理解为“嵌入固定经济结构之中的”工作者，主人公的奋斗精神被想象成个人奋斗式的自我实现。[①] 在这个意义上，每周读几次或是读了多长时间固然重要，但深入下去，谁在读，读什么恐怕更重要。今天，启蒙在显在层面隐退了，受众可以在不同媒介提供的信息中随意选取自己感兴趣的东西阅读。柏林在分辨两种自由概念的时候曾提醒人们警惕以“真实”自我之明来代替其他人的真实愿望，以此他说明“自由的概念直接源自于什么东西构成自我、人格与人的观念”[②]。问题在于自我意识建构于人无法选择的环境，包括各种讯息，也包括他的阅读。开卷信息公司对一年内具有重大影响力的图书监控分析表明，大众科技（建立在有闲和较好的教育背景基础之上，典型图书如《数学之美》）、纯爱小说（建立在有闲或正在校园生活时期的基础之上，典型图书如《那些年，我们一起追的女孩》）、青春阅读（同上，典型图书如《谁的青春不迷茫》）、小资文化（建立在有闲及较好的教育背景基础之上，典型图书如《谢谢你离开我》《漫漫古典情》《于丹：重温最美古诗词》）、职场励志（建立在有白领工作基础之上，典型图书如《正能量》）[③]等，作为阶层身份的打工者无法在这样的图书格局中找到自己的位置。一方面，以纯美爱情和对古典文化的浪漫想象为标志的“日常生活”消解了一般人群对意识形态发挥其作用机制的注意，借助满足一般人群在阅读中寻找

---

① 参见黄平：《从“劳动者”到“劳动力”——“励志型”读法、改革文学与〈平凡的世界〉》，载《重读路遥》，北京：北京大学出版社，2013 年 5 月版，第 75—95 页。黄平认为“某种程度上，孙少平被读成了来自黄土高原的‘外省青年’，只不过是一个没有‘堕落’的拉斯蒂涅”。很遗憾，没有证据表明读者如今以这种方式曲解了孙少平。类似批评根底上不能拓宽视阈，将文学问题平和地置于经济、政治、社会、历史中，而是抽象出一个自认为高明的文学性或 80 年代理想；尤其是以“适应环境”的方式历经中国教育制度的各种考试磨砺成功蜕变成为“学者”，反过来对那些在社会底层逼仄的生存环境中希望通过“适应环境”以完成自身蜕变的后来者充满不屑。作者推重的伊格尔顿以为文学研究最终致力于实际的社会问题而非单纯的文本知识，当如何将“改革”准确地“文学化”仍然是这类批评家热切关系的问题时，文学就注定如其所说“甘心成为特定的政治经济关系的一部分”。文学或文学研究从来也没有改变过世界，它的限度最多也就是反映世界，不过反映谁的世界恐怕更为重要。至于路遥，他从未希求借助对时代的摹写上达对人性的复杂或是命运悲剧的高度，路遥的目标是“全景式反映中国近十年间城乡社会生活的巨大历史性变迁”，这不是什么宏阔的理想，以今天的标准来看，路遥越到后来越表现得明显的所谓“体制化”倾向颇不得一些批评家之心，不过这恰是路遥的时代他所能触碰的高度，这于他的理想无损。

② 参见以赛亚·柏林著，胡传胜译：《两种自由概念》，载《自由论》，南京：译林出版社，2011 年 3 月，第 167—221 页。

③ 参见北京开卷信息技术有限公司：《中国超级畅销书大解密》，南昌：江西教育出版社，2014 年 7 月。

另一种优雅人生的需求消磨了此类人群的阶层意识。另一方面，虽然打工者如上面分析的那样有更为清晰的身份意识，但市场逻辑使这种意识转化为逃离自身阶层，在不改变现状的前提下隐秘憧憬更好生活的愿望。“正能量”意味着减少抱怨，意味着融入；失败意味着自己还不够努力，与社会分配机制不甚公平无关。陈映芳在研究农民工身份问题时敏锐地发现其社会类别越是被强化，作为农民工而不是乡村迁移到城市应当获得市民权的普通公民的身份越是确定。“一方面他们的权益状况可能获得更多的关注，但另一方面，他们的特殊的身份也一再被社会和他们自己确认，有关他们的特殊的制度设置也可能得以继续维持。”[①]潜隐的超越打工者阶层的愿望与对自身当下身份慰疗的愿望相互支撑。一般人群中仅有35.6%认可互联网上以底层群体为主对文学作品的娱乐化处理，这一比例在打工者群体中占到51%。这种对当下艰难生存处境的慰疗在纸质媒介找寻不到出口的时候，便转移到以互联网媒介为主的文学作品中。以仙剑修真及电子竞技为主题的网络小说[②]在移动客户端普及的今天将个人奋斗史融入传统的类型小说叙事结构之中。文学类图书分类市场偏好度及购买率最高的类型文学一般为言情、武侠两种。[③] 网络小说体量庞大但整体构思有意去复杂化，以个人修真或电子竞技中个人经验值增长的模式超链接至小说，言情或武侠等类型要素本身仅成为延宕文本长度的手段，个人从底层逐渐成长攀登高峰则成为此类小说的线索，动辄连载千章以上，成为与阅读者现实生活平行的虚拟人生。这些小说成为精简了故事线索与历史背景的“平凡的世界”，据说，主人公也可以置换成女性，成为《甄嬛传》这样的网络小说。后者的文字质地明显较一般电子竞技类小说干净，不过流转笔端最多者往往是中学语文教科书中为数不多需要记诵的古诗词。个人奋斗或成长在网络小说中不再以孙少平锻铸自我钢铁般坚强意志的精神追求为动力，改换为将成长量化

---

① 陈映芳：《城市中国的逻辑》，北京：生活·读书·新知三联书店，2012年5月，第59—60页。

② 这里对网络小说的界定有两个标准：第一，首先通过互联网媒介以连载的方式传播的小说（后也可超链接至纸质出版或通过收购版权改编成影视作品或电子游戏等）；第二，一般连载周期较长，叙事以线性为主，在写作过程中受到读者较大影响，根据读者要求设置人物，改编故事情节等。

③ 据2011年数据，言情及武侠的偏好度当年分别为28.9%和27.8%，购买率分别为17.9%及14.5%，消费人数分别为0.27亿人及0.22亿人，而当年文学类图书市场占图书市场整体的34%，为所有分类中最高。参见中国新闻出版研究院全国国民阅读调查课题组：《2011全国国民阅读调查报告》，北京：中国书籍出版社，2013年4月，第88—94页。

为积累尽可能多的“灵石”。

第三节　大学中文系学生文学阅读调查①

如今，在市场经济强烈冲击下的中国，文学的位置被急剧边缘化，社会大众的文学作品阅读量呈现大幅度持续下降的趋势，已经引起了诸多有识之士的关注。那么，在大学校园内，在以中文为专业的大学生中，文学阅读的情况怎么样呢？他们是与整个社会的状况相一致，还是有所不同？因为这几方面的原因，大学中文系学生的文学阅读有着特别的意义：其一，大学中文系学生在很大程度上承担着未来文学教育和文学评论的工作，他们的阅读状况会密切关系到文学的未来；其二，由于专业特点，大学中文系学生毫无疑问应该属于文学阅读最多、关系也最密切的学生群体，较其他群体，他们的文学阅读状况对文学创作方向、大学文学等更具有典型意义；其三，大学中文系学生的文学阅读能够真切反映当代学生与传统文学经典的关系，也能够让我们了解到当前大学生与文学经典的关系。正是考虑到这些因素，我们对10所大学中文系学生的文学阅读进行了调查。所调查的大学中，包括3所“985”重点高校，2所“211”大学，5所一般院校。这些大学位置遍布于山东、广东、河南、武汉、南京、长沙等省市。调查的大学生包括本科生、研究生（含硕士生和博士生）多个层次。收回有效问卷2 014份。

一、中文系学生的文学阅读量

我们首先关注的是大学中文系学生的文学阅读数量问题。结果不是很令人满意。我们有一个调查选项“文学阅读在您日常生活中的位置”，只有22.1%选择“大部分业余时间在阅读”，绝大多数人选择的是“会拿出一定时间来阅读”，占60.2%，15.9%人选择“偶尔阅读”，1.8%选择“几乎没有文学阅读”。结合另一个调查“每天阅读文学作品的时间”，选择“2小时以上”只有23.3%，63.8%的人选择“30分钟到2小时”，还有12.9%的人选择“30分钟以下”。可以看出，大学中文系学生在文学阅读上所花费的时间基本上不到两个小时，文学阅读在他们生活中所占比重不高。

---

① 本节由贺仲明与王世诚执笔。王世诚，华南师范大学副教授。

我们还设计有两道多项选择题，其一是“除课堂老师讲授之外，你阅读过的作家作品”，意在考察学生的阅读范围和阅读数量。选项由两部分构成，主体部分是中外古今的经典作家作品（约占三分之二），其他则是时下比较流行的网络文学和通俗文学作家作品（约占三分之一）。虽然因为题量所限，备选作家作品的涵盖面有一定限制，但还是多少可以反映出学生们的阅读面和阅读量（在统计中我们发现，尽管作家作品的选择具有随机性，但得到的结果却基本一致。这说明调查还是有典型意义，也是比较准确的）。在提供的各 26 个著名作家和著名文学作品的阅读选项中，学生选择阅读的比例约为 43.8％。也就是说，大学生（包括在之前的中学阶段）课外阅读的数量远没有达到设计选项中的经典作家作品数目，也没有达到整个作家作品数量的一半比例。无论从哪个角度看，这个比例都是比较低的。

调查中还能发现一个问题，即大学不同阶段阅读上的差异。从总的阅读比例看，大学本科生比例为 42.4％，研究生为 46.5％。从表面上看，这似乎说明研究生的阅读量比本科生要大一些，但考虑到累积因素，我们觉得这个差距并不如想象的那么大，毕竟，二者之间在学习年限上相差了至少三年。结合另一道选题“比较您求学的前一阶段，您现在阅读文学作品的数量”，37.4％的人选择“多了很多”，46.6％的人选择了“多了一些”，16％的人选择“差不多”或者“更少”。在这其中，本科生（他们“求学的前一阶段”是高中）选择三者的比例分别是 36.9％、50.5％和 12.6％；硕士研究生（他们“求学的前一阶段”基本上是本科）选择三者的比例分别是 36.9％、46.5％和 16.6％；博士生（他们“求学的前一阶段”基本上是硕士）选择的比例分别是 38.8％、30.6％和 30.6％。可以看出，本科生和硕士生所选择比例差不多，也就是说从大学本科到硕士阶段，文学阅读量的增长基本上差不多，但从博士生的选择看，他们的文学阅读较之硕士时期没有明显的提升。而且，比较起来，随着学历的上升，文学阅读增长的比例是往越来越少的方向发展（特别引人注目的是博士生中有近三分之一的人选择了“差不多”或“更少”，说明博士阶段的文学阅读呈现有减少趋势）。此外要提出的是，从这一问题的调查结果看，重点大学中文系学生的文学阅读量要明显高于一般高校学生，它们的阅读比例分别为 52％与 33％左右。

学生进行文学阅读的动因，热爱文学的比例为 32.4％，专业学习的比例为43%，说明大部分学生文学阅读的动因是建立在自我与文学的密切关系上。结合我们对部分硕士生和博士生进行的个案调查，大部分学生反映影响他们文学阅读的因素是“时间不够”，他们的绝大多数时间放在了“专业论文”和“其他学习”上。也就是说，中文系大学生的文学阅读数量不太令人满意，也许责任不能完全（甚至不能主要）归咎于学生们本身。

二、中文系学生读什么文学作品

尽管近期网络上有某出版社调查，将《红楼梦》等四大名著评为“死活读不下去的文学作品”，但是在我们对大学中文系学生的调查中，《红楼梦》的受欢迎程度还是最高的。在“你最喜欢的文学作品（自填）”中，填写《红楼梦》的占8.9%，是为数最多的。其他比例比较高的作品中，现当代文学作品和外国文学作品比较多，主要有《白鹿原》《平凡的世界》《围城》《活着》《家》《边城》，以及《百年孤独》《悲惨世界》等。在作家方面，鲁迅、金庸成为“你最喜欢的作家”中填写人数最多的。虽然两人的作品被选择为“最喜欢作品”的比例并不高。

而在“你阅读过的文学作品”选项中，中国传统文学经典的比例也依然比较高。如传统四大名著中的《红楼梦》《三国演义》《水浒传》阅读比例分别达到了86.8%、67%和59.3%，《聊斋志异》和《离骚》的比例则为50%和45.4%。在“在课外，你读过他们作品的作家”中，鲁迅的比例最高，达到85.9%。另外，苏轼、陶渊明、托尔斯泰等经典作家的比例分别为53.1%、45.9%和44.9%。虽然对于以中文为专业学习的学生来说，这些比例绝对不能算高，但较之其他类型的作家，都算是很高的。网络作家没有一个达到30%，阅读量最大的安妮宝贝为29.6%。

同样可以作为佐证的是，在“你喜欢阅读什么类型作品”的选项中，绝大多数大学生也选择了“中外经典名家名作”，占了69.4%的超高比例。其他选项如“青春言情”“科幻武侠”“穿越神话”等，选择者基本上都在个位数。这一比例与另一选择题“如果您有足够的阅读时间，您更喜欢阅读什么?”的结果完全一致，选择“阅读经典文学作品”的占了64.8%，选择“休闲书”和“畅销书”等选项的，最多不超过10.6%。显然，这可以充分证明大学生对文学经典的兴趣和热情。

有几个比较值得关注的现象。一是本科生普遍来说更喜欢阅读中国现当代文学作家作品，研究生则比较偏向于外国文学和古典文学作家作品。这一差别同样体现在不同类型的学校中，也就是说，“985”类学校学生较多阅读外国文学作品，而一般院校学生则较多阅读中国现当代文学作品。二是大学生喜爱文学作品的方向与所在大学的学科特点有一定关系，如某高校的现当代文学专业学术水平比较突出，其学生阅读趣味明显往现当代文学倾斜，而另一高校的古典文学专业学术声誉较高，其学生阅读趣味也在古典文学方面比较突出。显然，学生的阅读受到了学科声誉、教师研究等方面的影响。

其中，我们也发现学生文学阅读趣味的一些变化。一是部分现当代文学的经典作家受到较明显的冷落。如郭沫若和茅盾，分别只有 49.6%和 56.8%的学生阅读过，较之同为现代文学经典的张爱玲（达到80.7%）、巴金（为 66.3%），显然受到了明显的冷落。这与 20 世纪 90 年代以来对文学经典的重新认知潮流，特别是学术界对郭沫若文学价值的广泛质疑有一定关系。二是一些在不久前非常畅销和受欢迎的作家，大学生的阅读情况有所改变。比如巴金的《家》、路遥的《平凡的世界》和金庸小说在 20 世纪 90 年代和本世纪初曾经是非常受大学生欢迎的作家作品。但是从这次调查看，这种趋向发生了一定改变。巴金的《家》的阅读比例为65.7%，《平凡的世界》则为 49.9%，金庸等武侠小说为 37.4%。虽然比例都不算低，但较之之前，已经呈现明显下降的局面。三是网络文学在中文系大学生中影响有限。虽然网络文学有一定的阅读量，但较之传统文学作品差距普遍很大。在“你最喜欢的作家”中几乎没有一个网络作家入选，“你最喜欢的文学作品”中，选择网络作品的也为数极少，不到 1%。在对网络文学的评价上，较多的人（30.3%）持贬斥态度，认为它们“水平很低，没有价值”，还有 3.1%的人认为它们是“垃圾文学”，与之对应，将它们视作“文学的未来”的只有 12.6%。更多的人（45.8%）认为网络文学将与纯文学合流。这也许与大学中文系教师的价值观影响有关。大学教师对网络文学普遍持贬斥态度，肯定会影响到学生的阅读和价值倾向。

还有一个现象，就是在中国古典文学、外国文学、中国现代文学和中国当代文学之间，大学生的阅读趣味总体来说差别不大，只有非常微弱的差别。但具体到重要作家、作品时，还是能看出一定问题。就作家作品而言，除了《红楼梦》和其作者曹雪芹之外，其他古典文学作家的影响力明显落后于现代文学著名作家，甚至不如著名的外国作家作品。“你最喜欢的文学作品(自填)”中，除了《红楼梦》特别突出之外，其他被选择的古典文学作品非常少。在“你最喜欢的作家(自填)”中，古典文学领域有曹雪芹、苏轼、李白比例相对较高，但绝对数都不高，远不能与鲁迅、金庸等现当代作家相比。尽管四大古典名著的阅读比例比较高，但作为大学中文系学生来说，这一普及性的经典阅读不具备充分代表性。而另一部经典作品《世说新语》的阅读比例只有29%，《聊斋志异》的阅读比例也不到50%。这些都反映古典文学经典的阅读在大学中文系学生中还存在较大不足。

从文体上说，小说的受欢迎程度最高，达到了77%，远远高于其他文体。这应该在意料之中。但有些意外的是，诗歌的受欢迎程度超过了散文，分别为10.1%和8.5%，这与我们散文热销、诗歌陷入困境的印象有些不一样。而戏剧的受欢迎比例只有1.4%，这与整个戏剧的受冷落状况相一致。

三、文学观念、时代变化及其他

调查还试图关注大学中文系教育情况，看它对学生文学阅读的作用和影响。“比较您求学的前一阶段，您觉得您现在对文学爱好和兴趣”，选择“更强”和“差不多”的比例分别是48.1%和38.1%，选择“更低”的则为13.8%。可以看出，大学教育还是促进了学生对文学的爱好和兴趣的。相比之下，本科生选择“更强”和“差不多”的比例更高，分别为50.1%和35.7%，硕士生的比例分别为45.6%、41.4%，博士生比例则分别为44.8%和37.3%。选择“更低”的人数比例中本科生、硕士生、博士生分别为14.2%、13.0%和17.9%。这一结果，与前面分析过的大学学历与文学阅读数量呈反比趋势完全一样，特别是博士生阶段的文学兴趣较前阶段有明显的下降。

同样，“比较您求学的前一阶段，您觉得您现在阅读和鉴赏文学作品的能力”，选择“强了很多”的占27.7%，57.7%的人选择“强了一些”，选择“差不多”和“更差了”的比例也都达到了14.1%。其中，本科生选择的比例分别是21.5%、61.5%和17%；硕士生选择的比例分别是27.2%、59.3%和13.5%；博士生选择的比例分别是61.9%、28.6%和9.5%。也就是说，博士生对能力提高的感觉比较明显，本科生和硕士生的感觉不很突出，但在“强了一些”的选择上明显突出，并且呈现渐进的提升趋势。

从调查看，当前中文系大学生对文学的认同度还是比较高的。有63.3%的人认为在当今社会谈论文学，“可以提高人的品位、层次”，有17.7%认为“对社会进步有很大影响”，只有4.2%的人认为“非常可笑，毫无用处”以及“从不谈论文学”。与之相一致，对于文学的本质，绝大多数人(79.1%)认为文学是“一种人文关怀，给人以心灵慰藉”，还有13.8%的人认为是“一种社会文化，帮助提高文化水平”，只有3.2%和1.5%的人选择是“纯粹的审美”和“纯粹的消遣娱乐”。这也反映在他们的文学观上。调查中，有接近70%的人认为优秀文学作品的首要因素是“思想性”，其次是“现实性”和“现实美”，选择比例分别为9.6%和7.4%。

也许是从专业角度考虑，有52.1%的大学生认为大学文学教育最主要的内容是“文学鉴赏能力”，16.6%的人选择“理论思辨能力”，14.8%的人选择“文学创作能力”。绝大多数同学希望自己在大学阶段“文学阅读和鉴赏能力”有提高。说明学生们对于文学阅读和鉴赏还是非常看重的。

对于当前中国文学，大学生大多持着比较积极的评价，认可度也比较高。对它在总体上表示喜欢的占了76.1%，其中“非常喜欢并很关注”的为7.7%，“喜欢并关注”的为37.5%，“喜欢，只是没有时间去关注”的为30.9%。但值得注意的是，也有22.1%的人选择了“略有关注，但不喜欢”和“一点也不喜欢，也不关注”。

对于文学的未来，大学生们则普遍表现得不是很乐观。认为“前途很光明”的只有20.8%，有9.9%的人认为将“被图像艺术代替”，29.6%的人认为“通俗文学将占绝对主流”，还有相当比例的人(37.3%)选择“说不清”。同样，对于自己所学的中文专业，选择“非常喜欢”和“喜欢”的人占了80.7%，只是其中有63.8%的人虽然喜欢，但是觉得“前途不明朗”，对所学专业感到“后悔”和“混日子”的只有11.1%。

四、几点启示

1. 非常有必要在大学生中提倡文学阅读

从调查结果看，中文系大学生的文学阅读数量不那么让人乐观。这是一个很值得关注的现象。因为无论是从大学中文系的培养目标还是从未来文学发展来说，大学生的文学阅读都是有重要意义的。首先，文学阅读是所有文学能力之本。文学鉴赏、文学写作、文学研究等，都离不开文学阅读，都建立在广泛的文学阅读基础上。其次，文学阅读直接关系到学生的文学素养和文化素养，而由于大学中文系的专业特点，他们的素养、能力将会对整个社会的文学阅读和文学文化素养产生直接的影响。

事实上，这种不良的后果已经有所显现。比如近年来在文学研究界，大家普遍反映相当部分的文学研究者文学感悟能力降低，缺乏必要的文学鉴赏和判别能力。这有相当部分原因在于这些研究者缺乏足够而必要的文学阅读。大学阶段毫无疑问应该承担部分责任。再如近年来的文学传媒、文化传媒，经常出现各种文学、历史和语言等方面的低级错误，这其中不乏大学中文系毕业生。这当然与整个社会大环境的浮躁有关，但作为大学中文系，始终有义务对学生的能力进行严格要求，其中文学阅读是绝对不可忽略的重要部分。

2. 教师在大学生文学阅读中需要承担更多的责任

正如我们的文学调查所显示的，大学生的文学阅读受教师的影响较大。无论是阅读方向、文学趣味，还是阅读习惯、阅读能力，都可以看到这种影响。由此可见，大学中文系教师的恰当引导将很好地激励和帮助学生进行文学阅读。

但在现实中，这一点是非常匮乏的。在20世纪80年代的大学文学教学中，经常可以看到由教师、学生一起参与的文学作品讨论会，还经常有形式灵活的、由年级甚至班级学生组织的针对文学作品的小型演出活动等。但是，现在的大学教学中已经基本上看不到这样的场面。其中一个重要的原因是大学教师的科研压力增大，被各种考核指标限制和影响，而教学评价在对教师的整体评价中只占很小的位置，教师愿意或者能够花在教学上的时间很少。另外，在大学科研评价中，文学鉴赏类文章遭遇较大偏见，也对大学教师在文学阅读方面的热情造成一定的负面影响。

因此，激励教师对大学生文学阅读的指导和引导，与大学教师评价机制乃至整个大学教育环境的改变都有关系。作为大学教师来说，如何在这种环境中适当调节，更重视教学责任，也是不可忽略的重要因素——事实上，教师的文学研究与对大学生的文学教育也不是完全对立的，深入的文学研究，特别是有见解的、形式活泼的文学鉴赏，也能够很好地促进学生对文学阅读的兴趣。

3. 需要加强对古典文学经典的阅读推介工作

虽然从调查看，大学中文系学生对传统文学经典有比较高的热情，但阅读量还是远远不够。这种情况同样与多方面的因素相关联，特别是古典文学与现代汉语语言上的差异，导致阅读难度较大和应用性较弱的缺陷。但是，对于大学中文系学生来说，古典文学经典的阅读是必不可少的，也是学好其他时段文学的重要基础。特别是古典文学蕴含着深刻而丰富的传统文化因素，无论是对于文化的传承，还是对于文学的发展，都有着非常重要的意义。

在当前背景下，加强大学生古典文学阅读，也许不能完全依靠增加课时、强调背诵等硬性要求，更需要想办法提高学生的阅读兴趣，以及将古典文学阅读与现实相联系。同时，营造好的古典文学阅读氛围，打造很好的文学阅读和研究平台，也是促进大学生古典文学阅读的重要（甚至是更持久有效的）方式。

第四节　某农村小学课外阅读现状的调查和研究①

一　小学生课外阅读现状

由于农村不同年级小学生在课外阅读习惯、阅读方式、阅读内容、阅读环境等方面表现出不同的特点，他们在学习过程中存在着不同程度的问题。如，语文写作单调乏味、空洞无趣；对文章的理解能力不够；日常生活中语言表达能力欠缺；等等。针对上述情况，笔者对山东省日照市某农村中心小学597名学生进行了问卷调查，期望通过对该学校课外阅读现状的调查分析，从中寻找出有效的解决方法，进而帮助农村小学生在课外阅读方面有所提升。

借鉴之前研究者的调查问卷，笔者根据多年的小学语文教学经验，按不同学生的理解程度编写了调查问卷。调查问卷由卷首语、问题、回答方式等部分组成。《农村小学生课外阅读调查问卷（学生版）》设计了单项选

---

① 本节由葛兆清执笔。葛兆清，山东大学外国语学院本科生毕业生。

择题和问答题两个部分。选择题涉及小学生课外阅读兴趣、阅读内容、阅读方式、阅读习惯、课外书的来源、阅读量、阅读动机、阅读环境、阅读收获等9个方面,每个方面包括3—8个不同数量的问题。这一部分主要为了了解小学生在课外阅读方面的基本情况。第二部分为开放式问答题,题目为"请写出您最喜欢看的书""请简要说一下最吸引您的故事情节",此部分是为了具体了解小学生课外阅读的兴趣点和课外阅读的深度。

考虑到调查对象的全面性,笔者对该小学一至五年级进行了调查。考虑到问卷的有效性,笔者在发放之前跟学生讲到调查是为了解课外阅读情况,以便在调查研究后能帮助学生成长。不同年级的发放份数、收回份数、有效份数、有效率以及调查问卷失效的原因如表1所示。

表1　调查问卷发放收回情况

年级	发放份数	收回份数	有效份数	有效率	问卷失效的原因
一年级	120	120	120	100%	
二年级	120	120	120	100%	
三年级	120	120	119	99.17%	在第17题中出现了两个答案
四年级	120	120	118	98.33%	两位学生分别在第9、第11题中出现了两个答案
五年级	117	117	114	97.44%	一位同学字迹看不清;一位交了白卷;一位在31题有两个答案
小计	597	597	591	98.995%	

一、阅读兴趣调查

阅读兴趣是读者在阅读过程中对读物内容积极探索的一种心理表现。阅读兴趣是小学生进行课外阅读的源泉。没有兴趣,阅读就没有收获,更谈不上对内容的理解与鉴赏。农村小学生阅读兴趣调查情况如表2所示。

表 2　小学生课外阅读兴趣调查

单位：%

	年级	十分喜欢	比较喜欢	不喜欢	讨厌阅读
您喜欢阅读吗？	一年级	21	42	35	2
	二年级	21	47	30	2
	三年级	20	41	38	1
	四年级	19	51	28	2
	五年级	17	39	40	4

从表 2 中我们可以看出，一年级学生在“您喜欢阅读吗”这个问题上仅有 21%的学生选择了“十分喜欢”；选择“比较喜欢”的学生占了 42%。这说明该校学生对课外阅读的兴趣不高。有 35%的学生明确表示不喜欢阅读，这个偏高的比例应该引起我们的注意。有 2%的学生选择了“讨厌阅读”，这部分学生表现出一种消极悲观的态度，认为课外阅读就是在浪费时间浪费生命。从上表中我们还可以看出，随着学段的上升，选择“十分喜欢”阅读的学生比例在逐渐下降，而讨厌阅读的学生人数却一直上升。

通过深入交流发现，小学生对课外阅读感兴趣是源于对新鲜事物积极探索的一种心理表现。小学生不喜欢课外阅读甚至讨厌阅读是由于大部分时间被家庭作业、上网玩游戏、看电视等娱乐活动所占有。

二、阅读内容调查

良好的阅读内容可以使小学生在写作中更有文采，可以使他们下笔如有神。好的阅读内容，可以净化学生的心灵，提高他们的理想意识。该校小学生课外阅读内容调查情况如表 3 所示。

表 3　小学生课外阅读内容调查

单位：%

	年级	卡通动漫类	作业辅导类	天文科普类	其他
您最喜欢哪一类课外书？	一年级	89	9	2	0
	二年级	81	17	2	0
	三年级	70	27	3	0
	四年级	33	63	3	1
	五年级	31	61	8	0

由表3可以看出，随着年级的上升，小学生的课外阅读内容随之发生变化。一年级小学生课外阅读内容的先后排序为卡通漫画类、作业辅导类、天文科普类、其他。四、五年级小学生课外阅读内容的先后排序为作业辅导类、卡通漫画类、天文科普类、其他。

卡通漫画类书籍成为第一学段学生课外阅读的最爱，源于图画的视觉传达效果。学生比较喜欢的卡通漫画类书籍有《魔卡少女樱》《神奇宝贝》《名侦探柯南》《数码暴龙》《宇宙刑警》《天鹰战士》《知音漫客》等等。不可否认，确实有些卡通漫画书籍对小学生的身心健康发展有一定的教育作用。但是，由于文化市场优劣杂陈以及漫画书以图画为主的特点，使得小学生沉溺于卡通幻想之中，无法集中精力学习。

随着年级的上升，学生们转为更倾向于作业辅导类书籍，卡通漫画类书籍逐渐从他们的视觉中淡出。他们比较喜欢的作业辅导类书籍有《英才教程》《挑战奥数与思维训练》《典中点》《小学教材全练》《好卷》《阅读练习》《小学生课外阅读80篇》《小学奥数举一反三》等等。这说明第三学段的学生已经被家庭作业约束。相比之下，选择天文科普类的比例很低。五年级中仅有8%的学生想探索大自然的奥秘，想通过天文科普类书籍获取星座、宇宙等方面的科学知识。

综上所述，在课外阅读内容选择方面如果继续这样下去，学生将会出现严重的偏科现象。只有选择健康向上、质量高、有理想、有知识的课外阅读材料，才能实现“少年强则中国强”的中国梦。

三、阅读方式调查

良好的阅读方式可以使小学生快速地理解文章，把握文章脉络。该校小学生课外阅读方式调查情况如表4所示。

表4　小学生课外阅读方式调查

单位：%

	年级	是	不是	有时
您阅读时是一个字一个字地读吗？	一年级	97	2	1
	二年级	81	10	9
	三年级	77	12	11
	四年级	53	41	6
	五年级	13	50	37

“您阅读时是一个字一个字地读吗?”这个问题主要是了解农村小学生在阅读过程中是精度还是泛读。从表 4 中可以明显看出，有 97%的一年级学生喜欢逐字逐句地阅读文章；有 13%的五年级学生喜欢逐字逐句地阅读文章。这说明了小学生普遍还不清楚哪些地方需要精读，哪些地方需要泛读，更不清楚阅读的重点在哪里。这样，他们在时间上造成了浪费，课外阅读效果不明显。

四、阅读习惯调查

在阅读过程中摘抄一些好词好句和生活哲理片断可以增加小学生作文的文采和美感。通过对好词佳句的积累可以扩充写作素材、提高语文写作能力。该小学阅读习惯情况如表 5 所示。

表 5　小学生课外阅读习惯调查

单位：%

	年级	能	有时能	不能
阅读时，您能否注意积累一些词语、句段?	一年级	4	27	69
	二年级	3	29	68
	三年级	5	43	52
	四年级	4	40	56
	五年级	4	39	57

从表 5 中可以看出，在阅读过程中，一到五年级的学生中分别有 4%、3%、5%、4%、4%的学生能够积累好词佳句。通过交流得知，小学生摘抄好词佳句的目的是为了应付老师的检查，并不是发自内心地去完成。这说明该校大部分的小学生尚未养成良好的课外阅读习惯。该校小学生的阅读习惯存在很大的随意性、盲目性、任意性。

五、课外书来源调查

学习中如果没有好书，就像人体没有大脑和四肢一样。农村小学生课外阅读书来源调查情况如表 6 所示。

表 6　小学生课外阅读书来源调查

单位：%

	年级	图书馆借	购书	同学互借	其他
您读的课外书来自哪里?	一年级	0	70	27	3
	二年级	0	72	11	17

续 表

	年级	图书馆借	购书	同学互借	其他
	三年级	1	64	21	14
	四年级	3	59	19	19
	五年级	2	57	20	21

从表 6 中可以发现，一、三年级课外书来源的先后排序是购书、同学互借、其他、图书馆借阅，五年级课外书来源的先后排序是购书、其他、同学互借、图书馆借阅。这说明：

(1) 很少有学生到图书馆借阅过书。通过深入了解得知，一方面由于图书馆的开放时间与学生的上课时间存在着严重重合，因此学生几乎没有到图书馆借阅的时间。另一方面，学生还没有养成到图书馆借书的习惯。最后，图书馆内的藏书大多为旧书，不适合小学生阅读。

(2)“购书”占不同学段学生课外书来源的首位，一方面说明了文化市场上有较多适合学生阅读的书籍，另一方也反映了家庭收入的提高。

六、课外阅读动机调查

对学生进行语文教学的任务之一是：让学生会读书、读好书。现在的学生不是没有好书读，而是读了没有什么效果。笔者带着这个问题对该校小学生课外阅读动机进行了调查，调查情况如表 7 所示。

表 7　小学生课外阅读动机调查

单位：%

	年级	积累知识、增长见识	完成老师和家长对教学任务的补充	自己对阅读感兴趣	没有目的性
您阅读课外书的目的是？	一年级	0	90	2	8
	二年级	0	91	3	6
	三年级	1	87	11	1
	四年级	1	82	13	4
	五年级	2	80	17	1

由表 7 不难发现，80％以上的学生课外阅读的动机是为了应付老师和家长的作业。第一学段的学生根本不存在课外阅读能够积累知识的观念。

五年级学生中仅有 17%的学生是自愿阅读的，大部分学生都是被动地、无奈地、无目的地去阅读。

七、课外阅读环境调查

阅读环境是保障小学生正常课外阅读的首要条件。阅读环境的好坏直接影响着小学生的阅读质量，影响着阅读能力的培养。本部分从"阅读环境"这一个侧面来反映家庭环境对小学生课外阅读的影响，具体调查情况如表 8 所示。

表 8　小学生课外阅读环境调查

单位：%

	年级	没有	30 分钟以内	30 分钟—1 小时	1 小时以上
爸爸、妈妈每天在家读书的时间是多少？	一年级	99	1	0	0
	二年级	99	1	0	0
	三年级	99	0	0	1
	四年级	99	0	0	1
	五年级	99	0	1	0

从表 8 中可以明显地看出，在课外阅读方面家庭熏陶存在着严重的缺失。99%以上的学生父母根本不看书。

八、课外阅读收获调查

表 9　小学生课外阅读收获调查

单位：%

	年级	积累知识、增长见识	提高阅读写作能力	丰富课余生活	其他
您阅读课外书最大的收获是？	一年级	26	1	72	1
	二年级	7	4	87	2
	三年级	5	19	72	4
	四年级	53	32	13	2
	五年级	50	47	3	0

从表 9 中可以看出，第一学段中有 72%以上的学生认为阅读课外书的最大收获是"丰富了课余生活"。四、五年级中高达 50%的学生选择了"积

累知识、增长见识”，五年级中仅有3%的学生选择“丰富了课余生活”，这两点从侧面反映了四、五年级学生的课余生活已经被繁重的作业所占据，这也是我国应试教育的伤疤所在。

二　小学生课外阅读现状的原因分析

世界上每一个事物或现象都与其他事物或现象存在着联系，世上没有绝对孤立的东西，任何事物都不是孤立存在的。

一、学校方面的原因分析

农村家长受教育程度普遍偏低，孩子过度地依赖学校，农村小学对孩子的成长就显得更加重要了。农村小学生的课外阅读存在着很多问题，产生这些问题的原因是多方面的。笔者对这些问题进行了实地调查，并根据调查结果进行了结果分析。

1. 学校调查的界定

山东省日照市某区下辖9个乡镇(街道)。其中镇中心小学又下设多个完全小学。

笔者对5所镇中心小学和21所完全小学从硬件、软件两个方面进行了调查，期望了解学校是否具备了农村小学生课外阅读的条件。其中硬件条件包括师资力量、图书馆建设两个大指标；软件条件包括开展的活动、活动开展的时间两个大指标。

2. 学校硬件调查

师资力量是保证学校升学率的重要力量，对小学生的教学质量起着决定性的作用。5所镇中心小学的教师总数分别为29人、40人、47人、85人、46人，其中，语文老师人数为13人、17人、18人、18人、16人。

可以看出，镇中心小学的语文老师数量偏少，基本上小于教师总数的一半。语文老师的数量决定了老师不可能一对一给小学生全身心地指导课外阅读，只能一对多来引导小学课外阅读。

教师学历对保证小学的教学质量起着一定的作用。该区某镇中心小学的教师来源在2007年实行教育局统一招聘后，教师的最高学历如表10所示。

表 10　教师的最高学历

学历	中专	专科	本科	研究生在读
人数	7	9	30	1

3. 学校软件调查

该区小学为了推进学生课外阅读，根据小学生的学年时段、理解能力、学识需求，自行编写部分课外阅读书籍，还自主创编了经典文言文节选、经典现代文阅读集锦等。书籍的最后一页附录了课外阅读推荐书目，一、二年级为《三字经》《百家姓》《弟子规》及小型语文快乐读本、绘本图书等；三、四、五年级为《论语》《小学语文快乐读本》等，具体情况如表 11 所示。这样解决了学生盲目阅读的情况。

表 11　课外阅读书目

年级	书名	作者	书名	作者
一年级	《爱心树》	[美]谢尔·希尔弗斯坦(编绘)	《想吃苹果的鼠小弟》	[日]中江嘉男
	《小老虎历险记》	汤素兰	《吃黑夜的大象》	白冰
	《逃家小兔》	[美]赫德	《舒克和贝塔历险记》	郑渊洁
	《神奇校车》	[美]柯尔	《托马斯和朋友》	英国 HIT 娱乐公司
	《小脚丫图书系列》	张美妮	《小猪唏哩呼噜》	孙幼军
二年级	《木偶奇遇记》	[意]卡洛·科洛迪著	《笨笨猪》	杨红樱
	《小人国和大人国》	[英]斯威夫特著，王晓静、王增坤改写	《人参娃娃》	上海美术电影制片厂
	《小巴掌童话百篇》	张秋生	《大战火星人》	[英]威尔斯
	《泡泡儿去旅行》	薛涛		

续 表

年级	书名	作者	书名	作者
三年级	《草原上的小木屋》	[美]罗兰·英格斯·怀德	《特别的女生萨哈拉》	[美]爱斯米·科德尔
	《大林和小林》	张天翼	《鼹鼠的月亮河》	王一梅
	《两个小洛特》	[德]埃里希·凯斯特纳	《长袜子皮皮》	[瑞典]林格伦
	《长腿叔叔》	[美]简·韦伯斯特	《皮皮鲁传》	郑渊洁
	《芝麻开门》	祁智	《管家琪幽默童话系列》	管家琪
	《一千零一夜全集》	王瑞琴	《安徒生童话》	[丹麦]安徒生
四年级	《木偶森林》	王一梅	《窗边的小豆豆》	[日]黑柳彻子
	《调皮的日子》	秦文君	《一百条裙子》	埃莉诺·埃斯特斯
	《艾丽斯漫游奇境记》	[英]刘易斯·卡洛尔	《小鹿斑比》	[奥]萨尔滕
	《神秘的头盔》	[奥地利]托马斯·布热齐纳	《水浒传》	施耐庵
	《小香咕系列》	秦文君	《新版小灵通漫游未来》	叶永烈
	《丛林故事》	[英]吉卜林	《中国神话传说》	刘媛
	《水孩子》	[英]查里斯·金斯莱		
五年级	《绿山墙的安妮》	[加]露西·蒙哥马利	《八十天环游地球》	[法]儒勒·凡尔纳

续 表

年级	书名	作者	书名	作者
	《夏洛的网》	[美]E. B. 怀特	《中国兔子德国草》	周锐、周双宁
	《少女的红发卡》	程玮	《小王子》《昆虫记》	《青少年必读丛书》编委会

从上表中可以看出，学校挑选图书的原则是学生喜欢、贴近学生生活，同时课外图书的语言水平略高于学生。由于小学阶段的学生好奇心强，比较渴望揭秘、冒险等，所以会选择《八十天环游地球》《大战火星人》《艾丽斯漫游奇境记》等。

该区农村中心小学和完全小学开展的活动基本上相同，主要分为学校类活动、班级类活动、个人类活动，具体情况如表 12 所示。

表 12　开展的活动

学校类	班级类	个人类
(1) 读书活动月； (2) 书香校园； (3) 诗歌朗读比赛； (4)“诵读经典，诗话人生”背诵活动； (5)“相约好书，牵手美文”读书交流活动； (6) 征文比赛； (7) 朗诵比赛； (8)“智慧芳园，一字千金”书评活动； (9)“智慧碰撞，亲子读书”活动； (10) 优秀读书笔记评比； (11) 读书看报心得交流活动； (12) 读书故事会活动。	(1) 书香班级； (2) 读书笔记展评； (3)“班级阅读之星”； (4) 班级评选“读书之星”。	(1) 优秀读后感； (2)“读书之星”； (3) 班级“读书大王”； (4)“小书迷”； (5)“小书虫”。

学校举办各种读书活动来促使学生阅读，具体如下：

(1) 让中年级学生记录名人的读书名言，鼓励学生创作一条自己的读书名言。学校把这些名言制作成精美的宣传牌张贴在校园内，使校园洋溢着浓浓的读书氛围。

(2) 学校开展诗情画意的读书会活动，每周师生共读一本图画书如《爷爷一定有办法》《猜猜我有多爱你》。

(3) 学校开展读书传递活动。学生将阅读的内容讲给家长或者弟弟妹妹听。

(4) 鼓励学生制作毛毛书虫、口袋书、魔术书等手制小书。

(5) 学校还鼓励学生以自己喜欢的方式展示读书成果，如读书报告会、优秀读书笔记展览、辩论比赛、亲子读书大赛、情景剧和课本剧表演、魅力童话、魅力诗词、百家讲坛、秀出我的风采、童星舞台、书本剧比赛等丰富多彩的活动。

(6) 为了弥补图书馆资源的不足，有的学校经常以班级为单位或者以学校为单位举办“感动接力”活动。每一位老师、每一位学生推荐一本曾经感动自己的书，写上这本书为什么感动自己的理由，然后把这本书捐赠给学校。学校做个长廊，陈列这些书，任何老师、学生都可以取长廊上的书进行阅读。

(7) 有的老师在语文课堂上开展“全班同读一本书”的活动，结论是效果好，因为学生们会产生共鸣。

(8) 学校在每个教室门口贴有各式各样的古诗词图画来吸引学生的注意，比如“独钓寒江雪”等，进而塑造一种校园文化氛围。久而久之，学生会在潜移默化中背诵古诗词。

(9) 为了有效评价小学生们的读书质量情况，学校会评选“读书之星”，五角星会随着阅读的数量和质量增加；学校也会评选“书香班级”，“书香班级”是流动性的，每个年级只有一个或者两个名额。

4. 调查分析

在对该区某镇中心小学开展的活动项目、活动开展的时间这两个指标进行调查的时候发现：

(1) 学校开展各项活动都是为了应付上级领导的检查，学生根本体会不到课外阅读的乐趣；并且只有镇中心小学才开展活动，其下设的完全小学很少或者几乎没有开展活动。

(2) 学校的阅览室基本上是虚设，并未完全投入正常使用。没有专门的图书室管理员。学校图书室一般关闭的。

(3) 图书馆中的借阅记录基本上是应付检查，由个人在短时间填写完成。

(4) 学校未提供良好的课外阅读环境,缺乏课外阅读资源。

(5) 有的学校上课铃声改为古诗词朗诵,但是声音不够清晰,根本听不清,并且学校没有要求老师告诉学生多听铃声。只是流于形式,应付上级的检查。

(6) 班级内部"读书之星"基本上是根据老师自己的兴趣和心情评选,学校只有在上级检查时才进行"书香班级"的评选,其下设的完全小学基本上没有此类活动。

(6) 学校图书室的图书种类不全,数量不多。而下设的完全小学的图书室里的图书基本上都是中心小学里看过的陈旧的图书,甚至有的图书室里有C语言、高考英语等对小学生阅读没用的图书。

(7) 图书类型的划分就是书名一样的放在一起。学校对课外读物的分类一窍不通。

(8) 教师图书室和学生图书室是同一个。

二、教师方面的原因分析

虽然大多数的教师已经认识到课外阅读能够陶冶学生情操,可以促进小学生的全面健康发展,但是在日常教学过程中,教师基本上不指导学生进行课外阅读。经过问卷调查研究发现,其原因有以下几点:

1. 力不从心

以某中心小学为例,每一名语文教师一周有14个课时。这部分的课时主要用于生词讲解、段落理解、文章背景讲解、写作等基础知识的传授与解惑。除此之外,教师还要在作文批改、听课、备课、作文辅导、试卷修改、课间谈话上花费较多的时间。语文教师在剩余的时间中,根本没有多少精力、心力去指导帮助学生们进行课外阅读。

2. 知识储备偏少

调查发现,教师上完课后很少看书。即使看书,也是与职称、地位、金钱有关的书籍。他们本身的阅读知识严重不足,根本无法正确引导学生。

3. 功利色彩浓

在应试教育的背景下,社会、学校、家长衡量老师教学质量的好坏不是课外阅读的积累而是学生成绩的高低。家长最关注的是孩子的分数,考分高就对教师满意,如果不满意就会向上级领导反映。还有就是学校对学生的成绩进行排名，无形之中增加了教师的压力，因此教学的唯一指标就是成绩。同时教师的工资、职称与考试成绩有着密切的关系，所以教师不会轻易地把大量的精力放在指导学生课外阅读上。所以，这样的教学评价体系决定了教师们只重视自身学科的教学，而忽略课外阅读对小学生全面健康成长的重要性。

4. 没有充足的书籍来源

从调查中发现，该区基本上所有的农村小学的教室和办公室都是简陋的平房，图书室基本不开放，教师没有机会去图书室借书。教师讲课的资料就是课本和教参。教育局只下发《教育周报》《齐鲁晚报》和《山东教育》这3种期刊，并且基本上这些期刊是校长阅读，老师根本就没有机会见到。课外书籍与老师的工资和教学质量没有任何关系，所以该区农村小学基本上没有教师花钱买课外书籍。

5. 对课外阅读的认识程度不够

很多教师认为课外阅读属于课下活动，由学生自由安排，与自己没有任何关系。他们还认为在课上进行课外阅读，不仅不利于学习效率的提高，而且还会浪费宝贵的时间，使教学质量下降。他们为了提高学习成绩，甚至把学生课外活动的时间上成了文化课。

根据调查发现，该区有很多农村小学的老师都会对学生说："老师讲什么，你们就学什么，只看课本上的就可以了，品读经典等与教学无关的书不需要带到学校。"在阅读课上大多数语文老师规定看课本，做试卷；如果有人看课外书，就会没收或者对学生进行批评……这样无形之中会减弱学生的课外阅读兴趣，久而久之学生会讨厌课外阅读，对学生的发展产生不好的影响。

6. 指导方法不好

很多语文老师错误地认为学习语文就是打"攻坚战"。讲解知识的方法就是知道答案马上告诉学生，没有发挥学生的主观能动性，没有让他们自己去读，没有让学生亲自去找。老师的这种教育思想会对学生产生很不好的影响。

7. 示范作用不足

农村小学的教师群体中老年教师占据55%，年龄大部分在53岁以上，这些老师没有接受过正规的普通话培训，朗读时方言较重，课外阅读的效果不好。

三、家庭方面的原因分析

家庭是小学生首先接触且长期生活的场所，小学生日常的吃、穿、住、行都是由家庭承担。小学生在每日每时的各种生活活动中都会受到家庭潜移默化的影响。父母的言行影响着孩子的人生观、价值观和世界观。在课外阅读过程中，家庭以其血缘的关系对孩子产生着潜移默化而又根深蒂固的影响。家庭方面造成该区小学生课外阅读现状的原因有以下几点：

1. 家长的文化修养

孩子的发展能力取决于父母的修养。父母的文化修养决定着父母对儿童所采取的教育方式以及对孩子发展的期望水平等。该区学生的家长多为农民百姓，在指导监督孩子课外阅读方面还存在不足。

2. 生活条件

家庭生活条件是影响小学生课外阅读的一个间接因素，同样也是十分重要的。首先，大多数农村家庭没有为孩子提供学习的书房，学生学习的书桌不适合孩子的身高，学习的桌子上没有专门的台灯，照明设施不完善。其次，家庭藏书量很少。由于家长基本是初中毕业，文化水平较低，不会挑选适合自己孩子阅读的书籍，更没有买书的意识。他们买图书只是在孩子考试考了 100 分后给孩子的奖励。此外，农村小学生的家长们忙于农活，或者外出打工，没有时间读书，没能为孩子树立良好的榜样。最后，农村留守儿童比较多。父母出去打工，孩子大部分时间和爷爷奶奶在一起。而爷爷奶奶的文化水平更低，加上对孩子比较娇惯，孩子的家庭作业都辅导不了，更谈不上课外阅读了。这些问题严重制约着农村小学生进行课外阅读。

第五节　关于幼儿读物接受的调查研究①

幼儿读物是专门为幼儿即 3—6 岁的孩子创作、编著，适合幼儿阅读的，具有独特的艺术性和丰富价值的各种读物的总称。它和成人读物、少年读物相比，拥有自己非常鲜明的特点。首先，幼儿读物的创作者、编著者是成人，而接受者是幼儿，两者处于不同的时代，年龄差距很大，处于错位的状

① 本节由赵淑华执笔。赵淑华，山东大学文学院博士生。

态。其次，由于幼儿不具备购书的财力与能力，所以购买者、选择者是家长，同时幼儿对读物虽然有自己的判断力与喜好，但是没法理性表达出来，家长一般根据自己的想法来购书。再者，幼儿读物的功能非常丰富，启蒙、认知、学习、娱乐、益智、审美等各种功能的地位不相上下。这一点不同于成人读物，成人读物在认知、学习、益智这些层面要淡化得多。由于幼儿读物的这种特殊性与功能的丰富性，产生了一些问题。当代幼儿读物究竟怎样被购买、被读者接受？为了了解并分析这个问题，我们通过发放家长问卷、访谈、实地观察等方法对幼儿读物的接受进行了细致的调查研究。

我们共发放了1 200份问卷，地域主要集中在山东省，涉及济南、济宁、潍坊、青岛、淄博等城市，共回收1 190份，有效问卷1 183份。具体情况如下：

城市	数量(份)	占比(%)
济南	325	27.5
济宁	235	19.9
潍坊	165	13.9
青岛	259	21.9
淄博	133	11.2
其他	66	5.6
总计	1 183	100.0

问卷调查对象的职业遍布自由职业与个体、工人、教师、公司职员、企业干部等多个领域，其中自由职业与个体、工人、公司职员、教师与“其他”①占的比重相对较高，其分布情况具体如下：

职业	数量(个)	占比(%)
自由职业与个体	390	33.0
工人	193	16.3

① “其他”主要指农民、乡镇待业者、无固定职业者等。

续　表

职业	数量(个)	占比(%)
军人	19	1.6
企业干部	25	2.1
机关干部	28	2.4
教师	177	15.0
公司职员	182	15.4
医护人员	22	1.9
其他	147	12.3
总计	1 183	100.0

同时,调查对象的学历涉及初中、高中、大专、本科与研究生等各层次,其分布情况具体如下:

学历	数量(个)	占比(%)
初中及以下	222	18.8
高中或中专	371	31.4
大专	261	22.0
本科	258	21.8
研究生及以上	71	6.0
总计	1 183	100.0

除了调查问卷外,我们通过面谈、电话访谈、网络访谈等方式,共访谈了69位幼儿家长、10位幼儿教师、5位幼儿读物编辑、2家绘本馆负责人。通过对调查问卷与访谈记录的细致整理与分析,我们对幼儿读书的必要性、幼儿读物的购置途径、幼儿读书的数量与种类、幼儿读书的方式及心理感受与独特阅读心理机制、幼儿读书中家长的困惑等多个问题有了一定的认知与理解。

一、幼儿读书的必要性

我们在幼儿家长访谈中,开门见山的一个问题就是:“您认为幼儿有必要读书吗？您有意识给孩子买书吗？”被访谈的家长基本都认为幼儿有必要读书，并有意识地为幼儿购买书。但是个别的家长对幼儿读书提出了一些忧虑，忧虑集中在两方面。一方面是：“孩子都不认字，他怎么读呢？”这种想法在我们发放问卷的时候屡次遇到，一些家长质疑：“孩子太小了，读什么书？有时间给他讲个故事就行了。”另一方面的忧虑是家长认为“孩子读多了，伤眼，影响健康”。第一个忧虑主要是学历较低、文化水平较低的家长提出的，他们对亲子共读与幼儿特殊的读图方式没有任何了解。而第二个忧虑正是当今社会的一个现实，幼儿近视越来越多，但是这并不能归咎于读书。

那么幼儿读书到底有什么必要性？为此我们在问卷中设置了一个问题：“您认为幼儿读物能给孩子带来什么？（可以多选）”综合所有调查对象进行考量与分析，具体情况如下：

您认为幼儿读物能给孩子带来什么？	数量(个)	总数 1 183，占比(%)
获得知识	909	76.8
开发智力	864	73.0
情感慰藉	327	27.6
获得教育性	692	58.5
审美愉悦	324	27.4
轻松有趣	537	45.4

通过上表可以看到，幼儿家长对幼儿读物的价值与功能的认识主要集中在获得知识与开发智力这两项，其次是获得教育性与轻松有趣。而对于深层的情感慰藉、审美愉悦这两项重要的精神功能则淡化很多。

为了进一步了解这一问题，我们在问卷的最后，设置了一个开放性的问题：“如果让您向别人推荐一本或一套幼儿读物，您会推荐什么？并请用几个字简单概括一下理由。”家长的回答分成三种情况。第一种情况是空白，没有推荐任何书籍，共 254 个，占 21.5%。第二种情况是没有推荐具体的书籍，但是表达了希望孩子读什么书，共 336 个，占 28.4%。表达的希望中，关键词集中在“增长知识”“开发智力”“具有教育性”“获得道理”等。第三种情况明确推荐了幼儿书籍，共 442 个，占 37.4%。推荐书籍中《十万个为什么》

居多，共133个，占推荐书籍的30.1%，理由集中在“满足求知欲、好奇心”“内容丰富、了解知识”“扩展孩子的知识面、开阔视野”“知识点多，让人知道自己不明白的问题”等。除此之外，经典的儿童故事如《安徒生童话》《格林童话》《一千零一夜》《伊索寓言》等，占近20%的比例，理由为“故事经典，培养情操，告诉人们道理”“趣味性强，有教育意义”等。同时，有的家长推荐了各种外国经典绘本，包括《不一样的卡梅拉》《猜猜我有多爱你》《逃家小兔》《鼠小弟》《我爸爸》《我妈妈》《爷爷一定有办法》等，占近20%的比例，推荐“卡梅拉”系列的理由为“积极、勇敢、机智”“内容积极向上，画面形象生动”“有趣，学会做人的道理”等，推荐《爷爷一定有办法》的理由为“奇妙的想象力”“遇到困难想出解决问题的办法”“凡事动脑筋，充分利用资源”等等。其他的推荐种类分布在《唐诗》《三字经》《弟子规》等传统文化读物，《上下历史五千年》等人文读物，《夏洛的网》《小王子》《窗边的小豆豆》等经典儿童文学。

不得不说幼儿读物比起成人读物，承担了更多的目标、功能与价值。访谈中，我们还听到这样一些片段：“幼儿跟着读物中的人物学习，学会了上厕所，学会了洗澡。”“家长把读物中的人物带到生活中，孩子在生活中很自然地应用了读物中的语言并编出了故事。”“家长和幼儿把亲子共读的书籍读多了以后，幼儿可以看着图画给家长讲各种精彩故事。”“幼儿如果喜欢一本绘本，他会不厌其烦地去阅读，而且阅读时很安静、很投入。”可以看到，幼儿读物的功能包括认知事物、开发智力、培养品格与良好的习惯、学习语言、激活想象力、情感慰藉、审美愉悦等等。众多功能中家长非常看重的是那些比较具体的功能，问卷中“获得知识”与“开发智力”的选择超过70%的比重，这一点与成人读物是截然不同的。在开放性问题中，知识性、科普性的《十万个为什么》占最大的推荐比例。家长即使推荐了其他种类的书，理由的说明很大程度上都和学习知识、培养性格、养成好习惯、开发智力等原因紧密结合，甚至有的家长在访谈中谈到有意通过儿童读物引导幼儿进行自我保护，比如一位母亲提到购买德国的绘本读物《我不跟你走》《别想欺负我》，来培养女儿不要跟陌生人走以及被人欺负了要合理反抗的自我保护意识。

家长更看重幼儿读物的具体实用功能，而内在的情感慰藉、审美愉悦等这些深层功能，大多数的家长并没有很深的理解与体验。比如，家长怕幼儿接触“乱七八糟”的书，因为这种书“小孩越看越调皮”。所谓“乱七八糟”的书，是指那些具有奇思妙想的想象性读物。我们在幼儿园访谈时为家长介绍了林格伦的《长袜子皮皮》，听完我们对这个童话故事的介绍，家长连忙摆手："不能给他讲这种故事，讲了还了得。家里一定变得乱七八糟。"同时一位幼儿教师告诉我们，她给班里的孩子讲童话故事《小飞侠彼得·潘》，竟然有家长来找她，因为听了故事后，她的孩子把家里装冰箱的纸箱做成了一个树洞，把家里搞得非常乱，这位家长要求幼儿园老师不要再讲这种"坏"孩子的故事。《长袜子皮皮》《小飞侠彼得·潘》都是讲主人公嬉戏狂欢的故事，没有明确的教育性与主题性，属于周作人所说的"无意思之意思"的儿童文学，基调在于张扬并释放儿童隐秘的被压抑的游戏性。这种故事尽管幼儿听得津津有味，但是家长整体上不太接受这种游戏性读物。家长对这种"坏孩子"读物的"情感慰藉""审美愉悦"等内在功能或者不理解，或者因为文化与理念的隔阂不接受。

当然，教师这个职业群体和其他学历层次高的群体，一定程度能看到并顾及这种深层功能。在教师群体中，"情感慰藉""审美愉悦""轻松有趣"选择的比例都超过半数。按学历分类中，初中及以下的学历层次中，这三项功能的选择甚至不超过10%的比例，而在本科、研究生及以上的学历中，这三项功能的选择过半——他们对幼儿读物的功能认知会更综合更全面一些。

总体而言，幼儿家长把幼儿读物主要当作学习东西、开发智力的材料，而幼儿读物让幼儿快乐、愉悦这些深层价值被家长忽略了或者没有理解到。

二、家长购书的途径与指导原则

为了了解家长为幼儿购书的途径，我们在问卷中设置了"您会去什么图书市场为孩子购买图书？（可多选）"这样的问题，具体情况如下：

图书市场	数量(个)	总数1183，占比(%)
正规的书店	707	59.8
超市	459	38.8
网上	508	42.9
私人书店	272	23.0
其他	109	9.2

综合所有调查对象进行考察与分析，正规的书店是购书的首选，比重超过一半，而网上购书也占有很大的比例，其次是超市。而单独从不同的职业群体和不同的学历群体考察分析，各种途径的购书比重会有变化。按照职业群体考察，在教师、公司职员中，正规书店购书虽然占有各自群体的55.9%与59.3%这样超过半数的比例，但是网上购书是首选，分别占各自群体的74%与61%的比例。而在自由职业与个体、以农民和乡镇待业者为主体的“其他”职业群体中，网上购书的比例很小，分别占26.2%与22.4%。按照学历群体考察，在本科、研究生学历群体中，网上购书也是首选，分别占有72.9%与77.5%的比例。大专学历群体网上购书占有54.4%的比例，稍小于正规书店的61.3%。高中或中专学历群体与初中学历群体网上购书的比例很小，分别为28.6%与7.7%。可以看到，文化水平、学历与网上购书选择成正比，文化水平、学历越高，网上购书的比重越大。在低学历层次中，网络购书比例低，一方面是他们对幼儿读书的必要性没有太强烈的认识；另一方面因为他们对网络的接触相对较少，不是很了解这种购书途径。

网络购书是近十年新兴的购书途径，它的发展速度之快出人意料。童书的销售在各大网站中都占有很大的比例，尤其是当当网。网络购买童书之所以整体占有很大的比例，且在教师与公司职员等职业群体中，在本科以上学历群体中是购书途径的首选，大大超过实体书店的比例，主要源于这种购书途径的不可替代的优势。

1. 网络童书卖场中，对童书的宣传更丰富更到位

为了了解家长为幼儿选书的心理倾向与指导原则，我们在调查问卷中设计了“幼儿读物在宣传上，哪一点会让您更动心，更能产生为自己孩子去买的愿望？（可多选）”，具体情况如下：

宣传元素	数量(个)	总数1 183，占比(%)
销量高	272	23.0
获得了政府的各种奖项	156	13.2
名家进行介绍与宣传	204	17.2
一个好的故事	749	63.3

续 表

宣传元素	数量(个)	总数 1 183，占比(%)
一个好的形式	356	30.1
一个好的主题与教育性	853	72.1
其他	76	6.4

在众多宣传元素中，家长最看重的是“一个好的故事”“一个好的主题与教育性”，而外在的“获得了政府的各种奖项”“销量高”等元素占的比重相对较小。对这一问题的选择，无论是对所有调查对象综合考量，还是单独对不同的职业群体、不同的学历群体考察，选择趋向基本一致，可以看出，无论什么样的职业、什么样的学历，家长在选择幼儿读物的指导原则上基本一致。“故事”“主题与教育性”这两个元素都属于作品本身的质素，家长为幼儿购书，更关注读物本身的品质如何。但是这种关注在实体书店中并不能被充分满足。我们在几家新华书店、私营童书书店观察家长购书模式，发现家长购书的方式主要是两种：一种是家长来到书店直接问售书员“有××书吗”，拿到书后付了钱很快离开了；另一种是家长没有明确的购书书单，而是简单向售书员说明大概要什么样的书。售书员询问了幼儿的年龄、性别、性格、喜好等基本信息后，推荐一两本书。实体书店中，很少看到家长能够长时间耐心逛童书书店，更谈不上经过自己的阅读后加以选择。家长购书或者带着别人推荐的书目，或者是经售书员的推荐而购买，而家长自己对书籍基本没有任何了解，售书员对书籍也基本不会有过多的说明与解释。

反观网络购书，家长最看重的“故事”“主题与教育性”等书籍本身的信息与品质，这些宣传元素能够很清楚、很完整地直观呈现给购买者。比如当当网的美国“斯凯瑞金色童年”书系，在它的网络页面上除了15万多条的评论，除了罗列这套书系的影响力之外，还详细介绍了这套书的内容，表达了这套书的主题。比如《忙忙碌碌镇——认识职业和社会分工》这一本：

“在忙忙碌碌镇中，温和的动物居民们过着快乐而忙碌的生活。作者通过一个充满童话色彩的小镇，介绍了日常生活的方方面面，比如农场的工作、消防员救火、坐火车旅行、修建一条新路、树木的利用等。书中涉及了各种各样的职业，涵盖的信息非常丰富，对孩子了解社会生活有着良好的引导作用。同时，妙趣横生的故事情节，大量隐藏着的图画信息，可以让孩子长时间地投入阅读和观察，从新的发现中获得快乐的体验。作为一本启蒙读物，本书并非孤立地介绍各项工作的内容，而是将密切相关的工作联缀成为一个整体，比如，从收割小麦到加工面粉，再到面包的制作，整个过程是怎样有序进行的。幽默的故事中倡导着一种协同合作的积极精神。”①

通过一段简短的文字，这套书的内容、故事与相应的主题精神对于家长而言很快了然于胸。同时，编辑推荐中，展示了一系列推荐理由与这套书系在美国获得的各种奖项。媒体评论中，又引用了“一种是读着斯凯瑞的童书长大的人，一种是没有读过斯凯瑞的书而无法很好适应社会的人”等各种权威与专家的评论。编辑的推荐理由、各种获得的奖项、各种媒体评论这些宣传元素都是在了解了这套书的内容与主题后，进一步打动家长这些购书者心理的重要砝码。网络购书在宣传上的完整、到位，是实体书店被动销售所不具备的优势。

2. 不可比拟的价格优势

网络购书的第二大优势在于价格。在调查问卷中，有一个问题涉及“幼儿读物市场存在的问题”，对这一问题的回答，“价格太高”占有很大的比例，具体情况如下：

幼儿读物市场存在的问题	数量(个)	总数 1 183，占比(%)
内容不好	270	22.8
质量不好	291	24.6
价格太高	537	45.4
形式不好	244	20.6
品种混乱	570	48.2
雷同现象严重	522	44.1
其他	93	7.9

家长的选择集中在“品种混乱”“价格太高”“雷同现象严重”这三大问题上。“品种混乱”“雷同现象严重”这两大问题主要源于中国幼儿图书市场刚起步、不成熟，这两点还会在后面“家长的困惑”里谈到。不论从整体考察，还是单独从职业群体与学历群体考察，家长对这一问题的选择呈现

① 参见网址：http://product.dangdang.com/9284655.html。

一致化。幼儿读物的价格比起一般读物来讲，确实要高，这主要是由幼儿读物的生产成本决定的。幼儿读物的读者是幼儿，为了防止损毁，在制作上要比一般读物的纸张更厚，为了幼儿的安全，很多时候书脊要磨圆边，同时印刷的彩色图画比重非常大，所以价格高是一个自然的事实。实体书店中，新华书店的童书基本不打折，私人书店、超市打折有一定的限度，而网络购书在这方面显示了极大的优势，尤其是花样多多的促销活动期间，各种折扣对家长有着极大的诱惑。同时，我们在访谈中了解到，一些幼儿园、绘本馆也会在网上（主要在当当网童书活动期间）大批购买图书。

当代幼儿读物的购买途径多元化，正规书店、私人书店、超市、网店都有一定的比例，但是无疑，网络购书会越来越占据优势。在对实体书店的访谈中，店主不约而同提到了网络购书对实体书店的冲击是最大的问题。

幼儿图书除了购买外，在城市中，也可以通过借阅的方式获得，这主要指近五年"绘本馆"的兴起。我们在淄博的两家绘本馆访谈时，发现借阅的家长与幼儿流量很大，那里专门提供阅读的桌子与椅子，这是任何实体书店所不具备的设施，幼儿趴在桌子上兴致勃勃地翻着自己选择的书。"绘本馆"是近 5 年逐渐兴起的新生事物，起到了幼儿图书馆的作用，它主要由懂得儿童教育与儿童阅读的人所创办，在传播、推广幼儿读物上有着难以比拟的优势。

三、幼儿读书的数量与种类

为了考察幼儿读多少书、读什么书，我们在问卷中设置了相关的问题。在读书数量上，大部分家长每月为幼儿的平均购书量在 3 本以下，具体情况如下：

每月为孩子平均购书数量（本）	数量（个）	总数 1 183，占比（%）
3 本以下	644	54.4
3—5 本	423	35.8
5—10 本	81	6.8
10 本以上	35	3.0

在教师职业群体与本科、研究生学历群体中，“3 本以下”“3—5 本”这两个选项的比例较大，而“5—10 本”“10 本以上”选项，无论哪个群体，所选比例都极其微小。幼儿对读物的需要，其实不在于数量，而主要在于品质。访谈中，很多家长提到，幼儿一旦喜欢上一本书，他会要求家长反复讲，家长讲错的地方、念错的地方甚至一些细微的差错，幼儿都会一一纠正过来，而他自己也会一遍遍反复去阅读这本书。幼儿对喜欢的事物具有反复性，喜欢的一个动作、一句话会反复去做、去说，对一本书也是如此。所以，为幼儿提供读物，不在于拥有多少数量，关键在于能让幼儿喜欢，一旦喜欢，他会长久地反复阅读，对读物中的某个情节、动作或者语言念念不忘，每当读到这个情节、动作或者语言，总是有相同的反应。比如，一位男孩的母亲提到给孩子读绘本《好饿的毛毛虫》，每当读到“星期天早上，暖和的太阳升起来了。‘啵’一声，一条又小又饿的毛毛虫，从蛋里爬了出来”，她的孩子听到“啵”这个拟声词时，总是很开心地笑起来，每次都如此。再比如，另一位女孩的母亲谈到，她的女儿自己读绘本《母鸡萝丝去散步》时，每次读到“那只要吃母鸡的狐狸弄倒了蜂房后，那些蜜蜂排成一条长线铺天盖地地把狐狸追出很远”这幅图画时，她的女儿总是很认真地用小手顺着蜜蜂追狐狸的曲折线路慢慢走一遍，当小手“追上”狐狸时，就咯咯笑起来。总之，幼儿读物品质是第一位的，碰到喜欢的读物，幼儿才会投入阅读，而这个阅读过程会很慢，是反复性的，百看不厌。

那么幼儿究竟读什么样的读物？我们在问卷中对此进行了询问，具体情况如下：

经常给孩子购买图书的种类	数量(个)	总数 1 183，占比(%)
故事类	811	68.6
教育类	477	40.3
动画片类	308	26.0
科普类	331	28.0
百科知识类	413	34.9
操作类	170	14.4

续　表

经常给孩子购买图书的种类	数量(个)	总数 1 183,占比(%)
图画书(绘本)	469	39.6
智力潜能开发类	423	35.8
其他	39	3.3

在众多种类中,故事类图书是购买的首选,其次是教育类图书,而排在第三位的则是图画书(绘本),第四位与第五位分别是智力潜能开发类与百科知识类,两者所占比例基本持平。依据家长对幼儿读物功能的整体认知,希望通过故事让孩子完成认知、培养习惯、养成品格、开发智力等各种教育目标也在情理之中。而排第三位的图画书(绘本)则在近几年幼儿读物市场中逐渐风生水起,并越来越占据幼儿读物主体。单独从职业群体与学历群体考察,图画书(绘本)在家长经常购买的种类中,所占的比例有一定的变化。从职业群体而言,在公司职员、教师这两个群体中,图画书(绘本)都是除了故事类的第二选择,分别占各自群体的 47.8%与 56.5%的比例。就学历群体而言,在本科、研究生及以上这两个学历群体中,图画书(绘本)也是除了故事类的第二选择,在所属学历群体中分别占 54.7%与 60.6%的比例。同时,根据当当网的童书销售排行榜,位居前列的幼儿读物主要是各种图画书(绘本),比如"神奇校车图画书版""小兔汤姆系列""不一样的卡梅拉系列""丁丁历险记""可爱的鼠小弟""猜猜我有多爱你"等等。图画书(绘本)得到家长与幼儿越来越广泛的认可。审视一下经典图画书(绘本)的内容,大多是用文加图的形式共同讲一个童话故事①。这些童话故事超越具体的时间、空间,从幻想层面创作故事与图画,而创作者普遍处于中老年阶段,使得故事往往有着深刻的人生与生命意蕴,让幼儿不仅在童年时期可以读

① 文加图的形式,即图画书(绘本)用文字和图画共同讲述一个故事,文字和图画之间相互补充、相互融合。比如《逃家小兔》中小兔子第一次跑走,文字部分小兔子说:"如果你来追我,我就要变成溪里的小鳟鱼,游得远远的。"兔子妈妈说:"如果你变成溪里的小鳟鱼,我就变成捕鱼的人去抓你。"接下来是横幅彩色图画,没有文字,完全用图画表达了兔子妈妈怎样把小兔子抓回家。兔子妈妈穿着水靴站在溪水里,通过钓鱼的杆子把小兔子钓回家,而吊杆末端的诱饵则是一只鲜红的胡萝卜。这里图画不是文字的解释与辅助,而是同样在讲故事,描述细节,与文字部分共同承担了一个故事环节的讲述。

到一个故事，而且在此后的成长中，这些幻想故事背后的丰富意蕴也必将潜移默化地影响儿童。这种当下的幻想层面的故事创作以及故事的某种程度的永恒，正是我们这个国度非常欠缺的，我国读者在这方面存在很大的心理与精神空白。这样的图画与故事传进来，无论是家长层面，还是儿童层面，只要接触到这样的图画书（绘本），都如久旱逢甘霖，悉数吸收。

在访谈中，我们设置了“您会和自己的孩子一起读一本书吗？您觉得什么样的幼儿读物适合大人和孩子一起阅读？”这样的问题，访谈的69位家长大都表示会和孩子一起读书，只有6位家长表示不太会，因为太忙、没有耐心以及感受不到这种必要性。而和孩子一起读书的家长认为故事类、绘本类、无字漫画等读物适合亲子共读，其中明确提到绘本的家长有30位，占近一半的比例。有的家长虽然没有明确说出“图画书（绘本）”这个词，但是他们提出“基于和孩子一样共同认知事物的读物”。“出现爸爸妈妈角色的”“可以合作类的”“幼儿与家长可以互动的”等等这样的读物适合亲子共读。针对他们表达的这种要求，绘本是最合适的。

四、幼儿读书的方式、心理感受与独特阅读心理机制

1. 幼儿读书的方式与心理感受

幼儿不认字，没有阅读经验，他们对读物的阅读方式主要是亲子共读，大人读文字，幼儿看相应的图画。为了了解家长与幼儿对这种阅读方式的心理感受，我们在访谈中，对进行亲子共读的家长设置了两个问题：“您和孩子一起读书过程中的感受是什么？”“您觉得这个过程给孩子带来了什么感受？”经常进行亲子共读的家长对这一问题的回答，可以归结为这样几个方面：

（1）增进亲子感情，加强沟通了解

一些家长对亲子共读表示：“感觉这是美好的亲子时光，促进感情交流，能够增加母子话题。”“帮助父母与孩子更好地沟通，了解孩子喜欢什么，心里想什么，让父母与子女的关系更融洽。”“读书中，孩子有各种问题抛出来，是一个很好的交流时间。”“亲子交流，交换思想，交流情感。”“对于孩子来说，亲子阅读犹如润物无声的细雨，种下阅读的种子，总有一天会在孩子心中发芽吐绿。”这些话语的关键词都指向沟通、了解，增进家长与幼儿的感情。

（2）孩子开心、愉快

一些家长谈到亲子共读时幼儿的感受："孩子觉得很开心，也拓宽了视野。""增加了孩子阅读的幸福感。""这个过程中孩子觉得爸爸妈妈是爱他的，愿意陪着看书的，他很享受。""孩子能感受到家的温馨。""亲子共享的时刻很美妙。"对幼儿而言，亲子共读中，幼儿有着发自内心的愉悦与开心，使得阅读成为一件幸福的事情，家长在这个过程中种下了"幸福的种子"。

(3) 家长也很享受，能和孩子一起学习、成长

一些家长谈到作为成人的感受，"和孩子一起学习、成长""家长也很享受""我也会被书中的故事情节和丰富的想象所吸引""感觉又回到了童年""童年信息得到回忆，与孩子产生共鸣""和孩子一起重新温习一次童年时光""和孩子的心灵很近"等等。家长和幼儿一起亲子共读并不是单向的自上而下的灌输，这个过程中家长也获得了一次难得的精神享受。

鲁道夫在《儿童心理学》中提到过："当父母和年幼的儿童一起读书时，他们通常会进入互动和合作的过程：父母不只是朗读者，孩子不只是听众，双方经常会谈论书中发生了什么。比如'你还记得我们什么时候做过这样的火车啊？'儿童成为了积极的参与者，他们的兴趣由此得到激发。"[①]亲子共读对家长、幼儿双方都是愉悦的事情，可以基于一个共同的故事、细节、主题等，进行讨论与内在的深层沟通。所以亲子共读是家长与幼儿双向的精神享受，是一个互相激活的精神旅程。

2. 幼儿读书的独特心理机制

幼儿的读书，并不是读文字，而是读图。幼儿有着很强的读图能力，这个年龄段显在的具象思维与万物有灵的潜在心理结构决定了他们能很敏锐地辨识图像所蕴含的信息、故事与韵味，并且对自己喜欢的故事有着超乎成人想象的投入感与代入感。所谓幼儿阅读的代入感，是指幼儿对读物中的故事、形象能产生身临其境的感觉，他们很容易投入故事的情境中，以故事中的人物形象自居，并随着人物去历险、去经历。我们在访谈中请家长讲一件自己印象最深刻的关于孩子读书的事情。我们听到的这些事情，有很多细节的关键点与症结点都和"代入感"有关。在前面谈幼儿读物的数量与品质时，我们提到的读《母鸡萝丝去散步》的那个女孩，她自己读这本绘本，每次都要很认真地用小手顺着蜜蜂追狐狸的曲折线路慢慢走一遍，这个事例

---

① [英]鲁道夫·谢弗：《儿童心理学》，北京：电子工业出版社，2010 年，第 275 页。

中的女孩其实就是很好地被“代入”了这个追逐的故事，当她用小手和蜜蜂一起去“追”那只坏狐狸时，她已经把自己代换成了其中的一只蜜蜂，身临其境地走着蜜蜂的那条路线，当经过那段曲折路程，终于追上狐狸时，心中的喜悦感油然而生，获得心理满足，所以她在小手碰到狐狸后，总是咯咯笑起来。加拿大儿童文学理论家史密斯说：“儿童在一本图画书里追寻的是一场历险。他们可以跟随着图画走进一个故事里，分享主人公的命运，无论它是一只狗、一只兔子、一个玩具、一个火车头或者一个像杰克·霍纳一样的小男孩。”[①]这个小女孩跟着绘本里的蜜蜂去“历险”“追逐”，也是幼儿心理世界里最合情合理的事情了。

相反，有一些幼儿听故事的反应与家长的预期是错位的，让家长出乎意料。这种错位的症结点也源于幼儿的代入感。一位母亲提到给5岁的女儿讲神话故事《精卫填海》，讲完故事后，这个女孩对主人公精卫并没有什么反应，而是很担心地问妈妈：“精卫把海填了，那些海里的鱼怎么办啊？”然后以央求的语气请求妈妈：“精卫能不能就把大海填一点，给那些鱼留一点地方？”这则传统的神话故事彰显了中华民族作为农耕民族需要的并且世代呈现的伦理品质。但是，我们预想的这种伦理关怀并没有走到幼儿的内心，幼儿更容易以弱小者自居，更关注和自己等同的幼小的不起眼的生命。这则故事里，这个女孩被代入的角色不是预想的精卫——这个与自然搏斗的英雄。是她很自然地站在海里的鱼的立场之上，为海里的鱼而担忧，这正是幼儿的纯真的普世情怀。

还有一位母亲谈到，她给自己四岁儿子读徐志摩的名作《再别康桥》。这位母亲是文学博士，她有些调侃地说到她的出发点在于“进行文学与美文熏陶，要从娃娃抓起”。可是朗诵的结果出乎她意料。她在玩玩具的儿子的耳边，轻轻吟诵：“轻轻地，我走了，正如我轻轻地来。我挥一挥衣袖，不带走一片云彩……”第一遍那个男孩没有任何反应，那位母亲就再朗诵一遍：“轻轻地，我走了……”那个男孩突然转过头看着妈妈，大哭起来，一边哭一边喊：“妈妈你别走，我不让你走……”幼儿的主客体不分的自我中心心理，让这个男孩理所当然地把诗中的那个“我”代换成了自己的妈妈，他还没有

---

① [加]李利安·H·史密斯《欢欣岁月》，梅思繁译，长沙：湖南少年儿童出版社，2014年，第160页。

客体“我”这样的概念。

家长对《精卫填海》与《再别康桥》这两个作品的讲述与阅读进行得不顺畅，症结点正是幼儿真实的代入感与家长预想的代入角色发生了错位，同时也可以看到这则经典的神话故事与这则经典的抒情诗的内在机制与关怀不是很适合幼儿，不是幼儿阶段最合适的读物与材料。而经典的绘本，尤其是国外的，如此受幼儿欢迎，百读不厌，秘密也就在这里，这些经典绘本契合了幼儿的心理机制，让幼儿很容易被代入其中的故事，它们具有“纸上的游戏”特性。好的幼儿故事往往蕴含着内在的游戏性，在这个故事中，幼儿可以投放、代入自己，他总会找到一个自我的角色。在中国畅销的国外绘本，故事中的主要形象都是一些平常之物，尤其以常见的动物居多，如“好饿的毛毛虫”“逃家小兔”“母鸡萝丝”“活了一百万次的猫”等等，关于这些形象的故事不是成人世界的知识、道理的图像演绎，而是以这些平常的动物、微弱的生命为主角，来讲它们或者追逐或者历险或者变幻的故事，儿童很容易被代入这些角色，从而投入故事中，满足自我，释放幼儿内在的游戏性。

五、幼儿读书中家长的困惑

为了了解家长能否为幼儿顺利选书，以及幼儿读书占多长时间，我们在访谈与问卷中设置了相关的问题。通过分析，我们认为，幼儿读书中家长的困惑与无奈可以归结为两点：

1. 不知为幼儿选什么书

我们在访谈中设置了“您在购买幼儿图书时有什么困惑?”这样的问题，家长对这个问题的谈论集中在不知道为幼儿选什么书，这种“不知道”主要是：“不知道哪方面的书适合孩子”“不知道什么年龄选什么书”“不知道孩子需要什么书”“不知道自己选择的书孩子是不是能接受和喜欢”“买书不少，但孩子感兴趣的不是很多”，等等。除此之外，困惑在于“种类太多、太杂，不知买什么”“种类多，不知如何选择”“感觉市面的幼儿书雷同现象太严重”“感觉很多图书华而不实”“儿童读物种类繁多，无从下手”“中国自己生产的幼儿书太少了，大部分都是翻译的外国的书籍”“图书市场混乱，书目比较杂乱”，等等。可以看到家长不知为幼儿选什么书的困惑主要在于主客观两方面：从客观上讲，幼儿读物市场种类太多太杂，有很多雷同书籍，造成家长无从甄选；从主观上讲，家长自身不太了解幼儿的内心世界与精神特质，在买书上不知道怎样“投其所好”。

(1) 图书市场混乱造成的家长困惑

前面提到在调查问卷中，当被问及“幼儿读物市场存在的问题”时，家长的回答集中在“品种混乱”“价格太高”“雷同现象严重”这三大问题上，无论是从整体考量，还是单独从职业群体和学历群体考察，趋向基本一致，只是比重上有一定区别。在教师、公司员工职业群体中，在大专、本科、研究生学历群体中，“品种混乱”“雷同现象严重”这两个问题的选择都超过了50%的比重。同时，当我们对童书出版社的幼儿读物编辑进行访谈时，北京某出版社的编辑认为：“中国的幼儿读物出版目前比较混乱，有许多出版商和经销商认为低幼童书门槛低，摸清了家长望子成龙、望女成凤的迫切心情，一旦发现一套好书，各种盗版、模仿、跟风的书即刻蜂拥而至。”山东的某出版社编辑认为：“近年出现了一些为了商业目的、只有形式而没有内容的出版物，而且同质化现象严重……很多出版图书都是国外引进的，缺少自己的原创，而且国内的创作忽视自己的特色，模仿程度高。现在的幼儿读物有些故事老套陈旧，很多幼儿作家也出现啃老本的现象，并不能从一个新的角度新的高度来考虑孩子的需求。”吉林的某出版社编辑认为：“幼儿图书市场开始杂乱、膨胀……”

幼儿图书市场近几年开始蓬勃发展起来，“全国581家出版社，有523家出版少儿图书”[①]。非童书出版社也纷纷挤进这个新兴的市场，幼儿图书在生产数量上每年都成倍地增加。但是，这个市场仍然处于初创期，处在一个原始扩张的阶段，混乱、膨胀，并不成熟，存在着很大的盲目性。

这种初创期的混乱、唯利是图使得家长无论在书店，还是超市的幼儿图书卖场，面对杂陈的各种幼儿读物，不知如何选择。

(2) 家长对幼儿精神心理的不了解造成的困惑

家长不知道为孩子买什么书，不知道孩子喜欢什么，这种困惑从主观上讲，主要和这一代幼儿家长的文化知识结构以及紧密相连的心理机制有着密切关系。当前幼儿家长大部分是75后、80后，为了了解这一代家长的童年阅读状况，我们在访谈中设置了“您的儿童时代读过书吗？如果读过，是一些什么类型？会推荐给孩子读吗？”这样的问题。对这个问题的回答，有11位家长明确表示没有读过任何书，还有几位家长表示不记得了。而对童

① 海飞：《中国少儿出版现状分析》，载《编辑之友》2010年第10期。

年的阅读有记忆的家长，提到读过的书的类型主要是小人书，这种小人书或者是名著改编的，或者是古代人物的故事，或者是战斗的故事。“小人书”占据着这一代家长童年阅读的主体。当被问到是否还记得小人书的一些情节时，大多数家长表示早已忘记，没有什么印象，只是记得情节很紧张很热闹。这种小人书市面上早已没有了，所以无从推荐。即使有，大多数家长表示也不会推荐，因为“过气”了，因为“时代不同”，因为“这个时代的读物要比那个时代多，更适合幼儿看”，等等。除了小人书外，有些家长提到阅读过一些《安徒生童话》《格林童话》《一千零一夜》等，这部分家长表示会推荐，理由很简单，因为是经典。还有5位家长提到读过《小鹿斑比》《小布头奇遇记》《列那狐的故事》《骑鹅旅行记》以及郑渊洁的《童话大王》等经典童话故事，这几位家长对童年阅读这些故事的感受和印象还历历在目。读《小鹿斑比》的那位家长谈到她听母亲读这个故事时，听得津津有味，还为小鹿斑比的妈妈去世而伤心地掉过眼泪。读《童话大王》的那位家长谈到童年每次得到了新一期的《童话大王》，头三天基本都是“埋头苦读”，无论吃饭还是上厕所，不把所有刊物中的铅字看完绝不罢休。这5位家长明确表示会推荐，因为“是自己有切身情感体验的，更希望自己的孩子也能感同身受，得到良好的教育”，因为“和孩子一起看当年的书，仿佛心跟孩子贴得更近了，跟孩子成为了真正意义上的‘好朋友’”，等等。

当下幼儿家长主观上还是想购买幼儿喜欢的、感兴趣的读物，调查问卷中，当被问及“购买图书的指导原则”时，70.8%的家长选择了根据孩子的兴趣。但是孩子的“兴趣”到底在哪里，孩子喜欢什么，通过访谈可以看到，大多数的家长处于困惑的状态。这种困惑客观上因为幼儿图书市场的过于混乱，各占山头，使家长不知选择什么。而主观上，主要源于75后、80后这两代家长的童年读物过于缺乏，即使有，也并不适合幼儿阅读。这样大多数家长都没有深入记忆与心灵深处的幼儿读物阅读体验，缺乏理解与细微感受幼儿读物的心理结构与心理机制。这一点，受教育水平高的家长会有一定的改善，通过学习去懂得幼儿的心理。但是，这种懂得是从理论层面上获得并去理解的，并不是从自己的生命深处滋生并亲身体验过的，所以对于幼儿这样一个“失语”的生命群落，他们精神上喜欢、接受、需要什么样的幼儿读物，家长在实际中还是不确定。小人书虽然在童年时代通过故事性吸引了这一代家长，但是小人书的形象主要是古代人物、战斗英雄，不是幼儿能够把自己代入其中的生命体，所以长大后没有很深的印象。反观听过《小鹿斑比》故事的那位家长，时隔 30 多年，还记得当年为小鹿斑比的妈妈去世而伤心的阅读体验，这主要因为《小鹿斑比》是合适的幼儿读物，儿童很容易把自己代换成小鹿斑比，感同身受斑比的一切情绪与感受，这种情绪与体验能沉淀进血液，不会因时间流逝而忘记。

2. 缺乏阅读饥渴度

当代的幼儿处于一个信息畅通无阻、电子图片随时可以呈现在眼前的电子媒介时代，为了了解这样的时代语境对幼儿读书的影响，我们在访谈中设置了“您的孩子看书多还是看动画片多？根据自己的经验，您认为幼儿读物和动画片相比，有什么优势和劣势？”这样的问题。访谈的 69 位家长中，31 位家长表示孩子看动画片的时间多，25 位家长表示看书的时间居多，13 位家长表示两者所占的时间各一半、差不多。可以看到，动画片在当代幼儿的精神生活中有很大的比重与影响。

在谈到读物和动画片的比较时，家长表示“动画片更活泼、形象、生动，孩子在观看时更加专注”“动画片更容易吸引小孩眼球”“动画片画面感强，可以模仿”，而读物相比而言“没有声音，没有效果，不够形象，吸引力不够”。同时，家长也意识到长期看动画片的问题：“最大的危害是伤害孩子的眼睛”“动画片是单向度的接收，幼儿被动输入比较多，不利于孩子的主动思考和介入”“长时间看让孩子不爱思考”“占用了孩子与人交流的时间”“很多动画片有暴力倾向，有负面影响”，等等。但在实际生活中，因为孩子喜欢，孩子看动画片会更聚精会神、专注，不太打扰家长，尤其爷爷奶奶等老人负责照顾幼儿时，幼儿看动画片让老人不用“操心”了，所以大部分家长也就任由孩子看动画片、看手机，不得已的时候控制一下观看的时间长度。

电子媒介介入幼儿的视听世界，使得当代的幼儿在阅读层面出现了一个新的状况：他们对纸质的阅读即幼儿读物没有那么饥渴。一位母亲讲到她的 3 岁的女儿在姥姥家一直看动画片。回到家，这位母亲有意想让她能对书感兴趣，为她读故事，可是这个女孩对静态的图画，对只靠妈妈的声音传达的故事很少能听进去、看进去。反观在没有电子媒介的时代，儿童对书籍的饥渴很强烈，无论什么质量的图画，无论什么样的故事，都能津津有味地吞下，从而缓解精神上的饥渴。而电子媒介时代的儿童，各种直观、形象、生动、动感的图像通过电视、电脑与手机随时出现在他们的面前，这种图像比起幼儿读物的图像，不需要经过语言的间接转换，不需要经过观察与思考，就能够直接进入脑海，就能够直观模仿。可是动画片终究是精神食粮中的“速食”，“好吃”却没有营养，长期“吃”下去，会败坏了“味蕾”，影响幼儿精神的主动发育。

电子媒介时代动画图像的丰富存在使得当代幼儿缺乏阅读饥渴度，对读物非常挑剔，这使得纸质幼儿读物的创作与编著面临着前所未有的挑战，一般性的读物很难吸引他们的阅读兴趣。所以当代幼儿读物在故事的创作上、图画的绘制上，必须要能走进幼儿的精神世界，才会获得幼儿的“青睐”。

总之，我们通过调查了解到：当代家长为幼儿购书的途径多元化，但是网络购买童书因为自在的优势，越来越成为首要的购书方式。家长整体上认为幼儿有必要读书，非常看重幼儿读物的功能，但是对功能的认知主要集中在具体实用方面，而对幼儿读物带给幼儿的情感慰藉、审美愉悦、释放内在游戏性等深层的精神功能很少有认知与理解。幼儿对读物的要求不在于拥有多少数量，而在于品质上让幼儿喜欢。经典的、优秀的绘本越来越成为幼儿读物的首选，它适合幼儿阶段的亲子共读读书方式，这种阅读方式对家长与幼儿来说是双向的精神享受，是一个互相激活的旅程。幼儿读书主要在于读图，他们有着很强的读图能力，对图画书中的细节与故事性有着敏锐的体察。他们对喜欢的故事非常投入，很容易被代入故事中，从而以故事中的人物形象自居，随同人物去历险去经历，在这个过程中满足自我，释放幼儿内在的游戏性。当今家长为幼儿选书存在着两大困惑：一是幼儿与此前时代的幼儿相比，缺乏强烈的阅读饥渴度；二是家长不知为幼儿选择什么样的书籍。这两大困惑的原因客观上源于当今的多媒体、多介质时代，源于中国幼儿图书市场处在混乱膨胀的初创期；主观上源于幼儿家长的童年整体处在童书匮乏的时代，缺乏深入骨髓与精神深处的童书阅读感受与体验，从而对幼儿的读书喜好没有生命深处的沉淀。

第二章　当前社会文学阅读出现的新问题

第一节　当前中国文学的本土化与西方化问题

——以一次作家文学阅读调查为中心①

一、缘起：作家的文学阅读与创作

中国文学到底应该向哪个方向发展？是西方化还是本土化？自新文学诞生之日起，就存在着这方面的广泛讨论和巨大分歧。五四时，就有胡适等人的“全盘西化”思想与“学衡派”的“昌明国粹，融化新知”相对应，此后，既有“大众化运动”“民族形式问题”等思想和潮流相跟随，更有毛泽东“民族化和大众化”倡导下中国文学面貌的大改变。在今天，思想的差异依然严重而显著地存在。如1990年代“新启蒙运动”的兴起，对“学衡派”的重估，以及对赵树理和“十七年文学”大相径庭的认识和评价，实质上都蕴含着对本土化与西方化的倾向性分歧。

对于当前中国文学，我们一般都认可它的主要方向是西方化（或者说现代化），但对这一方向的认识也存在差异。支持者认为这是大势所趋。在这种观点看来，近现代以来，中国文化整体上严重落后于西方，文学也不例外，中国新文学要发展，必须向西方文学学习和借鉴。特别是在全球化的今天，中国文学需要走向世界，那么，追随西方文学、与世界文学接轨是当然之举。当前的文学管理者显然也认同这种看法，因此，支持和鼓励中国文学走向世界是当前文学发展最重要而基本的策略，进入西方文学视野、得到西方文学承认，是其迫切希望达到的目标。当然也存在批评者。批评者认为当代中国文学受西方影响太多，却相对忽略了中国传统和中国现实。特别是针对某些受西方文学影响色彩较重的创作思潮和作家，批评的声音比较突出。

---

① 本节由贺仲明执笔。贺仲明，山东大学文学与新闻传播学院教授，博士生导师。

而事实上，很多作家对此并不避讳。相当多的作家声称自己从来不读同时期的中国文学作品，作家们发表的读书笔记和创作谈，也绝大多数认为自己受惠于西方文学远多于中国文学，谈及中国新文学的为数更少。

那么，事实是否真的如此？特别是作家的思想和创作是否真是如此状况？这显然是个很值得探究的问题。因为作家是一个时代的文学最重要的组成部分，他们为文学提供了最重要也是最基础的作品，在一定程度上说，他们的文学倾向代表着时代文学的基本倾向。但是，要真正揭示这一问题存在着相当的难度。因为作家的创作倾向本身相当模糊，它往往以委婉和形象的方式隐藏在作品当中，很难进行直接的捕捉——有时候，即使作家自己的表述也不一定准确，不一定就是作品倾向的真实体现。而且，每个时代的文学创作还存在着潮流与个体之间的巨大差异，浮现在表面的主流文学潮流并不能反映文学的全貌。

直接的揭示难以做到，那么，作家的文学阅读也许能够从另一个侧面给我们提供帮助。按照我们的理解，作家是文学作品的创作者，同时也是文学的阅读和接受者，而且，相比一般读者，作家的阅读更专业也更努力，文学阅读会对他的创作产生重要影响——在我们听到和看到的作家创作谈中，只有作家谈到文学阅读量上的差距，却从来没有听说过哪个作家完全否认自己有文学阅读的历史。换言之，作家的文学阅读，在很大程度上影响着他的文学观念、创作方法，甚至影响到他的创作所可能达到的高度。了解作家的阅读情况，是了解其创作的一面重要镜子，而对一个作家群体文学阅读情况的了解，也能够帮助我们认识这个时代的文学趋向①。

带着这样的目的和期待，2013 年末和 2014 年夏，我们分两次对山东、河北、山西、江苏、广东、上海等 6 个省市的部分作家进行了文学阅读调查。我们发出问卷 500 份，回收有效问卷 346 份。我们的调查对象都有一定的创作实绩，但创作成就的层次则比较多样，其中既有成名已久的国内知名作家，也有写作时间不长、发布作品不多的未成名作家。具体说，中国作协会员占 12%，省作协会员占 72%，其他均为县市作协会员。从调查对象的年龄构成来说，涵盖了从“50 后”到“90 后”的不同年龄段作家，其中，“50 后”“60 后”“70 后”“80 后”“90 后”各占 18%、30%、41%、10%、1%。

---

① 温儒敏：《“文学生活”概念与文学史写作》，载《北京大学学报》2013 年第 3 期。

这次调查的结果，从实证上充分证明了我们所预设的文学阅读与创作之间的密切关系，也就说明从文学阅读入手探测作家创作倾向方法的可行性。调查中，认为文学阅读对他们文学创作影响很大和比较大的一共占了将近98%，没有人认为文学阅读对他们的文学创作没有影响。作为辅证，所有的作家都很重视文学阅读。绝大多数作家每天阅读文学书籍时间都在1小时及以上，占85%，其中，两小时以上的占40%。只有15%的作家每天阅读在1小时以下，每天不阅读的则没有。与之相关，在“对您从事文学创作事业影响最大的因素”的选项中，将近70%的作家选择的是“文学阅读”——这一点，几乎所有年龄段作家都高度一致。作家们进行文学阅读的目的，大部分作家主要立足于吸收精神营养（占42%），还有部分作家从纯粹审美角度来看待文学阅读（占32%）。具体到文学阅读对作家创作影响的体现，最主要的是文学观（42%），其次是文学语言（33%），然后是创作方法（25%）。

调查的结果让我们从阅读调查推断作家创作倾向有了更多信心。当然，受调查范围的限制，这次调查不能说反映出了当前作家文学阅读的全貌，但其中折射的某些问题确实具有一定的代表性，值得我们思考和探究。

二、本土与世界：作家们究竟在关注什么？

我们调查的一个中心问题是作家文学阅读的倾向，以及对同时代中国文学和中国现实的兴趣。正如上所述，在调查之前，我们其实有着一定的心理预期，就是作家们肯定会表现出比较强烈的西方文学关注，对本土和当前文学的关注会相对薄弱。

但是，调查的结果很出乎我们的意料。

首先，作家们并没有表现出对中国当代文学的忽略，也没有表现出对西方文学更大的热情。相反，有相当大比例的作家依然在关心和阅读同时代的国人作品，他们对西方文学的阅读和接受也不是一边倒的状况。

在作家们所阅读的文学作品中，中国当代文学的数量是最多的，占34%；其次是外国经典文学作品，占23%；中国现代文学和外国现当代文学差不多，分别为17%和16%。中国古典文学的阅读比例最低，只有10%。也就是说，将中西文学整体做个阅读对比，分别占61%和39%，中国文学占优势，特别是对中国当代文学的阅读更是独占鳌头。与文学阅读的倾向相一致，在作家订阅和经常阅读的文学期刊调查中，选择中国文学类的比例最高，占了77%，外国文学类只占23%。其中最受作家们欢迎的中国文学期刊是《人民文学》和《收获》，最受作家们欢迎的外国文学刊物是《世界文学》。从影响角度调查的数据与文学阅读数据的倾向基本一致。总体上说，作家们认为自己接受影响最大的是中国当代文学和西方20世纪现代主义文学，分别为25%和23%，然后是中国古典文学，为20%。

这两项调查中体现出年龄层次上的一定差异，不过这种差异对整体格局没有大的影响。比如说，70后作家的外国现当代文学阅读比例相对较高，占21%，与他们的外国经典文学阅读加起来，达到48%，比所有作家的外国文学阅读平均比例高了不少。相比之下，50后作家更偏重于外国古典文学和中国现代文学，阅读比例分别为28%和21%，外国现当代文学则只占到5.5%。在文学影响方面，50后作家中有31%的人认为自己创作受到西方19世纪现实主义文学影响，但70后作家没有人选择西方19世纪现实主义，他们认为20世纪西方现代主义文学对他们影响最大，为31%。这个差异，应该符合不同年龄作家的成长环境、文化状况和接受期待状态——我们都知道，50后作家在他们的成长时期只能接受到西方现实主义文学，而到了1980年代，西方现代主义文学是对中国文学影响最大的部分。

其中值得特别提出的是80后和90后年轻作家的文学阅读。这两个年龄段作家中，极少有人阅读外国现当代文学作品——其比例甚至比50后作家还略低，阅读外国经典文学的比例也低于平均数。在他们的阅读中，中国当代文学是绝对主体，占48%，其次是中国现代文学，占26%。在文学期刊阅读和订阅上，80后和90后作家选择中国文学的占了80%以上。与之完全一致的，是在“最喜爱的文学作品和作家”选项中，较多的80后和90后作家选择了当代中国作家，而不是像其他年龄段的作家一样主要选择中外经典作家。这一结果与我们心中最初的印象形成了巨大反差：在我们预先的设想中，80后和90后出生于改革开放之后，受西方文化的影响很广泛，也能够广泛接触到西方文学作品（包括其他文化作品），他们喜欢阅读西方文学是自然的事情；而且，无论是在创作上还是在言谈中，这代作家对西方文学的推崇也是比较明显的。

其次，作家们对当代中国文学的关注相当多，而且评价也比较高。在“你最关注的文学现象”方面，作家们最大的关注点集中在国内。对国内主要文学奖和文学动态的关注度高达61%，对诺贝尔文学奖的关注度只有

20%。这一点与作家的年龄存在一定关联。50后的注意力几乎都在中国文学内,对国内文学奖和文学动态的关注度高达93%,只有不到7%的人关注诺贝尔文学奖。60后和70后不同,他们对中国文学动态的关注度分别占52%和41%,对国内重要文学奖关注度各占8%和16%,对世界文学动态关注度各占16%和19%,关注诺贝尔文学奖动态的都占24%。与前面对80后和90后作家文学阅读的调查结果完全一致,这些年轻作家的关注点也主要在国内文学,对中国文学动态和国内主要文学奖的关注分别占到了64%和16%,对世界文学动态的关注度只有12%,关注诺贝尔文学奖的只有8%。

同样,在作家们看来,“对自己创作产生最大影响的作品”也不局限在外国文学,而是中外文学处于大体一致的地位。选择中国当代文学和西方20世纪现代主义文学的最多,二者的比例都在30%左右。其次是中国古典文学和中国现代文学,都只有不到20%。将各时期中西方文学相加,影响他们创作的中西比例大致为60%对40%。这一数据与我们的另一调查题目“在您的文学创作中,对您影响最大的作家(自填)”的答案完全形成相互照应。在这一问题中,绝大部分作家填写的是中外经典作家(约69%),不过也有约31%的作家选填的是当前活跃的中国作家。在经典作家中,选择最多的是中国古典作家曹雪芹,约占5%。但是,除此之外,选择中国古典作家的为数极少,只有蒲松龄、苏轼有一定比例(均不到2%)。更多的选择集中在中外现代文学作家方面。中国文学方面,鲁迅是仅次于曹雪芹的选项(4%),其他如沈从文、张爱玲、萧红都有2%—3%的选择比例。外国文学方面,托尔斯泰、马尔克斯、卡夫卡、福克纳、胡安·鲁尔福所占比例大体差不多,大约占2.5%左右。总的来说,中外经典作家的比例大体各占一半。

这一问卷结果同样存在一定的年龄段差异,也就是说,不同年龄段作家所接受的文学影响不一样。在外国文学方面,50后作家有相当比例选择19世纪西方现实主义作家,如托尔斯泰、福楼拜、契诃夫等,70后和60后作家则较多选择卡尔维诺、博尔赫斯等西方现代主义作家。与前面的调查结果一致,较多的80后和90后作家选择当代中国作家,也就是他们认为自己较多受到同时代中国作家的影响。

还有一个问题不完全属于文学阅读的调查主题,但有着密切关联,就是如何评价当前中国文学的成就。调查中,绝大多数人认可“水平不错,但与世界一流还有差距”，占57%；认为已经是“世界一流”的占8%；认为“成就一般，甚至不如上世纪80年代”和“水平很一般”的，一共占34%。也就是说，绝大多数受调查的作家对当前中国文学成就持比较乐观和肯定的态度。这也从另一个侧面印证了作家们对中国当代文学的较高热情和积极的关注度。

三、“东部”与“西部”：文学界的巨大裂隙

上述结果一度让我们难以置信，不过，当我们反复核对统计数据确认无误，并对调查数据做了进一步的细化分析后，却不得不表示对结果的认同，而且还有了新的发现。那就是，当我们将调查数据细化到作家的群体构成，从地域、身份等方面来分析时，发现地域、身份因素对作家的文学阅读产生着非常重要的影响。

首先，从省份来说，上海、广东、江苏的作家中，对外国文学的阅读喜爱度最高，与山东、河北、山西的比例有明显的差异。其中，数据最高的是上海，占78%，广东和江苏分别为53%和52%。而在对广东作家的调查中，来自东莞的作家阅读西方文学的比例比广州市作家的比例要低不少，二者比例分别为38%与72%。山东、河北、山西三个省之间的差异则不明显。

这中间也许存在客观条件限制方面的原因（对此，我们没有做进一步调查），也有观念、文化影响等方面的原因，但数据差别如此之显著，说明文学阅读倾向受到地域性的影响是无可置疑的。按照我们的分析，上海、广东，以及江苏省，地处长三角或珠三角地区，经济和文化相对更发达，作家接受的思想观念也更开放，因此，他们对西方文学的关注更多，也更多倾向于阅读西方文学作品。相比之下，山东、河北和山西地处内陆，不是改革开放的前沿，文化相对落后、封闭，接受的西方文学影响也小一些，因此，作家们的文学阅读更多偏向于国内文学。东莞的情况则比较特别，因为近年来，东莞文学院以优惠政策吸引了很多来自内地的作家，在一定程度上，这些作家虽然身在都市，但文学情怀和文学倾向与内地作家更为接近，与传统的都市作家有着较大差异。

概括起来说，那些选择中国文学阅读和受中国文学影响较大的作家，基本上来自于小城镇。而来自大城市的作家，选择中国文学的比例明显降低。也就是说，这一点结论也许是更周全的：来自小城镇的作家（特别是青年作家），对西方文学的热情不是很高，他们更钟情于中国文学，特别是中国当代文学，他们所接受的文学影响、所认可的文学和作家也主要集中在当代中国。这部分原因也许与作家们客观的阅读条件（能否接触到大量西方文学作品）有关，但考虑到现在的网络信息如此发达，接触西方文学作品已经没多大难度，我们认为，最根本的原因与作家们的主观选择有关，在于他们的文学教育、文学视野以及文学观念等因素。

其次，我们还发现创作成就、创作影响与文学阅读倾向有密切关系。特别是成名作家与未成名作家之间存在着较大差异。中国作协会员对西方文学的阅读倾向和接受影响都明显高于其他作家，特别是70后作家中的中国作协会员，对西方文学的阅读占全部阅读量的比例高达89%，这与那些来自基层的70后作家形成很鲜明的对比（后者的比例只有28%，也就是说，他们的中国文学阅读比例为72%）。80后、90后作家中的中国作协会员数量较少，因此不能充分反映这一问题，但他们的创作年限也体现出某种影响。创作年限短（一般情况下，他们发表作品的数量也比较少）的作家阅读国内文学作品更多，创作年限长者则阅读西方文学作品更多些。

比照上述调查的整体数据和分类数据，可以清晰地看出，以往流行于文学界的某些看法也许是片面的。即：并非所有当代作家都不关心、不阅读中国当代文学，并非所有作家都是西方文学的崇拜者和仿效者。换句话说，当前作家的文学倾向并不是一个统一的整体，而是相互之间存在着较显著的差异。

作家韩少功在多年前说过：中国东部与西部之间的距离，也许比上海与纽约之间的距离还要遥远。当然，韩少功所说的“东部”和“西部”都不是狭义的，而是宽泛意义上的。如果我们将中国作家这样区分（这当然只是相对意义上的，也与地理的“东部”和“西部”不完全一致），那么，这次的文学阅读调查就从一个侧面印证了这一说法。换言之，在当前文学场域中，虽然同样被冠以作家之名，或者说同样属于当代作家这一群体，但实质上作家之间存在着较大的差别。那些处于地域、文化、经济优势层面，来自于发达地区，特别是大都市的作家，成名作家，创作量比较大的作家，他们构成一个时代中文学的显在潮流，他们可以更充分地发声，并基本上代表着时代文学的声音，主导着文学的基本倾向——具体说，就是西方化的方向。但是，在文学界还存在着大量的来自基层的未成名作家，他们的人数并不少，不过因为地处边缘，成就和影响有限，因此他们远离当前文学的主流，处于被遮蔽和潜在的状态，很难有机会充分表达自己的话语。比较之下，他们的文学倾向更多在中国现实和本土方向，他们的文学阅读、文学视野都主要集中在国内现实中。

这里指的当然不仅仅是文学阅读，还包含着更广泛的内涵，甚至可以概括为时代文学的整体状况。也就是说，我们将西方化作为当前文学的绝对主流，在一定程度上源于我们的视野误区，我们的观念习惯于将文学理解集中在显在层面，也就是将主流文学当作文学的整体。但是实际上，我们不可忽略文学中的另一种声音，那些大多处于未成名状态、来自基层的作家的声音。因为他们的存在也在反映着另一种需求——身处边缘和底层的大众，他们在呼吁着对本土、现实的关注，这也是一种不可忽略的愿望和要求。

四、我们究竟应该如何看待大众和本土

这次作家文学阅读调查所反映出的现象，很自然地让我们想起了新文学历史上的某些时段。因为在新文学历史上，类似的情况并非只是个别。比如，在新文学的主流思潮之外，在一些特殊情况下，也有一些作家以别样的姿态进入到文坛中。最典型的是赵树理和"十七年文学"。赵树理以"地摊文学家"为目标，创作了大量为农民而写作的"问题文学"作品。他的作品不但完全为现实而写，而且在形式上也充分照顾农民读者的水平，语言和故事都质朴通俗，与新文学主流创作有非常明显的差异。同样，"十七年文学"也以大众化、通俗化为主要特征，最大限度地进入到基层农村和普通大众当中。

赵树理和"十七年文学"的兴盛都有赖于特殊的政治和文化环境。可以说，如果不是延安整风运动后的特殊文化氛围，不是"为工农兵服务"的政治文化方向，赵树理很可能进入不了主流文学界，"十七年文学"的许多作品也根本不可能产生，更不可能会成为"红色经典"。因为他们的创作，以新文学的"现代性"标准来审视，存在着非常明显的缺陷，根本进入不了文学的殿堂。

最突出的是文学高度和深度的缺憾。由于文化水平的限制，以及特殊时代下局促而狭窄的文学视野，特别是在政治环境限制下过多地局限于呼应现实、为现实服务，这些作家的创作确实有鲜明的缺陷。比如对个人缺乏深切的关注，忽视人性和批判的因素，包括在思想上完全受制于政治现实，缺乏文学应有的超越精神，以及在艺术上片面追求通俗易懂，却忽略了往高雅深刻方面的追求，等等。这些局限，当然不符合“现代文学”的要求，也达不到优秀文学的标准。

缺陷是毫无疑问的，但是，我们是否就可以完全否定他们存在的价值？事实上，一些文学史家正是在这种观念的主导下将他们排斥出文学史。但笔者的看法却不尽相同。笔者以为，他们的作品虽然思想深度不够，文学水准有限，但他们却以自己的方式实现了一个目标，就是表达了最广大的大众对文学的欲求，帮助他们表达出了部分心声（当然，这种表达还不是全部的，特别是没有表达出批判的声音），同时，他们的作品也为更广泛的大众所接受，对大众产生影响。

对于一种文学来说，这方面的意义并非可以忽视。因为其一，它实现了文学的某部分重要功能。一般而言，文学有两种基本功能，一是提升，它以较高的精神姿态，引领人生、民族精神往高远处发展；二是表达，表达出大众的诉求，满足大众对文学的需求。作为成熟的文学，这二者都不可或缺①。赵树理和“十七年文学”的功能主要体现在后一方面。这种功能是以启蒙为中心的新文学所长期忽略也未能达到的，但这种忽略其实是削弱了文学的部分功能。从文学接受层面说，只有与大众生活发生深刻而广泛的联系，进入到大众生活之中，这种文学才能说具备了丰富自己的深远源泉。如果始终只是少数人赏玩，它永远也不可能吸取生活的丰富营养，呈现出生机勃勃的旺盛生命力。从社会伦理层面说，一个时代的文学确实没有理由逃避与社会现实的关联、对社会文化的责任，也就是说，关注现实、关注大众，是文学无法回避的义务和责任。在自我和社会之间，文学不能固守前者，也应该同时兼顾后者。其二，它以自己的方式提供了文学创作方向新的可能性。中国新文学一直以西方化为目标。确实，现代西方文学在很多方面领先于同时期中国文学，特别是在思想和文化等方面。而且，文学和文化的发展本来就应该是开放、包容的，学习西方文学，吸收其精华，丰富和发展自己，当然是必须之举。但是，学习的最终目的是回到本土，建立起真正的自我主体。因为真正的独创性只能建立在本土生活和本土文化基础上，只有在对现实的关注中，在与民族传统的交融中，文学才能获取创造性和生命力。在

① 贺仲明：《新文学本土化理论引论》，载《南京师范大学学报》2013年第1期；贺仲明：《关于文学本土化问题答客问》，载《文艺争鸣》2014年第10期。

这个意义上说，中国文学不应该是单纯的西化，而是要以本土为中心，既开放多元，又立足本土，才能真正完善和成熟。赵树理和“十七年文学”的实践当然远未成熟，但对于新文学的发展来说，其回归现实和本土的方向，却具有很好的借鉴和参考意义。

所以，客观认识略显朴素而轻浅的赵树理和“十七年文学”创作传统，发掘其优长，克服其缺点，以其优点来补强自己和丰富自己，才能提升新文学的境界和水准。如果一味否定，单纯固守以往的发展方向，也许并不能促进新文学的健康发展，而是可能道路越走越窄，越走越缺乏生命力。

今天的文学也是如此。一方面，我们当然不可能拒绝向西方开放和学习——或者说不可能拒绝现代化的方向，但是，另一方面，我们同样应该关注本土，关注现实和大众——他们是文学最基本的接受者，文学也有责任满足他们的精神需求（这当然不是迎合和屈就，而是对他们的生存、精神和心灵状况给予更多的关怀，以平等的心态关注他们的状况和需求）。对于一个时代的文学管理者以及所有的工作者来说，我们也不应该只关注主流、大家和名家，不应该忽视那些身处边缘的未成名基层作家。他们同样是一个时代文学不可忽略的重要组成部分，他们的创作也许更真实更质朴地反映着时代的欲求。

第二节　关于郭敬明作品在大中学生中的阅读与接受状况调查[①]

郭敬明是中国“80后”青年作家群的代表人物之一，是在市场经济裹挟下的文化语境中聚讼不已的焦点人物，也是在广大的青少年读者群中不可避谈的一位作家。因此，了解和分析郭敬明作品在大中学生读者群中的阅读与接受状况，对于认识中国青少年的文学趣味、思想立场乃至未来社会精神的走向都有非常重要的意义。本文是“当前社会‘文学生活’调查研究”子课题“当前社会的文学阅读和接受调查”课题的一部分，希望通过对郭敬明作品在中学和大学生读者群中的阅读与接受状况以及郭敬明影响力的调查研究，揭示当代大中学生阅读的现状与得失，以便于对当下文化教育引导进

① 本节由孙婷、张铭芳执笔。孙婷、张铭芳是山东大学文学院硕士生。

行反思和建构。

2013年2月，山东大学文学院部分学生借着寒假返乡的机会开展了“郭敬明作品的阅读与接受状况”调查，调查的区域主要在山东省的部分市、县、区中学。2013年4月，部分问卷被发放至湖南省两所中学。两次调查共发放问卷600份，回收有效问卷544份。其中部分问卷存在着局部的错漏，在分项计算分析时可能影响到了问卷数量的合计数目，但是由于保留了大量的有效信息，所以仍然被视为可供分析的材料。2013年6月1日，我们对山东大学、南京大学、山东师范大学、湖南师范大学四所大学的中文系阅读状况进行了问卷调查，其中部分题目涉及到郭敬明作品的阅读，其结果也为本文所用。2013年6月30日，调研者就该调查采访了两名大学生，进行了个案访谈。本次调查活动的调查结论的得出即建立在问卷调查和个案分析的基础之上。

一、

中学生是郭敬明作品的主要读者群体，所以我们首先在三个城市的中学生中调查了关于郭敬明作品的阅读与接受情况。根据对三个城市544个中学生的调查，有近93%的中学生知道郭敬明。而他们知道或者了解郭敬明主要是通过阅读郭敬明的作品及其编辑的书刊，其次是通过电视、网络、同学朋友介绍等渠道认识了解了郭敬明。只有不到3%的中学生表示是经由老师介绍和推荐开始阅读郭敬明。这表明在中学语文教学体系中，郭敬明并没有得到广泛的认可。甚至，更多的中学老师将郭敬明的作品视为课外闲书，于学生学习生活和身心健康发展并无益处。

在阅读过郭敬明作品的中学生中，有35.3%的学生阅读其作品是出于对郭敬明作品的喜爱，26.7%的学生是为了休闲消遣，还有27.6%的学生是出于无事可做、从众心理而选择阅读郭敬明的作品。数据显示，28%的中学生表示没读过郭敬明的作品，56%的读过1—5本郭敬明的作品，还有16%的表示读过5本以上郭敬明的作品。从总体上看，郭敬明是他们较为熟悉的作家之一。

目前，中学生进行课外阅读的主要方式仍然是借阅和购买图书，所以我们还对中学生在购买郭敬明著作上所用的花费进行了调查。结果表明，51.1%的中学生在购买郭敬明作品上的花费在100元以下，花费在100—200元的中学生约占到了14.3%，花费在200—300元的中学生占到了4%，还有28.3%的中学生选择了其他。结合县城中学生的整体消费水平看，中学生在购买郭敬明作品上的高消费让人颇为吃惊。从调查结果可见，郭敬明的作品在中学生之间流传也较为广泛。

此外，问卷还就中学生对郭敬明作品的喜爱程度及其原因进行了调查。数据显示，有不到10%的中学生表示对郭敬明的作品非常喜欢，有46%的中学生表示喜欢郭敬明的作品，约有6%的中学生表示不喜欢郭敬明的作品，约有37%的中学生则表示对其作品不关心。不喜欢郭敬明作品的中学生中，因其作品"语言晦涩、无病呻吟"而不喜欢其作品的居多。确实，郭敬明的作品中存在大量的生僻字和生造词，使得中学生在阅读上有一定的障碍，情感的不节制和忧郁的情调也与中学生应有的阳光性格不相符合。喜欢郭敬明作品的中学生，则表示更喜欢其作品"描写细腻、情节感人、语言优美"的特点，其中"情节感人"成为郭敬明作品受欢迎的最重要的原因。这种结果的出现，很有可能是因为调查的对象是中学生，他们大多数人处于青春期的成长阶段，对校园情感处于敏感的懵懂时期，而郭敬明的作品中更多地涉及青春校园中的故事，曲折离奇而又与他们的现实生活有一定距离感的故事使得处于青春期的中学生读者颇为向往。而在这些故事中，中学生也很容易产生情感共鸣与精神契合点，这也是郭敬明作品倍受中学生追捧的重要原因。

与同样备受中学生关注、同为"80后"青年作家群的代表人物韩寒、张悦然相比，32.6%的中学生更喜欢郭敬明，韩寒和张悦然则分别以18.7%和2.1%占据第二位和第三位，还有44.7%的中学生选择了其他作家。郭敬明在"80后"青年作家群中的地位和影响力可见一斑。同时，近一半的中学生选择了其他作家。不难发现，在流行的大众文化传播环境中，中学生文学生活的选择有一定局限。在同几位知名现当代作家对中学生影响力的比较调查中，鲁迅以36%位居榜首，金庸占到了15.6%，郭敬明占到了8.4%，而获得诺贝尔文学奖的莫言仅占了7.5%，其他作家占29%。鲁迅过人的影响力与其多篇作品节选编入中学教材密不可分。金庸的作品大多趣味性和可读性强，且多数被搬上了荧屏，所以受到中学生的欢迎也并不奇怪。而对获得2012年诺贝尔文学奖的莫言，喜欢他的中学生仅占到了7.5%，这与莫言的小说多为长篇小说，且其作品的内容与中学生生活相去甚远也有很大关系。同时，很多中学生表示，鲁迅的作品思想深刻、难以理解的特点使得他们很难继续在课外自发自觉地阅读鲁迅。这在一定程度上也反映了当前义务教育阶段以考试高分为主要目的的语文教育模式僵化，极大地限制了中学生的阅读自由，降低了他们文学阅读的人文性和审美性体悟。当代中学生对当代文学作品的了解和阅读甚少，对此，义务教育阶段的语文教育体系的不足难辞其咎。

在对郭敬明的评价中，有 55.7%的中学生认为郭敬明可以被视为青春文学的突出代表。在对其作品质量评价的调查中，26.7%的中学生表示其作品质量很高，25.6%的中学生表示其作品质量良莠不齐，还有 15%的中学生表示其作品没有什么价值，只能作为消遣。在对其作品的定位中，有 30.3%的中学生将其作品定位为通俗读物，17.3%的中学生将其视为文学经典，还有 23.3%的中学生认为其作品是快餐文学，29.1%的中学生选择了“其他”，表示并不能确定。数据显示，将郭敬明的作品视为通俗读物的比例远高于视作文学经典的。

不管是将其作品视为文学经典还是通俗读物，可以肯定的是，郭敬明及其作品确实对中学生生活产生了不可小觑的影响。问卷显示，41.2%的中学生表示郭敬明的作品对自己的生活产生了正面的影响，只有 7%的中学生表示他的作品对自己产生了负面影响，还有 45.2%的中学生表示其作品对自己产生的正负面影响相当。而在其产生的影响中，又有 14%的中学生表示其作品对自己的影响主要是世界观、人生观、价值观的影响；25.7%的中学生表示其作品对自己的情感生活产生了重要影响；还有 7.3%的中学生表示其作品主要影响到了自己的学习生活；此外还有 67%的中学生选择了其他。可见在中学生世界观、人生观、价值观形成初期，文学阅读对他们产生了不可忽视的影响，而此时风靡的郭敬明作品也不可避免地影响到了他们的三观。此外，正值青春期的中学生对郭敬明作品中的爱情友情亲情的接触也在很大程度上影响了他们对感情生活的处理。据了解，郭敬明对中学生学习生活的影响主要集中在对他们语文写作的影响，其中有7.7%的中学生表示阅读郭敬明的作品对自己的日常写作产生了很大的影响，还有 37.7%的中学生表示有一般的影响，数据显示中学生写作受其影响的比例颇高。据调查，正是郭敬明作品的华丽辞藻和特殊结构吸引了许多中学生在行文风格上纷纷效仿，他们热衷于写作华美而忧伤的文章。甚至有许多中学生受到郭敬明个人经历的影响，纷纷开始进行文学创作，在一定程度上调动了中学生参与文学生活的积极性，但是过度注重形式而忽略思想和内容，过度模仿使得他们的创作难有新意。不可避免地，在他们日常的作文写作中，郭敬明松散的行文方式、生涩冷僻的造词作句、颓废病态的情感倾向等问题也逐渐显现，出现了许多“少年不知愁滋味，为赋新词强说愁”的现象。

二、

自2003年《幻城》出版至今已有十多年的时间，郭敬明作品的最早的读者也从少年成长至青年，从中学步入大学。为了使调查结果更为全面，除了在中学生中调查了关于郭敬明作品的阅读与接受情况外，我们还分别在山东大学、南京大学、山东师范大学、湖南师范大学四所大学的中文系大学生和研究生中进行了问卷调查。在203个被调查者中，本科生、硕士生、博士生分别占20.2%、66.5%、13.3%。其中研究生83.6%来自于现当代文学、中国古典文学、比较文学和文艺学专业，以现当代文学和中国古典文学专业居多，分别占24.6%和10.3%。

在这203位被调查者中，有6.4%的人表示喜欢郭敬明的作品，23.6%的人表示不喜欢郭敬明的作品，24.6%的人表示以前喜欢郭敬明的作品，但是现在不再喜欢。这个数字与参与调查的喜欢郭敬明作品的中学生的比例(56%)形成了鲜明的对比。调查显示，只有1位被调查者表示现在还会经常阅读郭敬明的作品，偶尔阅读的被调查者也只占到了27.1%，70.4%的被调查者表示已经完全不再阅读郭敬明的作品。可见随着年龄、学识和阅历的增长，越来越多的学生对郭敬明的作品丧失了兴趣，喜爱程度也有很大程度的下降。

在关于郭敬明文学作品的价值和能否成为经典的问题调查中，5.4%的被调查者表示认可其作品能够成为文学经典，认为其作品不能成为经典和对此问题表示不关心的被调查者分别占到了48.8%和42.4%。这表明绝大多数的中文系学生对郭敬明的作品持有否定和怀疑态度。这与中学生对郭敬明作品的定位和评价也有较大的差距。可见在中文系的学生的心目中，大致对经典有了自己严格的标准，他们接触了更多的作家和作品，从专业的角度来看，郭敬明的作品在大多数的大学生和研究生心目中并没有达到经典的标准。

在郭敬明的作品对被调查者的写作水平是否有帮助的问题上，3.4%的被调查者表示帮助很大，26.6%的人表示略有帮助，高达54.7%的被调查者表示没有任何帮助，还有8.9%的表示对自己的写作产生了负面影响。

这表明在中文系的学生中，郭敬明对专业学习的影响甚少，这与郭敬明在中学生中产生的影响之大形成了鲜明的对比。这个数据对比在很大程度上说明大学中文系学生的写作风格比起中学生更成熟，他们不会急于机械模仿某位作家的行文风格，而是更多地有了自己的写作风格和思路，相信这与大学中文专业的教育有着密不可分的关系。

从中学生和中文系大学生、研究生对郭敬明作品的阅读与接受状况调查结果来看，在不同的阶段，阅读者对郭敬明作品的阅读和接受有着很大的不同。中学生对郭敬明的作品表现出了更多的兴趣和热爱，而进入中文系学习的大学生和研究生则更多地持有冷淡或者无所谓的态度。首先，被大多数青少年视为青春文学的代表人物——郭敬明笔下的青春故事似乎更吸引青春期、热爱幻想的少男少女，而已经步入成年的大学生、研究生则更为理性地对待郭敬明笔下的故事。其次，身处义务教育阶段的中学生迫于升学压力，课外阅读的时间和精力非常有限，不同于课文学习的功利性，阅读郭敬明的小说给了他们想象和放松的空间。与此同时，不同于中学生读者课外阅读的休闲倾向，进入大学中文系的大学生和研究生，他们的阅读有其精神的提升性，在专业学习和阅读中开始更多地注重作品的文学表达和思想内涵，他们更多地接触了诸多优秀的作家和著作，这使得郭敬明的作品地位和影响在他们的阅读对比中渐渐下沉。此外，在中学生的生活中，家长着眼于考试成绩的提高，学校对文学阅读的忽视，使得中学生校园生活中缺乏专业的阅读引导者，所以同学之间的交流成为阅读的引导来源，在这种情况下，郭敬明的阅读成为一种流行。而在大学中文系，专业课程的开设和自主选择的多样性、各类图书资源的开放使得大学生阅读更具多样性。可见，中学生阅读资源匮乏、阅读面狭窄，而中文系大学生、研究生阅读面的拓展及专业知识的增加是调查结果显著不同的重要原因。

三、

为了更深入地了解大学生关于郭敬明作品的阅读和接受状况，我们还进行了个案访谈，采访了山东大学的一位本科生和一位研究生。陈同学（女，下面简称陈）是来自文学院中文系的 2011 级本科生，张同学（男，下面简称张）是来自数学院数学系的 2012 级研究生。

陈和张均从初中时代便开始阅读郭敬明的作品。二人都表示，在中学时代，郭敬明的作品非常流行，几乎人人都在看郭敬明的作品，谈论郭敬明几乎成为校园里的一种时尚和流行。张则表示，中学时代的自己完全被郭敬明小说的故事所吸引，“他的小说，有一种让人想一口气读下去的冲动和魔力，郭敬明是一个会讲故事的人”。而陈则表示了不同的意见，她最初被郭敬明吸引是因为他“一半明媚，一半忧伤”的文字，这对于中学生来说是很美很独特的文字，所以她在中学时期便开始做郭敬明的书摘，并且在自己的作文写作中着意去模仿郭敬明的风格，但是她对于郭敬明小说中的“团灭”剧情和压抑气氛表示难以欣赏。二人都对郭敬明的大红大紫表示难以理解，但是二人都在从众心理和好奇心的推动下买过不少郭敬明的作品。可见，虽然很多人并不很喜欢郭敬明的作品，但是中学时代的他们仍然成为郭敬明读者群中的一员。在中学时期，同龄人的阅读倾向对彼此的影响力是不可忽视的。

陈表示，进入大学中文系进行了专业学习后，接触了更多的作家作品，而学校图书馆的丰富资源也使得她可以读到以前她想读而没有时间读的作品，有了更多的选择。张则表示，进入数学系学习后，繁重的学习任务让他没有更多的时间去图书馆阅读文学类书籍，在考研期间，为了缓解考研压力，他仍然选择了阅读郭敬明的《小时代·折纸时代》。陈进入大学后便再没有读过郭敬明的作品，这与她在中学时代疯狂地痴迷郭敬明的作品，并且买下所有郭敬明的作品及其主编的杂志的行为形成了鲜明的对比，而张也表示进入大学后，身边几乎没有同学会再去阅读郭敬明的作品。中学生和大学生对待郭敬明作品的两种截然不同的态度在问卷调查中也有所体现，而张和陈就这一情况的出现给出了各自的解释。张表示，郭敬明作品的主要读者群即中学生，他们与郭敬明笔下人物的年龄更为相近，更容易产生共鸣。而且一岁年龄一岁心，随着进入大学阶段，生活环境和视野的变化，使得大学生更少地关注书中校园生活的爱恨情仇，不再为原来的故事而感动，甚至觉得有些幼稚。而陈指出，在中学时代，阅读郭敬明的作品是为数不多的缓解学习压力的好方法之一，大家都读，所以在课外有了更多的共同话题。而进入大学后，没有了学习高压，而且释放缓解压力、休闲娱乐的方式也更为多样，同学们更多地选择社团生活、上网、打游戏、谈恋爱来充实自己的业余时间，在这个快节奏的信息时代，很少有人愿意再去读郭敬明的书，因为越来越少的人选择读书。

2013 年 7 月 27 日，由《小时代·折纸时代》改编、郭敬明导演的《小时代》上映，仅三天票房便突破两亿，与此同时，褒贬不一的微博大战激烈上演，再次掀起了郭敬明作品阅读和讨论的热潮。笔者也就电影《小时代》与两位同学进行了探讨。张和陈都曾经读过《小时代》这部作品，陈表示对电影并没有太多兴趣，加之网络对其评价并不高，所以并不打算去影院看这部电影。张则表示，他已经看过了《小时代》这部电影，首映当天异常火爆，几乎场场爆满。他对电影《小时代》的评价是“没有想象中的那么糟糕，但是没有书写得好”，他认为书中人物塑造得更为细腻。而当论及为何大学生都不再读郭敬明的作品的同时，却热衷于去看《小时代》的电影，他表示，一方面，郭敬明作为一个成功的商人，他成功地为自己的电影进行了营销造势，并且启用大量吸引眼球的男女明星；另一方面，作为曾经有郭敬明作品陪伴过的青春群体，大学生们更多地以看电影的方式来回忆自己阅读郭敬明的青春岁月，重温青春期的珍贵回忆。

在访谈中，我们还谈到了他们大学的文学生活情况。张表示，虽然大学本科曾经开设通识教育的课程，增加了自己接触文学的渠道，但是身在数学系，平常的课业负担比较重，所以很少有时间去读文学类的书籍。不过他偶尔会看看金庸的小说作为学习之余的放松消遣，“金庸是我喜欢的作家，他写得真的很棒”。来自中文系的陈表示，除去老师课堂布置的必读书目外，她很少再去读一些所谓的经典（如鲁迅、老舍、莫言等人的作品），她更喜欢网络小说，如《盗墓笔记》《鬼吹灯》等作品。她说身边的中文系的同学也只有很少的一部分会去阅读经典作品，几乎没有人去看文学理论著作。张还谈到，他身边有不少数学系的同学会写诗，作为学习之余的一种爱好，他们选择写诗来放松一下大脑。而陈则表示，她早在大一时，便写下了长达十万字的网络言情小说，而她身边也有很多同学进行网络小说的创作，她喜欢文学网络平台，可以让她写一些自己喜欢的东西，施展自己的文学才能。可见，网络的普及使得学生参与文学创作成为极为普遍的活动，文学创作成为他们自我表达的重要方式。

四、

由以上调查可以看出，当前，在大部分中学生的心目中，郭敬明是他们课外阅读的优选对象，郭敬明招牌式的优美文辞和感伤故事是他的作品受到青少年青睐的主要原因。除郭敬明的作品外，大部分青少年很少有其他的阅读选择。而进入大学后，郭敬明作品在大学生的文学生活中所占的地位迅速下降，大学生、研究生拥有了更多的自主性，可以选择自己喜爱的作品进行阅读，但是另一方面，他们对经典的阅读和重视仍然不够。

鉴于上述问题，我们提出以下建议：

一是应丰富中学生的课外阅读生活。应试教育体制下的中学生阅读有着很大的局限性，语文教育应当以提升学生的审美力、感悟力为目的，但是现状却恰恰是这种阅读能力在下降。在中学生的课外阅读中，语文教师应当成为学生阅读的优秀引导者，培养青少年的阅读兴趣，引导青少年多读书、读好书。除了文学经典的引导，也可以介绍优秀的当代文学作品，目的是激发中学生的阅读兴趣，拓宽他们的视野。

二是改善经典作品的教育工作。从中学开始，鲁迅、巴金、老舍等人的有关作品便被节选编入语文课本，但是关于经典作品的文学教育方式并没有走出单一化的模式，中学时段的语文学习，以总结文章段落大意和背诵默写诗词为主要任务，很少深入欣赏和品读文章诗词，应试教育的急功近利的心态甚至使青少年对经典产生了逆反心理。同时，对于青少年来说，阅读经典应不仅仅局限于阅读文学经典，而是应当包括政治、经济、历史、文化、社会、自然科学等多方面的经典著作。因此，改变传统的教育模式，让青少年自觉地接受、感知经典作品的真正魅力是关键之所在。

三是在大学生中加强通识教育，提倡开设阅读写作课程。大学教育的分学科专业教育，使得许多非中文专业的大学生尤其是理工科学生缺乏应有的人文社科学识。因此参与通识教育课程成为他们接触文学、丰富文学生活的重要途径。通识教育是指在人文、社会、自然科学等领域获取通识的教育，体现一种更利于培养健全人格和博雅精神的教育理念。通识教育应当是面对所有大学生的教育，属于非专业、非职业性的教育，与专业教育可以互为补充。而现在许多大学的所谓通识教育，只是搞各种知识“拼盘”，或者蜻蜓点水一般地学点琴棋书画，知道一点“国学”常识之类。通识教育的主干，应当引导学生接触人类文化经典。而文学类通识教育的主要任务，应是重新唤起大学生对语文的兴趣，把他们被败坏了的胃口调试过来，使他们重新学会欣赏文学。此外，鉴于当前许多大学生都有着极高的创作热情和很大的创作潜力，开设阅读写作课程，可以帮助更多的学生成为文学生活的主体，让他们进一步走进文学的世界，让他们在专业的引导下进行更好的创作。他们在文学创作上的潜力是不可忽视的，也是值得关注的。

第三节　全民阅读视野下的媒介使用与文学生活

——以媒体从业人员为例[①]

“世界图书与版权日”，其最初的创意来自于国际出版商协会，目的在于推动更多的人阅读和写作，并提出“让世界上每一个角落的每一个人都能读到书”。近些年来，随着我国全民阅读活动的开展，阅读的观念也逐渐深入人心，其在我国文化软实力建设、文化传承与传播以及个人文化素养提升等方面的作用也被充分认知。而在文化的构成中，文学有着绝对的基础性的地位，它并不独立于社会生活，而是社会文化的一部分。特别是在今天，网络与新媒介非常发达，文学的传播与阅读形态已经发生了非常巨大的变化，文学阅读也进入到非常广泛的社会生活中。因此，全民阅读视野下文学传播媒介的使用及当前社会生活中的“文学生活”，是我国“文化软实力”建设中需要重点关注的领域。

一、研究意义

全民阅读活动是我国构建公共文化服务体系的一项重要部署。自2006年活动开展以来，在国家相关部门的共同倡导下，全民阅读活动在全国各地蓬勃发展，活动规模不断扩大，影响也日益扩大。

但是，当前中国国民的阅读状况却不尽如人意，这表现在从公共服务体系到公民个人意识等多个方面。比如，图书馆藏书量、图书馆覆盖半径和服务读者数量等指标与发达国家相比存在显著差距，需要进一步提升公共阅读设施的服务能力；比如，“读书无用论”等错误思潮依旧蔓延，全民阅读氛围亟须营造；再如，我国公民的阅读量与世界发达国家相比有着巨大差距，尽管当前手机阅读、网络阅读等已普及，但内容良莠不齐，需要指导和引领。

从当前我国全民阅读的实际状况中，我们可以看到，发展全民阅读，需要特别注意以下几个问题：

一是要广泛应用现代传播媒介。当今社会是一个媒介高度发达的社会，发挥大众传媒强大的传播作用，特别是移动媒体无处不在的传播功

① 本节由倪万执笔。倪万，山东大学文学与新闻传播学院副教授。

能，能够在我国公共阅读资源相对匮乏的条件下拓展阅读空间，丰富阅读方式。

二是要倡导全民阅读过程中文化的传播。从狭义上讲，大众传播媒体就是新闻媒体，承载着文化传播的功能，并且是文化传播的核心渠道。当下，是媒体文化流行的时代，是一个创造、传播和消费文化的时代，媒体的文化传播作用在全民阅读中要得到充分的重视。

三是要使阅读成为国民社会生活的一部分。这需要全民阅读追求社会效益与经济效益的平衡，不仅是经济生活中的“文化搭台，经济唱戏”，更要倡导文化的公益精神与公民文化素养的提升，使全民阅读成为社会生活的一部分。

因此，应用现代传播媒介，倡导文化传播，使阅读融入社会生活，是当前拓展全民阅读空间、提升全民阅读品质的重要方面。

本研究选择文学阅读为全民阅读研究的一个侧面，选择媒体从业人员为研究对象，主要出于以下考量：

一是从文学的角度看，在一定意义上讲，文学在一切与文化相关社会组成部分中处于基础性地位。文学虽然不再是当前文化艺术事业的绝对中心，但它却渗透在一切文化样态和艺术形式中，它不但是整个文化价值链的上游，更是本源。

二是媒体是文化建设的重要阵地，在文化事业的发展中处于特殊地位，文化传播也需要以媒体为核心进行运作。在当前的读图时代，视觉文化的盛行，媒介多元化发展，不但媒介形式从传统纸媒向电子媒体与新媒体发展，电视和网络大兴其道，而且从媒介内容上讲，其内容产品逐步呈现多媒体、全方位的样态。这一媒体的时代特征，不但影响着整个社会的欣赏趣味和需求，也在改变着文学的表现方式。而在豪华的文化景观面前，文化艺术产品更要强调文化品格和文学精神。

三是媒体从业人员虽然不是文学作品的重要创作者，但却是文学最为主要的传播者之一。如果其文学修养不高，媒体行业中的文学地位低下，不但会造成媒体产品中文学精神及人文内涵的缺乏，更会导致文学及文化传播的偏向。可见推进文化的发展与繁荣，媒体从业人员责任重大。

因此，可以看出，对媒体从业人员的文学阅读状况研究，是当前社会的文学生活研究的重要环节。

二、研究设计

本研究的研究对象为媒体从业人员。在当今社会，媒体一般指媒介的社会化或传媒组织，这是一个非常大的概念，其内涵比较明确，而外延难以理清。本研究的研究对象的归属组织限定为新闻媒体，即从事新闻活动的媒介组织，典型的如报社、杂志社、广播电台、电视台、通讯社等；其中，对于网站而言，具备互联网信息服务资质的网站寥寥无几，而网站本身是当前极为重要的信息组织，本研究课题的核心内容——文学阅读，也与时政新闻具有一定距离，因此将网站作为信息传播组织也计算在内，对网站的界定也就不限于具备新闻发布许可的网站。由此，可以确定本研究新闻媒体的类型为报社、杂志社、广播电台、电视台、网站、通讯社。所谓媒体从业人员即为在此六类组织里供职的从业人员。

本研究采用统计调查法、访谈法等研究方法为主，文献分析法为辅的研究方式。使用调查统计的方法时，采用网络调查和线下调查相结合的方式，并以网络调查为主。

本研究的样本选择采用先整群抽样，后分层抽样的样本选择方式，这样可以在保证大样本及具体分析单元样本符合正态分布的前提下，采用比较少的样本量($n \geqslant 500$)进行抽样选择。由于媒体主要集中在城市，尤其是大城市，另外本研究课题内容不包含城乡比较及港澳台地区的调查，因此通过全国区域划分，确定5个区域性中心城市作为整群抽样的选择，这5个区域性中心城市为北京、上海、广州、成都、济南。每个中心城市定额分配样本100个，按照年龄分层，分为20—30岁、31—40岁、41岁以上三个年龄段，每一段的分配比例为40%、30%、30%。抽样调查完成后，可以形成的大样本为$n \geqslant 500$，且每一年龄分层$n \geqslant 30$的样本集合。这样，样本具有比较好的代表性。

本研究拟通过媒体从业人员媒介使用的实际状况，考察文学传播媒介满足文学阅读的情况，描述在当前社会生活中媒体从业人员的文学生活。

本研究的研究框架建立在传播学“使用与满足”理论的基础上，探讨媒介使用的方式和时间，媒介满足文学阅读的情况。“使用与满足理论通过分析受众对媒介的使用动机和获得需求满足来考察大众传播给人类带来的心理和行为上的效用。同传统的'子弹论'等研究探索讯息如何作用于受众的思路不同,它强调受众的能动性,突出受众的地位。该理论认为受众通过对媒介的积极使用,从而制约着媒介传播的过程,并指出使用媒介完全基于个人的需求和愿望。"①

而针对如何研究需求与愿望,本研究引入另一个传播学理论——"知识沟假说"来进行。美国传播学者蒂奇纳(P. Tichenor)、多诺霍(G. Donohue)等在1970年发表的《大众传播流动和知识差别的增长》一文中提出了"知识沟假说(knowledge-gap hypothesis)",这一假说最初认为经济地位导致知识沟的产生与扩大,而现在发展到兴趣、动机与宗教因素是知识沟产生的核心因素,而兴趣又与认识和情感紧密关联。在我国,新闻媒体是党的喉舌,从业人员的宗教因素可以不纳入考虑。因此,本研究在考察媒体从业人员阅读文学的实际状况时,也要考虑媒体从业人员基于认知和情感的兴趣与动机(目的)问题。

另外,媒体行业是一个特殊的行业,多项研究均提出其从业人员生活压力大的结论。文学生活是社会生活的一部分,研究媒体从业人员的文学阅读不能离开对其社会生活与生存状况的考察,因此其日常生活行为的偏好也是其社会生活的反映。

所以,综合以上理论分析和实际考量,本研究主要包括了四个环节,其研究框架如下:

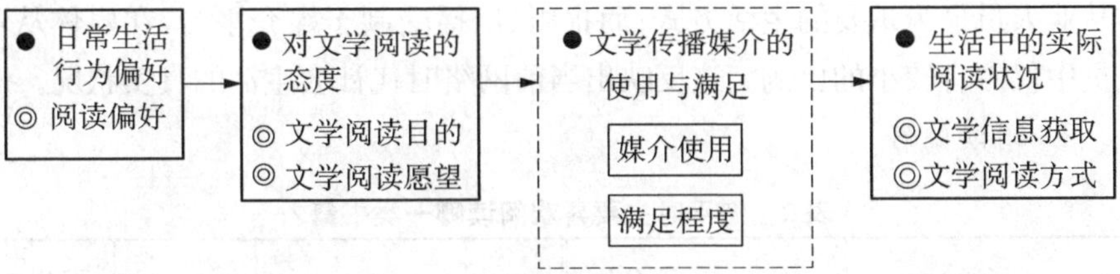

第一环节研究媒体从业人员日常生活中的行为偏好,主要目的在于探索阅读行为在日常生活中的地位;其中特别研究阅读行为的偏好问题,主要目的在于揭示文学阅读在整个阅读行为中的地位。

第二环节主要研究媒体从业人员对文学的态度,主要包括其如何认识

① 郭庆光:《传播学教程》,北京:中国人民大学出版社,2011年,第168页。

文学，以及文学阅读的目的和愿望。

第三环节是运用“使用与满足”理论研究媒介的核心，主要研究各类文学传播媒介的使用时间及满足文学阅读的程度。

第四环节考察媒体从业人员在生活中的实际阅读文学的状况，包括其如何获取文学方面的相关信息以及文学阅读的方式。

三、研究过程与数据分析

1. 日常生活行为偏好

考察媒体从业人员平时喜欢做的事，即其日常生活行为偏好，可以研究媒体从业人员的基本生活状态，以及阅读在其生活中的地位。

表 1　平时喜欢做的事(日常生活行为偏好)(可多选)

行为	频数	百分比(%)	行为	频数	百分比(%)
读书	384	71.4	上网	439	81.6
看影视作品	417	77.5	打游戏	168	31.2
看报纸	216	40.1	体育锻炼	207	38.5
听广播	101	18.8	旅游	280	52.0

(调查总人数为 538 人)

从表中与文学阅读相关的内容可以看出，上网、读书、观看影视作品是媒体从业人员最为重要的生活方式；而报纸、广播受制于媒介平台，在媒体从业人员中仅占有较小的比例。这反映出当前网络时代社会生活的真实状况。

2. 阅读偏好

表 2　您平时主要喜欢阅读哪一类书籍?

类别	频数	百分比(%)	类别	频数	百分比(%)
文学艺术类	235	43.7	励志类	78	14.5
职场技能类	65	12.1	专业类	28	5.2
科普类	45	8.4	Total	538	100.0
历史类	87	16.1			

从上表可以看出，在媒体从业人员阅读的图书种类中，文学艺术类书籍依然占据第一位。

3. 对文学的态度

表 3 对文学的态度

态度	频数	百分比(%)	态度	频数	百分比(%)
非常可笑，毫无用处	8	1.5	可以提高人的品味、层次	317	58.9
是专家研究者的事情	39	7.2	自己从不谈论文学	52	9.7
对社会进步有很大影响	122	22.7	Total	538	100.0

从上表可以看出，媒体从业人员对文学是持有非常积极的态度的，特别是对于文学的精神价值的认可，认为文学可以提高人的品味和层次的人数有着非常高的比例，同时也认识到文学的社会价值，认为文学可以促进社会的进步。另外，被调查者对文学的大众性有比较明确的认识，很少人认为文学仅是专家研究者的事。

4. 文学阅读的动机(目的)

动机问题是行为倾向及行为发生的基础性问题，也是目的问题；动机由个人的某种需要作为内部动因，激励和维持着人的行动，并且在这一过程中，行动的导向将指向某一目标，与个人的期望相一致。

表 4 阅读文学作品的目的

目的	频数	百分比(%)	目的	频数	百分比(%)
提高文学素养、陶冶情操	184	34.2	有志于文学创作	17	3.2
了解文化、增长见识	188	34.9	工作需要	13	2.4
娱乐消遣、打发时间	136	25.3	Total	538	100.0

从表中可以看出，媒体从业人员进行文学阅读的目的主要在于提高文学素养、陶冶情操、了解文化、增长见识，娱乐消遣、打发时间也占有一定的比例。因为从事专业创作或者工作需要来阅读的比例非常少。

5. 文学阅读的愿望

媒体从业人员根据自己的需要来确定文学阅读的期望，也就是希望阅读的文学类型。

表 5　希望阅读的文学类型

	频数	百分比(%)
阅读经典作品，如鲁迅等	152	28.2
阅读畅销书，如《哈利波特》等	100	18.6
阅读休闲杂志，如《故事会》《青年文摘》《女友》《读者》等	161	29.9
阅读网络作品	79	14.7
阅读纯文学刊物	46	8.6
Total	538	100.0

从表中可以看出，如果有文学阅读的愿望和时间，媒体从业人员选择阅读休闲杂志、经典作品、畅销书的最多，一方面体现出媒体这一特殊行业工作压力大的特点，需要将文学阅读作为生活中的一种休闲方式存在；另一方面，也体现出媒体从业人员作为知识群体，有阅读经典作品的需要。而阅读网络作品的比例比较低，反映出网络作品在文学领域获得认可的程度比较低。

6. 媒介使用时间

这个问题考察了媒体从业人员对各类媒介使用的时间，共列出当前文学阅读常用的七种媒介类型：报纸、杂志、图书、广播、电视、网络、移动媒介。我们分别调查每一种媒介每天被使用的时间，将几乎不用到每天 2 小时以上分为 5 个时间段。调查结果如表：

表 6　各类媒介使用时间

时间段	报纸	杂志	图书	广播	电视	网络	移动媒介
几乎不用	24.2	20.9	13.0	47.5	13.8	0.2	4.0
30 分钟以下	48.3	48.0	39.0	33.3	23.6	4.6	22.7
30 分钟—1 小时	20.1	21.9	30.9	13.4	26.4	13.8	25.7

续 表

时间段	报纸	杂志	图书	广播	电视	网络	移动媒介
1—2 小时	5.4	5.9	12.5	4.3	26.0	23.8	27.9
2 小时以上	2.0	3.3	4.6	1.5	10.2	57.6	19.7
Total	100.0	100.0	100.0	100.0	100.0	100.0	100.0

从表中可以看出，网络无疑是使用最多的媒介，而随着移动媒介的发展，其时间占用已经与传统的第一大媒介——电视媒介相持平，其他媒介的使用时间明显较少。

7. 媒介满足文学阅读的程度

由于各类媒介的传播特点不同，媒介使用时间长不等于在文学阅读方面用的时间也长，也不等于其能够较好地满足文学阅读的需要。于是我们需要考察各类媒介满足文学阅读的程度，每一种媒介的得分在 1—10 之间，10 为最能满足需要，1 为基本不能满足，得分越高，说明满足文学阅读需要越好。我们分别计算出了每一种媒介得分的均值、中位数、众数和标准差。

表 7　各类媒介满足文学阅读需要的程度

	报纸	杂志	图书	广播	电视	网络	移动媒介
得分均值	5.52	6.05	7.65	4.43	5.46	8.22	7.31
得分中位数	6.00	6.00	8.00	4.00	6.00	9.00	8.00
得分众数	8.00	8.00	10.00	1.00	8.00	10.00	8.00
标准差	2.622	2.497	2.319	2.823	2.758	1.846	2.273

从表中可以看出，得分均值和中位数最高的为网络，其次是图书和移动媒介，说明这三种媒介最能够满足文学阅读的需要。其中，网络的标准差最小，说明网络得分的数据分布最为集中，也就是说，选择“网络最能满足文学阅读需要”的人群态度的一致性程度最高，作为众数而言，图书和网络的众数均为最高分 10，说明选择网络和图书作为“最能满足文学阅读需要的媒介”的人群最为集中。因此，在文学阅读的满足方面，媒介的排序应该是网络、图书和移动媒介。

8. 文学阅读的实际状况

表 8　文学阅读的实际状况

状况	频数	百分比(%)	状况	频数	百分比(%)
大部分业余时间在阅读	94	17.5	几乎没有文学阅读	11	2.0
会拿出一定时间来阅读	232	43.1	出于工作需要，属于职业阅读	23	4.3
偶尔会阅读文学	178	33.1	Total	538	100.0

从表中可以看出，由于工作本身的特点，媒体从业人员拿出一定时间进行文学阅读的比例达到了 60%，而没有文学阅读的现象微乎其微，且真正为了工作而进行职业阅读的比例也非常少。

9. 文学信息获取方式

文学阅读需要首先了解文学的状况，以确定文学阅读的方向。

表 9　主要通过何种媒介了解文学状况

媒介	频数	百分比(%)	媒介	频数	百分比(%)
文学刊物	174	32.3	电视(文艺专栏类节目)	14	2.6
报纸副刊	37	6.9	广播(文艺类广播节目)	6	1.1
影视剧的改编	12	2.2	不去了解	12	2.3
专业评论刊物	34	6.3	Total	538	100.0
网络	249	46.3			

从表 9 中可以看出，网络媒介依然是最重要的了解文学状况的渠道，但对于文学这一领域来讲，文学的专业刊物依然是非常重要的传播平台。再一点，就是纯文学刊物虽然是了解文学状况最为重要的渠道之一，但在表 7 文学阅读的媒介满足程度上，由于受制于纸质媒介传播平台的问题，媒体从业人员并不希望在文学刊物上进行文学阅读，这形成了了解信息与实际阅

读之间媒介选择的差异。

10. 文学阅读方式

文学阅读的方式问题，是探讨媒体从业人员实际阅读文学时采用何种方式。

表 10　文学阅读的方式

方式	频数	百分比(%)	方式	频数	百分比(%)
图书馆借阅	111	20.6	阅读电子书或上网在线阅读	229	42.6
购买和订阅	176	32.7	租书	4	0.7
朋友借阅	16	3.0	在书店蹭书	2	0.4
			Total	538	100.0

从表 10 中可以看出，在线阅读或电子书阅读成为媒体从业人员最为重要的阅读方式，这与前面研究中所反映出的网络媒介在当前文学阅读中的地位相关联。另外，购买和订阅文学图书或杂志、图书馆借阅的比例也比较高，这反映了纸质图书或杂志在文学实际阅读时依然是重要的媒介。而朋友借书与租书比例都非常低，这反映了在当前社会中，“书非借不能读也”这一俗话主要发生在社会化的公共空间里，也反映出人际关系的微妙变化。因此发展公共阅读服务确实是全民阅读建设的重要方面。

四、结语

从以上的研究中，我们可以得出以下比较明确的结论：一是阅读及与阅读相关的媒介使用在媒体从业人员的社会生活中占有非常重要的地位，而其阅读行为偏好中最为重要的是文学艺术类作品。二是媒体从业人员对文学的精神价值和社会意义都有着非常积极的态度，进行文学阅读的目的主要在于提高文学素养、陶冶情操、了解文化、增长见识，而与生存相关的目的如从事专业创作或者工作需要的比例非常少，阅读时兼顾休闲娱乐与经典阅读的双重需要。三是网络和图书是最能满足文学阅读需要的媒介。随着移动媒介的迅速发展，其用于文学阅读的时间已与网络、图书持平，因此如何开发利用好移动媒介，兼顾深度阅读与浅层阅读是全民阅读工作要进一步探索的重要问题。四是文学刊物虽然是了解文学状况最为重要的渠道之一，但在文学阅读的愿望上，由于受制于纸质媒介传播平台的问题，媒体从业人员并不希望在文学刊物上进行文学阅读。五是在当前社会中，文学阅读与文学消费主要发生在社会化的公共领域里——无论这一领域是在现实空间还是在网络空间，因此发展全民阅读、提升公共阅读服务水平确实非常重要。

第三章 文学接受与文学生产关系研究
——以文学期刊调查为中心

第一节 《知音》读者群及其接受的调查①

在新闻纪实类期刊领域，《知音》以独具特色的生产运作模式频频引起外界的关注。2007年，它的月发行量达到了630多万份，在综合类期刊发行市场上，创下了世界第五和全国第二的辉煌业绩。在国内期刊发行普遍萎靡的境况下，《知音》还能够拥有如此广大的阅读群体，着实是一个令人吃惊的现象。那么，到底是什么原因使《知音》如此受到读者的热捧？主要是哪些群体在阅读《知音》？他们又是如何看待《知音》的？对于这些问题的关注，不仅有助于我们了解《知音》的生产运作模式，也有助于了解近年来人们在阅读文化领域的消费图景。

为此，我们针对《知音》的阅读群体，通过问卷和访谈两种方式，集中进行了一次抽样调查。调查中随机选取了500人作为对象，他们分别来自不同的年龄阶段、行业领域，有着不同的收入水平和受教育经历。问卷和访谈内容则涉及到《知音》杂志的编辑特色，及其在读者心目中的形象。我们对《知音》及其阅读群体，进行了一次较为系统的量化。

一、大众化的阅读定位

一家刊物成功的基础，首先在于它对自己的阅读群体做出精准的定位，《知音》显然是深谙此道的。在1985办刊之初，《知音》就把自己的读者群体锁定在了初中教育水平，以及广大女性读者中间，这在当时无疑代表了大多数的阅读群体。《知音》的创刊可谓是一举成功，其创刊号的发行量高达四十多万份，并在当年就突破了一百万份的月发行量。如果说《知音》当初的

① 本节由刘启涛执笔。刘启涛，山东大学文学与新闻传播学院博士研究生。

读者定位还不能辐射整个社会的话，那么随着多年来社会整体教育水平的提升，这个定位在今天已经可以毫无疑问地囊括了社会的各个阶层。

在调查的过程中我们发现，有96%的受调查者都“知道”《知音》，有85%的人在不同程度上阅读过《知音》。而在这个阅读群体中间，有11%的人是“经常阅读”，另外74%的读者是“偶尔阅读”。从知名度和影响力上来看，《知音》可以称得上是大众文化传播领域的典型案例。有超过一半的调查对象购买过《知音》，近三分之一的人对《知音》表现出好感。

一般来说，年轻人是阅读消费的主要群体，我们的调查也凸显出了这一点。从年龄段的划分来看，48.0%的《知音》读者年龄在20岁到30岁之间。这一群体中的大多数人都刚刚迈出校门不久，在工作的压力和生活的空虚面前，对精神消费往往有着更为急切的需求。而31岁到40岁的年龄段的读者就明显减少了，约为21.3%，并且以女性居多。随着年龄的增长，区分则更加明显，41岁到60岁的群体总计也不过10.7%上下。这些都说明了阅读消费与读者年龄有较大关系，尤其在《知音》这类情感性期刊上，表现得相当突出。而在读者的职业方面，公司职员一般是阅读消费的主要群体，这些人大都有较高的教育背景，工作也相对比较稳定，而且有一定的闲暇时间，能够保证他们有一定的时间和精力。在《知音》的读者群的职业统计上，公司职员的人数就占了34%，远远高于自由职业者的12%，工人的6%，以及农民的5%。

在期刊发行的过程中，忠实读者群始终是核心，再由它产生辐射，从而决定该刊物的影响范围。在年龄之外，最能体现一家期刊特征的，就是其忠实读者群的收入水平和受教育经历。从收入水平上来看，《知音》的忠实读者群的月收入主要集中在3 000元到5 000元之间，占总人数的46%。而月收入5 000元以上的群体、1 000元以下的群体，以及无收入者，才各占7.7%。而从学历上来看，《知音》的忠实读者群主要集中在中高等教育阶段，其中高中或中专学历占据了47.5%，大专本科学历占据了50.2%，这远远高于硕士研究生的2.3%。在高学历和初中以下的群体中，《知音》读者的比重是相当小的。

另外，我们也对北京、济南等地高校附近的报刊销售网点进行了调查。在对比中我们发现，在校大学生很少购买《知音》，而距离大学较远的那些报刊销售网点，《知音》的销路则非常好，购买的群体也多种多样。很显然，大学作为高学历群体相对集中的地方，其阅读趣味也倾向于精英化，而像居民区这种地方，则是大众读物消费的主要群体聚集地。

作为一份大众化的通俗读物，《知音》所追求的既不是雅致的精英文化，也绝非不堪入目的低级趣味。它只是在尽可能地去满足多数人阅读趣味的前提下，去传播主流的大众文化。因而在收入、教育和职业等诸多方面的划分上，《知音》的阅读群体分布都呈现出了“中间大，两头小”的态势。这也更能说明《知音》的畅销并不是一个偶然现象，而是当前大众阅读消费的一个典型案例。在大的信息化语境中，虽然人们的受教育水平在不断提高，但是阅读的去崇高、去深度的趋势越发不可避免，浅阅读构成了当下普通国民阅读的主体。《知音》对于读者群体的大众化定位，非常有利于它去赢得读者的广泛青睐，这也是它赢得广大读者群的重要前提。

二、独具特色的生产运作

《知音》成功的核心在于它的生产运作模式，这种模式是一种市场化的产物。在三十年的生存历程中，《知音》之所以能在市场的浪潮中立于不败之地，其中一个最为重要的原因，就在于它能适时地进行自我调整，并摸索出一套独具特色的生产运作模式。因而《知音》的生产运作带有明显的商业化痕迹，这主要体现在两个方面，其一是栏目的设置，再者就是它的写作手法。

早期的《知音》栏目设置相对驳杂，如生活知识、读者来信、历史文摘、原创小说等，无所不包。虽然也以情感性和故事性见长，但却带有较多的文学性和知识性色彩。在激烈的市场竞争面前，经过编者一次次改进，情感类纪实故事逐渐占据上风。从普通读者的接受来看，这些浅显易懂而又感人肺腑的真实故事更容易被接受。它们既能为读者带来情感慰藉，也满足了读者的好奇心，这也成为《知音》赢得读者青睐的关键所在。在调查中，我们发现有 40.5％的读者认为《知音》是“优秀的家庭情感类通俗刊物”。

作为一份畅销的纪实刊物，《知音》所追求的既不是单纯的新闻报道，也不是纯粹的艺术虚构，而是以带有文学色彩的手法报道新闻故事。一方面它追求着新闻的时效性和真实性，另一方面则通过可读性极强的文学手法将故事层层展开。借着这样一种独具特色的生产模式，《知音》走上了一条介于文学和非文学之间的“亚文学”路线。这种生产方式本身就带有艺术与商业合谋的气息，它也直接催生了一种新的传播文体——“知音体”。“知音体”是当代传媒市场竞争的结果，它带有一定的模式化色彩，这种模式化不光体现在标题的制作上，也体现在内容的展开上。

《知音》的标题以冗长、夸张为主要特色，冗长的优点在于它能通过标题暗示故事内容，而夸张则意在为读者造成一定的感官冲击。比如《无臂教授那不变的港湾：落败有你狂放有你》《女硕士追星血案：姑且爱上陈奕迅“表哥”吧》《“命案博士”哭爱：我是典当自己的爱情苦功哟》等等。这些标题无不是借用汉语自身的特色，巧妙地将叙事功用和一唱三叹的腔调融于一处。这些标题的拟定与古典章回体通俗小说有异曲同工之妙，本身就暗含着夸张戏谑的文学色彩。标题的设置是《知音》的点睛之笔，可同时也是它为人所诟病的地方，甚至不乏有人将其归为了“标题党”。另外，标题上的这种无限重复，也容易带给人审美上的厌倦，网络上一度流传出对此类标题的戏仿。

在故事的展开上，与文学创作不断追求形式的变革不同，《知音》的生产则是越来越趋向于模式化，这也是由大众传媒的生产特征所决定的。而与平实的新闻报道相比，《知音》对故事的叙述颇为离奇曲折，常常带给读者一定的感官冲击，甚至有时带有揭秘和煽情的意味。从内容的叙述上来说，“知音体”其实就是一种带有传奇色彩的纪实方式，它借用了文学艺术的修辞和新闻故事的新奇，通过有限度的调和来激发人们的阅读兴致。这种叙述方式正是《知音》的拿手好戏，它给读者带来强大的娱乐满足和情感慰藉。

然而，对于《知音》的这种生产运作模式，大多数的读者都持有一种消遣的心理。在关于《知音》的阅读体会的调查中，有 51.5％的读者都认为通过《知音》“增长了见识，了解了社会”，还有 44.4％的读者则认为“满足好奇心，给生活调剂”。《知音》对事件的传奇化叙述，在很大程度上取决于普通读者的阅读期待，因而大多数人在阅读中也大都持一种较为开放的态度。我们在调查中发现，认为《知音》的报道完全真实可信的读者只占了 7.4％，72.6％的读者则认为其“基本可信，有一定夸张”，认为基本不可信的占有 15.8％，只有 3.2％的读者认为《知音》“完全是瞎编乱造”。

《知音》以这种独具特色的生产运作模式赢得了广泛的阅读群体，也使它成为当代文化消费领域的一道独特景观。可是，如果要简单地把此类文体单纯地理解为一种戏谑手法，显然是相当武断的。准确地说，《知音》的生产运作只是代表了当代传媒生产的一种特殊模式，如今在很多的媒体报道中，都或多或少地见到这种模式的影响。

三、读者眼中的《知音》

品牌形象是大众期刊一个至关重要的问题，因为它不但会直接影响到杂志的经济利益，也最终决定了它的社会价值。尤其是对于像《知音》这样的大众化刊物来说，如果它想要拥有广泛的阅读群体，仅凭迎合读者的猎奇心理是远远不够的。它还必须关心自身的品牌建设，尤其在激烈的市场竞争中，这一点显得尤为重要。《知音》在发行上的巨大成功，一方面在于它的生产运作和经营策略，另一方面则要归于其自身的核心价值，即对人情和人性的独到呈现。这两者共同建构起了《知音》在读者心目中的形象。

在人情的表现上，并不是什么样的情感故事都能进入《知音》的，它重点表现的是那些震撼人心的亲情和爱情。显然编者所看重的，正是这些情感所带给读者的激烈心灵冲击，再通过作者和编辑的共同制作，从而达到一波三折，乃至催人泪下的功效。这种编写方式是《知音》获得读者青睐的制胜法宝，在我们的调查中，有 71.9%的读者都认为“感人的真情故事”是《知音》最吸引人的部分。这种叙述方式使得《知音》为广大读者带来了情感的慰藉，尤其是很多女性读者对《知音》更是多了一份亲近。可是，《知音》也因之背上了煽情的恶名。而在人性表现上，《知音》突出的是人性中的弱点，尤其是那些吸引眼球的凶杀案件、三角恋爱之类的故事，是《知音》乐于言道的话题。故事通过略带夸张的传奇讲述，绘声绘色地呈现出事件的整个过程，最后则以犯罪分子正法结尾，从而达到道德训诫的警示。有时编者还会在文章后面加上小段“编后语”，以教导读者避免悲剧发生。即便如此，也只有 8.3%的读者比较看好这些内容。而在那些对《知音》不大了解的人们看来，则认为这是在宣扬不健康思想。

作为一种大众刊物，《知音》所表现的人情和人性，是建立在传统的道德价值体系之上的，这也使它在当前文化现实中具备了涤荡人心和道德训诫的功效。在有关《知音》阅读体会的调查中，有 16.2%的读者认为从中“获得情感慰藉，激发正能量”。在我们的访谈者中有位退休老人，他订阅了《知音》将近十年。老人之所以喜欢阅读《知音》，就是因为看到了它的教育意义。他认为《知音》中的那些感动人心的真情故事，以及那些离奇的凶杀案件，能从正反两个方面教育人们。事实上，教育性一直都是《知音》及同类刊物的重要特征，这不仅是因为来自体制话语的审查，更重要的是它能够完善自身的公共形象，从而博得官方和民众的信赖。因此不难理解，《知音》为什么既获得了广大读者的认可，同时也赢得了中宣部等官方机构的褒奖。

可是，在大的市场经济环境中，《知音》低姿态的办刊方针，虽然使它获得了众多阅读群体，但也造成了它的格调不被看好的事实，招致了不少诟病。在调查中，我们发现有 32.4％的人认为《知音》格调一般，还有 11.6％的人则认为它的格调不高，更有 0.9％的人干脆把它视为“耸人听闻的八卦杂志”。很显然，《知音》报道中所存在的一些负面性东西，很容易被人想当然地加以放大，甚至影响到人们对它的真正看法。在问及是否“会向朋友推荐《知音》”时，有 32.6％的读者都选择了“不会”，明显高于选择“会”的 21.2％的读者。

不过，从总体来看，《知音》对自身品牌形象的打造仍然是相当成功的。虽然也出现了像“毕淑敏状告《知音》”这样的负面事件，但是更值得看好的是它对于社会正能量的传播。尤其是对洪战辉、谢延信、谭纪雄等英雄模范人物的报道，无疑更具有积极的社会作用。同时，它也在竭力维护与读者的关系，通过知音热线、爱心捐助等各种公益性事业，获得了良好的信誉积累。

总之，《知音》的阅读是一个值得关注的文化现象。尤其在步入后工业时代的复杂语境中，大众阅读趣味正逐步趋向于浅化和软化。在人们浮躁的外表下，对传统人性和人情的感怀也在愈演愈烈。不少人既孜孜追求着感官的刺激，又竭力寻找着情感的慰藉和向上的动力，《知音》在内容上无疑满足了人们的这一阅读期待，它的存在让生活在重压下的人们获得了一个心灵净化空间。在不少人看来，这个空间的结构也许很简单，但却是不可或缺的。

第二节　《读者》“模式”及其受众调查[①]

《读者》杂志创刊于 1981 年 1 月，是甘肃人民出版社主办的一份综合类文摘杂志，原名《读者文摘》，因和美国《读者文摘》有同名版权之争，1993 年改名为《读者》。其发行量雄踞全国期刊之首，在亚洲也排名第一，世界综合性期刊排名第四，被誉为“中国期刊第一品牌”。《读者》的成功，及其生

① 本节由杨连执笔。杨连，山东大学文学院本科生。

产、发行、传播与接受，是当代中国文化的一道风景，从中可见当代社会文学生活的某些重要侧面，值得专门深入研究。本文着重调查分析《读者》的读者群，自然也会探讨《读者》的办刊特色——看到底是哪些方面赢得如此广泛的读者的欢迎，藉此也能窥见当代中国普通国民“文学生活”的某些影像。

在做《读者》受众阅读状况分析之前，笔者共发出问卷2 000份，实际回收问卷1 673份。问卷设计涉及不同性别、年龄、职业、地区等，以下将从不同的方面来分析数据。

一、《读者》的接受现状：青年人占主体

从调查结果来看，《读者》在青年一代中具有很高的人气，青年是接受、阅读《读者》的主体。首先，在问卷“您阅读过的文学期刊（可多选）”选项中（见表1），有高达78.79%的人选择了《读者》，其他依次是《青年文摘》59.09%，《意林》30.3%，《萌芽》27.27%，《故事会》19.7%，《收获》9.09%，从这些数字中我们发现，《读者》在受众中有着极高的关注度与阅读量。其次，从年龄构成来看：

表1

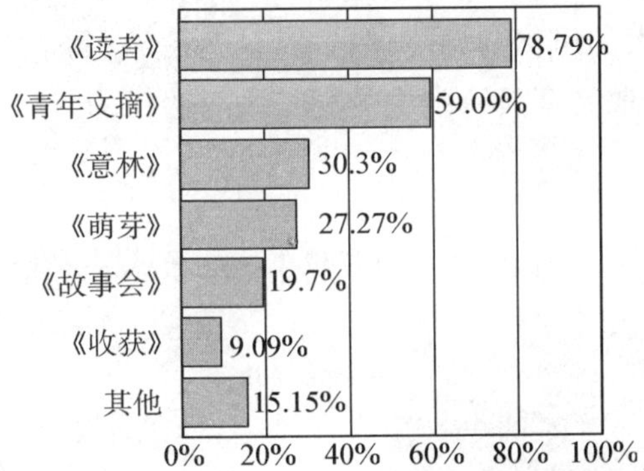

表2

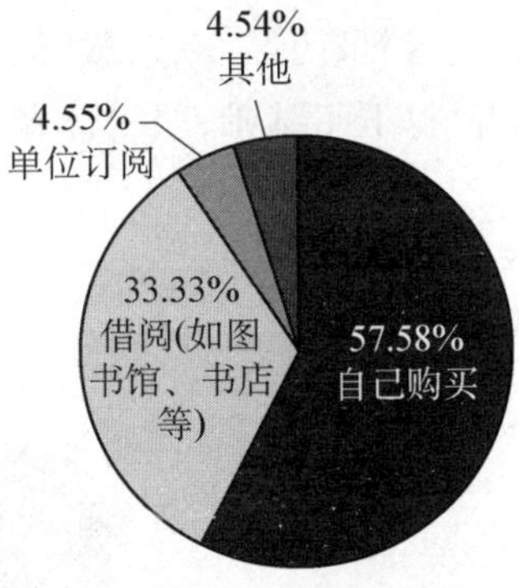

读者在15—25岁这个年龄段所占的比例为63.33%，26—35岁这个年龄段的为26.06%，36—45岁之间的为3.03%，这反映出《读者》在15—35岁这个年龄段的人群中是最受欢迎的。这也反映出了读者的主要定位群：青年。关于阅读来源，57.58%的人选择了“自己购买”，33.33%的人选择了“借阅”，4.55%的人选择了单位订阅，这些数字都表明《读者》的受众是广

表 3

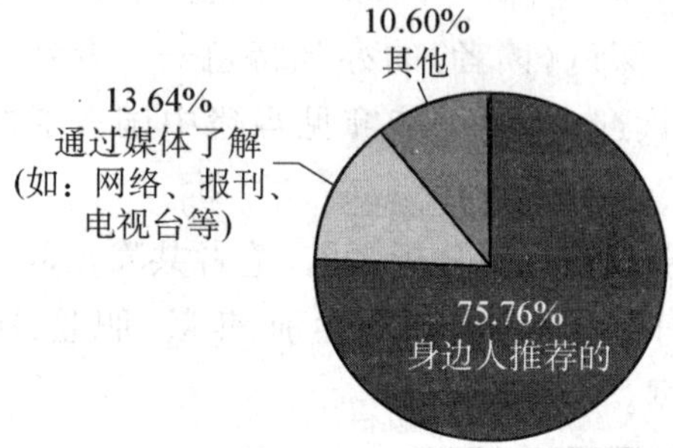

泛的，而且主要以青年为主。

从了解渠道来看（见表 3），75.76％的人是通过身边人的推荐（其中包括老师、同学，乃至父母）才接触《读者》的，13.64％则是通过媒体，其他占10.60％。经身边人推荐占了很大的比重，可以看出《读者》在阅读者中的口碑是极好的。此外，在问卷“您接触《读者》有多长时间的”选项中，选择 5—10 年的高达 45.45％，其他的依次为 31.82％（1—5 年），6.06％（1 年），16.67％（10 年以上）（见表 4），可见，《读者》的资深受众群是很庞大的。而当问及为何十年如一日地坚持翻阅《读者》时，受众的观点集中在以下几个方面：一、《读者》虽历经 30 余载，但其大的风格却始终保持着，这为受众长期关注《读者》打下了基础；二、《读者》选取文章具有强大的感染力与吸引力。

表 4

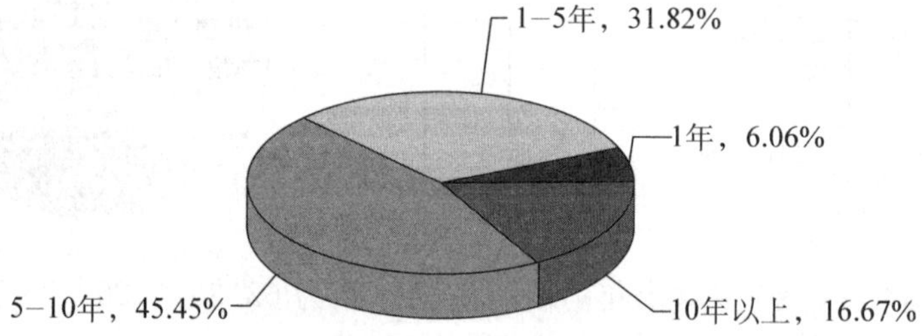

那么是《读者》的哪些特质吸引他们呢？66.67％的人选择了“便于了解外部世界”，53.03％的人选择“富有知识性”，42.42％的人选择“故事好看、感人”，其他的为“获取方便，便于打发时间”（37.88％），“排版装帧精美，具有收藏价值”（7.58％）（见表 5）。

表 5

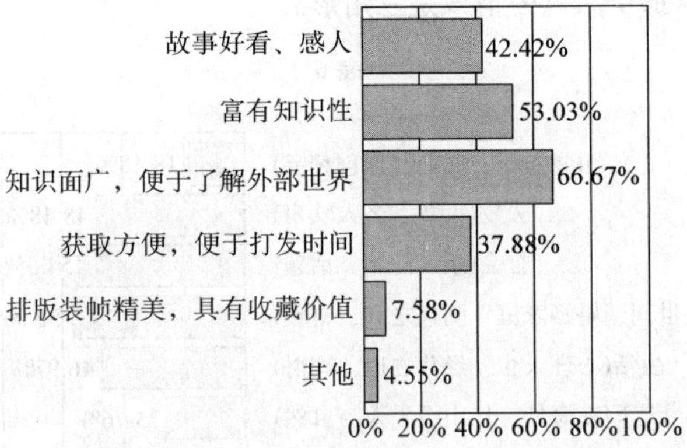

为什么青年这个年龄段的人如此钟爱《读者》杂志呢？经过对受众的调查分析与个案访谈，笔者得出结论。这个年龄段中很大一部分是高中生，他们之所以选择《读者》基于两个方面的考虑，首先《读者》是他们课外休闲的一种选择，可以放松身心；其次，在《读者》中可以经常发现许多好的文章，这些文章可以增加知识量、积累素材、活跃思维，尤其是对作文水平的提高有很大帮助。此外，相对于游戏、看电视、上网等课外休闲方式，家长更倾向于孩子进行课外阅读（对孩子课外阅读“支持”和“比较支持”的比重分别是85.3%和12.5%，“不支持”所占的比例几乎可以忽略），尤其是像《读者》这种既能放松身心又能增加知识量的书刊成为首选。

具体到读者的各个栏目来看，受众喜欢的栏目分布状况是：文苑(18.18%)、人物(48.48%)、社会(54.55%)、人生(56.06%)、生活(46.97%)、天下(25.76%)、文明(24.24%)、点滴(34.85%)、艺术(22.73%)、互动(4.55%)、资料卡(1.52%)、其他(1.52%)。(见表 6)从这些数字中可以发现，“人生”“社会”“生活”“人物”“点滴”这几个栏目最受受众的欢迎，而这些栏目中大多数的文章都属于“励志型”“草根型”，都是以“情”取胜。主要表现在这些栏目始终关注着属于“草根”阶层的底层群体，讲述生活哲理，赞扬人性美德等几个方面，都是从“情”字入手的。在读者最喜欢的100篇文章中表现“情”的文章有15篇左右，如《母亲是完美的》《母亲的姿势》《地震中的撑起》《第一次抱母亲》《崇高的母性》《母爱给了我力量》《母亲啊，你是我最好的导师》《母亲的牙托》《父亲为什么沉默》《天底下最伟大的父亲》《我与父亲八年冷战》《雪山作证：千万里爱的追寻》《孩子，你那边有雨》《那个人》《爱情该是三角形》。

表 6

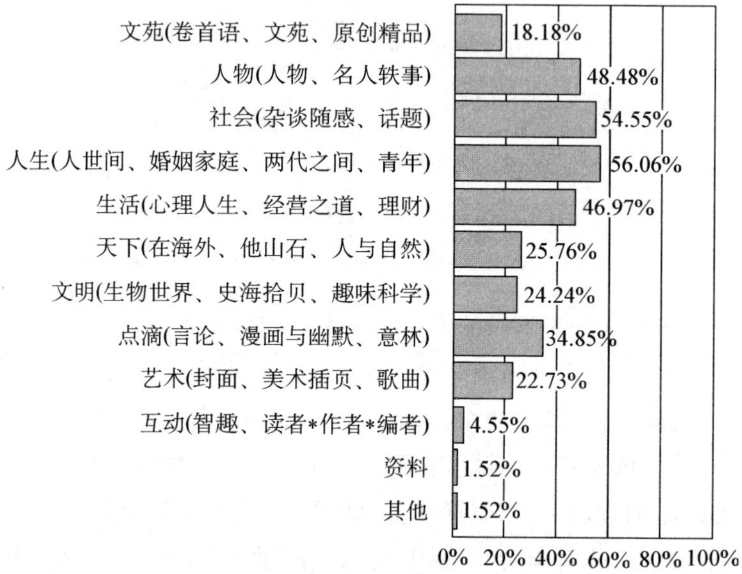

由上述分析可以看出《读者》内容的选取与编辑的某些特点：始终坚持平民化视角，雅俗共赏。有人这样评价《读者》，“只是一介平民，和老百姓一样生活和呼吸。她视读者为朋友，而不是所谓的‘上帝’，读者待她如知己，可以诉说衷肠，亦能鼎力相助”。《读者》选取的文章是平民化的，是以“草根”形象出现的，所以获得了大多数普通人的欢迎。此外，《读者》始终坚持的高质低价策略也是平民化视角的体现。从创刊时的每本 3 角到现在的 5 块，可以说《读者》始终保持在尽可能低的价位。

值得一提的是，《读者》是大众类文化期刊，所承载的是大众文化，然而大众文化与精英文化却是对立的。《读者》却巧妙地将二者之间实现了互融。选取的文章中既有对人类问题的思考，适用于精英主义者的内容，又有大量通俗、质朴、清浅的适合普通人的文章；再如，彩页中的世界名画既是精英主义者所喜爱的，也为普罗大众所喜欢，最终达到了雅俗共赏的效果。

从《读者》杂志的内容来看：《读者》在内容上长期追求“真、善、美”，关照心灵，体现“人文关怀”。很多人把《读者》杂志看作是中国人的“心灵读本”，杂志中很少有宏大的叙事，相反，绝大多数文章都是以涓涓细流的形式出现，以细小的片段触动读者的内心。它的绝大部分作品从“人性”这个主题出发，选择和追求“真、善、美”，而这也是《读者》一贯所追求的目标，所以民间有评论：“这是一本没有痛苦的杂志，她所宣扬的只是人性中最美好的一面。人们从这本杂志上感受不到痛苦，因为她所宣扬的是积极的人生与美好的未来。她主要给人以希望与启迪。”那么，《读者》的内容到底有何过人之处呢？下面笔者将对《读者》具体的内容模式进行分析。

1.《读者》一贯的主题：关注弱者，以书写小人物为主

在笔者选出的样本期刊中，关于弱势群体的有50多篇。所谓弱势群体，是指这样一些人：他们有些处于社会的底层，有些经济贫困，有些身体残疾，是需要社会关注、关爱的社会弱势群体。《读者》中选取的文章很多都是写弱势群体的。通过分析《读者》中关于弱势群体的文章可以看出，虽然这些人身处逆境，但其表现出昂扬的精神和对美好生活的追求向往不输其他阶层。如《角落里的阳光》中，主人公是一个贫民区的孩子，姐姐是个残疾人。“我”坚持给小男孩100美元，他“还是硬塞给我，‘我们自己行’”。《站立的尊严》中，为给女儿治病，夫妻俩已负债累累。他们举的求助牌上写着“要药，不要钱”。《一个寒门学子的心酸日记》《一对月收入300元的夫妻》等文章莫不如是。

这些关于“小人物”的文章在不同程度上契合了大众的审美维度，这些“小人物”的点滴生活也在这些文章中体现出来，读这些文章也让受众感同身受。所以《读者》选取的文章贴近读者生活，尽量满足读者们的审美需求。

2. 悲剧意识浓厚，符合现代人的审美趋向

相对于喜剧，悲剧是更深层的审美。在《读者》诸多的审美要素中，带有悲剧色彩的文章更受大众的欢迎，死亡无疑是悲剧的一种。在读者选出的喜爱的文章中，《两棵树的守望》《雪山作证：千万里爱的追寻》《雪花承受不了阳光》《幸福是用胡萝卜雕刻出来的花朵》《父亲的金婚》《世界上最懂我的那个人去了》《复活的玫瑰》《追忆似水年华》等，都是将爱置于生死之间。这些“生死之间”的爱透露出的是人生的悲剧，而这也是读者喜欢的原因，因为在当今“娱乐至死”的社会，现代人需要心灵的触动，而含有“悲剧”色彩的文章往往能满足现代人的这种独特需求，《读者》恰恰可以提供这种

机会。

那么,《读者》杂志中选取的文章内容有着何种规律呢?笔者试着将《读者》中的故事模式做了简单的概括。

读者中的文章大致可以分为两种:一是知识类的作品(如知识、看世界、生活、社会等几个栏目);二是抒情类(如文苑、人生、点滴等栏目)。对于知识型的文章而言,其主要功能是给读者介绍各类知识,这类文章的主要目的是为了拓宽读者的知识面,在特定时期曾经发挥过主要作用,但这些栏目现在并不是受众关注的主要栏目,这类文章在《读者》中也并不是主体。在《读者》中占绝大部分的是抒情性文章,这类文章具有强烈的情感倾向性,也是大多数读者们喜欢的部分,所以下面笔者试图对这类文章进行模式分析。

笔者随机抽取了《读者》杂志中的300篇故事来做文本,在经过严密分析后发现,这300个文本虽然在叙事形态、艺术方法以及主人公社会身份等这些方面有着不同,但也有极其相似的部分。

《读者》中大多数故事的故事模式是这样的:主人公一般出生贫寒,命运多舛并伴随着不幸,比如说疾病、贫穷、丧亲等。

生来贫穷类:比如《袋里有米,炉边有柴,还要什么》一文中写某一诗人"现在自己的袋里仅有乞讨来的三升米";《老妪的世外桃源》中写一对姐妹,她们的父亲被木头砸死,两个哥哥先后死在战场上,17岁时母亲去世,她们在四五岁大时就要做一大堆的事,17岁便要接手锯木坊开始独立生活;《金色小提琴》一文中的海利,在窘迫不堪时打算卖掉家里最值钱的,甚至可以换到一座房子的父亲的小提琴。

生病及失去亲人类:这类在《读者》选取的文章中所占比例很高,约占样本的四分之一,如《格林夫人》中的主人公患了癌症;《上帝住在一个老妇人的篮子里》一文中的老妇人死了丈夫没有孩子,在悲痛中失语;《上帝的谈话》一文中的一对老人,兼备以上所有灾难,贫穷靠糊纸盒为生,因飞机失事失去唯一的儿子;《雪山作证:千万里爱的追寻》一文将男女主人公的相识相爱放在男主人公处于垂死边缘的时刻。《两棵树的守望》《世界上最懂我的那个人去了》《她终于安宁了》《雪花承受不了阳光》《复活的玫瑰》《留着唇印的情人卡》《水也滔滔,情也滔滔》《追忆似水年华》等都是将爱情置于生死之间。

《读者》对死亡、贫穷、疾病等主题的关注，主要目的是从侧面鼓励人们像文章中的人们一样用积极的态度去面对不如意的生活，弘扬人与人之间的爱，发掘人性之光。

要从生活的困境中解脱，去除内心“欲望”则是一种方法，而《读者》选取文章中的主人公们也经常用这种方法来摆脱各种不幸，以积极的心态来面对生活的苦难。《读者》中选取的大量文章契合了同一个叙述公式：幸福＝去欲＋精神＋知足。也就是说，幸福的得来其实是很容易的，只要去除内心的欲望，追求精神的饱满以及知足，那么你就会获得幸福。以《用幸福衡量财富》为例，文章认为“财富仅仅是能够带来幸福的很小的因素之一，人们是否幸福，很大程度上取决于很多和绝对财富无关的因素。绝对财富的鸿沟无法填平，而幸福感却可能被每个人所拥有。我们的最终目标不是财富最大化，而是最大化人们的幸福”。这篇文章很好地解释了幸福的含义。再如《割断欲望之绳》一文中所说：“众生就像那头牛一样，被许多烦恼痛苦的绳子缠缚着，生生死死不得解脱，名是绳，利是绳，欲是绳，如果舍弃了这些欲望，你的生活会变得怎样呢?”这些文章都想表达的是去除内心欲望，因为对大多数人而言，在苦难的生活中这种方法显得最为简单而有效。

培养精神的自足性。如何在贫穷和苦难中体会人生幸福，培养精神的自足性是个很重要的方面。学会如何体会贫穷生活中的幸福，甚至学会挖掘平凡生活中的幸福以消减自己的不幸则是《读者》所追求的。如《金色小提琴》一文中的海利，在酒店里看到最后一次拉小提琴的父亲时，泪水几乎在一瞬间汹涌而出，他大声对大家说：“我的父亲这么多年来，他安慰我说他在公司里提升了，其实他一直都在这里用这把小提琴为我提供学费，而我毫不知情。我不是富家子弟，但我的父亲却让我知道了什么叫富有。”再比如《平凡的婚礼》一文中，两个贫穷的年轻人结婚时所说的话：“我带着外出找工作未得的一身疲惫与沮丧回来时，她会端出仅剩的一块面包；当我没钱给她买衣服时，她会穿着破旧的衣服安之若素，我们没有汽车代步，但我们一起背着背包郊游，却感觉快乐如在天堂……就为了买到花店里这最后一枝处理的玫瑰，他捏着仅有的50美分在店外的寒风中整整站了两个小时。”再如《精致生活》一文中，一位贫穷的母亲给孩子做白衬衫白边儿鞋，让孩子们在艰辛的生活中明白什么是整洁有序，什么是美，于是文章评价道：“粗劣的土地上一样可以长出美丽的花，美德可以消减内心的苦难，它的具体方法是提升个人的道德修养，在帮助与自己同样不幸的人时，消减自己内心的痛苦，并获得精神上的满足。”《读者》试图避开尖锐的现实，试图在杂志中描绘一个人性王国，在这个王国中现实不再是那么难以承受，生活不再是那样灰暗，它特别强调认识主体的自足性，强调幸福是从纯粹心灵中生长出来的，浇灌它的也只能是善良宽容、互爱、互助、感恩、赞美等代表人性之美的事物。

总之，《读者》所宣扬和追求的是，让大众可以从其选取的文章中获得一种精神的愉悦和满足，以期消减现代社会给大众带来的困扰，让大众获得精神层面上的幸福。

二、从编辑装帧角度看《读者》

小到字体的选用，大到文章的布局、配图，这些除文章内容之外的东西不仅从形式上吸引着读者，也在审美上让读者获得情感愉悦和视觉享受。在问卷“《读者》最吸引你的地方”选项中，有 23.97％的人选择了“排版精美”，从这项统计中可以发现，《读者》的排版装帧也是受众选择《读者》的一个重要因素。《读者》杂志的编辑装帧很注重细节，小到字体，大到配图都可以看到编辑的良苦用心，众多读者也被这种特有的简约而不简单的编辑特色所吸引，那么到底有何过人之处呢？

一、高雅。《读者》杂志不追求形式上的新颖与内容上的突变，始终保持着清新高雅的格调。从文章的选取来看，知识性、趣味性、草根性是其最大的追求。从装帧设计上来看，30 多年的《读者》无论是其封面设计还是内容的排版始终没有太大的变化。《读者》的封面设计长期保持了一种基本样式：以白色为底色；毛笔所书“读者”红色刊名位于正上方；下面安排长方形图片，其外又用线框起小巧的期号标于右下角。1985 年《读者》杂志开始使用沿用至今的三栏制，每栏 14 字。美术原则是：只用宋体、楷体、仿宋体、黑体四种，甚至是一些栏目的页码也是固定的，如《漫画与幽默》这个栏目固定在杂志的第 24 页。基于此，有些资深读者可以准确地说出每个栏目的页码也不足为奇。为什么坚持这种看似僵化的模式，用《读者》杂志主编的一句话可以概括——“越保守越有力量”。

二、精致。为了杂志 48 页内容的质量，编辑们每天要读三四十份报刊、五六百份稿件，在大量阅读中精选稿件。他们选文的原则是“先让自己感动，再试图感动读者”。此外，杂志的编排也很讲究，为了让文章不枯燥，编者很注意文章与图文的搭配，照顾读者的阅读习惯和节奏，让读者有一口气读完的兴趣。编辑采用摄影或绘画作品装饰封面，图片的选择很精致，例如1997年7月正值香港回归之际，这一期《读者》的封面是一个头戴中国传统头巾的女孩期盼的面容；1998年第一期则以红色为主调，蜡梅和绒布虎突出了迎春的主题。这些图片均巧妙烘托了气氛，恰到好处。而其更多选用的是风格淡雅别致或有浓郁人情味的图片，紧密结合了雅俗共赏的内容风格。

总之，正是这种简约而不失高雅的排版装帧风格使得《读者》可以在众多期刊中脱颖而出，吸引了大批受众。

三、老《读者》也在与时俱进

《读者》有些个性始终不变，包括内容、栏目、编辑装帧、选文的类型等，所以在“你对《读者》有何期待”的选项中，不少答案都是希望《读者》有所变化。

《读者》的办刊宗旨是“博采中外、荟萃精华、启迪思想、开阔眼界”，这一宗旨表明它应当是一种知识性、综合性较强的刊物。创刊30年来，《读者》一直坚持着这几个标准，也就是这些标准让受众觉得《读者》没变。但实际上，老《读者》也在跟随时代变化着。主要表现在以下方面。

1. 不断微调刊物内容，使其能够适应不断变化发展的的文化

在《读者》杂志差点难产的第一期中有这样几篇，《共和国主席之死》《彭德怀的最后八年》《省委第一书记》《末代皇妃李玉琴》，这些文章无一例外地都涉及政治，就是这些文章的出现差点让《读者》胎死腹中，这就是《读者》历史上的“读者事件”。最后《读者》杂志确定了不以敏感话题去争取读者的方针。但，不以敏感话题争取读者的方针并不代表《读者》思想的保守与落后，相反，《读者》是开时代风气的一本杂志。

《读者》创刊的1980年代是“文革”刚刚结束的特殊时段，针对“文革”后知识断层的社会现实，《读者》在创刊伊始就率先介绍西方优秀文化以及新思想。在《读者》第一期中已经有外国作品《蠢人的天堂》《天堂客满》等充满着美国式机智的文章。从第二期开始，便集中篇幅介绍西方优秀文化，并将此传统一直保留到现在。1985—1989年，根据当时社会的需要，《读者》开始加大弘扬中华优秀文化、爱国主义的内容。1990年以后，社会转型的冲击，人们的工作、生活节奏的加快带来了心理上的巨大压力，各种诱惑导致心理的浮躁与失衡，无所不在的变化让人对未来失去信心甚至感到恐惧……在经历了空虚抑郁、颓废失落绝望后，人们需要温情和抚慰，以消解那些紧张、压抑、困惑、焦虑和痛苦。告别沉重享受一下人生的喜悦、轻松和生活的幸福、美好。于是，新的心理需求形成了追求趣味、崇尚快乐、扩展心灵空间、强化生命体验的阅读趣味。《读者》选刊开始侧重与时代合拍的现实生活作品，当然这些作品仍然大多以“励志类”或“心灵鸡汤”式的文章为主。

内容变化的另一个方面就是文章体裁、“作品籍贯”的变化。1981—2000 年，文章体裁以记叙文为主，其次是散文和诗歌，在 2001 年以后，杂文、散文类文章数量多于记叙文的数量。从作者国籍和作品内容分布来看，表现中国文化的文章在增多，相对的是选用外国作家或表现外国文化的作品在减少。从叙事中的人称来看，《读者》选取的文章大多以第三人称为主，其次为第一人称，几乎没有第二人称的文章。采用第三人称叙述使得内容更为客观，这也是《读者》一贯的风格。从体裁及人称的变化中我们可以看到《读者》的变化，即由初始的侧重文化知识介绍转向关注现实社会，再到关注人的内心世界的转变。

2. 从栏目的设置看《读者》之变

《读者》新栏目设置较为集中的时段在 1981 年至 1988 年《读者》的发展前期，这一时段内，《读者》平均每年设置新栏目 13.34 个，从 1989 年至 1995 年，平均每年设置新栏目为 5.76 个，从 1996 年至今，平均每年设置新栏目为2.12个。

《读者》在类别上属于综合性文摘类杂志。杂志版块主要分为文学艺术、社会科学、自然科学、生活科学四个部分，而读者最喜欢的栏目依次是“人生”“文苑”“社会”“生活”“人物”等栏目。在《读者》杂志的四大版块中，受众对文学艺术、社会科学版块的喜爱程度高于对自然科学、生活科学等相关栏目。根据大众的这种审美需求，《读者》不断地增加大众喜欢的版块的比例（如文学艺术类的“文苑”“人物”“人生”等），也在削减着那些“夕阳栏目”（如“现代科技”“未知世界”“成功之路”等），以做到符合不断变化的时代需要与时代特点。从这个方面来看，《读者》的变化是与不断变化的受众的审美需要相契合的。

3. 从互动栏目的变化看《读者》之变

互动栏目是杂志社与受众交流、沟通的平台，设置互动栏目，可以了解受众的阅读倾向。《读者》杂志在创刊之初就开始设立互动栏目，以便了解受众的阅读需要和变化。1981 年第一期设立了《读者信箱》，这个栏目只在 1981 年和 1982 出现过且各存在过一期；从 1983 年开始，《编读往来》栏目设立，并一直延续至今；1999 年开始设立《读者园地》《本刊信息》两个栏目。这些栏目的设置与变更，不仅加强了受众与杂志的联系，增强了二者之间的互动，而且通过这些栏目编辑部也能很好地了解受众需要的变化，以便调整自己。此外，建立网络平台也适应了这种变化。2007 年 1 月 18 日，《读者》网站正式建成并上线，2011 年《读者》新浪微博也正式开通（到现在已经拥有 60 多万粉丝量）。开通网站不仅为大众了解杂志的最新动态提供了便利，同时也为网络销售打开了窗口。与此同时，网络平台的开通还为受众与编辑、受众与受众的交流提供了更便捷的渠道，使编辑部在第一时间就可以了解到受众的需要变化，从而便于对杂志内容进行调整，更好地契合大众的审美需求。

四、《读者》存在的不足

虽然《读者》仍在不断扩大着自己的读者队伍，销售量也维持在一个比较高的状态，但是《读者》在吸收新鲜血液的同时也正在失去一部分人，在其繁荣背后隐藏着现实的危机。

在这次问卷调查中有 48.48%的受众认为其原创性缺乏（虽然《读者原创版》的出现弥补了这一缺陷，但是，很大一部分人还是喜欢“母版《读者》”），认为文章形式单一的有 39.39%，缺乏思想性的有 38.7%。在进一步分析被调查者的年龄分布后我们发现，虽然青年占了《读者》阅读量的绝大多数，可年龄在 26—35 岁之间的比例不是很高。这说明，《读者》只是一种面向低龄青年的适合浅阅读的杂志，而不是现代受众最需要的思想性的杂志。

通过调查分析，笔者发现了一个很特别的现象，即相对于男性，女性阅读《读者》的比重要高出很多。男性更加喜欢《三联生活周刊》《看天下》《南都周刊》《南风窗》《特别关注》《新周刊》《凤凰周刊》《南方人物周刊》等与社会、时政密切相关的杂志，而对《读者》的关注度日益下降，造成《读者》的购买量、阅读量、影响力的降低。

这种现象除了与性别有关外，也与现代公民的基本要求有关。在个案访谈中许多受众认为，《读者》杂志中心灵鸡汤式的、缺乏思想性与时代性的文章满足不了公民意识不断增长的现代公民对时代关注的需求，他们希望更多地参与社会生活、了解社会，而这些期待是《读者》杂志所不能提供的。所以，尽管《读者》的发行量巨大，受众广泛，但是伴随着人们公民意识不断的增强以及对现实社会关注度的加强，《读者》这种缺乏思想性的浅阅读期刊已经不能满足其需要了，它赖以生存的青年群体的数量也在不断减少，因而《读者》失去原有的受众在所难免，这也是《读者》面临的潜在危机。

第三节　《收获》与纯文学的消费①

《收获》杂志作为中国当代的代表性文学期刊，一直高举“纯文学”大旗，见证着中国当代文学的发生、发展，在一定程度上可以说，《收获》就是中国当代文学的简写本。以往也有过一些对于《收获》的研究，多集中在对《收获》的性质、地位、历史发展、思想内容以及编辑活动等方面，至今尚未有研究《收获》的阅读情况的。本文拟以阅读调查切入，关注普通读者对《收获》的接受反应，关注这一刊物的文学生产、发行、传播、消费的“过程”。本文将主要依靠社会调查取得的数据分析，从一个刊物去透视当下国民“文学生活”的阅读景观，了解当下“纯文学”的消费接受情况，并对当今媒体与网络唱主角的文化环境中纯文学刊物的生存状态做些探讨和分析。

本调查是 2013 年 4—6 月完成的，调查涉及山东省五地市（烟台、青岛、济南、东营、滨州）以及北京、上海、重庆等城市近千人，他们的年龄为 16 岁至 56 岁。从样本总量上看，本调研一共发放调研问卷 1 000 份，回收有效问卷 921 份，占总发放量的 92.1%，具备有效性。其中，有效的 921 份问卷涵盖了北京、上海、重庆，以及山东烟台、青岛、济南、东营、滨州等地的县级市、地级市；其中男性 470 人，女性 451 人，男女比例为1∶0.96；从年龄上看，年龄最小者 16 岁，年龄最大者 56 岁。

---

① 本节由张丽娜执笔。张丽娜，山东大学文学院本科生。

一、《收获》的阅读群体较为小众

职业	频率	百分比	知道《收获》	经常阅读《收获》
教师	91	9.9%	31.3%	16.5%
全日制学生	383	41.6%	37.6%	28.0%
生产人员	51	5.5%	15.1%	12.7%
销售人员	95	10.3%	27.1%	17.0%
市场/公关人员	4	0.4%	25.0%	0
客服人员	6	0.7%	17.0%	17.0%
行政/后勤人员	47	5.1%	28.9%	23.1%
人力资源	33	3.6%	26.1%	21.8%
审计财务人员	25	2.7%	20.5%	16.2%
文职/办事人员	82	8.9%	29.3%	17.2%
技术/研发人员	27	2.9%	10.9%	8.6%
管理人员	7	0.8%	28.6%	14.2%
顾问咨询	4	0.4%	25.0%	25.0%
专业人士	66	7.2%	35.6%	29.9%
总计	921	100%		

从职业构成比例来看，教师、全日制学生以及文职人员、销售人员、专业人士占的比重较大，客服人员、管理人员、顾问咨询、市场/公关人员所占比例较少；在被调查的383名全日制学生当中，中学生人数为61人，所占比例为15.9%，大学理工科学生人数为117，所占比例为30.5%；大学文科学生人数为205，所占比例为53.5%，其中大学中文系学生人数为81，所占比例为21.1%。在中学生的调查当中，11.3%的学生表示知道《收获》杂志，3.7%的人经常阅读《收获》；大学理工科学生中，30.2%的学生知道《收获》，经常阅读的占19.9%；在大学文科学生中，49.6%的学生知道《收获》，39.8%的学生经常阅读《收获》；大学中文系学生中，知道《收获》的学生占58.5%，经常阅读的比例是46.3%。

学历	数量	比例	知道《收获》	经常阅读《收获》
初中及以下	53	5.8%	0	0
高中	98	10.6%	10.3%	5.4%
大学专科/本科	528	57.3%	45.1%	36.7%
硕士研究生	197	21.4%	47.0%	36.9%
博士	45	4.9%	46.3%	40.6%
总计	921	100%		

综合职业和学历两大因素，根据以上数据，我们得出以下结论：

(1) 纵向对比发现，教师、全日制学生、行政人员、文职人员、专业人士是知道并经常阅读《收获》的主要人群，而生产人员、技术人员、客服人员知道和阅读《收获》比例较少。文化水平越高，知道《收获》和经常阅读《收获》的人数越多。

(2) 横向对比发现，广大普通读者中有知道《收获》的，但是做到经常阅读的人数又有所减少。

因此，《收获》主要的阅读群体为学历较高，文化水平较高，从事文职或中文相关专业的人群，而从事生产、服务以及技术工作的人群阅读较少。纯文学的生存空间越来越小、读者越来越少，生存困境迫使其只能向墙一隅，在极小范围和极少人群中进行传播。

原因分析：

1.《收获》始终坚持"纯文学"精神领地，没有卷入 20 世纪 90 年代文学期刊纷纷改版转型的浪潮，仍然坚守纯文学立场，坚持严肃文学方向，坚持定位为中国当代纯文学优秀作品最好的窗口。与此同时，《收获》一直注重内在的发展，开启了东方人对西方文明进行深度观照的窗口，给予读者解读世界其他文明和文化的途径。巴金的女儿、时任《收获》副主编的李小林在 1993 年接受记者采访时表示："对于各地一些文学刊物转向，我们表示理解，但我们将一如既往地保持纯文学的高格调，保持这种'高贵'，在任何艰难的情况下不从文学的阵地上'撤退'！""我们不会让几代文学前辈付出努力的《收获》在我们手上砸了牌子。"[①]而在这种办刊宗旨的指导下，《收获》固

① 张敏贤：《我们决不从文学阵地上"撤退"——访收获编辑部》，载《新民晚报》1993 年 3 月 26 日。

然坚持了纯粹的精神高地，但是却在某种程度上忽略了读者群体的层出不穷、变化多端的需求。

《收获》面临着普通大众不同层次的阅读需求，选择了坚守其固有特色的方式，意味着放弃了其他层次阅读的诉求，在日新月异的文化传播环境中，显得力不从心。

2. 随着改革的不断深入，计划经济体制不断解体，市场经济渐渐深入人心。这给我国社会带来了巨大影响。人们关注的敏感点也从政治生活转移到经济生活当中来。科技迅速发展，不仅改变着人们的物质生活，也极大地改变了人们的文化消费方式和娱乐方式。市场经济的发展，使文学期刊的生存境遇大大改变，当计划经济下备受宠爱和呵护的文学期刊们被放逐到市场经济的浪潮中冲刷时，生存能力急剧下降。而市场经济又在不断地催生一系列现代娱乐产品。电影、电视普及，传呼、电话发展，直到网络媒体的兴起，市场经济不仅带来了新的技术革命，更为人们提供了全新的文学消费、娱乐消费方式和消费理念。日益富裕的消费者不再把视角集中在文学消费上，呈现出了多层次的新型消费格局。曾经处于社会中心领域的文学也因此渐渐被“边缘化”，远离了人们关注的中心视野。琳琅满目的消费样式分割了文学期刊大量的读者。而网络媒体的兴起、出版速度的提高也使得留下的仍热衷于文学的消费者也不再把文学期刊视为获取文学的唯一手段，作家也不把文学期刊作为文学作品传播的唯一手段。很多网络写手一夜成名，一些作家直接与出版社签约，文学期刊的优秀稿源难以保证，即使是在文学期刊出道的作家成名后也完全可以脱离文学期刊，文学期刊的利益无法保证，成为可以被跳过的一环。加之《收获》等老牌文学期刊门槛过高，人人望而却步，而网络平台介入门槛相对较低，20 世纪 90 年代以后尤其是网络兴起以后，参与到文学写作中的人越来越多。人人可以进行文学创作，成为作者。市场经济以及其催生的产物极大地改变了当代人的阅读生活。

二、《收获》的接受阅读与影视息息相关

问卷中“您是通过什么方式了解《收获》的?”这一问题，52.6%的人选择“通过改编的影视作品了解到《收获》”，31.7%的人选择“身边人推荐了解《收获》”，15.0%的人选择“通过网络排行榜了解《收获》”，0.7%的人选择“逛书店、报摊看到和了解《收获》”。在问及“您了解《收获》当中的哪些作品?”时,选择苏童的《妻妾成群》、余华的《活着》、谌容的《人到中年》、路遥的《人生》、王朔的《顽主》、莫言的《师傅越来越幽默》的人所占比重大。由以上数据可以得出,《收获》作品被改编成影视作品对于《收获》的传播与接受产生了积极的影响。

原因分析:

1. 到了20世纪90年代,随着电视普及率不断提高,新的观影模式诞生并不断普及,电影、电视与文学之间的权力关系发生了根本性的变化:影视已经成为人们获取信息和享受娱乐的重要方式,文学的优越性,文学在社会公共文化空间中的中心地位逐渐失落。媒介的话语权实质上是一种文化话语权、政治话语权和经济话语权。发言的永远是占主导地位的政治、经济和文化元素。著名导演刘恒说,作家辛辛苦苦写的小说可能只有10个人看,而导演清唱一声,听众就能达到万人,影视凭借文学的优势攀上霸主的宝座。电影、电视的技术优势正在或者说已经转化成了传播的强势。《收获》2004年1月刊登的小说《深喉》,根据当时的报道,几乎让纯文学杂志《收获》在广州街头卖断了货。根据《深喉》改编的电视剧《浪淘沙》在武汉、山东、上海等地播出时屡掀收视高潮。皮皮的《所谓先生》,新写实作家池莉的《小姐,你早》,都相继被改编成电视剧,走进了千家万户,让作者成为炙手可热的作家。周梅森关注当代现实的力作《国家公诉》改编成同名电视连续剧,在广东、上海、江苏等地播出后都掀起了收视高潮,名列收视率榜首。其新作《我主沉浮》还在《收获》杂志连载时,同名电视剧的改编就在进行之中了,周梅森亲自担任编剧、制片人,很多人是看了影视作品以后去购买《收获》。

2. 文学与电影、电视的联姻,从某种意义上讲,已成为一种维系文学生存、避免读者流失的特殊方式,文学不再独立成阵。我们时时可在电视、电影上看到文学优雅而时尚的身影;而影视也通过吸收文学养分发展壮大。从这个意义上说,影视艺术与文学相辅相成,共同满足社会大众的审美需要。

三、《收获》阅读方式面临挑战

在问卷当中“您最常用的阅读方式是什么?”对这个问题的回答,选择“手机阅读”的有338人,占到样本容量的36.7%;选择纸质阅读的有287人,占到样本容量的31.2%;选择电脑(网络)阅读的有296人,占到样本容量的 32.1%。由此可知，在阅读形式上，手机以及网络等新兴阅读方式已经逐渐发展兴盛，其方便快捷的特点逐步消解了纸质阅读的方式。在某种程度上说，《收获》局限于纸质的传播载体，这使得读者群体逐步减少。中国新闻出版研究院组织的第九次全国国民阅读调查结果在京公布。调查显示，由于受数字媒体的冲击，报纸、期刊等传统媒体的阅读量与阅读率均有所下降，而手机阅读等数字化阅读方式增长迅猛，特别是手机阅读，呈现出学历越低，阅读率越高的趋势。针对这一情况，有专家解释说，这与阅读内容有关，手机阅读主要是网络小说、穿越小说等大众化的内容，所以读者多集中在年轻人和学历较低的群体中。《收获》目前仍然坚持纸质版的阅读方式，无疑在生活节奏日益加快，消费方式快捷的当下显得力不从心，但手机等数字媒体阅读方式无疑给《收获》更好地迎合普通读者的阅读需求提供了新的载体和途径，灵活地转变阅读方式可以使读者更好地接受《收获》。

四、普通大众对《收获》的阅读期待向数字媒体传播转变

在问卷中问到“您认为《收获》杂志存在的不足”，48.2%的人选择了文学性太强，25.2%的人选择了发行量太少，很少有报摊卖，23.5%的人选择没有电子版，阅读不方便，3.1%的人选择价格过高。针对很少有报摊售卖的原因，笔者在济南历城区的各大报摊进行了调研，一位在高校门口经营报摊生意的女士透露：“《小说月报》每期卖出 2 本，《读者》每期卖出 17 本，《青年文摘》每期卖出 13 本，《收获》每期卖出 1 本，《知音》每期卖出 10 本，《故事会》每期卖出 13 本。2009 年刚经营这个报亭的时候，杂志的销量都是现在的一倍。更要命的是，杂志不好卖，报纸也滞销。现在都到下午了，今天的《钱江晚报》却还只卖出了 4 份，《参考消息》只卖出了 1 份。时间长了，我们知道什么好卖什么不好卖，像《故事会》《知音》《青年文摘》《读者》一类的通俗易懂的杂志比较畅销，来来往往的都是上班坐车的人，他们时间比较急比较赶，来到报摊就是匆匆一看，拿的基本没有纯文学期刊的，因此我们以后进货都不进纯文学的杂志了，不好卖。”针对没有电子版、阅读不方便的问题，笔者进行了个案分析。

女性网络写手金女士(以下简称金)今年 31 岁，2004 年毕业于北方一所重点大学的中文系，随后进入一家报社从事编辑工作，后在网络上撰文，获得了门户网站的邀请，成为兼职网络写手。金在大学中文系读书的时候，就是《收获》的忠实读者，当时她都是到学校图书馆进行阅读，外面报摊卖纯文学类杂志的已经不多了，加之一本15元的价格对当时还是学生的她是一个不小的开销，所以她经常去图书馆借阅《收获》。谈及那个时候中文系同学对《收获》的感情，她觉得那是每期必读，他们把《收获》当作是文学爱好者必读品，不读的反而成为异类。后来她进入报社从事媒体行业，报纸大部分的篇幅是商业广告和社会新闻，连载的长篇小说收到的社会反响并不强烈，纯文学的领地逐渐被侵占，而报纸的销售量也并不景气，单位运营主要靠商业广告维持。这时的她，会通过网上书店购买《收获》，在工作闲暇之余会翻阅，积极进行充电，文学素养的积淀以及后期工作中文笔的锻炼使她一直想要进行文学创作，于是偶然地在一个门户网站注册账号开始了文学创作。用她的话说，最初的想法只是兴趣使然，没有想到强大的互联网传播能让她的小说短时间拥有了大量粉丝，门户网站与其签约，她成为网络写手。在整个访谈过程中，最让我感兴趣的是她对互联网传播媒体的看法，她认为单一的文字构成了文学文本，这是一种仅仅依赖阅读，通过人的第二感觉系统产生再创性想象就能完成的文学欣赏活动，而网络文学因界面的多维化(读、听、视共存)、自由的阅读(复制、发送、重新编辑等)为读者提供了不同于传统文学样式的新的发展可能，网络文学的欣赏不仅因此更为便捷，更为灵活，也更加富有想象与感受的空间。网站不同于传统纸媒体，它只提供空间，不充任文学教练，也不负责审美裁判，网络文学创作的自由和随意似乎更接近文学创作的根本。网友间的思想、灵感的激发和互补远比纸质媒体强，也就导致了文学创作手法的日益多样化。写手间相互评点，三言两句的跟帖和聊天室内的即兴闲谈，取代了传统媒体一本正经的作家创作谈和专业评论家追求逻辑深度的侃侃而谈，而网络写手们不乏灵性的评点式对话甚至言语打架则全面代替了传统批评家构架恢弘的煌煌大论。

另外，《收获》这样的传统大牌文学期刊门槛过高，大部分进行文学创作的人不会往《收获》投稿，即使投稿也很难采用，而在网络上进行文学创作的门槛不高，给普通大众提供了文学创作的可能。所以，网络的发展给传统的纸质媒体带来了挑战，但同时也是发展的机遇。金目前也仍然坚持阅读《收获》，因为《收获》的高品质、纯粹，像这样始终坚持“纯文学”精神办刊的期刊并不多了，但是金也提出，现在快节奏的生活方式以及文化消费方式的转变，使她更乐意用数字媒体进行阅读，比如手机下载阅读以及在阅读器上进行阅读，方便而又快捷，金希望当下的纸质媒体能够尽快借助互联网的力量，做到更大更强。

金虽然只是一个个案，但由于她坚持阅读《收获》时间比较长，自身身份的转换也能折射出传播媒介的影响变化，所以也在一定程度上反映出超越个别性的阅读变迁信息。总的来说，金的阅读方式由只倾向于纸质媒体的阅读，到后来更侧重于数字媒体的阅读，由在纸质媒体进行创作到在网络媒体上创作的转型，这个个案可以看出普通大众对于《收获》的阅读期待，希望其开辟多方的阅读平台，利用互联网等数字媒体广泛的传播，让普通民众也能够便捷地享受到纯粹的、高品质的文学。

五、结语

《收获》历经半个多世纪的风风雨雨，依然作为我国文学领域的一面旗帜傲立，又是我国文学期刊的典型代表。通过调查发现，《收获》的主要阅读群体拥有较高学历，知识水平较高，从事与文化活动相关职业。但《收获》的受众群体较少，在当今社会国民的文化阅读生活中并未产生大范围的影响。《收获》当中部分作品改编成影视作品对《收获》的传播和接受产生了积极的影响。而现今科技的发展深刻地影响到了人们的阅读方式和习惯，越来越多的人倾向于数字媒体的阅读，这给《收获》的传播与接受带来了挑战，同时也带来了机遇；普通大众对于《收获》的期待是希望其坚持高举“纯文学”的大旗，但是要放低姿态，博采众长，选择多渠道的传播方式和平台以将更多的读者纳入到《收获》的阵营，从而使其在国民阅读生活中扮演越来越重要的角色。

第四节　一份省级纯文学杂志的流通与阅读调查报告

——以《时代文学》为例[①]

《时代文学》是山东省作家协会主办的国内外公开发行的纯文学期刊，刊物创办于1989年3月，20余年来始终坚持“立足山东，放眼全国”，以跟踪“时代”、贴近“时代”、反映“时代”为宗旨，对于推动和繁荣山东本

① 本文由马兵执笔。马兵，山东大学文学与新闻传播学院副教授。

地的文学创作起到了重要作用，并逐渐成为在全国具有一定影响力、风格较为鲜明的文学杂志，曾连续入选北京大学中文核心期刊目录，目前是中国期刊方阵双效期刊和山东省优秀期刊。当然，在阅读媒介多元化、纯文学阅读边缘化的网络时代，作为一份省级纯文学刊物的《时代文学》无疑也面临巨大的市场压力和体制压力。所幸，在不少同级文学刊物难以为继，改弦易辙谋求重生，甚至停刊停办的形势之下，《时代文学》积极求变，通过改变刊期（增设下半月刊，以刊养刊）、加强与社会企业的联姻、不断调整期刊定位、增加历史与现实类报告文学等相对有市场号召力的作品的比重等方式，虽然艰难但相对稳健地渡过了难关。从这个意义上来说，《时代文学》具有某种样本意义，通过对它的发行传播渠道和读者阅读情况的调查，可以为我们提供一份省级的纯文学刊物流通与被接受的基本样貌。

一、邮政发行数量调查

中国邮政经办报刊发行业务已有 60 多年的历史，这种带有明显计划经济印痕的发行方式在发行市场竞争激烈的当下虽然受到极大的冲击，但其累积的历史信誉和辐射广阔的发行网络让邮局发行依然构成我国报刊发行的主渠道。据中国邮政报刊订阅网数据，目前全国约有 8 984 种期刊、2 238 种报纸可通过邮政订阅。另外，由于中国报刊印数并没有一个权威的监控机构，发行量多少往往来自刊物的宣称，也有的刊物对发行量秘而不宣。因此，对邮政发行数据的个案调查能提供一个相对中立、客观、公允的数字。

自上世纪 90 年代初起，纯文学期刊发行量萎缩乃至锐减便是不争的事实。2003 年 10 月鲁迅文学院曾对当时正在鲁院学习的第二届高级研讨班（主编班）的文学期刊主编发起过一次问卷调查，受调查刊物中发行量在 1 万册以上的有 13 家，占受调总数的 38%；发行量在 2 000 册至 5 000 册之间的有 12 家，占受调总数的 35%；还有发行量不足 1 000 册的文学期刊 8 家。[1] 十年之后，这一发行数字基本还是维持同样面目。

据山东省邮政有关部门的统计，2013 年十几种代表性期刊在山东省内邮政发行的数据如下：

---

① 胡殷红：《文学报刊如何走出产业化道路》，载《文艺报》2003 年 12 月 6 日。

名称	邮发代号	2013 首期发行量	主办单位
《人民文学》	2—4	1 811	中国作协
《收获》	4—7	2 186	上海市作协
《十月》	2—163	1 716	北京出版集团
《上海文学》	4—219	155	上海市作协
《山东文学》	24—3	363	山东省作协
《时代文学》	24—84	103	山东省作协
《天涯》	84—12	126	海南省作协
《北京文学》	2—85	364	北京市文联
《钟山》	28—3	151	江苏省作协
《山花》	66—1	40	贵州省文联
《小说月报》	6—38	4 184	百花文艺出版社
《小说选刊》	2—210	3 125	中国作协

从表格中可以看出，山东省邮发过千的代表性纯文学期刊除了《小说月报》和《小说选刊》两种选刊类杂志外，还有《人民文学》《收获》与《十月》三家，这与它们在文学界和社会的影响力大致相符。《时代文学》在本省的发行量低于外省同级别的《北京文学》《上海文学》、江苏的《钟山》和海南的《天涯》，高于贵州的《山花》。

作为对比，我们又通过相关渠道获得了这些期刊在广西壮族自治区贺州市的邮政发行数据，如下：

名称	邮发代号	2013 年首期发行量	主办单位
《人民文学》	2—4	9	中国作协
《收获》	4—7	12	上海市作协
《十月》	2—163	21	北京出版集团
《上海文学》	4—219	1	上海市作协
《山东文学》	24—3	0	山东省作协
《时代文学》	24—84	0	山东省作协

续 表

名称	邮发代号	2013 年首期发行量	主办单位
《天涯》	84—12	1	海南省作协
《北京文学》	2—85	3	北京市文联
《钟山》	28—3	2	江苏省作协
《山花》	66—1	0	贵州省文联
《小说月报》	6—38	15	百花文艺出版社
《小说选刊》	2—210	17	中国作协
《广西文学》	48—5	10	广西自治区文联

对比可知，这些期刊在贺州市的发行数量的比例与山东全省的情况大体类似，只是本地的《广西文学》数据远远超过《上海文学》《天涯》《山东文学》《时代文学》和《山花》等外省同级期刊，可以看出当地对本省刊物的倾斜。

由于没有其他省份的确切数字，我们无法计算《时代文学》等的详细发行数量，但可以通过上述两个图表的数据做一个大体的推算：《时代文学》在本省的发行数量应是最大的，其在外省的发行数量可以参照《山花》等在山东的发行数量，其每月的发行数应在 1 500—2 000 册。

二、期刊零售市场发行调查

除了邮局代办发行，新华书店发行、民营渠道发行和出版单位自办发行是目前我国期刊发行的另外几种渠道。这些渠道的发行数据往往体现在零售市场这个终端上。从这个意义上来说，文学期刊在零售市场上的表现是其发行总量和社会影响力的晴雨表。比如，邮政发行数量较大的《人民文学》《收获》和《十月》在零售市场上的表现也较为活跃：《人民文学》2011 年 4 月起在北京、南京、西安、武汉、长沙、广州、石家庄等城市试水零售市场，售出率大概在 70%以上[①]；《收获》每年推出的长篇小说增刊基本通过零售市场完成发售，每期的印数在 3 万册左右。

为完成本调查报告，2013 年 4 月—7 月，课题组共在山东济南市、济宁

① 《〈人民文学〉试水零售市场坚持品位》，载《人民日报》2011 年 5 月 10 日。

市、威海市，江苏无锡市，广西贺州市，宁夏银川市，广东深圳市，走访书店和报摊21个，获得数据如下：21家书店和报摊中销售的纯文学杂志共有27种，分别是《小说月报》(包括原创版)《小说选刊》《中篇小说选刊》《小小说选刊》《微型小说选刊》《杂文选刊》《诗刊》《当代长篇小说选刊》《散文》《美文》(上下半月)《十月》《当代》《收获》《人民文学》《上海文学》《北京文学》(包括"中篇小说月报"和"精彩阅读")《花城》《天涯》《江南》《钟山》《佛山文艺》《芳草小说月刊》《作家》《特区文学》《长江文艺》《大家》《时代文学》。其中，《小说月报》在所调查的所有书店和报摊中均有销售，每期销售数量多者二十余本，少则五六本。其他在售摊位较多的刊物是《小说选刊》《中篇小说选刊》《收获》和《小小说选刊》。而我们的主要调查对象《时代文学》仅在济南市文化东路上山东师范大学附近的一家专门从事过期刊物批发零售的摊位有售，所售均是一两年前的刊物。吉林的《作家》、浙江的《江南》和湖北的《长江文艺》也仅这一家书摊出售，当然也是过刊。其他的省级同类刊物在售摊位亦非常有限，《花城》《上海文学》《钟山》《特区文学》各有两家，《佛山文艺》《大家》和《天涯》各有三家。

这说明：省一级的纯文学原创性期刊，除了《收获》《当代》等积累了较好的历史口碑、市场占有率相对恒定的刊物外，其他刊物的零售市场十分窄小，这与纯文学市场的小众化趋势相关，也与这些刊物的定位和办刊思路相关。

三、读者阅读调查

《时代文学》多年来的栏目设置比较稳定，以刊载报告文学、中短篇小说、诗歌和有关文坛热点的评论为主。2013年的常设栏目包括"时代广场""文坛新势力""中篇撷英""短篇选萃""名家侧影""时代诗坛"和"青年新锐作家访谈与评论"等，其中的"文坛新势力"和"青年新锐作家访谈与评论"其实是之前两年"鲁军新看点"和"时代论坛之当代名家作品评论"的延伸，体现了刊物对于文学新生代力量的重视和争取。

为了解该刊的阅读情况，课题组做了相关的问卷调查，共发放调查问卷(102份)，调查对象包括得到刊物寄赠的专家和作家(5人)，在山东省图书馆和山东大学图书馆借阅该刊的读者(4人)，山东大学和山东财经大学的本科学生(93人，事先把2012年和2013年的刊物交给他们阅读)，回收的有效问卷74份。相关调查情况汇总如下：

您最喜欢的栏目是?(单选)	比例	您最喜欢的栏目是?(单选)	比例
“时代广场”	29%	“名家侧影”	14%
“中篇撷英”	25%	“文坛新势力”	8%
“短篇选萃”	17%	其他	7%

在不少同级刊物增加长篇小说的比重来搏取市场的情形下,《时代文学》并没有跟风,而是把已产生影响力的报告文学栏目“时代广场”继续放在刊物主打的位置。近年来刊物陆续推出的诸如叶永烈的《彭加木——一个永远的罗布泊之谜》《沉寂的黄昏——“四人帮”的最后结局》《钱学森归来》《走近华国锋》等都有不小的社会影响,且维系了一批固定的读者。因而,“时代广场”位列“最受欢迎的栏目”的榜首也在情理之中。

您认为《时代文学》的优点是?(多选)	比例	您认为《时代文学》的优点是?(多选)	比例
稳重大气	34%	注重维护纯文学的品质	21%
偏重乡土文学	31%	其他	15%
中规中矩	24%		

前文已论,《时代文学》在市场大潮中是采取稳中求新的编辑思路,栏目设置和办刊宗旨多年来的变化并不大,其文体上的格局和结构也基本延续了上世纪 80 年代刊物的常规路数,故超过三分之一的被调查者都给予了其“稳重大气”的评价。至于“偏重乡土文学”大概与当代齐鲁文学的文脉谱系相关,该刊几乎每期都有乡土小说,并多次就乡土的议题在“时代论坛”中组织专题讨论。

您认为《时代文学》的不足是?(多选)	比例	您认为《时代文学》的不足是?(多选)	比例
缺乏有影响力的名家的稿件	52%	不设长篇小说	26%
对新兴的文学形态缺乏关注	44%	缺乏与读者的互动	23%
栏目设置刻板,没有活力	41%	其他	9%
定位不鲜明,缺乏特色	32%		

有超过半数的受访者认为刊物最大的不足在于“缺乏有影响力的名家的稿件”。实际上,《时代文学》一直设有向名家致敬的专栏“名家侧影”,只是这个专栏并不刊发名家新作,而是以评论和师友的回忆散文为主。刊物的中短篇小说和诗歌版块多以本省青年实力作家为主,确实缺少当下文坛大腕级的作品。“对新兴的文学形态缺乏关注”也获得较多受调者的认同,这应与受调对象多半是学生读者有关。虽然近两年,刊物一直致力于对本省和外省写作潜力巨大的青年才俊的推介和宣传,但与大学生理解的新兴文学形态还是不同,后者的理解更侧重80后的青春文学和网络催生的新类型文学。

对于“未来你是否会订阅或购买《时代文学》”的选项,有效回收的74份问卷中,只有6人选择“会”,其余均为“不会”。各项原因所占比例如下:

不会订阅或购买该刊的原因(多选)	比例	不会订阅或购买该刊的原因(多选)	比例
可以通过网络阅读	48%	经济的原因	13%
不是自己喜欢的风格类型	45%	其他	7%
对纯文学阅读没有兴趣	31%		

“可以通过网络阅读”所占比例最高,说明了传统期刊阅读媒介转变的趋势。全球最大的正版中文数字杂志平台“龙源期刊网”在2009年便提出过“网络发行量”的概念,以打破期刊杂志的发行量只限于传统纸质版形式的局限,首次将杂志电子版内容在网络上的传播量列入统计。目前该网站平台聚合了各类杂志3 000余种,其中文学类期刊183种,《时代文学》位列其中且已更新至2013年第5期。另外,大学里图书馆的相关数据库也给学生的网络阅读提供了便利。有近三分之一的受访者表示“对纯文学阅读没有兴趣”,考虑到调查对象中文学院的学生占据了相当的比重,这个比例是相当高的,这也说明读者的文学阅读生活正在发生质的变化。下面的一个调查问题可以佐证我们的判断,即“请填写你阅读最多的一份文学刊物”,所得到的回答五花八门,但一个共性是回答纯文学刊物如《收获》《人民文学》等的很少,有八成的受访者回答的刊物都远离纯文学的范畴,阅读较多的文学刊物包括《最好看》《最推理》《最小说》《文艺风赏》《悬疑世界》《花溪》等,

还有因以书代刊而被停刊的《大方》。在郭敬明、笛安、刘慈欣、安妮宝贝等先后被《收获》《人民文学》等接纳的背景下，类似《时代文学》这样的省级纯文学刊物的未来该如何走，是向新兴的写作形态敞开还是固守纯文学的阵地？这确实是值得考量和观望的问题。

第二辑

网络文学和多媒体文学

导　言[①]

如果从“一时代有一时代之文学”的角度来考察新世纪以来中国文学所发生的重要变化的话，那么无疑应当关注到以网络文学为代表的新媒体文学的“异军突起”。在某种程度上甚至可以说，这已经成了新世纪以来中国文学发展中最重要的现象之一。与传统的纸质文学相比，网络文学与新媒体文学不仅在生产、传播、阅读、接受等方面呈现出了迥异的方式和崭新的状态，而且也形成了自身较为独特的风格，并在此基础上发展和培养了以青少年为中心的相对稳固的读者群。随着网络与智能移动终端的不断普及、升级以及网络文学自身的日益发展与完善，网络文学与新媒体文学已经在当代民众的文学生活中占有越来越重要的位置，成为我们不能回避的存在。基于此，对网络文学与多媒体文学进行系统考察和深入研究就成了一项十分迫切的研究任务。目下这一领域的研究成果虽然已经颇多，但相关研究著作及大量论文，大都仍停留于理论探究或作品评论，少有对作为文学生活方面的网络文学做大面积的全面的调查，而对网络文学生产、传播、阅读、消费的详细过程也缺乏细致调查和系统的研究分析。并且，仅靠传统文学研究的一些方法和路径来阐释网络文学，其内在的局限性也显然难以突破。因此，立足于当代中国读者的“文学生活”，本子课题在全面深入调查的基础上，以实证研究为主，对网络文学的现状进行全面系统的审视，并试图对网络文学的发展趋势和未来走向作出前瞻性的思考。课题在进行过程中主要从如下四个方面对网络文学与多媒体文学进行了系统调查与分析：

其一，对网络文学生产与媒介的调查研究。载体与媒介是网络文学区别于传统文学的最显著之处，其生产机制、传播方式等等与传统文学相比都发生了革命性的变化。因此，在研究过程中就有必要通过大量的实证性调查去揭示当下网络文学的运行规律与特性，这就必然涉及对一些有代表性

---

① 导言由史建国执笔。史建国，山东大学文学与新闻传播学院副教授。

的文学网站进行个案调查与探究。由邵燕君等人承担的这项调查在研究过程中主要选取的是“起点”“红袖”“晋江”“豆瓣”等老牌文学网站，对这些网站中作品的筛选机制、作家的培养模式以及粉丝文化进行了系统考察，可以说比较完整地呈现出了网络文学生产机制和阅读传播机制的样貌。而在他们完成的另外一篇《2014 年网络文学：多重博弈下的变局》一文中，则通过对“腾讯文学”“纵横中文网”以及“晋江”“起点”等文学网站的考察，揭示出了网络文学一方面在“泛娱乐”生态产业链中追求利益最大化，另一方面又在 2014 年初的“净网”以及年末的“指导意见”规约之下，不断自我调整继续“野蛮生长”的生产样态。同时，从载体与媒介入手，也当然应该关注到新媒体如博客、微博、手机等形式的文学写作相对于传统媒介环境下文学写作的新样态与独特性。另外，陈红的《机遇与困境：微信自媒体文学模式分析》则通过问卷调查和数据分析，对微信自媒体文学的两种信息传播模式即用户自主订阅和媒体精准推送以及相关的阅读体验进行了细致剖析，并且将其与十几年前走红的短信文学进行对比，揭示了借助微信这种具有强大传播功能的移动互联网创意产品，自媒体文学发展所具有的多种可能性。

其二，对网络作家生存状态和写作方式的调查研究。网络作家的创作生活状态、与文学网站的关系、与传统文学的关系以及他们的经济和生活状况等都是当下网络文学生态的重要组成部分，关注当下的文学生活，就应该对这些情况进行细致的调查研究。这方面完成的成果主要有肖映萱、叶栩乔、朱航、李天豪等人的《中国网络作家生存状态报告》和徐栩的《亲历网络文学创作》两篇。前者对中国网络作家的职业背景、地域分布、学历层次、性别比例以及收入水平等因素进行了详细调查，揭示出了网络作家虽然“零门槛”，但其实面临“成神难”，“催更”压力大，健康状况堪忧，缺乏保障，著作权得不到有效保护等一系列堪忧的生存环境。后者则是从“卧底”文学网站从事网络文学创作的亲身经历出发对网络文学进行的观察和反思，切身体验中蕴含着宝贵的思考。

其三，对网络文学读者的调查研究。网络文学阅读是当前社会公众文学生活的重要组成部分，对网络文学读者的代际特征、兴趣偏好、价值取向以及作者与读者的关系等因素进行调查分析是深入到当前社会公众“文学生活”肌体内部进行探索的重要路径，因此本子课题在这方面也用力最多。目前取得的成果主要是由赖洪波、拓璐、薛静、陈红、金涛、李亚祺、王玉王等人完成的系列调查报告与论文。相对于传统文学的读者，网络文学读者既是消费者又在一定程度上影响甚至参与了创作，读者与文本、读者与作者、读者与读者之间的互动变得空前便利与密切，这其实形成了一种动态的文学生活。现有的研究成果除去大量实证调查以及分析和综论之外，还有相关研究者以《步步惊心》《天火大道》等网络小说为例对其创作过程中的读者与作者互动关系进行的详尽个案分析，在一定程度上完整地呈现了围绕特定作品所形成的“文学生活”。

其四，对网络文学作品的类型化与影视改编状况的调查与分析。这一研究旨在从文本出发对网络文学类型化的发展进行分类读解，力图从对其文学性的生成和网上发表的特点考察中总结网络文学写作的一般特征。同时，影视改编也一直是网络文学发展的重要方面，对于文学作品而言，影视改编不仅拓展了文学传播的空间也提升了其社会影响力。随着影像时代的到来，网络文学的影视改编已成为了解当代公众文学生活不可或缺的重要领域，因而对网络文学的影视改编状况进行调查研究同样也是本子课题的选题之一。这方面史建国的《新世纪以来的类型化小说研究》通过调查和文本分析认为，类型化只不过是文学娱乐功能的本质呈现，正是网络文学独特的生产与消费环境导致了网络文学的迅速类型化。同时，类型化当中其实也蕴含着值得肯定的艺术的独创性，对于类型化所代表的文学市场化其实不必过度紧张，因为为了保持对读者的吸引力和在文学市场中的相应份额，创作者也只能不断创新、另辟蹊径。从这个意义上来说，类型化、市场化的过程中其实也蕴含着创新的因子。陈红的《网络言情小说现状调查研究》则对言情小说这一文学类型的作者与读者现状进行调查分析，认为网络言情小说的作者都已清晰地认识到文本的消费品性质，因而才能在商品时代游刃有余，对读者的认识也已从传统的阅读者变成粉丝或消费者。网络言情小说不但是供读者消遣的文化消费品，还影响了其社交方式、审美方式以及想象爱情的方式。同样由史建国完成的《网络小说影视改编调查研究》对网络文学影视改编的发展历程进行了详细追溯，并对监管部门、网络文学公司、网络文学作家、网络文学读者对网络文学“触电”的态度与反应进行了调查分析，认为一方面借助“粉丝效应”，网络文学的影视改编取得了巨大的商业成功，呈现出了井喷式的繁荣，但另一方面制作的仓促与粗糙、选题的类型化与模式化也使得这种繁荣背后存在着隐忧。

选择以上内容对网络文学与多媒体文学进行研究，主要是想在“文学生活”这一概念的观照之下，对网络文学这一新领域能够有较全面和深入的认识，既能对其生态有具体的分析和描述，也能有扎实的理论分析和研究，在此基础上形成对作为新世纪文学发展重要方面的网络文学与多媒体文学的具有前瞻性和历史感的研究。但就已完成的成果来看，还是在一定程度上存在着论述与数据罗列较多、分析归纳与理论升华相对不足的弊病，这是今后要加以改进的。

第一章　网络文学生产与媒介调查研究

第一节　文学网站生产机制与粉丝文化考察

——以“起点”“红袖”“晋江”“豆瓣”为中心[①]

网络文学发展十数年以来，跨越了“文青时代”“资本时代”(2003 年)，又于 2012 年前后进入了“移动时代”——各大网站的移动用户迅速大幅度超过 PC 端用户，“移动阅读”被称为“网络文学的第二次革命”。此前的 2011 年也被称为“网络改编元年”，随着《步步惊心》《后宫·甄嬛传》《失恋三十三天》等影视剧的热播，大量的网外之民“被网络化”，网络不再是“网络一代”自娱自乐的亚文化领地，而成为“影视改编基地”。至 2013 年底，中国网络文学用户已达 2.74 亿，这个数字还在持续上升[②]。随着网络文学的蓬勃发展，其“主流化”问题也被提上日程。自 2009 年起，中国作协等有关管理部门明显加大了对网络文学的关注，采取了一系列扶持、管理措施[③]。而声势浩大的“扫黄打非·净网 2014”专项行动[④]再度让人们感受到意识形态

---

① 本文由邵燕君、周轶、肖映萱、王恺文、李强执笔。邵燕君，北京大学中文系副教授。

② 据中国互联网络信息中心(CNNIC)2014 年 1 月发布的第 33 次中国互联网络发展状况统计报告显示，网络文学近年来稳步高速发展，网络文学用户于 2009 年达到 1.63 亿，于 2010 年达到 1.95 亿，于 2011 年达到2.03亿，于 2012 年达到 2.33 亿，于 2013 年达到 2.74 亿。

③ 2009 年中国作协成立了“全国网络文学重点园地联席会议”，鲁迅文学院开始举办网络文学作家培训班、网络文学编辑培训班；2010 年中国作协重点作品扶持项目首次将三部网络文学创作选题列入扶持范围，给予经费上的支持；鲁迅文学奖、茅盾文学奖相继于 2010 年、2011 年对网络文学开放。近几年来中国作协大量吸收网络作家入会，将大部分“大神”级作家纳入，并继 2013 年底浙江省网络作家协会的成立之后，积极筹建中国网络作家协会。

④ “净网”行动是从 2011 年 8 月开启的，最初以公安部清理整治制作贩卖枪支爆炸物品违法信息为重点。2013 年 3 月 5 日，全国“扫黄打非”办公室发出通知，部署从 3 月上旬至 5 月底在全国范围内开展网络淫秽色情信息专项治理的“净网”行动，以整治网络文学、网络游戏、视听节目网站等为重点，抓源头、打基础、切断利益链，网上与网下治理相结合。“扫黄打非·净网 2014”专项行动是这一整体行动的强化、深化。全国“扫黄打非”工作小组办公室、国家互联网信息办公室、工业和信息化部、公安部决定，自 2014 年 4 月中旬至 11 月，在全国范围内统一开展打击网上淫秽色情信息。

强大的管束和规训力量，但同时也从另一个角度向人们暗示，网络确乎正在成为国家“主流文艺”的“主阵地”。

网络文学在强力发展的过程中，逐渐形成了自成一体的生产—分享—评论机制。这套机制既置身于全球资本主义文化工业体系，根植于“粉丝经济”，又继承着“文青遗产”，接受着社会主义文化制度的管理规训，因而可以说相当具有“中国特色”。这并不是一套整齐划一的机制，而是各个网站在“前无古人”的实践中、在残酷的淘汰竞争中摸索出来的“生存法则”，颇具“原生态”。它们或以“造神”为主，或以“养文”为主，或依靠精英粉丝群体，或更倚重编辑力量。在几年一次“革命”的浪潮冲击下，这些“核心机制”在“迁徙”中固守，颇具“游牧精神”。应该说，这些“核心机制”是这些年来网络文学发展壮大的“动力系统”。本文选取代表“男性向”商业文学的“起点中文网”和“创世中文网”、代表“女性向”[①]商业文学的“红袖添香网”、代表“亚文化”倾向的“女性向”网站“晋江文学城”、代表“文青基地”的“豆瓣阅读”，考察其独特的生产机制和运行方式。同时，通过对与核心生产机制具有密切关联的“粉丝文化”的研究，考察这一读者群体的“文学生活”特质。

一、作品筛选与大神战略：“起点模式”发展探究

在 2003 年至 2013 年这十年间，起点中文网一直是最重要的商业文学网站，其重要性体现在两方面：第一，起点中文网率先成功建立了付费阅读的网络文学商业模式，这一模式后来被大部分文学网站采用；第二，这一时期，起点中文网作品数量与作者数量居于全国第一位，并且产生了大量具有广泛影响力的作家与作品。读者按章阅读付费、作者与网站分成的模式极大地刺激了网络文学作品的生产，并塑造了网络文学的生产形态：连载发布，篇幅巨大，更新迅速。可以说，“起点模式”对于网络文学的发展起到了至关重要的作用。

---

① “女性向”是女性在逃离了男性目光的封闭空间里以女性自身话语进行书写的一种趋势，与“男性向”相对。这种书写所投射的是只从女性自身出发的欲望和诉求，不过在这样的界定下，“女性向”文学与传统女性言情文学之间存在大面积的过渡阶段、灰色地带。如果以基本不存在争议的部分举例，“女尊”和“耽美”可以说是“女性向”网络文学的典型文类，与传统男性天空下的女性言情遥相对峙，走到了这一端的极点。网络的出现为“女性向”文学空间的形成提供了技术支持，出现了晋江、红袖等“女性向”文学网站。相关论述可参考肖映萱《剽悍的“小粉红”：论精英粉丝对晋江“女性向”网络文学的影响》，载《网络文学评论》第 5 辑，广东省作协主办，广州：花城出版社 2014 年。

起点中文网的模式(以下简称“起点模式”)有效运作依赖于两个关键点:第一,网站生产的作品能够吸引读者付费阅读,为网站与作者提供收入;第二,作者必须获得物质与精神的激励,不断迅速创作符合读者需求的作品。作者生产出优秀作品,读者付费购买,刺激作者进一步再生产,起点模式必须形成这一基本的良性循环。在这一过程中,筛选机制发挥着重要的作用。如何筛选出优秀作品呈现给读者,如何筛选出优秀作者进行品牌运营,成为起点模式必须考虑的重要问题。

当网站掌握了重要的作者与作品资源之后,应当如何进一步运营作者品牌,开展“大神”战略?起点的十年发展中,尽管依托做游戏起家的盛大集团进行了一定的游戏开发,但最终没能突破文学的领域范畴。而在2013年横空出世的“创世中文网”,不仅从“起点”等网站掠夺了大量作者资源,并且依托腾讯这一互联网巨头,开始打造以作家作品为核心的网文产业链。

1. 从“天地人榜”(编辑导向型)到“推荐榜”(读者导向型):作品筛选机制的演变

在起点模式的筛选机制中,“榜单”是最为核心的部分。“榜单”展示按某种要素公布的作品排名,制定网站对于作品的评价标准,引导作者按这一标准进行创作,并影响读者的审读趣味。目前,起点中文网的榜单包括“推荐榜”“点击榜”“收藏榜”以及“三江榜”,而这些榜单基本依靠数据统计形成,这些数据主要来自于读者的投票和点击。

在榜单之外,“强推”和“封推”则由编辑人工完成,是从作品中遴选出符合网站需求的作品来进行展示。“推荐”这一机制是对数据统计的补足,展现编辑对于网站作品口味的期待与引导。

目前起点中文网的筛选机制是经过较长时间的发展后形成的。在2003年8月,起点中文网发布了第一份榜单“天地人榜”[①],这一份榜单由起点中文网创始人之一的“黑暗左手”(真名罗立)发布。在这一榜单的说明中,罗立代表起点中文网的编辑团队表明了榜单的颇具精英倾向的评选标准,注重作品的思想内涵和写作技巧。在早期网文创作数量尚未超出人力限度的情况下,起点中文网完全通过编辑人工筛选作品。并且,此时起点中

① 参见《起点作者体系发展史:实践出真知,作者用脚投票》,http://www.lkong.net/thread-741594-1-1.html。

文网尚未正式走向商业化，盈利考量不被关注，编辑团队甚至敢于将“不一定符合大多数读者的口味”的作品放入评价最高的“天榜”。

2003 年 10 月，起点中文网（以下简称“起点”）开始实行读者 VIP 与作者签约制度，付费阅读的雏形开始出现。在起点商业化的最初几年里，编辑团队的推荐在网站的筛选机制里仍然占据重要的一席之地。2003 年 5 月 27 日到 2003 年 11 月 26 日，起点编辑以“起点评论组”的 ID 发布作品《起点评论》，筛选作品进行首页推荐①。而当 VIP 制度逐渐建立后，这一工作也随之发生改变。2004 年 3 月 6 日到 2006 年 6 月 17 日，起点编辑以“VIP 斑竹”的 ID 发布作品《起点 VIP 作品》，对作品进行评价与推荐。

当 2005 年起点接受盛大注资之后，这样立场鲜明的“编辑筛选”逐步隐没了，以读者为核心的榜单筛选成为主流。当读者成为 VIP 会员之后，付费获得了评选作品的资格，拥有了投票评选作品的权利。在网文版权保护薄弱、盗文流行的状况下，投票权是网站挽留读者的重要手段，读者需要通过榜单看到其投票的实际结果。而另一方面，在网文数量激增的状况下，起点有限的编辑团队无法再对海量的作品一一进行筛选，必须依赖读者进行选择。两方面驱使之下，起点的筛选机制开始以读者投票评选作品为主导，甚至在某一时期完全依赖数据统计。这一机制有其优点：第一，能够在数量巨大的网文中筛选出文字相对优良、可读性强的作品；第二，以投票权吸引读者付费阅读，以月票榜奖励刺激作者更新，推动起点模式的良性循环。在起点书库的“总推荐排行榜”前一百名中，《亵渎》《回到明朝当王爷》《将夜》等“卖好又卖座”的作品都名列其上，成为这一机制成功的例证。

在这一机制的运作过程中，“创新”与“跟风”处于长期的矛盾与循环中。在网文圈中创造新类型的突破者往往能获得大量的读者粉丝，但其后大量的跟风者又使得新类型成为旧类型，而在网文生产中，作者收入与付费读者数量直接挂钩，作者必须考虑读者的阅读口味，这使得跟风成为了二三线作者的最佳选择。举例而言，以言情耽美为特点的所谓“小白文”在 2007—2009 年由唐家三少、天蚕土豆等大神引领潮流，其后出现无数良莠不齐的

---

① 参见《起点作者体系发展史：实践出真知，作者用脚投票》，http://www.lkong.net/thread-741594-1-1.html。

跟风之作，在这一情况下，Zhttty 在 2008—2009 年创作的《无限恐怖》构建了风格独特的世界架构，完全突破了先前“小白文”普遍的“剑与魔法”的世界设定，创造“无限流”这一新的网文类型，而在其后的两年内，起点出现了一万四千多部名字里含有“无限”的跟风作品，另外还有难以估计数量的作品模仿了《无限恐怖》的剧情架构。由此可见，读者投票为基础的筛选机制使得起点的网文类型生产存在着创新—跟风在创作大趋势上的循环。然而，对于作者而言，跟风创作的难度与风险远小于创新，而读者的口味也存在固定的偏好。这种单纯拼创意的循环使得作者和读者都会出现疲劳，而近两年来资深网文读者中也出现了“越来越难找到好看的网文”这样的抱怨。一方面，类型的创新速度逐渐变慢，另一方面，随着网络文学读者群体扩大，大量具备较高知识水平与审美能力的读者开始入场，像《无限恐怖》这样单纯靠“好点子”出新意却仍沿用“小白文”叙写模式的创新性作品无法满足这一类读者的胃口了。因此，能够“深耕”既有类型并具有自身独特风格的作者逐渐开始脱颖而出。这一类作者包括猫腻、徐公子胜治、蝴蝶蓝以及愤怒的香蕉等。猫腻、愤怒的香蕉常被冠以“文青”的头衔，因其作品叙写风格、剧情架构受传统文学影响较深，并且试图对关乎社会、人生的命题进行演绎并作出回答；徐公子胜治则因其对传统文化的透辟阐释而成为某种“导师式”的作者；蝴蝶蓝的创作显示出较深的“二次元”风格，其影响延伸到了动漫亚文化圈。值得注意的是，这一类作者大多是 2009 年以后才成为“大神”，而这一时期，网文的类型创新进入了瓶颈，跟风占据了主流，在这一背景下，拥有较高文学素养与独特风格的作者脱颖而出。在更早的时期，这一批作者中大部分都居于起点的二线，其作品口碑甚佳，但在推荐票榜单上远不及“小白文”和“拼点子”的作品。

在以上的大趋势之下，起点的编辑团队也在不断调整自身在筛选机制中的位置，以对读者导向型的榜单筛选机制进行调控。在 2007—2008 年期间，“三大神书”事件暴露了起点筛选机制的重大问题。在 2007 年左右，一本名为《异天行》的书进入了起点月推荐榜的前列，并上了首页的强推。该书的内容是随机生成的混乱文本，实际上是网友为了证明起点编辑团队的无能而特地上传的，然而此书通过了审核，于是大量好事者将此书票选上了首页。事件曝光后，《异天行》立刻被删除。此事实际上反映了在这一段时期，起点完全依赖数据统计进行筛选，编辑团队甚至不过问作品内容。但在另一方面，编辑团队又对后台数据有极强的操作能力，这使得一部分“奇怪”的作品出现在榜单中。2008 年左右，一本名为《九转金身诀》的书出现在月推荐榜前列。该书错字病句连篇，情节粗糙拙劣，然而却始终居于推荐榜前列，并在读者一致恶评的情况下仍然无丝毫改观。此事件被读者怀疑是编辑与作者合谋人为操纵榜单以获利，或根本就是编辑的作品。而另一本“神书”《网游之少爷天下》与此类似，作品由语法错乱、前言不搭后语的句子组成，被网友戏称为“网文意识流神作”。“三大神书”在此后的一段时间里陆续被起点删除，对于这三起事件，起点并没有官方回应，但据传编辑团队内部进行了严厉整改。

在 2005—2010 年期间，起点进行了诸多尝试，以避免数据筛选的弊病。其中持续时间较长的有“专题”和“三江阁”。“专题”是指对特定题材或内容的作品进行推介，起点官方做过的专题包括“起点军文专题”“寻找中国的哈利波特”与“起点创始人书架曝光”等。此外，读者也可以自己设立专题，在专题区进行推介。“专题”实际上是编辑团队试图在数据筛选之外，通过传统杂志期刊的运作方式来推介网络文学作品。“专题”在 2010 年以后基本停止了运作，编辑和读者都放弃了这一频道①。其背后原因可能在于编辑团队的力量难以应付数量急剧膨胀的各种题材的网文，而大神“霸榜”的现象也让月票评述专题失去了意义。对于读者而言，关于作品的评介与推荐早已有“龙的天空”论坛和百度贴吧这样的成熟的平台，早已能够涵盖专题所起的功能。

“三江阁”则是由专门的编辑组负责，将新书中具有潜力的作品挑选出来，放在专门的频道进行展示，并让读者投票评选。“三江阁”实际上意在提拔新人新书，挖掘冷门作品。而“三江阁”虽然延续至今，却实质上变成了新书的票选榜，尽管作者可以自己申请将作品放入“三江阁”展示，但需要经过编辑的审批，而编辑遴选的标准，依然是新书的推荐票和点击，且为了能够遴选更具商业价值的作品，更新速度也成为作品进入“三江阁”的硬指标。举例而言，《法师手札》这本奇幻类作品在文笔和构思方面都堪称精品，然而

---

① 目前起点专题频道在首页已无链接，可以通过网址输入直接跳转。目前网页上“热门专题”这一栏中“月票榜每月评述”止于 2010 年 12 月，读者编辑的专题止于 2009 年 11 月。参见 http://sq.qidian.com/Hot/HotIndex.aspx。

因为作者更新速度相对较慢（两到三天更新一章），未能进入“三江阁”。而作者沁纸花青也吐槽道：“其实对于‘三江’的执着倒不是单纯地因为想要上榜多加收藏……而是我至今记得‘三江’建立之初的那个标准：看文笔。”[①]在实际运作中，“看文笔”这一标准在很长的一段时间内被遮蔽在“看更新”之下。“文笔”与“更新”这两个标准在网文创作中存在难以解决的矛盾，大部分“日更万字”的作品很难照顾到传统文学标准中的“文笔”（包括人物描写、环境构造、气氛烘托等），其叙事抒情倾向于简单直接。而在这一前提下，“三江阁”又试图以“创意”为标准来刺激新类型作品的产生，实际上是鼓励“拼点子”。以 2014 年 8 月 31 日—9 月 7 日的“三江阁”推荐为例，排名第一的《死神逃学日记》的卖点在于“无节操”的二次元化书写以及对传统西方奇幻世界设定的微调，而排名第三的《超级游戏策划》的上榜原因则是“书的金手指很有特色，创意非常的赞”。这些拥有新创意的作品为网文圈对于旧类型的突破注入了新动力，近年来由“三江阁”推介的《奥术神座》等作品的确打开了玄幻奇幻类型文的新局面。然而在另一方面，大部分的“创意”作品在文笔上乏善可陈，甚至比不上资历较深的“小白文”作者。这使得“三江阁”所推的大部分新人新书缺乏后劲，很快泯然众人。很多早已走红的老作者的新书也会放入“三江阁”，但不过是锦上添花，与“三江阁”筛选新人新作的最初目的相距甚远。

目前起点的筛选机制仍然以推荐榜数据统计为主，编辑手动筛选为辅。这一机制曾经为起点的发展提供了巨大动力，塑造了网文独特的生产模式，使得网文数量激增，并淘洗出了一批优秀的作者。读者在这一机制下通过推荐票获得了权力，对网站整体的作品生态产生影响。但这一过程中，如何保证作品的创新性？如何提高作品的质量？编辑团队的力量始终无法妥善处理这两个问题。下一个大神在哪里？下一部巨作在哪里？这仍然依赖不断涌入的新读者和审美水平不断提高的老读者擦亮慧眼，用手中的推荐票把自己喜爱的作者作品顶起来。新大神的产生不可预测，而如何发挥已有作者的价值，成为了起点等网站运营中面临的重要问题。

---

① 《法师手札》卷二第三章章后语，由于涉及对于三江阁的批评而在后来被删除（可能是作者自主删除），但在某些盗版网站的最初转载中存留了下来。链接地址：http://www.bxwx.org/b/33/33707/5474017.html。

2. 从“白金作家”到“大神之光”：作家培养机制的演变

尽管2003年10月起点发布的“天地人榜”正式以网络文学的标准来为网文作者们排座次，但在实际运营中，起点最初并没有将“大神”们当作品牌来运营。在网络文学发展的早期，新人不断涌入，亦有老作者退出，进出之间作者和作品具有极强的不确定性。“天地人榜”所举作者近百名，其中至今活跃的只有魏岳、今何在等几名。再加上网文的商业化运作尚在探索之中，网站很难打造作者品牌。在这一时期，起点开启了“专栏”频道，试图对一些具有写作能力和经验的作家进行推介，但这一措施并不涉及商业运作。

2005年盛大注资之后，起点推出“起点职业作家体系”，开始招聘职业作家，试图对一批在此前几年中展露头角的作者进行重点培养。在当年7月，起点筛选出了8名职业作家，实行保底年薪制，规定每月必须创作的字数以及相关的分成。这一措施在实行一年后宣告失败，其原因主要在于作家的分成过少，存在盘剥之嫌。8名“起点职业作家”中，有3名跳槽去了“17k小说网”。尽管宣告失败，但这一措施实际上表明了网文作者中的佼佼者开始成为网站进行专门商业运作的对象。

2006年7月，起点推出了“白金作家签约计划”，这一计划不再规定更新速度以及分成，而是规定签约的作者需要在签约期内至少完成一部VIP作品，并且达到一定成绩。而网站将在线上对白金作家进行大力宣传，并提供线下媒体的宣传机会。这一计划相比“职业作家体系”，对于作者而言更加宽厚。首批白金作家中囊括了后来成为网文界标杆的唐家三少、流浪的蛤蟆、跳舞、梦入神机等，这一批作家在其后为起点贡献了大量具有较高商业价值的作品，而作家们持续稳定的创作，使得特定作家作品的粉丝群体开始产生。2009年，起点推出了粉丝值系统，这一系统中，粉丝绑定的对象是作品，读者的消费和投票可以为其积累相应作品的粉丝积分，根据积分，读者可以获得不同等级的荣誉称号。粉丝值系统通过名誉性的等级制度，使得读者对于特定的作家、作品产生归属感，并促进粉丝群体的形成与扩大。

当“大神”们的固定粉丝群体形成后，单纯的荣誉性称号和投票权已经难以满足粉丝的情感需求，“打赏系统”应运而生。2009年，起点推出了打赏功能，允许粉丝对作者提供除了订阅收入之外的“打赏”，并在网站滚动横幅中对打赏的读者进行表彰。在2010年2月，起点公布了2009年全站作品的打赏排行[①]，在题词中宣告："这里，投出的是读者的权利……展现的是读者的力量……彰显的是读者的选择……谁，是2009年最受读者欢迎的作者?"这一宣告意味着起点试图通过打赏制度使得读者与作者建立更强的经济联系与情感纽带，使得读者通过超出正常阅读需要的消费行为转化为作者的粉丝。而2009年起点打赏前三名的作品为《凡人修仙传》(忘语)、《阳神》(梦入神机)、《间客》(猫腻)，这三位作者在此后也成为网文界的"大神"。

"大神"及其粉丝群体对于网站的意义越来越重要。2010年7月，梦入神机脱离起点，高调入驻纵横中文网(以下简称"纵横")，与此同时纵横也从起点挖走了一批准大神级的作者，这一举措使得"纵横"在此后的3年里与"起点"势同水火[②]。起点对于脱离的作者采取了在本站封杀的态度，原作者所有的作品都在起点被删除，有关纵横的讨论也在起点被禁止。全面采用起点模式的纵横，则对前来投奔的作者进行高调宣传，并在首页大力宣传推广这一批作者和作品。为加强作者战略，起点在2012年6月推出了"大神之光"功能[③]，读者订阅作者的所有作品的VIP章节之后，即可领取该作者的"大神之光"作为荣誉称号。这一举措使得粉丝之间根据所领的"大神之光"划分出明确的群体界限，并进一步刺激了粉丝群体的消费。当新产生的粉丝需要加入粉丝团体时，是否购买该作者的全部作品并领取"大神之光"成为了一条重要的准入门槛[④]。而"大神之光"推出的当月，领取的读者可获得一定的网站返利，而被领取最多的作者则可获得网站的首页封推、网站头条等宣传奖励。这使得粉丝群体在作者的鼓励下争相补订作者过往作品，参与活动，而粉丝团体与作者的经济、情感联系进一步加强了。

起点诸多榜单，为"大神"们提供了一个竞争的平台，粉丝读者利用手握的选票支持作者。"大神"之间"拼月票"的过程，实际上是粉丝读者之间的较量，在较量的过程中，粉丝与作者的情感与经济联结也被加深了。举例而

---

① 《2009年起点打赏评价榜揭晓》，参见网址：http://www.qidian.com/ploy/20100210/。

② 2010—2012年脱离起点而入驻纵横的"大神"作者的不完全统计：梦入神机、烽火戏诸侯、流浪的蛤蟆、静官、郭怒、乱世狂刀01。此外，原本脱离起点前往"17k小说网"的著名作者如血红、烟雨江南也在纵横发表作品。

③ "大神之光"活动宣传页面参见网址：http://www.qidian.com/PLOY/20120615/AuthorTitleIndex.aspx。

④ 举例而言，徐公子胜治的QQ书友群加入后需要提供起点ID供查证是否订阅作者的作品并领取"大神之光"。

言，2009年6月份，猫腻的《间客》与天蚕土豆的《斗破苍穹》争夺起点月票排行榜第一，粉丝们在百度贴吧与各类论坛上展开了声势浩大的拉票活动，由粉丝建立的“猫腻小说网”以图表记录争夺的形式，并对粉丝如何刷票进行战术指导①。并且，这一次争夺对于粉丝而言具有特别的象征意义：天蚕土豆代表长期居于月票榜前列的“小白文”和“爽文”，而猫腻则代表此前为“小白文”所“压制”的“有思想”的文青风格，这一次争夺在很多猫腻粉丝的眼中是文青逆袭的机会，是自身审美标准在起点获得一席之地的“证明”，有猫腻粉丝甚至喊出了“不要让这丫的(指天蚕土豆)名利双收”这样的口号。由于“大神”较强的作品生产力和巨大的粉丝号召力，“大神”在月票榜上的胜利，某种程度上被视为是网站作品风向标的确立，而粉丝则通过自身的消费为“大神”的胜利贡献力量，“大神”的胜利对于粉丝而言亦是阅读口味与审美标准的胜利。相比于数量巨大的“小白文”粉丝，猫腻、徐公子胜治这类作者的忠实读者更具备精英粉丝的自觉性，对于作者思想和价值观的认可使得粉丝群体的忠诚度和组织度更高。

“大神战略”为起点培养了一批具有较强影响力的作家，并催生了通过作者归属于网站的粉丝群体，推动了网络文学产业的发展。然而，这一战略也产生了不可忽视的弊病：网文站点之间的竞争演变成为“挖大神”的恶战，而在网站内部，“大神”群体长期霸占排行榜前列，新作者难以出头。并且，一些成名已久的“大神”，其创作早已陷入了对自身既定模式的重复，例如有网友评论唐家三少：“看他一本书，就等于看完了他十本书。”其后跟风的大量新作者更加剧了网文作品的同质化。而另一方面，起点以及其依托的盛大，并没有能力将手中握有的“大神”及其作品进行深度开发，“大神”的价值被局限在了起点这一网站上，而没能进一步向产业链的下游转化。尽管起点将一部分作品改编成了客户端网游和网页游戏，但由于盛大本身能力有限，改编过程又过于急功近利，成果寥寥②。早有“大神”意识到了这一问题，并且进行了应对：起点早期白金作家撒冷在2007年即开始自行创建公司，对自己的作品进行游戏改编，并且利用作者群体中的人脉关系签下了

① 《2009年6月-间客-月票榜战报》，参见网址：http://www.taoyoyo.net/maoni/post/218.html。

② 迄今为止起点改编为游戏的作品有：《盘龙》(网游)、《斗破苍穹》(网游、页游)、《诛仙》(网游)、《凡人修仙传》(单机游戏、页游、网游)、《佣兵天下》(网游)等。

唐家三少等“大神”的作品版权，成功开发了《唐门世界》《莽荒纪》等手游，率先占据产业链的下游，而盛大同时期仍缺乏有效举措。

3. 从“起点”到“创世”：“大神战略”在竞争中推进

2013 年 5 月，由起点原团队成员吴文辉、罗立建立的“创世中文网”（以下简称“创世”）上线，并与腾讯文学进行了深度合作。创世基本照搬了起点模式，并且动用重金从起点挖走了一批作者①。腾讯支持下的创世拥有雄厚的资金，并且被纳入了腾讯建立的庞大体系中，面对这样的竞争对手，起点无法再像当初应对纵横那样，以决绝的态度封杀出走者，以“大神”对拼。

在这样的形势下，起点开始与纵横和解，在 2013 年末推出了“书坊”。这一频道实际上共享了纵横与起点的作者资源，尽管仍然不能接受投票并计入推荐榜，梦入神机等作者的新书开始在起点接受订阅②。而与之针锋相对的是创世与起点的老对手“17k 小说网”签订了合作协议，共享版权与作者资源。在“大神”数量有限的情况下，对作者的争夺意味着对其粉丝群体的争夺，而“大神”的入驻更代表网站本身影响力的增强。

对于 2009 年以后浮现的一批作品质量较高的作者，起点进行了大力宣传。相比于“小白文”的“大神”唐家三少，徐公子胜治和蝴蝶蓝以往的作品在榜单上并不突出，但其粉丝的忠诚度与组织度更高。对于徐公子胜治，起点在其新作《太上章》发布之际于首页开展了活动，领取其“大神之光”的粉丝可以参与返利较高的抽奖，蝴蝶蓝的新书《天醒之路》也得到了起点的大力宣传。而爱潜水的乌贼属于较新的作者，其作品《奥术神座》对玄幻类型文的成规进行了颠覆，居于排行榜前列，得到了起点的重视。起点力捧这一批“大神”，意味着在起点站内，“小白文”之外更多类型的作者开始成为网站运作的重点。但在产业链上，成名已久的唐家三少、方想、流浪的蛤蟆等“大神”依然拥有较高的商业价值，其对于普通粉丝的号召力与跨领域的影响力远远高于徐公子胜治这样的小众作者。蝴蝶蓝开始连载新书《天醒之路》后，其风格开始向大众作品靠拢，商业价值也逐步被开发。在 2014 年 8 月 1 日，盛大举行了首届“网络文学游戏版权拍卖会”，共拍卖了六部作品的版

---

① 2013—2014 年，脱离起点而入驻创世的“大神”作者的不完全统计：猫腻、荆轲守、三戒大师、胜己、林海听涛、雁九、Zhttty。

② 起点“书坊”频道地址：http://sf.qidian.com/，目前纵横的大部分热门作品都可以在这里阅读。

权，其中成交价格最高者为方想的《不败王座》(810 万元)。这一举措反映盛大在作品版权开发上缺乏力量，最终只能选择将大量作品版权卖出。尽管版权的高价出售使作者受到了极大的激励，但对于盛大和起点而言，大量版权的出让使得其只能龟缩于产业链的上游。而在 2014 年 9 月 3 日，盛大游戏出售了 58%的股份，盛大网络本身对于产业链下游的开发控制能力进一步降低，基本无力对起点拥有的版权资源进行有效开发。

与之相对的，入驻创世的猫腻则受到了全方位的重视，其新书《择天记》刚刚开始连载，腾讯即决定将其改编为动漫与游戏，总投资据传达到5 000万。在驻站"大神"有限的情况下，腾讯力图将网文生产整合进其产业链，一方面腾讯将其拥有版权的动漫(如《尸兄》)交由作者改编为网文，另一方面，腾讯积极倡导与其旗下游戏相关的游戏小说以及同人小说的创作[①]。由于腾讯本身拥有大量游戏和动漫版权，创世的同人写作以及游戏小说可以光明正大地进行，使得创世中文网聚集了一批动漫和游戏粉丝。在这一方面，缺乏版权资源的起点只能低调地在"书坊"中推介一些动漫和小说同人作品[②]。腾讯利用其手中控制的媒介渠道强推其全版权运营的网文作品，在原本起点模式的基础上开辟了全新的道路：网文的产品属性更加鲜明，更加明确地针对特定粉丝用户群体进行生产与营销，而运营商控制的渠道更使得更多的用户群体加入到网文的读者群中。

创世网的强势入场，实际上代表着拥有大量资本的互联网巨头力图打通网文、动漫、游戏这一产业链，进一步挖掘网络文学的商业价值。而"大神"在这一战略中，起到了创作作品并聚集粉丝的作用，居于产业链的上游，其地位日渐重要。可以想见，在未来的一段时间，最大化地挖掘"大神"的价值，仍然将是各大文学网站的重要战略目标。另一方面，起点模式的关键问题目前仍存在：如何解决作品数量激增与编辑力量有限的矛盾？如何筛选出能够吸引读者而又具有文学价值的作品？如何避免作品的同质化？如何筛选和培养新的"大神"？这些问题并不是资本注入能够简单解决的，网文产业的基本模式需要得到进一步的发展与完善。

---

① 举例而言，腾讯在创世开展了与其旗下游戏《地下城与勇士》以及《火影忍者 OL》有关的同人小说征文大赛，使得原本处在地下的动漫游戏同人创作得以取得官方的认可，并与网站签约。

② 此前起点对于同人小说采取不签约、不鼓励的态度，而现在一部分同人小说可以以较为宽松的条件获得"书坊"签约，并出售 VIP 章节，但不会得到首页推荐和强推。

二、迁徙的游牧部落："红袖添香"网站的发展历史及生产机制

在"女性向"商业网站中，"红袖添香"以下简称"红袖"最有代表性。近几年红袖异军突起，从流量和收入上都将晋江文学城（以原创活跃性著称的老牌女性网站）甩在了后头。根据副主编范晓霞提供的资料，红袖在2013年的注册用户已经达到了5 200万人，而作者的收益也是年年增高①。通过对红袖发展历史的追溯，我们不但可以了解它的生产机制，并且可以揭示一个"隐秘"——每一个（女性）网络文学网站都是一个灵活机动的游牧部落。在这里，"游牧"并不只是一个比喻（metaphor），更是（女性）文学网站的本体存在实质（ontology），正是这样的本体存在实质牵引着网站的历史走向和日常实践。

1. 游牧部落的形成：红袖生存/生产模式的历史变迁

游牧式的生存/生产模式，其关键在于流动、变化和及时调整发展的策略，游牧部落必须摒弃一亩三分地的农耕想法，将灵活的变迁精神融入到血脉中。然而，吉尔·德勒兹（Gilles Deleuze）和菲利克斯·伽塔利（Felix Guattari）也指出，无序的游牧是不存在的，规律潜隐在时刻变迁的游牧精神里。他俩举例说，如果我们将游牧部落的所经点穿缀起来，我们可以看到，游牧的路径始终被水源和草地牵引，形成一条规律甚至回归原地的路线②。类似的，阿诺德·汤因比（Arnold Toynbee）也认为稳定和规律是编织进游牧这条明线里的暗纹，他说："游牧民族是那些不欲迁移者。而他们所以游牧，正因为他们拒绝离开。"③

这种动与不动之间的吊诡、寻求变化和渴求稳定之间的张力，在红袖摸索生存之道、调整生产模式的历史过程中，结晶成了网站的一种平衡术——红袖力求在随机而动的变迁和延续网站历史特点中寻求平衡。如果我们回溯红袖的历史发展过程，可以看到，网站外部的两次环境大转型——资本的介入和移动互联网的崛起——都迫使红袖及时调整自己的生产方式。犹如游牧的部落，网站必须随外界环境变化而不时"迁徙""逐草而生"；但同时，

---

① 数据来自于本节作者周铁2013年对"红袖添香"网站副主编范晓霞的访谈。

② Gilles Deleuze and Felix Guattari. *A Thousand Plateaus*: *Capitalism and Schizophrenia*. Minneapolis & London: University of Minnesota Press, 1987.

③ 杨凯麟在论述德勒兹的文学观时，引用了汤因比关于游牧民族的概念。详见吉尔·德勒兹：《德勒兹论福柯》，杨凯麟译，南京：江苏教育出版社，2006年，译后记第158页。

网站又抛却不了历史延承下来的生态和“部落文化”。那么，红袖如何有策略地保护其历史“遗产”？如何审时度势地进行变迁？

和其他文学网站一样，红袖最早也是依托在论坛的形式上的。创始人之一孙鹏（现为红袖的总经理）在1998年和朋友创立了几个论坛板块，均挂靠在“世纪青年”这个网站上，但这几个论坛经过几年的发展后，只有文学这个板块存活了下来，而且发展势头迅猛，至于其他的板块，都因发帖和跟帖的人过少而荒芜了。更有意思的是，女性写手和用户迅速成了这个文学板块的主力军，男性创始人孙鹏的一个无心插柳，出乎意料地铺就了一块性别化的绿荫之地。[①]

直到2004年，红袖主要的经济来源还是靠网友捐款，期间也有过几次融资，但因为捐款和融资得来的钱都直接投入到了网站建设上，所以红袖基本上是没有任何收益的。所有的网站管理人员都是义务劳动，网站的作品也以诗歌、中短篇小说、日记等文学形式为主，写作和阅读犹如文人间的唱和，只增加彼此的情谊和文化象征资本，并没有产生过任何的交换价值。这个时期的红袖，虽然和传统出版业相比，本身已经具有了“游牧”的性质——它灵活地避开了三审三校的制度，甚至避开了男性在文学上的权威话语——但它还未能发展成一种游牧经济。

在2007—2008年左右，盛大的资本力量开始全面进攻网络文学领域，这整个收购的过程是一场快速的“闪电战”。但在盛大和红袖谈判的初期，孙鹏和其他网站的创始人一样，对引入资本有些犹豫不决，站内写手和读者对资本可能带来的商品化也持有警惕和抵触的态度。然而，转折点很快随着“晋江文学城”（以下简称“晋江”）的举动出现了，当时的晋江正面临着和广州花语出版社的官司危机，为解决这个威胁到晋江生存下去的纠纷，晋江的站长冰心第一个答应了和盛大合作[②]。在晋江被盛大收购了之后，孙鹏开始紧张，他害怕因资金短缺而导致各种技术问题，也害怕因网站优化的欠缺而失去用户。盛大在这个时刻，再次向红袖伸出了资本的“橄榄枝”，在2008年，红袖和“潇湘学院”（以下简称“潇湘”）等一批女性网站一起被盛大

① 笔者（周轶）在2012—2013年间，几次对孙鹏进行了采访，文中关于红袖发展历史的资料均来自对孙鹏的访谈。

② 广州花语出版社控告晋江侵权，状告晋江允许书友将花语的出版书以电子文档的形式上传到网页。

纳入了囊中。

在引入资本后，红袖面临了发展规划上的第一个难题，如何既满足盛大对文学商品化的盈利要求，又能挽留住网站“文青状态”时的用户并将此作为网站的一个文化优势？这是一个平衡历史延续和网站变迁的任务。当时，除孙鹏外，济南和武汉均有几个资格颇老、从红袖创建开始就投入义务劳动的网站管理员。经过和他们的协商，在北京的孙鹏开始着手打造红袖商业化的一块，他首先确立将长篇小说作为主要的销售文类，然后招聘了一批VIP责编；这些责编负责招收写长篇小说的作者、把有市场保证的好书挑出来、上架销售这些书的VIP章节。与此同时，在济南和武汉的老管理员们则继续负责编辑中短篇小说及诗歌等红袖的传统文类，维护红袖的早期用户，他们也承担起了打理“红袖论坛”的责任。相比晋江年轻化的“小粉红”论坛，红袖的论坛服务于年纪较大（40—50岁左右）且仍抱有“严肃文学”情怀的用户，这些用户很多是早期就活跃在红袖的老作者/读者，她们在论坛里写古体诗、畅谈时政、交流自己的生活体验。

虽然红袖中短篇和论坛是作为一个重要板块存在的，时不时也举办些征文活动，但它并没有被并入VIP的写作/阅读体系，也不产生任何的经济价值。可以说，红袖“文青时代”的作者/读者和后期商业化的用户很少在写作和阅读上有借鉴和互动，但前者不仅为红袖的高流量做出了贡献，还提供给了红袖不可或缺的文化象征资本。例如，红袖的老用户在论坛里成立了“红袖助学”的板块，她们自发地和乡村困难家庭结对子、为这些家庭的孩子付学费。这个板块很快被网站吸收，成为了网站内部的长期活动：孙鹏和其他一些高层开展筹建“山村儿童图书室”的活动，呼吁前后期的用户都参与到图书捐赠的活动中来，同时也在用户中筹集款项，所得不仅用来扩大结对子的数量，还用来创建乡村学校里的图书馆。

“文学”“爱心”“资本”（例如，维护老用户和老编辑的投入都来自商业化的长篇利润）“企业形象”——这些或许矛盾对立的因素——却彼此纠缠、互生互动地将新旧用户打通，也为网站赢得了口碑。我们可以通过这个例子来这么总结：不生产文化商品的“历史遗产”并不是没有生产力的，而红袖始终想要平衡的也正是变迁所带来的商业化要求和历史遗留下的非商业化因素之间的关系，红袖力图使它们处在一个共同推进红袖发展的羁绊关系中。

2. 游牧部落的扩张：应对“移动时代”的“红袖策略”

2012年，智能手机价格的下滑和移动互联网的崛起迅速为网文阅读第三方的进场铺就了道路。三大手机运营商、掌阅、网易云阅读纷纷和红袖、晋江等文学网站联系，要求将它们的内容导到手机阅读的软件里，开发更广阔的阅读人群。尽管依托移动互联网而进入到网络文学领域的第三方为文学网站提供一个拓展销售渠道的契机，但对文学网站来说，“移动时代”也是一个巨大的挑战。

首先，以移动端为主的第三方运营在网文内容和格式(例如封面的大小、标点的运用)的要求上与网站传统的PC端有所不同。举个简单的例子，PC端上的穿越文要求穿越的女主角很快适应穿越过去的社会环境，以尽可能快的速度融入到当地社会并寻求自己的爱情和价值；但移动手机阅读基地(红袖最大的合作第三方)却要求将穿越回去的女主心态放慢了写，也要求给女主尝试回到现代的举动以更多的篇幅描画。红袖的编辑曾抱怨说，移动基地要的桥段都是红袖好几年前的故事点，红袖PC端上的老用户早就看腻了这样的故事点，她们要更强的女主，要更快适应环境的女主。这样的差异看似很微小，但它凸显的是网站传统PC端和新发展的第三方之间的矛盾：移动互联网的快速普及使得一些新读者进了场，而之前就在PC端前看书的读者则成了老用户；移动第三方主要针对的是新发展来的手机阅读用户，所以要的“梗”比PC端来得陈旧。由于新旧用户的口味不同，所以能在第三方上架销售的书反而不能在网站原有的PC渠道成功盈利，再加上第三方结算作者稿费较慢，大部分红袖的VIP作者都不愿意在写作内容上迁就第三方和新读者的口味。这使得在第三方成功上架的红袖文日益减少，红袖本想通过第三方渠道来摸索移动互联网市场的尝试，因此受到了较大的阻力。

其次，文学网站在传统上是依托PC端来整合资源的。事实上，将文学网站简单归为内容生产商是极其不精确的，因为PC这个平台串联起的是网文的生产、销售和消费，串联起的是网站产业的垂直链。然而，第三方的进场把这个垂直链打破了，它们试图建立起自己的销售渠道，抢先培养移动端的消费群体，这可能会逐步把文学网站挤压成单纯的内容生产商。所以，在第三方的移动端进行销售，既是网站的一个新盈利模式，也同时增加了网站的深度焦虑，红袖甚至担心手机运营商在积累了大量客户端用户和行业经验后，会自己开始招收作者来生产内容，逼迫红袖出局。总而言之，红袖面临着发展历史上的第二个难题——如何平衡传统 PC 端的各种优势/资源和移动互联网所带来的新机遇/新挑战。

红袖在最近两年的摸索中，逐渐发展出了一套应对措施，简单地讲，一是把网文的生产和管理细化，二是着力发展自己的移动端销售渠道。在 2013 年，红袖成立了无线版权管理部门，这个部门的人员专门管理推荐给第三方的小说，他们分布在北京、济南和杭州三个地方。因为移动手机阅读基地和电信手机阅读基地都坐落在杭州，所以红袖有相关工作人员专门驻扎在杭州，负责和运营商沟通上架的事宜。红袖还抽调了部分北京和济南的员工，将他们并入无线版权部门，这些人员专门负责生产适合第三方上架的文章并进行内容及格式上的调整。从 2013 年起，无线版权部开始专门征收针对第三方(特别是手机三大运营商)的小说，由专门负责的责编来进行内容和格式上的指导。为吸引作者来参与这类渠道销售的小说的创作，红袖推出"一鸣馆"活动，凡是进驻"一鸣馆"的作品，红袖每月都将提前垫付 50%的稿费，剩下的款额则待运营商结算后统一发放到作者账户①。无疑，红袖是试图通过把作者/作品细致分流来满足新老用户的不同口味和新旧渠道的不同要求。

和第三方亦友亦敌的紧张关系，鞭促红袖也开始通过发展自己的移动端来深化网站的垂直产业链，扩大自己的地盘。这个过程并不是红袖简单地从 PC 端转渡到移动端，而是平衡 PC 端作为传统平台的优势和移动端带来的新机会。尽管使用手机、IPAD 来阅读网络小说的人日益增多，但 PC 作为传统网文写作和阅读的工具仍然不可能被移动端完全取代，因为长篇小说的写作不太可能在手机上进行，同时在工作时间里偷偷用工作电脑来读小说的人不在少数②。此外，相较于手机的小屏幕，PC 端可以轻易安插进远超过手机所能拥有的推荐位，因此，红袖在 2014 年初改版了其 PC 端的大

---

① 参考 2013 年 9 月 18 日《"一鸣馆"第一期征稿公告》，http://news.hongxiu.com/2013/9/4283.html。

② 2012 到 2014 年，笔者(周轶)在中国北京和杭州两地采访了大批网络作者和读者。很多读者在访谈里表示，她们会用工作电脑在上班时间阅读当天更新的小说章节，这在工作单位比较安全，因为同事/领导会以为她们在工作。但她们在上班时间却不敢过多使用手机，访谈者解释说，大家都知道智能手机的娱乐功能远重要过通话功能，所以一旦在工作中使用过多，很容易让领导认为在用手机偷懒偷闲。

首页，在原有的基础上，多增了一页下拉屏，安排了更多的推荐位给作者。深深了解作者心理的孙鹏说，作者（特别是非大神级别的作者）都希望自己的作品能进入到大首页的推荐，所以增加推荐位是网站管理和维护作者群的有效方法[①]。换句话说，PC端不仅仅是为了刺激销售而存在的展示途径，也是刺激生产并管理文化劳工（cultural laborers）的有力工具。与此同时，红袖也开发了自己的客户端（APP）和手机站（WAP站），通过"下载客户端就送红袖币"等促销方式来培养用户使用红袖自己的移动端服务。在2014年的红袖征文大赛上，为进一步增强用户在移动端上的互动，红袖第一次让读者用手机站和客户端来投票、参与评选[②]。从红袖的以上举措中，我们可以看见，红袖正在根据媒介变化对其生产—销售—消费的垂直产业链进行调整，这个产业链不再被封闭于传统的PC平台里，而是向外扩张，将移动互联网也并入产销一体的机制中。

回顾红袖在其历史道路上面临的两次机遇和挑战，我们可以看到的是，红袖的生产模式和发展策略始终在变化，它对作者/作品的细化管理、内部职能部门的调整、新媒体的吸纳利用都与时俱进，但这种不停滞的游牧精神是在承载网站"历史传统"的脉络里进行的，红袖始终试图在网站原有的特色和新变革中寻找一个平衡点。但这个平衡点是永远无法企及的，因为今日很快就成了昨日，而网站当下做的变革也会很快随外界变化而成为网站昨日的传统。可网站恰恰是在不断试图平衡新与旧、变革与传统的过程中，发展出有秩序、有规律但又不时变动的游牧策略。比如，2013年红袖推出了短篇文学写作/阅读的手机站点，鼓励红袖"文青时代"的老用户在这个手机平台上创作几百字的诗歌和篇幅短小的手机小说，WAP站点提供手机上传、实时同步到PC端上的功能[③]。这个用新型移动端来激活网站旧文学样式和情怀的例子，让我们不得不重温汤因比的话：游牧是因为不愿意离开。

---

① 笔者（周轶）在2013年5月参加了红袖总经理孙鹏主持的月度会议，文中关于孙鹏的的讲话引自此月度会议。

② 参考2014年5月19日新浪网文《校园关注：网络文学大赛新玩法》，http://edu.sina.com.cn/l/2014-05-19/1821243362.shtml。

③ 参考2012年11月23日《红袖添香推手机短篇文学：将创作平台搬至手机》，http://www.techweb.com.cn/internet/2012-11-23/1257658.shtml。

3. “养文”：红袖的生产机制及日常运作

在游牧部落里，分权的组织原则使得部落族长只能成为一个领头人而不是一个集权者，这个领头人根据自己的经验来带领族民寻找水源和草地，躲避外界环境对生存的威胁，他所拥有的特殊地位是由声望和经验锻铸成的。但是，这个领头人无法在族群的日常事务上，形成一家之言或做一家决定，分权的社会机制始终在避免权力结晶凝聚到某一个人身上。

一个文学网站的社会结构和游牧部落在本质上没有不同。虽然网站创始人和高层主管能够在网站的生存关键时刻采取经验性的反应措施——红袖在引入资本、对第三方和母站小说进行分开管理、将移动互联网引入产业垂直链的行动上，都离不开总经理孙鹏的决策——但在具体的日常实践中，孙鹏无法完全掌控其他各方参与者。他只能和其他高层主管一起搭建一个基本的生产机制框架，让责编、作者、读者都在这个生产机制框架中展开互动。然而，几方参与者之间的互动关系就像是在一个舞台上进行没有具体脚本的演出，充满即兴意味；它们的即兴互动往往出乎意料的游离，甚至挑战网站创始人/高层主管所搭建的基本生产机制框架，迫使创始人/主管以游牧的变化精神来不断调整、更新原有的生产机制。

红袖在2008年确立以VIP长文为主要业务后，其基本的生产机制框架就逐渐明晰了起来，简单地说，就是以结合责编的人工和直观反映网文成绩的数据作为手段来养作者/作品，然后以作者/作品来养消费的读者及她们的忠诚心。这个“养”是红袖责编经常挂在嘴边的词，映射的是红袖生产机制的基本内涵。

和晋江一样，红袖的注册用户众多，进入网站写作品的作者也如过江之鲫，但真正成功上架销售的却只占非常小的比例(红袖只有1%的作品是上架的，99%是免费的)。这固然和有限的责编数量及责编有限的精力有关，也和红袖以盈利作为目标有直接关系。因为主编和责编都有考核任务，所以他们必须保证的是，在有限的资源下，只有有市场价值的作品才能入V上架。每个月，红袖的主编都会给责编成功上架的指标，也就是说，上架销售的小说是必须要有读者愿意付钱阅读的。在这样的指标和考核压力下责编要把推荐位作为投资资源来谨慎对待，红袖的所有推荐位都按照推荐效果分成不同等级，由责编根据作品的市场重要性来安排推荐位。这个市场重要性，往往是结合责编的经验和成绩数据来推测的，但它是经过多个步骤、有根据地推测的。具体过程是：在某部作品/作者签约后，编辑会和此作者进行沟通，了解作者是否有写长文的耐力和及时更新的动力，同时也了解作者对故事的把握到了何种程度（是否有明确的故事主线和好的桥段）。在了解了基本情况后，责编会让此作品进入到一个“自己养”的阶段，在这个阶段里，作者靠自己来凝聚读者、赚取收藏率，也就是说，作者要“养”作品人气。如果作品在这个阶段里，点击量和收藏量都在逐渐增高，那么责编也会安排些推荐效果略次的位置来推送（好的位置都是留给上架文的）。

到了此作品有了400人收藏后，责编会再次判断是否该上架了。这时责编会看这400人的收藏里有多少是“V收”（即收藏人里有多少是有账户充值消费历史的）、作品上架前能否卡在勾住读者胃口的情节点上、作品评论区是否有良好的互动讨论等。如果“V收”过低或作品的高潮情节还需要一段时间才能展开，责编会建议作者再“养”一段时间上架。

等作品最终上架后，责编会开始用不同的推荐位来推送，这是一个彻底的市场试验，因为每次推送后，责编都会看数据，用数据来评估/重新评估作品的市场价值，调整推送的策略。如果订阅人数和订阅币不断随着推荐位的级别上升而增加，责编会给予作品更多的推荐次数，上不封顶，而这些作品也往往能积累到大量的读者，作者也会成为网站的VIP大神。但如果一个上架的作品在推荐初期的成绩并不如预期的理想，责编会考虑更改推荐语，也会建议作者改个更能抓住眼球的书名或简介，然后再进行推荐试验。但如果还推不起来，此文就成了责编口里的“扑文”，责编就会鼓励作者尽快完结。还有一些作品，怎么推都是不温不火的，有收入但又不高，责编就会说：“我养的是个上架的文，不是个上架的神。”对于这样的作品，责编仍会给一定的推荐位，让作者积累下一些读者基础，为下一篇新文铺路。

如果“养文”的过程犹如走一条漆黑漫长的道路，那么推荐位就是投石问路的那块石头，而责编的经验则决定着投掷石头的手劲及巧劲。在这个过程中，读者的重要性是穿插在内并以数据的形式显示出来的；作者为了有更好的数据、得到更多的推荐位，往往花大力气去维护他的读者群，他会以留言互动的形式或以撒娇打滚的态度来讨要订阅和打赏。但和早期网文作家没有大纲、想到哪里写到哪里不同，现在的VIP作者在情节创作的大方向上，很少受读者的影响，原因有二。第一，这能保证作者攒文，当作者得到的推荐位级别越高，她需要的日更字数就越多，没有攒文的作者就会非常吃力。事实上，责编的任务之一是培养VIP作者良好的写作习惯，她们常常劝诫作者说，如果不攒文，万一碰到写作瓶颈或临时有事，就不能及时更文了，这样不仅会跳订（流失订阅币），也会让责编下次不敢放心地给“失约”作者推荐位。为了保有推荐位和订阅成绩，很多VIP作者都有存稿，所以读者在读完前台最新章节后所留的言是滞后于作者写作进程的，他们在关键情节上的要求很少被VIP作者吸收。第二，责编也会告诫作者不要去轻易满足读者，因为读者的要求一再被满足后，他们就会对作品失去新鲜感，作品就会跳订。责编常对作者说，让读者读到意想不到的情节是制造“爽感”的技巧。所以，作者偶尔满足读者要求的地方，都是不影响作品大走向的小细节。

换个角度来阐述，红袖生产机制的内涵在于“养”，而这个“养”的过程是一个平摊市场风险的过程。网站创始人将“养”网站的风险下沉，分配给主编，主编用数据考核（每月成功上架的数量、订阅的总人数、收入的红袖总币数等）将风险平摊给责编，让她们去“养”作者和“养”文，而责编则用推荐位为诱饵将风险平摊给作者，让作者去“养”自己的作品和读者。这一个分级的、有层次的“养”法使各方都参与进网文生产机制的运作中，是红袖高层搭建的基本生产机制；然而，“养”的实际过程及在这个过程中各方的互动却是网站高层无法掌控的。以下三个小例子将粗略勾勒各方互动关系中的“不确定性”，我们可以从中一窥创始人/高层是如何被迫不断地去更新、修补网站的生产机制。

首先，“养”文的过程使得责编和作者的关系异常紧密，但文学网站提供给责编的职业空间有限，很多责编都会在积累了一定作者资源后，跳槽到腾讯、百度等拥有多项互联网业务的网络公司。跳槽的责编往往计划先在腾讯、百度里的网文频道工作，假以时日后，再借助这个平台调到其他更有前途的部门；因此，跳槽的责编会尽可能地将手头作者挖走，作为自己的职业资本①。事实上，红袖的确很难将责编和作者共同养文的“情谊”斩断，只能通过每年都更新作者的福利来尽可能地建立起作者对网站的忠诚。红袖垫付第三方的收入给作者、预先支付影视签约款、取消原“只有打赏道具前十

① 笔者（周铁）于2012—2013年在红袖做田野调研，期间不少责编都跳槽了，红袖责编岗位的流动是各部门里最频繁的。

名才能分成"的规定(所有道具收入现都五五分)等都是网站调整生产机制的补丁①。

其次,责编即使在整个"养"文过程中都和大V作者保持沟通,也无法保证作者不会因各种原因而弃坑。而一旦上架的V文成了坑,不仅浪费了之前推送的资源,而且还引起已买VIP章节的读者对网站的反感(读者往往因看不到结局而责怪网站,让网站退钱)。为了减少废稿的出现,红袖在几年前推出"完结小说奖励计划",所有上架的文只要完结了,无论销售的成绩如何,都可以按照字数来申请完结奖,字数越多、断更时日越短的V文就能拿到越多的奖励现金②。我们可以这么来理解,新媒体时代的文化劳工在制造文化商品上,有着较多进入或退出生产领域的自主权,"完结奖"事实上是网站以资本来"召唤"(interpellation)文化劳工,力图使他们长时间地留在"养"文的生产机制里。

最后,网站平摊了风险后,作者为了订阅数据和推荐位而竭尽全力地去"养"作品和读者,尽管红袖的长评区不如晋江活跃,但VIP销售成绩好的作品和作者都聚集起了大批的消费粉丝。这些粉丝或许不如晋江的读者那么乐于和善于写长评,但他们非常有组织地在各方面积极维护作者的权益。例如,责编常会收到粉丝读者的电话,举报站内其他作者抄袭了他们拥护的作者的桥段。以往,红袖都是低调处理这样的站内纠纷,但粉丝却不依不饶,最终倒逼网站在论坛成立了"打假"板块,由专人负责站内举报事务,而抄袭的作者也开始被全站通报了。

总而言之,一个网站的生产机制只是引导着各参与方来彼此互动,但各方都拥有着其他方所不具备的权力,这使得它们之间的互动关系复杂多变,同时也就逼迫着网站采取游牧式的方式来跟随变化并及时更新生产机制。从这个意义上来说,尽管每个文学网站的生产机制都有自己的内涵,但因为文学网站的社会组织原则均如游牧部落般分权而治,所以它们的生产机制或许共享一个特色:它必须刻意保持灵活的游牧精神,随时调整、随时变迁。

4. "扫黄打非·净网2014"行动之后

2014年4月,"扫黄打非·净网2014"行动(以下简称"'净网'行动")启动后,红袖高层在清网开始后的第一天,就把整个网页关闭了,所有的小说

---

①② 参考2014年3月《2014红袖添香作者福利计划》(http://topic.hongxiu.com/fuli)。

都进入到后台审查库，责编加班加点对所有书籍进行审查，也对涉及敏感话题和色情描写的作品进行删除。“净网”行动迫使网站高层重新调整其“养”文机制：红袖在站内规定，对性爱的描写尺度要大幅度缩减，凡是描写尺度过头的文，无论之前的上架成绩如何，都会对其封杀；网站特意多聘了几位编辑，对全站的作品进行审核把关。此外，责编也在作者群里屡次“威胁”说，性爱描写要一点即过，如果作者违规，就再也不给推荐位了。

在文类上，红袖一贯小心。管理高层一向严禁责编征收耽美、军婚等在性别及政治上有些敏感的类型文。但“净网”行动开始后，红袖高层对站内流行的“高干文”也有些紧张，他们害怕这类文一不当心就触及了无形的政治“红线”。这种担心和自审（红袖开始谨慎地收录“高干文”），使得网站也面临起“文荒”的局面。有意思的是，两年前，责编根据自己的行业经验有过一个文类判断——他们认为男主角是医生的职业文不容易在站内存活，因为中国的医患关系紧张，所以医生文不容易引起读者的好感。但“净网”后，写“高干文”和容易写到性爱的“总裁文”都有了踏走在钢丝上的危险，描写医生及其他职业的文在一夜之间成为热选，责编也顺应形势力推“职业文”，成绩也相当不错。责编解释说，越来越多的中国人在收看描写职业医生的美剧（“急诊室的故事”“豪斯医生”等），在一定程度上已经在改变对医生的想象，再加上韩剧《来自星星的你》也把职业是教授的男主身份推进了女性的欲望视线里，所以“职业文”是可以作为新文类来进行尝试的。①

毋庸置疑，2014 年的“净网”行动，是政治环境变化下对红袖提出的另一个挑战，管理层要再次变革网站，在文类的甄选、内容的审核标准上进行探索，他们的决定也将直接影响到网文的生产和消费。

然而，各方在“养”文过程中的互动也反哺着网站，推动网站去发现机会、生产新的内容、及时更新生产机制。这里的辩证关系似乎告诉我们，一个网站的存在和发展，其关键并不在于它是否拥有完美且稳固的核心精华（an ideal essence），德勒兹和伽塔利事实上提出了一个相反的词汇——含糊的核心精华（a vague essence）。含糊的核心精华指示着，只有灵活、分权、进

① 笔者（周轶）在 2013—2014 年间对红袖几位责编进行了多次访谈，本文中关于文类开发和自审的解释均引自这些访谈。

行游牧式变迁的网站才能在环境的多次变动下存活发展。[1]

三、"绿晋江"与"红晋江"：晋江文学城的"粉丝监察机制"

"晋江文学城"[2](以下简称"晋江")之所以能够成为"女性向"网络文学的典型场域，并在与其他女性文学网站的竞争中，使耽美这一最能代表"女性向"趋势的文学类型发展得"风景这边独好"并占据难以取代的地位，很大程度上得益于晋江的精英粉丝自发形成的监察机制，其载体即是"晋江论坛"，戏称"小粉红"[3]。事实上，论坛网友将晋江的其他区域称为"LJJ"(绿晋江)，将"小粉红"对应地指认为"HJJ"(红晋江)，二者已经形成了两个拥有交叉受众的较为独立的平台。"小粉红"用户并非完全来自"绿晋江"的读者，由于"小粉红"匿名性的"马甲"制度[4]和圈子化的"黑话"话语系统，只有读者中掌握了最多"女性向"和 ACG[5] 知识储备的资深粉丝能够进入这个层层把关的私密空间，其中一些论坛用户可能已不再是，甚至不曾是"绿晋江"的读者或 VIP 章节购买者，只因其对 ACG 或耽美、同人等流行文化及圈内规则的熟悉而在"小粉红"获得一席之地。而"小粉红"的粉丝监察效应并不总能对"绿晋江"即时生效，作者、作品在"小粉红"背负污名，并不意味着无法在"绿晋江"获得较高人气——作品的销量往往是由广大未能进入"小粉红"的 VIP 章节购买者决定的。既然"红晋江"无法左右榜单排名和人气销量，那么它究竟是如何对"绿晋江"产生影响的?

笔者认为"小粉红"的监察机制之所以能够有效运作，是通过"以核心粉丝为中心"的"晋江文化"(即晋江网站管理层本是"同人团体"即编辑出身于

---

① Gilles Deleuze and Felix Guattari. *A Thousand Plateaus: Capitalism and Schizophrenia*. Minneapolis & London: University of Minnesota Press, 1987.

② "晋江文学城"(http://www.jjwxc.net)，简称晋江。其前身是福建泉州晋江电信所创办的一个 BBS 社区，2003 年 8 月 1 日独立发布为"晋江原创网"，是一个具备投稿系统、个人文集系统、媒体联络发表系统及高创作水平的原创书库，2010 年 2 月正式更名"晋江文学城"。

③ "小粉红"，即"晋江论坛"(http://bbs.jjwxc.net)，由于其页面背景色是粉红色，被戏称为"小粉红"或"红晋江"(HJJ)；与此对应，背景色为绿色的"晋江文学城"页面被称为"绿晋江"(LJJ)。

④ "马甲"，一个人在同一论坛注册多个账号并同时使用时，常用的或知名度较高的那个一般称为主账号，其他账号称为"马甲"或小号(有些小号的知名度提高后也会在粉丝中通行)，取其穿上伪装的意思。晋江的文章评论区和"小粉红"论坛的"马甲"制度则更特殊，论坛网友可以不在晋江注册账号而直接以任何名称的"马甲"发贴，无法按账号追踪源头，只能查找 IP 地址。"小粉红"最常见的马甲是两个等号==，也被戏称为"双眼皮"马甲；如果以主账号名发帖，则称为"真身(马甲)"；而管理员、版主、版工登录后发帖时"马甲"字体显示为粉红色，又被戏称为"红大衣"。

⑤ ACG，即 Animation(动画)、Comic(漫画)、Game(游戏)。

"脑残粉"的独特企业文化)才得以实现的[1]。然而"晋江文化"的留存,势必要以晋江在网络文学版图的争夺中博得一席之地为前提。在当前网络文学界"大神作者凝聚读者、文学网站争夺大神"的"作者中心"趋势下,大量在晋江出道的言情作者(如辛夷坞、匪我思存、顾漫等)向其他文学网站或实体书出版行业流失或转移。在这场争夺中,"小粉红"是否能够为选择了"读者中心"的"绿晋江"提供支撑并传输力量? 自 2014 年 4 月中旬至今,撼动网络文学界[2],甚至整个网络平台的"净网"行动在全国范围内深入展开,各大文学网站均受波及,而晋江更因其"女性向"文学趋势的特殊性而成为"净网"行动和广大读者们关注的焦点,"红晋江"与"绿晋江"在共度难关的过程中又是怎样相互影响的?

1. 自审与举报

"女性向"的固有特点使晋江在多数读者心目中被打上"耽美""H"[3]的标签。事实上,此前"绿晋江"已经有着较为全面的关键词屏蔽功能,在网站连载的小说文本中出现任何违禁词都会在系统中显示为□;另外还设有专门的审读人员对文本进行人工审查,只有通过了双重审查的文本才能正常地在网站页面中打开。小说连载的每一个章节页面的标题之下,都为读者提供了"举报色情反动、刷分、抄袭"的按钮,章节列表的下方也有"检举内容"的系统通知公示,形成了较为完整的自查和读者审查举报系统。面对"净网"行动带来的外部审查力量的介入,晋江并没有像其他网站一样关闭全站进行清查,"原创言情站"始终保持了正常的运营,只由于"耽美"和"同人"类型的特殊性暂时关闭了"耽美同人站"。这使得我们可以较为完整地观察到晋江在这次自查过程中做出的改动:在编辑的督促协商之下,全站

---

① 可参考肖映萱《剽悍的"小粉红":论精英粉丝对晋江"女性向"网络文学的影响》。

② 截至 4 月 13 日下午 18:00,已有超过 20 家文学网站关站清查整顿。关站或清查了相关内容的网站有搜狐原创、言情小说吧、红袖添香网、潇湘书院、幻世中文网、晋江文学城、纵横中文网、红薯网、3G 书城、看书网、岳麓小说网、一千零一夜、澄文中文网、翠微居、飞库、幻剑书盟、杭州 19 楼、浩扬电子书城、多酷文学网、凤凰读书、飞跃中文网、豆丁网、天涯社区等,金山快盘、新浪微盘、百度云盘等陆续进行整顿。

③ "H",一种解释是"Hentai"的缩写"H"(エッチ),日语的"变态"之意,有性爱和破廉耻之意,一般用于日本的色情事物之上,特别是日本动画及漫画,如用"H-Game"标示十八禁游戏,包含有直接的性或其他色情内容的漫画称作"エロ漫画"或"H 漫画"等,与 ACG 文化中的"口工(エロ)"近义。

的作者对作品陆续进行了修改名称、修改内容、锁文等处理，新作品的题材选择回到了较为安全的范围，一些耽美作者倾向于转型言情，“耽美同人站”在改名为“纯爱同人站”后重新开放。

“红晋江”方面，“小粉红”作为晋江的精英粉丝“监察院”，本身就一直承担着网站、作者、读者三方的自审功能。如在主要汇集“绿晋江”作者的“原创区—碧水江汀”（以下简称“碧水”）版块发布的帖子经常涉及小说的点击收藏数据、上榜情况，作者的写作水平、成名技巧、收益情况、个人品性等话题。由于参与讨论的用户存在潜在的竞争关系，“碧水”的讨论帖往往带有吹毛求疵的火药味，任何支持或反对的声音都可能指向对发言者真实立场的质疑。主体意识和怀疑精神强烈的精英粉丝们自觉承担起发掘真相、定义公正的任务，积极地参与到“监察院”和“审判庭”中去，任何被提名的作者及其辩护者很难在字字珠玑的语言游戏中全身而退。因此，在“小粉红”时常可以看见这类说法——“爱他，就不要提起他”“这是有多大仇才把他挂墙头”①，可以说已经约定俗成地形成了“小粉红”独具特色的自审氛围。面对外部审查的力量，“小粉红”的管理员们纷纷在各自管理的版块中发布公告，提醒“小粉红”的作者和读者们开展针对外部标准的自审，尤其是有着小说发布平台功能的四个“文库”版块（“连载文库”“完结文库”“同人文库”“边缘文库”）和耽美广播剧发布平台“优声由色”版块，因其作品公开发布平台的性质而降低了准入门槛，在此刻成为自审的重点。事实上，中文广播剧作为以音频形式传播的网络文学衍生产品，很难逐一进行音频内容上的审查，只能更多地针对发布的文字信息进行规范，“优声由色”版块的管理员陆续发布了四则公告②，提醒广播剧

---

① “挂墙头”，指的是在主题帖标题中提到某人，这样容易惹来圈内“黑”粉，也容易因此歪楼，所以是不被提倡的发帖方式。

② 参考网址：2014 年 4 月 13 日《主题：【【【打 H 扫 F 这事，风向有变，重新公告一下】】】》（http://bbs. jjwxc. net/showmsg. php? board = 52&keyword = %B4%F2H%C9%A8F&id = 65508）；2014 年 4 月 13 日《主题：［临时版务］严打相关应急整改举报及申诉贴》（http://bbs. jjwxc. net/showmsg. php? board = 52&keyword = %B0%E6%B9%A5%B9%A5&id=65514）；2014 年 5 月 20 日《主题：【版务】关于最近严打再次提醒！》（http://bbs. jjwxc. net/showmsg. php? board=52&keyword=%B0%E6%B9%A5%B9%A5&id=66128）；2014 年 5 月 26 日《主题：关于 YS 最新的发剧标准和注意事项》（http://bbs. jjwxc. net/showmsg. php? board=52&keyword=%B0%E6%B9%A5%B9%A5&id=66286）。

剧组成员注意发剧标准。这些“小粉红”的管理员“版工”都是网站从核心粉丝中挑选出来的，独立于“绿晋江”的管理者之外，是晋江精英读者自审的中坚力量。“小粉红”用户也都积极响应其号召，经过自查后多数能够主动向管理员提出对可能违规的内容进行删帖、锁帖、沉帖、抽楼等处理。在经历恐慌的同时，部分晋江的作者和读者们对“女性向”的相关内容仍持有较为乐观的态度，甚至能够以较为隐秘的方式对官方审查的介入进行调侃和戏谑的处理①，展现出对晋江自审和“女性向”文学的信心。

由精英粉丝构建的这一具有监察功能的封闭空间，迫使以读者为中心的“绿晋江”成为了一个对读者最大程度开放的空间，同时也成为了一个对外部力量最大程度开放的空间。第一轮整顿结束后，其他多数文学网站在重新开放时都选择将举报系统移至非公开的后台或暂时关闭，而晋江却始终保持了举报系统的正常运行。“绿晋江”的举报系统此前更多地是作为“小粉红”决议的执行功能存在，违规行为在经由举报系统传达到网站管理层前后，一般都会在“小粉红”中得到充分讨论，以此对刷分、抄袭等行为进行惩治；而对小说内容涉及色情、反动等情节的严重程度和主观价值判断的问题则往往难下定论，通常在标准上会给予适当的放宽。在“净网”行动的背景之下，空前敏感的举报系统成为一个分散的权力机制，来自利益冲突方的举报放在过去会经过“绿晋江”和“红晋江”两方读者和管理者更充分的权衡讨论，此时却必须采取对网站整体最安全稳妥的解决方式，争取内部消化。换言之，任何一个读者的哪怕是过激的意见都需要得到重视，“小粉红”在一定程度上失去了它的权威性和决议权。如当时在 VIP 金榜、半年总分榜长期名列首位的耽美作品《谨言》，没有经过“小粉红”的任何相关讨论，在收到读者举报后立即做了锁文处理。这种权力机制借由外部力量的进入而逐渐扩散，大神们和排名靠前的作品在获得利益的同时获得了更大的被举报可能性。2014 年 7 月 2 日，中央电视台新闻联播栏目报道了全国“扫黄打非”办公室通报的“打击网上淫秽色情信息专项行动第五批案件案情”②，第

---

① 可参考读者制作的广播剧（微小剧）《大监狱时代》（http://weibo.com/1830707484/AFor1kUEG，源地址 http://papa.me/post/VL9C6u6W?syncref=sinapost）。

② 可参考网址：http://news.xinhuanet.com/newmedia/2014-07/03/c_126704204_2.htm，新闻视频地址：http://news.cntv.cn/2014/07/02/VIDE1404300421006242.shtml。

一件就是晋江总积分排名第五[①]的作者“长着翅膀的大灰狼”因制作淫秽出版物并通过淘宝网店进行销售被刑事拘留的案件，引发晋江进一步的自审(关闭“小粉红”四个“文库”版块[②])和“小粉红”的轩然大波[③]，也使网站管理者和部分作者受到影响[④]。当外部审查力量介入，晋江的命运将主要由网站与外部的博弈决定，而“小粉红”的粉丝监察机制作为被隐去的力量，本就无法与外部公然对峙，又因权力的分散而被削弱，只能更多地将注意力放在“叛徒”(举报者)的清理上，缩小至隐匿的读者内部空间去了。

2. 革新与沿袭

2014 年 5 月 23 日，《参考消息》日报[⑤]的新浪官方微博以“美报：为何很多中国年轻女性写‘耽美文学’?”为题，发布了一则《纽约时报》的报道译文[⑥]，重点指出“学者称耽美属于中国有女权主义特征的性革命”，并点名提到“晋江文学城网站是其中一个网站，拥有大约 500 万注册用户，……有人认为，不能再称之为亚文化了；已经太大了，……那位中国研究者估计，晋江的日访问量为 200 万左右”，晋江管理层随后在“小粉红”跟帖[⑦]表示此次风波与举报相关。晋江立即作出调整，“纯爱同人站”从进站页面消失，“小粉

---

① 至截稿日为止，晋江总积分排行榜前十名的作者分别是：君子以泽(天籁纸鸢)、耳雅、非天夜翔、酥油饼、长着翅膀的大灰狼、蝶之灵、妖舟、老草吃嫩牛、蜀客、我想吃肉。

② 参考网址：《主题：关于突发情况的说明》(http://bbs.jjwxc.net/showmsg.php?board=3&boardpagemsg=1&id=723290)。

③ 参考网址：《主题：看到黑色禁药的微博了吗？“有人被抓了……看样子，很严重，出不来了。”》(http://bbs.jjwxc.net/showmsg.php?board=17&id=346848)，《主题：非天夜翔：回复@爱肥田爱肥肠的糖年糕：她闺蜜这次起码把半个积分榜上的拖下水了，这种时候不闭嘴还想着洗白，实在忍无可忍》(http://bbs.jjwxc.net/showmsg.php?board=17&id=349979)，《主题：因果轮回——年度中国好作者与好闺蜜不得不说的故事，中国好粉丝倾情客串》(http://bbs.jjwxc.net/showmsg.php?board=17&boardpagemsg=1&id=350483)。后两个主题帖均成为“小粉红”的热门话题贴，《非天夜翔……》一贴引发超过 3 000 跟帖数量上限的跟帖，被管理员做锁帖处理。

④ 参考“晋江文学城”新浪官方微博：http://weibo.com/1732420735/BcM76i4hp，以及相关微博 http://weibo.com/1356572071/BcKFG0Bl5。

⑤ 《参考消息》，创刊于 1931 年，由新华通讯社主办，参考消息报社编辑出版。

⑥ 详见微博地址：http://weibo.com/2375086267/B5AZG8HQZ?mod=weibotime。《参考消息》原文网址：http://china.cankaoxiaoxi.com/2014/0523/392205.shtml，原文载于《纽约时报》5 月 21 日报道 Didi Kirsten Tatlow: *Why Many Young Chinese Women Are Writing Gay Male Erotica*。

⑦ 详见网址：http://bbs.jjwxc.net/showmsg.php?board=17&boardpagemsg=1&id=341607，第17 楼。

红”的“耽美区”改名“纯爱区”,“耽美闲情”版块改名“闲情”,四个“文库”版块被暂时隐去以提高准入门槛(只有熟知门径的读者才能以直接输入网址[①]的方式进入),并严格要求创作尺度[②]。此后,晋江终于开始了大刀阔斧的页面改版工作。

5月26日晋江站长Iceheart在“小粉红”的“碧水江汀”版块发帖,征求新分类标签的命名建议[③]。5月30日正式将原来的“原创言情站”和“耽美(纯爱)同人站”两大主站拆分为“言情小说站”“非言情小说站”“原创小说站”和“非原创小说站”四个分站,并在“小粉红”的“碧水江汀”版块发帖进行说明[④],随后采取跟帖的建议将“非原创小说站”的名称调整为“衍生小说站”。这一改版策略首先当然是针对“耽美”与“同人”两个类型的特殊性,根据主CP的性取向分为“言情”与“非言情”(包括耽美及“无CP/剧情流”[⑤])两站,以版权归属为标准划分了“原创”与“非原创/衍生”两站,最大程度地弱化了分站命名的风险程度,从另一个角度看来也是对这两个类型的保护。四个分站的划分存在许多交叉,如原创的言情小说和耽美小说除了能够出现在“言情小说站”和“非言情小说站”,还可以共同在“原创小说站”争夺榜单;而同人作品则拥有了独立的分站——这既给了同人类型一个发展契机,也是网站因同人版权问题“目前不太明朗”而预先做出的隔离措

---

① 连载文库 http://bbs.jjwxc.net/showmsg.php? board=7,
完结文库 http://bbs.jjwxc.net/showmsg.php? board=24,
同人文库 http://bbs.jjwxc.net/showmsg.php? board=36,
边缘文库 http://bbs.jjwxc.net/showmsg.php? board=41。

② 详见网址:《主题:构建和谐论坛,打造网络纯净空间》(http://bbs.jjwxc.net/showmsg.php?board=3&boardpagemsg=1&id=717943)。

③ 详见网址:《主题:关于无CP名称的讨论》(http://bbs.jjwxc.net/showmsg.php? board=17&keyword=%CE%DEcp&id=342116)。

④ 详见网址:《主题:关于改版说几句》(http://bbs.jjwxc.net/showmsg.php? board=17&boardpagemsg=23&id=342956)。

⑤ “无CP”和“CP”概念来自于“同人”领域,“CP”即Couple(一说Character Pairs),指人物配对,在同人文中往往标识为“甲X乙”的形式;“无CP”是针对“CP”发展出的反义概念,指以剧情为主、CP线并不明确或完全没有CP的创作,与“剧情流”概念相似。近年来由于以《盗墓笔记》为代表的“无CP”网络小说的走红,这一概念扩展到整个网文圈,而在晋江原本的“原创言情”和“耽美同人”分类法之下则无明确的归属。Iceheart在相关讨论帖中是这样界定晋江的“无CP”标签的:“我们设定的本意是无关性向,也就是说故事的情节走向和性向没什么关系,以剧情为主,并不是不能有终成眷属的事出现,而是是否终成眷属不是影响故事走向的主要因素。比如《射雕》这种武侠文,也比如《盗墓笔记》这种小暧昧。”

施，一旦外部给出规范和标准，网站就可以最快做出相应调整，使其他分站受到的影响降到最低。

在改版过程中，“小粉红”始终充当了“绿晋江”的智囊团和坚强后盾，通过与站长 Iceheart 的直接对话最大程度上参与了变革的全过程。因此，这些革新举措虽然是特殊时期的权宜之计，却并不使作者和读者委曲求全，而是借此契机处理了一些以往的遗留问题，如“无 CP”类型的归属。分站数量的增加使榜单的数量和分类得到提升，正如 Iceheart 所言“从绝对推荐位上来讲，原来两个分站，现在四个分站，绝对推荐位增加了一倍”，作品出现在推荐位置的几率提高了，读者也能够从更加细致的分类榜单中挑选符合口味的作品。“净网”前后，“绿晋江”的作品避开了民国、军队、警察、高干等较为敏感的题材，转向更为稳妥的古代、架空和未来，现代文则由缘何故的《重征娱乐圈》[①]和非天夜翔的《金牌助理》[②]两部作品引领了“娱乐圈文”的热潮，6 月发表的作品中南枝的《最佳男主》和云过是非的《请勿入戏》都在月榜上取得了较好的成绩[③]，可以说是作者的自审和战略调整取得的成功。

“小粉红”为此做出的调整，主要是“耽美（纯爱）区”四个“文库”版块——“连载文库”“完结文库”“同人文库”“边缘文库”的隐匿和关闭。“连载文库”和“完结文库”一般是名气不大的“小透明”作者推广作品或大神推送福利、免费转载的版块，也会收录一些与“绿晋江”整体文风不符的作品；“边缘文库”收录一些不属于晋江主流类型或超出读者公认发表底线（如“生子文”“人兽文”“触手文”，同人 OOC[④]）的争议性作品。而“同人文库”则是

① 缘何故的《重征娱乐圈》（耽美）自 2014 年 4 月 1 日至 7 月 12 日连载完结（69 万字），到截稿日作品积分 3 800 万，在“原创小说站”的季度积分排行榜名列第 2 位，在“原创小说站”的 VIP（收入）金榜排名第 6 位。

② 非天夜翔的《金牌助理》（耽美）自 2014 年 4 月 29 日至 5 月 25 日连载完结（29 万字），到截稿日作品积分 6 200 万，在“原创小说站”的季度积分排行榜名列第 1 位。

③ 南枝的《最佳男主》自 2014 年 6 月 5 日开始连载，到截稿日在“原创小说站”的月度积分排行榜名列第 3 位。云过是非的《请勿入戏》自 2014 年 6 月 7 日开始连载，到截稿日在“原创小说站”的月度积分排行榜名列第 16 位。

④ “生子文”，即有男男性交后受方怀孕产子情节的网络小说。“人兽文”，即有兽人角色的网络小说，一般有人与兽人相恋的情节。“触手文”指的是带有非人形的触手状物以模拟男性器官的方式与人类进行性交情节的网络小说。同人中的 OOC，即 Out Of Character，即同人作品扭曲了原作的人物形象、性格或剧情，这种创作方式存在争议，受到一些同人群体的反对。

对“耽美同人站”同人作品的补充。“同人”[①]在中国大陆没有充分地经历日本和欧美的同人本纸质出版、通信邮寄、定期展会的粉丝群构建和沟通方式，在网络化、非地域化、即时通信化的过程中，“同人”成为一个笼统的ACG文化元素，同人文创作模式也与其他网络文学类型的创作日渐趋同。但作为一个拥有独立文化圈的类型，同人文仍保有鲜明的圈子化特点，尤其是ACG的相关同人作品，与“绿晋江”主流的“名著同人”（如《红楼梦》同人）、“历史人物同人”、“琼瑶金庸同人”等创作，有着截然不同的特点和受众。而ACG同人围绕着一部作品的圈子化特点，使这些作品无法在“绿晋江”的广大读者中获得普遍认同，它们本身也往往不是VIP作品——同人圈有较为完善的实体书生产、售卖体系[②]，使这些作品的经济利益主要指向实体书贩卖。在网络平台刊登这些作品则更接近圈内同好私下交流、宣传的性质，只因“小粉红”的ACG核心粉丝在“同人文库”得以聚集。而“同人文库”在“绿晋江”震荡影响下的关闭，是ACG核心读者无奈的妥协之举。事实上，“小粉红”一直保持着高度的警醒和自觉，四个“文库”版块的状态一直与“绿晋江”的动向保持高度一致，版块建立至今已经因“绿晋江”的自审而隐藏、关闭过数次，后又重新开放，可以说是配合“绿晋江”与外部审查力量进行的游击式博弈。

正是由于这样强大的生命力，“文库”版块一定程度上承担着“绿晋江”作者后备军和ACG文化补充的功能，而整个“小粉红”除了“粉丝监察院”的职能之外，更是催生和引导“绿晋江”主流类型、最新潮流的动力来源。“小粉红”的“交流区-网友留言区”（2区/兔区）[③]和“纯爱（耽美）区-（耽美）闲情区”（闲情/XQ）[④]一直是各种国际国内ACG、影视、体育等各大流行文化领域汇集的讨论版块。“2区”与“闲情”的发帖人与“绿晋江”的读者相互交

---

① 中国大陆的耽美同人文化真正兴起的时间大约在二十世纪九十年代后期，以商业消费和再创作群体为特征的粉丝文化几乎与网络文化同时起步，大陆同人文化一开始便受到日本，尤其是日本的漫画、小说等作品，和欧美畅销书、影视剧等文化的共同影响。

② 大陆同人作品的生产机制大致是：在随缘居（www.mtslash.com）、晋江、微博（主要是长微博）、相关论坛、博客等网络平台连载部分或全部内容——通过天窗（www.doujin-moe.us）、微博等平台宣传周边的场贩（现场贩卖）、通贩（网络贩卖）信息，如漫展场贩或网络通贩（一般通过淘宝）。

③ “网友留言区”由于是“小粉红”各分区域名排序中的第2个，又简称为“2区/兔（two）区”，网址是：http://bbs.jjwxc.net/board.php?board=2。

④ “（耽美）闲情区”，简称“闲情/XQ”，网址是http://bbs.jjwxc.net/board.php?board=3。

叉又各自独立，讨论的主题虽然不与“绿晋江”的文学作品直接相关，热门话题也往往不会直接在文学创作中有所体现，却向晋江源源不断地输送着时下流行文化最新鲜的气息。晋江通过“小粉红”在最大程度上与“宅腐”核心人群共享了话语环境和文化氛围，以流行热点萌芽阶段的超前性，带动“绿晋江”文学创作的相对滞后性，以图更好地引导作者在作品中构建、纾解最具当下性的女性欲望——“小粉红”的用户往往既是核心读者，又是作者，这样的双重身份使他们更能对读者的需求感同身受。由于话题的独立性和非文学性，这两个版块基本不会受到“绿晋江”审查风暴的波及，成为相对安全的交流平台，承担着类似于女性综合文化论坛的职能，与微博等流行文化相关信息发布平台配合，始终保持着旺盛的生命力。

通过“净网”行动外部审查力量的介入，我们更加清晰地看到了晋江作为“女性向”文学网站的特殊性，以及这一特殊性与“小粉红”密不可分的联系。外部审查力量的入场，一定程度上削弱了“小粉红”粉丝监察机制的权威作用，增加了占据着主流文化领导权的官方作品评估标准，网站和作者、读者的自主权相对地受到了限制。而“绿晋江”和“小粉红”的相互影响和一系列自审、革新举措，正是使这一受限的自主权最大化的努力和尝试。“红晋江”与“绿晋江”的相互关系正是晋江“读者中心”的体现，也是“读者中心”的网站文化形成的最初动因。在各大网站纷纷趋向“作者中心”的商业模式大潮之下，晋江将会因相对牺牲经济利益的“读者中心”运营模式，而获得“女性向”网络文学难能可贵的文学性和生生不息的活力。

四、“复兴中篇”：以“豆瓣阅读”为中心的“纯文学网络移民”

有着“中国文青聚集地”之称的“豆瓣网”在2011年底上线了“豆瓣阅读”数字平台，该平台一开始便将重心放在中短篇小说上。“豆瓣阅读”问世不久，便有论者预言，这是“网络时代的‘纯文学’移民”[①]，“这场绕过文学期刊的网络内‘移民’有可能从内部撬开‘主流文坛’，吸纳‘纯文学’队伍中的有生力量，打破目前网络文学‘类型化’一统天下的格局，实现网络文学内部

① 该提法见于白惠元、范笥的访谈文章《豆瓣阅读：网络时代的“纯文学”移民——访“豆瓣阅读”作品编辑范笥》，载《网络文学评论》2012年总第3期。

的分化分层”[①]。被寄予厚望的“豆瓣阅读”在2013年8月15日至2014年5月21日举办了“第一届豆瓣阅读征文大赛”，该大赛的组别分为“小说组”和“非虚构组”，其中，“非虚构组”是应对近年来热门的“非虚构写作”所做的尝试，“小说组”所提出的“复兴中篇”的口号，则反映出了中短篇小说生产机制转型的路径探索。

1.“复兴中篇”与传统中短篇小说的兴衰脉络

“第一届豆瓣阅读征文大赛”的征文启事解释了“复兴中篇”口号提出的背景：

“中篇小说曾经是中国当代文学最重要的文类之一，很多著名的作者最开始都是靠中篇小说起家，诞生了很多优秀的作品，比如莫言《透明的红萝卜》、余华《现实一种》、苏童《妻妾成群》、格非《褐色鸟群》、王小波《黄金时代》等。

豆瓣阅读上线以来就是以中等篇幅的作品为主，其中很多中篇小说都获得了读者的青睐。在电子阅读时代，几万字的单篇完整的中篇小说也非常适合发布和阅读。我们希望借此比赛，唤起广大作者、读者对中篇小说的重视，发掘更多优秀的中篇作品。”[②]

这两段对于中国当代中篇小说发展线索的描述，颇有文学史眼光。“复兴中篇”的口号，更是为我们观察网络时代的中短篇小说提供了一个契机。豆瓣阅读喊出“复兴中篇”的口号，既然说“复兴”，那么，它曾经是怎样“兴盛”又是如何“衰落”的呢？

胡适给“短篇小说”下了一个至今颇有影响的定义：“短篇小说是用最经济的文学手段，描写事实中最为精彩的一段，或一方面，而能使人充分满意的文章。”[③]胡适的定义、例证是以西方文学中的“short story”为参照的，就外部资源来看，中国短篇小说的兴起“很大程度上得益于域外小说的启迪”[④]。就内部动因来看，中国现代短篇小说的兴起与现代新式传媒兴起密切相关，逐渐形成了与社会发展相适应的文学生产机制，“‘短篇小说’是与

---

① 邵燕君：《网络时代：新文学传统的断裂与“主流文学”的重建》，载《南方文坛》2012年第6期。

② 参见第一届豆瓣阅读征文大赛征稿启事：《“复兴中篇”与“我的非虚构写作”：第一届豆瓣阅读征文大赛启动》(http://site.douban.com/douban-read/widget/notes/14439782/note/295599803)。

③ 胡适：《胡适文集》(第二卷)，欧阳哲生主编，北京：北京大学出版社，1998年，第104页。

④ 李丽：《论中国现代短篇小说的缘起》，载《聊城大学学报》(社会科学版)2012年第3期。

'报纸'作为新式印刷媒体同步兴起的，它不是从既有的'小说'文类中分离出来的次级文类，与'时评'一样，也是趋于'意旨论说之时代'里的'创造'"[①]。1949年之后，中国形成了与计划经济体制相配套的当代文学生产机制，"当代文学生产机制分为以下几个环节：文学的生产机构，主要有期刊和出版社；文学的评介机构，主要是评奖机构和批评研究机构；文学的生产者及其组织、团体，即传统意义上的作家所属的文联、作协等'官方组织'和各种身份的文学写作者及各种显见或隐见的'派别''圈子'"[②]，这套机制在20世纪80年代中后期开始"市场化"转型，在转型过程中，对中短篇小说发表、传播有着重要作用的文学期刊因为财政"断奶"，而纷纷"改版"，"文学期刊从以往计划经济体制之下按照行政级别设置的意识形态功能的执行者转向在'市场原则'下按消费群体的层次划分的文化产品的生产者"[③]。特定消费群体之间的品味不一，迅速分化。这在短期内有利于短篇小说类型的丰富，但长此以往会导致圈子化，逐渐将短篇小说置于"小众文学"的境地。在1980年代后期，中短篇小说成为先锋小说形式变革的利器，引领着当代小说"向内转"，确立了"纯文学"意识形态。但是，"纯文学"意识形态的不足也日益显示出来：一方面"导致文坛格局内部失衡，自伤其根"，另一方面又"未建立起'小众文学'平台，'新文青'自立门户"[④]。"今天我们在讨论短篇小说的衰落时往往归咎于其不能给作者带来较之长篇小说丰厚的经济效益，而恰恰忽视了短篇小说的没落更是因为它只能借助作品集、文学期刊被有限度地接受，而不能通过大众传媒直接进入到更广泛的普通读者的阅读视野。"[⑤]直到进入网络时代，文学生产机制再次发生变革，中短篇小说的发展才有了新的可能。

2. 网络时代的中短篇小说生产机制转型

如前所述，传统期刊体制下的中短篇小说发展的"圈子化"越来越严重，创新不足，读者群日益萎缩。很多期刊对于网络文学的态度也是复杂

---

① 张丽华：《现代中国"短篇小说"的兴起》，北京：北京大学出版社，2011年，第69页。

② 邵燕君：《倾斜的文学场——当代文学生产机制的市场化转型》，南京：江苏人民出版社，2003年，第3页。

③ 同上，第107页。

④ 邵燕君：《网络时代：新文学传统的断裂与"主流文学"的重建》，载《南方文坛》2012年第6期。

⑤ 何平：《媒体新变和短篇小说的可能——〈二〇一一中国最佳短篇小说〉序》，载《当代作家评论》2012年第1期。

的，多是被动地接纳，即便是主动参与，例如组织网络小说大赛[①]，也多是自居正统地去剔除不符合期刊口味的部分，所选出的获奖的“网络小说”，都有期刊文学的影子。甚至连评委自己都承认，比赛的模式仍有些“精英本位”[②]。

在网络文学内部的发展脉络上，中短篇小说也经历了一个由兴而衰的历程。在中国网络文学的起步阶段，网络文学网站的文体分类还几乎是照搬传统文学的，有小说、散文、诗歌等，其中，小说有短篇、长篇之分。这时期也产生了一些影响较大的短篇小说，例如《活得像个人样》[③]。但很快一些专业的文学网站开始寻找商业模式。以起点中文网为代表的文学网站，依靠长篇小说开启了付费阅读的盈利模式。长篇小说的成功商业化，使得文学网站将更大的精力集中在类型长篇上，甚至挤压了中短篇小说的生存空间。

随着网络文学市场的扩大，目前有些网站也看到了中短篇小说的潜力，“篇幅变短”也成为网络小说的一个趋势。网站出于产业链开发的需要，会将中短篇作为新的利润生长点。目前，“中篇更容易出版和被影视改编选中，而《鬼吹灯》这样巨大篇幅的作品，现在不仅很难出版，也很难有改编成影视作品的机会。因此，一些作者顺理成章地开始主写中篇作品了”[④]。几大主流文学网站中，明确设置了“短篇”频道的有红袖添香网、塔读文学网和起点中文网的副站起点文学网。红袖添香网的短篇小说频道所分的八个栏目，囊括了言情、奇幻、武侠各个类型。起点文学网和塔读文学网都倡导“较短篇幅小说”的创作[⑤]，这种跟传统长篇小说体量差不多的网络“中短篇小说”，当然不能与传统中短篇小说实现“无缝对接”，作为网站商业化探索的重要部分，同时也是网络时代的小说文体实验，其前途是未知的。因此，网络时

---

① 近年来，各地作协及其下属期刊联合门户网站、文学网站举行的小说大赛主要有：网络短篇小说大赛（北京，2011 年）、微小说大赛（北京，2012 年起每年一届）；中国首届网络文学大奖赛（山东，2011 年起每年一届）；“长江杯”网络小说大赛（湖北，2010 年起每年一届）；“潇湘杯”网络文学征文大赛（湖南，2012 年起每年一届）；河北网络小说大赛（2013 年第一届）。

② 钱好：《网络文学“闯入”主流阵地》，载《文汇报》2014 年 3 月 27 日。

③《活得像个人样》是网络写手邢育森的代表作，写的是一个网虫在网络和现实中的双重生活，该文在网上影响广泛，后被《天涯》（1998 年第 6 期）转载，也获得了传统文学界好评。

④ 路艳霞：《大部头网络文学静悄悄地短》，载《北京日报》2014 年 1 月 24 日第 19 版。

⑤ “起点文学网”的“短篇”是相对于其主站“起点中文网”的长篇而言的，字数多在 50 万字左右，类型以现实言情、世情类小说为主。2013 年 7 月塔读文学网举办“首届新人王原创小说大赛”，专门设置“现实短篇赛区”和“幻想短篇赛区”，篇幅明确设置在 18—30 万字之间。

代的中短篇小说目前正处于双重困境之中：旧的毫无生气，新的又迟迟未来。

网络时代的“文学生活”[①]应该是具备 Web2.0 时代[②]特征的，即用户主导生产内容。豆瓣网就是一个较早的 Web2.0 网站，读者可以在豆瓣的电影、读书、音乐频道，对电影、图书、音乐进行评分，发表文字评论，这些评分和文字评论往往具有引导、推荐的功能，逐渐形成颇具专业水准的精选、推荐模式。另外，因不同趣味而形成的豆瓣小组也具有筛选、推荐文学作品、电影、音乐的功能，在活跃小组里的帖子，有一些含金量很高的“知识贴”，还有一些娱乐性、文学性突出的“直播帖”，这些帖子和评论一起将豆瓣网搭建为转型期“文学生活”的平台。

就“文学生活”中小说阅读这一部分来说，传统中短篇小说固守期刊阵地，影响力日益减小，读者阅读中短篇小说的需求得不到满足。渠道与需求之间的不匹配，为“豆瓣阅读”的发展提供了巨大的空间。“豆瓣阅读”的“根本理念是‘自出版’，即作者直接与豆瓣发生联系，没有其他中间环节，绕过出版社，‘豆瓣阅读’只是一个发布方。因此，利润方面是三七分成——作者得到 70%，豆瓣获得 30%。经过商议，我们最初的想法是要卖独立的、没有出版成书的中短篇小说，这是‘豆瓣阅读’的一大特色。”[③]这不是简单的传统中短篇小说“入网”，而是预示着一种网络时代文学生产、传播方式变革的尝试。相似的理念也被越来越多的人接受。2013 年底到 2014 年初，蒋一谈和当当网推出的短篇小说“单篇销售”模式的大获成功[④]，张嘉佳微博“睡前

① “文学生活”的相关论述详见温儒敏的系列论文：《“文学生活”：新的研究生长点》，载《中国现代文学研究丛刊》2012 年第 8 期；《“文学生活”概念与文学史写作》，载《北京大学学报》(哲学社会科学版)2013 年第 3 期。

② 据百度百科对“Web2.0 时代”的定义：“Web2.0 时代是相对 Web1.0 的新的时代。指的是一个利用 Web 的平台，由用户主导而生成的互联网内容产品模式，为了区别传统由网站雇员主导生成的内容而定义为第二代互联网。”“Web2.0 则更注重用户的交互作用，用户既是网站内容的浏览者，也是网站内容的制造者。”(http://baike.baidu.com/view/733.htm? fr=aladdin)

③ 白惠元、范筒：《豆瓣阅读：网络时代的“纯文学”移民——访“豆瓣阅读”作品编辑范筒》，载《网络文学评论》2012 年总第 3 期。

④ 2013 年 11 月 8 日，蒋一谈与当当网签约，将其短篇小说单篇作品制作为单价在 0.99 元～2.99 元间的数字阅读作品销售，其中《透明》是独家首发的新作。“据介绍，该模式自上线短短十多天，蒋一谈的作品已销售量完成 1 万余篇/次。”(陈辉：《短篇小说“单篇销售”，蒋一谈率先试水》，载《北京晨报》2013 年 11 月 24 日)

故事”的火爆[①]，都预示着网络平台有可能取代期刊和出版社，成为优秀中短篇小说作品走向市场的有效途径。

在中短篇尝试“网络移民”的同时，网络原生的“直播贴”形式也备受关注。“直播贴”最早的研究者之一高梓清在《从“直播帖”到“直播文学”?》[②]中归纳了“直播帖”的三个特点：“标题党”“发布在热门小组”和“情节如‘生活肥皂剧’”。因而，其网络传播特征比文学特征更加鲜明。对于从“直播帖”到“直播文学”的转变，作者提出了一个疑问：“当‘直播’变成了有意识的文字创作，是否有悖于读者群对‘直播’的理解而感到受欺骗呢?”

或许豆瓣直播帖改为“非虚构作品”的例子，能够帮我们看清直播帖中“非虚构”与“虚构”的纠葛。在第一届豆瓣阅读征文大赛“非虚构组”获奖作品里，总评分排名第二的是ID名为“叁贰肆”的《少女瘫痪日记》，它是由豆瓣直播帖《我的瘫痪日记》整理而来的。那篇帖子里，主人公因车祸而瘫痪之后，回想自己在加拿大求学、游历的往事，表达了对于生命意义的思考。和其他直播帖在开帖不久就要面对“是真的还是假的”的质疑不同，《我的瘫痪日记》不管是在直播时还是整理之后参加“非虚构”作品大赛时，得到的读者评论几乎都是同情、鼓励性的，“是否虚构”在这里不成问题了。在直播帖下面的评论文字中有这样的话：“我想起了史铁生和他写的书，人到了这个时候越是想搞清楚人的本质，生活下去。”“楼主不是学生物的么？如果双手能动，并不妨碍你在实验室的一片天。另外建议你看史铁生的《我与地坛》。”[③]评论区里类似的拿史铁生来鼓励作者的不在少数，或许他们认为，作者与史铁生遭遇的不幸有些相似，又都在从事文学创作，所以具有可比性。不妨延伸一下：当读者看到史铁生以“我”的口吻讲述所经历的那些身体健全的人的故事时，会不会去质疑史铁生是残疾人这个事实呢？另外，在熟知他的励志故事以后，人们期待的是他重复悲情、励志的“纪实”，还是他表达

---

① 张嘉佳从2013年开始在微博上以“睡前故事”为题发布3 000字左右的短篇小说，到2014年初便已创下1 500 000次转发和超4亿次的点击阅读纪录，后来他将这些小说结集为《从你的全世界路过》出版，该书上架的第一天就卖断货。（陈梦溪：《张嘉佳：“不靠谱”编剧的第二春》，载《北京晚报》2013年11月12日）

② 见《网络文学评论》第3辑，广东省作协主办，广州：花城出版社，2012年。

③ 见《我的瘫痪日记》的网友评论页（2013年6月22日），http://www.douban.com/group/topic/40253580/。

自己人生思考的虚构故事？传统创作实践中，“虚构”与“非虚构”的界限尚且如此的模糊，在“隐身术”（匿名）与“化妆术”（包装、炒作）更加高超的网络时代，“直播帖”中“虚构”与“非虚构”两者之间的关系则更加暧昧。其实，“直播”，本质上是一种旨在引发轰动效应的互动，为了“直播”效果，所用的语言既非日常交流用语，也不同于客观纪实文字，而是具有夸张、想象成分的语言。因此，不管“楼主”（作者）是否意识到“纪实”与“虚构”的界限，“直播帖”的虚构性都是先在的，所谓的“现实经历”是引人关注的基本装置，是引发轰动效应的必要前提。也可以说，“直播帖”的成功也是文学修辞的成功。由此，我们也看到了“直播帖”与“文学”的深层关联——通过一种恰当的情感表达形式让“虚构”以“非虚构”的面孔被读者接受，这种表达形式是不断变化的，它与网络时代的很多因素都有关，大到社会国民心态，小到网络符号，都可能影响到“直播”的效果。不管怎样变化，在体量上，“直播帖”都必须是以中短篇的形式出现的，因为只有在相对短促、集中的阅读中才会形成轰动效应。在主题上，“直播帖”都必须是现实主题的。近年来影响较大的“直播帖”如《浮城谜事》《失恋三十三天》《与我十年长跑的女友明天要嫁人了》等①，能够在论坛、小组走红的根本原因就在于它们的故事本身具有很强的现实针对性，能够引起读者共鸣。在反映当下社会热点问题、关注个体的生存状况方面，“直播帖”比现在的传统的小说和绝大多数网络长篇要有优势。这种紧贴社会现实，以相对较短篇幅出现的互动的、虚构性的文字，为网络时代中短篇小说的转型提供了一种可能的资源。

豆瓣网是 web2.0 时代的“文学生活”平台，读者自发的评分、评论建立了具有相当水准的筛选、推荐机制；豆瓣阅读的“自出版”机制提高了中短篇小说发表、阅读的效率，让中短篇小说的生产、传播更加大众化；产生于豆瓣小组的“直播帖”具有文学虚构性，是网络时代中短篇小说新变的资源。随

---

① 2009 年 11 月开始在天涯论坛“直播”的帖子《看我如何收拾贱男与小三》，改编为电影《浮城谜事》，由娄烨执导，成为入围 2012 年第 65 届戛纳国际电影节唯一华语片。《失恋三十三天》是鲍鲸鲸在 2009 年 5 月 17 日到 8 月 18 日以“大丽花”的 ID 在豆瓣小组上所开的“直播帖”，后整理为小说《失恋三十三天：小说，或是指南》，由中信出版社 2010 年出版，此书还有台湾版本（《失恋三十三天：小说，或是求生指南》，本事文化股份有限公司 2011 年出版），改编的电影《失恋三十三天》于 2011 年 11 月 11 日上映，开创了“光棍节档期”。《与我十年长跑的女友明天要嫁人了》是李海波在 2013 年 1 月 20 日到 1 月 28 日，以“你这个贱人”的 ID 在豆瓣小组发的直播帖，后整理为《与我十年长跑的女友明天要嫁人了》，由江苏文艺出版社 2013 年出版，后改编成电影。

着网络时代的发展，中短篇小说生产机制的转型成为可能，豆瓣阅读“复兴中篇”的尝试为我们观察这种可能性提供了一个视角。

五、结语

以上通过对起点中文网、红袖添香网、晋江文学城、豆瓣阅读四个有代表性的文学网站核心机制的考察，大致勾勒了网络文学生产机制和阅读传播机制的样貌。媒介革命的发生不但改变了文学的样态，也改变了我们的文学生活。对于这种深刻的改变，我们不妨借用雷蒙德·威廉斯在《漫长的革命》中的描述，“我觉得我们就像是在经历一次漫长的革命，关于这场革命，我们最好的描述也只是局部性的解释”[①]。在网络时代，文学新变衍生出的无限可能性，值得我们持续地关注，全面、深入的研究肯定会出现，让我们拭目以待。

第二节　2014年网络文学：多重博弈下的变局[②]

2014年对于网络文学来说是十分关键的一年，声势浩大的“净网”行动和同样声势浩大的“资本”行动，让曾被不少人以为是“化外之地”的网络文学受到前所未有的震动。在政治力量和经济力量的双重挤压下，根植于“有爱”的“粉丝经济”的网络文学受到了什么样的影响？其原有的生产机制和文学生态会产生什么样的变化？回顾2014年，我们看到至少有三种核心力量（政治、经济、网络文学自主力量）在网络文学场域角力，其博弈的结果将决定网络文学未来发展的走向。

一、“资本行动”下网络文学的“位置”

2014年，网络文学界关于“收购”的新闻和传闻始终不绝于耳。无论是2013年末发动的百度收购纵横中文网，还是围绕着盛大文学的一系列收购传闻，都是资本全面进军网络文学界，展开新一轮的资源争夺。如果说此前在这个场域中展开资本角逐的参与者多是规模和实力有限的游戏公司，那么2014年，则是由真正的互联网巨头在网络文学界裂土分疆。这其中，腾讯、百度、阿里巴巴都陆续有了大的动作。

---

① ［英］雷蒙德·威廉斯：《漫长的革命·导言》，倪伟译，上海：上海人民出版社，2013年，第2页。
② 本节由邵燕君、庄庸、高寒宁等执笔。邵燕君，北京大学中文系副教授。

除了上述互联网巨头，还有更多资本以间接的方式参与了网络文学的价值开掘，这着重体现在所谓的IP（Intellectual Property，即知识产权）运营和腾讯的“泛娱乐化”战略中。这一系列版权售卖行为和新的产业模式架构，意味着网络文学将直接对接影视、ACG和周边文化创意产业，意味着来自互联网行业之外的更大规模的资本注入。这就使得网络文学的IP价值超越了互联网的范围，融入进更加广阔的大众娱乐市场。

大资本进军的方向提醒我们在一个更新的媒介格局中确定网络文学的位置——或许不无悲哀，作为一种新媒介文学，网络文学尚未在传统媒介主导的文学秩序内获得真正认可，便又将在新媒介文化格局中处于弱势——网络时代是“全媒体”时代，在这样一个人类各种感观被全方位调动起来的媒介环境中，作为以文字为载体的艺术样式，网络文学注定难以占据主导地位，注定要成为给更“受宠”的文艺形式提供内容和人才资源的“母体”。那么，在未来的文艺空间内，网络文学是否能成为一种具有强大自身造血功能的“母体”，并且同时作为一种不可替代的文艺形式独立存在？这就取决于网络文学能否保有“自主力量”（网络文学生产机制和粉丝文化）。换一个角度说，随着媒介革命的深化，网络文学今天的位置有点像传统纸质文学了，如果它不能在与更主流的文艺形式进行良性互动的同时守住自己的原生机制和文化，不要说继续发展，即便作为“母体”也不能持续性地提供资源。再考虑到中国ACG产业缺乏根基，网络文学十几年蓬勃发展的宝贵成果，很可能成为迫不及待的资本行动“杀鸡取卵”的掠夺对象。

所以，这一场“网络文学自主力量”与“资本”的博弈对于网络文学的发展而言生死攸关。可以说，序幕刚刚拉开。2013年初从起点中文网“出走”到腾讯的吴文辉团队及其一年多来的“行动”，便是最好的例证。

二、“有钱”胜“有爱”，“粉丝”变“用户”

中国网络文学十几年来之所以能获得如此蓬勃的发展是基于两个核心动力：“有爱”和“有钱”。“起点模式”之所以成功，正是因为它把“有爱”和“有钱”落实进以“粉丝经济”为基础的商业模式中，从而建立起一支覆盖全国的数百万的写作者大军，汇集起无数以各路“大神”为号召、以各种书评区/贴吧/论坛为基地、以月票/打赏/年度评选等制度为激励的“粉丝部落”。这个生生不息的动力机制才是网络文学的核心资源。

或许是进入腾讯以后已经从“管理方”变为“资方”，或许是谁也拧不过资本的大腿，吴文辉团队进入腾讯以后，似乎工作重心已经不在网站建设而在 IP 运营和“泛娱乐化”。这一重心的转移自然呈现在新生儿“腾讯文学”的面目上。

所谓“腾讯无大神”，这一在网络文学界流传甚广的说法并非指腾讯真的没有大神——腾讯创立之初还是从别的网站挖来了几个大神的，如猫腻、林海听涛、风凌天下，但却没有“土著”的大神。外来的大神们带来的粉丝往往只关注自己的大神，很少为其他作品付费，缺乏对腾讯网站建设的参与性。大神不是一天炼成的，作为一个后起网站，腾讯缺乏粉丝文化积淀可以理解，但问题是网站政策本身并不利于粉丝文化的培养。

比如，为强化充值用户的 VIP 特权，刻意压低读者经验值。在粉丝文化建设中，积累经验值是非常重要的一部分，其中最重要的是写书评。腾讯的书评机制基本上是“起点模式”的简化版，但是却极大削弱了其重要性。种种的政策倾斜显示了一种“战略态度”，这里真正需要的不是“有爱”的粉丝，而是“有钱”的用户。当腾讯文学网将自身彻底定义为腾讯公司资本运作的一个组成部分，文学网站的商业化也就达到了极致。

再如，用“低保”换“流量”。为扩大用户数量，腾讯文学在作者福利方面所采取的措施则是优厚的创作保障。腾讯文学为其广大签约作者提供网络文学界最优的创作保障，绝不仅仅是“有钱任性”的行为，更是扩大用户群的策略——以优厚的创作保障将大量低端作者吸引、绑定在腾讯文学网之中，每一个低端作者又联系着若干亲朋好友作为腾讯的潜在用户群，对于腾讯而言，这些“水军”同样是好用户。

就这样，广大低端作者和少数“大神”分得了腾讯文学给出的绝大部分资金支持，而具有一定上升空间和潜力的中层作者却无法得到进一步的支持。对于这些距离“成神”还有相当距离的作者而言，写得好一点还是差一点都不过是拿“低保”，很难获得足够的进步动力。这是腾讯“造神难”的内因。

当然，“大神霸榜，新人难上”并不是腾讯一家的问题，而是各网站的普遍困局。这说明运转了近十年的“起点模式”出现了某种僵化和危机，而这一轮以 IP 运营、“泛娱乐化”为重心的大资本介入显然加剧了这一危机。资本为谋求更快、更多地赚取利润，必然会把资源最大限度地倾斜到已经具有一定品牌号召力的作家作品身上，也就是说，他们更愿意卖现成的蛋。而对于需要长时间孵化、培养的新生作家队伍，未必有兴趣投入更多耐心与关注。而资本的流向也直接影响着网络文学写作的走向。

三、“资本逻辑”的折射：“小白化”+“网游化”

2014年向“泛娱乐”方向进军是网络文学界的总趋向。百度文学在成立大会上宣布将实行“跨界战略”，对旗下作品进行影视游戏改编。而盛大在自身游戏部门持续颓势的情况下，举行了中国首次网络文学游戏版权拍卖会，出售了所持热门作品的游戏改编权。随着互联网巨头携带着强大的资本力量进入网络文学——网游产业链，2013年开始的手游（手机游戏）热潮更是高烧不退。在此种情况下，网游进一步地从下游“逆袭”上游，影响了网络文学的生产方式与作品内容。具体表现是，易改编为游戏的玄幻类小说愈加一家独大，“小众作家”开始“小白化”，“小白文”愈加“网游化”。

游戏资本青睐“小白文”不仅因为它拥有最庞大的读者群，也因为“小白文”的作品特质与粉丝群体更加贴合游戏改编的需求。“小白文”的作者群体和读者群体几乎都是网游文化影响下成长的一代，“小白文”作品本身的等级体系、异世界设定、人物形象，很大程度上受到网游的影响，如今回归网游，自然顺理成章。2014年以前，“中原五白”（辰东、梦入神机、唐家三少、我吃西红柿、天蚕土豆）的代表作大都已开发成网游，这样的诱惑让作家很难不动心。

网络作家（主要在玄幻类）中素有“小白”和“文青”之分。“小白”更追求“爽”，“文青”更追求“情怀”；“小白”的粉丝更庞大，“文青”的粉丝更忠诚。此外，还有一些偏重知识性、技术性、趣味性的“小众作者”，不讲“情怀”，但为读者设了专业门槛。在2014年的“泛娱乐化”大潮中，“最文青的作家”猫腻首先中了头彩，腾讯斥资千万对其在创世中文网首发的《择天记》进行全方位开发。从半年多的连载部分来看，猫腻虽在情节和节奏上有所调整，但未改“情怀”，所以依然获得了大多粉丝的认可。但技术型“小众作者”则有很大转型，最典型的是方想的《不败战神》，与网游几乎可以无缝衔接。早在作品发布之初，即有敏感的读者指出，“《不败战神》就是冲着改编成网游来的”。

有意味的是，作为一部“冲着改编网游来的”作品，《不败战神》的IP开发成绩并不理想，在各大手游网站目前的排行榜上都没有进入前100名。这显示了网络文学在和游戏的对接上还存在很大的裂隙。中国的网络文学土生土长了十几年，“大神”和“粉丝”是亲密的“情感共同体”。而本土游戏显然缺乏这样一个培育期，尤其是手游，门槛低，寿命短，同质化严重。在内行人看来，一款手游的基本模式是已定的，贴哪个作家笔下的人物都差不多。游戏商指望网络文学大神能把自己的庞大粉丝群体转为“玩家”，但至少从目前情形看，游戏“玩家”和网络文学读者的身份是分开的，“玩家”看重的还是游戏本身提供的体验，未必会因为喜欢某网络文学而买改编游戏的账。由此看来，网络文学大神们的IP价值有可能是被高估的，尤其是那些“文青”作家和“小众”作家。因为如果他们彻底转型，首先会被自己的粉丝群体唾弃；如果风格不改，相应的粉丝群体又不会对游戏等IP开发太有兴趣。对于网络文学发展而言，这倒是万幸，否则，在资本高温下，被“同质化的游戏”同质化，绝对是死路一条。

四、“安全地泛娱乐”：年度网络文学流向和重要作品

“资本行动”和“净网行动”强有力地影响了网络文学创作。“安全性”和“泛娱乐”成为2014年网络文学写作的两大重要流向。

“腾讯文学”下创世中文网人气榜上前十的作品中，《择天记》（猫腻）、《天域苍穹》（风凌天下）、《青帝》（荆柯守）等7部皆是玄幻修仙文，占居绝对的主流，这既与创世中文网“男性向”读者的整体偏好有关，也是由于此类作品更易于改编为游戏、动漫等其他形式，成为腾讯泛娱乐战略中经济运作良好的“优质IP”。不仅如此，云起书院中“女性向”红文《邪王追妻：废柴逆天小姐》（苏小暖）中，也直接出现了“佣兵工会”“副本”等网游术语，网游逻辑（升级打怪换地图）被理所当然地当作了文本逻辑。同样与游戏文化相关，“竞技小说”也是腾讯文学的主打项目。《英雄联盟之谁与争锋》的作者乱，以热门游戏《英雄联盟》“英雄文化”的先驱者自命，将小说阅读变成一场“英雄联盟文化”的狂欢仪式。因此，这一典型的“同人写作”虽以大量“黑话”“术语”设立了“外人免进”的门槛，却也成为凝聚“死忠”的有力号召，加之《英雄联盟》游戏粉丝广大，成为“大众文化里的小众”得到追捧，作者乱也在“腾讯无大神”的总体环境中成为“一书封神”的唯一“土著大神”。

纵横中文网也以奇幻玄幻类型文为主打，但出现一种有趣的“对流”现象：已有成绩的“小白大神”开始转向“文青”探索，如无罪的《剑王朝》，被视为“无罪版的《将夜》（猫腻作品）”；而以往偏“文青”或“小众”的大神则进一步“小白化”，如前面提到的方想的《不败战神》和梦入神机的《星河大帝》。前者往往被看作是作者的自我提升，得到较多粉丝认可；而后者则由于本身粉丝群体的要求较高，被视为“堕落”。另两位“文青”大神烽火戏诸侯和烟雨江南则坚持自己的风格：烽火戏诸侯的《雪中悍刀行》被粉丝称为“武侠公路片”；烟雨江南的《永夜君王》，尽管也存在“小白化”倾向，但关于反抗、绝望的书写以及奇异宏大的世界设定依然延续了作者一贯的冷峻风格。

红袖添香网站虽然拟推“女强文”，但 2014 年网站上的“红文”还是“总裁文”。《总裁，离婚吧！》《情意绵绵，首席上司在隔壁》等高居榜首的作品也都参加了“华语言情小说大赛”，并将投入到影视版权、实体出版和无线版权的运作中。

起点中文网的小说里，“穿越”仍是主流，但在广电总局下令限制“穿越”影视剧之后，“穿越小说”的改编受到了一定的影响。其实在此之前，月关等大神们就意识到了历史穿越创新不足的危机，开始探索出路。一种出路的代表就是月关，他从《醉枕江山》开始，从“穿越历史”转向“历史传奇”，2014 年的新书《夜天子》成绩不错，但是里面的故事架构、“金手指”（指作者赋予主角的超能力），仍然让读者看到了“穿越”的影子。另外一种出路，就是在“穿越”的底子上，做好“现实”的拟真，加强知识性、娱乐性。《医统江山》（石章鱼）、《儒道至圣》（永恒之火）这一类的知识性较强的写作，受到读者的追捧。都市类的《首席御医》（银河九天）、《官道无疆》（瑞根），包括异术超能的《校花的贴身高手》（鱼人二代）、《九项全能》（十喜临门）等都是如此，故事情节并无新奇之处，但是都有具体的现实知识作为支撑，描写背景很详细。

“净网”行动也成就了晋江两大文类的流行：“娱乐圈文”和“美食文”。比起容易触礁的“军文”“黑道文”“高干文”“民国文”，“娱乐圈文”是个稍加注意就能写得人畜无害的题材，代表作有《金牌助理》（非天夜翔）和《浮色》（焦糖冬瓜）。“美食文”更是讨巧，最走红的是缘何故的《御膳人家》。既然“脖子以下的不能写”，就在“脖子以上”多下功夫吧。当然，“腐女”们笔下的“娱乐”“美食”，都自然夹带着“腐”的“私货”，这也算是“精打细算地顺从”吧。

素有“文青基地”之称的豆瓣阅读继 2013 年的“第一届中篇小说大赛”后又开启了 2014 年度的“征文大赛”，这次大赛规则中没提“中篇”，却强调“讲个好故事”，评判权也由学院专家转入豆瓣读者手中。看来一向以“高冷文青范儿”立身的豆瓣，在寻求“纯文学”的网络移民路径中，也在寻求“接地气”的方法。不过，要说“接地气”，豆瓣“直播帖”一直活色生香。2014 年度又有一些热门帖，这些“直播帖”介于纪实与虚构之间，介于报道与创作之间，有的文笔相当不错。或许这种网络原生的文学形态能别开生面，孕育出真正具有“网络性”和“网络自主力量”的网络文学。

2014年12月末，广电总局出台《关于印发〈关于推动网络文学健康发展的指导意见〉的通知》。假若说年初的“净网”运动重点在“破”，那么，此举应该重点在“立”。虽然有些具体条文引起网络文学界热议，但事实上，这也是行业主管部门第一次对网络文学既成的影响力和发展成就进行了事实上和法理上的“追认”。下一步，应该是在“规范化”的同时促进网络文学的“主流化”。那么，这个“主流化”与“资本化”是什么关系？这是下一步需要重点观察的。

总之，对于网络文学而言，2014年实在是多变的一年，充满压力的一年。一方面在“泛娱乐”生态产业链中追求IP运营的效益最大化，朝外狂飙突进；一方面应对以年初“净网”为代表的规范、整顿、“主流化”运动所带来的震荡，并进行自我审查和调整，朝内收缩。希望网络文学在各方力量复杂博弈的格局中，找准自己的定位，坚持自己的道路。“谨慎抵抗”，野蛮生长。

第三节　机遇与困境：微信自媒体文学模式分析[①]

2011年以来，随着移动互联网的发展以及智能手机的普及，网络文学部分用户开始从电脑端转向手机端阅读。互联网时代日新月异，仿佛一夜之间，世界已从PC互联网时代悄然进入了移动互联网时代。以中国互联网络信息中心（CNNIC）发布的数据为例：“在2012年上半年，通过手机接入互联网的网民数量达到3.88亿，相比之下台式电脑为3.80亿，手机成为了我国网民的第一大上网终端。”[②]“截至2013年6月底，我国手机网民规模达4.64亿，较2012年底增加4 379万人，网民中使用手机上网的人群占比提升至78.5%。3G的普及、无线网络的发展和手机应用的创新促成了我国

① 本节由陈红执笔。陈红，北京大学中文系博士研究生。

② 《CNNIC发布〈第30次中国互联网络发展状况调查统计报告〉》（http://www.cnnic.cn/gywm/xwzx/rdxw/2012nrd/201207/t20120723_32482.htm）。

手机网民数量的快速提升。”[①]通过这两组数据对比可知，手机网民在一年之内增速颇大，移动互联网的迅猛发展主要也是近一两年的事情。移动互联网的发展必然改变 PC 网络一统天下的传统格局，尤其是对城市流动人口及广大农村人口而言，移动互联网模式更为经济、便捷。

互联网格局的变更必然带来相关产品的更新换代，针对移动互联网的新产品必将应运而生。在新浪微博方兴未艾之际，腾讯微信横空出世。微信是一种免费即时通讯工具，以腾讯为后盾，集文字、图片、语音等多项功能于一身，一经推出就受到广大用户青睐并形成燎原之势。数据显示，“截至 2013 年 6 月底，我国即时通讯网民规模达 4.97 亿，比 2012 年底增长了 2 931万，是各应用中增长规模最大的应用”，“手机即时通讯网民规模为 3.97亿，较 2012 年底增长了 4 520 万，使用率为 85.7%，增长率和使用率均超过即时通信整体水平”[②]。在 PC 互联网时代，腾讯 QQ 打败飞信、MSN 占据了即时通讯市场主要份额；而在移动互联网时代，腾讯微信同样打败了众多社交工具，成为用户乐意选择的主导通讯产品。80 后特别是 90 后伴随着网络时代成长的年轻人，使用网络就如穿衣吃饭一样自然，对新鲜事物的接纳速度自然要快过前辈。微信是新推出的免费即时通讯软件，也是当前颇为新潮而实用的社交平台，必然受到年轻人追捧。艾媒咨询（iiMedia Research）数据显示：“对于微信活跃用户，在通过微信发送消息的方式方面，83.4%的受访者经常以文字方式发送消息，49.3%经常以语音形式发送，而经常采用发送图片的占 41.0%，经常发送视频的占 2.0%。”[③]可见，文字在微信朋友圈和群组应用都很广泛，依然是收发信息的最主要方式。微信的推出，并没有将人们的通讯、社交习惯从“读文时代”转向“读图时代”或“读音时代”。文字依然是人们习以为常的交往方式，这或许为码字提供了潜在平台。为此，一些文学爱好者纷纷注册微信公众号，通过微信自媒体这个平台发表小说，网络文学也开始探索新的发展模式。

为深入探讨网络文学与大众生活之间的关系，笔者针对网络文学读者

---

① 《CNNIC 发布〈第 32 次中国互联网络发展状况统计报告〉》（http://www.cnnic.net.cn/gywm/xwzx/rdxw/rdxx/201307/t20130717_40663.htm）。

② 《CNNIC 发布第 32 次〈中国互联网络发展状况统计报告〉》（http://www.cnnic.net.cn/gywm/xwzx/rdxw/rdxx/201307/t20130717_40663.htm）。

③ 《2013 中国微信活跃用户行为研究》（http://www.iimedia.cn/36818.html）。

拟了一份在线调查问卷[①]，通过QQ好友群、微信朋友圈、微博等在线软件进行发散，覆盖范围涉及高等院校、中学、企事业单位、自由闲散人员等不同地域、年龄、阶层群体，并邀请一些网络文学粉丝加入调查，为该文提供了较有力的数据支持。该调查从2013年8月26日启动，截至9月2日总浏览量为179，收回有效问卷100份。此次调查数据有限，但覆盖面较广。从统计数据看，目前主要还是年轻用户在体验网络文学，其中15—25岁的占39.39%，25—35岁占47.47%，而且女性(59%)读者要多于男性(41%)。毋庸置疑，网络言情文学的作者和读者均以女性为主。事实上，对网络产品追新求异的群体中，也是女性比例较大。关于网络文学阅读方式，笔者通过在线调查得出了以下数据：电脑端和手机端依然是读者选择的主要阅读方式，分别占28%和43%，其次分别是纸质出版物、电子书(kindle等)、平板电脑(IPAD等)。在此次调查中，手机阅读超过了电脑阅读，潜力十分看好。随着生活节奏的加快，手机阅读已不同于传统阅读，通过调查得知手机阅读最主要的时间是休闲时和乘坐交通工具时，分别占39%和25%。可见，网络文学更多是一种休闲、消遣或打发无聊的"轻阅读"产品。如果说传统文学的创作和阅读基本上还寓于文学圈，网络文学则涵盖各个行业，成为大众文化生活和消费的一部分。

网络文学是一种消费性文学，相对传统文学而言，虽然在创作、出版及传播上流程得以简化，仿佛人人皆可成为作家，但实际上市场竞争依然惨烈。网络文学须不断创新，突破传统文学局限，才能在市场角逐中获胜。在网络文学发展史上，"起点模式"无疑是比较先进的商业模式。起点签约了很多优质写手，以免费试读和付费阅读模式完成用户对网络文学作品的购买支付，此模式后来也为众多文学原创网及出版平台所效仿，甚至一些新锐文学平台如豆瓣阅读、字节社等也大都采用这一模式。"起点模式"创立了VIP付费模式，实现了文学商品化及产业化，但因难以避免传统出版模式弊端而面临发展瓶颈。互联网时代充满着创新精神，创意对于新型产业至关重要。"中国现在的主要竞争性优势并非只是劳动力大军、制造业的基础，而是创意人力资本。全世界做白日梦的、淘气的、充满创意和创新性的年轻人中，有一大部分是中国人，他们将身兼制作者与消费者两种角色，推动创

---

① 在线调查地址：http://www.diaochapai.com/survey/3d389a29-33b9-4eff-b409-e1e149a539b8。

意经济的前进。”[①]在激烈竞争中，网络时代也在呼吁更有创意的新模式。面对新浪微博的强劲势头，腾讯“低调”了一年，于2011年初针对智能手机推出了微信这款新产品。凭借手机通讯录和QQ好友功能，微信轻易就聚集了大规模潜在受众，也因更“微”更精准而让沟通变得更直接更便捷。如果说，“起点模式”使作者受制于起点平台还需通过QQ、博客、微博等其他方式和读者沟通，微信公众平台则避免了起点的弊端，为作者创造了一个“点对点”的平台，作者可以更精准地找到目标受众。作为移动终端即时通讯服务所推出的微信，在“公众号自媒体”大力营销推广的同时，从起初的即时通讯软件华丽转型为社交平台，并成为网络文学得以尝新的一方平台。

微信自媒体的信息传播主要有两种模式，即用户自主订阅和媒体精准推送。用户自主订阅并无新意，比如论坛的帖子收藏、微博的关注等都属于此模式。媒体精准推送才是微信自媒体的核心竞争所在。对用户而言，其面对的仿佛是自媒体公众号和自己“点对点”聊天；对作品而言，仿佛是作者为用户单独创作的产物。因不受时间、场所的限制，作者或出版商只要借助微信公众号，就能将用户可能感兴趣的作品主动递送到用户面前，实时而精准。不少自媒体文学作者已开始尝试这种自定义多路线写作的可能性。在此笔者想通过对现有文学自媒体的体验，来探讨这种新模式的可行性。

首先，对于作者自身经营的自媒体，微信将创作、出版和传播流程统一了起来。推出首部微信小说《摇的是你，不是寂寞》的“微杂志”就属于这种情况。这是一部在微信上连载的言情小说，作者定期或不定期进行阶段性创作，借助微信公众平台发送，将作品更新章节推送给读者。该流程极其简约，当然也不可避免内容的粗糙肤浅。其次，微信自媒体在传播推广上具有一定的局限性。虽然用户可对承载文学作品或其片段的信息进行转发、分享等操作，但仍是囿于用户的朋友圈，这种影响力与名人微博效应相比可以说是微乎其微。而且微信自媒体仍需借助PC互联网平台甚至传统媒介来传播。比如在“聚微信”公众号聚合网站上提供了“小说”分类，收集了很多以发布小说为主要内容的自媒体账号。这实际上是在推广自媒体账号本身，以寻求目标受众的订阅。微信自媒体处于萌芽阶段，用户几乎没有可靠

① [澳]约翰·哈特利：《创意产业读本》中文版序言，曹书乐等译，北京：清华大学出版社，2007年。

途径获知所订阅账号的信息，因而在选择时具有盲目性，即使筛选出了目标账号，其后续内容如何亦不可知。如何判断网络作品的好坏优劣？调查数据显示：51%的读者通过自己的阅读体验来判断，通过网络留言和点击率来判断的各占23%和18%。可见自身的阅读体验仍然是读者选择作品的重要角度。微信自媒体文学目前处于初始阶段，没有PC网络文学成熟的运转模式，如何来选择自己感兴趣的作品还悬而未决。当然这在现阶段的免费模式体验下无须担忧，但在未来寻求付费订阅以及全面推广时可能会面临困境。

对于写手而言，微信自媒体无疑是一个很好的推广平台。比如，在原创网站已走红的“盗墓”写手南派三叔也通过微信自媒体这种新模式来宣传营销，其页面底部也有自定义菜单，点击底端“首页”即出现会员讨论区、小说、漫画、三叔博客等多个栏目，然后可根据自己感兴趣的逐级进入。对粉丝而言，这是与作者更方便“点对点”交流的平台；对作者而言，则是非常优质的推广平台。再如，一些自媒体账号通过推广传统文学作品以寻找营销机遇，如“纯文学”公众号就经常推送诸如卡夫卡、波伏娃、村上春树、川端康成、沈从文等各国名家的文章以吸引用户。传统网络作家或出版商借助微信平台创作或营销，这与十年前传统文学借助PC网络宣传、聚集人气似乎是异曲同工的。作为一种免费即时通讯服务，微信的最大优势在于省略了交流不必要的中间环节。对文学自媒体账号来说，作者借助微信公众平台，可以实时接收到来自读者的文字、语音及图片等形式的反馈，还可以自动收集并统计读者群体资料以便进行个性化定制，具有即时性和双向性。而以起点为代表的PC互联网文学时代，读者反馈一般具有滞后性和无指向性。这是采用微信公众号作为文学自媒体平台的一大优势，让双方之间的沟通更为实时、精准。

相对于传统的网络文学媒体而言，商业模式创新是微信自媒体的亮点。对大多数作者或出版商而言，追求经济利益是主要目标之一。“微杂志”公众号的经营者“NBC二当家的”曾以自己作品《摇的是你，不是寂寞》为对象发起调查，通过数据统计说明其目标读者大都对优质内容具有付费意愿。调查数据显示：“在笔者连载的微杂志（微信号：weixinzazhi）上，有22万喜欢书影音的文艺青年，最高的一天，微杂志收到超过23万条回复。估算一个相对折中的数字，这22万文艺青年中，如果有5%的人愿意付费阅读这部小说，大概也就是有1万个愿意付费的读者，则笔者借助此小说，就能有10万收入，是一本出版实体书版税的好几倍了……”[①]诚然，这些数据对于许多在传统网络文学和传统文学中难以立足的写手而言，颇具有吸引力。这种无障碍的直接沟通模式不但可省去不必要的中间环节，还可提高作者收益并降低读者花费。然而，《摇的是你，不是寂寞》之所以广受关注，不仅是微信平台给力，与传统文学网站或论坛转载也是分不开的，很大一部分受众仍是通过PC互联网平台获知并传阅此小说。借助传统互联网平台虽然有助于扩大微信小说的读者群体，但也会成为今后付费阅读模式的绊脚石。如何转入付费阅读又不流失PC互联网平台的潜在受众，是微信自媒体未来要面对的难题。笔者在调查问卷中发现，关于起点中文网等原创网的收费模式，45%的读者表示不了解即没体验过，11%的读者认为费用高，认为费用合理和可以接受的分别占16%和25%，只有3%的读者认为费用低。从这些数据可以推测，在网络文学阅读群体中，大部分读者是愿意付费的，且有一小半读者认为收费模式合理。再比较关于微信付费设想的调查数据：假如微信也推出文学付费模式，55.56%的读者表示不愿意付费，愿年付费10元以内的读者占12.12%，愿年付费10—50元的读者占17.17%，愿付费50—100元的读者占9.09%，愿付费100—500元的占5.05%，只有1.01%的读者愿付费500元以上。从这些数据可知，几乎有一半网络文学读者愿意在微信上为文学阅读付费。即使大部分读者年付费控制在50元以内，作者的年收入也是相当可观的。然而，微信作为一种创新的文学自媒体，作者需要对其作品和公众号担负主要责任，而且读者付费只能兑换来自单一自媒体源的作品，不同于起点中文网的平台化会员模式，也将面临发展困境。此外，在新兴的商业模式发展过程中，未来是否存在受微信官方认可且受法律保护的内容付费平台，都会影响微信自媒体的发展。

微信自媒体文学容易让我们联想到十年前走红的短信文学。短信文学又称“手机文学”“拇指文学”，在中国兴起于2002年，起初主要是笑话和诗歌。2003年第一部短信爱情小说《短信情缘》出现，2004年首部手机短信连

① NBC二当家的：《微信小说自媒体，可以复制起点的收费模式吗？》(http://www.huxiu.com/article/11147/1.html)。

载小说千夫长的《城外》轰动一时，这部仅 4 200 字却分为 60 篇的作品很快就被某通讯公司以高价买断。“2004 年是手机（短信）文学正式以文学的身份显示自己存在的一年。”[1]戴鹏飞的《谁让你爱上洋葱的》也在当年由中国电影出版社出版，成为中国第一部短信体小说。这几部短信小说都不约而同讲述了爱情故事。短信小说因存在篇幅字数等限制，对写手要求较高，必然随着技术发展而式微。微信文学没有短信文学的篇幅字数限制，且以强大的腾讯作为后盾，更便于推广，微信的连载方式也有利于长篇结构的小说创作。从类型上看，如同短信小说一样，微信小说也是以手机为媒介，以言情创作为主。最开始在微信自媒体上推出的网络文学是言情小说，言情因其贴近现实生活的特质率先与移动互联网产生了亲密接触。还是以《摇的是你，不是寂寞》为例，该小说截至 2013 年 8 月 30 日，已更新到第 72 节。小说讲述了北漂男莫小为在后现代都市中的爱情、事业与生活。从一开始，莫小为就通过“摇一摇”来寻觅潜在的爱情对象。该小说故事结构松散，文字充满了无聊、虚空、不安定感的情绪，但因契合大都市中漂泊、疲惫又不乏期待的中产阶级而引起了共鸣，仿佛就是每个人体验过的情绪。作为一名 IT“屌丝”男，莫小为有着后现代都市普通白领都有的各种压力及真爱难寻的浮躁感。微信的特征之一是通过 LBS 功能可查看自己所在地理位置附近也在使用微信的人，这也就使得微信爱情脱离了网络爱情的距离感和空间感。因为近在咫尺，相约更为方便，也更为暧昧。这是微信不同于 PC 网络的一个新功能，它源于人们的真实需求，缩短了虚拟世界和现实世界的距离，将网络交往方式切近到现实中来。诚如微信团队所言，“微信仅仅是他们模仿现实社会的交往方式，把现实版的交往放到了网络世界，更确切地说，是放到了移动终端，他们提供给用户的是一个网络版的社交工具”[2]。这种交往方式比网络交往更直接而高效，对于后现代工业城市的单身男女而言，摇一摇就可带来爱情的讯号，从而加强了虚拟社交与实际社交的融合。而莫小为对于女“微友”的见面，首先决定其爱情的符码是对方漂亮性感的外在形象，充满了网络言情小说的“YY”情调。因借助微信自媒体平台，微

① 曾军：《有限包容及其问题——“新世纪文学”视野中的“新媒体文学”》，载《文艺争鸣》2011 年第 3 期。

② 李蕾，高海珍：《微信：3 亿用户的背后——本刊专访微信团队》，载《新闻与写作》2013 年第4 期。

信小说也有了适应手机碎片化阅读的特征，而充满日常生活情绪的语言无疑也适应移动互联网文学的碎片化趋势。

微信是移动互联网的创意产品，凭借其强大的传播潜力将为自媒体文学发展提供多种可能性。“与 QQ 等先例不同的是：除却增值业务外，微信还拥有一个潜力十足的广告市场。得益于其好友群的互通，微信轻易地就把虚拟社交圈与现实社交圈相连接，形成更加弹性、粘连的人际网络。广告主可以根据用户信息精准投放多媒体广告，并使之在粘性网络内达到有效传播。”①微信小说首推言情类型，言情小说凭借微信平台也正在尝试新的写作可能。这种文学模式究竟是初升朝阳还是过眼烟云？我们将拭目以待。

---

① 陈雅静：《微信，还能红多久？——以经济学 SWOT 理论分析微信》，载《新闻知识》2012 年第 6 期。

第二章　网络作家的生存状态与写作方式调查研究

第一节　中国网络作家生存状态报告[①]

如果从1998年台湾蔡智恒(痞子蔡)在BBS上连载的《第一次的亲密接触》在大陆的网络上迅速传播算起[②],至2015年中国网络文学的发展已经有将近17年的历史。据统计,至2014年12月,中国网络文学用户已达2.93亿[③]。其中,以不同形式在网络上发表过作品的人数高达2 000万,文学网站的注册写手也已超过200万人。网络作家的数量已经远远超过传统作家,成为中国当代文学的生力军。随着网络文学及其相关影视剧、游戏等改编形式的流行,少数网络明星作家逐渐进入了大众视野,不仅得到网民读者的热切追捧,也开始得到主流文坛的正视。2015年,第13届华语文学传媒大奖增设了"年度网络作家"奖项,下设三个子奖项"年度都市情感类""年度军事历史类"和"年度玄幻科幻类"[④],中国网络作协也正在积极创建的过程中。种种迹象表明,主流文坛进一步承认了网络文学及网络作家的重要性。

---

① 本节由肖映萱、叶栩乔、朱航、李天豪执笔。

② 关于中国网络文学何时起步的问题,一直说法不一。如果从1991年中国留美学生王笑飞创办海外中文通讯网(chpoem-1@list-serv. acsu. buffalo. edu)算起,中国网络文学已经起步20余年了,后来又有1994年方舟子等人在海外创办的第一份网络文学刊物《新语丝》(www. xys. org)。中国内地网络文学的萌芽是1995年8月水木清华网站建立的BBS,这应该是大陆原创网络文学的最初基地。1997年12月25日"榕树下"全球中文原创作品网(www. rongshu. com)开通,标志着中国网络文学的大门正式开启。另外,北京大学中文系邵燕君副教授认为应当从1998年《第一次亲密接触》在网络流行算起,因为这种"纪元法"的侧重点不在作者/原创一方,而在受众/传播一方——这正是网络文学与传统的纸媒精英文学的区分线。笔者在本文中采用了这一看法。

③ 据中国互联网络信息中心(CNNIC)2015年1月发布的第35次中国互联网络发展状况统计报告,网络文学近年来稳步高速发展,网络文学用户在2009年达到1.63亿,2010年1.95亿,2011年2.03亿,2012年2.33亿,2013年2.74亿,2014年2.93亿。

④ 参考《第13届华语文学传媒大奖提名揭晓》,载《南方都市报》2015年3月22日。电子版网址:http://epaper. oeeee. com/epaper/C/html/2015-03/22/content_3399102. htm。

那么，目前中国网络作家的生存状况究竟如何呢？

一、作家出身背景

至今为止，虽然已有高达2 000万人以不同形式在网络上发表过作品，文学网站的注册写手也超过了200万，但在如此庞大的人群当中，只有非常少的一部分能够通过网络写作获得经济收入。据中国作家网副主编马季调查，通过网络写作的在线收费、下线出版和影视、游戏改编等途径，获得经济收入的人数约有十万人，其中能够职业或半职业写作的人数在三到四万人左右。可以看出，能够全职写作的网络作家所占的比例非常低，更多的是业余作者。他们从事的职业非常广泛，有公务员、教师、军人、工人、农民等。以红袖添香网站为例，获得2012华语言情小说大赛赛季冠军的“墨舞碧歌”，本职是一名外企翻译；写《空姐日记》的“狐小妹”本身就是一位空姐；《办公室风声》的作者“携爱再漂流”则是一位化妆品公司总经理[①]。他们之所以不能全职写作，一方面是由于网络写作的收入不稳定，且差距极大；另一方面，许多职业允许职员保留工作日的晚上和周末的固定业余时间，为他们的业余写作提供了条件。

在这三到四万职业或半职业写作的网络作家中，年收入在十万以上的一线作家大约有三到五千人，他们的学历一般在本科或本科以上；而在人数上占据着网络作家主流的，是年收入在一万五到三万之间的人群，他们的学历则相对偏低，以高中学历为主。这一方面也与他们本身的诉求有关，对本科学历甚至学历更高的人群来说，一万五到三万的年收入是不能满足其基本诉求的，一旦基本的物质需求得不到满足，他们就会转移自己的职业目标，不再从事职业写作了。如果是在边缘城市或边缘地区，这样的收入水平是可以满足日常生活的基本需求的，但相对地，在边缘地区从事网络写作的人，学历一般是高中、大专或职业学校，甚至还有极少部分是初中学历。除了学历水平之外，网络作家人群还有一个较为突出的特点，即70%以上的网络作家是理工科出身，而非传统的文科。特别是“男性向”的一线网络作家，理工科出身的更是占到了主力。这种现象的形成，一定程度上与非传统文科出身的网络作家没有接受过系统的文艺理论训练有关，他们在写作时

---

① 周舒艺：《网络小说作者：在网络世界追逐文学梦》，载《人民日报》2011年12月8日。

不会受到“经典文学”等概念的束缚，顾虑较少，更容易尝试和创新①。

地域分布方面，网络作家主要集中在发达地区，尤其是沿海发达地区。如东部沿海的江苏、上海、浙江、广东，这个四省市是网络作家最为集中的地区，不仅网络作家的总体数目最多，“大神”和重点作者的比例也是最高的。此外，北京和天津两地也盘踞了数目不少的网络作家。这与各省的网民规模及网络普及率有关②，也与网络文学几大重要阵地的地域分布是较为吻合的，如作为盛大文学体系之代表的起点中文网，所属公司就设立于上海。而广东虽然拥有数量较多的网络作家，与其他三省相比却并不盛产“大神”，这也可能与广东省内缺少重要的文学网站有关③。西部地区当中，四川是网络作家相对较多的一个省份④。

在全职写作的网络作家队伍中，男女作者比例基本持平，年龄普遍在 18 岁到 40 岁之间。在此之前，一般认为网络作家的年龄上限是 35 岁，然而近几年来，随着网络接入环境日益普及和人口的老龄化，网络文学行业较大的发展空间等优势也逐渐突显出来，一批年龄稍大的网络作家坚持继续在网络上进行创作，使网络作家年龄层的上限有了一定的增长。与此同时，我国网民以 10—39 岁年龄段为主要群体的现状⑤，也使一些低龄化的作家获得了一定的市场，他们往往在非常年轻的阶段，就已经拥有了至少一部完整并且具有一定影响力的作品。以 90 后网络作家“风青阳”为例，他在 17K 小说网的代表作《龙血战神》⑥属于玄幻类型，从 2012 年 9 月 14 日开始连载，至截稿日已连续更新 900 多天，字数超过 950 万，点击量超过8 000万。作为

---

① 引自笔者 2015 年 3 月 20 日上午在中国作协对中国作家网副主编马季的采访，由马季口述，笔者记录后形成采访稿。

② 据中国互联网络信息中心（CNNIC）2015 年 1 月发布的第 35 次中国互联网络发展状况统计报告，2013—2014 年中国内地各省网民规模及互联网普及率，排名前五的省市依次是：北京、上海、广东、福建、浙江。

③ 广东省内当下最主要的文学网站是“3G 书城”，这并不是一个以原创为主的文学网站，并未诞生有较大的影响力和号召力的作家和作品。

④ 引自笔者 2015 年 3 月 20 日上午在中国作协对中国作家网副主编马季的采访，由马季口述，笔者记录后形成采访稿。

⑤ 据中国互联网络信息中心（CNNIC）2015 年 1 月发布的第 35 次中国互联网络发展状况统计报告，截至 2014 年 12 月，我国网民以 10—39 岁年龄段为主要群体，比例合计达到 78.1%。其中 20—29 岁年龄段的网民占比最高，达 31.5%。

⑥ 可参考《龙血战神》在 17K 小说网的连载网址：http://www.17k.com/book/391013.html。

17K小说网最具商业价值签约作者，他的签约身价不菲，从2014年6月起，他开始拿到百万年薪。而他的职业，却只是湖北工业大学2011级电子信息科学与技术专业的一名普通的大学本科生①。网络作家年龄层的下限一般在18岁左右，这个年纪的作家多是高中生身份，凭借着网络小说的创作，他们的月收入甚至能高达万元。

二、职业作家的生存状态

2007年第二届中国作家富豪榜公布，以《鬼吹灯》系列和《明朝那些事儿》系列一举成名的网络写手"天下霸唱"和"当年明月"分别以280万元和225万元的版税收入位居第19位和第22位，成为首次进入榜单的网络作家。2007年至今，"当年明月"凭借《明朝那些事儿》年年霸榜②，"天下霸唱""明晓溪""小桥老树""桐华""辛夷坞""流潋紫""唐七公子""顾漫"等网络作家纷纷进入榜单前列③。而在2014年最新发布的网络作家榜上，排名前三的"唐家三少""辰东""天蚕土豆"，版税收入分别是5 000万、2 800万和2 550万。这些网络作家已经被打造成明星IP④，他们的创作背后，潜藏着大量的资本运作和团队支持，从创作大纲成形的那一刻起，无论是文本的写作，还是后续的影视、游戏改编等相关衍生产品，整个创作过程都已经被资本进行了准确的估价。在巨额的版税收入和一个个明星化网络符号的光鲜外表之下，网络作家的日常写作和生活状态，却面临着诸多困境。

---

① 引自《大四工科男键盘上"敲"出百万年薪》，载《武汉晚报》2014年12月3日第6版；电子版见《90后网络作家年薪过百万　每天更新超万字》，中国新闻网2014年12月3日，网址：http://www.chinanews.com/cul/2014/12-03/6838770.shtml。

② 2007年第二届中国作家富豪榜，"当年明月"名列第22位，收入225万；到2008年第三届时名列第15位，收入230万；2009年第四届名列第4位，收入1 000万；2010年第五届名列第4位，收入950万；2011年第六届名列第8位，收入575万；2012年第七届名列第10位，收入700万；2013年第八届名列22位，收入420万；2014年第九届名列第25位，收入380万。

③ "天下霸唱"2007年名列第19位，收入280万；2010年名列第10位，收入420万。"明晓溪"2008年名列第11位，收入300万。"小桥老树"2010年名列第22位，收入190万；2011年名列第17位，收入235万；2012年名列第20位，收入270万。"桐华"2011年名列第14位，收入290万；2012年名列第16位，收入305万；2013年名列25位，收入395万。"辛夷坞"2013年名列第18位，收入500万。"流潋紫"2013年名列第24位，收入400万。"唐七公子"2014年名列第21位，收入455万。

④ IP（Intellectual Property的缩写），直译为"知识产权"。在网络文学及其衍生改编范畴，IP指的某个作家或作品形成的品牌效应，IP运营则是从某作家作品衍生出的多种改编开发项目的总称。

1. “零门槛”与“成神难”

网络媒体的“零门槛”“多入口”“免把关”体制，使得网络文学作品的发表成为十分简单的事。但想要从成千上万的作家和作品中脱颖而出，获得稿酬、成为“大神”甚至是明星IP，却是十分困难的。以起点中文网为例，自2003年10月10日起，网站开始实行原创文学作品网络版权签约制度。当编辑从工作后台无数有待审核的新书中将一部作品选出，联系作者完成签约合同，并安排对应的责任编辑之后，该作者才能从“非签约作者”进入“签约作者”的行列，其作品状态将会显示为“A级”。走到这一步，作者的网络写作事业才可以算正式开始。签约后的一两周内，编辑会安排针对作品的推荐和宣传活动，在此期间如果读者的反馈较好，作品就会顺利上架，开始VIP收费订阅。一本成功的A级作品，一般会经历四五个推荐，最终上架销售。换算成时间，就是一个月左右；换算成字数，则是25万字到30万字左右。当签约作者的作品字数达到25万字左右时，编辑也会根据其成绩安排强推上架或鼓励上架。成为“上架作者”之后，作者才能真正获得稿酬。“签约作者”本就已经是网络作者中的一小部分，而“上架作者”在“签约作者”中占到的比例大概是15—20%①，由此可见，网络作家将写作转换成稿酬收入，进而转向职业或半职业写作的难度之大。

即使成为“上架作者”，要获得较高的稿酬，也并非易事。上架作品的收益主要来源于VIP章节的订阅。以起点中文网为例，网站采用“起点币”作为虚拟的货币形式，1元人民币可兑换100起点币。VIP章节的订价标准为：普通用户（充值5元）每千字花费5起点币，高级会员（充值20元）每千字花费4起点币，初级VIP会员（充值50元）每千字花费3起点币，高级VIP会员（消费起一年内充值3 650元）每千字花费2起点币。VIP订阅所得的收入，起点中文网与作者是五五平分的，其他网站的分成比例也相差无几。如果一个作者每日更新5 000字，他在起点中文网获得的电子稿酬可以预测如下②：

---

① 本段的数据和案例，皆引自三江小阵《网络原创文学写作指南》，起点中文网。原文网址：http://wwwploy.qidian.com/ploy/20130521/default.aspx。

② 《2014作家福利计划》，起点中文网。参考网址：http://wwwploy.qidian.com/ploy/20140621/index.htm。

作品订阅	每月稿费	每月半年奖	月最低保障	预估最低年收入
享受低保	0		1 300	5 200/4 个月
平均 1 000 订阅	1 500	600		25 200 元/年
平均 3 000 订阅	4 500	1 800		75 600 元/年
平均 6 000 订阅	9 000	3 600		151 200 元/年
平均 10 000 订阅	15 000	6 000		252 000 元/年
平均 15 000 订阅	22 500	9 000		378 000 元/年

也就是说，这个作者至少需要得到 1 000 份 VIP 订阅，当月的订阅收入达到 3 000 元，扣除网站 50%的分成，作者当月的收入才可以达到 1 500 元，加上其他奖励措施，年薪约为 25 000 元。这样的收入水平，才能勉强支持他成为职业或半职业的网络作家。

除了订阅 VIP 章节之外，读者还可以通过“打赏”和“更新票”两种途径，直接给予作者额外的收入奖励。“打赏”的额度从 100 起点币至 100 000 起点币（即 1 到 1 000 元人民币）不等。“更新票”是读者表达对作品次日更新期待的互动道具，用户购买“更新票”并投出后，如果该作品在投票次日满足更新字数要求，则该张“更新票”生效，作者可以从中分享收益。如果达不到更新字数要求，“更新票”未能生效，相关票值则会返还给读者。“更新票”分为 3 000 字、6 000 字、9 000 字和 12 000 字四种字数要求，面额均为 100 起点币/张（1 元人民币/张）。“打赏”和“更新票”都将以按月结算的形式发放，分成比例同样是网站与作者各 50%。

另一种使作者获得更多收入的方式，是读者给作品投“月票”。然而读者手中的“月票”并不是轻易能够获得的，只有 VIP 会员能够得到月票，初级 VIP 会员消费 2 500 起点币（即 25 元人民币）可获得一张月票，高级 VIP 消费 1 500 起点币（即 15 元人民币）可获得一张月票。即使得到了足够数量的月票，每个用户每个月最多也只能投 5 张月票。如果作品能够进入“月票榜”，并且符合当月更新满 6 万字的要求，作者将得到最高单项奖励 8 万元、最高累计奖励 20 万元的“月票奖励”①：

① 《2014 作家福利计划》，起点中文网。参考网址：http://wwwploy. qidian. com/ploy/20140621/index. htm。

新人月票奖励	月票月榜奖励	分类月票奖励	年度月票总榜奖励
1 000—10 000(元/月)	1 000—10 000(元/月)	1 000(元/月)	20 000—80 000(元/年)

为了给作品未能上架的“签约作家”提供一些保障，一些网站还推出了全勤奖、“低保”工资等福利措施。如起点中文网对上架作者实行了月最低1 200元的保障补贴，2013年下半年这一补贴增加到了1 300元每月；签约未上架作品也可申请全勤奖，要求是当月每日更新正文字数5 000字及以上，并且正文满三十万字，才能够拿到每月300元的奖金；上架作品每日更新VIP正文字数5 000字及以上，可获得每月500元的奖金，10 000字及以上，奖金数额相应提高到每月1 000元。另外，上架作品如果最终能够顺利完结，网站也会推出相关的奖励措辞，如起点中文网的“完本计划”，即每月更新VIP收费章节6万字以上并完成作品的作家，可以获得等于稿酬20%的现金奖励；每月更新VIP收费章节12万字以上并完成作品的作家，可以获得稿酬40%的现金奖励。2013下半年开始，起点中文网还实行了“新完本计划”，即签约后未上架，但连续6个月有更新，且每个月更新不少于八万字的完本作品，可以申请1 000元人民币的完本奖励。“低保”工资的设立，也催生了一批为了达到“低保”的字数要求，不顾质量在作品中注水“混低保”的网络作家。然而归根结底，他们只是网络文学这个巨大的金字塔的塔底，“低保”除了为他们提供一定的经济收入，其激励作用较为有限。

2. 改编与IP产权

当网络作家的作品成功积累了人气，或被其他行业的网络星探看中，作品还可能获得实体书、影视、动漫、游戏等形式的改编机会，而这些改编也会带来相应的经济收入。近年来，网络文学的影视改编已经成为一种现象和趋势。据不完全统计，截至2014年底，有114部网络小说被购买影视版权，题材涉及青春、仙侠、悬疑等。其中，90部计划拍成电视剧，24部拍成电影①。

这些改编有时候能够极大程度地改变作者的收入水平和生活状态，甚至能使一位作者一举成名。如顾漫的《何以笙箫默》2003年在晋江原创网

① 数据来自《“IP”成新宠，影视剧竞相尝鲜》，记者李君娜，载《解放日报》2015年3月30日。参考网址：http://newspaper.jfdaily.com/jfrb/html/2015-03/30/content_79813.htm。

连载时，影响力仅限于网站的读者。自 2005 年出版后，经历 108 次售罄，52 次加印，逐渐被奉为言情小说的经典之作，被网友评为“最希望被改编成影视剧”第一名的作品。同名电视剧 2014 年上映后，在腾讯视频的点击量超过 17.5 亿次。同名电影在 2015 年“五一档”上映，进一步扩散其作品的影响力。与顾漫的《何以笙箫默》类似的例子，还有桐华的《步步惊心》。2005 年《步步惊心》在晋江原创网连载时，已经拥有了较高的人气，在晋江 2005—2007 年的“穿越”热潮中，占据了“清穿三座大山”的地位。2011 年改编成同名电视剧之后，《步步惊心》的实体书也迎来了热卖和数次再版，最终使桐华得到了 290 万的版税收入，位列 2011 年作家富豪榜第 14 位——这还没有将影视改编的版权收入计算在内。

网站最初与作者签订的协议中，往往已经对相关改编作品的版权收益做出了相关规定。还是以起点中文网为例，网站的签约协议中规定，因周边版权输出所获得的收益仍是五五平分，50％由网站用于处理相关事务，50％归作者；金额达到一定数量时，分配比例一般会适当向作者倾斜。如起点中文网规定，版权金达到一百万元人民币，作者分成比例提高到 60％；版权金达到三百万元人民币，作者分成比例提高到 70％；版权金达到五百万元人民币，作者分成比例高达 80％。

影视改编，尚且只是网络文学 IP 运营的一部分。2014 年以来，众多文学网站都表现出了对 IP 运营的极大热情。以“唐家三少”为代表的明星 IP，已经从实体书出版、影视改编、游戏改编等一系列周边产品运营活动中获得了巨大利益。作为 IP 运营的典型案例，“唐家三少”的收入中来自网络文学连载的部分，只占小头。2013 年，“唐家三少”卖出 800 多万本实体书，抽取 15％版税；小说的漫画改编作品卖出 150 多万本，抽取 10％版税；根据其代表作《斗罗大陆》改编制作的网络游戏《唐门世界》，月收入流水千万①。IP 运营带来的这些收入，才是使“唐家三少”2014 年收入达到 5 000 万、占据网络作家收入榜榜首的真正来源。这些明星 IP 与普通 IP 之间，自作品被团队运营改编成其他形式开始，其收入量级便已经形成了分水岭。“大神”之外的普通网络作家，他们的主要收入来源仍然是文学网站的 VIP 订阅分成。

① 《唐家三少网络大神的 J. K. 罗琳梦》，记者冯寅杰，载《南方人物周刊》2014 年 8 月 15 日。参考网址：http://www.nfpeople.com/story_view.php? id=5715。

强者越强，弱者越弱——网络作家 IP 收入两极分化的现状，呈现出了鲜明的“马太效应”。

3. “催更”与“猝死”

然而影视、动漫、游戏等改编的例子，在浩如烟海的网络小说当中，仅仅是少之又少的个案。在纸媒日渐式微的今天，实体书出版也已经不再是网络作家追求的主要创收途径——这也与网络小说的篇幅特点有关。对于绝大多数网络作家而言，发表作品的网站所提供的稿酬，仍是收入的主要来源。

从作家的稿酬收入状况看来，作家的收益与 VIP 章节的更新字数、更新频率是完全挂钩的，作品的点击率、收藏数、“月票”等决定排行榜和曝光度的数据，也是建立在按时按量更新的基础之上。为了得到更高的收益，网络作家的首要任务就是保持更新，不能随意“断更”，最好能连续更新到完结为止。一旦“断更”，不但失去了拿全勤奖的资格，还要经受接踵而至的网站编辑和广大读者“催更”的压力。如果“断更”时间过长，甚至“太监”，无论是“大神”还是默默无闻的“小透明”，都会丧失读者的关注和信任，难以维持稳定的读者群和订阅收入。

坚持每日更文，绝不“断更”，是考验一个网文作家职业操守和业务素养最重要的因素。只有坚持不“断更”，才能吸引和收获稳定的粉丝群体，从而奠定和稳固其自身在网文界的江湖地位。身为 2014 中国网络作家富豪榜榜首的“唐家三少”，就可以说是更新速度和“不断更”的楷模。有“码神”之称的“唐家三少”，声称自己可以保持每分钟 150 字的速度，持续 1 小时。2013 年 4 月 23 日，盛大文学在“世界读书日”宣布，旗下作者“唐家三少”已连续 100 个月“不断更”，每天发表新章节，其中在起点中文网连载已达 86 个月。盛大文学已将相关数字统计整理报给吉尼斯世界纪录官方机构。他坚持每天上传 8 000 到 10 000 字，每年写作量不低于 280 万字，最多的一年写了 400 万字。据统计，在这 100 个月内，“唐家三少”共创作作品 12 部(套)，在起点中文网连载的 86 个月内，创作了 10 部(套)作品，总字数达到 2 500余万字。在近十年的时间里，“唐家三少”总共创作了 10 余部作品，总字数超过 3 000 万①。

---

①《唐家三少已连续创作 100 个月，欲申报吉尼斯》，中国新闻网，2012 年 04 月 23 日。参考网址：http://www.chinanews.com/cul/2012/04-23/3839455.shtml。

在动辄几百万字的网络长篇小说创作过程中，这样高速而持续的写作绝非个案，可见网络作家工作强度之大。可以说，一个全职写作的网络作家，其家庭成员的生活基本上都必须配合他的需求做出改变，根据他的生物钟调整生活习惯。长久进行职业写作的网络作家，往往也已经能够平衡地分配创作与日常生活之间的时间比重了，在写作之外，他们会合理地安排作息、锻炼以及其他娱乐活动。及时调整身心状态，也是网络作家必须具备的能力之一。

然而，也有许多案例表明，高强度的写作对网络作家的健康状况造成了一定的损伤。近年来，网络作家罹患身心疾病甚至猝死的消息频繁被媒体报道，引发了广泛的关注。如2012年红袖添香网的签约作家“青鋆”年仅25岁就因癌症去世①，据她的朋友说，她去世的前几天仍在整夜更文，几乎没有晒过太阳。2013年起点中文网的签约作者“十年落雪”因过劳而猝死②。除此之外，一些年轻独居的网络作家因此长期处于孤独的、与现实世界几乎完全脱节的状态，他们的创作生命往往因此难以长久，更容易患上心理或精神疾病。如《盗墓笔记》系列的作者“南派三叔”，2013年因罹患精神疾病，宣布封笔。长期的网络写作，让他百病缠身，患上了脊椎弯曲、高血压、失眠乃至抑郁症，他感觉“被榨干了”“没有幸福可言”③。网络作家的身心健康状况，的确或多或少地受到了从事写作活动的影响。

此外，网络作家还随时面临着相关文化政策的变革带来的震动，如2014年的“净网”行动，对一些“男性向”网站的作家，以及大多数“女性向”网站的作家，都造成了影响。总体来说，对女作家的影响是大于男作家的。对“男性向”网络文学作品的打击，基本只限于涉黄、涉暴的题材，主要创作这种题材的作者大多不会成为网站的主流作者，因此对网站整体的影响也很小。“女性向”网站和作家受的影响更大，穿越、职场、同人、耽美等“女性向”网络文学的重要类型都受到了打击。2014年7月2日，中央电视台新闻

---

① 参考红袖添香小说网“为青鋆祈福”专题活动，网址：http://topic.hongxiu.com/2009/n/A_47.htm。

② 《网络作家出租屋猝死　一年更新160万字》，载《新京报》2013年7月2日，电子版网址：http://epaper.bjnews.com.cn/html/2013-07/02/content_444497.htm? div=-1。

③ 《评论：南派三叔封笔凸显网络写作之困》，载《新华日报》2013年3月28日，电子版网址：http://news.xinhuanet.com/book/2013-03/28/c_124512944.htm。

联播栏目报道了全国“扫黄打非”办公室通报的“打击网上淫秽色情信息专项行动第五批案件案情”①，第一件就是晋江总积分排名第五的作者“长着翅膀的大灰狼”因制作淫秽出版物并通过淘宝网店进行销售被刑事拘留的案件。“净网”行动以外部审查的形式，促进了作家和网站增强自我审查的行动，同时也召唤着更为清晰的判断标准和法律体系的建立，以消除给网络作家的身份认同带来的不稳定感。

三、福利体系与版权保障机制

总体看来，网络作家能够得到的权利和保障并不多，其福利和保障机制还有很大的改善空间。首先，网络作家与网站之间没有形成传统企事业单位与职工之间的劳动关系，因此，全职网络作家们无法享受到传统劳动关系中的职工能够享受到的“五险一金”等福利待遇。即将成立的网络作家协会，无疑能够为这些没有体制庇护的网络作家提供一定的社会地位和保障。其次，网络作家的著作权往往得不到切实有效的保护，网文圈内频发的盗文和抄袭现象，严重损害作者本人的创作力和经济利益，以及整个行业的发展。

1. “低保”与“三险”

网络作家这一职业呈现高度商业化的态势，不仅网络作家本人与网站签订商业合同，遵守严格的稿费制，而且拿钱写文的枪手在网文圈内也比较常见。从现实案例来看，网络作家与网站间的签约关系，往往使作家处于弱势地位，受到网站的制约。由于网络文学的“边缘”地位，面对网站时，写手显得底气不足，那些尚未成名的写手只能听命于网站，难以争取自己的权利。如对笔名或IP的管理，网站往往在合约中规定，作者不得以与本协议中笔名相同或类似的各种笔名、作者本名，将网站在签约期间内创作的新作品交于或许可第三方发表、使用或开发。实际上很多写手都以不同笔名在多个网站开专栏，赚取更多报酬。2012年起点中文网的签约作者“梦入神机”私下与一家网站签约发表连载作品，被起点中文网的运营商告上法庭，索赔一百余万之事②，就是这一现象的典型案例。

---

①《打击网上淫秽色情信息专项行动第五批案件情况》，新华网2014年7月3日，电子版网址：http://news.xinhuanet.com/newmedia/2014-07/03/c_126704204_2.htm，新闻视频地址：http://news.cntv.cn/2014/07/02/VIDE1404300421006242.shtml。

②《网络写手违约 “起点中文网”获赔60万元》，国家知识产权战略网，2013年5月23日，网址：http://www.nipso.cn/onews.asp?id=14049。

另一方面，网络作家与文学网站之间虽然签订了合同，但正如上海网络作协副秘书长王若虚所说，“网络作家和文学网站签订的一般是版权合同，而不是劳务合同，他们的收入来源于版权合同，但缺乏医疗保险、养老保险等保障”①。在网文写作之外，兼职网络作家能够从自己的本职工作中得到基本保障；但是，对于全职网络作家来说，文学网站对作家个人缺乏保障措施的现状，却衍生出了一系列问题。

首先是作家个人的生计问题。文学网站普遍实行稿费制，同一领域内竞争非常激烈，而文学网站对作家的保障措施尚不健全。这一情况下，全职网络作家安全感较低，往往选择发奋写作，以便获得更多的经济保障，未雨绸缪。一位名叫“紫月君”的网络作家曾坦言，“如果这篇文章有读者喜欢，我就会尽力去更新，倘若我的小说不再受欢迎，到时候哭都来不及”。不再受欢迎，就意味着没有了收入来源，而这对于一位全职网络作家来说，无疑是灭顶之灾。其次，在基本保障缺位的情况下，网络作家的职业身份认同也存在问题。至今为止，网络作家与网站之间并没有稳定的劳资关系；而社会上也有相当一部分人，对网络作家是否能够称作“职业”还存在质疑。如网络作家“骁骑校”所说，“读者认可网络作家，但亲戚朋友不认可，如果想得到他们的认可，就需要作协发个证”。再如上文提到的网络作家“紫月君”，办理银行业务的时候，既无法提供工作单位，也无法证明自己的作家职业，“甚至觉得自己是一个‘黑户’”②。

不过，对于缺乏基本保障这一现状给网络作家造成的困难，文学网站并没有袖手旁观。2013 年，起点中文网曾试图给部分签约作家缴纳社保，但“作者分散在全国，各地标准不一，网站缴纳也相对繁琐”③，最后没有继续。同样是 2013 年下半年开始，起点中文网还实行了《起点作者“关爱保障计划”》④等一系列福利保障计划，或多或少对提高网络作家的收入水平起到了作用。

---

① 《各地网络作家协会纷纷崛起，中国作协负责人明确表态——中国网络作协准备浮出水面》，载《北京日报》2014 年 7 月 22 日，电子版网址：http://bjrb.bjd.com.cn/html/2014-07/22/content_199044.htm。

②③ 《成天码字无娱乐　网络作家叹保障难》，载 IT 时报 2012 年 4 月 16 日，网址：http://www.it-times.com.cn/xinshenghuo/6003.jhtml。

④ 参考网址：http://wwwploy.qidian.com/ploy/20140621/caring.htm。

另外，2014年年初，浙江省网络作家协会首先建立起来了，紧随其后的是四川、广东等网络作家较多的省份，也纷纷建立起省级网络作家协会。稳定的体制，可能会为这些网络作家提供一定的保障，减轻他们的创作压力。

2. 盗文与抄袭

网络作家的版权，是另一个问题频发但总是得不到有效解决的领域。一个网络作家可能遇到的版权问题，往往分为两类：一是盗文，二是抄袭。

首先是盗文。网络作家在文学网站上更新其VIP收费章节之后，有时会发现，更新后仅几个小时，他们更新的VIP章节已经传到了其他网站上，比如作为盗文重灾区的百度贴吧，或是其他盗文网站。盗文这一行为，分流了一部分本来会付费阅读VIP章节的读者，作者的收入因此下降，因此网络作家普遍不齿盗文行为。

但是，打击盗文行为的难度也不低。2013年4月11日，晋江文学城的站长Iceheart曾在晋江论坛的“碧水江汀”区发表了一篇题为“向盗文宣战”的帖子，提到：“之前我们主要依靠晋江自己的技术手段和法律手段来反击，但效果很差。……总之征集一切能给我们反盗文出力的人脉资源。网络上的作者数以万计，作者们的读者更加不计其数，大家一起行动起来，发动起来，向盗文宣战！”[①]这一帖反映出了当下网文圈内的盗文生态：盗文网站数不胜数，行为猖獗，对于整个网文行业来说都是亟待清除的毒瘤；而正规文学网站虽然能够起诉这些盗文网站，但是收效不佳。

在文学网站不能提供有效的打击盗文的行为的情况下，有一些网络作家也自发地组织了起来，组成了民间反盗文组织，试图以作家组织的力量打击盗文。例如新浪微博“@网文维权小分队”，它是一些自愿参与打击盗文行动的晋江作者的集合。但是，这个微博的活跃时间也只有短短两个月，而其背后的打击盗文作家组织也可能已经自动解散。总体看来，盗文现象将在未来的一段时间之内继续存在，对网文生态造成伤害。

另一个与网络作家版权有关的，就是抄袭。事实上，无论在传统文学领域还是网络文学领域，抄袭都不算罕见；进入网络时代之后，网络作家的作品很容易在网络上被检索到，网络文学的抄袭也就变成了“复制—粘贴—简

---

① 晋江论坛碧水江汀区，《向盗文宣战》，网址：http://bbs.jjwxc.net/showmsg.php?board=17&id=264958。

单修改后上传”的过程，相对更加容易。2014 年，对网络文学界影响最为巨大的一次抄袭事件，是红袖添香网签约作者“三月暮雪”的抄袭案。作家李眉向“三月暮雪”提出诉讼后，网友发起了对“三月暮雪”作品的取证，通过技术手段对比“三月暮雪”作品和被抄袭作家作品的文章，发现“三月暮雪”抄袭了众多作家的作品。抄袭案最后的宣判结果是，李眉胜诉，“三月暮雪”被判向李眉道歉并赔偿李眉一部分的经济损失。“三月暮雪”抄袭案的宣判，标志了网络文学界整体上版权和反抄袭意识的加强。

2015 年 3 月，网络作者“言晓川”分别在“龙的天空”论坛、新浪微博发表帖子①和长微博②，指出演员石天琦于 2015 年 2 月出版的小说《东宫・繁华梦沉》抄袭自己 2012 年与北京新华先锋签约的小说《绝色惑妃：太子别嚣张》，并附对比图，此事开始在网文圈内引起反响。网友再次自发取证，发现包括“冥灵”“goodnight 小青”“寐语者”等二十二位作者的三十九篇文章被石天琦以各种形式据为己有，并署名出版。在石天琦发表声明称自己并没有抄袭任何作品后，“冥灵”“goodnight 小青”陆续发出律师函，明确表达了起诉抄袭方的意愿③。值得欣慰的是，被抄袭的作者们纷纷开始选择走法律程序维护自己的权益。然而，由于关于网络文学抄袭的法律法规并不完善，网络作家打版权官司，并不是一件简单的事。在被抄袭作者“goodnight 小青”的微博④中，我们看到的是一个小心翼翼的维权者，她细细研读了法律条文，谨慎地选择联名起诉的人选，明确甚至放弃一部分诉求，只为了申明一个原本就该属于她们的著作权和署名权。被抄袭者“言晓川”的处境则更加艰难，她的作品与石天琦的抄袭之作同属一家版权公司，而她的合同也表明她只保留了署名权，未来的维权之路上，处处都是合同陷阱。在相关的法律法规体系建立得更加完善之前，网络作者的维权之路，还有很长的路要走。

网络文学的抄袭现象虽然频频爆出，但网络作家、读者以及一般大众对

---

① 《[圈里圈外的战斗]【曝光】新华阅读的无耻强盗行为，欺人太甚!》，龙的天空论坛，网址：http://www.lkong.net/thread-1175983-1-1.html。

② 新浪微博：http://weibo.com/1676939670/C9tlN47S8，博文《〈东宫-繁华沉梦〉被改名换姓，女演员用我作品，天理何在?!》，地址：http://weibo.com/p/23041863f411960102vhlr。

③ 参考网址：http://weibo.com/1229671583/CajFG92fT。

④ “goodnight 小青”新浪微博网址：http://weibo.com/p/1035051239314127。

于网文抄袭的容忍度，比起传统纸质文学来，普遍偏高一些。虽然网络文学作家和一些读者能够通过技术手段发现抄袭，但是发现并曝光抄袭行为之后，涉嫌抄袭的网络作家很少对被抄袭的原作者作出精神或物质上的补偿，而被抄袭的作家能够将抄袭者诉诸公堂的，就更少见了。抄袭者在被曝出抄袭之后，继续在网文圈内生存的情况也不在少数。这是损害网络作家积极性和切身利益的乱象之一，想要改善这一现象，有待网络作家整体版权意识的提高，以及相关法律法规体系的完善，并非朝夕之功。

第二节　亲历网络文学创作[①]

一、《异界魔龙》网络文学发展初期

大约2007年，我接触到了第一本网络文学——《神墓》，其构建了一个相对奇幻的异界大陆，讲述了一个从“鬼神墓地”中复活的青年一边闯荡，一边回忆的故事，从笔触和情节来看，它是相对优秀的。在阅读的同时，我也发现了自己创作网络文学的可能性。

同年暑期，我在起点中文网申请了作者账号(注：在起点中文网需要先上传文章，首发三个章节5 000字左右的正文，再申请)。而那个时候的我显然没有如此大的笔力可以迅速地写出稿件，常常因为字数不足而被编辑责成退回修改。

暑假尾声，我的第一本网络小说《异界魔龙》正式出现在网络平台上。这本小说的出现其实要归功于当时一些西方的魔幻小说，比如说《龙骑士》，而且从我当时的阅读面来说，我阅读的大多是一些小学课堂上的经典——老舍的《骆驼祥子》、海明威的《老人与海》之类的一些相对来说编单一人物发展的书类，当然还有一些经典的金庸武侠。这倒不是说，我是参照了经典在写自己的小说，但不可否认的是，这些小说无形之中影响了我的写作。对于《异界魔龙》这部作品来说，我的构想是通过魔龙这么一种西方的载体，将中国的格调表现出来。当时的写作群体没有如今那么大，而且网络小说网站也没有如今那么泛滥，但收获每日上百的点击是可能的。我当时依旧是用纸笔写作，更新量不仅小，更不稳定，不过还是收获了一定的读者。

① 本节由徐栩执笔。徐栩，北京大学中文系博士研究生。

虽然那部《异界魔龙》只停留在未到两万字的阶段，但我因此了解了许多，我联系到了起点的编辑，我对一些网文的潜规则也渐渐地明了，比如说，每个章节的字数，每日的更新量，写作的瓶颈期。在创作的同时，我还设置了一个QQ群，里面有了我的第一批粉丝。

二、《秋风叹》《合纵连横》，网络文学平台的发展和创作群的分化

大约2008年，我重新以“蜀山冷剑”的笔名创作了一部作品，这次的申请也很顺利，而且由于积攒了一定量的存稿，所以前期的更新也较为及时。这部以玄幻为主打的《秋风叹》相对来说是比《异界魔龙》更出色的一部作品。首先，创作这部作品的动机更单纯一点，没有再用花哨的异界文化来为自己的作品增分。其次，在这段时间里，我阅读的似乎是更为纯粹的东西，例如《唐传奇》《聊斋》，我至今还记得家里放着分成三本的《聊斋》。我当时对古文颇感兴趣，一些古籍例如《山海经》中提到的奇闻异志使我意识到了这些文化被埋没的悲哀，当时爱尔兰作家的《德拉古拉》(吸血鬼小说始祖)正被翻拍成电影，我深感西方的文明化用的精巧之处，于是也就开启了《秋风叹》的写作。当然这部作品受到的最大的影响来自李煜的诗歌，我当时正处年少时期，对古诗颇为喜欢，不甚精通，可是粗浅地看了，也想尝试着把这种情调带入到这部作品的创作中。此时我就明显地意识到了起点中文网的作者群体已然比以前庞大许多，我的优势并不明显，作品阅读数据(未上架的普通作品大体上的数据是点击率、收藏、推荐，有些网站将“推荐”改为鲜花之类的，但形式大体相同)相对显得惨淡，而且后期的章节更新显然也跟不上节奏，因而这部作品停留在了五万字左右。然而这部作品相对于《异界魔龙》的优势也是很明显的。首先，由于之前的写作积累了一些人脉关系，《秋风叹》的封面是由一位曾在腾讯读书美工组工作过的朋友为我完成的，而《异界魔龙》的封面仅是搜索引擎上一张关于龙的图片。其次，在书的简介上，我用了一种相对于《异界魔龙》更为纯熟的笔触，更引用了李煜的《虞美人》来映衬自己的作品的情调。

但是，《秋风叹》的创作使我意识到了倘若不能引起网站编辑的重视，那作品将必然徘徊在网文界之外。因为此时的网络文学界不再像以前那么散乱了，各个网站都开始打造自己的写手群体，从写手明星(也就是网文界所谓的“大神”)到一般签约上架的写手。而写手群体的不断庞大也使得网文界呈现了两极分化的情况——著名写手的新书一出，阅读、点击立即飞速提升，而一般的写手努力几年却依旧徘徊在签约和未签约之间，几乎连上架的机会都没有（在网络文学的创作中，简单地讲，签约表明作品的版权归属，而上架则意味着作品中将出现 VIP 章节，读者购买此章节即产生费用）。

大约在 2009 年到 2011 年间，我最终确定了《合纵连横》这部历史架空小说的框架。第一，我对春秋战国的历史相对了解，我读过《先秦》，一本如今看来特别像是历史学术类的讲述春秋战国时期的书，其后又买了许多历史读物，补充了一下春秋战国时期的历史知识，例如车马、兵甲、服侍之类。《三国演义》在那个时候我也是读了第二遍，一直视为经典榜样，此外还会读一些野史小说，如《薛刚反唐》《水浒传》。当然纵使如此大量的阅读，下笔时依旧会感到无力。第二，一旦题材变得宏大，相对来说就不太会遇到瓶颈，因为当时在我看来，当人物单一的时候，情节设定将会比较枯燥，而设计起来也会比较费时，而架空历史的东西本身就有现成的历史资料。第三，当时《杨贵妃秘史》《东方朔》之类的一些历史剧的影响，使得我认为架空历史题材的小说一方面能向广大受众讲解关于春秋战国的一些重要的历史，另一方面又可以方便有效地表达出我自己的人文情怀。因而以“鱿鱼串”为笔名的《合纵连横》就此登陆起点中文网。这次倒没有对封面之类的问题过于纠结，此时我专注的是写作，可是效果依旧像之前的《秋风叹》一样，数据成果惨淡。而在平时与写手和编辑的交流中，我了解到了起点的运营机制——当你的作品达到三万字后，后台会进行一个初步的审核，倘若你的作品被编辑认可，编辑会和你联系并选择与你签约或者买断（所谓的买断就是其以千字几十的价格将你的作品版权进行完全收购），当然倘若三万字之后没有被编辑发现，那在十万字或者是二十万字之后依旧会有签约的机会。因此在创作到了五万字左右的时候，许多其他网络文学站点的编辑找到了我，想和我的作品签约。虽然起点当时已然成为全国最大的原创小说网站，但是倘若没有获得签约，那作品被发掘的机会几乎为零，于是我以《合纵连横》这部作品正式和玄幻中文网签约。

在一番写作失败和成长之中，我了解到了一些情况。一方面是各路网文站点（以起点为首）开始传授各种网文写作的知识（从如何进行网文创作到如何进行网文的自我包装，从如何挑选网站到如何与编辑打交道，实际上起点总编辑的空间里很早就发了相关网文规范的日志）。就在各路网文网站竞相登场的这一段时间里，从起点、晋江、17K、纵横等一系列老牌网站中传出的一些网文格式规范，经过了写手和读者的理解和添加，成为了一套套写网文的金科玉律，包括如何积攒稿件，如何挑选更新的时间，如何在平时添加爆发式的更新。这使得网络文学的创作格式渐渐地发展成了网络文学的创作秘笈，而这种创作的秘笈继而被网站编辑吸收成为网文操作时的一种潜规则。就在这样的过程当中，网络文学的模式化和格式化呈现的正是一种商业化和文学祛魅的现象。

就从我的《合纵连横》讲起，我在创作时努力表现的是一种历史化的人文情怀，而当时网站的编辑对我的指导则是需要设置更多情节来表现更多的冲突，在历史剧中最好的表现就是一个小角色最终独当一面或者统领三军（在此时分析看来，这种情节也属于文学中的常用的情节设置，可是当这种情节被反复利用并成为一种类型模式的时候，其文学性也最终被商业性全然取代，而许多网文也从文学创作转成了商品制造）。

三、《龙尘》《列王春秋》，在新形势下的网络文学发展

自从《合纵连横》完本之后，我意识到必须到一个具有相对势力、有背景支撑的网文网站上去写作，最好还能够参加一个网络文学的比赛。当时我所了解到的信息虽然不多，但其实足以证明网文界的一种转变。首先是一些较为庞大的网站开始大量地添加经典文学读物，例如起点（其实起点一直都有美文这一部分的投稿专区）、腾讯等知名网站，从现在看来，它们实际上是在通过文学性读物的注入来提升自己的网站格调，以阅读网络化的趋势来掩盖文学商业化。其次，由于网络文学如此大的影响和良莠不齐的现状，网络文学发源地之一的杭州曾在报纸上大版面刊登过将网络文学归于类型文学的报道，通过这种文学性的地位归类，网络文学的文学地位自然有了一定的提高。网络文学的发展，在某些程度上来讲也似乎是找到了合适的方向，科幻小说发展到《三体》的出现就是明证，而曾经是网络写手的安妮宝贝从网络写手成长为形成边缘化独特写作风格的青年作家也是一个很好的例子。最后，作为网文宣传平台，为了提升自己的文学价值，文学网站们纷纷在各种背景下举办网络文学赛事，同时也开展进校园的活动，通过与文学界权威以及学术界的合作使得整个网络文学地位有了极大的提升。

大约在2011年，我参加了湖北省第三节“长江杯”网络文学大赛。作为湖北省旗下的网络平台，“现在原创网”通过比赛的形式吸引了大量的写手。从农民专区到大学专区，几乎囊括了各式各样的写手；从现实类到“男频”

"女频",从长篇到中短篇,也几乎包含了传统文学在内的各类小说。当然更值得提起的一点是,其评委团队从知名网络写手到青春作家郭敬明再到作协主席方方等都囊括其中,从任何一个角度看,其大赛的广度相对来说都是比较大的,由于我当时还是高中生,因而以一个普通写手的身份参与到了赛事之中。

在大赛期间,我创作了《龙尘》这部作品,其实这部作品是对之前《合纵连横》的一种更为成熟的改写,同样是归类为历史架空,选取了春秋战国这一时期作为架空背景,但是却有些奇诡地运用了西方《指环王》等魔幻作品的元素,幻想春秋战国的众国团结起来和同时期的西方魔兽大军在偶然的一个交错点上发生冲突的这么一个情节,表现出了一种独特的风情。可是在创作这部作品时,其包含的历史性的、文学性的人文情怀有点被相对来说更为有力的富有类型文学特色的奇特情节所遮掩了。主要应归因于当时我的阅读书目开始变得杂乱起来。一方面我接触到了吊诡的卡夫卡,而且也接触到了马尔克斯这位西方魔幻现实主义开创者,读了狄更斯的《雾都孤儿》《双城记》,雨果的《九三年》,大仲马的《基督山伯爵》,菲兹杰拉德的《了不起的盖茨比》等等一系列的经典,同时也接触到了欧·亨利、契诃夫这些短篇巨匠。不过在经典中给我印象最为深刻的应当是列夫·托尔斯泰的《战争与和平》,此书和我的《龙尘》颇有关联。与此同时我也走向了私小说阅读,例如川端康成的《雪国》《千纸鹤》,夏目漱石的《虞美人》,感觉内心外化的写作更为真实,而对国内一些作家像三毛、张爱玲、郁达夫也接触了不少。因此虽然我的创作更新是断断续续的,但是从成绩上来讲,它是相对成功的:第一,它的一些点击、推荐之类的数据使得它能够进入决赛;第二,其富有特色的情节和舒畅的文笔使得其在全国写手中脱颖而出,成为中短篇小说赛区的亚军(它只有十万多字,因而只能被列为中短篇)。更值得提及的一点是,当时该赛区的季军通过一系列的曝光,使其《观澜清梦》最终获得了出版,并在湖北第二师范学院开展了签售。我的作品却因网站方没有相关经费开支,让铅字出版仅仅成了泡影。

从字数和受众的竞争力上来讲,我这么一个期望极大程度保留文学性的写作者是没有优势的。于是在《龙尘》之后,我转向了专门走出版路线的磨铁中文网。一方面是我太过急切,一方面也是在多方出版投稿无果之后的一个无奈选择,我仅以一个普通写作者的方式走上了磨铁。那个时候的阅读多是古文和诗歌，如韦庄、飞卿、李煜、纳兰性德等等，同时，我开始渐渐关注到了女性描写，从列夫·托尔斯泰最为著名的《安娜·卡列尼娜》到福楼拜的《包法利夫人》，从《爱玛》到《茶花女》再到《情人》，同时《绿山墙上的安妮》这部书也值得一提。

大约于2012年，我的《南国雨》这部充满人文情怀的历史架空小说登陆了磨铁中文网，故事以南唐后主李煜为主角，讲述了其短暂生命里的那一段梦中岁月，然而最终此书也不了了之。

进入大学之后，我重新进行网络创作，当然在那时，网络文学已然呈现出了一个多样化的发展。各方面媒体纷纷出场，网络文学作为一个基点已不断地发散成了网游、电影、话剧，传统的网络文学创作更多地成为了网络"大神"们主导的"秀场"，致使一些资深的写手也渐渐被挤出圈子之外，于是借助新平台的网络阅读就此发展起来。无线阅读成了一个重要的发展方向，在智能手机全民化的时代，借助微信、微博等社交应用应运而生的网络文学蓬勃发展起来，如韩寒的"ONE(一个)"此类的阅读应用也发展了自己的受众，而此时的我通过与天津阅微工作室的合作，借助他们与中国移动和阅读的合作关系，发展无线阅读(手机阅读)。作为一种新的网络文学发展形式，它不再依靠VIP章节来获取利润，更多地是通过手机的流量和点击来获取利润。

之后我深感写作的无力，重读了《三国演义》和《红楼梦》，随后应现当代文学的课程要求也读了大量的国内现当代小说，如鲁迅、郁达夫、废名、张承志、汪曾祺、沈从文、路遥、杨沫、萧红、余华、苏童、马原、莫言等的作品，而且读完了卡夫卡的三部长篇《城堡》《诉讼》和《美国》，还尝试性地阅读了《约翰·克里斯朵夫》，同时又重读了《1984》和《动物庄园》，把莎士比亚的《罗密欧与朱丽叶》《威尼斯商人》《仲夏夜之梦》《哈姆雷特》等一些名剧也仔细阅读了一遍，还读了《生命不能承受之轻》和村上春树的一系列小说。村上春树的小说一直颇受争议，就像前段时间转型的安妮宝贝一样，但我在阅读的时候学习到一种自由表达的能力，且不说作品本身，单说他们的行文，能将自我表达出来，我觉得这便是写作者的第一要务。

从2013年至今，我开始创作《列王春秋》这部预计达一百万字左右的历史架空小说，当然此次的写作更加纯熟。与《指环王》齐名、位列世界三大魔幻小说的《冰与火之歌》给了我很大启发，最重要的一点是POV多人物视角的一种写作方式，之后我也参照此种方式，在处理历史材料和人物时都剔除了真正历史的部分，适当地提取历史的故事情节而非人物，因而从整体上呈现出一种史诗性的画面。当然在写作过程中，我也必须不断向商业化妥协，例如，原先小说被命名为“祭酒”，意在表明历史上齐国稷下学宫渐渐荒废，酿成了黍离之悲的一种历史情怀，然而在实际中，编辑考虑多方面的要求，要我将名字改换成一个更为清晰而且具有可读性的名字，于是才定为“列王春秋”。在日后积攒稿件的过程中，字数也相当重要，平台上的运营动辄便是几万字的稿件，但作为一部网文来说，《列王春秋》相对于其他主流作品是特殊的，它并非以一种固有的模式来发展情节，正是由于这种网文的存在，网文的模式化和商业化在一定程度上受到了遏制。

最后，作为一个网络文学这一网络神话的亲历者来说，网络文学只是通过网络平台来呈现的一种文学形式，这种文学在很大程度上受到受众和平台的裹挟。但是对它的评价，我觉得读者不应当以偏概全。网络上的文学创作依旧存在，而且还有许多值得我们去研究发现。

第三章　网络文学读者状况调查研究

第一节　网络文学中的“读者”与“作者”①

经过十几年的发展，网络文学呈现出来的蓬勃生命力引发了越来越多的关注。近两年，《甄嬛传》《致青春》等从网络文学改编成影视剧并成功播出，将网络文学的影响力从网络阅读的青年群体扩大到了社会更广泛的层面，显示了网络文学在文艺格局中越来越大的影响力。面对网络文学越来越多的受众群体，把读者群体的研究纳入网络文学研究的视野，是网络文学研究的一个方向。我们需要更多地介入网络文学的发展实践过程，进一步了解是哪些特质使网络文学在读者中形成广泛的影响力，了解读者在网络文学的发展中扮演着什么样的角色，网络文学在文化机制中带来的新变化等等。这些问题让我们更加关注网络文学中作者与读者的互动情况，在这种互动中进一步考察网络文学对读者的深刻影响。

一、重建与读者的亲密关系：新旧文学机制中的网络文学

1998 年，蔡智恒在网络上创作的《第一次亲密接触》，在年轻人群体中引发关注，让研究者开始把网络文学纳入到研究视野。网络文学的研究者从西方的后现代理论、先锋理论出发，对网络文学这种新的文艺形式进行理论上的探索；也有的研究者从网络文学的平民性、草根性出发，对网络文学带来的对精英文化的“反拨”和“颠覆”作用进行肯定。随着商业网站的建立和发展，网络文学的商业性凸显出来，随后，对于网络文学商业性的文化批判成为一种代表性的研究视角。在此，我们想引入以网络文学的读者状况的视角，观察网络文学生产与传统生产机制中作者、读者的位置与作用的变化，由此观察两种不同的文学生产机制。

---

① 本节由赖洪波执笔。赖洪波，北京大学中文系博士研究生。

对于网络文学和传统文学生产机制上的不同，北大学者邵燕君近年来对网络文学持续研究，在这一方面做了比较深入的研究工作，揭示了网络文学在文学生产机制上带来的突变。在《传统文学生成机制的危机和新型机制的生成》[①]这篇论文中，她从传统文学的生成机制和新型机制的生成两个方面，论述了转型时代的文学生产机制的新变局。首先，她对传统文学机制和新型机制的概念作了如下界定："其中传统机制，既指新中国成立以来建立的、目前维持主流文坛运转的官方体制（如作协—文学期刊体制、专业—业余作家体制），及其背后的意识形态系统，也包括自五四'新文学'以来形成的'严肃性'文学传统（对抗文学的'消遣性'），以及古典文学的精英原则（包括'文以载道'的教化功能和陶冶性情的审美功能）。而新型机制一方面指寄存于传统出版体制中的畅销书机制，但更侧重目前主要以网络为载体的新媒体文学生产机制，背后是一套全新的网络时代的意识形态。"论者强调，新旧两种生产机制并非是继承创新的关系。新的文学生产方式由于基于互联网这一全新的生产传播媒介，而与传统生产机制形成了深刻的断裂。这种断裂最为明显的表征之一就是作者与读者的关系。

邵燕君曾经长期做文学期刊的研究。对于传统的文学生产机制，她认为，在这一生产机制中占据中心的是文学期刊。她尖锐地指出，传统文学生产机制的一大危机就是作者与读者亲密关系的解体。在传统文学生产机制中占据核心地位的期刊，出现"老龄化、圈子化、边缘化"。究其原因，1980年代"向内转"的"纯文学"转向和延续社会主义计划经济时代"以自我为中心、教育人民"的办刊模式，这两个方面都使期刊在新时期与读者的关系变得越来越疏远。在新时期，期刊丧失了本应成为自身"衣食父母"的核心读者。缺乏核心读者，给期刊的发展带来了极其严重的后果："文学期刊缺乏这样一个核心读者群体，就会沦为自说自话，作家写给编辑看，编辑办给批评家看，批评家说给研讨会听，背后支撑的是作协期刊体制和学院体制。这就不可避免地走向圈子化——这里的圈子，不是志趣相投者的同仁团体，而是权利分享者的利益共同体。"

比较传统机制中文学与读者的逐渐疏离，新型的文学生产机制最大的特点之一就在于文学与读者重建亲密的关系。无论是寄生于传统出版机制

---

① 邵燕君：《传统文学生成机制的危机和新型机制的生成》，载《文艺争鸣》2009年第12期。

的“青春文学”生产模式的畅销书，还是全新的网络媒介生产模式的网络文学，都在与读者的亲密互动中建立了牢固的联系。以安妮宝贝的写作蜕变过程为例，邵燕君指出：“安妮宝贝的发展道路让我们重新领略到读者作用的巨大。在‘安迷’的支持陪伴下，安妮宝贝的路越走越宽。相反，缺乏读者的土壤，写作要么走向自我封闭，要么昙花一现。传统文学体制要走出危机，必须找到重建与读者亲密关系的有效途径。”①

对于读者广泛参与的网络文学，读者的发帖、跟帖、评论、打赏、催更等即时的互动，“这些都会对作者产生即时影响，乃至影响故事走向。在这里，终端（读者）决定一切”②。

在新的文学生产机制中，读者与作者重建亲密关系成为最为显著的一个特征。在新型文学生产机制中，网络文学最为鲜明，最为活跃，影响力也最为广泛。邵燕君等一批网络文学研究者的研究成果表明，读者在文学的新型生产机制中占据着关键的位置。网络文学不仅是建立在网络等新的媒介技术革新基础上的文学，而且是与读者重建亲密关系的一种新的文学生产方式。由于网络文学与成千上万的读者具有即时互动的紧密联系，网络文学在当下和未来的文化发展中具有不可估量的意义。邵燕君就曾预言，网络文学将是未来真正的“主流文学”。这些研究让我们思考，在新时期，读者在新的文学生产机制中身份地位产生了怎样的变化？以作者与读者关系的变化为切入点来考察这一问题，能够让我们进一步理解新型文学生产机制新的特质，从而充分认识网络文学在文学发展大格局中的位置。

二、“读者”与“作者”：网络文学生产机制的一个侧面

网络文学生产机制中最明显的就是读者与作者在“作品”生成过程中的互动。有的研究者以起点中文网为例，对网络文学中“作者”与“读者”的互动进行了如下介绍：“在起点中文网的平台上，读者不但可以阅读到自己喜爱的内容，还可以随时和作者交流，作者会根据读者的意见改变小说的情节脉络和人物塑造。这样的结果就是每一本小说的内容都是网民集体智慧的结晶，全民参与的热情大大提高。有的读者参与多了，最后自己也成了作者。互动进一步丰富了内容，增强了网民的热情和积极性，也就更好地培养

①② 邵燕君：《传统文学生成机制的危机和新型机制的生成》，载《文艺争鸣》2009年第12期。

了网民的粘性和忠诚度。”[①]由此可见，在网络文学的生产机制中，读者从作者的创作伊始，就直接参与到创作过程中。读者在阅读过程中的意见，也往往影响到作品的主体内容。更值得我们注意的是，读者与作者角色的互换。在网络文学的创作过程中，读者参与多了，渐渐也成为作者。传统文学生产机制中“作者”的神圣性进一步剥离。电脑面前，人人是“作者”，形成网络时代的“写作狂欢”状况。

网络文学的生产机制中的“作者”与传统生产机制中的“作者”身份有什么不同？读者扮演了什么角色？网络文学的生产机制是如何渗入读者的生活？或者说，网络文学如何成为读者生活的一部分？读者是否被文学网站的商业机制所操控，被动地接受网络的“侵蚀”？这些问题是我们了解网络文学生产机制时需要探求的一些重要的方面。下面，我们试以起点中文网中的“作者”与“读者”的关系为例，考察网络文学的某些新质。

1. 网络文学中的“作者”

起点中文网创立于2002年，是国内颇具影响力的原创文学网站。在由中国社会科学院互联网发展研究中心、中国文学网、中国当代文学研究会举办的2007年优秀文学网站推荐活动中，起点中文网获得三项殊荣：最佳原创平台、十大最具影响力文学网站、网络文学杰出贡献网站[②]。选择起点中文网作为考察对象，具有相当的代表性。在起点中文网上，网页的内容极为丰富。网页的首要位置是小说的分类：玄幻・奇幻；武侠・仙侠；都市・职业；历史・军事；游戏・竞技；科幻・灵异；同人・潜力。还有各种门类的排行榜：月票PK榜、会员赞榜、会员点击榜、书友推荐榜、无限潜力榜、新人作者榜新书榜、新人打赏榜、新人作者签约新书榜等等。网络文学的类型多样，读者只需要点击鼠标，就可以在网页上看到无数正在更新的各种类型小说名称及其进度。任何一次鼠标的点击，都会把读者带到一本新书的创作过程中。在这鼠标的点击之间，网络文学的超链接性、超文本性得到鲜明的体现。

在起点中文网上的“作家专区”，只要点击“立即成为作家”，通过填写笔名、邮箱及真实姓名等基本信息，就可以得到作者帐号。在这里，是不是“作

---

① 曾迪：《起点中文网：把网络文学商业化》，载《经营者》2007年第23期。

② “关于起点”，见 wwwploy. qidian. com。

家”，似乎仅仅是是否注册的一个步骤的区分。一个普通的读者，只要完成“注册”，随时可以成为“作家”。与现代意义上“作者”概念相比，网络文学中作者几乎完全去掉了神圣的光环。

其实，从另一个角度来说，作者的概念是一个非常“现代”的概念。有研究者指出：“现代意义上的作者真正降临发生在18世纪初期。这个时期，印刷文化迅速生长，报纸杂志及各类出版物逐渐健全，不同体裁的文学都有了畅销的可能，随之出现了现代意义上有着独立身份、以写字为主要营生的作家。”①可见，“作者”这一概念是在18世纪印刷文化带来的文化市场中逐渐形成的。而且，“作者”这一概念，其实与市场一直是紧密相连的。即使是18世纪英国的“作者”，市场的竞争也是如影随形的：“市场并没有带来彻底的自由，相反，大众的善变和同行的竞争让写手们疲于奔命，他们聚集在位于伦敦贫民窟的格勒布街上整日佝偻劳作，写作的品质和自身的人格都无法保障。”②

由此可见，网络文学的“作者”概念，在某种意义上与18世纪开始形成的“作者”概念一脉相承。首先，网络文学的作者也深深地“镶嵌”在商业化写作的运营模式中；其次，网络文学的作者在网络写作的平台上同样也是“整日劳作，疲于奔命”。在起点中文网的网页上，只要点击“我要写作”的图标，通过简单的注册步骤，就可以成为一个写作者。但同时，写作者也进入了网络写作的商业运行系统。在这里，一些研究者为之欢呼的虚拟空间的“创作自由化”还远远没有达到，网络写作的商业化系统对作者写作的影响是最为深刻的。而传统文学中的“读者”，在网络文学的创作过程中，成为商业化运行系统中最为关键的一个环节。

首先，起点中文网的作者收入——稿费，与读者的关系非常紧密。起点中文网在介绍作者的稿酬时指出：“1. 作者选择非签约级授权在起点中文网发表作品，视为作者同意不必支付稿酬。2. 作者选择签约级授权在起点中文网发表作品，起点中文网按照与作者的相关协议进行稿酬资助。不同的签约级作品拥有不同的稿酬资助标准，目前起点作者最高电子稿酬收入可达千字百元以上。”③也就是说，在非签约状态下，作者没有任何稿费收入。

---

①② 金雯：《作者的诞生》，载《读书》2015年第2期，第98页。

③ 参考网址：www. ploy. qidian. com。

这一时期的作者,也叫作"公众作者",无论在网站上"发表"多少字,都不可能从网站得到稿费收入。这时,作者的唯一收入来源于喜欢作者创作的小说的读者的"打赏"。通过起点中文网的读者支持系统,读者可以通过"打赏"的方式来付给喜欢的作者起点币,使作者在非签约的状态也有收入。可想而知,在这一时期读者的支持对于作者的创作是多么重要。只有在众多读者中获得认可,有市场前景的作者,才可能成为起点的签约作者。从非签约作者到签约作者,网络写手经历了严酷的市场竞争法则,读者对作品的评价决定了作者是否能与网站签约,是否真正能够从写作中获得收入。从签约作者到上架作者这一段时间,作者仍然没有稿费,只有成为上架作者,作者才能有固定的稿酬。在这一过程中,读者评价的各种数据,发挥了决定性的作用,所以,在起点中文网的写作指南中,作者斩钉截铁地指出:"一本书能不能强推上架,是读者说了算,因为作品取得的每一个数据,都是读者贡献的,编辑,只是从辅助指导作者写作、提升作品质量这个角度,来影响到作品的成绩,最终决定作者成绩的,是我们的上帝——读者。"①

读者是"上帝",这就是网络文学中读者的地位。读者的这一地位从一个侧面证实了网络文学的商品性。只有当读者作为"网络文学"这一商品的消费者,如同其他商品消费者一样,才具有了"上帝"的地位。在传统文学生产方式中,读者只有在作品变成铅字时才能看到作品,对作品的创作几乎没有话语权,只有具有"文学素养"的读者——文艺评论家才能评价阐释作品。网络文学中读者从一开始就介入了网络文学的创作。读者在阅读过程中打赏、投出推荐票、月票等,推动着创作的进程,决定着作品的走向。这一过程,可以说颠覆了传统意义上作者与读者的关系。读者对创作的即时参与热情在传统文学生产机制中不可能出现,只有网络媒介提供了这样的条件和空间。

作者与读者的紧密交流与互动,被视为支持网络文学作者坚持长期大篇幅创作的基本动力,所以有人指出,"网络作品,动辄写二三百万字,稍微成绩好点的,轻易都能写到五百来万字,经常是一写写一两年,这么长的创作周期,如果只是闭门造车,简直是无法想象的黑暗经历,唯有不断地跟读

---

① 三江小阵:《网络原创文学写作指南(一)》,参考网址:wwwploy. qidian. com。

者互动，透气，才能保持自己的创作热情，很多作者都曾说过，是读者的喜爱和坚持，才让他们能够一次次突破，坚持。”①

与传统意义上的“作者”不同，网络文学的“作者”必须保持不断的更新。对于网络作者来说，勤奋比写作水平要重要得多。“一天不写就容易手生，所以，不管写多写少，每天坚持码字，是锻炼自己的良好习惯。坚毅勤奋，是网络写手需要具备的重要性格特征。”②为了保证作者对作品的不断更新，起点中文网在与读者签订的条约中特别注明：“为有效利用网站资源，如您在注册后 30 天内未上传、发表任何作品文字，或清空、锁定所有作品章节达 7 天，或声明离开本网站的，本网站有权不经另行通知，无条件删除您在本网站的注册作者账号及该账号下发表的任何内容。”因此，对于作者来说，一旦注册成为起点中文网作者，唯有不停地码字发表作品，才能继续保持“作者”这一身份。

坚持每天更新，即使写作水品不够签约水平，网站也会考虑签约。相比传统文学机制中强调的不断创新、“十年磨一剑”的写作方式，网络文学更强调网络作品每天的数量上的增加。不断的字数更新保证了“产品”的稳定的读者群，这也使得国内的网络文学与国外先锋性的实验写作很不相同。

在作者与读者的交流互动中，读者的地位得到了极大的提升。显然，这是基于网站的商业性机制带来的读者/作者地位的改变。从非签约作者到签约作者，作者从无收入到有收入以至高收入，都是依赖读者的投票、推荐、打赏等方式的一步步推动，读者的每一个评价都影响着作者的经济收入，从而形成名副其实的“上帝”。

2. 网络文学的“读者”

对于读者来说，参与网络文学的创作，不仅仅在于“哺育”一部作品，更在于参与过程中形成的某种身份认同感。这一过程形成的是费斯克所言的“大众的快感”。这种“生产诸种意义所带来的快感，他们围绕的是社会认同与社会关系，并通过对霸权力量进行符号学意义上的抵抗，而在社会的意义

---

① 三江小阵：《网络原创文学写作指南(一)》，参考网址：www. ploy. qidian. com。

② 同上。

上运作。”[①]对于网络文学读者来说，这里的霸权力量，既有对商业化宰制性力量的抵制，也有对传统文学生产机制中作者/读者关系的颠覆。在网络文学的读者的“个人中心”，生产的是一个关于身份认同的空间，读者阅读和参与网络文学的快感即来源于此。

读者的“个人中心”犹如一个“私家后花园”。读者在这里可以充值、收徒（推荐新读者）、悬赏（发起关于作品的问题）、推荐书、写随笔、写书评、选择进入某个专题或论坛讨论、申请担任版主，还可以根据自己在网站的活跃度和经验值领养宠物、获得“职业”和“道具”的升级，等等。读者的“个人中心”是一个让人无比放松的空间。这里仿佛一个温暖的个人小家庭，一个私人小园地。在这里，读者还可以通过起点的“圆梦”专区，选择自己喜欢的作者和作品，支持他们的圆梦项目，赞助作者的作品出版，做成游戏、音乐等其他衍生形式。这样，读者不仅介入到网络文学的写作过程，影响作品的内容走向，还直接介入到网络文学作品“网下”的后期推广和制作。从网上到网下，读者参与了网络文学的全过程。一部网络文学作品的成功，确实是作者和数以万计的读者共同创造的结果。

在读者参与网络文学创作的多种形式中，最引人注目的是读者对网络文学作品的发帖和跟帖。“作者”每日更新“作品”，读者在跟帖中与作者互动，也与其他关心这部作品创作的读者交流互动。大家一起讨论作品中的人物、情节，指出精彩之处，批评写得“走样”的地方。在讨论中，建立了充满意义的话语场域。这一文化场域是值得网络文化研究者关注的。在这里，读者们使用特殊的网络术语，讨论着共同关注的作品的诸多问题。这是对作品的意义进行阐发的过程，也是网络文学研究中需要进一步推进的节点。

在网络文学读者与作者互动交流的过程中，打赏、催更、关于某一主题的讨论都是常见的形式。我们可以从这些形式中，看到网络文学写作中读者发挥的种种影响力。例如，一名读者对网络文学作者“欧洲提督”的打赏帖子内容为：

佐伯伽椰子打赏欧洲提督 100 000 起点币。碧池跪下！张嘴接好

---

① [美]约翰·费斯克：《理解大众文化》，北京：中央编译出版社，2001 年 9 月，第 68 页。

了，这是海豹之神的恩宠。[1]

起点币与人民币的比例为100∶1。这位读者一下子对作者打赏人民币1 000元，这是一笔不小的数目，可见读者对作品的充分喜爱。在打赏中，读者对作者的优越心理一目了然。比较传统文学生产机制中读者跟在作者写作意图后亦步亦趋的状况，读者在打赏中获得的是一种极大的心理满足感。

在对作品的长期的跟踪关注中，读者与作者之间形成了朋友似的亲密关系。在阅读的过程中，读者可以向作者"催更"——通过支付一定的起点币催促作者更快更新，也可以发起一些帖子催促作者更新。例如：

轩辕戟：完全不够看啊，写得太慢了啊。[2]

宿迁蔡明：作者，你不会忘了，还有十二章欠账吧，这眼瞅着就要开春了，拖欠的租子也该交了。[3]

懒惰天魔：你欠我们的什么时候补上来啊，我给了两张票给你了，快补更！[4]

这几名读者在跟帖中都对作者的更新提出了催促。从他们催更的随意口气中可以看出，读者每天都在关注作者的写作进度，催更犹如聊天，在阅读的过程中读者已与作者形成了极为亲密的朋友关系。

读者在阅读过程中，也会对不满意的情节及时地提出批评。例如网络小说《空想靓娘》的一名读者在跟帖中对一个角色和全书的走向提出批评：

金手指太 dio，要削，激情感太少了吧，希望多加些那只同位舰大和的剧情，有种养成的快感！现在的剧情太日常向了，再这样下去快成废萌了。[5]

---

① 参考网址：http://forum.qidian.com/NewForum/Detail.aspx? ThreadId=23993774。
② 参考网址：http://forum.qidian.com/NewForum/Detail.aspx? threadid=240220369。
③ 参考网址：http://forum.qidian.com/NewForum/Detail.aspx? threadid=240006169。
④ 参考网址：http://forum.qidian.com/NewForum/Detail.aspx? threadid=240218633。
⑤ 参考网址：http://forum.qidian.com/NewForum/Detail.aspx? threadid=237861640。

在这段批评里，读者对“金手指”这个角色提出了“激情”太少的批评，希望增加另一方面的剧情。在说明理由时，这位读者使用了网络文学中读者最为看重的“快感”。对“废萌”（指的是剧情本身没有什么内涵，纯粹以卖萌和“杀必死”为主体的商业化作品）的批评相当尖锐。这种网络语言的批评不同于传统批评家对作品的分析和建议，但是对于作者的触动是相当大的。

还有一些比较特别的互动，从中我们也可以看到作者与读者之间互动形式的多样性。例如，一位读者（网名为“兵指天下”）发帖对作者“藏剑翁”说：

> 藏剑要不你休息两天理一理情节，感觉得出来，后面你该怎么写完全没有大纲一样，基本是想到哪写到哪，这样很危险啊！也看了很多书友的评论，发现很多人跟我一样感觉自从上架后就比较水了，真的好像白开水一样太淡了，一点订阅的想法都没有，感觉不划算。现在估计还在订阅的大部分都是被没上架前章节吸引的、期待后续更好章节的，但我想说，如果再等几天书还是没变的话，我也只有忍痛弃书了。上架的时候我就说过这本书跑偏了。

这位读者对于写作的建议是非常中肯的。但是作者却不以为然。在对这名读者的回应中，作者强硬地表达了自己对“创作自由”捍卫：

> 我知道你们说的大纲是什么，无非就是为了升级而升级，一直沿着一个线写。但是这本书现在和以后的状态都是我想写什么就写什么。我觉得主角应该玩，就会写玩的方面，觉得他应该做慈善，他就会去做慈善。
>
> 大家觉得能看就看，不能看我也没办法强求。我没办法逼大家看我的书，你们也没办法逼我写什么。你觉得能看就看；你觉得有些部分不值得订阅，那你就跳着订阅。如果你觉得完全没意思，那你别看就行了。互相尊重，ok?[①]

---

① 参考网址：http://forum.qidian.com/NewForum/Detail.aspx?threadid=239319873。

这对读者和作者的跟帖内容非常有意思。这位作者的话语，仿佛在为传统文学机制中的“作者”代言。这与网络文学中一再强调的读者在阅读和创作中的“权力”形成了有意味的对比。确实，网络文学中读者的反映与作者的经济收入之间的紧密关系，使大部分作者对读者恭敬万分。网站在商业利润的驱使下，也对读者“恩宠有加”。但是作者在商业原则的“霸权”之下，有的时候仍然强烈地捍卫写作上的“自由”。当然，这种“自由”，是建立在作者对大部分读者的忠诚度的把握之上。这段对话向我们表明，读者与作者之间的关系并不单一，而是相当复杂的。这种复杂关系折射出读者与作者之间对“写作”话语权的争夺。

三、网络性与介入性：网络文学研究的一种思路

网络文学的生产过程中，读者占据着核心的位置。在网络文学中，这些对创作进行深度介入的读者，被称为“粉丝”。有的研究者这样概括这些粉丝的作用：“在网络文学的生产过程中，粉丝的欲望占据最核心的位置。网站经营很大程度上利用了‘粉丝经济’，有人称之为‘有爱的经济学’。粉丝既是‘过度的消费者’，又是积极的意义生产者。他们不仅是作者的衣食父母，也是智囊团和亲友团，和作者形成一个‘情感共同体’。每一部热门的网络小说在它连载的一两年或更长的时间里，都会有大量的铁杆粉丝日夜跟随。网络作家之所以能够长期保持如此‘非人’的更新速度，不仅是迫于压力，也是因为很多时候处于激情的创作状态。”①还有的研究者从读者的角度，指出了网络文学真正革新意义之所在：“在网络文学实践中，读者的参与度比以前远远扩大了，读者不仅阅读文本，而且他还造出他自己的‘数据库’，发表评论点评，推荐或批评特定的作品……每个网络使用者的经验都是独特的，正如每个人的人生经历都具有独特性。在文学网站中，使用者并不是被动的接受者，而是使用者、实践者，他‘生活’在其中。也许，这才是真正意义上的民主性文学的开端。”②

某种程度上，以往的网络文学对读者的研究重视程度是不够的。人们的注意力都集中在对网络文学“作品”的研究上。不少研究把网络文学的“作品”与传统文学的“作品”相对比，指出网络文学“作品”“文学性”“艺术

---

① 邵燕君：《网络文学的“网络性”》，载《作品》2013年第11期。

② ［韩］崔宰溶：博士论文《中国网络研究的困境与突破——网络文学的土著理论与网络性》。

性”的匮乏，读者在这一过程中被认为是处于一种被动接受的状态。如果我们把读者在网络文学中的参与程度纳入考察的范围，对于网络文学这一新型生产机制或许将有新的认识。在这一方面，北京大学中文系崔宰溶（韩国）的博士论文《中国网络研究的困境与突破——网络文学的土著理论与网络性》提供的网络性与介入性的思路，尤其值得关注。

在这篇博士论文中，作者对国内网络文学的研究做了详细的分析，并指出其局限。通过对网络文学研究既有成果的讨论，崔宰溶指出，既有的研究取得了很大的成果，但是显示出来的局限性也是相当明显的。这突出表现在三个方面。第一，网络文学研究中，受西方理论的影响很大。研究者们经常借用西方理论如后现代理论试图来解释网络文学的“先锋性”“实验性”，但是国内的网络文学所呈现出来的类型化、大众化的特点，使这些理论并不适用于网络文学发展的现实情况。第二，受传统文学理论影响很大。许多研究者仍然用“作品”“文学性”等概念来对应网络文学的“超大文本”。对于网络文学的读者的研究，也更多的是采取法兰克福学派的观点，认为读者在接受网络文学的过程中，处于逃避现实、非常被动的状态。第三，单个的“作品”概念对网络文学的研究产生了很大的束缚。因此作者提出“网络性”这一概念，试图将网络文学的研究从“作品”研究的束缚中解脱出来，以一种全新的理论视角来分析网络文学这一新的文学形态。

对于“网络性”及其意义，崔宰溶进行了如下解释：“‘网络性’则指某一（超）文本或某个人的（文学）行为在网络中所获得的独特意义和特征。该概念用以克服‘作品’‘文本’‘超文本作品’等传统文学概念的局限，把握网络文学的流动的、运动的状态。‘网络性’的概念可以给我们提供一个新鲜的研究角度，使我们看到网络这一新文学空间中发生的独特文学风格。”[①]“网络性”这一概念给予我们的启发就在于把网络文学作为一种不断运动的状态来把握，这其中包括了作者的创作、读者的互动、网站的所有评价活动，等等。这些文学活动，共同存在于网络空间中，同等重要，共同构成了网络文学的特质。

显然，与传统文学中以“作品”为中心、将读者和其他文学活动都紧紧围

① ［韩］崔宰溶：博士论文《中国网络研究的困境与突破——网络文学的土著理论与网络性》。

绕“作品”来进行研究的模式相比，这种研究思路已经发生了根本性的变化。在这个基础上，我们对网络文学的概念会有新的认识与理解，即：网络文学不是简单地将印刷作品上传至网络，也不仅仅是“作者”借助网络媒介“创作”出来的“作品”，而是在网络空间中产生的动态的文学活动。在此基础上，我们可以对网络文学进行重新定义：“网络文学概念主要指的是，目前影响力最大的网络长篇小说和有关话语被发表的网络空间及在其中发生的一切文学活动，更具体地说，具有自己的网络文学生产—消费—批评体系的一些大型文学网站及其文学活动。它不仅满足三分法定义中的本义和狭义的要求，而且通过传统纸本作品的批评、提及、引用、戏仿、电子化等方式，可以满足广义的要求。并且我们不仅可以讨论网络文学作品，而且可以讨论相关批评、推荐、欣赏、聊天、闲谈等多样的文学活动。这么一来，我们的研究就能够避免抽象化的危险，反而更具体、更符合现实，这使网络文学研究成为可能。”①这一研究思路让我们对于网络文学研究更加具体，具有很强的实践性。在网络文学的研究中，“作品”“文本”的概念不是不能使用，而是在研究中一定要有基于网络空间的整个文学活动的认识。这是一种动态的研究，网络空间的整个活动都是网络文学的研究对象。在这一研究思路下，读者的活动、读者在作品生产中所起的作用、读者在网络文学生产空间中所获得的身份认同感，都成为网络文学研究中的重要部分。这些要素也最为明显地体现出网络文学这一新的文学生产机制与传统生产机制的不同之处。

与网络文学的网络性相关的，是对网络文学的介入性研究。网络文学的研究中，亟需一批有专业素养的读者——专业批评家的加入。以往的研究中，往往要求研究者与自己的研究对象保持“客观”的距离。但是，网络文学的互动性、即时性，都要求研究者采取一种积极介入的姿态，进入网络文学产生的网络空间的内部。批评家首先需要进入网站，成为一名普通的读者，与作者进行互动，了解网民的语言特点和评价标准，成为网络文学生产过程中的一员，并在实践的基础上，实现理论上的提升与创造。邵燕君就提出，批评家应该在商业网站众多的排行榜中逐渐建立起批评家的专业排行榜。她指出：“这些年来一直关注研究网络文学的马季先生有一句话说得

---

① [韩]崔宰溶：博士论文《中国网络研究的困境与突破——网络文学的土著理论与网络性》。

特别好，他说，网络作家是‘在生存中写作’，主流作家是‘在写作中生存’。‘在生存中写作’决定了网络文学天然的当下性，但能否从中生长出经典性的作品呢？这主要依赖于受众的分化和分层。在此过程中，精英批评的介入其实是非常重要的。如果精英批评能够有效地影响粉丝们的辨别力和区隔，将自己认为的优秀作品和优秀元素提取出来，在点击率月票和网站排行榜之外，建立一套精英榜，对网络文学的良性发展，抵抗文化工业向下拉齐受众趣味的力量将十分有益。”①作为网络文学中的一批特殊的读者，网络文学批评家应该“俯下身子”，真正介入网络文学的生产空间，这一介入性的研究姿态，必将把当代文学的研究拓展到一个充满想象力的崭新的文化空间中。

第二节　作为观看者与参与者的受众

——网络文学读者情况调查研究②

一、当代网络文学阅读的研究背景与研究中的受众

在传播学者伊尼斯看来，“媒介在时间和空间上对社会组织产生决定性的影响”③，主导媒介的时间偏向体现在它对文化和制度产生的影响倚重时间媒介的文明固守传统，强调连续性，突出社会的粘合力，紧守神圣的信仰和道德传统，如石刻文字和泥板。相反，空间偏向的文明强调地域扩张，强调中心对边缘的控制，市俗制度发达，宗教体制薄弱，科学技术突飞猛进，社区生活逐渐瓦解，甚至衰亡，个人主义盛行，如较易携带但不易留存的纸张。而新媒体时代的网络文学，结合产业化运营方式，低门槛写作与量的剧增，网络空间的随机性，使网络创作的空间偏向远大于时间，读者即空间的填充物，不断地增生，消失或爆破出新的衍生品。

同时，如果我们将媒介视为消费者市场，根据加拿大学者达拉斯·斯迈思的观点：受众是为广告商打工的工人，受众的媒介使用被包装成商品，出售给广告商。而作为目标的受众，实际上是被剥削的群体。因此，实际网络

---

① 邵燕君：《网络文学对当代文学研究者的意义》，载《芒种》总第440期。

② 本节由李亚祺执笔。李亚祺，北京大学中文系博士研究生。

③ [加]哈罗德·伊尼斯：《传播的偏向》，何道宽译，北京：中国人民大学出版社，2003年6月，第2页。

文学传播，需要考虑受众该如何界定，包括：作为目标的读者，体现在网络文学机制中运营网站自身有针对性地形成不同性向和题材，用以吸引的对象，以及自身如何为网络文学影响；作为观看者的读者，其心理学意义上的阅读诉求与偏好形成；作为参与者的读者，在网络小说中具有的言说身份及如何起干预作用。

与传统媒体相比，新媒体的信息承载量更大，易腐性的内容也更多，私人化的程度也很明显，这就决定了其传播效果必然包含较大的风险性却也相应更具包容性。而读者身份的多元与兴趣偏好并没有极为确切的对应关系，社会结构与新媒体的特质使个体对讯息的兴趣极易聚焦又极易分散。相应的，人们评价一个文本的标准，往往根据文化与教育，所在社会身份及约定俗成的社会观念。而年龄、性别、收入等也常常成为区分网络文学受众偏好的标准。固然，一定的社会身份对相应的心理趋向有重要的意义，但阅读文本的真正选择，却常常搁置了既有观念，更多建构在受众自身的价值观念之上，这种影响往往更为隐蔽、不易察觉。而信息的极度扩张，造成了资源的过剩，个体选择与接受的范围则由更为内在与随机偶然的因素决定。正如美国心理学家勒温提出“心理环境”这一概念时所指出的，影响一个人发生某一行为的心理事实，主要有三个部分组成：一是准物理事实，即对个体当时行为产生影响的自然环境；二是准社会事实，即对个体当时行为能产生影响的社会环境；三是准概念事实，即一个人在行为时他当时思想上的某事物的概念，这一概念有可能与客观现实中事物的真正概念之间存在差异。[①] 在这里勒温提出了所谓的“准事实”，是想借用这个概念来说明影响人行为的事实并非客观存在的全部事实，而是指在一定时间、一定情境中实实在在具体影响一个人行为的那一部分事实。这一部分事实有时候可能与客观存在的事实相吻合，也有时候可能不吻合。因此，大多数受众并不有着一以贯之的期望和主观动机，而是在流动中不断置换与转移着视点，也由此带来内在的焦虑，网络文学的篇幅极长与更新模式，则在一定程度上舒缓了这种焦虑，帮助形成一种习惯，当然，这种习惯本身的意义是需要商榷的。

与此同时，社会差异本身的分化在新媒体时代并不能完全对应网络文

---

① 参见库尔特·勒温的《拓朴心理学原理》，杭州：浙江教育出版社，1997 年。

学读者的阅读选择。基本识字性教育的普及，信息的覆盖，手机成为网络文学主要接收终端，用碎片化信息填补碎片化时间，区隔之下，时间不再完整，而视点也极易转移，因此尽管网络文学动辄百万字，但情节的推进需要不断呈现转折，而显然，平淡成为读者数量最大的杀手。当然，侠邪演义历来是中国传统民间叙事的主要部分，反观港台从 20 世纪 50 年代现出雏形的现代武侠小说的兴盛，基于经济发展中个体的需求，而对中国当代个体来说，如何在矛盾空间中找到自我言说和自我确证的空间，其实是悖论——流散的视点，注意力不断转移带来的焦虑，其根本原因在于社会并没有给予个体自我确证的空间，大批 80 后的就业方向与兴趣或专业完全背离，相应的自我实现显得尤为渺茫，寻求生存的基本保障带来的隐忍和代偿性的消费欲望撕扯着人们的信念和勇气，或消费欲满足之后个体依然无法据此获得价值感，以恶性循环的方式造成对信念的瓦解。付出得不到应有的回报，在复杂的人际关系中迷茫，过多的责任和压抑个性迎合社会的疲惫。而社会分工的无比细化和市镇建设带来的平面化和去差异化，使自我如何确证自我的身份成为疑惑，而种种亚健康和不安全感成为普遍的存在。

而新媒体的巨大优势使网络文学阅读几乎成为一种不可逆转的阅读习惯，当读者开始接触网络文学并通过反馈机制参与其中，便使文本于自我更为亲切，并由此与传播平台、与签约写手进行互动，或仅仅是由于日更的阅读体验模式所带来的期待视野和媒介的“使用——满足”心理，进而产生“责任感”，而隐含于其中的则是读者更容易为由文本展开的资本链与衍生品买单，并在心理上对自身的身份产生满足感。与此同时，现代化带来的个人对信息接收成本不断降低，而信息的供给已在一定程度上超出了受众的需要范畴，选择则显得更为随机。因此，不同文化层次的受众都能在网络文学中找到满足自身某种需求的存在。而读者群体受到网络文学影响的具体表现层面，即受众在多大程度上受到具体的、有意识的网络文学运营的支配，一直存在争议。技术作为手段提供并改变了个体接触信息的时间、空间、广度，但个体的身份决定了在密集的信息中目标的选区，而这里的个体身份不能仅靠社会身份的定义，也有长时间众多环境与自我因素造成的偏向，可以说是纵向伸长的个体与空间式横向扩散的信息在某一节点流动性的相遇。

正如笔者在对网络文学读者随机采访时发现，同样生活背景与生活条件之下的受众对文本的选择仍然有极大的分化，完全不看网络小说者有之，而没有明显的选择方向、仅凭订阅量好评率而选择文本的同样占阅读者的接近百分之六十，因此，更为内在的原因并非一以贯之的文本期待，而是由更为随机的人际关系和寻求个人认同的自我满足心理所决定的。由此，对网络文学的读者情况进行研究，在采访案例与现象调查基础上，就受众阅读的兴趣驱动，及其在网络文学机制之下与网络文学的创作传播与读者的互动共生着手，是较为重要的方面。

二、网络文学读者诉求研究

当代网络小说集成西方的托尔金《魔界》《龙与地下城》等开创的玄幻世界为架构，又沿袭港台武侠、言情小说，并承接黄易创作的穿越与温瑞安创作的长篇幅，在不同层次的受众的参与之下，显得极为庞杂。麦奎尔、布鲁姆勒、布朗等学者，曾提出媒介——个人互动说，概括了最重要的媒介满足类别，包括：1. 消遣：逃离常规、逃避问题，释放情感；2. 人际关系：交朋友和同伴，社会公用；3. 个人认同：自我参照，探索现实，强化价值观；4. 寻求所需信息的监视。[①] 笔者试图在对不同身份的网络文学读者的采访中，结合受众偏好，分析作为观看者的读者的诉求点与特征。

第一，对较低文化程度者如城市打工者而言，信息壁垒的消除，突破了时空的局限，当接触到的媒介场所提供的信息量极为庞大时，个体的选择则尤其突出，但相对于明星轶事和噱头的选取，网络文学所体现的疗愈功能是一种明知无效的消遣，个体对浪漫主义与奇幻的追求并非仅仅以审美而更多以违背伦常的审丑方式展现在作品中，而这种后现代式的观念更多存在于社会思潮与普遍的社会心理，但体现在网络文学中，更为“亲民”的一点在于作品常常并无高超的写作技法，对低文化程度者而言则彰显了普适性。网络文学的泥沙俱下对创作门槛的无设限，而其中一部分网络文学阅读者即使只具备基本的识字水平，也会试图进行创作，这种众声喧哗和应和形成了当代社会的民间叙事，而这种叙事同样应和工业化生产的需要——使个体在社会身份和自我言说中找到一个平衡点。对城市打工者而言，自我想

① [英]丹尼斯·麦奎尔：《受众分析》，刘燕南、李颖、杨振荣译，北京：中国人民大学出版社，2006年，第90页。

象必不可少，但同样需要一个契机，科学主义对日常生活神话的压抑，使古代鬼神故事不能再以相同的方式具有合理化的力量，而失去合理化的玄幻，反而使个体在非合理化的自我代入中，调侃现实背后的个体压抑，主体性在扭曲的方式中归位，网络小说成为理性精神的润滑剂，约定俗成之外一片混乱却也一片光明。在城市打工者看来，网络文学的低姿态成为个体能够释放情绪与驾驭的线性上升，这种上升的节奏极快，挑战传统伦理的文字创作得到最大限度的张扬，因此，虽有来自他人的对网络文学粗糙的诟病，仍然有大量的读者为这种随粗糙而来的放肆所吸引。而新时期以来的文学市场在新媒体冲击下与网络文学生产对峙又相互依赖，于是，包括工厂体力劳动者、务农者等没有纸质图书消费能力的受众也因此有着情感宣泄的渠道。而代入满足所能带来的心理安慰，有时是心理辅导不能替代的。从心理学层面而言，一定程度的暴力和违反人伦常规的情节代入，刺激犯罪欲的同时，更大程度上起到人们在日常生活中的心灵层面发泄压抑情绪的作用。

第二，一部分网络小说读者同时也是网络游戏玩家，在不断的打怪升级修炼中感受前所未有的血脉贲张。现代行为学的创始人洛伦兹认为："今日文明人正为攻击冲动不能充分释放，而感到痛苦。"武侠小说的特质和程式化的结构，使其话语成为一种文化符号与仪式。而武力，武功，是生命能量极限的突破和身体的自由操纵，具有强烈的审美意味。满足受众对于英雄和侠士的心理向往与情感代入。武侠是民间的中国梦，武侠之梦是中国农业文明的产物。《疑公论》中云："吾本息机忘世，槁木死灰之人，念念在滋于古之忠臣义士，侠儿剑客，读其遗事为泣泪横流，痛哭滂沱而若不自禁。"即使国外，亦有骑士文学、西部电影、牛仔英雄……中国武侠和西方骑士作为东西方带有尚武色彩的精神文化的象征，在文化上产生共相特征。那么在心理需求上，受众对英雄有诸如主持正义、劫富济贫、乐于助人、重然诺、讲信义等等定义以满足个人英雄主义情节。这一点，是生活压力的控制摆脱，也使个体满足自我确证的崇高感，二者在这里达到精神上的和谐。因此，从影响程度而言，绝大多数读者不过将虚构作品作为跳脱日常生活的调剂品，并承认不过是一种消遣，用虚构性的叙事逻辑来短暂地脱离真实逻辑。当然，对很多读者来说，对从难堪的境地发力而成就自我的起伏节奏，无论较真实还是较游戏都要快很多，而网络小说将面对强悍环境的恐惧感，渴求征服世界获得荣誉的生存价值感，伴随着身世或偶然性带来的各种阻力和某种寄情于命运眷顾的微妙人性期待，在主人公不断修炼提升、臻于圆满的一路狂飙突进中淋漓挥洒，因此往往有意识缺失经典武侠小说中主人公在命运中有所遇有所不遇的困惑，在伦理道德间坚守或动摇的潜藏的人类性，也体现出新媒体时代大众思潮在"正能量"显性话语之下的暗流，一种不讲逻辑的宣泄，和一种自我治疗的渴求。因此，卖点的雷同、情节的庸俗即使为主流文学观念的持有者诟病，却为网络文学阅读者所容忍甚至欢迎。

第三，也有女性阅读者这样回答阅读网络小说的动机："一些心里的希望，现实无法得到满足，但看看总是好的，自己没遇到，不代表在其他人的生活里不存在。"诚然，人总是在给自己争取着幻想的权利，以对抗步步为营的生活。而网络文学即使褒贬不一，但作为其自身的意义，也包含着提供建议和支持的来源，并构成一定的安全感以帮助人们营造话题和构建日常生活的自我准则。因此，女性很容易被小说中爱恨情仇的故事所吸引，幻想着那浪漫的故事奇迹般发生在自己的身上，网络小说燃烧着他们那一颗蠢蠢欲动的叛逆心，在架空的背景下，把人与人之间的故事、情感引入，勾勒出华丽的人生和爱情，比较典型地表现了本能替代性的满足和情感的共鸣。与此同时，作为宫廷、情感等类型电视剧的主要受众，网络文学女性读者成为促使网络文本和电视媒体形成新的产业链的主要推动力量，她们往往在看完小说原文后，形成对电视作品的预想，并根据电视与文本的阐释差异，成为不同媒体运营对比之下民间话语的自觉传播者。

第四，部分具有一定文化基础的网络文学读者否认阅读网络文学是一种自我代入的意淫，更多认为是在故事中寻找一些自我增值的营养，而主流文学面对意识形态，文学的娱乐功能并没有很好地发挥出来，而网络文学不以思辩见长，但能以机智性、幽默性、娱乐性赢得读者。当传统意义上的经典文学不能吸引读者时，不难发现，当代网络小说其点击率越高的作品，往往构筑在经典元素之上，烽火戏诸侯、猫腻、江南等知名网络文学写手拥有大量高层次文化水平的读者，也从文学性和故事性上被给予极高的评价。其中，建筑在历史与神话之上的情节，是受到广泛文学性认同的作品的重要基础和构成，而这种以假乱真的叙事之所以能吸引极多的受众，一方面些许的"史料"使小说有了可信度——在中国传统的民间叙事中，以史料为原型，演化出的“人间百态”，从街头巷里、勾栏瓦子到士大夫的兴味之作，往往都因有了某种切实而可靠的因子而有了进一步言说的趣味，而从《诗经》开始，叙事的民间性就已体现在首先为老百姓喜闻乐见并反映老百姓的需求，而情节设置上现代思维与历史话语的并存，更是一种新颖有趣的写作模式，有着广泛制作笑料与情节的空间。当然，在文字功底上，对古诗古词的借用既使小说有了雅文化和美学的特征，又利用时代语境，将现实中工业社会下消解一切，甚至连审美的心理需求也往往被冠以矫情之名的状况，予以化解，使诗词抒情不再被认为具有贬义的文艺腔调。而关于历史的言说，使阅读者在审视中，确立着自己的民间话语与民间立场，而不失时机的调侃，对政治得失、历史纷争都有不动声色或嬉笑怒骂的见解，在这样的视野之下，腐败、强权、胜败的逻辑成为历史给予读者的反观当下的经验。而带有学科趣味的小说弥补一部分读者对丰富自我知识面从而在日常生活中更具话语优势的心理需求。文学性与趣味性，满足了读者的求知欲，而不仅仅停留在猎奇的心理需要。

第五，在对分布在湖南、湖北、新疆、甘肃、苏州、广州等中学的一线语文教师的采访中，中学生使用手机的比例已达三分之二，但中学生阅读量最大的往往是纸媒出版后的网络奇幻武侠及言情类文学，种类并不多，通常是在网络上点击量最高并经过包装出版运营的作品。

当然，很大一部分网络小说阅读者并没有付费阅读的习惯，停留在搜集并传阅的电子文本阅读之中，从未考虑进入付费阅读机制，而网络文学版权的落实难度，则加剧了这一现象的发展。另外，以传统纸质文学为阅读对象的读者，也通过手机微信等订阅号推送方式呈现出被新媒体不断同化的趋势。

三、网络小说运营中读者中的利益干涉与情节改造

传播是否有效，不仅在于观众对于传播信息的认知度，更体现在解码者的立场和要求。他们往往希望通过话语实践去建构“共识”，增强观众对于主导社会文化秩序的认同。网络小说的新媒体带来的反馈是极其过量的，这体现在读者自身的选择是有阶段性的，在持续关注一种类型的网络文学达到一定时间之后，便会转移到新的目标，而弃文，或觉得网络写手并没有满足自己的“投资期待”之时，也会搜索其他免费的网络阅读资源。因此，考察新媒体环境之下网络小说机制带来的利益干涉与相应的情节改变，则体现出网络文学读者在自身的社会心理需求之外，在工具性的媒体运营之中扮演的角色。

网络小说远比其他形式的小说更具有与读者沟通与互动的可能。也正因为如此，网络小说的情节往往会根据需要而游走在利益与专业之间。这种现象的出现既是作者与读者之间进行了良性互动后的结果，也是利益干预作者创作的必然。

当前网络小说中，往往存在着大量的利益干涉故事情节的现象。在网络小说中，这种利益干涉的情形可以说贯穿了整个沟通环节，包括网络小说中的点击收藏、打赏、月票、推荐等等，不仅成了读者有效控制网络小说情节走向的工具，也成了读者参与小说情节构造的有利手段之一。所以，在群体参与度不断高涨的网络世界，网络小说也不可避免地成了利益置换的场所。

这种利益干涉小说情节的现象，总的来说可以分为以下几个方面：一是作者以情节的转换来博取点击量、收藏数等间接利益，实现利益置换。这种情况在网络小说中，表现得相对明显，如一般被称为“种马文”的网络小说模式，通常给主人公配以多个伴侣，一方面可以说沿袭以《鹿鼎记》为例的传统武侠小说的配置模式，一方面取缔背景的合理架构，单纯成为欲望的不断叠加与满足。但从读者角度而言，单一的认可或否定也不存在，如在网络小说《明末边军一小兵》中，读者在关于主人公王斗的感情问题上，就发生了争执。一些读者认为，主人公就应该只娶一个，而且其感情部分应该多描述，而不能是简单的写写就好。也有一部分读者认为，应该多娶几个，要满足“一夫多妻”的幻想。还有一些人说，要遵循历史事实，该多娶就多娶。在诸种言论争执借助小说平台针锋相对之时，作者虽然没有太过明显地表明态度，但可以从之后的文字虚实感到其照顾读者情绪的必然。同时，在该小说中的武官品秩上，一些读者对武官的品秩提出了质疑，但作者较为固执地坚持了其参考与认定的历史资料，没有进行更改，也引起了很大一部分读者的不满，导致该作品被收藏与推荐的票数相对减少。但是在其他小说中，尤其是一些迎合网络上某些特殊爱好的作者的“总裁文”“极品文”等，基本以读者的爱好与兴趣为写作基点，读者喜欢什么，就写什么，只要能增加读者的点击量、收藏率等，就不惜用故事情节去置换其利益点。

二是读者以打赏方式进行直接利益供给，实现情节的转换。打赏是读者对作者作品进行奖赏的最高形式之一。一些读者会非常乐于参与网络小说的进程，他们不仅希望小说的情节构造能跟进他想象的场景，同时还对作者的一些情节强烈要求整改，其利用的手段就是打赏，这也成为他们要挟作者改变情节的重要手段之一。当然，这也是作者获得利益的重要方式之一。其交换的产品就是网络小说的情节。而作者会以迎合打赏者的要求去构造情节。常常出现一些读者对小说情节不满意，但买红票、月票、推荐票等打赏现象也始终跟风，甚至一些读者对其他打赏者的要求感到不满或者不赞同时，便会以更多的打赏来争取改变情节的话语权，这种现象就造成了小说情节的冲突与不连贯，而这一现象也表现得极为明显。相应的，能够以高额"捧角"与"打赏"的读者自身往往有着极富裕的身家背景，在笔者对他们的采访中，发现10人中有7人是所谓"富二代"出身，是网络文学阅读者中忠实度极高的受众，以起点付费阅读读者为例，投入大量的打赏，多者达数万元，并以同作者的协商方式改变故事进程，也常常不允许作品完结。这些80后、90后的青年人，自身依靠优越的家世，在网络中"挥斥方遒"，以此来左右在网络游戏中无法改变的情节设定，并强化着自我认同和无法由物质带来的操纵欲。

根据沉默的螺旋理论。当人们在表达自己想法和观点的时候，看到自己赞同的观点且受到广泛欢迎，就会积极参与进来，使这类观点越发大范围地发表和扩散；而发觉某一观点无人或很少有人理会或可能引起攻击，即使自己赞同它，也会保持沉默。意见一方的沉默造成另一方意见的增势，如此循环往复，便使一方的声音越来越强大，另一方越来越沉默下去的螺旋发展过程。理论是基于这样一个假设：大多数个人会力图避免由于单独持有某些态度和信念而产生的孤立。一般来说，网络小说承继了互联网的特点，其社交性极强。读者与读者之间，读者与作者之间，都有显在的交流与沟通，而且还会在各个场域中进行碰撞。在读者的情节讨论中以及对作者创作情节的不满或者支持，都会在某一圈子内形成讨论，一旦某一种看法占了主流，就会影响整个读者圈子的看法，会形成明显的"沉默螺旋"的现象。在这一理论的影响之下，会形成两种明显的舆论走向：1. 一方意见会不断膨胀，并进而成为主导意见，造成其他意见会不断弱化，为了减少可能存在的风险，一些读者会将自己的观点隐藏或者不表达。这就会造成作者为了留住绝大多数读者而去更改自己的情节,以实现自己作品人气不衰的事实。这也就造成了网络小说情节改编的事实。2.某些坚定的读者不会因为他者的意见而改变自我观点,并带动其他观点拥有者的坚持。这种现象经常表现在一些网络小说中的某些特定场景,常会因为支持作者的某一偏激写法而引发争论,在开始争论时会形成一方意见的强势,但一些坚定的读者并没有因为他们的舆论压力而放弃自己的观点,这造成读者群的分化,最后让作者无法取悦某一方读者的需求,在这种情况下,只能寻求更为合谐的处理方式,最后在情节上会显得相对温和,不会刻意挑起读者们的论战,以这样的方式保证其小说的阅读量,并进而保证其读者群的融合。网络小说,一旦点击量或者收藏率以及推荐率达不到要求时,就会直接影响作者的收益情况,所以为了避免这一情况,很多作者会尽可能地避免某些损害其利益的现象,进而用参考读者意见的方法尽可能避免读者群分离的现实。

网络小说互相沟通的方式也不断地影响了小说的品位,给网络小说的发展带来了既有利的一面,也造成了不利的一面。一方面,网络小说中的各种打赏环节,各种推荐、收藏以及点击率,以及小说后面的评论跟帖,让读者能充分地将自己的观点与意见表达出来,并对网络小说中的问题挑选出来,有利于网络小说总体质量的进步,避免小问题、小错误。同时,这也能让读者参与到小说的创作当中,为作者提供创作思路。尤其是一些网络作者,在黔驴技穷时,便会在公告栏中打出,为新手提供写作平台。这对于读者来说,是一个强大的刺激,一些读者纷纷将自己对该作品的思考跟帖出来,以希望能融入到作者的小说写作之中,这不仅实现了作者与读者之间良好的沟通,还能进一步抓住读者的心,将推荐票、收藏、打赏等利益推送到作者面前,实现利益的变现。

另一方面,网络小说中的各种互动与现实利益进行了直接、赤裸的关联,这在很大程度上制约了作者的思想。这种利益制约表现在:1.读者群体的意见表达会或多或少地干涉作者的整体构思。读者就是网络小说存在的原动力,网络小说为了生存,有迎合受众的天然动力,但是读者的想法,往往会跟作者之间形成一定的距离,再加之读者群也是分层次,不是铁板一块,所以造成读者意见与作者之间的分离会本质性地存在,而读者的意见又将会主导网络小说的生存,在这种情况下,网络小说的作者也会更改自己的情节构造以适合读者的需要。2.打赏等环节中的利益会影响原本情节的构造。网络小说中的打赏、月票、推荐等利益环节，会造成利益主导情节走向的事实，一些读者（尤其是经济状况较好的读者）经常以打赏的方式让作者去为他做情节改变，而这在网络小说时代是最为正常的现象。3.对既有故事美感的损坏。一些读者群在意见表达上形成主导意见后，会根据自己的喜好去提出自己的看法，以要求作者改变其固有的叙事模式与结构，但是在现实利益的诱导与要挟下，部分作者或多或少改变了其原有的故事情节，这对既有的故事美感进行了较为严重的破坏。

但这些影响并不是绝对的，一些作者也会根据自己的情节需要去调整其整体的故事安排，让原有的故事情节更加丰满，也让它更能吸引读者，实现其最大价值的再现。同时，一些读者提的意见，也非常有利于网络小说的跟进，而读者在跟进中努力寻找强化自己主观意识的途径，而网络小说创作通过调整内容及作者自身表达意见，对读者作出回应。而这种协商和回应往往是渐进和流动的过程，并不能以此来归纳网络文学在何种矛盾中会引发冲突。所以，对于网络小说中的那些不良现象，需要认真分析其内在机制的缺陷，并用合理科学的方式去规避提升它，而不是以打压的方式看待其不足。网络小说，有其天生的不足，也有其不可忽视的生命力，如何规避那些弊端将成为网络小说走向长远的必经环节。

网络文学的高阅读市场占有率可以说是阅读这一人类亘古的行为习惯本身的延续，但当人们的生活工作模式已不能与传统阅读方式完满的对接，网络小说的应运而生更像是通俗文学与新媒体的合谋，媒介主导的文学形态较传统文学势必改变读者的阅读选择和阅读行为本身，而传播的空间偏向带来的流动性与视角的转移。以此可以说当代的网络小说叙事从内容上跳脱了有意识的说教与明确的旨归，往往是一种情绪、一种辩证思考的体现，背后是读者与商业平台的互动，并发出其特有的声音，而正是这样的叙事方式，体现了一种真正意义上的属于民间的“后现代性”，在这里，对传统的不同程度的解构也是在建构，建构的是当代社会民间话语的言说方式，因此，考察新时期的民间叙事和民间精神向度，网络文学不失为很好的契机。

第三节　从读者到“粉丝”，从受众到作者

——网络文学中读者角色的转换[①]

一、“有爱”的粉丝经济：读者推动下的网络文学生产

孤独地写作、孤独地阅读的那个时代已经一去不返了，对于网络文学而言，写作与阅读从来不是一个顺序的过程，读者不仅仅是单方面地阅读和接受作品，他们更是作品创作过程中不可或缺的参与者。微观而言，读者的支持与好恶，影响着一部作品的人物塑造和故事走向；宏观而言，一代读者的阅读趣味，影响着文学网站整体的创作风格，甚至影响着网络文学整体的创作趋向和类型革新。

2003 年，起点中文网[②]首先创建了以读者按章付费为核心的网络文学商业模式，此后，包含打赏、月票等付费机制的网络文学商业模式逐渐完善，并为各大文学网站所借鉴。在作者的写作过程中，读者对每一章的评价都可以即时通过订阅量、打赏金额等数据反馈到作者手中，这些数据不仅仅体现着作者的人气，也决定了作者的收入。作者直接从读者处即时获得经济收入的运作模式，使得网络文学作品具有了鲜明的读者导向性，不同的网络文学类型适应于不同的读者群就会有不同的语言风格和叙事模式，不同的文学网站所拥有的读者群年龄、性别不同，其主流的文学类型就会不同。如果我们将起点中文网与创世中文网[③]、晋江文学城[④]、云起书院[⑤]相比较，就会发现这种差异。起点文学网与晋江文学城分别是“男性向”和“女性向”比较老牌的文学网站，创立时间长，读者中有很多是长期阅读网络文学成长起来“80 后”“90 后”，对于网络文学的长期浸淫，使得他们更加重视作品的独

---

① 本节由王玉王执笔。王玉王，北京大学中文系博士研究生。

② 起点中文网：http://www.qidian.com/Default.aspx，创立于 2002 年 5 月的起点中文网前身为起点原创文学协会(Chinese Magic Fantasy Union)，在 2003 年 10 月开创了在线收费阅读即电子出版的新模式。

③ 创世中文网：http://chuangshi.qq.com，腾讯旗下以网络小说为主要经营内容的原创文学门户网站，成立于 2013 年 5 月 30 日。

④ 晋江文学城：http://www.jjwxc.net，创立于 2003 年 8 月的女性文学网站。

⑤ 云起书院：http://yunqi.qq.com，腾讯旗下女性向原创网络文学门户网站，成立于 2013 年 9 月。

创性与思想性，因而这两个网站的文学作品类型更丰富，更具有开创性和革新性；相比之下，创世中文网和云起书院的读者则以“95后”“00后”的中学生为主体，他们进入网络文学圈的时间不长，对于网络文学中的传统类型还没有产生餍足情绪，对于创新并没有迫切需求，在繁重的课业压力之余他们更倾向于阅读轻松简单的故事，因而这两个文学网站的作品类型和风格非常集中，创世中文网以“玄幻”①“小白文”②为绝对主导，而云起书院则由“白甜宠”③的“女性向”“玄幻文”和“总裁文”④二分天下。

2013年，腾讯集团整合创世中文网与云起书院，成立腾讯文学网。腾讯文学自成立以来便以优厚的条件邀请了起点中文网等其他文学网站的诸多作者加盟腾讯，如“猫腻”⑤“荆轲守”⑥“国王陛下”⑦等均属此列。比较一下这些作者在加入腾讯前后的创作变化，也可以清晰地看出读者群差异对于作者创作所造成的巨大影响。以“国王陛下”为例，在加入腾讯之前，他是起点中文网的签约作者，有《崩坏世界的传奇大冒险》⑧和《盗梦宗师》⑨两部作品，均为异界大陆⑩背景的玄幻小说，语言风格大胆且非常动漫化，在人物塑造和情节设置等方面大量借鉴动漫元素，对于中国近现代史上的政治事

① 玄幻：网络小说的一种类型，原则上凡是不能明确归类于科幻、武侠、恐怖等传统范畴的幻想小说，都可以被归于玄幻小说之类。（定义参见百度百科玄幻小说词条 http://baike.baidu.com/link? url=rC7y0YHIr4y7l6HZloLX2u6EV5iedCSBErmevad969oFizJUDUYBQc9KU4x0w1MMGbxCsAUbQzS5f4yNniKT1_，2015年3月9日）

② 小白文：故事结构简单、文风简单直白的一种网络小说。

③ 白甜宠：指“女性向”网络文学的一种风格，语言简单直率，故事轻松温馨，没有太多的曲折，男女主人公之间有丰富可爱的爱情互动。

④ 总裁文：起源于台湾言情小说的一种网络小说类型，主要故事情节是一个身世显赫的富豪总裁爱上了出身平凡、处处受欺负的女主人公，从而引发的爱情故事。

⑤ 猫腻：网络文学作家，最初在起点中文网从事网络文学创作，后加盟腾讯文学。代表作有《庆余年》《间客》《将夜》《择天记》等。

⑥ 荆轲守：网络文学作家，最初在起点中文网从事网络文学创作，后加盟腾讯文学。代表作有《青帝》《风起紫罗峡》等。

⑦ 国王陛下：网络文学作家，最初在起点中文网从事网络文学创作，后加盟腾讯文学。代表作有《崩坏世界的传奇大冒险》《盗梦宗师》《从前有座灵剑山》等。

⑧《崩坏世界的传奇大冒险》：国王陛下创作的网络小说，2010年9月到2011年10月间在起点中文网连载，参见网址：http://read.qidian.com/BookReader/1710847.aspx，2015年3月19日。

⑨《盗梦宗师》：国王陛下创作的网络小说，2012年2月到2013年3月间在起点中文网连载，参见网址：http://read.qidian.com/BookReader/2236074.aspx，2015年3月19日。

⑩ 异界大陆：异界大陆指不同于现实世界的另一个世界，一个完全由作者自己想象出来的世界。

件也有颇多解构反讽式的表述。转战腾讯之后,“国王陛下”开始连载他的最新作品《从前有座灵剑山》①,不再采用动漫风格的异界大陆背景,而是采用在腾讯最为常见的东方玄幻背景,书写了一个相对而言中规中矩的修仙故事,对于动漫文本的借鉴相对减少,无论是语言风格还是思想性上都趋于保守。“00后”的年轻读者往往不太关心现当代的历史与政治事件,但又有着极强的民族认同,同时,他们对于2000年及之前的动漫作品不太可能有着与“80后”“90后”同样广泛的涉猎,对于“80后”“90后”而言可以轻易唤醒童年记忆的动漫桥段,对于“00后”而言则可能是完全陌生、丝毫起不到共鸣效果的。以这样的读者为导向,国王陛下在新作中表现出的转变就不难理解了。

如果说网络文学商业机制的建立省去了原本隔在作者与读者之间的出版机制,使得读者得以更加深刻地以经济的方式直接介入到网络文学的生产之中,影响网络文学的创作,那么比按章付费模式更早形成的网络文学的论坛和评论机制,则强调读者以“有爱”的方式与作者建立一种平等对话的关系,并在友好的交流氛围中表明自己对作品的理解和期待,影响作品的走向。在网络文学发展的早期,文学网站往往是以论坛的形式存在的,这一时期网络文学的阅读和写作基本上是免费的,创作网络文学的唯一动力便是收获读者的评论和认可。这一时期的网络文学创作具有社交活动的性质,具有相同爱好的一群人以“同好会”的形式聚集在网络平台上成为一个网络“部落”,尝试网络文学创作,互为作者和读者,并同时往往也是志同道合的朋友,因而并没有明确的作者、读者等级划分,主笔人和阅读者常常共同作为一部作品的参与者,共同讨论作品的人物、情节和思想,在共创的氛围下完成作品。网络文学商业化之后,这样“部落化”的创作平台基本上仅在耽美圈、同人圈等特殊的网络文学类型中存在,并不为主流的文学网站所接纳,但作者、读者之间“有爱”交流的创作传统却一直在文学网站的论坛区和书评区得以延续,并成为网络文学创作中不可或缺的环节。

可以说晋江文学城最好地延续了网络文学作、读者交流的有爱传统,是最重视论坛与书评区建设的一个商业文学网站。仅以书评区为例,在晋江

---

①《从前有座灵剑山》:国王陛下创作的网络小说,2013年6月起在创世中文网连载,http://chuangshi.qq.com/bk/xx/222411-l.html,2015年3月19日。

文学城，对于作者而言，按照书籍积分排序是书籍搜索排序的一个重要方式，而书评的数量和评分则会对书籍积分产生至关重要的影响；对于读者而言，创作优秀的书评可以获得作者赠送的积分和晋江币，积分和晋江币都是晋江的代币单位，可以直接用于订阅，此外，由于晋江不存在用户等级体系，所以读者之间相互了解的最直观方式就是查看对方的书评，书评数量多、质量高成为了一种资历象征。这些提升书评重要性的举措都是起点中文网、创始中文网等网站所采取的“起点模式”的书评机制所不具备的。

晋江文学城将书评区和论坛摆在了网站运行机制的重要位置，从而保证了读者在网站之内享有相当的话语权，进而带来了书评和论坛的活跃，这种活跃维持了读者发声渠道的畅通，相对小众的文类也可以在读者的声援之下维持自己的地位，而不至于在粉丝数量巨大的主流文类的冲击之下湮没无声，不至于在主流类型作品所获得的巨大订阅量和打赏之下黯然失色。这种文类的均衡突出表现在同人[①]文在晋江以“衍生小说站”之名占据主站四大分类之一[②]。由于同人文对于其读者具有双重要求，即喜欢原著且同时喜欢该同人作者对原著的二次创作，所以同人文总是一个相对小众的文类，同人写作往往具有圈子化的特点。但也正是因此，同人圈的作者和读者往往具有很强的向心力，晋江文学城的书评与论坛机制则赋予了这种向心力以充分的表达机会，使得同人文成为了晋江文学城虽非最主流，却最具活力的文类，甚至成为了“女性向”网络文学新类型、新人物、新风格的最有创造力的发源地之一。

以按章付费为基础的精细化的经济支持（即以章节，而非整部作品为单位品评优劣，给予相应的经济支持），以及以书评和论坛为渠道的“有爱”互动，使得读者得以更加深入地参与作者的创作，用最清晰直白的方式表达自己的爱与拒绝。可以说，晋江文学城的活力，在很大程度上来源于对于读者

---

① 同人：根据百度百科“同人”词条的解释，“同人原指有着相同志向的人们、同好。现衍生为，由漫画、动画、游戏、小说、影视等作品甚至现实里已知的人物、故事衍生出来的文章及其他如图片影音游戏等，或“自主”的创作。需要注意的一点是，普遍上认定同人作品是不具有版权的，也就是同人作品不可以进行商业运作，而且随时可以被版权所有者取缔”。参见 http://baike.baidu.com/subview/6316/5901619.htm? fr=aladdin，2014 年 3 月 16 日。

② 其他三个分类为：言情小说站、原创小说站、非言情小说站。

经济支持和“有爱”互动两种参与方式权重的合理分配，前者以数据的方式清晰地指示了网络文学的潮流方向，后者则展现和激发了小众文类读者的向心力，为小众文类的生存发展赢取了空间。

当读者将经济支持和“有爱”互动结合起来，他们就不再仅仅是读者，而成为了具有生产力的“粉丝”。在接下来的章节中，我将展现网络文学的独特阅读方式，如何使得“粉丝”成为足以和作者分庭抗礼的生产者，“粉丝”的同人、周边[①]创作如何使得网络文学作品不再以单一作品，而是以文本群，或者说超文本的形式出现，以及在网络文学之中读者身份的转变如何成为网络文学所具有的共创和民主特性的最鲜明表征。

二、“脑补”式阅读：向作者权威发起挑战

所谓“脑补”，是“脑内补完”的简称，这一术语最初产生于动漫界，其含义是作品接受者在脑海中通过想象对动漫作品的情节进行补充，想象出自己希望而没有在原作品中交代的情节、情感关系等内容。后来，这种接受方式被引入到了网络小说领域中，并很快成为了阅读、评论网络小说的重要方式。

以宫斗网络小说《后宫甄嬛传》[②]为例，在阅读《后宫甄嬛传》的过程中，“粉丝”通过写评论、写同人文等方式创造了大量的“脑补 CP”，[③]众多的嬛眉

---

① 周边：根据百度百科“周边”词条的解释，周边，即周边产品，“国内习惯用周边产品来定义动漫相关产品。而在国外，这类商品被统称为 HOBBY(业余爱好，嗜好)”。“周边”最初指向“从 ACG 中抽取一些元素再把它加工为实物产品”(易前良、王凌菲《御宅二次元世界的迷狂》，苏州：苏州大学出版社，2012 年 5 月，p19)，目前，“周边”这一概念已经有所扩展，国产网络小说、影视剧、网络古风音乐及古风社团等的相关产品都可以成为“周边”。

②《后宫甄嬛传》：流潋紫所创作的宫斗题材网络小说，2006 年开始在晋江文学城(http://www.jjwxc.net/)连载，2007 年 2 月起由花山文艺出版社出版发行第 1—3 册，其后，广西师范大学出版社出版 4—5 册，重庆出版社出版 6—7 册，截止 2009 年 9 月第七册出版，整个出版过程历时两年有余。2011 年 12 月年浙江文艺出版社出版《后宫甄嬛传》(修订典藏版)。

③ CP：英文单词 couple 的缩写形式，最初的含义是情侣、夫妻，但是随着“脑补”的大行其道，CP 早已不局限于官方 CP(即原作中设定的情侣、夫妻，如《后宫甄嬛传》中的甄嬛和玄清)，产生了大量的脑补 CP，这些 CP 中的两人，在原作中可能是朋友、亲人，甚至是敌人，受众通过想象，对原作中的一些情节进行重现阐释，将两人解读为相互爱恋的关系。其中，两个男性形成的 CP 称为 BL 向 CP(或者耽美向/腐向 CP)，两个女性形成的 CP 称为百合向 CP，目前同性脑补 CP 远多于异性。现阶段，CP 已经有了比较固定的表述方式，一般在构成 CP 的两人姓名中各取一字(如甄嬛的甄和沈眉庄的眉)，将较为强势或主动的一方写在前面(如甄眉或者甄×眉)，因而两个人所能形成的 CP 实际上是两种，仍以甄嬛和沈眉庄为例，即甄眉(甄×眉)和眉甄(眉×甄)。

(甄嬛和沈眉庄)、嬛容(甄嬛和安陵容)等[①]。网友"嫒你今世"在解析嬛容CP时便将选秀时甄嬛对安陵容的出手相助以及两人入宫前的朝夕相处视为安陵容爱慕甄嬛的开始,将安陵容杀害沈眉庄解释为因爱甄嬛而生的对沈眉庄的嫉妒,将甄嬛对安陵容最后的怜悯解释为甄嬛无法去恨这个爱她至深的女子[②]。对于《后宫甄嬛传》而言,这些理解是完全超出了原作范畴的二次创作。但对于另外一些作品而言,"脑补"更像是作者与"粉丝"之间达成的"默契",作者所预期的,希望传达给"粉丝"的文本内涵,唯有通过"脑补"才能在"粉丝"处得以实现。如在"妖舟"的小说《BLOOD X BLOOD》[③]中,前期对于男二号布鲁赫的描写很少,基本上只有依赖于"粉丝"的脑补才能完成布鲁赫与高小小的爱情叙事,但这并非作者的失误,因为"粉丝"的"脑补"恰恰在作者的期待之中,作者依赖于自身对于"脑补"规则的熟悉,实现了与"粉丝"的"心有灵犀"。

对于读者在作品实现中所起作用的讨论并不新鲜,接受美学的概念早在1960年代就已经提出。但比较一下就会发现,"脑补"的过程与接受理论中所阐释的读者接受过程实际上是存在巨大差异的。

以伊泽尔的审美响应理论[④]为例,在伊泽尔看来,文学作品中总是包含着大量的"断裂",这些断裂带来的"空白"有赖于读者的填补,以实现作品的"完形"。一方面,"空白"标示着"本文"给予读者的位置,邀请读者卷入文本之中,另一方面,具有确定性的"剧目"(读者所熟悉的惯例、规范,以及过往的文学作品)和"策略"(作品所提供的,用以组织读者对作品等效系统在语境中的具体化的指令)则提供了"否定"的位置,对读者在"具体化"作品时所

---

① 《【甄嬛传　投票】大家最支持〈甄嬛传〉中的哪对百合CP呢?》(又见圣童师太,百度后宫甄嬛传电视剧吧 http://tieba.baidu.com/p/1592639315,2013-05-16 19:07:11)和《【甄嬛传　CP】大家看好哪对CP?(腐)》(傲风陛下,百度后宫甄嬛传电视剧吧 http://tieba.baidu.com/p/1606987754,2012-06-09 11:22:47)两个投票贴列举了《后宫甄嬛传》中为受众所脑补出的相当多的CP,其中认可度比较高的包括凌清(玄凌、玄清)、嬛眉(甄嬛和沈眉庄)、嬛槿(甄嬛和崔槿汐)、华嬛(华妃和甄嬛)、华端(华妃和端妃)、嬛容(甄嬛和安陵容)等。

② 《【甄嬛传·图文】浅谈剧中各对百合CP》,嫒你今世,百度后宫甄嬛传电视剧吧(http://tieba.baidu.com/p/2364083347? see_lz=1,2013-06-01 18:32)。

③ 《BLOOD X BLOOD》,妖舟在晋江文学城(http://www.jjwxc.net/onebook.php? novelid=627997,2014年8月22日)连载的小说,2010年由时代文艺出版社出版。

④ 理论参见[德]W.伊泽尔:《审美过程研究——阅读活动:审美响应理论》,霍桂桓、李宝彦译,杨照明校,北京:中国人民大学出版社,1998年12月。

能做出的选择进行谨慎的调控和限制。

"脑补"过程与"审美响应"过程的区别在于如下四个层面：

首先，"脑补"所依赖的规则不是现实世界的剧目，而是一个巨大的二次元①传统。一切脑补，总是来自于在过往的ACGN②、网络文学作品中既有的、公认的、经典化了的情节，人物与情感程式，如前面提到的对于嬛容CP的"脑补"便来源于在ACGN、网络小说及同人圈中由来已久的情感模式——相爱相杀③。这些情节、人物与情感程式所构成的传统，为网络文学中的作者和"粉丝"共同享有，既为原创者所运用，也被"脑补"者所接受。反过来说，正是借由"脑补"和对"脑补"内容的表达(评论与同人作品写作)，"粉丝"与作者共享了理解网络小说文本的基本原则，或者说对于这类文本中不同类型的人物、情节、情感关系的认知方式，读者与作者共同成为了二次元传统的继承者和发展者。

其次，"脑补"所需的"空白"不存在于文本的深层结构中，而在于文本的表面，如人物的萌属性④，或具有典型意味的事件和场景等。因而伊泽尔所讨论的"审美响应"是所有读者在阅读理解所有文学作品(尽管最为充分地

---

① 二次元：按照《御宅：二次元世界的迷狂》一书的定义，"原指可以用x轴和y轴来定义的二维空间，漫画和动画描绘的是平面的二维空间，因此是二次元的。用三维电脑图像制作的电玩游戏、玩偶和手办玩具等都是立体的实物，按理说应该是三次元的，但它们一律是在动画、漫画等二次元角色的基础上产生的，而且纯属虚构，从这个意义上说，它们也被认定属于二次元世界"。(易前良、王凌菲：《御宅：二次元世界的迷狂》，苏州：苏州大学出版社，2012年5月，第3页)。

② ACGN：为英文Animation(动画)、Comic(漫画)、Game(游戏)、Novel(轻小说)的缩写，指由这四种文艺样式所构成的文化产业链，ACGN文化起源于日本，并在中国获得了大量受众，中国当代网络文学的创作受到ACGN文化的巨大影响。

③ 相爱相杀：根据互动百科的解释，即"抱有敌意的两人又带有情愫。而相杀就是他们的调情方式。每天想着怎么才能杀死对方，但却从来没有真正把对方置于死地。他们常常抱有一种'××只能死在我手上'的想法。相爱相杀的CP范围很广。不管是GL、BL、BG，只要带有这种亦敌亦友、相爱相杀的情愫属性便可以标为相爱相杀"。(互动百科【相爱相杀】词条 http://www.baike.com/wiki/相爱相杀，2014-07-16 13:38:59)但实际上"却从来没有真正把对方置于死地"的说法并不总能成立，如一对经典的"相爱相杀"的CP——《死亡笔记》(日本大场鸫原作/小畑健作画的漫画作品，2003年12月至2006年5月在《周刊少年Jump》杂志连载，后改编为同名动画、电影、轻小说等)中的L和夜神月，便最终将对方置于死地。

④ 萌属性：指在ACGN、网络文学等作品中已经类型化了的某些受二次元人喜爱的人物特质，每一个萌属性都包含着诸多标志性的思维方式、话语方式、行为方式乃至于容貌穿着特征。这些特征中的任何一点或几点一旦在网络文学中某一人物身上出现，并为读者所辨识，读者便会依据这些特点"脑补"出该人物完整的萌属性，从而产生"萌"(对二次元人、事、物的喜爱之情)的感受。

体现在对现代主义小说的阅读之中)时都会发生的过程,而“脑补”则首先要求作品具有被“脑补”的可能性,即作品中存在着那些可以与二次元传统构成互文的人物、情节或情感模式,且这些人物、情节和情感模式仅仅以暗示的方式存在,并没有被充分地表达。正如约翰·费斯克在谈及“粉丝的生产力”时指出的那样:“粉丝文本必须是‘生产者式’的,因为它们必须是开放的,包含空白、迟疑不决和矛盾,使粉丝生产力得以成型。在这些文本被粉丝重新创作和激活之前,它们都是欠缺的。”①如果说接受美学更多强调的是作者、作品、读者三者之间的权力关系,强调的是读者在文学史中所具有的位置,那么“脑补”则彰显了作者与“粉丝”在二次元传统之下的共识关系,以及在某一具体文本所构成的场域内的共创地位;“审美响应”是读者理解作品所必经的过程,而“脑补”则是“粉丝”对作品进行(与作者的生产处于平等地位的)再生产的权力。

第三,“审美响应”是读者与作品之间的私密交流,是个人化的阅读经验,而“脑补”则带有相当程度的公共性。一方面,如前所说,“脑补”总是基于一种已经共享的阅读经验和理解规则,因而不同“粉丝”“脑补”出的人物形象并非如“哈姆雷特”一般千人千面、不可言传,总是可以为作者和其他“粉丝”所理解的;另一方面,“粉丝”的“脑补”总是要通过形形色色的评论和周边、同人创作展现出来,与原作一同在“粉丝”中传播,并成为“粉丝”的身份标志(如支持“瓶邪王道”②,是《盗墓笔记》③“腐女”④“粉丝”的重要标志,而一位“粉丝”支持《盗墓笔记》中的哪一种“脑补 CP”⑤则进一步决定了她在《盗墓笔记》“粉丝”圈中的“立场”和“站位”),以及“粉丝”间对话的基本话语资源。我在下文将会谈到,这种“脑补”的公共性导致网络文学作品不再以单一文本的形式出现,而是成为了由原作和诸多同人、周边作品共同构成的文本群,具有了超文本的性质。

---

① 约翰·费斯克:《粉都的文化经济》,陆道夫译,杨玲校,《粉丝文化读本》,北京:北京大学出版社,2009 年 2 月,第 13 页。

② “瓶邪王道”:“王道”指不可动摇或拆散 CP,“瓶邪”指张起灵×吴邪。

③《盗墓笔记》:南派三叔创作的盗墓类网络小说,2006 年 7 月起在起点中文网连载,2007—2011 年间先后由中国友谊、时代文艺、上海文化三家出版社出版,共出版实体书十册。

④ 腐女:源自于日语的词汇,是由“腐女子(ふじょし)”转化而来,指喜爱耽美作品的女性。

⑤《盗墓笔记》脑补 CP:包括瓶邪(张起灵和无邪),黑花(黑眼睛和花解语),胖潘(王胖子和潘子)等。

最后，“审美响应”必须且必然受到内置于作品的“剧目”和“策略”的限制，而“脑补”则鼓励超越作品本身内涵的“完形”。最为典型的例子来自于耽美圈对《盗墓笔记》的狂欢式脑补。原本《盗墓笔记》小说中，由吴邪、张起灵和王胖子所构成的“铁三角”友谊关系，被“粉丝”“脑补”为吴邪与张起灵之间的深刻爱恋。无论是作者南派三叔在创作前期的“无心插柳”，还是他在创作后期的“刻意卖腐”（为回应“粉丝”巨大“脑补”热情而做出的选择），现在回忆起来，为“腐女”们津津乐道的“瓶邪王道”的“证据”都不过是“只言片语”。其中最为“明显”的也不过是《盗墓笔记》第六卷《阴山古楼》第四十九章中张起灵对吴邪说：“还好，我没有害死你……”①《盗墓笔记》第四卷《蛇沼鬼城》第十八章中吴邪对张起灵说：“如果你消失，至少我会发现。”②还有南派三叔在采访中所说的：“用自己的一生，再换你十年的天真无邪。”③可以看到，“耽美”从来不是《盗墓笔记》原著小说的题中之义。然而随着大量的同人和周边创作的盛行，吴邪和张起灵的爱恋又确实成为了《盗墓笔记》的重要组成部分。换言之，“脑补”使得网络小说中的每一个人物都成为独立的、具有丰富性的人，他们可以不受文本的束缚而独立存在。以《后宫甄嬛传》为例，2013 年 10 月，“秋影春倩”开始在百度后宫甄嬛传吧连载《后宫甄嬛传》同人小说《浣碧小传》④，以浣碧的视角改写甄嬛传，由于视角的改变，故事中的善恶、情感都发生了转变。《浣碧小传》的读者 Vivianll 评论道：

“浣碧的思想在原书（指《后宫甄嬛传》）里被简单化，大半是作为甄嬛的陪衬用的，原书太贬低她了……”⑤

可以看出，在“粉丝”心中浣碧早已挣脱了作者笔下的文字，成为一个有生命、有思想的人物，供“粉丝”怀想和书写。这种对于人物的“解放”，赋予了作品更为丰富的可能性，而原作者最初构想的，不过是这诸多可能性中的

---

① 南派三叔：《盗墓笔记》第六本《阴山古楼》，上海：上海文化出版社，2011 年 9 月，第 215 页。

② 南派三叔：《盗墓笔记》第四本《蛇沼鬼城》，上海：上海文化出版社，2011 年 9 月，第 188 页。

③《[访谈]拖沓已久的新年访谈》，百度盗墓笔记吧，2010 年 3 月 11 日（http://tieba.baidu.com/f?kz=727412974）。

④《〈后宫甄嬛传〉浣碧小传》，秋影春倩，百度后宫甄嬛传吧（http://tieba.baidu.com/p/2678443148?see_lz=1&pn=1，2013-10-30 21:06）。

⑤ Vivianll 在百度后宫甄嬛传吧主题帖《〈后宫·甄嬛传〉浣碧小传》中的回复（http://tieba.baidu.com/p/2678443148?see_lz=1&pn=3，2013-12-26 22:04）。

一小部分，只有在“粉丝”处，人物才能真正拥有他的无限可能，因而“粉丝”同样成为了人物的塑造者。当浣碧脱离原著小说成为独立的审美客体，当“耽美”成为了《盗墓笔记》中无可回避的话题，这便是“粉丝”运用“脑补”的权力，颠覆了作者乃至文本的权威的时刻。

三、作者与读者的共创：超文本的网络文学

如前所说，“脑补”式阅读彰显了巨大的“粉丝”生产力，而这种生产力最终将落实为文本生产力[①]，产生大量的同人、周边作品。在这一过程中，读者从受众变为了与作者平等的生产者。

网络类型小说是网络文学的主流，但绝非全部，从广义上讲，网络古风广播剧剧本、网络游戏脚本、Cosplay[②] 剧本、MAD[③] 文案、网络古风歌曲及其他网络同人歌曲的歌词等均应归于网络文学的范畴之下，这些作品在网络之中、按照网络媒介的规则被生产和接受，具有鲜明的网络属性。一部优秀的网络文学作品，往往会跨越多样的网络文学类别，衍生出丰富的同人作品。换言之，以任一形式的网络文学艺术作品为原点，往往会产生一个包含

---

① 文本生产力：概念参见约翰·费斯克：《粉都的文化经济》，陆道夫译，杨玲校，《粉丝文化读本》，北京：北京大学出版社，2009 年 2 月，第 11 页。

② Cosplay：按照《御宅：二次元世界的迷狂》的定义，是“英文‘Costume Play’的简略写法，指利用服装、小饰品、道具以及化妆来扮演漫画、动画、电玩游戏中的角色”。（易前良、王凌菲：《御宅二次元世界的迷狂》，苏州：苏州大学出版社，2012 年 5 月，第 18 页。）Cosplay 的参与者一般被称为 Cosplayer，或简称 coser。（见百度百科【Cosplay】词条，http://baike.baidu.com/link?url=eIweTPNbMm6-h-W40uGXTyvfvrOcMqj3Hno4sCJA_kwSOrvBzY-5dFBOZIdSu8xV。）Cosplay 产生于美国，在日本成为潮流，“在向中国大陆传播过程中”“呈现出本土化特色”，如 Cosplay 所扮演的角色范围的扩展，包含了小说人物、古风歌曲人物、原创古风广播剧人物等，此外还出现了剧情类的 Cosplay 与原创 Cosplay。（易前良、王凌菲：《御宅：二次元世界的迷狂》，苏州：苏州大学出版社，2012 年 5 月，第 117－118 页。）与古风音乐连接最密切的便是原创剧情类 Cosplay，即由 coser 自主进行人物设定、编写剧本并演出的 Cosplay 作品。（见百度百科【Cosplay】词条 http://baike.baidu.com/link?url=eIweTPNbMm6-h-W40uGXTyvfvrOcMqj3Hno4sCJA_kwSOrvBzY-5dFBOZIdSu8xV。）

③ MAD：指电玩文化、动漫文化、同人文化界别中的多媒体作品。一般作品为一段有关的影片剪辑，配以作者喜欢的音乐，近似同人 MV 形式的存在。不同的地方是 MAD 片的重点在于影片，向有关动画或电玩致敬，而相对同人 MV 的重点则放在音乐之上。当然亦有一些是只做声音的剪辑或只有画面的剪辑，亦可算作 MAD。（以上资料来自百度百科【MAD】词条 http://baike.baidu.com/link?url=-27iIFEzgm5yc8ENpOY5dYrBYojzTc_q0JkIlrXEHyIstNJmyUvGERTNISNrJcUF，2014 年 4 月 6 日。）目前，MAD 是网络古风歌曲衍生的同人作品最为重要的形式之一，往往由古装影视剧片段剪辑而成，配合古风歌曲的歌词内容，形成比较完整的故事。

着网络小说、古风歌曲、广播剧、MAD等多种形式的丰富作品的网络文学同人(周边)作品群。随着网络古风广播剧、网络古风音乐、网络古风歌曲、MAD等网络艺术形式的发展成熟,同人(周边)作品群最为经典的样态是以网络小说或网络游戏为原点,产生同人古风广播剧以及作为广播剧ED[①]的古风歌曲,进而出现以该古风歌曲为背景音乐的MAD作品或原创剧情Cosplay作品。《风流》同人(周边)作品群,是这一模式之下产生的影响相当广泛的同人(周边)作品群之一。"天籁纸鸢"的耽美小说《风流》最初以"最风流"为名,于2006年在起点女生网连载,后更名为"风流",2010年10月以"犹记斐然"为名,由甘肃人民美术出版社出版。2011年2月10日同人广播剧《风流》(全一期)[②]在晋江论坛发布,此前,作为广播剧ED的同人歌曲《风流》[③]已于2010年9月30日在"5sing"发布。《风流》同人(周边)作品群中,小说主要以第一男主角季斐然的视角进行写作,歌曲是以第二男主角游子望的视角进行创作的,而广播剧则通篇均为对话体,几乎没有旁白和内心独白描写,随着场景变换与对话的进行,视角也不断变换。这些作品虽然讲述的是同一个故事,但各有侧重,相互补充,形成了包含文字、图像与音响的更为丰富的文本。

在这些网络文学样式之中,古风歌词是相对特殊的一种。古风歌词虽然与其他大多数网络文学样式一样,都是以叙事(而非抒情)为核心任务的,但古风歌词大抵相对简短,需要考虑声韵和平仄,在这样一个限制较多的条件之下,古风歌词要完成叙事任务,就需要大量使用符合"脑补"原则的"暗示"。可以说,古风歌词中的人物、事件和情感全部是通过"暗示"的方式呈现的,比如提到"眉间一点朱砂"[④],受众便会自觉"脑补"出一个端庄优雅的女子形象;比如提到"长白山"[⑤],受众便会在脑海中幻化出默默等待张起灵

---

① ED:即英文单词end的缩写,动漫术语,最初指动画片尾曲,现也泛指影视剧、广播剧等的结尾曲。

② 广播剧《风流》(全一期):策划双成侧,导演双成侧、云兮air、JUN,监督万妖,编剧、后期JUN,美工清淮,配音弦小雾、朴枫等。

③ 古风歌曲《风流》:作词恨醉,作曲、编曲徒有琴,演唱慕寒,混缩MR.鱼

④ "眉间一点朱砂":这是来自于古风歌曲《倾尽天下》的典故,《倾尽天下》中的女主人公是一个为两代帝王深爱的前朝王妃,容貌美丽,最主要的特征便是"眉间一点朱砂"。由于《倾尽天下》的流行,这个典故就被后来的作品继承下来,成为了优雅美丽的古典女子的标志。

⑤ "长白山":《盗墓笔记》中的重要场景。

归来的吴邪的形象；比如提到"棋局"，受众便会联想到智慧果决却"相爱相杀"的君臣，或者惺惺相惜却不得不刀剑相向的对手。故而古风歌词提供给了"粉丝"最充分的脑补空间，以古风歌词为原点产生的同人作品常常差异巨大，一些经典的同人作品，甚至可以完全颠覆原本歌词中的叙事意图。最为著名的古风歌曲《倾尽天下》便衍生了丰富的同人作品。根据"finale"所撰写的文案，《倾尽天下》讲述的是发生在架空①的历史时空中，周朝开国皇帝白炎与前朝最后一位贵妃朱砂之间的爱情故事。然而这首歌曲真正引起广泛共鸣，却源于"第二颗扣子"所制作的同人 MAD 作品《倾尽天下》，这一作品并未采取歌曲原本的故事背景，而是以《四大名捕》中的方应看和无情二人的耽美同人故事为主要情节。该 MAD 作品由于人物唯美，情节动人，画面与歌词高度贴合而被奉为经典，《倾尽天下》也因此受到高度关注，成为古风歌曲中流传度最广的作品。2010 年 4 月，沧海遗墨又根据《倾尽天下》MAD 创作了网络小说《倾尽天下—乱世繁华》(以下简称"《乱世繁华》")，这一部作品也同样没有延续歌曲与 MAD 的故事，而是原创了以方君乾和肖倾宇为主人公的架空耽美故事。方、肖二人一是王侯，一是重臣，却因王者无道而联手起兵，倾覆天下。肖倾宇因病早逝，方君乾统一天下，开创盛世，完成两人志愿，不久之后也追随肖倾宇殉情而死。《乱世繁华》引用《倾尽天下》歌词作为串联全文的线索，并将歌词中的几乎所有内容都化为具体的场景，如"说爱折花不爱青梅竹马"被演绎成了方君乾折花赠肖倾宇定情，肖倾宇为方君乾而向青梅竹马的姑娘悔婚的情节。MAD《倾尽天下》中的视觉元素也同样在《乱世繁华》中得到借鉴，小说中方、肖二人的外貌描写几乎与 MAD 中的形象相一致，而方应看项上的红巾，更是成为小说中方君乾的标志性服饰以及方、肖二人的定情之物。尽管《倾尽天下》的演唱者河图曾多次表明对于以耽美的方式理解《倾尽天下》的行为的不满，但大多数受众却仍旧更喜欢将《倾尽天下》看作两个惊才绝艳的奇男子之间惊天动地的乱世之恋。在以《倾尽天下》为核心的同人文本群中，原作歌词既无权威性，也无主导性，读者"反客为主"，夺取了讲述故事的权力。事件的最终结果是，河图不再强调《倾尽天下》的"本来意义"，将"脑补"的空间完全交给了"粉丝"，

① 架空：指作品中的人物及其所存在的时代、环境是完全虚构的，并不存在于真实的历史之中，采用架空设定的小说被称为"架空小说"。

同时，他也开始接受耽美文化，在2010年创作了一个纯粹耽美向的古风歌作品《第三十八年夏至》，并授权304动漫社团拍摄了官方剧情Cosplay。作品中，离乱年代中国民党军官与“戏子”的爱情悲歌极大满足了“粉丝”们的“腐女心”。这也标志着网络文学的作者开始主动放弃对作品的主导权，认可“粉丝”创作在同人（周边）作品群中具有与原作同等的位置，并接受了这样一个现实：同人（周边）作品群中每一部作品的意义都必须由整个作品群来赋予。

在一个同人（周边）作品群中，尽管作品的产生时间有先后，但接受却并非严格按照生产顺序进行，作品群中的任何一个作品都有可能成为读者进入该作品群的入口。因为小说《盗墓笔记》去听《盗墓》同人歌的人很多，而因为歌曲《风流》去看小说《风流》、听广播剧《风流》的也不在少数。受众对于作品中人物、故事的理解方式常常取决于他是通过哪一个作品进入到作品群之中的，以及这一作品群中哪一部作品最符合他的喜好，而不取决于哪一部作品才是“权威”。因而同人（周边）作品群内部不存在一个绝对的等级差序结构，体现出典型的非集中性的组织方式。

换一个角度来看，网络类型小说的同人、周边作品包括了文字的、实物的、图画的、视频的、音频的等多媒体的艺术形式，全方位地调动了人的触觉、视觉、听觉等感官，使得网络类型小说这样一种视觉的文字艺术，具有了多媒体、全感官的性质。

按照麦克卢汉的媒介理论，电力媒介是比印刷媒介更“冷”的媒介，这不仅仅是在强调电力媒介所具有的非集中性与包容性，即理解冷媒介的文学艺术作品有赖于受众深刻地卷入其中，同时也强调了电力媒介之下文学艺术作品所具有的多感官参与互动的独特属性。

诞生于网络之中的网络文学，相比于纸质文学而言自然更加具有“冷”媒介文艺的性质，故而周边、同人作品的创作过程，是读者充分卷入作品之中的过程，作者与读者之间的平等性与共创性是网络文学所具有的非集中化特征的内在要求，而同人、周边产品所具有的多媒体性质，则是网络文学所包含的多感官属性的最终实现。

如前所说，“脑补”是阅读网络文学的重要方式，而这种阅读方式又是内置于网络文学的创作之中的，网络文学的多感官互动倾向恰恰在“脑补”的过程中得以展现——作品“暗示”读者做出的“脑补”从来不仅仅是文字的，而是包含着画面、声响和质感的。而当这些“脑补”的产物被实现为粉丝文本生产的时候，网络文学中潜藏的多感官互动的能量才最终爆发出来，在现实物质层面得以实现。一个经典的例证是，《盗墓笔记》中，张起灵的绰号“闷油瓶”，在周边产品中被具象化为一个手掌大小的透明玻璃瓶，以及其中独自抱膝而坐的穿着深蓝色帽衫的沉默少年。玻璃瓶所营造的透明、空旷而封闭的空间展现了一种触觉上的孤独感和脆弱感，使得受众可以透过触碰时的指尖微凉，感受到张起灵看似强大实则迷惘孤独的内心世界。

我们无法要求一个网络文学作者同时也是一个全能型的多媒体艺术家，故而网络文学所内孕的多感官互动性只能以暗示的方式显现在网络文学文本之中，直到我们的所有感官在体裁多样的同人、周边作品中被切实充分地调用，网络文学才真正完成了它作为一种“冷”媒介文学的题中之义。

当我们强调网络文学的共创性时，实际上指涉了三个方面的内涵：网络文学读者对喜爱的作者提供经济支持和“有爱互动”，从而影响网络文学的故事走向、人物关系、风格和类型；网络文学读者通过“脑补”的方式进行粉丝生产，极大地丰富了原网络文学文本的内涵；网络文学读者创造出的多媒体同人（周边）作品群使得网络文学具有了可感知的形象、声响与质感，激发了潜隐于网络文学之中的全感官互动的可能性，实现了网络文学“冷”媒介形态的最终完成。在这三种过程之中，读者从单纯的阅读者变成了“粉丝”，进而成为与作者平等共创的生产者。可以说，读者身份的演变，是网络文学区别于传统纸质文学的最突出特征之一，也是网络文学的生命力所在。

第四节　网络小说读者与作者互动个案研究

——以小说《天火大道》的起点书评区为对象[①]

一、导言

网络小说的一个特点是读者与作者的互动。与“披阅十载，增删五次”后和盘托出的传统小说不同，网络小说以定时“更新”的方式将创作过程呈献在读者面前，在作者开始下一次更新前，任何读者回复的评论都可能影响作品的进展，甚至改变其整体的走向。与传统小说创作相比，这种反馈方式

① 本节由金涛执笔。金涛，北京大学中文系博士研究生。

堪称即时，而由即时反馈引发的连锁效应更进一步影响了网络小说的创作与接受，并奠定了网络小说生态系统的气韵。

然而，迄今为止的网络小说研究中涉及创作与接受的互动，多是基于网络小说创作与接受模式的说理性研究，研究者基于逻辑推演的论证最终大多流向定性研究。而在网络小说的创作与接受的过程中，创作者与接受者是如何相互影响的，这种影响的程度有多深，接受者有哪些类型，什么样的接受者产生的影响最大，什么样的反馈意见最能影响创作，这些论题鲜有人涉及，更缺乏相关的定量研究。

由于精力与能力的限制，本文无意对上述问题给出具有普遍意义的答案，而是决定选取一部具有典型意义的网络小说，以创作与接受的部分过程作为考察对象，对上述问题做个案研究。我们希望，以此为前提所做的研究与所得的结论对后来的研究者能有所助益。

二、个案选取标准

我们认为，所谓“具有典型意义的网络小说”，首先应植根于具有典型意义的网络小说平台。目前，执网络小说市场牛耳的盛大文学显然是第一选择。盛大文学成立于2008年7月，旗下拥有起点中文网、红袖添香网、榕树下、言情小说吧、小说阅读网和潇湘书院等多家文学原创网站，作为一家实力雄厚的文学产业链公司，还拥有华文天下、中智博文、聚石文化等三家图书出版公司，并成立了自己的编剧公司，内容辐射到网络游戏、影视改编等多种下游生态。在盛大文学当前的官方宣传片中提供了这样一组数字：盛大文学拥有160万名作家，创作了近600万部原创文学作品，日均更新8 000万字。庞大的作家群体、作品数量和更新能力，显示出盛大文学作为一个强大网络文学帝国的地位。

在盛大文学的生态系统中，起点中文网所占的份额最大，几乎独立占据了整个中文网络文学市场的半壁江山，其拥有数以十万计的小说作品和作者、数以千万计的读者和数以百亿计的文字量，使其他网络文学网站望尘莫及。根据随机选取的某一天“百度风云搜索榜”推荐小说数据，我们发现，在“百度风云搜索榜”小说版块中的各种小说类型排行榜中，“今日小说排行榜”上榜的前十部小说全部来自起点中文网；“今日玄幻奇幻小说排行榜”上榜的前十部小说中有八部来自起点中文网；“今日武侠仙侠小说排行榜”上榜的前十部小说中有九部来自起点中文网；“今日言情小说排行榜”上榜的前十部小说中有五部来自起点中文网;“今日科幻悬疑小说排行榜”上榜的前十部小说中有八部来自起点中文网;“今日历史军事小说排行榜”上榜的前十部小说中有五部来自起点中文网。作为当下中国最富盛名的文学网站,起点中文网在网络文学中的重要性可见一斑。

基于以上分析,我们认为应选择盛大文学旗下起点中文网的作家作品为对象,进行读者与作者间的互动研究。而在起点中文网的作家里,唐家三少无疑是最耀眼的一位。作为目前起点中文网旗下乃至整个中文网络小说界最成功的创作者,唐家三少在《人民文学》杂志与盛大文学联合举办的“骄子·未来大家 top20”评选活动中,被评选为未来二十大家之一。长期以来,他凭借旺盛的创作能力聚集了超高的网络人气与无数书迷。自其第一部长篇小说《光之子》在网络上连载开始,十余年间,唐家三少以起点中文网为平台,先后推出《冰火魔厨》《琴帝》《酒神》《天珠变》《斗罗大陆》《神印王座》《斗罗大陆Ⅱ　绝世唐门》等十余部长篇小说,以平均每年推出一部长篇小说的速度被读者奉为“大神级”作家。此外,自中国作家富豪榜于 2012 年设立网络作家富豪榜子榜单以来,唐家三少连续三年摘得网络作家富豪榜第一名的桂冠。在 2014 年里,其更以 5 000 万元的超高版税领跑网络作家富豪榜,比第二名的辰东多出近一倍,是第十名血红的近五倍。2014 年度网络作家收入排名、代表作等详情如表 1 所示:

表 1　第九届中国作家富豪榜子榜单网络作家富豪榜部分名单①

排名	作家	籍贯	版税（万元）	作家年龄	经典代表作
1	唐家三少	北京	5 000	33	《斗罗大陆》
2	辰东	北京	2 800	33	《遮天》
3	天蚕土豆	四川德阳	2 550	25	《大主宰》
4	耳根	黑龙江牡丹江	2 500	33	《我欲封天》
5	梦入神机	湖南常德	2 150	30	《星河大帝》
6	猫腻	湖北宜昌	1 700	37	《择天记》
7	骷髅精灵	山东烟台	1 350	33	《星战风暴》

① 此榜单由著名媒体出版人吴怀尧出品,由《华西都市报》于 2014 年 12 月 17 日发布。

续 表

排名	作家	籍贯	版税（万元）	作家年龄	经典代表作
8	乱	福建三明	1 300	24	《谁与争锋》
9	高楼大厦	山东淄博	1 200	34	《寂灭天骄》
10	血红	湖南常德	1 100	35	《三界血歌》

本文的目的在于对网络小说创作过程中作者与读者、读者与读者之间的互动做一个即时的研究，然而如果选择已经完结的小说作为研究对象，那么就无从把握网络小说创作过程中不同于传统小说的最大的特点，即读者评论对小说后续内容的影响。一方面所选案例应是具有典型意义的网络小说，另一方面这部小说还应是正在连载中。综合多方面考虑，我们选择了当下最具代表性的网络作家唐家三少在起点中文网上连载的小说《天火大道》为案例，通过对这部小说读者阅读后的即时互动进行研究，以期把握“互动”对网络小说创作的实际影响，并希望借助于对这种“互动”的研究，来认识当前网络小说读者的状况。

三、研究方法

作为当下中国最重要的原创文学网站，起点中文网为每一部连载小说设立了独立的书评区，在起点注册账号并且达到一定经验值的用户都可以在书评区撰写书评，并对书评进行回复。这个功能保证了读者与作者、读者与读者之间就作品进行的即时讨论成为可能。以《天火大道》为例，由于是唐家三少的最新力作，所以从开始连载以来，就受到许多读者的关注。每当有新章节更新出来，书评区里很快就会出现读者的反馈，他们就自己最新的阅读体验发表一系列见解，常常表现为某一位读者贴出一个主题，随后引起无数读者的热烈回复，读者们通过对主题的回复参与对小说的讨论，实现了读者之间的互动与交流。除了积极的发帖与回复，书评区还专门设立“每日签到”一栏，以便读者定时来签到。这使得许多读者养成了定时来论坛签到的习惯，以表达自己对作者及其作品的支持，如果某一天因故未能签到，读者还会备感失落和内疚。为了研究读者与作者、读者与读者之间的这种互动对作品创作的影响，我们首先要对书评区里读者发表的评论主题和回复进行梳理。

截至2014年3月2日20时，关于小说《天火大道》的书评已有主题19 124条和回复39 634条，而且主题和回复还在持续更新中。如此庞大的数量使得我们很难对其逐一进行研究。因此我们采用了随机抽样和分段抽样的方法进行统计分析。

1. 对主题的简单随机抽样

在起点中文网每一部作品的书评区内，有三个评论版块，分别为全部评论、专题评论和精华评论；此外还有一个版主和几个副版主负责管理评论区，他们通过加精、置顶、锁定、删除和禁言等对评论区内的所有主题进行管理。在三个版块中，"全部评论"包含读者对作品做出的所有评论，虽然主题内容最全面，却同质化严重；"专题评论"目前尚未开放，只有版块，而无内容。"精华评论"是那些被版主或副版主加了精的帖子，是评论区里最好的帖子，这一类帖子的点击量和回复量在整个评论区里名列前茅，读者之间的讨论也最为激烈，因而其流传范围最广，影响也最大，也最能反映读者的状况。因此我们决定选取精华评论作为研究对象。经统计，截至2014年3月2日，关于《天火大道》的精华评论总共有1 911个主题，其中作者唐家三少为答谢读者的打赏而由系统自动发出的答谢帖子占403个，这类帖子由系统自动发出，而非读者的反馈，因而不计入抽样对象。剩余1 508个评论主题作为一个目标整体，是我们抽样的对象。尽管与全部评论相比，这类评论的数量已经非常少了，然而要对这1 508个主题逐一进行分析，工作量也相当大。另外，由于评论随时都在更新，精华主题的数量时刻在增加，所以想考查所有评论是不现实的。即使耗尽心力对这1 508个主题进行全部分析，其实质也是一种抽样。因此，为了便于研究，我们决定对这1 508个目标整体进行抽样分析。由于所有的评论都是针对同一部连载作品，读者阅读的进度相差不大，这就造成了即使是精华评论，其主题也不可避免地具有一定的同质性现象，为了保证尽可能客观地抽取样本，避免出现过大的偏差，我们采用了简单随机抽样的方法。考虑了评论主题的点击数、回复数、发布时间、字数等因素，我们从1 508个评论主题中随机抽取154个主题作为一个样本，样本容量约占总体的10.2%。

在对样本的每一个个体进行细致研究之后，我们发现，按照内容可以把它们分成四大类。

第一类是情节评论。所谓"情节评论",我们认为是指在抽取的样本中一切与作品自身有关的那一部分,如读者对小说的具体情节、人物设置、剧情猜测、语言风格等提出的一系列问题和分析,这类评论属于有效评论,最有价值,因而把它们归为一类,统称为"情节评论"。如网友"意識"就书中的重要角色"华丽"所做出的判断:

> 巧论华丽在此书当中的作用。
>
> 今天小意来谈谈华丽这个角色。
>
> 就目前我们所知道的,华丽是一个海皇家族继承者,歌唱实力超群,面容如西施般秀美,身怀超强水系异能,并且有超强机甲操纵术的全能型人才。当然啦,每一本书都少不了如此精通十八般武艺的配角,只有这样才能更加凸显出咱们主角蓝绝的强大嘛。
>
> 华丽的资料小意在此就不再赘述了,没看到的自己去仔细地再看一遍~
>
> 那么为什么华丽会在蓝绝受伤时登场呢?这个时间点究竟意味着什么?[①]

在这个评论中,读者通过从作品中获得的信息,对"华丽"这个人物做了一番分析,指出"华丽"虽然拥有众多优点,但他的优点都是为了凸显主角"蓝绝"的强大而设置的;并且提出了"华丽"的出场时间对小说走向的影响问题。

再如网友"失落的曙光"就作品的语言风格发的主题帖:

> 嗯,想给三少个建议:
>
> 不得不说,三少每次写书都爱在句子后面加一个"啊"字,刚刚开始可能会给人一种强调的语气,可看多了,就有点烦了,同意的顶。[②]

---

① 帖子来源于起点中文网连载小说《天火大道》书评区,参见网址:http://forum.qidian.com/NewForum/Detail.aspx? threadid=239219619。

② 参见网址:http://forum.qidian.com/NewForum/Detail.aspx? threadid=238123710。

这位读者通过对小说的阅读，发现了作者的一个语言习惯，或者说是一个语言使用上的“毛病”，于是，就在评论区里发了帖子，对作者提出了建议。

唐家三少在小说的创作过程中常常在评论区发帖要求读者提出意见和建议，因此这类情节评论对作品后续发展的影响应该是非常大的。

此外还有一类评论，我们借用当下网络流行词汇“粉丝”，把它们统称为粉丝评论，这部分评论所占的比例不算大，但其重要性也是不容忽视的，它们体现了一部分读者对作者和作品的态度。广义上说，所有读者对《天火大道》所作的评论都可以被看成是一种粉丝的评论，因为，作为顶级网络写手，唐家三少所具有的明星光环使得其读者也自然拥有一个标签，即“粉丝”。然而，我们这里所说粉丝评论的概念却没有那么宽泛，它仅限于那些并不涉及作品本身的，对小说的创作没有实际影响，但对作者的创作积极性有一定刺激的那一类评论。这类评论和第三类评论“打赏帖子”有一些类似，都表示读者对作者的支持。所不同的是粉丝评论具体表现为读者发表一些完全不涉及作品内容的主题帖，而只是表示无条件地对作者和作品的喜爱。

如读者 TenGenesis 就发帖子“爱，不解释”[①]来表达对唐家三少和《天火大道》的支持；如前所说，它完全不涉及作品内容，却表达读者的态度。

另外，粉丝还常常表现出拒不接受其他读者对偶像的指责与批评，一旦别人对其偶像提出意见，就愤愤不平。

如网友 2933832733 发帖表示：“看到有人喷三哥，这我就忍不了了，我想对他说：不愿意看没人强迫你，众口难调，你不喜欢的风格没准就是别人最喜欢的，三哥是人，不是神，他不可能写出每个人都喜欢的作品。你不喜欢看请闪人，别在这喷。笑话人不如人，这个道理谁都懂，有能耐你去写，能得怎么样另说，谁敢说自己能坚持十年？我也是一个兼职作家，不过快要高考没时间创作，人与人之间要体谅，而不是互相喷，要看到别人的优点而不是缺点。”[②]

由此看来，粉丝评论之于作者更多的是一种精神上的支持。而“打赏”

---

① 参见网址：http://forum.qidian.com/NewForum/Detail.aspx? threadid=237068956。

② 帖子来源于起点中文网小说《天火大道》书评区，参见网址：http://forum.qidian.com/NewForum/Detail.aspx? threadid=236557691。

就相对实在得多，“打赏”是读者阅读后，通过额外付给作者起点币的方式来回馈作者的一种行为。所谓起点币，是一种在起点网上使用的虚拟货币，它与人民币之间存在一定的兑换比例，一元人民币可以换一百起点币。“打赏”是读者对作者的一种物质上的支持。网友打赏完作者之后，常常会迫不及待地在评论区贴出来。我们把这些内容一致的打赏帖子归为一类，单独列出。

如网友“残烛余烬”就发帖：“残烛余烬打赏唐家三少100起点币，这本书太棒了！犒劳一下，希望后续更加精彩！”①

有学者就认为：“这一行为模式（打赏）有效地满足具有高消费能力用户的消费冲动和死忠读者的表现欲望，也更加促进了作者与读者之间的连接。”②

最后是一些所谓的垃圾评论，这些评论包含一些读者的恶意灌水，如重复发表内容完全一样的主题帖；更多的是一些与作品的创作和阅读过程完全无关的评论，或者让人完全看不懂的无意义的评论。

如网友“戒酒的李～白”在《天火大道》书评区里发帖子如下：“我们学校居然倒闭了，念了一半让你走，真是没听说过，没见过啊！这种事一辈子也没几回吧，新中国之前有的，21世纪从我生下来就没听说过。”③

还有网友“零度小申”发帖：“昨天一哥们打电话去他家玩，也老大不小的人了，竟然一直在看喜羊羊。当时我就怒了，你就知道看喜羊羊，就TM不会换个频道让劳资看会儿光头强吗？”④

这两个帖子都是抽自小说《天火大道》评论区里的精华评论，然而，其内容与《天火大道》和唐家三少没有任何关系。我们把这类帖子归为一类，称为垃圾评论。从内容来看，这些评论严重“离题”，似有单纯为作者贡献点击率、拔高人气的嫌疑。这类评论也占有一定的比例。各种评论所占比例详情如表2所示：

---

① 参见网址：http://forum.qidian.com/NewForum/Detail.aspx?threadid=237060559。

② 葛娟：《亚文学生产与消费研究》，北京：人民出版社，2013年4月，第201页。

③ 帖子来源于起点中文网小说《天火大道》书评区（http://forum.qidian.com/NewForum/Detail.aspx?threadid=237039936）。

④ 参见网址：http://forum.qidian.com/NewForum/Detail.aspx?threadid=239462810。

表 2

类别	数量	总数 154,所占比例
情节评论	68	44.2%
粉丝评论	21	13.6%
打赏帖子	14	9.1%
垃圾评论	51	33.1%

2. 对主题的分段抽样

通过统计分析,我们发现,随着小说的更新,情节评论出现的次数变得越来越多。为了找出情节评论出现的规律,我们对主题进行了分段抽样。我们分别抽取 1 508 个评论主题中最早的 100 个主题、中间的 100 个主题和最新的 100 个主题,并把它们对应为第一阶段、第二阶段和第三阶段来进行分析。在第一阶段的 100 个主题中,能称得上情节评论的只有寥寥几个,此时的大部分评论主题是诸如“恭贺新书大火”“抢沙发”“三少加油”“趁早抢楼”之类的毫无内容可言的评论。而在第二阶段的 100 个主题中,情节评论的数量虽有所增加,但所占比例仅为 20%,非情节评论的数量依然占据主导。到第三阶段,情况发生了很大的转变。此时的 100 个评论主题中,有关情节的评论高达 76 个,占总数的 76%,情节评论所占的比例明显增加。

这种现象不难理解,因为在小说连载的初期阶段,如前面几十章,由于整体故事架构还不成熟,读者都是凭着对作者的喜爱和其之前作品的印象来阅读这部新的小说的,此时的评论内容难免比较单一,以读者对作者的支持和加油打气为主。随着作品的继续更新,各种角色逐一登场,情节变得越来越曲折离奇,作品的故事性也逐渐增强,这吸引读者把注意力放到作品自身上来。此时,读者开始把自己对作品的看法发表在评论区里,他们无所不谈,对小说的主线、每一个章节、每一个高潮甚至每一个角色做出细致的讨论。他们中的许多人完全不了解所谓的批评工具,也不具备专业学者的理论深度,很多时候他们的评论只是读者阅读后所获得的第一感觉的表达而已,然而,正是这种表达伴随了小说的整个创作过程。

3. 对回复的分析

小说《天火大道》的书评区,其架构与设置类似于小型的论坛。在书评区，每一位读者都可以根据需要，在不违反相关法律法规及其他规定的前提下，发布帖子，对小说或作者等内容表达自己的观点。因为这样的帖子都有一定的主题，所以被称为“主题帖”。作者和其他读者以此主题帖为基础，对此主题帖进行回应，从而形成对一个主题的讨论，这些讨论本身并没有创造出主题，而只是对已有主题的回应，所以被称为回复。任何已注册并且积累到一定经验值的用户都可以参与回复，甚至包括小说的作者，他们在其中交流讨论，形成了读者与作者之间、读者与读者之间的互动，由于作者的参与，这种互动又直接影响了作品的创作。对回复进行分析，可以直接获知读者与作者的交流程度、交流层次以及交流效果。

截至2014年3月2日，我们对上文随机抽取的154个主题帖中的回复进行了统计，共得到回复1 005条。这些回复发布者各异，种类也不尽相同，但在某些方面依然表现出明显的同质性。从回复的内容看，在全部1 005个回复中，有267条回复的内容是并无特殊意义的表情、献花、抢沙发等，这类回复只是关注于回复者对自身状态的表达，而并没有对作品或作者做出指向性评价，更像是针对主题的一种巴甫洛夫的狗式的条件反射，所以，我们将这种回复称为自我表达式的“条件反射式回复”。另外，有581条回复是指向性明确的评价式回复，但其内容只是频繁的“顶”“赞”等网络用语的使用，我们很难从中看出回复者对作者与作品的真实态度，也很难看出这些回复在表达回复者态度时的真实价值，但这些表达本身就已经构成了某种态度，所以，我们将这些回复称为“表态式回复”。全部回复中，最有价值的是回复者对主题内容的积极参与式的回复，他们对主题内容进行解答，对其他回复者的回复进行再回复，从而达到交流的目的。这些回复虽然所占的比例并不大，仅有15.6%，但却是全部回复中最具互动性的部分。各类回复的数量及比例，详情如表3所示：

表3

分类	内容	数量	比例
条件反射式回复	表情、献花、抢沙发等	267	26.6%
表态式回复	顶、赞、鼓掌、加油等	581	57.8%
评价式回复	对主题内容的提问、解答、发表见解等	157	15.6%

4. 对具体主题帖和回复的个案研究

通过以上对主题帖和回复做出的抽样调查，我们对小说《天火大道》读者的整体状况有了一个宏观的认识，对读者与作者、读者与读者之间的互动有了一个全局把握。然而，如果要真正了解“互动”的具体情况和对作品创作的具体影响，我们还需要对主题帖及其回复内容做进一步研究。

在整理评论的时候，我们发现了一些很有趣的帖子。

网友残叶 005 发主题帖如下：

“刚才我在书评看到有个人说赫拉可能对自己用了那一招（忘了名字，请见谅），然后没死。想想也对，既然赫拉会这招，那爆炸自然不会怕，只是异能全失而已，毕竟以她的天赋，重新练回 9 级应该不太难。至于周芊琳不说出自己是赫拉，有可能是因为异能全失后，被那个神秘组织抓去威胁她（如下毒，要靠吃解药生存之类的），让她按照那个组织的计划去接近蓝绝。而且那招有可能将处子之身（说得委婉些）恢复，那么周芊琳的处子之身就可以解释了。（当然了这要基于周芊琳就是赫拉之上，不过周芊琳有很大的可能是赫拉。）求顶，求精。谢谢大家。”①

从帖子的第一句可以看出，这个主题帖是读者看了他人在书评区里的发帖后做出的回应，本身体现了读者之间的互动。而从帖子的内容看，读者详细分析了小说中的人物周芊琳和赫拉是同一个人的可能性。我们且不管分析是否正确，重要的是这位读者通过对文本的细读，提出了自己的观点。这是一个典型的情节评论。

另外一位读者的主题帖也很典型：

读者 Babyluna 发帖子如下：

“以后不知道能不能再来了，手机被没收了，也要中考了。马上开学，希望不要忘了我，以后不知道能不能天天签到，和一些人抢首赞了。前途一片渺茫，成绩不好要努力了。希望半年后《天火大道》再创新高，一直有一个书友支持三少，希望大家不要忘了我，以后我可能还在，但随时都有可能消失，珠宝店和斗罗殿在我不合要求时把我飞了吧，QQ 可能也是半年后才

① 帖子来源于起点中文网小说《天火大道》书评区，参见网址：http://forum.qidian.com/NewForum/Detail.aspx?threadid=236557691。

上……告别词写完了希望大家不要忘了我。”[①]

这个主题帖很有特点，虽然只有短短一百多字，但包含的信息量非常大，为我们分析读者的状况提供了巨大的帮助。从这个帖子里，我们能详细地了解到这位读者的一些基本状况。首先，从“手机被没收了”我们可以推断出这位读者平时阅读网络小说以及发表评论所使用的工具主要是手机；其次，他是一位初三的学生，即将参加中考，是个十四五岁左右的少年；最后我们可以得知，在网站评论区签到、抢首赞是他曾长期坚持的一个习惯，而此后的半年里，因为中招考试即将到来，需要加倍努力复习，他可能无法在论坛里签到，也无法追着继续阅读小说。整个帖子充满了一股无法继续阅读、发帖的遗憾。

这个帖子不涉及小说具体情节的分析，也没有对作品走向的离奇猜测。但却吸引了很多网友的回复。我们抽取几条代表性的回复如下：

网友“谈ぃ谈笑间「灭』风云//”说：“一说到开学，我就莫名其妙地心疼……”

网友“懵懂的年代”说：“话说你读多少了？我初三，也得加紧复习了，到时可能又支持不了三哥了……我一大堆作业，现在估计看到作业就烦……咱们都是学生，都过着悲催人生……”

网友“谈ぃ谈笑间「灭』风云//”又回复道：“我读初一，一学期也没适应初中生活……”

接着网友“2933832733”说：“高三的飘过，我们留了六本练习册和将近三十套专题卷。上午补课班，下午补课班作业，相当于一共放了十天假，明天返校 TAT。”

而网友“亲我是风信子”的回复颇耐人回味，他说：“想当年我有着和你相同的经历。”

网友“别问我好不好。”回复：“高二路过，呵呵开学就要考试，看着办吧。”

网友“戒酒的李～白”则比较豁达，他说：“就算是寒假最后一天，我也当刚刚放假过，我现在考虑明天去姥姥家拜年回不回家了……至于开学的

① 帖子来源于起点中文网小说《天火大道》书评区 http://forum.qidian.com/NewForum/Detail.aspx?threadid=239284750。

事，等去了学校再说……”

而网友“黑洞·李昂”的回复是：“你也今年中考？我也是。”

这时楼主“Babyluna”回复道：“囧……为什么加油……我现在虽然没有学校留的作业，不过因为补课所以有补课作业没写，还因为开学要考试so我还得复习……”

网友“安叶冷冷”继续回复：“一个寒假30多张试卷，还是在马上就要小高考的情况下，对没错，我是苦逼高二党。”

此时又一个网友“洛丿紫馨”做出回复：“也是要中考的娃飘过……”

网友“鬼御夜杀”继续回复：“加油吧，这里高三的还在研究。”

网友“守夜人000”回复：“我要高考。”①

在我们抽取的主题帖中，这个帖子是网友们回复最多的一个，所以我们认为也具有一定的代表性。表面上看，无论楼主，还是下面回帖的人，他们并没有把焦点放在作品的具体讨论上，通篇讨论的是即将开学，要准备考试等学习上的事情。实际上，在这个讨论的背后隐含一个重要的反馈：所有参与讨论的人有一个共同的身份，他们都是中学生。他们中有人刚读初中一年级，有人即将参加高考。他们因网络小说《天火大道》而聚集在一起，这至少说明以中学生为主的青少年是这部小说读者群的一个重要组成部分。这类读者正处于青春成长阶段，而网络文学尤其是网络小说已经成了他们青春成长中的重要“伙伴”。这个信息对于作者来说是非常重要的，它引导作者向着青少年能接受的意向去写。

以上是读者互动的两个直接证据。由于它们被发表于一个公共空间里，任何一个读者都可以阅读，作者也不例外。因此客观上对作品的后续创作可产生一定的影响。

四、结语

通过对起点中文网连载小说《天火大道》评论区的跟踪研究，我们发现这部小说的读者与作者、读者与读者之间的互动总体上呈现一片繁荣热闹的景象，每天都有大量的主题帖和回复更新。这表明当下网络文学的读者是非常活跃的，他们有强烈的参与欲望，也具备一定的参与能力。这是不容

---

① 所有回复均来自于起点中文网《天火大道》书评区，参见网址：http://forum.qidian.com/NewForum/Detail.aspx?threadid=239284750。

忽视的一点。虽然互动非常频繁，但也是分层次的，并不是每一位读者的反馈对作者而言都是有益的。事实上，由于参与互动的门槛比较低，任何读者通过网站提供的平台都能发表见解，参与交流，也就不可避免地导致互动质量参差不齐。此外，根据对互动的考察，我们可以对读者有一个大致分类，这为我们了解当下网络小说读者的状况提供了一些帮助。首先，读者中不乏一些真正的文学爱好者，他们受过良好的教育，有一定的文学基础，能从不同的角度对作品进行探讨，在理解作品的基础上，呈现出有意识地对作品进行深度挖掘的趋势。这类读者对作者的回应最中肯，其回应对作品的影响也最大，真正参与到了作品的创作中。其次是粉丝读者，这类读者在网络文学读者整体中占据一定的比例。他们视作者为偶像，其阅读行为是建立在对作者个人崇拜的基础上；这种崇拜有时候是疯狂的，如他们会刻意忽视作品中的缺点，对作者的文字全盘接受，并且容不得别人对偶像及其作品提出半点批评，看到别人的非议，会坚决予以回击。其为偶像作品贡献点击量的能力不容小觑。最后，通过对主题帖和回复的分析，我们发现，尽管有不少网友能够针对文本自身发表主题帖，表达自己的观点，如上文我们得出情节评论所占比例为44.2%，这个比例已不算少，但是，得到的评价式回复却只有15.6%，大部分读者仍旧习惯性地使用顶、赞、表情、抢沙发等网络语言进行回复。这揭示出当前许多网络小说读者在参与互动时所持的一种“围观”态度，他们喜欢阅读网络小说，也会看别人发表的主题，但却不会主动对小说和主题内容进行分析。在互动中，这类读者更多的是扮演着“看热闹”的角色。

第四章　网络文学的类型化与影视改编状况调查研究

第一节　新世纪以来的类型化网络小说研究①

“新世纪”已经过去了16年，关于“新世纪文学”，也已经由最初概念的提出和争论变为客观存在的文学事实。白烨先生曾经从“传统型文学”“市场化文学”“新媒体文学”三个方面归纳“新世纪文学”的格局分布②。这样的归纳，基本上呈现出了新世纪文学的大致面貌。在新世纪，这三种文学力量彼此共存又彼此互竞。传统型文学或曰纯文学，尽管仍然属于当前文学的主流，对于当代文学的经典化起到最大的支撑作用，但在市场和新媒体文学的挤压之下正在日趋边缘化。市场化文学在市场和资本的导向之下正迅猛发展，许多作家绕过了原来先在文学期刊发表作品，积累了一定的文坛声誉后再出书的老路，直接在市场引导下出版作品，据社科院《中国文情报告(2011—2012)》统计，当年出版的长篇小说已经达到4 000部，这其中有相当多的作者都没有经过长期在文学期刊发表作品、累积声誉的阶段，而直接出版长篇作品。而新媒体文学则在新世纪借助网络和智能终端的快速普及正在迅猛崛起，并且为传统型文学的转型和发展提供了巨大的可能性。

这其中，“传统型文学”和“市场化文学”并非新世纪的新事物，市场化文学从20世纪90年代开始就已经显露出强劲的上升势头。如果说“新世纪文学”不单单是作为一个时间上的概念，而从“一时代有一时代之文学”的角度去进行考量的话，那么新世纪以来文学发生的最大变化应该是以网络文学为代表的新媒体文学的迅猛崛起。正是它为文坛增添了新的活力，成为新世纪文学的最大亮点。之所以强调以网络文学为代表的新媒体文学可能

---

① 本节由史建国执笔。史建国，山东大学文学与新闻传播学院副教授。

② 白烨：《文学的新演变与文坛的新格局》，载《文艺报》2009年9月20日。

具有“划时代”的意义，并非因为这种文学已经在本质上发生了什么变化——那种类似于新文学与古典文学的巨大差异，在网络文学和纯文学以及市场化文学之间并没有出现。网络也好，新媒体也罢，只是文学发表、传播的一种媒介，然而媒介的革命有可能也为文学的变革蕴蓄了生机。正像当年造纸术与印刷术的技术革命不仅大大促进了文学的传播，也为一些长篇巨制的出现带来了可能一样，网络和新媒介的出现，很可能也会导致文学本身(比如文体、文风等等)发生一些新变。

作为一种依赖新媒体发表和传播的文学，新媒体的普及是新媒体文学发展的物质基础，而新媒体的快速普及也正是新世纪才出现的现象。关于这个问题，我曾在《网络文学生态调查》一文中引用相关数据做过说明。根据《第一次中国互联网发展状况调查统计报告》，截至 1997 年 10 月 31 日，我国上网计算机数为 29.9 万台，其中直接上网计算机为 4.9 万台，可见当时网络和计算机的普及率还是比较低的。即便到了被视为影响和带动了整个大陆网络文学发展的痞子蔡的《第一次亲密接触》出版后的 1999 年底，我国上网计算机数也只有 350 万台，其中专线上网计算机为 41 万台，专线上网的用户人数约为 109 万。而当时对上网人数的定义是“平均每周使用互联网 1 小时(含)以上的中国公民”[①]。因此，当大陆第一代网络作者宁财神、李寻欢、邢育森、安妮宝贝、江南、俞白眉等人于 1997 年左右开始上网并从事网络文学创作的时候，计算机还是一件奢饰品，网络也还远未走近大众。尽管他们的创作作为一种文学现象引起了文学研究者的关注和重视，并在媒体上产生了强烈反响，但就其传播的广度和影响力而言，还是比较有限的。

而以网络文学为代表的新媒体文学获得飞速发展则是 21 世纪最初 10 年间才发生的事。据 2012 年 1 月 16 日中国互联网络信息中心(CNNIC)发布的《第 29 次中国互联网发展状况统计报告》显示，“截至 2011 年 12 月底，中国网民规模突破 5 亿，达到 5.13 亿，全年新增网民 5 580 万。互联网普及率较上年底提升 4 个百分点，达到 38.3%。中国手机网民规模达到 3.56 亿，占整体网民比例为 69.3%，较上年底增长 5 285 万人。家庭电脑上网宽

---

① 《第五次中国互联网络发展状况调查统计报告》，参见网址：http://www.cnnic.cn/research/bgxz/tjbg/200905/t20090521_18373.html。

带网民为3.92亿，占家庭电脑上网网民比例为98.9%”①。正是有了这种飞速发展的外部环境作为依托，网络文学才获得了长足的发展。完全可以说以网络文学为代表的新媒体文学已经开启了一个新的文学时代，也为“新世纪文学”命名合法性的最终确立提供了至关重要的助力。也许正因如此，雷达先生在谈及百年来的文学分期时说，“……而近十多年的‘新世纪文学’，则是以日渐成熟化的市场经济机制为运行基础的新媒体时代的文学”②。

新媒体文学尽管在小说、诗歌、散文等各个文体领域都有所斩获，并且随着各种新媒体的不断发展，博客文学、短信文学、微博文学等边缘文学样式也日渐红火，并作为新的文学现象受到研究者的关注，但眼下最能代表新媒体文学主流的还是网络文学，尤其是网络小说。现今网络小说题材异常丰富，反映生活的面非常宽广。网络文学作者群体极为庞大，他们生活经历各不相同，职业背景五花八门，可以说三教九流无所不有，这在一定程度上有助于丰富文学反映生活的宽广度，创作出适应各种层次读者需要的作品，也对繁荣文学创作起到了巨大的作用。不可否认的是，网络小说也呈现出严重的类型化倾向。甚至从某种程度上说，类型小说已经成为网络小说的代名词。具体来说，网络小说中有讲述带有魔法风格冒险故事的玄幻、奇幻小说，比如“树下野狐”的《搜神记》、“我吃西红柿”的《盘龙》、“天蚕土豆”的《武动乾坤》以及“萧潜”的《飘渺之旅》等都属此类；有讲述交错时空之中穿越故事的穿越小说，如“桐华”的《步步惊心》、“浅尝辄逝”的《浮生萦云》、“浮香粉末”的《异世医女》等；有讲述“摸金校尉”盗墓故事的盗墓小说，如“天下霸唱”的《鬼吹灯》、“南派三叔”的《盗墓笔记》、“飞天”的《盗墓之王》等等；有历史演义类小说如“当年明月”的《明朝那些事儿》、“高天流云”的《如果这是宋史》、曲昌春的《唐史并不如烟》等；有描写官场的官场小说如“石章鱼”的《医道官途》、“狗狍子”的《官术》、“梦入洪荒”的《官途》、“录事参军”的《重生之官道》等；有写同性恋题材的“耽美小说”如“暗夜流光”的《十年》、“桔子树”的《奢侈品男人》、“天籁纸鸢”的《天神右翼》等……每种类型的小说皆有

① 《中国互联网络发展状况统计报告（2012年1月）》，第4页。参见网址：http://www.cnnic.cn/research/bgxz/tjbg/201201/P020120118512855484817.pdf。

② 雷达：《新世纪十年中国文学的走势》，载《文艺争鸣》2010年第2期。

大量作品和大量读者，而且还不断被改编成影视作品、网络游戏，在传播的链条上越走越远，拥有更多的观众和玩家，受众群体越来越庞大。那么对这样一种异军突起的类型小说创作，该如何评价呢？有学者认为这是一种“创作主体自由化”的体现，带有“标新立异”的特征：“如果说新世纪类型化小说创作是创作主体自由化的一种体现的话，以往的小说创作便可看作是一种‘戴着脚镣’式的创作，受到了多种外在环境的制约与限制，因此文学往往成为一种‘遵命文学’的创作模式，掩盖并限制了文学类型化的发展与丰富。基于此，新世纪类型化小说如此丰盛，可以看作是以往被抑文学在当下宽松环境中的以一种‘标新’姿态出现的新现象，更是对以往的文学类型化创作的大归结，成为作家们没有意识到的一种立旧情结的大演练。”①

尽管单纯用“标新立异”很难解释类型化小说突飞猛进的复杂原因，但至少有一点值得重视，那就是新世纪类型化小说其实是“对以类型化创作的大归结”，是“一种立旧情结的大演练”。历史地来考察，新世纪的类型化小说并非一种新的文学现象，晚清鸳鸯蝴蝶派就有谴责小说、黑幕小说、言情小说、哀情小说、武侠会党小说、侦探推理小说、历史演义小说、滑稽幽默小说等等类型，并且各有一批代表作家与忠实读者。这些小说跟今天的类型化小说从本质上来讲并无不同。当然“文革”期间也曾出现过娱乐猎奇类的手抄本小说，比如《一只绣花鞋》《一百个美女的塑像》《绿色的尸体》《金三角的秘密》等，一种是多发生在国外的故事，意在娱乐猎奇；另一种则是写现代公案，主要写新中国成立之初大陆的反敌特斗争②。其实这也是类型小说，只不过受制于当时那种政治一元化的文学环境，只能在“地下”以一种潜隐的方式存在……但仅仅注意到新世纪类型化小说的历史渊源，并不能解释清楚类型化小说在新世纪迅速复兴的原因。在我看来，新世纪类型化小说迅速复兴，至少有以下几方面的因素：

其一，这跟文学的娱乐功能相关。文学的娱乐功能也即文学具有通过阅读使人获得快乐的效用，这是跟文学的教育功能与认识功能等本质性功能并行不悖的，中国传统文学、戏曲主要承担的也正是文学的这种娱乐功

---

① 耿传明、李国：《“标新”与“立旧”——新世纪小说的双动向》，载《山西大学学报》(哲学社会科学版)2011年第4期。

② 董健等：《中国当代文学史新稿》，北京：人民文学出版社，2005年，第321—322页。

能。鲁迅在《摩罗诗力说》中曾有言："由纯文学上言之，则以一切美术之本质，皆在使观听之人，为之兴感怡悦。文章为美术之一，质亦当然……"①在这里，鲁迅将"文章"（文学）归为"美术"之一，认为其本质即是使人"为之兴感怡悦"，所强调的正是文学的娱乐功能。而20世纪中国新文学在发生之初，文学研究会在《小说月报》第12卷第1号上发表的《文学研究会宣言》中，就针对偏重文学"娱乐""游戏"功能的"礼拜六派"宣称："将文学当作高兴时的游戏或失意时的消遣的时候，现在已经过去了。我们相信文学是一种工作，而且又是于人生很切要的一种工作……"文学研究会强调文学的"为人生"也即功利性，其实是对文学娱乐功能的明确压抑。但作为一种本质性的功能，娱乐功能其实是任何外力都压抑不了的，因为文学的生命归根结底要看读者的阅读需求。一种不符合读者阅读需求的作品即便再伟大，从传播学上来讲，只要它退出了传播的链条，它也就死掉了。所以读者对文学娱乐功能的需求，决定了在任何时代都要有这种侧重娱乐、消闲的类型化作品存在。同时，随着读者对文学娱乐功能需求的增长，自然也会相应地出现类型化文学作品的繁荣。当年强调"为人生"的新文学尽管对鸳鸯蝴蝶派造成了巨大冲击，使其被严重压抑，但就作品出版发行的数量和读者受众的数量而言，鸳蝴派等通俗文学作品仍然是大大超越了新文学或纯文学作品的。时至今日，鸳蝴派名家张恨水的《金粉世家》《啼笑因缘》等作品仍然被一再改编成电视剧，受到大量观众的追捧，而电视剧的热播反过来又带动了小说的热销，形成了良好的互动关系。而前面提及的"文革"期间的地下手抄本小说《一只绣花鞋》，在被改编成电视剧之后也取得了不错的收视率。因此，如果单从受众群体的角度来看，20世纪中国文学占据主流地位的并不是精英的文学史叙述中所描画的新文学，而恰恰是受到新文学挤压而自甘"边缘"的那些侧重文学娱乐功能的通俗文学。即便在特殊的历史时期，受制于当时的政治环境与文学环境，那些侧重娱乐功能的类型化作品不能公开存在，但也会以地下的方式潜隐地存在，并且继续受到普通读者的追捧。因此，从根本上来说，新世纪类型化小说的勃兴，跟读者对文学娱乐功能的需求有关。

其二，新世纪类型化小说的繁盛跟市场化的文学环境有关。范伯群先

① 鲁迅：《摩罗诗力说》，见《鲁迅全集》（第一卷），北京：人民文学出版社，2005年，第73页。

生曾指出："新文学的诞生地在北京，五四运动的发源地在北京，因为当时的政治文化中心在北京。尽管它在北京坚持不了两年，就移位至上海。但早于新文学而掀起的近现代通俗文学热却只能发祥于上海，北京仅是日后才受到上海的辐射而已。发祥于上海也好，移位至上海也好，这说明了一个问题，纯文学与通俗文学的繁荣皆离不开现代化。"①"现代化"是一个内涵丰富的概念，当年印刷业的现代化、传播手段的现代化等等都曾对鸳蝴派的繁荣提供必不可少的助力，其实可以说得更加明确一点，那就是鸳蝴派的繁荣离不开市场的调节，离不开城市以及作为最大受众群体的市民读者阶层。所以范伯群先生在谈及1970年代末1980年代初通俗文学的"复苏"时说："市场经济与开放政策将台、港一些所谓政治上'无害'的作品，开放了进来，使与通俗文学久违了的民众读得津津有味……"②尽管范先生也在文中谈到1983—1986年，大陆上的通俗文学期刊达到270种，有的发行量达270万份，但在1980年代，类型化小说并未形成规模，主要原因就是其时市场尚未开始发挥作用。1970年代末，尽管在改革开放的文学大潮中，文学重新回归多元，但这种多元在一定程度上只是相对于过去的政治一元化而言，是纯文学对文学过于政治化的"拨乱反正"。从文学作品的发表、出版流程和体制来看，仍然跟过去没有太大的差别。只有当市场大潮涌起之后，娱乐猎奇类的类型化小说才迎来了其发展的黄金时期。而从社会环境看，1970年代末以来，中国社会也经历了城市逐渐恢复、城市文学逐渐复苏、市民阶层逐渐形成的过程。在这一过程中，中国开始迅速走向"现代"。也正是由于城市的恢复、市民阶层的大规模形成，为新世纪通俗小说——类型化小说的迅速发展提供了读者群体。

现今人们在谈及1990年代以来市场大潮兴起时，往往会强调相伴而来的文学的边缘化和人文精神的失落。"在文学界'多元化''个人化''边缘化'话语取代了以往的启蒙指向，日益膨胀的文化市场以及商品意识，使知识分子整体的同一性不复存在。在市场化原则和西方后现代文化理论的影响下，一些人开始提倡'集体自焚，认同市场，随波逐流，全面抹平'的'后知识分子'角色，产生了一个能快速地接受商品意识、洞悉市场规律的新知识

---

① 范伯群：《中国近现代通俗文学时·绪论》(上)，南京：江苏教育出版社，2010年，第8页。
② 同上，第18页。

分子群体……”[①]的确，站在启蒙的立场或者精英文学的立场来看，1980年代的确是文学的黄金时代之一，作家、知识分子一反“十七年”以及“文革”期间备受压抑的状态，成为社会瞩目的焦点。而到了1990年代，在市场大潮的冲击之下，启蒙遭遇调侃，崇高被躲避，文学不再被当作“经国之大业、不朽之盛事”、当作一种承担着崇高的社会使命的事业来看……这当然是边缘化。但从另一方面来看，这其中却也蕴藏着从文学的教育功能向娱乐功能回归这一趋向。中国新文学从发生开始，其功利性就被一直强调，无论是启蒙还是救亡，无论是革命宣传还是政治鼓动，文学都被作为一种工具使用。文学的其他功能向度一直是被压抑的，即便当年鸳蝴派曾经拥有如此多的读者和如此骄人的发行量，可是在新文学的强势挤压面前，也只能羞羞答答地自居另类和旁门左道。而随着全国范围内市场大潮的涌起，文学的功利性遭到放逐，它不再承担一个世纪以来加诸其身上的重负，而是回归其本来面目，回归其自身，这对文学来说未必是一件坏事。因为卸却了重负之后，文学才能够自由地生长。市场化的文学环境宣告了文学的“读者时代”已然取代了文学的“作者时代”，读者的阅读需求实际上成为文学生产的主导。如果说在过去，作家可以不理会读者的反应而去创作的话（这种创作实际上只满足文学编辑及少数精英读者的需要），那么在市场化的文学环境中，作家就再也不能无视读者的阅读需要了。读者对文学娱乐功能需求在市场化的环境中终于不用再羞羞答答遮遮掩掩，而是理智气壮地用文学消费表明了自己的态度，这是类型化文学作品迅速复苏的重要原因。

其三，互联网、个人电脑、智能终端设备的迅速普及，原有的文学生产模式发生革命性变革，是新世纪类型化小说迅速发展的物质基础。如果说市场化的文学环境为类型化小说的“复兴”准备了外在的生存空间的话，那么借助互联网、移动互联网快速生产和传播则为类型化小说的繁荣插上了双翼，直接导致了其在新世纪的辉煌。网络写作使得作品发表在一定程度上首次实现了“大众化”，开启了一个“全民写作”的时代，而且作品发表变得前所未有的“容易”和“简单”。这样，读者的阅读需求和作者的创作概况借助互联网的传播便利第一次能够比较清晰而随意地呈现出来。当然，其中最重要的是读者的阅读需求。网络文学创作一开始并没有商业化，类型化作

① 董健、丁帆、王彬彬：《中国当代文学史新稿》，北京：人民文学出版社，2005年，第557页。

品之所以在网络上大量涌现，最大的原因仍然是有读者的需求。在1930年代，读者的这种阅读需求被新文学压抑，以为是只求娱乐的庸俗要求。在1949年后逐渐走向一元化的文学环境中，这种类型化作品则被政治所压抑，只能以地下手抄的方式秘密传播。但在市场化和互联网时代，这种需求就变成一种显性的存在。读者的需求被敞开，电脑写作、网络发表空前地便利化，极大地提高了文学生产和传播的效率。现今的网络写手们一天更新上万字甚至数万字，在过去靠笔写作的年代是无法想象的。而现今网上一篇作品贴出来以后，短时间内就会有成千上万人点击、评论，这在过去也是无法想象的。而且网络写手们大都生活在民众中间，他们非常清楚普通读者的阅读需求，再加上一些网络文学网站在市场的引导下有意识地推动，于是侧重娱乐的类型化作品便迅速滋长。在“文革”期间，《一只绣花鞋》等侧重娱乐猎奇的手抄本小说无法正式出版，只能靠手抄的方式在地下传播。而今写作方式和发表方式发生了革命性变革之后，类型化文学作品就可以迅捷地出现在公众视野之内。因此，新世纪类型化小说的“井喷”是跟这种文学生产方式和传播方式的巨大革新相伴而生的。

当然，市场化的文学环境，加之网络时代文学发表与传播的相对自由化，会使得文学创作乍一脱离束缚之后，可能短时间内显得无所适从，甚至在一定时期内出现庸俗的商业化写作扎堆出现的现象，但随着时间的推移，文学肯定会完成自身的调试，走向健康的轨道。所以对于市场化的文学浪潮，我以为不必为之顿足捶胸或者扼腕叹息。那种面向市场、迎合读者需求的类型化文学创作只是文学娱乐功能得以恢复的体现，并不意味着文学的堕落。而且这类小说也自有其存在的价值和意义。其实在许多类型小说中，情节设计和人物塑造都是相当不错的。当一个作者刚开始这种叙事实验时，其开风气的功绩是不可抹杀的。比如备受诟病的“穿越小说”，设想一个人“穿越”回到古代，或者“穿越”到未来，这种情节设置原本是非常新奇的，符合人们“白日梦”的幻想，而且也可以在不同时代的多维穿插中彰显出人性的复杂性，是既有趣、好玩又具有探索精神的一种叙事模式，对于丰富文学表现的宽度和深度都具有重要的意义。但是当模仿之作风起云涌，一种创新被批量复制之后，庸俗甚至恶俗的模式化倾向也就形成了，其价值和意义也自然要大打折扣。实际上，当一种文学进入模式化生产阶段之后，其离消亡也就不远了。中国新文学史上曾经出现过不少模式化的文学潮流，无论是1920年代的“革命+恋爱”还是“十七年文学”“文革文学”中的“两条路线斗争”的情节设置，其实都是模式化的。我们尽可以对文学中的这种模式化的懒惰与重复生产表现出鄙弃与厌恶，但用不着反应过度。因为在市场化的文学环境中，读者的需求（市场需求）最终会以“看不见的手”完成这种调控。当一种类型小说的模式化倾向越来越严重，复制和拼贴的痕迹越来越清晰之后，自然也就会逐渐丧失对读者的吸引力，变得难以为继。而为了继续在文学市场中占据足够的份额，创作者就必须另辟新路，以求保持对读者的吸引力，这样，在不断类型化、模式化的过程中，其实也必然蕴含着创新的生机。

第二节　网络小说影视改编调查研究①

相对文学来说，电影与电视成为一门艺术的时间并不长。电影艺术不过有百余年的历史，电视则更短。但自从电影被承认为一种独立的艺术门类开始，它与文学便有了不解之缘。优秀的文学作品成为电影、电视艺术发展的重要资源，而文学作品的影视改编也成为传播学史上备受关注的一个现象。在当下的中国，随着网络文学在21世纪的异军突起，网络小说也成为影视改编的重要对象，随着时间的推移，越来越多的网络小说被改编为影视作品。那么网络小说影视改编的状况究竟怎样？其发展又面临着哪些机遇与隐忧？本文拟结合相关调查数据进行探析。

一、网络小说影视改编的发展历程

网络热门小说的影视改编几乎是伴随着网络文学的出现而发生的。尽管华语网络文学从1991年少君发表《奋斗与平等》就已经开始了，但受制于互联网的普及速度以及网民的规模等众多外部因素，直到1998年“痞子蔡”的《第一次亲密接触》在网上连载并迅速风靡，才引发人们对网络文学的热烈关注。而“痞子蔡”的《第一次亲密接触》随后也由金国钊、高璇改编成电影，并在金国钊的导演下于2000年上映。这可以说是网络小说影视改编的第一部作品，然而首战不利，票房遇冷。电影《第一次亲密接触》被指与小说相去甚远，完全不符合小说粉丝们的审美期待。而2001年上映的根据筱禾

① 本节由史建国执笔。史建国，山东大学文学与新闻传播学院副教授。

的网络小说《北京故事》改编的电影《蓝宇》(关锦鹏导演),虽未能在大陆公映,但却斩获第38届台湾电影金马奖、第8届法国费索尔亚洲影展最佳影片、金杯奖等许多大奖。从创作的角度来说,《蓝宇》可以说取得了成功,但从票房的角度来看,由于失去了大陆市场,显然难以取得较理想的票房收入。网络小说“触电”的最初两次尝试,可谓并不圆满。随后的2002—2003年,网络小说的影视改编同网络小说一起经历了一次低谷。2002年前后,曾经一度红火、备受热炒的网络文学突然面临青黄不接的局面,宁财神、李寻欢等第一代网络文学作者纷纷“断网”,许多小的网络文学网站纷纷倒闭,大网站也经营惨淡。网络文学本身的不景气,直接影响到了网络小说的影视改编,这两年间,没有新的由网络小说改编的影视作品出现在公众视野。

经历了两年的沉寂后,2004年,由崔钟导演的电视剧版《第一次亲密接触》上映。同年度,由蔡骏的网络小说《诅咒》改编的电视剧《魂断楼兰》(王强导演)、由胭脂的网络小说《蝴蝶飞飞》改编的同名电视剧(何洛导演)也登陆荧屏。在沉寂两年之后,网络小说“触电”再度起航,这次瞄准的不是“电影”而是“电视剧”。相对于电影,电视剧有着更大的容量,故事的讲述显然更加从容。而制作过程显然也更加关注原先网络小说粉丝群体的观赏期待,因为这也是改编影视后最重要的预期消费群体。比如电视剧《蝴蝶飞飞》在制作过程中就曾向网友公开征集男一号人选,最终结果是佟大为比较符合粉丝们的审美期待而成为男一号。此后,网络小说的影视剧改编可谓发展平稳。据笔者粗略统计,2005年到2009年五年间,总共有大约16部由网络小说改编的影视作品上映,每年少则一两部,多则三五部,具体如下:

2005—2009年网络小说改编影视作品上映一览表

上映年份	影视剧名称(导演)	网络小说名称	网络小说作者
2005	电视剧《爱上单眼皮男生》(王丽文导演)	《爱上单眼皮男生》	胭脂
2005	电视剧《爱你那天正下雨》(何洛导演)	《爱你那天正下雨》	胭脂
2005	电视剧《一言为定》(潘峰导演)	《你说你哪儿都敏感》	西门大官人

续 表

上映年份	影视剧名称(导演)	网络小说名称	网络小说作者
2006	电视剧《谈谈心恋恋爱》(朱传光导演)	《谈谈心恋恋爱》	棉花糖
2006	电影《谈谈心恋恋爱》(周永才、曹荣导演)	《谈谈心恋恋爱》	棉花糖
2006	电视剧《我的功夫女友》(何培导演)	《爱,直至成伤》	左恋夏至
2006	电视剧《会有天使替我爱你》(叶鸿伟导演)	《会有天使替我爱你》	明晓溪
2006	电视剧《向天真的女孩投降》(傅育东导演)	《向天真的女孩投降》	冷眼看客
2007	电影《意乱情迷》(徐宏辉导演)	《我和一个日本女生》	抗太阳
2007	电影《第十九层空间》(黎妙雪导演)	《地狱的第19层》	蔡骏
2007	电视剧《双面胶》(滕华涛导演)	《双面胶》	六六
2007	电视剧《国家宝藏之觐天宝匣》(刘一志导演)	《天眼》	景旭枫
2008	电影《PK. COM. CN》(小江导演)	《谁说青春不能错》	何小天
2008	电影《荒村客栈》(张箐导演)	《荒村》	蔡骏
2008	电视剧《给我一支烟》(赵宝刚导演)	《给我一支烟》	美女变大树
2009	电影《恋爱前规则》(蒋钦民导演)	《和空姐同居的日子》	三十

这样的发展速度显得不温不火,而影视剧上映后观众的反应同样有些"闷"。正像一些记者所观察到的,到2009年,尽管网络小说已经成为影视改编的"富矿",但真正"主导中国电影和电视剧走向的影视大鳄们"那时"还不太重视网络小说,购买网络小说影视版权的多是中小制作公司"。[①]

① 韩皓月:《网络小说成影视剧改编富矿》,载《深圳商报》2009年6月25日。

不过从2010年开始，这种情况发生了极大的变化。2010年，由网络小说改编而来的影视剧上映出现了前所未有的“井喷”状态。据不完全统计，2010年全年有电视剧《美人心计》（导演吴锦源、梁欣全、陈国华，改编自瞬间倾城的网络小说《未央·沉浮》）、电影《山楂树之恋》（张艺谋导演，改编自艾米的同名网络小说）等不下10部比类影视作品上映，不但许多电视剧取得了较高的收视率，成为街谈巷议的话题，而且也首次出现了由张艺谋这样的影视界“大鳄”导演的网络小说改编作品。一时间，网络小说的影视改编成为备受瞩目的现象。

2011年，网络小说改编的影视作品继续“热情不减”，由流潋紫小说《后宫甄嬛传》改编的电视剧《甄嬛传》（郑晓龙导演）、由桐华的小说《步步惊心》改编的同名电视剧（李国立导演）、由莫容湮儿的小说《倾世皇妃》改编的同名电视剧（梁辛全、林峰导演），以及由鲍鲸鲸的小说《失恋三十三天》改编的同名电影（滕华涛导演）等等都取得了不俗的收视率与超出预期的票房收入。尤其是《甄嬛传》的播出，更是在海峡两岸掀起了一股收视热潮，而“甄嬛体”一时间也红遍网络，成为众多网友模仿的对象。不仅如此，《甄嬛传》还走出国门，由美国团队打造了美版播出，虽然遭遇不少吐糟，但其火热程度可见一斑。随后的2012年，由文雨的《请你原谅我》改编的电影《搜索》（陈凯歌导演）、由崔曼莉的《浮沉》改编的同名电视剧（滕华涛导演）等等，也各自引发社会关注。《请你原谅我》（后易名《网逝》）此前还曾作为网络原创作品入围2010年第五届鲁迅文学奖，也是被热烈关注的焦点之一……而被许多人都认为网络文学影视改编变得“消沉”的2013年，其实也有由宗昊的《小人难养》改编成的电视剧《小儿难养》（曹盾导演）、由柳晨枫的《盛夏晚晴天》改编的同名电视剧（麦贯之导演），以及由辛夷坞《致我们终将逝去的青春》改编的同名电影（赵薇导演）等数部网络小说改编作品上映。而2014年不光有由顾漫网络小说《杉杉来吃》改编的电视剧《杉杉来了》（刘俊杰导演）以及根据却却小说《夜深沉之战长沙》改编的电视剧《战长沙》（孔笙、张开宙导演）热播，并且据统计，2014全年“共有114部网络小说被购买影视版权……其中，90部计划拍成电视剧，24部计划拍成电影”[①]。而2015年开年之初，根据顾漫小说《何以笙箫默》改编的同名电视剧（刘俊杰导演），就再次

① 刘磊、沈梅：《网络小说承包电视荧屏》，载《现代快报》2015年1月9日。

引发收视热潮……可以说，时至今日，网络小说的影视改编之火爆现象已不容回避。然而，在这种网络小说“触电”热潮的背后，监管者、网络文学公司、网络文学作者、网络文学读者等各方面又是如何看待这股“改编热”的呢？

二、各方对网络小说影视改编关注状况

网络小说的扎堆改编，引起社会各界的热议，当然也引发监管部门的关注。2012 年 8 月，国家广电总局对电视剧创作提出“六项要求”。8 月 2 日，《新京报》记者向广电总局相关人士求证，证实了这“六项要求”确实存在。“六项要求”当中的最后一项就是“不提倡网络小说改编，网游不能改拍”，而其余五项虽然表面上与网络小说的改编没有直接关系，但实际上有的也会对网络小说改编形成隐性制约，比如“不能无限制放大家庭矛盾”“古装历史剧不能捏造戏说”等等，其实都跟网络小说有关。因为情感纠葛、家庭矛盾冲突、架空历史进行天马行空式的演绎等等，恰恰都是网络小说所擅长的领域，若这“六项要求”被严格贯彻实施，必定会对网络小说的影视改编造成巨大冲击，2010 年以来掀起的网络小说改编热潮也会遭遇寒潮。而对众多的网络文学网站来说，则面临着巨大的利益损失。所以这“六项要求”一出，顿时引起轩然大波，首当其冲的是湖南卫视其时正在播出的电视剧《轩辕剑》，因为该剧正是改编自热门网络游戏！依据“要求”，网游是不能改拍的，可是已经拍摄完毕并正在播出的该如何处置？《新京报》记者询问广电总局，负责人的答复是“任何事都会有一个过程，管理也一样”。针对这“六项要求”有网友评论道：“电视剧如此，电影将如何？盛大文学心碎了！”①就后来上映的影视剧来看，广电总局的“不提倡”表态显然产生了一定影响，2013 年网络小说改编的影视剧数量锐减。

但文学网站显然也不会坐以待毙，“不提倡”并非“禁止”，所以在“六项要求”出台后，文学网站纷纷将当下网络文学频频被改编为影视作品视为“第二次浪潮”。仅 2012 年 1 至 9 月份，盛大文学旗下七家文学网站就售出 75 部小说的影视版权。而面对关于网络文学之于影视作品的源头作用能持续多久的论争，盛大文学 CEO 侯小强也表示：“网络小说改编影视，这两年也刚刚开始，至于现在已经拍竣或播出的作品会不会为观众所记得，需要

---

① 参见网址：http://www.huxiu.com/article/2301/1.html。

时间的考验,但我相信网络小说一定会诞生多种类型的经典作品。”①“第二次浪潮”论坛无疑是对广电总局“不提倡网络小说改编”的一个回应。一个以营利为目的的文学网站,当发现自己的“奶酪”被无端动了之后有所回应是正常反应,况且行政要求也只是“不提倡”而非“禁止”。而行政层面的“不提倡”显然无法阻挡市场和利益的巨大诱惑,因为据中国互联网信息中心所做的《中国网络文学用户调研报告》(2010 年 12 月)显示:“网络文学改编影视有很大市场空间。表示会观看网络文学改编的电影/电视剧的用户比例最大,达 79.2%。”②面对如此大的市场需求,文学网站当然不会错失商机。因此,许多网站在同作者签约时就已经做了相应规定,比如“全约”的作者,网站会代理其作品的所有改编事宜,不仅会定期向影视公司推荐适合改编的作品,而且当与影视公司有了合作意向后,会代表作者去同影视公司谈判包括改编费、版权年限等一干事宜,实际上充当了“经纪人”的角色。不但如此,一些大型文学网站比如盛大文学不仅投入巨资成立编剧公司,还连续数年邀请好莱坞著名编剧举办编剧培训营,对众多的网络文学作者进行培训,为网络文学作者“触电”转型提供助力。盛大文学的 CEO 侯小强甚至将“进一步推进对编剧的选拔、培训,经纪领域的尝试”当成自己新一年的“职业理想”之一。③ 可以说,在市场和利益的驱动下,网络文学影视改编的产业化进程已经起步并且迅速走入了快车道。

那么网络作家们如何看待网络小说的影视改编热潮?“触电”又对他们的写作产生了怎样的影响呢?《北京青年周刊》对唐家三少、月关以及猫腻的访问似乎可以为我们提供一些答案。在被问及网络文学影视改编的优势与难点时,唐家三少说:“我觉得对于网络小说来说,优势首先在影响力上。现在有网络共享的大平台,相对于传统作品会更有影响力……”在被问及创作过程中会不会考虑或者迁就改编的因素时,月关答道:“以前作品没有涉及影视这一块的时候,确实没有考虑改编,完全是根据网络市场来设计的。

① 参见《盛大文学推介五星级作品　网络小说改编成第二次浪潮》(http://www.cloudary.com.cn/News/1021580)。

② 参见《中国网络文学用户调研报告》(http://www.cnnic.cn/hlwfzyj/hlwxzbg/mtbg/201206/P020120612508648894476.pdf)。

③ 参见《盛大文学盘点 2012 影视改编作品都市、古代言情、军事类题材受热捧》(http://www.cloudary.com.cn/News/1021740)。

后来有几部作品卖给影视公司，他们会跟我们沟通，我会了解他们改编过程中遇到的难处。这之后我在写书过程中会更注意到接口，在不影响到趣味性的前提下，我会把一些角色设定、情节设定得更贴近容易改编的剧本。”而在被追问这种“迁就”会不会给创作带来困扰、对创作自由造成束缚时，猫腻答道：“影视出品方对我们网络小说感兴趣，是因为成熟编剧不愿意涉及比较新奇冒险的写法，写比较不一样的故事，所以我们优点和长处在这里。如果我们为了现在的影视出品方改变写作风格，可能反而把自己最大的长处丢掉了。”[①]由此看来，网络作家们一方面清楚地看到了网络小说影视改编所具有的粉丝优势，而另一方面影视改编也已对他们的写作产生了影响，甚至在某种程度上形成了制约。虽然他们也意识到网络小说的价值所在就是新奇冒险的写法，但在影视改编的倒逼下，这种长处和优势正在面临逐渐丧失的危险。猫腻其实提出了一个非常有意味的问题，即影视改编有可能“杀死”网络小说。因为丢掉自身的长处之后，网络小说根本无力跟传统的写作抗衡。这也为我们理解网络小说与影视改编的双向互动提供了另外一个思路。

至于网络文学读者对影视改编的态度，一方面如前引《中国网络文学用户调研报告》所呈现的，有 79.2%的网络文学用户都表示愿意看网络文学改编的电影或电视剧。但另一方面对于影视改编，许多年轻网络文学用户的看法却并不狂热，有些分析异常冷静，甚至还表现出了某种清醒的忧虑。针对网络文学的影视改编，笔者曾于 2012—2014 年连续三年在山东大学本科生中做过调查。在收回的 300 余份有效问卷中，统计显示几乎全部的被调查者都看过由网络小说改编的影视剧，或者玩过由网络小说改编的游戏，摘录几条有代表性的看法如下(由于调查涉及到网络小说的影视改编与游戏改编，所以部分回答也涉及游戏)：

康同学：“被改编的网络文学作品都是网络上大红大紫、拥有粉丝无数的作品。改编后既可以吸引‘原著粉’又可以吸收新观众，可以说使网络与影视双方都获得了更大的关注。”

张同学：“影视、游戏改编在面对文学作品时已不再是把它看作作品，而是看作一个文本，一个超文本。而网络文学以网络为依托决定了它可以迅速地适应市场的需求，不像传统文学要经历一个漫长的阵痛才可以迎来

---

① 参见《网络作家，抢戏！》，载《北京青年周刊》2013 年第 19 期。

新生事物的诞生。”

李同学：“网络文学的改编现象还是影响到了文学生产主体——作家。作家的自身定位、观念、叙事方式都会有改变、调整。如作家到编剧的转变，创作题材的通俗化，创作动机的功利化，叙事倾向口语化。”

何同学：“从长期来看，网络文学的影视改编并不能维持长久的热度，这主要基于网络文学本身的创作缺陷及文学抄袭和作品的泛滥性，文学自身的粗制滥造和艺术价值的丧失是重要原因；其次，从大众对网络文学改编影视的热度来看，文学作品本身的粗制滥造在改编后弊端依旧存在，长久来看，所形成的模式固定化，将为大众热度降温。”

大学生，一直是网络文学最重要的用户群体，他们对于网络文学影视改编的看法非常重要也非常有代表性。从调查反馈看，绝大多数同学的表述并不情绪化，并没有沦入“捧杀”或“骂杀”的宣泄式表达之中。面对一种伴随着他们成长的重要文化现象，许多同学的思考还是非常认真的。比如上面引述的四位同学的看法，既看到了基于“原著粉”的市场预期的影视改编可能带来的网络小说与影视改编双赢的可能，又能从“超文本”的视角审视网络小说、动漫、游戏、影视之间的改编与融合；既看到了影视改编对创作主体的自身定位以及题材、语言等方面产生的影响，又从网络小说本身的粗制滥造出发对影视改编热度的持久性表示了怀疑。应该说这些思考都是很有意义的，非“脑残粉”那种缺乏理性支撑的热爱或决绝可比，这也让人对网络文学包括网络文学影视改编在未来走向良性发展抱有期待。

三、网络小说影视改编的走向与分析

对于网络小说的影视改编热潮，我们不能脱离当下的时代背景和文化环境来孤立地看待。早在新世纪之初，就有学者断言“视觉文化”的时代已经到来，视觉“已经凌越语言文字而成为我们的新宠”，“我们现实的生活世界，视觉图像僭越文字的霸权几乎无处不在！从主题公园到城市规划，从美容瘦身，到形象设计，从音乐的图像化（MTV），到奥运会的视觉狂欢，从广告图像美学化，到网络、游戏或电影中的虚拟影像……图像成为这个时代最富裕的日常生活资源，成为人们无法逃避的符号语境，成为我们的文化仪式”①。十几年过去了，随着工业化程度的不断提高和智能设备的大幅普及，

① 周宪：《视觉文化与消费社会》，载《福建论坛·人文社会科学版》2001 年第 2 期。

影像已经成为我们这个时代的主导文化形态。网络小说影视改编热潮的出现应该说是与视觉文化时代的大背景相适应的。文字阅读正在越来越边缘化，图像或者影像阅读越来越受到青睐。表面上看来，这似乎与网络文学蓬勃发展、网络小说的粉丝经济突飞猛进的现实状况相矛盾，但实际却不然。

据 CNNIC 报告显示，截至 2014 年 12 月，我国网络文学用户规模为 2.94亿，较 2013 年底增长 1 944 万人，年增长率为 7.1%。网络文学使用率为 45.3%，较 2013 年底增长了 0.9 个百分点[①]。单从统计数据来看，网络文学发展势头依然强劲，不过如果联系 2012 年 7 月的第 30 次 CNNIC 报告来看的话，那么这“发展势头”却其实并非是一直上扬的。第 30 次的统计报告表明：“截至 2012 年 6 月底，我国网络文学用户数为 1.9 亿，较 2011 年底减少 4.0%，网民使用率为 36.2%，比 2011 年底减少 3.3 个百分点。”在数据呈现之后报告还作了如下分析：“近年来，网络文学发展持续慢于整体互联网发展。自 2010 年下半年起，网民对网络文学的使用率不断下降，与 2010 年 6 月底(44.8%)相比，目前使用率已减少了 8.6 个百分点，在 2012 年上半年，网络文学用户规模出现下降。导致这一现象的最根本、最长期的因素是网络文学作品质量整体较低。虽然网络文学以其类型多样、开放包容、自由多元等特点满足了不同阅读口味和爱好的需求，个别作品还被改编成网络游戏、影视剧等，但整体上，网络文学作品质量是较低的。创作者的低门槛、创作速度的快节奏，使得网络文学作品质量难以保证，题材雷同、情节拖沓、文字累赘、个别作品品味较低等问题较为突出，难以长期满足用户的阅读需要。”[②]将这两份报告联系起来解读，我们会看到，经过两年的发展以后，网络文学的用户使用率其实刚刚恢复到 2010 年 6 月底的水平，并且稍稍有了起色。况且中国互联网中心所使用的“网络文学”定义也是在“超文本”的意义上使用的，它指涉的是“通过互联网发表或传播的小说、散文、诗歌、连载漫画等文学作品”[③]，而“连载漫画”已经属于“视觉文化”的范畴了，若单纯考虑“文字阅读”部分，显然还要打个折扣。所以，“网络文学”的发展其实已经显露出了低迷状态。而与“网络文学”发展呈现低迷相对的是

---

① 《中国互联网络发展状况统计报告》(2015 年 1 月)。

② 《中国互联网络发展状况统计报告》(2012 年 7 月)。

③ 《中国网络文学用户调研报告》(2010 年 10 月)，参见 http://www.cnnic.cn/hlwfzyj/hlwxzbg/mtbg/201206/P020120612508648894476.pdf。

“网络视频”用户数量和使用率的持续增长。自2008年以来，网络视频行业的用户规模一直呈增长态势，截至2014年12月，网络视频用户规模达4.33亿，比2013年底增加了478万[①]。不仅如此，有感于网络视频用户的迅速增长，2005年1月发布的《中国互联网络发展状况统计报告》也首次将“网络视频状况发展状况”专章列出进行统计分析。因此，即便单从统计数据来分析，我们也可以很容易得出结论：视觉文化正在越来越占据主导地位。在这样的背景下，网络小说的影视改编热只不过是时代文化主潮的一种体现而已，并且在一段时期内还可能会呈现快速发展趋势。

至于网络小说的影视改编之所以被热议，甚至出现官方的“不提倡”与相关企业推动的“浪潮”之间的对垒，究其原因而言仍然在于影视改编的对象是网络小说这种虽然获得了越来越多的认可但却依然争议不断的文学资源。文学作品的影视改编由来已久，“自有声片问世直至‘二战’前，文学和电影渡过了一个长长的蜜月。仅仅在好莱坞，就形成了一股强劲的‘文学电影’潮流，那个时代生产的每一部电影精品，基本上都是以文学作为先导的，如《乱世佳人》(维克多·弗莱明导演)《呼啸山庄》(威廉·惠勒导演)《关山飞渡》《告密者》《怒火之花》(约翰·福特导演)《茶花女》《罗米欧与朱丽叶》《大卫·科波菲尔》(顾柯导演)，等等”[②]。而具体到中国文学作品，不仅以四大名著为代表的古典文学作品频频被改编为影视作品上映，许多优秀的现当代文学作品也是影视改编的热门选择。鲁迅、茅盾、巴金、老舍、曹禺、沈从文等著名作家的许多作品都被改编成电影上映，到1990年代更是形成了文学作品影视改编的一次“热潮”。但对于文学作品的影视改编，除了偶有理论上的不认同或者对改编成功与否的讨论之外，似乎并没有掀起太大的波澜，人们对于经典文学作品的影视改编是习以为常的。而且，无论改编成功与否，从传播学角度来说，文学作品都是受益者，因为借助影视改编的文学作品会使得自身在传播的链条上走得更远。许多作品之所以还一再被人提起并阅读，是跟影视传播所带来的广大受众分不开的。很多观众是看了改编的影视作品才知道了原著，并进而去了解作者，阅读原著。比如莫言的《红高粱》在1987年张艺谋执导的电影《红高粱》上映之前，尽管《红高粱家

① 《中国互联网络发展状况统计报告》(2015年1月)。

② 张宗伟：《中外文学名著的影视改编》，北京：中国广播电视出版社，2002年版，第8页。

族》在文学界已颇受好评，但影响也仅限于文学界。正是电影《红高粱》的上演所产生的巨大影响，极大地提高了莫言及其创作的国际声誉。而有的作品尽管改编过程中出现矛盾或争议，甚至导致原作者与改编方对簿公堂（比如由姜文执导改编自尤凤伟中篇小说《生存》的电影《鬼子来了》），但其实传播效果本身并没打什么折扣，反而往往会影响更大，传播效果更佳。

而网络小说影视改编的传播路径则恰恰相反，影视改编选择的都是网上"人气"很高的作品。也就是说，不是文学作品要借助影视改编来延伸自身的传播轨迹、扩大自身的影响——客观上也会起到一定的效果，而是影视作品要借助网络小说已有的"粉丝效应"来做合理的市场预期并确定改编的目标。并且，如果说此前文学作品的影视改编更侧重艺术方面的探索与呈现，因而改编的作品大多属于文艺片的话，网络小说的影视改编则更看重市场，走的完全是类型片的商业化路子。这种过于专注票房收益的商业化运作跟过于迎合读者、追求点击率的网络小说创作一样，是引起争议的最主要原因。对网络小说最主要的批评就是这类作品以故事情节取胜，缺乏蕴藉与深入的人性探索，定期更新的任务要求以及连载的形式也使得作品在艺术上来不及精心打磨，显得过于粗糙。而玄幻、官场、盗墓、穿越、耽美等等类型化的创作取向，又使得网络小说陷入不断的自我复制与模式化困境，难有创新。同样，以网络小说为蓝本改编而成的影视作品也相应地呈现出严重的类型化、模式化倾向。总之，产业化的运营模式使得网络小说创作呈现出了与传统文学创作完全不同的景观，这是坚持艺术至上观的人们无法接受的。但我以为其实也不必对这种文学与影视的产业化现状痛心疾首。无论文学与影视，娱乐功能都是其本质性规定之一，是无法通过引导或强迫手段加以改变的。同样，无论文学或影视，只要一种模式或类型一旦形成，那么离消亡也就不远了。因为模式或类型很快就会给读者或观众带来审美疲劳，而在市场化条件下，读者或观众一旦厌弃了某种食物之后，是不会再委屈自己的肠胃，硬去吞下让他们恶心的东西的，他们会用手中的钞票来做出选择。从这个意义上来说，眼下这种网络小说的影视改编热潮的确存在着隐忧。如果不打破这种模式化的怪圈，观众迟早会用手中的遥控器和钞票为网络小说的影视改编降温。

第三辑

当前社会文学生产的实证研究

导　言[①]

“当前社会文学生产的实证研究”侧重于广义传播学、社会学意义上的“文学生活”个案研究，这一子课题关注文学生产诸多环节的实际运作和现实效应，尤其重视当前社会新的文化情境下文学传播的主客观条件、发展空间、交互渗透、新异取向和种种得失利弊。在此基础上，了解“文学生活”在内质和形态上具体的更替与伸缩，廓清当前文学生产的基本面貌和总体走向，可以为营造良性的文学文化生态和社会精神生活作出贡献。

一、研究概述

本子课题主要围绕三个调研方向展开：一是与一般读者相关的传统纸质刊物的生产与传播。鉴于“文学生活”意义上的文学研究实际上凸显着调研对象的开放性和时新性，我们在选择考察个案时没有囿于以往习见的雅俗文学分野，而是自觉将目光转向那些作用于更广大受众群体的非纯文学出版物，具体落实于《故事会》和《读有所得》这两份刊物定位和阅读受众均不同于纯文学期刊，同时又鲜明体现出当下一般读者“文学接受”实际样貌的出版物。从文学研究的专业眼光来看，这两份刊物可谓十分边缘的类型，而从“文学生活”视角观察，二者恰恰满足了不同人群的阅读期待和精神欲求，其出版策划、办刊方向、栏目经营、版式设计、传播效应等均值得细察深思。事实上，有关当下通俗文学读物和人文读本如何生产流通、如何体现文学趣味、如何发挥文学传播功能等关键问题，也正是在对上述两种代表性刊物的调研中得到了很好的回答。

第二，针对新媒体环境下文学传播所遭遇的新的“阅读文化”展开调研。计算机科技与移动通讯网络技术的发展可谓日新月异，科技同样深刻改变着文学接受的路径和方式，一种新的“阅读文化”既已形成，这是文学生产与传播活动需要直面的新的现实。为了厘清这一新的文化境遇，我们有针对

---

① 导言由叶诚生教授撰写。叶诚生，山东大学文学与新闻传播学院教授。

性地集中开展了有关“低头族与缝隙化阅读”“移动阅读”“广播媒介与视听阅读”“手机阅读”等专题调查。与此相关，在自媒体时代，媒介事件如何影响文学传播？新媒体环境下新闻事件与文学生产之间的关系如何？围绕这样的问题，我们也展开了有关两位话题诗人（汪国真和余秀华）的跟踪调研。

第三，两种不同文学传播空间的考察。一种是山东大学当代中国文学生活研究中心组织实施的“文学生活馆”活动，这是一个实有的文学传播社区，有固定的地点和时间，也有固定的参与者，当然随着“文学生活馆”日益扩大的影响力，新进的参与者也源源不断加入进来。另一种文学传播空间是网络平台，我们考察了一个互动学习、共享交流 QQ 群组和一个文学类公益阅读平台。实际上，两种传播空间存在交集，前述 QQ 群组正是基于“文学生活馆”有效的线下传播而形成的在线交流群体。

二、问题与思考

从传统纸质出版物的生产流通到新媒体影响下的新的文学传播生态，文学生产与接受的空间与中介不断变化。依照前述三个调研方向，我们可以梳理出以下值得思考的若干问题，而我们的一些研究所得也正可从中体现。

第一，在纯文学出版物覆盖力缩减的情势下，主动征用文学资源的人文读本和通俗读物已成为考察当下文学阅读取向的一种新的标本。1980 年代那种全民阅读的文学时代已经远去，当下，调动受众潜藏的文学热情、满足他们固有的文学兴趣，这是像《读有所得》《意林》《读者》《月读》等人文读物共同努力的一个方面，它们藉此在大众那里起到了纯文学刊物不易达成的美育与伦理作用。这类刊物的丰富色调和人文内蕴在很大程度上源于其文学趣味，调查工作也使我们同样感知到了这类刊物特有的“文学性”。从《读有所得》的编辑理念来看，文摘和原创素材并重，选文偏于传统经典材料，原创类文字以当下学者的评论鉴赏为主，后者大多出自文学研究名家之手。经典意识、名人意识和权威意识在一般受众那里会起到非常正面的传播效果。这种“大家小文”的形式使得读者接受的思想与艺术信息密度大篇幅小，阅读活动的质感易于被体会到。

当然，人文读本尚处于成长当中，我们的调研也意在从中观察和思考普通出版物和文学传播之间的良性关系如何得到培育。当下传统纸媒形式下的文学接受状况常常令人忧虑，实际上，如果我们将目光更多地投向一些看似与纯文学距离较远、面貌也不那么单一纯粹的普通读物，可能会有可喜的发现。应该看到，文学阅读的空间其实是富有弹性的，也是具备兼容性的。像《故事会》这类已构成“文化现象”的通俗出版物虽有别于前述人文读本，但其拓展的文学阅读空间绝不容小觑。这类民间文学型的刊物实际上受到不同阶层、不同年龄人群的喜爱，《故事会》更是一份读者传阅率很高的成功刊物。编选素材的接近性原则、办刊思路的“品味向上，眼睛向下”方针、读者定位于“一般文化水平”受众的低端化策略，均是其成功之道。通俗读物反映了国民文学生活很重要的一个方面，其中真正生存下来并能光大其传播效应的，还是那些了解读者心理和市场需求的精品。需要认真思考的是，对于普通读者来讲，读文学目的何在？流行文学的受众可能践行的是大众文化中的消费主义原则，另有一些人可能更加热爱文学，虽然同样与实际功利无关，但又关乎个人的精神旨趣，所以可以做到日常不离。在实际的文学阅读中，读者的阅读动机和阅读功能可能是交叉重叠的，能够完全满足读者所有的阅读期待的出版物其实难以存在。

第二，新媒体技术带来的新的阅读文化影响着当下文学生产、传播的取向。新的阅读文化主要体现于各色移动阅读人群身上，首先是缝隙化阅读，而“缝隙”也正是都市飞速发展过程中人们惯常的空间感受，像奔波穿梭于职场、家庭、商场、酒店乃至于不同城市的都市人，每天不得不致力于填充不同场域之间的缝隙化空间，新的媒介形式的出现为这些都市缝隙准备了足够的阅读内容填充物。我们调查的“低头族”、高铁乘客阅读人群、手机文学读者等均是此类阅读文化的典型群落。文学生产在此背景下更加强调注意力经济的传播模式，也更加注重文化资本流通的速度和效率，文学生产不得不纳入信息化的洪流和都市快节奏的生活秩序之中。

与缝隙化阅读相关联，新的阅读活动还常常表现出缺少“沉浸效果”的浅表式、碎片化倾向。这个观察并不新鲜，但另有其启发意义，也就是说，在发生学意义上，移动阅读除了是新技术的直接产物，其实也是基于对传统纸媒传播内容与形式的不满而产生的，像高铁乘客很少主动阅读列车上既有的杂志等出版物，这应该是值得纸媒出版者再思考的问题。实际上，我们在调查中也发现，高铁乘客并非人人是“手机控”，确实存在一类钟情传统阅读方式的读者，纸媒的人文质感和书卷气息以及阅读可持续性可以对抗浅表性阅读，其中的读书韵味尚有吸引力，前提是出版者提供适宜新的阅读环境的精良、可读的文本。由此可见，新的阅读文化（缝隙化、碎片化等）既给文学生产与传播形成了现实压力，也提供了反向改良自身的各种机遇。

第三，自媒体时代新闻传播与文学生产如何形成合力？自媒体的终端设备主要是手机，它不仅比报纸、广播、电视等传统媒体更加快捷灵活，而且比网络平台中的个人电脑还要有优势。自媒体本身不受版面和时间的限制，内容、风格均更加自由随意，其信息推送和主动提醒功能具有更加积极的传播效应。“汪国真逝世”带来的全民关注热潮和“余秀华走红”产生的众声喧哗都是自媒体时代文学传播的极为典型的个案。应该看到的是，从围观到分享，自媒体时代的文学传播已形成新的接受习惯，微博、微信等自媒体平台不仅及时推送动态信息，而且迅速引领出延伸阅读相关作品的活动，受众实际上主要是通过自媒体渠道获取这一切。围观与分享使得大众直接参与其间，公众在接受者与传播者之间交互转换角色。

值得关注的是，正是自媒体平台使得前述的新闻事件转变成文学事件。要想使涉及文学人物的新闻事件所包含的文学价值得以实现，需要受众能够及时阅读到相关文学文本，自媒体的传播优势促成了这一结果。进一步而言，自媒体时代普通读者发出的文学价值评价的声音也不再被压抑，每个读者都能够发出自己的声音，公众的态度日益重要，也更具有多元化的色彩。当然，自媒体平台同样有隐蔽的倾向性，大众读者的文学评判能力也有诸多局限，在以往主要由专业评论者主导的舆论空间不再独享尊荣的新语境中，文学生产与传播应该更自觉地维护一个自由理性的平台，在大众快速消费文学事件的商业价值和娱乐价值的同时，努力将大众读者从猎奇性关注引导至直接阅读和鉴赏性研究之中。当然，在新闻传播和文学生产共赢的期待视野中，我们不能仅仅将文学事件看作纯文学或纯审美的现象，这些事件或热点总是与其他公共问题、社会问题紧密交叉在一起。

第四，文学传播的社区建构具有多种可能性。“文学生活”视角下的调研工作理应强调实践性，我们不看好那种纯粹观念的、想象的自娱自足的研究，我们认为“文学生活”应更多地与大众接受者相联系。基于这种工作原则，我们以“山东大学当代中国文学生活研究中心”为依托，实际组织实施了营造一个实有的文学传播社区的活动，这就是山东大学“文学生活馆”的系列文学讲坛。“文学生活馆”直接向社会公众开放，两年来坚持开展周末文学经典讲座，同时还提供作家与批评家对话专场，可以说有效地将文学研究者和大众接受者、文学创作和文学阅读、高校文学空间和社会文学群落连接在了一起。实际上,“文学生活馆”对于我们的课题研究而言,一方面是一个直接进行文学传播的成功社区,另一方面也是我们观察文学传播空间营造的一个切身的样本。我们借由这一社区个案对当下各类“文学人口”的文学创作、文学传播、文学消费等做了实际调研,开掘了“文学生活馆”社群活动的学术意义。文学社区的建构也是构建公共文化空间的一种实践,它所营造出的社区意象成为文学爱好者相互认同的一个文化标签,参与者在其间的传播行为也不断重构成员之间的社会交往和社会关系,显示出当下文学消费所具有的文化资本象征意义,也体现着“文学爱好者”这一身份仍具有某种文化动员力量。

如果说“文学生活馆”是一种有效的线下传播模式,那么,基于QQ群组的网络学习交流和一些文学类公益阅读平台的运作同样提供了文学传播社区建构的成功的在线模式。这是值得文学生产与传播者紧密跟进、积极实践的文学空间。在线平台不仅为广大的文学读者提供了不受时空限制的资源共享、人际交流的场域,而且实现了将普通读者的文学消费和反应纳入学术研究视野的可能,有利于构建更加完整的当代文学研究景观,也为“文学生活”课题研究积累了扎实丰富的材料。当然,在线文学社区本身的运转机制和传播优势值得做专门分析,我们的调研已经对资源交换共享的类型、文学互动与社会交换的关系做了认真梳理。

总之,有关“文学生活”的相关课题研究不断更新着我们既有的文学视野和社会认知,也将我们对“文化研究”这一影响显著的人文学术方法的认识落到实处。“文化研究”原本就致力于打破“文化”这一概念的精英化、理想化、观念化认知模式,恢复“文化”的民主本色和实践内涵。当我们将“文学生活”与“文学民生”相关联,特别是当我们在日常文化实践的意义上观察和思考大众的文学接受时,我们实际上已经坐实了文化研究的方法与策略。我们不难看到,文学生产与传播的媒介与空间是多元化的存在,无论是传统纸媒的自我更新还是新媒介的快速发展,无论是都市真实空间里的文学实践还是网络虚拟现实中的传播交流,文学都将是某种解放的力量。在广大的文学受众那里,在不得不经受现代都市生活秩序的挤压和塑造的同时,文学不时地渗入现实空间的缝隙与角落,虽然难免被编织进社会生产关系的再生产之中,但文学的方式仍为他们自我认同、对抗焦虑、阶层融合、建构意义提供了一种可能。

第一章　传统纸质刊物的生产与传播

第一节　从《读有所得》看人文读本的文学趣味[①]

在阅读风气不振的当下，出版物的不断分流与多样化已成常态。就文学读物而言，一方面，传统意义上的“纯文学”读本所能覆盖的读者群日渐缩减，另一方面，各式各样的人文读物却又通过征用丰富的文学资源、调动潜藏的文学热情、满足不竭的文学兴趣，体现出此类读物别样的“文学性”。可以说，样貌不一的人文读本所共同呈现出的某些文学趣味已经成为考察当下文学阅读取向的一种标本。

所谓“人文读本”并没有构成所指固定的某类统一体式的出版物，本文仅在如下意义上使用这一概念：这些读物的取材大多集中于文史哲，而在所用材料中又偏于经典对象，在价值观上偏于对世俗理念的超越和人文精神的守护。实际上，对于以往的纯文学读物而言，这种选材和导向是最为普遍的，即使仅在道德意义上讲，这些也应该是题中应有之义；而对于当下的人文读本而言，这些价值选择常常被提升为某种崇高义理，这本身当然已经揭示出社会人文精神衰退与陷入危机的背景。也正是在这一背景下，人文读本的出版与接受在社会公众那里起到了纯文学读物不易达成的美育与伦理作用。

除了《读者》《意林》等虽具人文读本色彩但并不以此自我标榜的大刊之外，湖南的《读有所得》、重庆的《读点经典》、广东的《新三字经》、福建的《领导文萃》、中华书局的《月读》等更能代表明确定位于基层公务员、城市白领和普通大学生的此类读物的特点。笔者从中选取出版时段较新、自觉意识更强的《读有所得》作为调研对象，集中考察该刊所体现出的文学编读中的

---

① 本节由叶诚生执笔。叶诚生，山东大学文学与新闻传播学院教授。

趣味与取向，从而引发对当前社会文学阅读某一侧面的进一步思考。

一、《读有所得》的基本面貌

作为一份由湖南省委宣传部和湖南文艺出版社共同策划的连续性出版物，《读有所得》于 2010 年 11 月创刊，此后便以月刊形式定期发行。读本围绕“三新三典”来设计专栏以及编选内容。“三新”指“新思想、新知识、新经验”；“三典”指“传统经典、现代经典、国外经典”。读本共设八个专栏：“本期关注”“视点”“古典”“今文”“译苑”“人物”“书香”和“艺术欣赏”。强调“读”，更重在“得”：经典美文之后，既有历代名人评说又有当代专家学者的心得感悟。读本希望读者不仅能从中汲取思想与知识营养，还能享受深度阅读、延伸阅读的思想回味和艺术美感。此外，读本还开设特色栏目“多读一点”“多得一点”，分别讲述名人故事、介绍方法性内容，增加阅读趣味性与实用性。每一期包含一个隐性主题，每期的主题立足思想前沿，紧扣当下时事。各小专栏围绕隐性主题多层次多角度编选内容。从 2013 年 1 月开始，通过编读沟通和广泛听取各方意见，读本又对栏目作出以下调整：增加“三新”，将“本期关注”“视点”合并为“特别推荐”，共五篇文章；减少“古典”篇目；将“人物”扩展为“文史撷英”，增加了文章篇目。①

《读有所得》在经济上获得了湖南文化产业引导资金支持，在出版发行上一方面依靠党政系统的政策性扶持，另一方面也走一般图书发行的普通渠道（除了刊物所在地湖南省内的新华书店外，笔者在山东省济南市新华书店的通俗流行读物柜台上也看到了正常发售的《读有所得》）。当然，从调查来看，该刊目前还不是一份以盈利为目的的市场型出版物，其定位主要是着眼于构建学习型公务员群体、提升公众人文素养的读本，这也就决定了当前情形下该刊偏于社会效益的功能设计。

从办刊初衷和刊物背景条件来看，《读有所得》的出版显然有时事政治的因素。根据笔者对该刊三位编辑的电话和邮件调查得知，刊物的成因和创立过程都与主流政策相关联。2009 年 9 月，中共十七届四中全会的报告中发出“建设学习型党组织”的号召。2010 年 2 月，中共中央办公厅下发

① 本文调查数据来自对《读有所得》编辑部相关人员的采访和对长沙市（2013 年 8 月）、济南市历城区（2013 年 1 月）部分新华书店的实地调查。《读有所得》编辑吕苗莉、李雪娇、贺兰萍先后提供了大量文献材料。

《关于推进学习型党组织建设的意见》。《读有所得》的办刊设想正是根据全国性的自上而下"建设学习型党组织""推动文化大发展大繁荣"的决策部署，为不断提升广大党员的学习能力、理论素养、工作本领而积极探索的以新内容、新载体、新方式为特点的出版形式。这样看来，该刊首先满足的是为湖南省实现科学跨越、富民强省提供强大的思想保证、精神动力和智力支持这一实际需要[①]。在此背景下，笔者发现同样值得注意的是，该刊成型后在很大程度上有效克服了以往那种政治类读本的单调枯燥感，无论内容设计还是刊物装帧，《读有所得》均给人以耳目一新的阅读印象。该刊编辑吕苗莉给笔者提供了当初刊物创办的工作时间表：决策部署阶段(2009 年 7 月)；市场调研与选题策划阶段(2009 年 8 月至 2010 年 5 月)，有针对性地比较研究全国其他同类产品，在大量掌握第一手市场信息以后，深入听取湖南以及北京相关专家的建言，最终完成选题方案；样书设计与制作阶段(2010 年 6 月至 9 月)，2010 年 7 月，样书出来后，组织调研组专题考察《读有所得》；正式出版阶段(2010 年 11 月以后)。可以说，刊物从开始阶段便自觉确立的精品意识和人文读本的大方向，保障了《读有所得》的文化品味和丰富性。

二、《读有所得》的文学取向

《读有所得》创刊至今所一再呈现出的丰富色调和相对厚实的人文蕴含在很大程度上源于其文学趣味。笔者将从以下几个方面解析调查所得和对该刊特有"文学性"的理解。

1. 选材和点评中的文学面向

截至 2013 年 9 月，《读有所得》已出版 32 期。根据笔者统计，每期文学类内容占总篇幅比例为 51%左右，此外尚有包含或近似文学内涵的音乐、美术等艺术类材料。具体到特定栏目，出现文学内容最多的是"古典""今文""译苑""人物""书香"，约占栏目总数的 62%。《读有所得》是文摘和原创素材并重的刊物，因此，为刊物撰写各种特定文稿的作者构成也是考察和衡量其文学样貌的重要指标。总体来看，该刊作者队伍呈现不断扩大趋势，作者绝大部分为全国各大高校以及社科院类研究机构的专家学者(96%左右)，其他个别撰稿人来自文联、报社、博物馆等文化部门。其中较为稳定出

① 笔者注：有关《读有所得》的社会效应，"红网"等媒体有过专门报道。

现的作者单位有北京大学、南京大学、北京师范大学、山东大学、吉林大学、中国人民大学、湖南大学、华东师范大学、南开大学、集美大学，此外还有中国社科院、复旦大学等。来自各学术单位文学专业的专家学者在总人数中所占比例为84%，其他为艺术专业、历史专业、古籍整理和国际文化专业等。在文学专业作者队伍中，教授所占比例与副教授所占比例基本持平，均在45%上下，其他作者为讲师和博士生。当然，反映在每一期刊物中，这一人员构成比例会有小幅波动，甚至在有些月份(如2012年3月、9月)，教授作者比例超过三分之二。

上述选材和作者人选数据明显反映出《读有所得》对文学题材的侧重和对撰稿人权威专业身份的认知偏好。该刊的文摘素材当然包括大量作家作品类文本，但同时并不刊发当下撰稿人的文学创作类作品，刊物原创类文章限于评论和赏析类文字。可以说，这种选择设定一方面为读者提供了丰富多样的文学选文，同时也充分发挥了专业学者的分析鉴赏之优势，从而确保文学接受的“读”和“得”兼而有之。

从选文本身来看，首先可以见出的是作家作品的经典性。进入该刊的代表性作家计有屈原、宋玉、陶渊明、李白、杜甫、王维、苏轼、王安石、郑板桥、曹雪芹、吴承恩、龚自珍、梁启超、章太炎、胡适、李大钊、鲁迅、林语堂、叶圣陶、朱自清、巴金、老舍、梁实秋、戴望舒、郁达夫、冰心、苏雪林、左拉、歌德、托尔斯泰、海明威、罗曼·罗兰、雨果，等等，当然也包括先秦诸子以及若干中国当代作家。虽然限于容量，该刊不可能覆盖更多文学史上的经典作家，但其选择的经典性意向非常突出。一方面，这一意向服务于该刊办刊初衷中的“三典”(传统经典、现代经典、国外经典)原则，另一方面，经典文本的可阐释性也是最强的，这是保障该刊内容丰厚性的一个有力支撑，也符合点评人即前述专家学者的文学取向和学术趣味。从目前可见的全部《读有所得》中，笔者并未发现通俗文学作品的踪影。虽然文学史上雅俗互动、由俗而雅甚至通俗变经典的作家作品并不鲜见，但《读有所得》显然在雅俗问题上采取的是相对保守的成规性尺度。其次，该刊兼顾思想性凸显的作品与形式感强烈、语言风格突出的文本，二者在数量上基本相当，而且经由不同栏目的区隔，两类文章分获不同的功能和旨趣。“古典”栏目中司马迁的《食货论》、王安石的《答司马谏议书》、谭嗣同的《仁学》等代表思想厚重、富于精神启迪的一类文字，这一部分体现刊物对历史文化厚度的刻意追求和对文学教化功能的自然认同。而主要出现在子栏目“美文推荐”中的诸多作品则面目清新、文采斐然，意在为读者提供阅读快感和审美愉悦。在另一栏目“今文”部分，这一特征稍有减弱，原因主要在于，今文与现实人生的粘着力显然更强，从历史体验上来讲也与读者更加切近，所以不易像唐诗宋词那样纯粹形式化和经典化。当然，鲁迅《上海的儿童》、梁实秋《谦让》、傅雷的《傅雷家书》所代表的选文显然偏于说理，而林徽因《深笑》、蔡澜《焚香》、柯灵《野渡》等显然又是现代诗文中偏于抒情与文人情趣的一类代表。

从学者的议论与鉴赏文字来看，首先，出于文学研究领域名家之笔的篇目并不少见，像戏曲史家蒋星煜、文学史家袁行霈、古典文学知名学者莫砺锋、骆玉明等，以及王岳川、张光芒、曾艳兵等代表的活跃在学界一线的学人。他们的点评往往要言不烦、举重若轻，加之卸去了高头讲章式的拘囿，更易见出任意点染、随性而谈的趣味，可视为文艺随笔或学术杂谈之类的“闲笔”，正合《读有所得》所期望的引领阅读时风、体味人文情趣的宗旨。这样看来，该刊在撰稿人选取上的某种“名人意识”“权威意识”还是取得了非常正面的传播效果。当然，其他普通学者的文字自有其可感之处，该刊体式的短小便利也为作者的即兴发挥式的机智与灵动提供了可能。上述特点均为刊物带来了爽然有致的阅读趣味，读者接受的思想与艺术信息密度大而阅读的篇幅小，阅读活动的质感自然易于体会。其次，笔者在调查中了解到，编者对撰稿人的点评文章一般有两项要求，一是不要粘着于选文本身，二是尽量贴合每期的隐性主题。这一编辑方针当然不一定得到完全彻底的落实，但通观大部分点评文字，可以说基本达到这一要求。由此一方面固然有效实现了刊物的编辑理念，另一方面，也有一个缺憾，即点评往往主要从思想内涵出发，最终也以落脚于主题性内容为目标，总体看来偏内容、轻形式，导致对某些选文的阅读接受中的审美引导不足，而点到为止式的评说也不易深究原文内涵。从文学接受的角度衡量，读者从中得到更多的是确定的语义而非对话式理解的丰富性；同时，读者更多地感知到文本表达了什么，但较少有机会明白文本如何表达以及何以如此表达。后者对文学阅读而言其实更加重要。

2. 刊物装帧和普通栏目中的文学情趣

虽然从前述分析中可以看到，《读有所得》在点评文学选文时多少有些重义理胜于重辞章，但是，该刊在通俗人文读本中之所以能引人注目，很大程度上恰恰与其浓厚的文学氛围相关。笔者注意到创刊伊始的《读有所得》实际上采用的是线装本装帧，封面、衬页和封底用纸均为朴雅风格，内里正文部分每页均有竖排“读字”“读词”“读句”“读韵”等文字，一如传统书页上的眉批，既为装点，也是用心集成的内容。这种传统文人在刻印诗文、相互酬和时习见的雅趣，经由《读有所得》的装帧设计被部分呈现出来。改版后的刊物不再是线装本，转用一般装订，封面为素雅的原白色，每期封面的左下角均印有彩绘漫画，线条简洁朴拙、画面平实可喜，一般为儿童、老人和日常人物，多为丰子恺、黄永玉式画风。此外，每期封面刊头一侧，还印有竖排的内容各异的诗句，可以说刊物散发的文人情致和文学气息丝毫不减。

文学情怀同样渗透和辐射到该刊的其他普通栏目当中。以“本期关注”和“视点”栏目（后合并为“特别推荐”）为例，乐黛云、王蒙、莫言、刘心武、卢新华、韩少功、梁晓声、陈染、毕淑敏、茨威格等均被选入栏目，其人其文的审美感召力和精神影响力当然为刊物平添了丰厚的文学滋养和斑驳色调。由于该栏目在刊物的头条位置，显豁醒目，虽并非专为文学内容而设，但这些作家与学者的出现，的确有引领一期刊物阅读风向的作用，其中不少人物在文学史上的经典价值也提升了刊物在文学维度上的号召力。当然，渗透于刊物栏目之间的“文学性”不仅仅意味着精神声势和心理吸引，也是有意为读者提供扎实的文学阅读对象。“译苑”栏目当然并不限于文学译作，但对于不太接触专门的外国文学读物的普通读者来说，该刊提供的风格与体式各异的外国文学作品选译，已经是可贵的异域文学营养。这方面素材中出现的外国作家，既有读者熟悉的传统意义上的经典作家如安徒生、罗曼·罗兰、屠格涅夫、果戈理、契可夫、泰戈尔、雪莱、毛姆、马克·吐温、纪伯伦、高尔基、爱默生、雨果、华兹华斯、叶芝、左拉、莫泊桑、歌德、莱蒙托夫、戈尔丁、蒙田、霍桑、川端康成等，也有现代意识更加强烈的作家如博尔赫斯、马尔克斯、卡夫卡、惠特曼、波特莱尔、斯特林堡、海明威、加缪等，还有一些普通读者阅读较少的作家如米斯特拉尔、赫兹里特、夏目漱石、高尔斯华绥、阿索林等。这些不同时期、不同风格、文体各异、语言文化背景复杂多样的作家作品在“译苑”栏目中频频出现，可以说为刊物增添了强烈的文学异彩。

三、《读有所得》与文学阅读

作为一份处于成长过程中的人文读本，《读有所得》为了解和提振全社会的文学阅读活动积累了某些经验，也为我们观察和思考出版物与文学传播之间的良性关系提供了一定的启示。

1. 文学阅读空间的多元存在

当下的文学接受状况一直是让人们深感忧虑的问题，虽然网络等新媒体给文学的生存与传播带来了新的机遇与可能，但对于传统的纸媒形式下的文学阅读而言，存身的空间似乎越来越狭窄。实际上，在考察标志性的若干纯文学出版物之外，如果我们将目光更多地投向一些看似与纯文学距离较远、面貌也并不那么单一纯粹的普通读物上时，可能会有不少可喜的发现。《读有所得》其实就是这样一份刊物，它并非文学出版物，从创办初衷来看，毋宁说它是一份面向机关公务员的人文社科学习读本。从该刊的内容来看，文学之外，尚有管理、时政、历史、哲学、法律和艺术等各种门类。然而，正是在这样一个交叉平台上，文学阅读大行其道，无论从精神引领意义上还是从知识获得角度来看，文学实际上成为刊物不可或缺的构成要素。从某种意义上说，《读有所得》最初的拟想读者生活在距离文学较远的党政机关，其生活模式、工作环境和行为与心理习惯均与文学有所疏离；该刊最初的决策推手也是凭借时事政治之力，借构建学习型社会的政策潮涌一举创立而成，这一背景当然也与惯常理解与想象中的文学传播的起源与目标不相吻合。但是，尽管有种种差别和距离，文学的广泛阅读与有效接受局面就此形成了，固守纯文学行为模式与思考习惯的人们也许会不以为然，觉得这只是文学搭台、时政唱戏，或者诧异于文学何以会“礼失求诸野”、存身于别处？实际上，从前述调查分析可以清晰看到，《读有所得》既有文学倡导之形式，也有足够坐实的文学阅读之内容，刊物的文学趣味浓郁，人文情怀凸显，已经构成了文学阅读的别样空间。这也给当下的文学传播与接受提供了很好的借鉴，可以说，文学阅读的空间其实是富有弹性的，也是具备兼容性的，多元的文学接受空间也正是依此形成的。

2. 文学经典的优势传播效应

笔者在调查中也曾发现，目前在综合性报纸副刊、青年读物、文摘类杂志等纸媒上其实不同程度地存在文学选文的版面，但似乎多受制于两个问题：一是快餐类、流行性文本居多，二是千篇一律的小情调作品泛滥。前者多是类型文学的天下，后者是盲目渲染空乏无物的小资情怀的产物。无论哪一种情况，实际上都影响甚至败坏了读者对文学的期待和阅读胃口。当然，大众文化在后现代文化氛围中自有其文化合理性和现实功能，但毕竟无法提供持久的文学动力。《读有所得》并无自觉抗衡流行文化的使命，也未必用心思考过雅俗文学的复杂纠葛，然而，刊物始终坚持下来的“选经典、论经典”的策略确实为它带来了淳厚的审美气息和触动人心的文学效应。这为当下的文学传播与接受显示出一条实在可行的路径，因为经典所具有的丰富无际的意义世界、卷帙浩繁的文本素材、经年累积的心理影响以及历史与美学的双重价值，正是读者所真正需要的，也是读者能够持续感知的。这才是文学理应给人的精神营养，也是能够持久吸引读者的根因。立足经典、重读经典，这是新的文化境遇中文学传播所能凭借的有效力量。

3. 文学阅读功能的多样化：米谷？菜蔬？点心？

一份最初面向党政机关公务员读者的学习读本交由一家文艺出版社策划出版，《读有所得》的这一做法实际上也透露出刊物对文学情怀的偏重。尽管如此，该刊也不可能办成真正的文学期刊，换言之，仅有文学志趣既不是刊物的标准也并非该刊目标读者的唯一需要。这也是《读有所得》以“人文读本”为方向的含义，文学固然意义深厚，但涵养精神、求知问道、提升自我、服务社会这样的综合目标无法仅仅依靠文学阅读来实现。这里实际上涉及一个如何定位当下普通读者文学阅读价值的问题。对于专业读者而言，研读文学自有其不言而喻的学术意义，而对于普通读者来讲，读文学目的何在？流行文学的受众可能践行的是大众文化中的消费主义原则，读书实为消遣，文学可供娱乐，如同茶余饭后的一道点心，没有也无妨，有它更过瘾。另外一些真心热爱文学的读者可能会视文学为日常之必需，虽与实际功利无关，但关乎个人的精神旨趣和生命质量，文学阅读成为他们消解胸中块垒、涤荡灵魂世界的凭借，如同菜蔬之于饮食，虽不能尽饱，但日常不离。更有读者则视文学为生命，阅读非为他用，而是生活方式和生命存在本身，他们不去关心缘何而读书，而是自觉将身心与文学相融合，文学是信仰，也是生命，正如人非食米谷无法存活一样，一切均为不证自明的切己之道。

如此三分读者其实并不绝对，在实际的文学阅读中，读者的阅读动机和阅读功能可能是交叉重叠的，能够完全满足读者所有的阅读期待的出版物其实难以存在。我们需要思考的是如何在每一种定位的层面上做出切乎本身的精品，而尽量避免似是而非的粗制滥造。《读有所得》当然还并非完善之作，其时政语境与文人情趣的内在紧张不难见出，湖湘文化的特色和底蕴也并未充分体现，就文学品格而言，如何在凸显思想价值的同时，恰当引导读者对文学形式的感知欲求，这些都是该刊及更多类似人文读本需要克服和解决的问题。

第二节 “《故事会》文化现象”观察[①]

《故事会》是上海文艺出版社编辑出版的通俗的民间文学杂志，创刊于1963年，“文革”期间一度停刊，1983年复刊，迄今50年。最近这30年，这份刊物以其鲜明的特色和成功的经营之道，赢得广泛的读者群，曾连续数年创造了月发行量达四百多万册的记录，其发行量不仅在全国9 000多种期刊中一直保持在前五的位置，而且在全球发行量最大的前五十名期刊的排名中长期高居第六位。《故事会》先后三次获得“国家期刊奖”，1994年被中央电视台评为“读者最喜爱的全国十大杂志”之一。《故事会》不仅发行量大，而且传阅率高。调查显示，《故事会》的读者传阅率为8%，即一本《故事会》就有8个人阅读，这还不包括这些故事的口口相传。《故事会》在广大农民中拥有广泛的读者。《故事会》的编辑、生产、传播与接受，已经形成很特别的文化现象，或者可以称之为“《故事会》文化现象”。笔者于2013年上半年对《故事会》的读者群做过调查，同时对2001—2012年全部《故事会》杂志加以地毯式的量化研究，希望能了解：《故事会》何以形成自己独特的风格和定位，在全国众多故事类杂志中独占鳌头？它是如何在改革开放的进程中完成了自身的发展，一步步赢得了众多的读者？它为什么能收到社会各阶层、各行业、各年龄的广泛喜爱？为什么农民群体会对《故事会》情有独钟？《故事会》的大获成功反映了国民文学生活中怎样的需要？这种需求是被《故事会》引导还是被它迎合？从《故事会》办刊的成功中能得到什么启示？等等。限于篇幅，本文着重展示《故事会》办刊情况的分析以及阅读传播情况的调查。

笔者对2001—2012年共252期(《故事会》自2004年起改为半月刊)进行了普查分析。

在这252期中，除去每期的“笑话”(每期12—14则)、“漫画故事”(每期

① 本节由陈立新执笔。陈立新，山东大学文学院本科生。

一组）和“三分钟典藏故事”（每期3—4篇哲理小故事）之外，共有故事5 274个，大多数为短篇，基本每期只有一则中篇故事。

从故事的空间背景来看，以发生在国内为主，共4 753篇，占总故事的90.12%。在国内的故事中，故事发生地点为农村的占2 098篇，占国内故事总数的44.14%；发生在城市的1 424篇，占国内故事总数的29.96%；故事发生地为城市和农村结合的447篇，占国内故事总数的9.40%；还有一部分故事的空间地点不清楚。

从故事发生的时间来看，发生在当代的有4 609篇，占故事总数的87.39%。其中，发生在当代国内的3 882篇，占国内故事的81.67%。

就故事内容来看，外国故事内容庞杂，但主要以侦探为主；中国古代故事内容以侦探、爱情、复仇、商战主题最多；中国当代故事内容则多种多样，表1和表2分别从主人公和故事主题两个方面加以区别。

表1　2001—2012年《故事会》中国当代故事的主要主人公类型

主人公类型	故事数	占中国当代故事的百分比（%）
农民	1 027	26.46
商人	694	17.88
知识分子	409	10.53
学生	142	3.66
官员	553	14.25
小市民	731	18.83
退休老人	267	6.88

表2　2001—2012年《故事会》中国当代故事的主要主题类型

故事主题类型	故事数	占中国当代故事的百分比（%）
商场谋略	322	8.29
农民工进城	470	12.11
新科技应用	217	5.59
亲情爱情	488	12.57
民间公益、希望工程	129	3.32

续 表

故事主题类型	故事数	占中国当代故事的百分比(%)
医患关系	220	5.67
邻里冲突	249	6.41
官场规则	455	11.72
农村致富	448	11.54
贪便宜倒霉	226	5.82

根据以上数据,我们可以对新世纪以来《故事会》的办刊思路和内容选择有更为深入的了解。

在整体价值追求上,《故事会》追求积极向上的审美品位,坚持雅俗共赏的原则,在故事中反映社会重点人群和热点问题,将重心放在中国当代故事。对于国外故事和中国古代故事,往往选择戏剧性强、故事离奇曲折的故事,用以满足读者猎奇心理、弘扬中国传统价值观等。

从故事的主人公和主题来看,农民为主人公、农村故事和农民工进城主题的数量是很大的。这体现了社会转型时期农民的特殊位置和情况。其他重要的任务类型,如官员、小市民、商人等,无不是现代社会具有代表性意义的人群。由此得出结论,《故事会》的主题和内容紧扣时代,就写发生在老百姓身边的故事,写群众关心的话题、关心的人群和渴望看到的事情。

笔者又对《故事会》的读者群体进行调查。

对《故事会》读者的调查采用问卷调查与个案访谈相结合的形式。问卷共发放 1 400 份,回收 1 375 份,回收率 98.21%,共选取 10 名具有代表性的读者进行访谈。

问卷发放在性别上基本平均;在年龄上主要集中在 20—50 岁的人群;在职业上比较平均,稍微对农民和农民工有所侧重;在学历上主要向学历较低的人侧重。

根据调查结果,"商场谋略"和"官场谋略"是最受欢迎的故事类型,选择这两种故事类型的读者比例为 75.20% 和 56.73%,喜欢的理由基本都为"渴望知道成功的故事"和"有意思,好玩"。

对于"你最喜欢的故事风格"这一问题,1 209 人选择"幽默故事"。

在受调查的农民中,超过一半的人选择"农村和农民工"类型为"最不喜欢”的类型，理由包括“不真实，虚假”“丑化群体”和“故事老套，无新意”。

对于“你是否会每期都看?”这一问题，只有 62 个人选择“是”，绝大部分人选择“否”。超过半数的人每年看“6—12 本”《故事会》。

对于“你是否会把一本《故事会》从头到尾看完?”这一问题有 124 人选择“是”，剩余的人为“否，我会挑选自己喜欢的故事”。

对于“你会在什么时间看《故事会》?”这一问题只有 37 个人选择会在读书时间看，绝大多数会在候车乘车、晚间睡前时阅读。

对于“你认为《故事会》哪一点最吸引你？（可选择两项）”这一问题，988 人选择“内容积极向上，雅俗共赏”，850 人选择“故事有时代感”，835 人选择“故事真实，有亲切感”。

在“你认为《故事会》的哪一点最需要改进？（可选择两项）”这一问题，1 004人选择“文章结构”，941 人选择“内容安排”。

在对读者进行的访谈中，10 位读者有 8 位表示对《故事会》的好感正在逐步下降，原因主要包括“内容越来越没新意”“形式死板僵硬”“故事不够精彩”“缺乏真实感和生活气息”。

在访谈中，读者对于《故事会》的建议主要包括“写故事的人应当深入生活”“讲故事的方式应该创新”“故事应该更加精彩”等等。

由《故事会》的读者调查，我们可以看出，《故事会》以故事的方式讲述的商场和官场成功故事由于迎合了当前人们追求成功的心态，而成为最受喜欢的故事类型；相反，农村和农民工的故事占的量虽然很大，却并不受农民欢迎。

“幽默故事”最受欢迎，体现了《故事会》对于精神紧张的现代人的减压作用。

大多数人不会一期不落地看每一本《故事会》，也不会将每一期的所有故事都看完，而是会有选择地挑选，说明《故事会》的故事并不能满足读者的所有阅读需求。大多数人并不会在读书时间看《故事会》，体现了人们对于杂志的定位更多的是消遣和消磨时间的读物。

读者最认可《故事会》的，是其“品位向上，眼睛向下”的办刊思路，以及由此形成的雅俗共赏的风格，时代感和真实感也受到读者的欢迎。

多数读者认为《故事会》的内容和形式需要改进，避免僵死和格式化，以创新的形式和内容提供更加精彩的故事。

《故事会》反映了国民文学生活很重要的一个方面，就是一般文化水平的读者对于通俗文学有怎样的要求。

一般而言，一提到通俗文学，人们就会联想起暴力凶杀、色情描写等内容。国内的确存在着这样的故事刊物，在这些刊物大量创办的时代，《故事会》也确实曾经被分走了不少市场份额，但最终《故事会》依旧是最大的赢家，那些纯通俗的故事刊物，不是退出了市场，就是在勉强维持，远远不及《故事会》创下的月发行量400万份的销售记录。

归其原因，《故事会》的独特办刊思路和品位决定了其拥有最广泛的读者。对于普通群众而言，固然有对于黄色和刺激内容的心理满足需要及猎奇心理，但是这并不能成为主流，更多群众要求的还是通俗易懂、清新自然、有时代气息和亲切感的故事，以此丰富文化生活。

《故事会》的定位恰巧满足了读者的这一需求。“品位向上，眼睛向下”的办刊思路，坚持积极向上的审美追求，具有时代感和生活气息的文章，自然流畅的文字，使得《故事会》能够在故事中传情达意、弘扬正气、树立新风，因而深受读者喜爱。

《故事会》表明，通俗文学并不一定意味着庸俗、低俗和媚俗，可以做到也应当做到雅俗共赏，有益于精神道德的建设。通过对《故事会》的调查，我们从某些侧面了解到国民“文学生活”的状况，对于如何办好“低端”的文学刊物，丰富社会主义文化，引导广大群众的文化需求，也能获得一些启示。

第二章　新的"阅读文化"语境中的新媒体文学传播

第一节　低头族与缝隙化阅读：一种新媒体技术对都市空间的重塑结果[①]

都市里，人们乘坐地铁不知疲倦地奔波于住宅、商场与工作场所之间，在空间与空间的连接处形成一个个有待填充的缝隙空间。这些缝隙空间完全是碎片化的，它们并不是目的地，只是中介或媒介，是人们费尽心思努力尝试攻克的对象，因为它们好不知趣地延缓了资本流通的速度和效率。然而信息技术的发展、城市结构的规划、交通设施的改善，从根本上最大限度地消灭了空间缝隙在时间意义上产生的空间距离。针对这些空间缝隙的形态结构，在资本的精心谋划下，各种形式的媒介形态被源源不断地开发出来，车载电视、移动设备、楼宇电视、户外广告、休闲杂志等媒介形态纷至沓来，原本无人认领的空间缝隙瞬间变得热闹起来。这其中，人们对新媒体技术的依赖使移动设备成为地铁空间缝隙里最常见的一种填充物。本文将聚焦于地铁空间体系中一个特殊的群体——"低头族"，他们在一切可以利用的碎片时间里作"低头看屏幕状"，快餐式的娱乐视频与刺激性强烈的网络玄幻小说是吸引他们的主要诱饵。

本文将北京地铁一号线上的乘客作为主要研究对象。北京地铁一号线是北京最早的铁路线，全长 23.6 千米，1969 年 10 月 1 日建成通车。长期以来，1 号线作为北京市仅有的两条东西走向的主要线路，负载了国贸地区、王府井地区、公主坟地区与北京西站地区的大量旅客，所以所有的客流均汇聚于 1 号线，成为了北京市压力最大的线路。2012 年情人节当日，1 号线曾创下全天运送 150.03 万人次的记录。

---

① 本节由徐志伟执笔。徐志伟，山东大学文学院研究生。

据央视市场研究公司CTR数据显示，北京地铁族以学生、公司白领、机关干部、民营企业主等为主体；年龄跨度在18到45岁；大专以上学历占71%，白领占到41%，拥有较高收入。他们多为工薪族，关心国计民生，更关注过好小日子；热衷潮流资讯，潜意识里对赶时髦情有独钟；崇尚生活的性价比，热衷获取活泼有趣实用的权威信息。大学生与年轻上班族群是地铁“低头族”的主要组成部分，他们有三大特点——“好奇的实用主义者”“无读报习惯又追求精致悦读的读者”和“消费的主力军”。地铁上的碎片时间里，大多数人会选择五件事——发呆、闲谈、听音乐玩游戏、看视频、阅读。前三件只能实现打发时间的目的，而无法获取有价值的信息并使其转化为商业价值。而移动技术与设备的发展与迅速普及不仅满足了“低头族”打发时间的基本需求，更通过传播信息，将碎片时间整合，将之转化为注意力经济。赫伯特·亚历山大·西蒙(Herbert Alexander Simon)在对当今经济发展趋势进行预测时也指出：“随着信息的发展，有价值的不是信息，而是注意力。”这种观点被IT业和管理界形象地描述为“注意力经济”。

现年26岁的乘客A，上班族，早晨9点于北京地铁一号线五棵松站上车，西单站下车，乘车时间约20分钟。这该段“缝隙时间”内，A全程都在观看湖南卫视制作的娱乐节目《天天向上》。她说：“我一般都是一个人坐地铁，所以都会准备一些电视剧或者娱乐节目在路上打发时间，不过我也不会一直都看，车上乱的时候我还是得注意点，之前就在地铁上丢过钱包。”

手机设备的逐年更新与视频网站的技术发展吸引到了越来越多的年轻乘客在地铁上进行视频阅读，而视频网站、APP在地铁内的广告投放量亦逐年增加。“低头族”在地铁内阅读的视频内容多集中于电视剧、娱乐综艺与动漫视频，这些内容相对轻松愉快，接受方便且富有视觉冲击力，完全符合青年人的阅读心态与选择方式。腾讯视频在2014年广告节上分享了四个有关视频阅读的趋势：近几年移动视频用户量爆发性增长；手机已成为用户观看视频的第一大终端设备；移动端是视频流量增长的主要动力；移动视频改变用户收视行为。这不仅说明移动视频将成为新的潮流，更意味着视频内容提供商竞争的近一步白热化。在视频阅读市场为社会创造更多经济利益的同时，我们也应该注意到视频内容的相对庸俗化对视频观看者所产生的消极影响。视频内容供应商想要吸引观者的注意，就必须挖空心思地根据消费者的口味调节经营策略，这就造成内容提供者更多提供消费者想要而非需要的内容。由此，当下移动视频市场充斥着视频内容质量相对较低的现象。

乘客B，学生，中午11点30左右于北京地铁四号线人民大学站上车，于1号线国贸站下车，乘车时间约50分钟。在这段相对较长的乘车时间内，B多数时间都在使用微信同朋友聊天。他说："平时大部分时间都待在学校里面读文献写报告，实在太累了，网上的东西太乱太杂我也不爱看，地铁又吵吵闹闹的，看什么我都觉得烦，还不如刷刷朋友圈找同学聊两句。虽然地铁里面信号不好，但待会儿回到学校，大家都是学霸状态，我也就没空了。"

当人们忙碌地穿梭于各种空间缝隙时，基于移动通讯设备的社会化媒体便打开了一个新的外部世界，这是一个指向社会关系生产的虚拟空间，它为人们提供了一种"对抗现代性焦虑"的可能性及其出口，对于B来说这种焦虑即为就业与挣钱的压力。在现代社会匆匆忙忙的"缝隙化生存"中，资本在空间维度上的生产欲望被极大地激活了。为了缓解人群中间的紧张关系，为了维护人与人之间的安全距离，以微博为代表的社会化媒体无疑打通了一个可以"逃离人群"的出口。于是我们发现，在上班路上，在会议间隙，在候车时间，在一切可能利用的碎片空间里，每个人都竭力寻求一个"合适"的位置，将身体寄存于此，然后迫不及待地刷新微博，发布微博，他的身体任由公交、地铁、电梯的运输和摆弄，现实世界的社会性全面退缩，转而进入虚拟世界的社会化空间，在那里激活并积累自己的社交关系和社会资本。

乘客C，学生，晚高峰时段在地铁八通线传媒大学站上车，于地铁10号线苏州街站下车，乘车时间约70分钟。在乘坐地铁的这段时间内，C进行了约20分钟的纸质书阅读，随后带上耳机呈放空状态。C说："最近我在准备法语水平测试(TCF)，放下很长一段时间，很多东西都忘记了，所以要恶补一下。因为心理压力比较大，地铁有些吵，还是要继续啃，不然钱就白花了。平时不忙的时候我也会在地铁上看书，前段时间实习的时候，我就是在地铁上把《陆犯焉识》看完的。"

在大众媒介文本所铺设的消费场域中，缝隙空间只是一个稍纵即逝的"过场"，它一闪而过，并不会引起人们太多的注意和兴趣，对于社会关系的生产可以说毫无贡献。如果对缝隙空间熟视无睹，任其"自由发展"而失去管制，这对权力而言，缝隙中的秩序总是略显混乱，因为处在黑暗中，那里潜藏着蠢蠢欲动的破坏力，而我们可以将C在地铁上进行纸质书阅读的行为看做一种对资本与消费社会的抵抗：商业广告、娱乐视频与快餐化的信息虽然具有视觉冲击力与诱惑力，但C仍将注意力使用于传统的阅读之上，其需求并没有被资本收编，这在技术与社交媒体高度发达的时代是难能可贵的。

通过移动设备进行阅读已经成为一种生活方式，它具有随时随地可接触和可获得性，消除了时空距离对于人们的束缚。手机媒体在地铁中的使用多为打发碎片化的时间，从而也导致了碎片化阅读的偏向。受众的思维方式依赖于媒介的表达方式，正如尼尔·波兹曼(Neil Postman)所指出的，印刷时代是严谨、理性且有逻辑的思维方式，电视时代的思维方式已经开始碎片化，没有逻辑性，趋向娱乐化，到了互联网和手机等新媒体主导的时代更是如此——“公众沉醉于现代科技带来的种种娱乐消遣中，对于自相矛盾这种东西早已失去了感知能力”。从长远看来，当人们都把时间花费在互联网上时，势必会压缩日常生活的读书思考时间，从而使人们变得浮躁压抑。

现代社会空间管理的基本理念是，通过对空间的生产来构造消费话语得以持续性再生产的社会关系，空间因此被纳入到资本的生产线上，以商品的方式呈现其功能和意义。而地铁就是这些生产出来的空间的中转站，在这个中转站中，多数人都携带着一种能够引发人们欲望的媒介——手机。通过手机，互联网将充满诱惑力的商品世界以鲜明的色彩、影像以及丰富的意境展示在人们面前，直接刺激人们对这种商品的占有欲和享乐欲，尽管乘坐地铁的大多数是社会上的赤贫阶级。

消费主义入侵阅读市场的趋势日渐明显，城市人由于巨大的生活工作压力更希望从阅读中得到娱乐放松而非知识的增长。都市化又导致了现代都市生活与都市空间的碎片化后果，因而在“碎片化”的空间中进行“碎片化”的阅读似乎成了不可避免的趋势。但我们应当警惕，低头族在享受移动设备带来阅读快感的同时，亦不自知地被纳入到了资本与注意力经济的生产线上。

第二节　高铁乘客移动阅读情况研究

——以G184次列车乘客阅读情况调查为例[①]

“移动阅读”被定义为阅读主体通过移动设备进行文本相互交流与获取

① 本节由徐志伟与谢锡文执笔。谢锡文，山东大学文学与新闻传播学院教授。

知识的过程，是阅读主体借助网络阅读工具开展实践活动与精神活动的一种体现。透过数字科技进行阅读的内容包含文字、图像、影音、超文本等多媒体文本，研究者则开始探究屏幕或电子纸呈现与传统的纸本呈现有哪些不同，以及移动阅读与传统的纸本阅读为人们带来哪些不同的阅读经验。数字阅读容易被表浅的阅读型式所主导，像是扫描、跳读，特别是具有超链接的在线阅读，可随时链接到其他地方，因此超文本阅读反而很难获得阅读的沉浸效果。在以屏幕为主的数字阅读中，人们花更多时间于浏览、扫描与关键词注视，而且是非线性、选择性的阅读，较少是深度或专注的阅读。

新一波的数字阅读不同于以往的数字阅读仍须仰赖 PC 或笔记本电脑作为阅读浏览工具，更强调移动设备为用户带来的便利。这些轻巧的移动设备让读者可以同时携带多本电子书，并可随时随地在不同场所阅读，这些特性更接近人们以往所习惯的纸本书阅读经验，因而促成数字阅读更加普及。

今日电子设备不仅改变同时也延续了人们的阅读习惯，创造出不只一种的崭新阅读体验：它可以是随时随地的短暂阅读，也可以是睡前长时间的连续阅读，甚至是人们至今尚未熟悉的新型态的阅读模式。因此，我们希望透过观察 G184 次济南—北京段高铁乘客移动阅读的情况，探索商业社会与经济迅速发展的当下大众阅读文化的旨趣与趋向。

为了对研究课题进行整体的了解，笔者对移动阅读的主要用户——大学生群体及职场新鲜人进行了目的式的问卷抽样调查，而后也在乘坐高铁调研过程中进行了问卷发放。收集到有效样本 176 份。由于问卷发放并非随机，所得出的结果并不能代表整体人群的阅读实际情况，但是依然可以从中看出移动阅读发展的整体趋势以及用户的具体诉求。

参与调查的对象学历层次较高，本科以上学历的对象有 152 位（占总调查人数的 86%），但收入普遍较低，仅有 36%（55 人）的被调查对象月收入超过 2 500 元人民币，这两组数据也间接反映了移动阅读主要用户的人群构成与社会地位。多数被调查对象每年乘坐动车/高铁的次数不超过 5 次（占总调查人数的 70%），即平均每三个月乘坐一次，他们中的一部分对于在高铁上进行阅读的兴趣并不是很高。在对 G184 次列车乘客调查的过程中，多数乘客在睡觉或者呈放空状态。使用手机（包含阅读与聊天）的乘客并没有在候车室中的乘客数量多，每节车厢约有 30%的乘客在使用移动设备。

现年26岁的乘客A,是参加工作仅一年的职场新人,毕业于河北一所专科院校,从事销售行业的工作。他拒绝了我让其填写问卷的要求,表示自己现在没有阅读习惯,手机也主要用来和朋友联系。他说:“刚刚毕业那会儿还是看书的,可是后来越来越忙,越忙越懒,休息活动就想做点不用脑子的、轻松点的事情。没必要作践自己啊!不要老是扯国民素质,你要看看社会现在压力多大啊!钱赚不够怎么追求精神食粮啊!”

A排斥阅读,并将自己不阅读的原因归结为生活压力太大,坐车去工作本身就是苦差,平时没有阅读习惯,现在更不可能选择阅读来放松解压。

网络访谈对象B,去年刚刚毕业,去大城市漂了不到一年。他说:“刚刚工作那会儿,满脑子都是商战升职,看的也大多是《圈子圈套》《杜拉拉升职记》之类的小说。后来出现了新的阅读方式,当然也会看点修仙类小说。在电脑上看,在网络上下载电子书,做成word格式,边看边删,同事老板都认为我努力工作呢,却猜不到我看《金瓶梅》看得很爽。”

B所提到的书籍,我们很难将其归类为严肃书籍。以起点为核心的盛大文学拥有大量的电子书,动辄几百万甚至上千字的网络小说并非传统意义上的阅读内容。短平快的浅阅读,在某种程度上已经成了与看电视性质一样的以休闲娱乐为目的的活动。网络文学,某种程度上成为数字化阅读的代名词。天翼阅读平台上,原创作品中最受欢迎的小说是《桃花神医》《我的美女总裁老婆》和《杀神》。阅读平台提供的榜单,有人看到阅读的深度在衰退。原创类内容的娱乐化倾向明显,主要原因是高中生、大学生和毕业不久的上班族是手机阅读的主力人群,而玄幻和言情类网络文学是他们比较喜爱的消遣性读物。

通过对G184次列车某节车厢中乘客的观察,笔者根据乘客乘坐高铁过程中对移动设备进行阅读的使用时间将其分为三类:

1. 低度移动阅读者(约60人,占比55%):在列车运行的2小时时间内,总计使用移动设备不超过20分钟,该群体普遍年龄较高,男性占多数,使用移动设备也多是回复短信或者进行通话。但值得注意的是,该群体中有小部分乘客在乘车过程中阅读纸质书的时间较长,并已养成习惯。笔者推测这个群体乘车多因工作需要或者探亲,几乎没有移动阅读的习惯与想法。

2. 中度移动阅读者(约25人,占比27%):在列车运行的2小时时间内,总计使用移动设备时间为 20—40 分钟,偶尔会通过手机新闻客户端进行新闻信息浏览。根据问卷分发情况总结,这个群体也是最配合问卷填写的群体。

3. 重度移动阅读者(约 15 人,占比 18%):在列车运行的 2 小时时间内,总计使用移动设备时间超过 40 分钟,多数人至少使用一个小时以上,使用时间最高的乘客 D 根据观察连续使用了约 100 分钟。这个群体多数人通过移动设备进行视频文件的阅读,年龄集中在 18—30 岁之间,观看内容多是美剧、日本动漫与商业电影。

乘客 C,24 岁,工作一年,毕业于潍坊一所专科学校,河北人。她说:“我刚刚是用手机在看动漫《犬夜叉》,一般我坐动车、公交的时候都会看视频,如果有杂志的话我也会去看杂志。动车上的杂志(《伴侣》《旅途》)我基本不看,杂志的话看《南都》比较多一些。至于视频的话,其实我在家也是用手机看视频,我感觉大小其实无所谓,家里有电脑有电视我也不会用它们看视频,只要是内容吸引我就够了!手机多方便啊,看视频的时候我还能刷个微博,聊个微信。我比较清闲的时候会用微博、微信看个娱乐新闻视频什么的。”

视频内容的阅读相对于文字阅读要求更低,阅读体验也更容易。双向传播模式下的庞大视频用户群体正在甚至已经催化了我国现代社会各阶层之间的交叉融合。由于比文字信息更直观、信息冗余量更大的视频语言被大范围使用,整个社会的信息交流量和交流效率因此得以大幅提升。随着手提电脑、大屏手机以及平板电脑的普及,根据问卷调查结果,约有 38%的被访问对象会选择在乘坐高铁过程中通过观看视频内容来打发时间。

在高铁上进行移动阅读的乘客多为女性,年龄偏低,集中在 30 岁以下。调查过程中笔者发现,这些女性乘客有 50%以上在观看国产或者韩国电视连续剧。早晨时段男性乘客很少使用移动设备观看视频,主要原因是早晨从济南赶往北京的乘客多是出于工作目的,该人群年龄集中在 40 岁左右,多选闭目养神来打发时间。下午时段年轻男性数量增多,选择通过移动设备观看视频的人数也随之上升。观看内容主要集中于美剧、好莱坞电影以及游戏视频。

调查结果显示,不管是杂志种类、杂志数量、杂志内容还是杂志设计方面,乘客均呈现负向态度。这表明乘客并不满意高铁部门所提供的杂志。

乘客D:“动车上的杂志(《伴侣》《旅途》)我基本不看,软广告多得要死。我对高铁部门发展一点也不关心,宣传这些很无聊。”

乘客E,18岁,高三学生,第一次乘坐高铁。阅读《伴侣》不到5分钟,他拿起路遥的小说开始阅读。他说:“杂志有些内容还是很好的,这期里面有很多和设计有关的内容,图片很多,但是想看的东西一会儿就看完了。”

笔者调研期间,G184列车移动电视上循环播放了以下内容:1.美国电影《了不起的盖茨比》片段(无声);2.中央电视台新闻频道“走基层”系列节目之《高铁工作人员的一天》;3.有关熊猫的纪录片;4.欧美搞笑整人节目;5.娱乐新闻。电影《了不起的盖茨比》的片段播放被安排在早晨,电影是一门声画结合的艺术,没有声音版本的电影很少有乘客观看。但是列车没有提供声音,也是出于不想打扰在休息的乘客的目的。电影播放在高铁上的效果比较差,根据问卷调查结果,仅有12%的乘客希望在乘坐高铁的同时观看无声电影。多数乘客希望从移动电视上获取动车经过的城市风土人情的介绍、相关旅游景点的介绍以及搞笑视频等内容。

午餐时段高铁播放了与其相关的新闻纪录片,根据观察,几乎没有乘客会持续观看电视,大多数乘客在吃饭或午休。笔者来到这个时段人数较多的餐车车厢,移动电视上正在播放与熊猫有关的纪录片。熊猫憨态可掬的模样吸引了许多乘客观看,尤其是小孩与老人。四位南京口音的中年男性还时不时地讨论起熊猫和成都。熊猫的纪录片是旅途中吸引人观看较多的影片之一。另外,搞笑整人视频也吸引了很多乘客的注意。

根据中国新闻出版研究院发布的《第十次全国国民阅读调查报告》,逾70%的18—70周岁国民更倾向于“拿一本纸质图书阅读”;同时,60.6%的数字阅读读者表示“获取便利”是他们选择数字阅读的首要原因。恋着纸书而又不得不读着电子书,有点像饿了吃口“夹生饭”。移动阅读似乎成了没有选择的选择。

2013年的最后几天,南京当地的报纸《东方卫报》启动了在高铁站“全天候”发行的活动。并由此发起“带着《卫报》去旅行”的倡议,并随机抽取4位读者报销当日车票费用。这项活动也登上了当天《东方卫报》的头版。

让移动阅读成为一种生活方式,高铁候车室里的便捷书店是重要的一环。以济南西站为例,2013年下半年,在全国各大城市都有开张的“汇智光华”书店落户济南。根据笔者的观察,汇智光华济南西站店除了销售时尚杂志与时政周刊外，主要经营职场商战题材、养生题材与心灵鸡汤类书籍，这也是书店营业额的主要来源。而在书店的另一侧，有关中国古典文化的书籍则很少有人购买。

乘客F，海南人，25岁，在书店买了两本书——《因为懂得所以慈悲》与《被释放的土克曼》。她说："我是从济南去长沙玩，大概会有6个多小时的时间。我自己的书忘记带了，刚好这边有个书店就来买两本。在动车上我一般能读一个小时的书，其实我阅读速度挺慢的，虽然我买了两本书，并不是我要在车上把它们都看完，而是因为我喜欢这些书。只要发现喜欢的书我都会买下来放着，有时间的时候我就会看。在动车上会读得静一点，因为是打发时间嘛！没有别的事情做就只能读书咯，哈哈！动车开车时候移动信号也不好，看手机也不方便，所以我是经常读书的。"

乘客F认为动车上的环境更加安静，她所指的环境并不是一般意义上的硬件环境，而是一种脱离了电子诱惑的环境。因为动车上不能插电、没有wifi，而且手机信号也不好，所以她所能做的也只有阅读。在某种程度上，这种电子落后的环境也提供给了她一个更加优质的阅读环境。

乘客G，沈阳人，33岁，在书店购买了《中国周刊》杂志。他说："我买了本《中国周刊》打算带到动车上看，这趟车是回沈阳的，要五六个小时，在车上坐着挺无聊，就买来看看。其实吧我也不可能在车上读杂志读太长时间，就是图个解闷。动车上的杂志广告有点多，看起来也挺无聊的。我自己希望读一些有内容的新闻消息，因为自己本身是做销售行业的，多了解一些时事新闻对我自己的工作也有好处。"

通过对以上两位乘客的访谈，选择通过纸质书阅读的乘客大多对电子设备的依赖度不高，而且高铁所提供的杂志不能满足他们阅读的需求。但是也不能因此而否定他们主动去阅读的兴趣与能力。

由中国新闻出版研究院组织实施的第十二次全国国民阅读调查显示，2014年我国成年国民图书阅读率为58.0%，较2013年的57.8%上升了0.2个百分点。数字化阅读方式（网络在线阅读、手机阅读、电子阅读器阅读、光盘阅读、平板电脑阅读等）的接触率为58.1%，较2013年的50.1%上升了8.0个百分点。2014年我国成年国民人均阅读纸质图书的数量为4.56本，与2013年的4.77本相比，减少了0.21本。

此报告也显示，我国成年国民每天接触传统纸质媒介和新兴媒介的时长均有不同程度的提升。传统媒介中，纸质图书阅读时长增势较为明显；新兴媒介中，手机阅读时长增长显著，人均每天微信阅读时长为14.11分钟。我国成年国民对图书、期刊、电子书的价格承受能力与去年相比均有所增强。2014年手机阅读人均花费为16.47元，较2013年有所下降。有数字化阅读行为的成年人中近九成为49周岁以下人群，阅读纸质读物仍是近六成国民倾向的阅读方式。

移动阅读作为一个新兴科技的产物，目前的消费族群多以年轻人群体为主，所提供的内容也多是适合该群体阅读的。高铁上的移动阅读作为一个很普遍的现象，但是目前对此却缺乏有力的研究与实际的田野资料，因此本研究以高铁列车作为田野点，将乘客的移动阅读情况作为研究课题，有助于理解移动阅读乘客的主观选择方式与阅读感受，借此探索移动设备如何影响当代人的日常生活与阅读习惯转变。

在研究的局限部分，主要有两点：第一，由于研究周期有限，笔者进行田野调查的时间相对较短，得到的田野资料有限。但本研究也通过日常生活的深度访谈弥补了这方面的缺陷。第二，在定量研究过程中，研究人员在高铁上的问卷发放出现问题，目的式抽样遭到了部分乘客的拒绝，一定程度上影响了研究结果的有效性。

总体而言，高铁上的移动阅读作为乘客一种放松休闲的方式是一件值得鼓励的事情。移动阅读质量的提高不仅要靠读者自身素质的进一步提高，更重要的是，移动阅读内容的提供者应当提供更加优质与合适的内容供读者阅读。只有这样，移动阅读的市场才能越来越健康。

第三节　用耳朵“阅读”

——济南市出租车司机文学类广播节目收听调查①

美国广播界有句名言：“车轮子和干电池拯救了广播。”在移动阅读时代，车轮子与车载收音系统，又将广播带入了一个新的移动阅读环境——在车轮子所构成的移动空间里借助车载收音系统进行移动阅读，已成为

① 本节由倪赛美与谢锡文执笔。倪赛美，山东大学文学与新闻传播学院研究生；谢锡文，山东大学文学与新闻传播学院教授。

有车一族特别是出租车司机日常的工作状态——伴随性听读，即用耳朵“阅读”。

作为广播最忠实的移动听众群，出租车司机在出租车内除收听交通信息、新闻资讯和娱乐节目之外，大多数人会持续收听小说、评书、广播剧等文学类节目，这其实就是在进行有声文学阅读。文学阅读潜移默化的情感特质与出租车司机伴随性听读的学习环境，促使我们对出租车司机这一群体的文学生活展开调查，以期发现移动阅读时代下出租车司机在移动空间里，对有声文学阅读的偏好与期待。

本研究以济南市出租车司机为样本，于2014年4月至5月间，通过汇元、振储、恒通三大出租车公司，向司机群体随机发放调查问卷300份，回收有效问卷263份。参与问卷调查的司机以男性为主，共215人；女性48人。年龄分层：20—35岁共74人，36—45岁共111人，46—55岁共69人，56岁以上共9人。被调查者中高中（或中专、职高）学历有158人，占总人数的60.0%；月收入3 000—4 000元的共162人，占61.6%。工作时间段为白班（6:00—18:00）的有168人，占63.9%。已收听广播4—8年的有111人，占42.2%。

调查显示，从未听过广播文学类节目的出租车司机占参与调查总人数的8.1%，从未听过情感咨询和健康养生类节目的司机比例分别是32.1%和17.3%，从未听过新闻、音乐、路况信息的司机比例分别是2.4%、2.8%和2.4%。可见，济南出租车司机对广播文学类节目的接触频度略低于新闻资讯类，却远高于情感咨询和健康养身类。

一、《小说连播》是收听人数最多的广播文学类节目

广播的地域性特点决定了出租车司机更倾向于收听本地的广播节目。拥有文学类节目的济南本地电台分别为济南新闻广播（FM106.6）、济南经济广播（FM90.9）、济南交通广播（FM103.1）、济南文艺广播（FM100.5）、济南故事广播（FM104.3）。其中，济南新闻广播占据济南地区22%左右的市场份额，该台的“小说连播”栏目8:40首播，19:00重播。济南经济广播的文学类节目是“流行小说城”栏目，12:00首播，23:30重播。服务于济南交通的专业性广播FM103.1，在济南地区移动人群中收听率第一。其中，23:00的“深夜故事”栏目是该频段唯一一档文学类节目。济南文艺广播拥有两档文学类节目，分别是19:00（首播）和2:00（重播）的“广播剧场”，

19:30(首播)、5:00(重播)、13:30(重播)的“小说连播”。济南故事广播以小说、纪实文学、评书等为节目主体,有0:00的“越夜越惊心”,1:00的“深夜故事无限听”,6:30的“古今传奇”,7:00和13:05的“小说抢先听”,9:05和14:05的“纪实文学”,10:05和16:05的“经典书场”,17:05的“风云故事”,19:00的“小说剧场”,19:30“新书快听”。

另外,山东广播生活频道(FM105)于22:00播的“老鲁一家亲”,山东广播乡村频道(FM91.9)于1:00和9:30播的“好书抢先听”,0:00和3:00播的“午夜奇谈”,12:00播的“经典故事会”,18:00播的“故事轻松听”和山东广播女主播频道(FM97.5)于20:00播的“经典相声广播剧影视剧”,也是济南出租车司机选择的文学类广播节目。

调查显示,收听人数最多的是济南新闻广播于8:40(首播)和19:00(重播)的“小说连播”栏目,占参与调查总人数的12.1%。2014年4月,“小说连播”正在播出官场小说《侯卫东官场笔记》系列的“侯海洋基层风云”,调查中许多出租车司机对此都耳熟能详。其次,7.9%的出租车司机收听过济南交通广播23:00的“深夜故事”栏目。2014年4月,“深夜故事”正在播出惊悚小说“背后有人”。7.9%的出租车司机收听过济南经济广播12:00的“流行小说城”栏目。2014年4月,“流行小说城”正在播出韩少功的长篇小说“日夜书”。

二、官场小说是济南出租车司机最爱

广播文学类节目,包括小说、纪实文学、评书、人物传记、广播剧,济南出租车司机喜爱长篇小说的人数最多,占参与调查总人数的16.6%。其次,11.6%的出租车司机喜爱短篇小说,10.1%的出租车司机喜爱评书。而喜爱广播剧的人数最少,只占总人数的3.1%。

小说题材,包括历史、官场、推理、恐怖、言情、玄幻等。研究发现,济南出租车司机喜爱历史和官场小说的人数最多,分别占总人数的20.7%和17.5%。喜欢玄幻题材的人数最少,只占总人数的4.6%。

在各类题材的代表作品中,完整听过《侯卫东官场笔记》的共34人,听过大部分的共47人,听过小部分的共38人,总计119人,占参与调查总人数的45.2%,成为最受关注的小说。其次,单田芳版的《三国演义》评书,完整听过的32人,听过大部分的43人,听过小部分的33人,总计108人,占调查总人数的41.1%。此外,有94人听过单田芳版的《白眉大侠》,

占总人数的35.7%。而2014年4月热播的言情小说《痒》，只有10人听过，《离爱》只有17人听过，这或许与济南出租车司机男性比例居高有一定关系。

广播媒介的缺陷是声音转瞬即逝，目前尚不能实现内容点播或回听，循环收听和纸书阅读就成为测量听众对作品喜爱程度的有效指标。在循环收听的作品调查中，《侯卫东官场笔记》《三国演义》《白眉大侠》出现次数最多，分别是18次、17次、17次。是否寻找纸质书或者电子书进行深入阅读？有44.6%的司机曾经寻找过纸质版或者电子版进行深入阅读，选择的作品中《侯卫东官场笔记》出现次数最多，为13次。

三、丰富人生经验是最深刻的听读满足

由于出租车司机工作环境相对封闭，工作时间漫长，他们非常渴望能接触新事物，增长知识，提升自我。文学类广播节目是否满足了他们文化娱乐、排遣寂寞、增长知识、提升素养、丰富经验的情感需求？在问卷中，出租车司机用1—10(数值越高，满足程度越高)为这上述需求的满意度打分，满足程度最高的是“丰富经验”，均值为8.19；“提升素养”均值为7.98；“增长知识”均值为7.84；满足程度较低的是“文化娱乐”和“排遣寂寞”，均值分别是7.50和7.25。据此，广播文学类节目基本满足了出租车司机排遣寂寞、文化娱乐的需求。

一位邢姓司机说：“我以前听小说比较多，现在一般听交通广播，可能跟我年龄有关。现在四十多岁了，就听听‘刘敏热线’或者其他政务信息。”

另一位刘姓司机认为：“听小说还是挺有用的，比如如何处理和爱人的关系，社会上有什么大趋势，还能增长点知识。我们司机平时工作太忙，基本上不怎么看书，也就只能听听广播学点东西。乘客上车后，还能一起聊一聊这部作品，提供聊天话题。”

四、出租车司机的工作时段对广播文学类节目的选择影响最大

参与调查的济南出租车司机群体中，工作时段分为白班(6:00—18:00)、夜班(18:00—次日6:00)和倒班。其中，白班162人，夜班62人，倒班39人。将工作时段与喜好体裁(长篇小说、短篇小说、广播剧、纪实文学等)做交互分析后我们发现，工作时段与短篇小说具有统计的显著性。白班司机中有57人喜爱收听短篇小说，而期望计数是48.8，倒班司机中有5人喜爱短篇小说，而期望计数是11.4。

将工作时段与喜好题材(农村、军事、武侠、官场等)做交互分析后我们发现工作时段与言情、恐怖题材具有统计的显著性。白班司机中有 39 人喜爱收听言情小说,而期望计数是 32,夜班司机中有 3 人喜爱收听言情小说,期望计数是 12。可见白班司机与夜班、倒班司机相比,更爱言情小说,这可能与女性司机中的 87.5%都是白班司机有关。我们又将性别和喜好题材(言情小说)做交互分析,发现女性喜欢言情小说的有 22 人,期望计数是 8.9,男性喜欢言情小说的有 28 人,期望计数为 41.1。

白班司机中有 14 人喜爱收听恐怖小说,期望计数是 20.7,而夜班司机中有 13 人喜爱收听恐怖小说,期望计数是 7.9,这一数据表明,夜班司机比白班司机更爱恐怖小说。夜深人静,司机为何更爱"鬼故事"? 调查中有司机谈到,深夜工作,乘客不多,比较无聊,容易疲倦,为了寻求刺激,很多同行都会选择听恐怖小说,而且夜幕四垂,静夜无声,与"鬼故事"的氛围十分契合,特别刺激人的神经。电台在节目安排上也注意到这一点,济南交通广播 23 点有"深夜故事",济南故事广播则在 0:00 播出"越夜越惊心"。

年龄、学历和月收入对文学类广播节目收听有无影响? 调查显示,45—55 岁之间的出租车司机比 20—35 岁之间的司机更愿意深入阅读广播文学作品,45 岁以下的则希望增加背景音乐和网络文学作品,46 岁以上的希望多增加古典文学作品和评书;初中及以下学历的司机更看中广播文学作品中的人物形象;月收入 4 000 元以下的司机,有 5%从未听过广播文学类节目,而 4 000 元以上的司机都听过此类节目。

第四节　白领青年手机文学阅读实证分析①

智能手机时代的到来,让传统的阅读发生了质的改变。那么,青年人整天埋头扒拉手机,都在阅读啥? 传统的阅读,又因智能手机发生了怎样的改变? 数字化阅读方式的异军突起,对文学阅读量、阅读率究竟产生了怎样的影响?

为弄清这个问题,笔者对在青岛地区生活、工作的,且在近半年内使用手机媒介的 414 名 18 岁至 44 岁白领青年(白领是指受过良好教育,受雇于

---

① 本节由赵小燕执笔。赵小燕,山东大学文学与新闻传播学院研究生。

企业、政府、学校等各类机构，主要从事脑力工作的雇员）的手机阅读情况进行了调查。调查运用了量化研究的内容分析法和质化研究的访谈法相结合的研究方法，侧重于采用问卷调查法进行，并通过质化研究的访谈法对量化研究的不足之处进行补充、调整，获得了白领青年对于手机媒体的接触和使用基本情况的第一手数据和资料，对白领青年的手机文学阅读认知与信息接触、兴趣与偏好、愿景与影响因素等文学阅读行为现象，进行了全貌式描述。

参与调查的共计 414 人，其中 19 岁以下 3 人，19—24 岁有 27 人，24—28 岁有 129 人，29—33 岁有 129 人，34—38 岁有 99 人，44 岁以下有 27 人。其中男性 216 人，女性 198 人。大学本科以上学历人员 390 人，占参与调查人员 94.20%。月收入在 3 000 元以上的 354 人，占比为 85.51%。调查重点对白领青年的文学阅读对象、阅读行为、阅读影响因素等三项指标进行了分析。手机文学阅读的兴起与发展，手机数字阅读载体、阅读内容、阅读接触率的变化，使得传统的阅读模式受到强烈的冲击及前所未有的挑战。

一、在线阅读是白领青年手机文学阅读的重要途径之一

手机突破了时空、阶层、地域等限制，其便捷、开放的优势使其迅速成为一种现代文化载体，形成了一种全新的社会互动形式。目前，白领青年每天使用手机时间在 1 小时以上的占参与调查人员的 81.16%。与之截然相反的是，“几乎不使用”“使用时间在 30 分钟以下”报纸、杂志、广播等传统阅读形式比例高达 81.76%、84.09%、82.58%。白领青年是各种新媒体阅读形式的忠实拥趸者、尝试者，参与调查的 92.48%的白领青年有 3 种以上手机应用软件。但是手机文学阅读模式与手机软件数量多样化的趋势截然相反，呈现出相对集中的阅读模式选择。76.81%的白领青年选择在线阅读，其中，通过客户端在线阅读数量最多，占 47.10%；直接登录网页在线阅读模式位居第二，占 29.71%。

文学阅读是国民阅读的重要内容。白领青年进行文学阅读的时间与人群占比相较其他群体较高，每天进行文学阅读占被调查人员的 96.37%，其中 69.56%的白领青年每天用于文学阅读的时间在 30 分钟以上。白领青年文学阅读主要通过购买和订阅、阅读电子书或在线阅读两种文学阅读途径，二者分别占参与调查人数的 68.84%和 70.29%。图书馆借阅、朋友借阅这两种方式也在一定程度上成为白领青年文学阅读途径的重要补充，分别占参与调查的18.84%、8.70%。另外还有3.62%的白领青年则经常到书店蹭书进行文学阅读。

细分至手机阅读上，每天通过手机阅读文学作品的白领青年占参与调查人员的89.13%。其中白领青年每天用手机阅读文学在20分钟以上的占参与调查人员的59.42%，其中阅读时长在20分钟至40分钟的有120人，占28.99%；阅读在40分钟至60分钟的有66人，占15.94%；阅读在60分钟至120分钟的有33人，占7.97%；阅读在120分钟以上的有27人，占6.52%。还有7.25%的人虽然进行文学阅读，但从不使用手机阅读文学作品。

因此，手机文学阅读是白领青年进行文学阅读的重要形式及途径之一。

二、免费阅读是白领青年手机文学阅读首选方式

笔者将白领青年手机文学阅读与白领青年纸质图书阅读消费、国民数字化付费阅读情况置于同一坐标系，进行了横向比对。

2015年4月20日，中国新闻出版研究院公布第十二次全国国民阅读调查结果。调查结果显示，有数字化阅读行为的成年人中近九成为49周岁以下人群，纸质读物阅读仍是近六成国民倾向的阅读方式。那么白领青年购买纸质图书的花费有多少？每年的阅读量有多少？参与调查的414名白领青年，每年购买纸质图书在5本以上的占63.03%，其中，17.39%的白领青年每年购买纸质图书为20本以上。购买纸质图书在5本以下的白领青年占36.96%。

第十二次全国国民阅读调查结果中，数字化阅读方式（网络在线阅读、手机阅读、电子阅读器阅读、光盘阅读、平板电脑阅读等）的接触率为58.1%，在接触过数字化阅读方式的国民中，手机阅读群体在2014年手机阅读方面人均花费为16.47元。而参与调查的白领青年中，69.57%的青年从来没有付费阅读过，有过付费阅读经历的仅占30.44%，而经常付费阅读的仅有18人，仅占4.35%。对于能够接受的电子图书的价格，参与调查的68.84%的白领青年，认为电子书的价格应在1元以下，其中认为电子书价格在0.5元以下的青年更是占到了调研人数的44.20%。24.64%的白领青年认为电子书价格应在0.5—1元。12.32%的白领青年接受电子书籍在1—2元。能接受5—10元、10元以上两个选择子项的白领青年仅占3.62%。

白领青年不仅在选择上如此，在行动上也将免费阅读行为“进行到底”。参与调查的183名曾有过手机付费阅读经历的白领青年中，付费在30元以下的占76.19%，付费在30—60元的占11.90%，付费在90元以上的仅占4.76%。调研中，我们还设置了“如果您正在看的连载小说突然说要在以下章节收费”选项，选择“坚决不看”的白领青年占48.55%，“看故事情节决定看不看”的白领青年占42.75%，而“多半会看下去”的青年仅占8.70%。有过付费阅读经历的白领青年中，对于付费阅读形式选择则各有不同，包月订购付费、按流量付费、按内容专区付费、成为会员付费等四种主要付费方式平分秋色，按内容专区付费略高于其他三种付费方式。

因此，免费阅读是白领青年手机文学阅读的第一选择。究其原因，与白领青年知识水平相对较高，对手机等电子媒介使用频率较高，对网络等电子技术应用熟练，阅读媒介可选择余地相对较多等原因紧密相关。

三、小说是最受白领青年欢迎的手机文学阅读体裁

文学可细分为诗歌、小说、散文、戏剧、纪实文学等多种体裁。白领青年在阅读时，最喜欢的阅读内容是什么？我们也分别设置了六种不同选项。根据调查结果考量，白领青年对手机文学体裁的阅读选择，稳居最受欢迎第一位的是小说，占参与调查人数的71.74%。位居关注榜第二位的文学体裁为纪实文学，有21.74%的白领青年选择阅读。散文位居白领青年用手机进行文学阅读第三位，占10.14%，显示了白领青年文学阅读的独特之处。白领青年对余秋雨、梁衡、安妮宝贝、张嘉佳、龙应台等作品多有涉猎，白领青年更倾向于阅读“清新”的文字。戏剧、戏曲在白领青年的阅读范畴中，几乎没有涉足。

具体到小说内容上，笔者将白领青年阅读内容与百度贴吧阅读内容进行了横向比对。根据2014年3月17日的调查结果，百度文学贴吧中“言情小说”贴吧月活跃用户最多，为387万人；其次为“玄幻小说”贴吧，月活跃用户30万人；“武侠小说”贴吧月活跃用户8万人；“历史小说”贴吧月活跃用户4万人；“儿童文学”百度贴吧月活跃用户3万人；“官场小说”贴吧月活跃用户1万人；“奇幻小说”贴吧月活跃用户9 715人。而白领青年通过手机进行文学阅读所关注的内容与百度文学贴吧关注言情、玄幻、武侠等小说题材排行榜截然不同：占据白领青年关注题材第一位的为历史题材，占调查对象的几乎一半，为49.27%。历史题材作品给白领青年“提供历史知识的同时，更加注重‘以古喻今’‘以古为鉴’，带来启迪与经验”。位居第二位的是官场、职场题材作品，占 26.09%，作品可以给白领青年带来职场实践的检验与反思。奇幻、玄幻作品位居白领青年关注题材第三位，占 18.84%，此类小说情节天马行空，主题无拘无束，作者自由发挥。言情小说虽然在百度贴吧中排名第一，但在白领青年关注度上只能占据第四席，占 17.39%，而且在白领青年中，女性对言情作品关注度要高于男性。紧随其后的分别为儿童文学、武侠小说等。

进一步调查显示，白领青年的手机文学阅读更加关注中国当代文学作品，占 42.03%，其次为中国古代文学作品，占 25.36%。其后分别为中国近现代文学和外国文学，分别占 18.84%和 13.77%。

虽然白领青年最喜欢阅读的手机文学作品为小说，但白领青年对网络小说的评价不一，接触过网络小说并喜欢网络小说的占 38.63%，接触过但对网络小说感觉一般的占 40.76%，接触过但是很不喜欢网络小说的占 10.86%。调查结果体现了网络文学作品良莠不齐的现状，大多数白领青年只是将网络文学作品作为“消遣”（占 86.95%），将阅读的文学作品选择作为“聊资”，并未进行深入研究，“如蜻蜓点水，浅尝辄止”。

四、手机文学阅读影响因素主要为同学朋友及社会舆论

林语堂说：“读书的意义是使人较虚心，较通达，不固陋，不偏执。”白领青年具有较好的教育背景与工作经验，具有较强的社会责任感、强烈的务实精神，追求生活的多样化及高质量，其文学阅读有其选择的独立性和独特性。那么白领青年阅读文学作品的决定性因素和影响因素是什么？当文学阅读与手机阅读相结合，是否会使白领青年手机“碎片化”阅读方式、阅读行为稍有改变？

在调查中，绝大多数的白领青年承认阅读“可以提高人的品味、层次”“对社会进步有很大影响”（占 73.18%），48.55%的白领青年会抽出时间专门阅读，文学阅读是其生活方式的重要内容及选择。但也有 5.07%的白领青年坦陈，自己的阅读是“出于工作需要，属于职业阅读”。在阅读内容的选择上，学校老师、家人、同学朋友、社会舆论、网友等各种因素均对白领青年文学阅读产生影响。其中影响最为重要的是同学朋友，占 40.58%。其次为社会舆论，占 28.99%。其后分别为家人，占 11.59%；学校老师，占 10.14%；网友，占 7.25%。此外还有部分网友选择“其他”，占 12.32%。这种影响因素体现在文学作品选择上，38.41%的白领青年首选《小王子》《第七日》等畅销书，此外还有17.39%的白领青年选择阅读休闲杂志（位居白领青年文学阅读选择第三位）。但是调查也发现，阅读经典作品如鲁迅等大家作品、阅读纯文学刊物占据了36.23%的白领青年的业余文化生活，占据白领青年文学阅读选择的第二位。

在调查中，作者还对手机阅读软件的使用情况进行了调查。随着数字技术的日趋成熟，现有的手机文学阅读软件设计开发了多款版本，所支持的网络图书的格式不同，但目前普遍支持TXT、HTML、PDF、JPEG、GIF等多种格式。为了给读者带来更好的阅读体验，许多文学阅读软件附属增加了许多实用的、人性化的功能，如搜索引擎功能、手动/自动更新更能、ZIP文件阅读等全媒体阅读功能。虚拟的电子书架让人一目了然，自由、便捷的操作体验更让读者阅读上手容易。但是调研中白领青年对其评价褒贬不一，喜欢的和感觉一般的各占一半。究其原因，源于手机文学阅读客户端程序简单，开发费用较低，因此白领青年对手机文学阅读客户端的选择也与文学阅读软件程序设计开发一样，选择多样化。目前百度阅读在白领青年中占据的市场份额最多，达29.71%，紧随其后的为91熊猫看书、QQ阅读。此外还有26.09%的人没有文学阅读软件，采用"其他"阅读方式的12.32%的白领青年，更多的选择直接登录网页浏览器在线阅读或使用第三方阅读软件。

调查对网络、手机、图书、电视、杂志、报纸、广播等不同媒介形式满足白领青年文学阅读需要的程度进行了综合打分，按得分多少为序排列：网络、手机、图书、电视、杂志、报纸、广播的得分分别为7.27、6.82、6.23、4.88、4.51、3.96、3.68。（打分预置分值为1—10分，1分为最低分，10分为最高分。最终得分为得分/参与人数。满分为10分）。

综上所述，便捷、迅速的手机阅读使白领青年轻松获得海量信息的同时，对白领青年的阅读方式产生了重大冲击，如"深度阅读"能力的弱化、阅读习惯的变化等，其参与程度仍旧受技术支持、舆论环境、收费情况等条件的约束与制约，但是白领青年对用手机进行文学阅读的接受度、参与度要高于其他国民群体。

第五节　围观　分享　重读　反思

——从“汪国真逝世”看自媒体时代的文学传播[①]

2015 年 4 月 26 日凌晨，著名诗人汪国真因病逝世，享年 59 岁。汪国真，1956 年生于北京，“当代诗人”“书画家”是他生前的身份标签。

90 年代的“潮起”。20 世纪 90 年代初，国内曾掀起一股“汪国真热”，他的诗是那个时代的一种文化符号。汪国真曾在采访中表示他在暨南大学读书时就十分喜欢读写诗歌，在《中国青年报》第一次刊发了《学校的一天》后，汪国真不断在报刊杂志发表自己的诗歌作品。

1990 年汪国真出版了自己的第一部诗集《年轻的潮》，首印 15 万册，此后多次再版，总数达到了 60 多万册。从北京到上海，汪国真的诗歌成为那个时代的热潮，此后，他受邀去全国 40 多所院校讲学，北京高校出现汪国真诗歌演讲热。

“潮落”后的汪国真。“汪国真”这股热潮定格在了那个属于诗的浪漫时代，大热之后他和他的诗悄悄地消失在公众视野之外。此后，汪国真虽然从未停止写诗，也依然有很多人找他约稿，但再也难掀起 90 年代那样的“热潮”。

诗歌之外，汪国真钟情于书画与音乐。他的书法作品曾作为中央领导同志出访的礼品，赠送给外国政党和国家领导人，他的书法作品被镌刻在张家界、黄山、五台山、九华山、云台山、鸡冠洞、红旗渠等名胜风景区。音乐方面，汪国真为古诗词谱曲，出版音乐作品集，曾多次举办个人作品音乐会。

2013 年，习近平主席在 APEC 领导人峰会上引用汪国真的《山高路远》中的“没有比人更高的山，没有比脚更长的路”一句，这是他生前最后一次因为诗歌引起媒体的报道和关注。依据百度指数提供的数据，近 5 年内公众对“汪国真”这一关键词的搜索量日均 1 200 次左右。展览书画作品，举办作品音乐会，担任比赛评委，诗歌“潮落”后的汪国真忙碌着，却很少因为诗歌成为公众关注的焦点。

---

① 本节由梁立民与谢锡文执笔。梁立民，山东大学文学与新闻传播学院研究生。

一、围观：新老媒体联合推动下的全民关注

依据百度指数提供的数据（下图为 2015 年 3 月至 2015 年 5 月期间百度指数中对“汪国真”这一关键词搜索分析的热点趋势），汪国真逝世，使得在公众视野消失许久的他再次成为公众关注的热点。

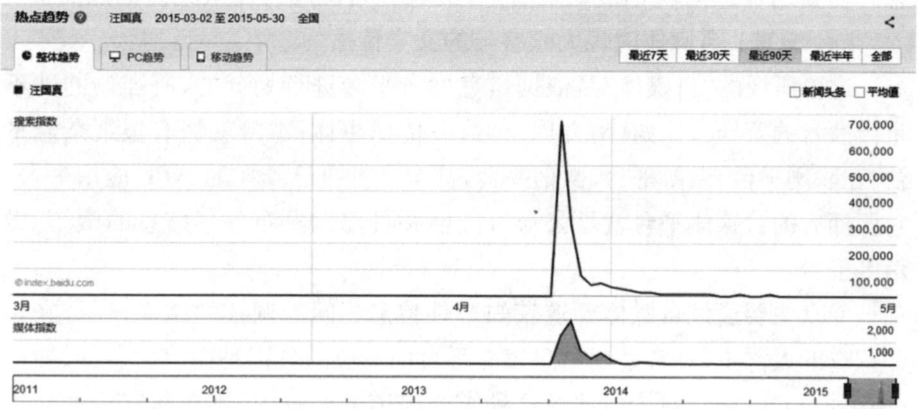

报纸、电视、广播在报道汪国真逝世的消息之外，纷纷对其进行缅怀。《中国青年报》刊发了《汪国真走了，青春永在路上》的纪念文章；人民网、新华网等也在网络平台刊文进行缅怀；安徽卫视、广东卫视等电视台播放了汪国真生前的访谈片段；湖北广播台、山西广播台等专门制作了相关纪念节目；以腾讯、新浪、网易、搜狐为代表的门户网站也对其进行了专题报道。自 4 月 26 日到 6 月 7 日，百度新闻共有 740 余条关于汪国真的新闻。

以微博、微信等为代表的自媒体平台，或原创或转发，发布、推送、分享汪国真逝世的相关信息。与传统媒体稍有差别，在传播汪国真逝世以及人们对其的缅怀的信息之外，还发起了对汪国真诗歌的重读缅怀。自媒体平台整理发送或转载汪国真的诗歌，倡导公众通过重读汪国真诗歌的方式对这位诗人进行纪念缅怀。线上的重读缅怀还蔓延到了线下，很多公众通过自媒体平台发起号召，在线下组织相关的重读缅怀活动。

在新媒体和传统媒体的联合推动之下，当公众打开报纸、电视、广播，抑或是打开微信、微博，浏览网页，甚至是登陆 QQ 时弹出的新闻小窗，都在被告知公众诗人汪国真逝世的消息，以及相关的纪念文章和纪念活动。

5 月 4 日至 18 日，我们以长期关注山东大学当代中国文学生活研究中心主办的“文学生活馆”活动的文学爱好者及山东大学师生为主要调研对

象，回收有效问卷211份，对“汪国真逝世”的关注点、相关文学活动参与度、出版诗集购买愿望等进行了调查。

在受访的211人中，只有12人（5.69%）表示不知晓汪国真逝世的消息，199人（94.31%）的受访者表示知晓并接触到了汪国真逝世及相关信息。在新老媒体的联合推动之下，“汪国真”再次成为公众关注的焦点。

二、分享：自媒体时代大众参与的文学传播

这里所说的“自媒体”是依据信息发布平台进行划分的，所强调的并不是传播者的差异。比如《南方周末》这一传播主体，本身就拥有报纸杂志平台、互联网平台、微博平台、微信平台，甚至还有自己开发的APP应用平台，它所拥有的自媒体平台就是公众可接触并且可以发布分享信息的微博、微信等平台。

受众主要通过自媒体渠道获知事件信息。问卷调查的结果显示，在接受调查的人群中，日常使用信息媒介平台前三位的分别是微信朋友圈、微信公众号和QQ群。在为何选择这种媒介渠道的调查中，排在前三位的理由分别是信息传达方便快捷、媒介渠道接触方便、交互性强并可评论转发。自媒体正是满足了公众的需要，成为人们最常使用的信息媒介平台。

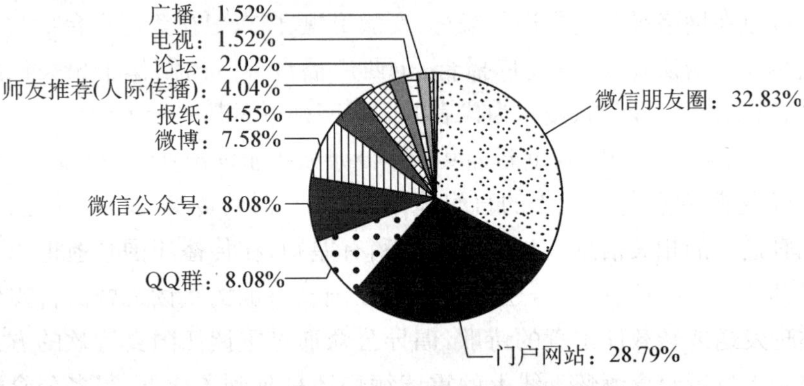

从受众首次获知事件的渠道的调查来看，通过微信朋友圈获知信息的最多，占32.83%；其次是通过门户网站，如新浪、网易、腾讯、搜狐等门户网站，占28.79%；微信公众号、QQ群和微博都发挥了相当的传播作用，但均都不超过10%；报纸、广播、电视等传统媒介均在5%以下，电视和广播更是低于2%。在自媒体发展迅猛的时代背景下，传统媒介在首次传播媒体事件时力量相对较弱。

在“汪国真逝世”事件中，自媒体平台的传播优势十分明显。传统平台和自媒体都在自己的平台上对“汪国真逝世”发送了相关信息，从时效性上来看，自媒体凭借平台传播信息的即时性和受众接受信息的随时性，占得先机，是传统媒体所不能比的。

从信息量来看，由于报纸有版面的限制、电视广播有时间的限制，自媒体本身具有先天的优势，发送的信息多而全面。网络平台虽然信息更为丰富，但在与自媒体平台的比较中，由于自媒体平台的主要设备载体为可便携的智能手机，网络平台在方便快捷和媒介接触难易程度上又稍逊一筹。

公众通过转发分享成为传播者。自媒体的出现打破了原有的传播秩序，赋予了普通民众进行传播的渠道和可能。部分自媒体中的舆论领袖凭借其百万、千万的粉丝数量，从传播范围来看甚至可以被称为大众传播。普通民众虽然没有如此强大的传播能力和范围，但自媒体时代一对多的裂变式传播，通过一传十、十传百，几次传播就可以达到惊人的传播范围。

在调查中发现，211 名受访者中有 132 人都对“汪国真逝世”的相关信息进行了分享传播，62.56％的受访者都对信息进行了分享传播。在传播渠道的选择上，微信占到了 51.00％，受访者表示主要通过微信朋友圈转发功能对信息进行分享传播；QQ 群由于构成了较为稳定的兴趣爱好圈子，在信息的分享传播上也具有很强的作用，占 18.00％；除此之外，人际传播和微博在分享传播上也起到了一定的作用，但都不到 10.00％。

在自媒体时代，分享传播已经成为一种习惯。自媒体平台凭借自身传播信息的优势，成为传播者不可忽略的传播媒介，信息传播即时快捷，媒介接触方便随时，信息丰富充足，受众在满足信息需求的同时，通过自媒体实现了由受者向传者的转变，双重身份促进了信息的接受和再扩散。可以说，自媒体时代的文学传播是大众参与的传播时代，大众参与其中，既是受者又是传者。

三、重读：从新闻事件到文学事件

传统媒体上将“汪国真逝世”作为新闻事件。在对传统媒体和自媒体中有关“汪国真逝世”相关信息进行文本分析后，我们发现，不同的媒介平台上所传播的“汪国真逝世”的相关信息并不完全一致，是有差别的。

在报纸、广播、电视等传统媒体上传播的相关信息主要包括：汪国真去世的消息本身、对于汪国真的缅怀文章、对于汪国真本人的评价、汪国真生前接受的采访、朋友对于汪国真的追忆等。如《中国青年报》刊发了《汪国真走了，青春永在路上》的纪念文章，文章着重对汪国真的生平和成就进行了介绍和缅怀。

然而，“汪国真逝世”事件本身并不能被称为文学事件，一位诗人逝世的信息本身只能被看作是一个新闻事件，相关的纪念缅怀文章如果对于文学活动、文学生产等没有产生丝毫的影响，也不能构成一件文学事件。

在自媒体推动下“汪国真逝世”成为文学事件。自媒体信息平台的传播使得此事件从一个新闻事件转变成了文学事件。在自媒体上，除了传统媒体包含的信息之外，还包括汪国真诗歌的重读缅怀、大众对于此事件的感受和评论、汪国真的诗歌成就评价与争议。

自媒体信息平台上的重读缅怀号召和直接发送汪国真诗歌的信息，使得“汪国真逝世”衍生出了“诗歌重读缅怀”的文学活动，构成了文学事件。

自媒体的特质催生了“诗歌重读缅怀”，使文学价值得以实现。要想使文学价值最终实现生成，需要受众的参与，简单地说就是要让读者能够阅读到作品，获取作者所创造的文学价值。自媒体时代带来了信息传播的革命，同时也对文学价值的实现生成产生着重要的影响。

比较分析之后不难发现，报纸、广播、电视等传统媒体由于自身媒介的限制，并不能直接让读者接触到汪国真的诗歌，对于汪国真诗歌文学价值实现生成的作用仅停留在促进上，只是一个诱因，让人们在读完相关信息之后，产生阅读汪国真诗歌的欲望，然后再去寻找汪国真的诗歌。

自媒体平台有所不同，由于其本身不受版面和时间的限制，在内容安排上更加自由，在信息内容、风格上更加随意，便于直接进行重读缅怀的号召，并能够直接整理发送汪国真的诗歌，使读者能直接在手机等移动终端设备上进行作品阅读，完成了文学价值的实现。

除此之外，自媒体平台跟网络平台相比较，主要区别在于终端设备的差别和获取信息的差别。自媒体的主要终端设备是人们身旁手边的手机终端设备，网络平台主要是电脑 PC 端，在媒介平台的接触上自媒体平台显然更具有优势。我们还应该看到自媒体的“推送”功能，以微信公众号、朋友圈为例，当有新信息时会进行提醒，这种主动推送具有主动性，是积极的传播方式，而网络平台需要受众主动登陆搜索才能获得相关信息，是较为消极的传播方式。

四、反思：自媒体时代的文学价值评价

在文学阅读接受和文学批评过程中必然包含着评价因素，文学阅读接受与文学批评最终一定体现为文学价值判断。据此对评价主体进行分类，主要可以分为文学阅读接受者和文学批评者，二者构成了文学价值评价的主体。在文学价值的评价中，阅读接受主体、批评主体的评价是按照一定的标准进行的，这种标准有主客观的因素，同时也有个人与社会的因素。

我们在这里所探讨的主要是自媒体对文学价值评价的影响，对于应该采取什么样的具体标准对文学价值进行衡量是一个极为复杂的、理论和实践也不一致的问题，不同的专家学者有不同的见解，所倡导的标准和现实中具体的文学评价也有所出入，尤其是对于广大的文学阅读接受者而言。

文学批评者由于有专业的知识背景作为支撑，在对文学作品的价值作出评价时，往往有较为统一的评价体系，因而跟普通的文学阅读接受者相比，受到媒介信息的影响相对就较小。因而，在这里我们所探讨的自媒体对于文学价值评价的影响，主要就是针对普通的文学阅读接受者。

隐藏的倾向性。文学作品从作者到读者的手中，需要桥梁传输，也就是媒介。在传统的文学作品传播过程中，作家并不是直接将文学作品传播到读者的手中，而是需要报刊杂志的编辑、出版社的编辑等进行选择修改后，进行刊发出版，才能与读者见面，编辑承担的是传播者和"把关人"的角色。自媒体也不例外，在传播的过程中作为传播者进行"把关"。

"汪国真逝世"引发的文学事件中有关文学价值评价的信息主要包括两个方面，一是对汪国真诗歌的重读，读者直接接触文学文本；二是对汪国真文学价值的评价，主要包括文学批评者和普通文学阅读接受者两个主体的评价。

我们在对自媒体中有关"重读汪国真诗歌"信息进行文本分析之后发现，不同的自媒体传播者所选择的汪国真诗歌总是冠以"经典""金句"二字，所选的诗歌也尽量是大众所熟悉的。如"既然选择了远方，便只顾风雨兼程""获得是一种满足，给予是一种快乐""没有比脚更长的路，没有比人更高的山""世界上有不绝的风景，我有不老的心"等。这种选择决定了文学阅读接受者对文学作品做出价值判断时文本的有限性，为什么选择这些诗，其中也隐含着传播者自身的倾向性。

自媒体传播者发送的信息中，对于汪国真诗歌的评价在数量上占有很

大的比重，以“腾讯·大家”栏目的微信公众号为例，连续发送或转引其他媒体的9条评价信息，其中以文学批评家和文学界名流的评价为主。他们的评价信息给了普通的文学阅读接受者一定的评价指引和标准，但我们应该注意的是，这种指引也是一种干扰，文学阅读接受者受到这些评价的影响之后，对汪国真文学价值的评价在一定程度上就脱离了文学文本，不能只针对文学文本做出文学价值的评价。

声音的多元化。在传统媒体时代，普通公众很难通过传统媒介传播自己的声音和观点。然而，在自媒体时代，每个个体都可以发出自己的声音，表达自己的态度和观点。这种影响不仅体现在公众声音的日益重要上，还体现在公众声音的多元化发展上。

说到汪国真的诗歌，你会联想到的一个词是什么？对于这个问题，受访者的回答包括“生命”“青春”“积极”“流毒”“乐观”“细腻”“哲理”“鸡汤”“虚假”“正能量”等等，这些词汇就是文学阅读接受者对汪国真诗歌的评价，也是对他诗歌文学价值的评判。从中不难看出，关于汪国真诗歌文学价值的评价，每个普通的文学阅读接受者都有自己的观点和评价，有的虽然没有直接进行评价，但也通过转发和点赞的方式表明了自己的观点。

与网络平台不同，自媒体平台中对于文学价值的评价具有主动传播的积极性，可以“推送”给自己的朋友或者陌生人，使自己的观点从私人领域主动转移到公共领域，供他们参考评价。自媒体时代中这种对于文学价值评价的主动性，带来了文学价值评价声音的多元化。

文学价值评价需要自由和理性。自媒体时代，公众可以较为自由主动地发表自己对于文学价值的评价，但由于缺乏相关的专业背景知识，这种评价的重要性和权威性无法与文学批评者的声音相比较，对文学价值的评价往往也具有片面性、绝对性等问题。但这种声音的多元化的意义在于对现有秩序和声音的矫正，为具有倾向性的评价带来些不同的声音，为文学批评者在文学价值评价中可能存在的问题进行监督和矫正。

自媒体可以为文学阅读接受者和文学批评者提供一个自由的平台，文学批评者对文学价值评价进行引导，文学阅读接受者进行质疑、监督和矫正，唯有通过这种自由而理性的方式，作品才能得到正确恰当的文学价值评价。

第六节 从“余秀华走红”看新媒体语境下的文学传播[①]

2014 年底，余秀华因一首诗歌《穿过大半个中国去睡你》一夜爆红，被贴上“脑瘫诗人”“网络诗人”等标签，之后出版了诗集《摇摇晃晃的人间》《月光落在左手上》。其中《月光落在左手上》四次加印，销量突破 10 万大关，成为 20 年来中国销量最高的诗集。我们通过问卷调查和深度访谈结合的方式，对“余秀华走红”事件进行剖析，意在观察新媒体语境下媒介事件对文学传播的影响。本文中对“媒介事件”的理解界定为：有媒体参与、组织、策划、宣传等成分存在的新闻事件。从定义上讲，“媒体事件”是一个中性概念，没有褒贬之分。

依据事件发生的过程，结合百度指数提供的数据(下图为 2014 年 12 月至 2015 年 4 月期间百度指数中对“余秀华”这一关键词搜索分析的热点趋势)，我们对“余秀华走红”这一媒介事件进行了详细的时间分层。

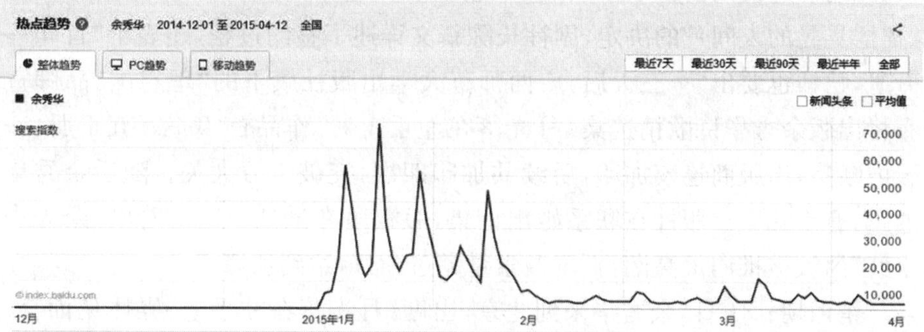

潜伏期：余秀华 2009 年开始写诗，她常把自己的作品发布在自己的新浪博客上，吸引了博友们的注意。2014 年，《诗刊》下半月刊 9 月号“双子星座”栏目，刊发了《穿过大半个中国去睡你》等一组诗，但在当时并未引起广泛关注。这一阶段是“余秀华走红”媒介事件的潜伏期，这一时期大众对余秀华关注度和搜索量都较小，在搜索指数上没有明显体现。

爆发期：2014 年 11 月 10 日，微信公众号“诗刊社”，再次选发了 9 月的

① 本节由齐敏与谢锡文执笔。

那组诗歌，这条以“摇摇晃晃的人间——一位脑瘫患者的诗”为题的微信阅读量一度突破了 7 万。随后，“夜瞄”“三联生活周刊”等微信公众号也都相继转发了余秀华的诗歌。这一时期是媒介事件的爆发期，关于“余秀华”的搜索量破万，并且不断上升。

扩散期：2014 年 12 月 17 日，《诗刊》杂志社在中国人民大学主办了余秀华等五人诗歌朗诵会。22 日，《人民日报》刊发了人物专题“诗里诗外余秀华”，之后新华社、央视等媒体都先后报道了“余秀华事件”。2015 年 1 月 13 日，旅美学者沈睿在博客中发表了《什么是诗歌？余秀华——这让我彻夜不眠的诗人》，文章中沈睿把余秀华称作“中国的狄金森”。余秀华和她的诗成为文化热点，这一时期是该事件的扩散期，百度搜索量达到 6 万。

高潮期：随着各大媒体的报道传播，人们对“余秀华走红”事件的争议也越来越多。2015 年 1 月 19 日，出版商沈浩波发表一篇叫作“余秀华的诗写得并不好”的文章。随后，沈睿发文《沈浩波走在去经典的路上与男性文人的酸脸》进行回击。20 日，湖南文艺出版社宣布“将推出余秀华首部诗集《摇摇晃晃的人间》”的决定，副社长陈新文详述了签约过程，还表示“首印一万册，赔钱也要出”。三天后，广西师范大学出版社旗下的“理想国”品牌宣布将出版余秀华诗歌精选集《月光落在左手上》。作品首印一万五千册，一天内断货，出版商连夜加印，后续共加印四次，突破十万大关。随后余秀华透露，有十几个出版社在联系她出诗集，版权争夺激烈。这一阶段“余秀华走红”风波被推向最高潮，百度搜索量超过 7 万，达到顶峰。

消散期：31 日，余秀华来到北京，出席《月光落在左手上》媒体见面会。关于“余秀华和她的诗”这一热点文化事件虽然还在持续发酵，但相对前期有一定程度缓和，热度逐渐消散，百度搜索量跌落至一万。

4 月 15 日至 24 日，我们以长期关注山东大学当代中国文学生活研究中心主办的“文学生活馆”活动的文学爱好者及山东大学师生为主要调研对象，回收有效问卷 340 份。通过样本统计进行内容分析，从文学爱好者对“余秀华走红”事件的关注渠道、相关文学活动的参与度、出版诗集的购买力等方面进行调查。同时结合话语分析作为研究方法，深度访谈了数十位大学师生，对“余秀华走红”事件的关注点、文学创作与媒体宣传的关系、文学出版与商业营销的关系等方面进行了研究。

数据分析显示：

1. 受众主要通过新媒体渠道获知事件信息。通过我们对受众首次获知事件的渠道的调查，通过门户网站获知信息的受调查者居多，占25%，微信朋友圈、师友推介（人际传播）、微博都发挥相当的传播作用，比率相差不大，但通过电视、广播、杂志等传统媒介初次获得相关信息的受调查者则均低于10%，相对较少。从这一点上看，在新媒体发展迅猛的时代背景下，传统媒介的首次传播媒体事件的力量相对较弱。

2. 诗歌传统架构缺失导致对余诗的评价褒贬不一。迄今为止，各界对余秀华及其诗作的评价褒贬不一。《诗刊》的编辑刘年对余秀华的评价甚高，他把余秀华称作“常人莫及的语言天才”，出版商沈浩波却直接否定余秀华：“余秀华的诗歌无论从整体水平，还是审视内部的语言、情感和精神，都没有太多可观之处。”

爱好诗歌的工科生，华中科技大学电气专业研究生吕同学这样评价余秀华：“首先，我不认为《穿过大半个中国去睡你》是一首好诗。无论从辞藻还是立意来讲，这首诗都难以称得上是一篇上乘佳作。很多人都评论《穿过大半个中国去睡你》的立意独特深远，但是我这个工科生读起来却不知所云。”

浙江大学中文专业研究生韩同学的评价却与吕同学大相径庭：“不能否认这样的诗歌中有一些露骨的词汇，这不能作为否定她的创作的理由。回想到五四时代，当胡适、郭沫若这样的新诗先驱们试图以白话新诗去取代旧体诗的时候，当时给社会造成的冲击力更大，但是百余年过去，历史证明了他们的伟大和贡献。”

山东大学马兵副教授认为，余秀华的诗歌不错，但也有较为明显的不足，比如诗意的重复和运思方式的重复等。她的诗歌在构思上基本是一个模式，抒情方式也比较固定，所以导致她的一些作品成为她最好诗作的重复和衍生。

诗歌评论家霍俊明提到，汉语诗歌一百年来仍然是有缺陷的，它自身的传统仍然没有被建构，中国汉语市场一直没有权威的立法者，不被更多的人接受和认可。因为在专业的诗歌界内部讨论余秀华诗歌美学的时候，意见并不统一，一拨人对余秀华的诗歌评价非常高，同时又有大量的人认为余秀华的诗是庸俗的，是低劣的呐喊式的抒情。这种巨大分歧说明汉语诗歌传统的架构没有建立。

3. 余秀华的走红是“文学诗作”和“媒体炒作”合力的结果。从人们对余秀华本人关注的侧重点看，有约 35.27%的人群关注的是余秀华独特的诗歌创作，31.25%的人关注的是余秀华“脑瘫诗人”的标签。结合这两个测量结果，我们发现，新媒体环境下，文学传播单纯依靠作品的艺术价值吸引受众，其关注度很容易消散在快速更新的网络信息中。

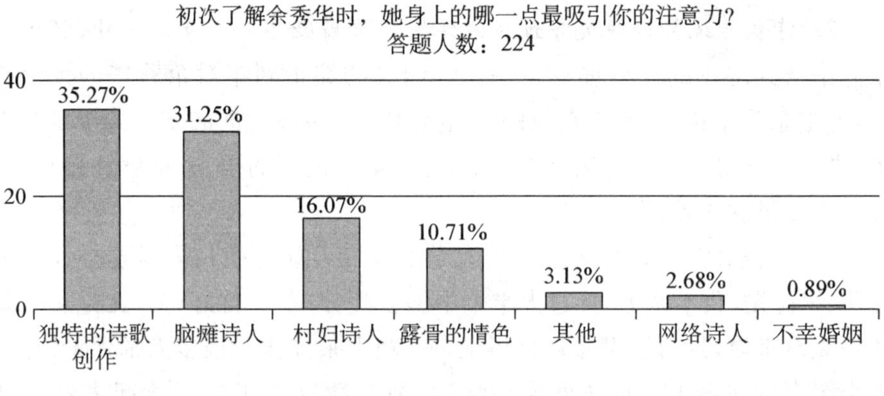

华中科技大学电气专业的研究生吕同学说：“我觉得大家对余秀华的关注有很大一部分是因为她的经历和身世——身体残疾以及一直生活在农村。不可否认，余秀华在诗作中加入了她对生活的态度和感悟，但这些更需要优美的文字作为载体。”

中国人民大学政治专业的研究生王同学认为：“余秀华走红应该是一个不错的传播案例，这里面媒体炒作的成分很大。从一开始走红，包括到现在，余秀华的身上总是带着一些特殊的标签，例如“农民诗人”“脑瘫诗人”等。如果没有这些标签，单纯以她的文字，会不会引起这么大的影响？我个人认为不会。”

山东大学新闻系教师孔令顺老师说：“余秀华走红后，我读过她的几首诗，感觉有的还不错，尤其是对于她的身份而言，显得更加难能可贵。但也正是因为她的这种特殊身份，成为媒体炒作的噱头，从而快速消费她的商业价值。”

作为“媒介事件”的文学，和其他公共问题、社会问题紧密交叉在一起。当然，作为“媒介事件”的文学也有它的弊病，一方面可能产生恶俗的、没有真正公共意义的八卦式媒介事件，另一方面就是它的非持久性。在一个媚俗的、急功近利的消费主义时代，大凡公共事件、新闻事件都有很大的时效性，因此难以获得公众和媒体的持久关注。

由于作为“媒介事件”的文学不仅仅是文学现象，更是以文学为缘起或为由头的综合性社会文化现象，因此，对于媒介化的公共文学事件，学者陶东风认为，我们不能完全以审美的、文学的标准来进行评价，不能只看媒介文学事件之后是否留下传世的文学作品或伟大的文学观念，也要看它是否产生了超越文学、审美或者和文学与审美完全无关的公共意义，即公民社会建设的意义。

猎奇性关注—诱导性阅读—鉴赏性研究，虽然在热度上呈现必然的递减趋势，但在诗歌（文学）从小众走向大众的过程中，从起点开始的关注无疑是文学出版不容忽视的“敏感点”，“余秀华走红”提供了“文学诗作”和“媒体炒作”合力的良好样本，但也提醒我们，“适度”是最好的尺度，“过度”非但不能助力文学传播，反而会成为文学杀手。十分可贵的是，余秀华在“余秀华走红”事件中比其他人更冷静。

4. 文学出版应坚持“内容为王”，不能完全依赖媒介推动。历史上，很多文人在逝世之后，其作品才被世人发现并传播，正所谓“时间造就经典”。而在新媒体时代，媒体通过贴标签等手段炒作事件，促进文学出版，事件发展的同时还裹挟着文坛争执。就“余秀华事件”而言，我们通过访谈进一步探讨了媒介事件与文学出版之间的关系。

浙江大学中文专业的研究生韩同学说：“没有媒体的炒作，我相信即使是一位专业诗人，也很难在当下的舆论环境中成为公共话题。诗人应该和媒介保持互动的关系，但是这种互动应该是基于作品的，而不是关乎诗人生活本身的。”

马兵老师说：“余秀华对于自己被火起来的清醒态度值得敬佩，对一个诗人来说，热闹与否、名声大小其实都是诗歌之外的浮云，诗人的创作最终还是要靠作品来说话，与媒体保持适当的距离其实是对自己的尊重也是对诗歌的尊重。当然，诗人也绝不应该清高到与世俗绝缘，比如正是因为卡夫卡的朋友没有执行他毁掉作品的遗嘱，才有了后来的出版发行传播，这个世纪才有了一位‘大师中的大师’。新媒体时代，网络和微信等平台对草根诗歌和诗人的推动是显而易见的，所以利用好这个平台而不是依附这个平台是最关键的。”

山东大学文学院新闻系朱秀清老师认为，通过媒体尤其是新媒体推广文学创作，是一种可以迅速为世人所知的有效方式。媒体的利用、炒作当然会破坏写作、作品本身的纯洁性、艺术性，但毫无疑问，好的文学、艺术也离不开媒体的宣传、介绍。媒体这种双面作用决定诗人作家的创作与媒体之间应该保持一种谨慎关系，该借助媒体宣传的时候不能太清高矜持；同时也要清醒，作品本身的艺术魅力才是根本，经得起时间检验的作品，一定是与时下保持距离的，一味迎合大众、媒体的趣味，最多不过是热闹一时罢了。

余秀华的诗歌，作为“媒介事件”的文学通过媒体的报道引发了受众的注意，刺激了人们对诗歌文学的热情，一定程度上媒介的参与推动了文学的传播，进而促进了文学的出版。当然，媒介介入文学传播活动本身就会影响到文学传播的纯洁性，文学作品被拿到媒体这个公众平台上进行推广，这件事情本身就赋予了公共性的意义。既然要向大众推广，就势必会引发大众的思考和争论，有追捧就会有打压，负面的争议、偏激的语言攻击等都是不可避免的。因此，文学也要和媒体保持适度的距离，一定程度上要维持自身作品的独立性，不能完全依附媒体这个平台。

5. *文学出版与商业营销结合可以实现双赢*。如下图显示，多数人认为理想国出版余秀华诗歌是一种商业营销的手段，也有不少人认为出版余秀华诗歌是一种诗歌推广和文学交流，但对比来看，多数人认为这种先有媒介热炒后有文学出版的行为是利用媒体事件的热度推进出版活动，具有较浓厚的商业色彩而非纯粹的文学传播活动。

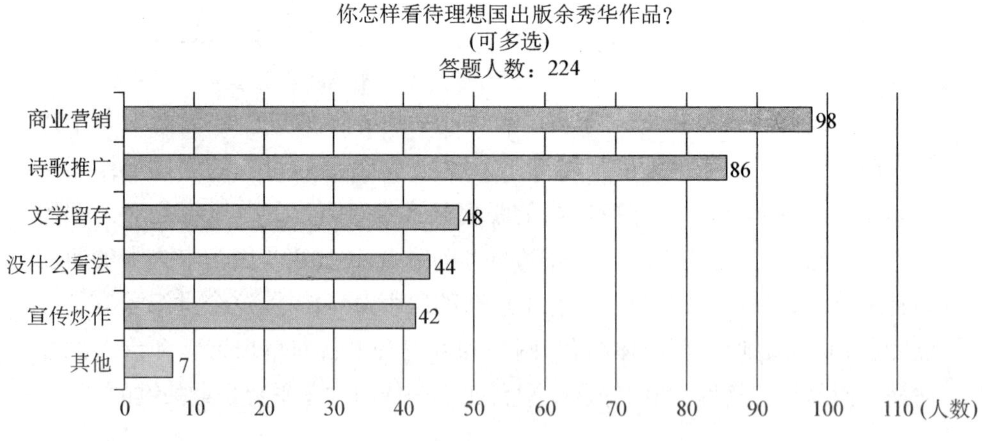

通过媒体事件引发文学出版，媒介、文学、商业在文学传播中能否有机结合？中国人民大学政治专业的研究生王同学认为：“媒介引领社会舆论，让民众产生好奇心和阅读需求，出版商看到这种需求，将作品出版成书推向市场，既满足民众的阅读需求，又取得商业利润，应该说是双赢。这是种不错的商业模式，现在来看很成功。”浙江大学中文专业的研究生韩同学也认为，媒体事件引发的文学出版以及相关读书交流活动是一种好现象。在市场经济主导下，文学出版肯定要与媒介事件建立紧密的联系，媒介事件主导下的出版也不可避免。媒体首先应该保持良好的职业修养，在建构媒介事件时树立健康导向，将文学事件更多导向作品，而不要把关注点过多地引向一些与文学无关的方面。

问卷与访谈的结果显示，“余秀华走红”事件是“诗歌创作”与“媒体炒作”合力的成果；余秀华诗歌的出版、热销印证了出版机构在新媒体环境下敏锐的市场捕捉力、内在的文学把握力、强大的市场营销能力；而诗人余秀华本人的冷静与理性，出版机构营销活动中的文学导向，则保证了整个事件并未偏离文学传播的主旨。

第三章　文学经典的社区传播与空间营造

第一节　当前社会文学人口情况的调查报告

——以文学生活馆为例[①]

考察“文学生活”的时候，不可忽视的一点是人的主体性。人作为“文学生活”实践的核心，其能动性与主体性对“文学生活”的实践产生了重要影响，可以说“文学人口”应当作为衡量“文学生活”情况的一个重要指标而被关注。

文学人口主要指文学阅读消费与文学生产的人群，不仅指创作者和读者，还有传播者。文学的从业人员（创作、出版、传播）只是文学人口的一小部分，而消费者（阅读者）才是文学人口的大多数。

本报告主要依据对山东大学“当代中国社会文学生活研究中心”所设的“文学生活馆”系列活动的调查，考察“文学人口”现状的某些侧面。调查主要围绕“我与文学生活馆”采取问卷，将“文学人口”具体划分为文学创作者、传播者（出版、传播）和消费者（阅读者）三个大类、四个小类。在此需要说明的是：第一，文学人口是一个复杂的概念，人们在进行文学活动的过程中，其身份并不固定，也就是说人们在进行文学活动的过程中可能同时扮演了创作者、传播者和消费者三种角色，其角色的多样性、交叉性和复杂性是不可忽略的；第二，由于出版者作为文学传播过程中的专业群体，其传播过程有一定的特殊性，因而本次调查暂不将其列为主要研究对象，在后续的研究中将对出版者这一特殊群体进行有针对性的调查与访谈，而普通人在日常生活中的文学传播将被纳入本次的调查中来。

本次调查主要围绕创作者、传播者和消费者三类人群，调查内容主要分

---

① 本节由张婵与梁立民执笔。张婵、梁立民，山东大学文学与新闻传播学院硕士研究生。

为以下几类：

（一）文学消费者（阅读者）：阅读习惯、阅读动机、阅读选择标准、文学消费习惯、文学阅读倾向，等等。

（二）文学传播者：传播渠道、选择因素、具体传播的文学作品，等等。

（三）文学创作者：文体倾向、创作状态、写作收入比重、作品发表状况、写作动机，等等。

一、样本基本情况分析

本次调查以“文学生活馆”会员为主要调查对象，共回收235份有效问卷。从调查的结果来看，参与本次“文学人口”调查的人中，女性（67.23%）明显高于男性（32.77%），女性参与者几乎是男性的两倍，女性文学爱好者仍是文学人口的主力。

从参与者的年龄层面上来看，各年龄段均有分布。36—45岁的文学爱好者占据大多数，其比例为40.85%；其次则是15岁以下的青少年，占调查总人数的24.26%；再次是16—25岁之间的青年学生，占20%。而26—35岁、46—55岁以及56岁以上的调查者则占据较少的比例。据分析，大部分26—35岁处于事业上升黄金期和家庭初建期的上班族由于工作及家庭的原因很少有空闲时间进行文学阅读；而在46—55岁这一年龄层的人口，其子女基本处于高中学习阶段、大学就业阶段或家庭初建阶段，他们投注在子女及子女下一代上的精力明显增加，在一定程度上减少了他们的文学生活；可能由于本次问卷通过网络投放，而较高年龄层的人群仍不适应网络问卷的填写方式，故收集到的56岁以上人群的数据相对较少。

从受教育程度上来看，参与本次调查的文学爱好者学历明显呈现高层次水平。本科学历占到调查者的42.55%，研究生学历则占到了20%，两者合计共占调查参与者的62.55%。接下来的则是初中及以下学历，占24.26%；专科学历占10.64%，高中学历占2.55%。这一学历分布与文学生活馆会员学历水平基本相当，也可明显看出文学生活在学历层次上明显呈现两极分化的特点。

从被调查者的专业分布来看，文科生占46.38%，理科生占17.87%，工科生占15.32%，而其他学科的文学爱好者则占据相对较小的比例。

从参与调查者的职业分布情况来看，学生所占比例最大，高达43.4%；其次是教育工作者，占16.6%；企业普通职工及企业管理人员分别占

14.47%和 9.79%；公务员占 7.23%。从月收入情况来看，无收入群体占 33.62%，1 000 元以下则占 7.23%，这两部分主要由学生群体构成；月收入在 3 000—5 000 元之间的占 25.53%，5 000—8 000 元的占调查总人数的 18.72%，可见较稳定的收入在一定程度上保证了文学爱好者的文学生活。

从文学爱好者的个人身份认同上来看，235 人中有 216 位认为自己是文学消费者，即阅读者；其次有 70 位认为自己是传播者；共有 29 人认为自己是创作者，而选择出版者的只有 5 位。由此可见，文学消费者仍是文学人口中最主要的人群。此外，将年龄与文学身份认同交叉分析后，调查结果显示，16—25 岁的人群中认为自己是传播者的文学爱好者高达 48.9%，远远超出其他年龄段人群，而他们的创作热情也相对较高，认为自己是创作者的人数占该年龄段参与调查者总人数的 25.5%。据分析，传播者和创作者在这一年龄段中比其他年龄段占据比例较高的原因离不开网络的推波助澜，伴随着网络的发展，网络文学随之兴起，网络文学的作者也逐渐呈现出年轻化趋势，很多爱好文学的年轻人在接受一定程度的教育并掌握一定的写作技能后纷纷投入到网络文学的创作中，为网络文学的发展注入了新鲜活力。

二、文学传播者情况分析

1. 传播推荐文学作品的意愿较为强烈

从整体的传播者数量来看，受访的 235 人中，有 154 人表示曾向他人推荐分享过文学作品，占到总数的65.53%；81 人表示从未主动推荐分享过文学作品，占到 34.47%。据此分析，文学生活馆作为一个文学爱好者聚集的圈子，内部成员主动向他人推荐传播文学作品的意愿较强。

2. 人际传播、QQ 群及微信朋友圈是主要的传播推荐渠道

从传播渠道的选择来看，口头传播推荐文学作品是受访者最常用的传播渠道，151 人的受访者中有 113 人曾通过这种方式向他人推荐文学作品，占受访者中的74.83%；选择通过 QQ 群和微信朋友圈渠道进行传播推荐的受访者各有 71 人和 67 人，占受访者中的 47.02%和 44.37%；仅有 18 人次使用微博向他人传播推荐文学作品；选择微信公众号、博客、论坛、在公开出版物上发表书评文章以及自印或手抄作品的受访者较少，均不超过 10 人次；还有极少数的受访者表示曾在专业文学阅读网站、门户网站、电视上进行过文学作品的推荐传播，均不超过 3 人次。

据此分析，在文学传播推荐中，被采用最多的渠道是人际传播的口头传

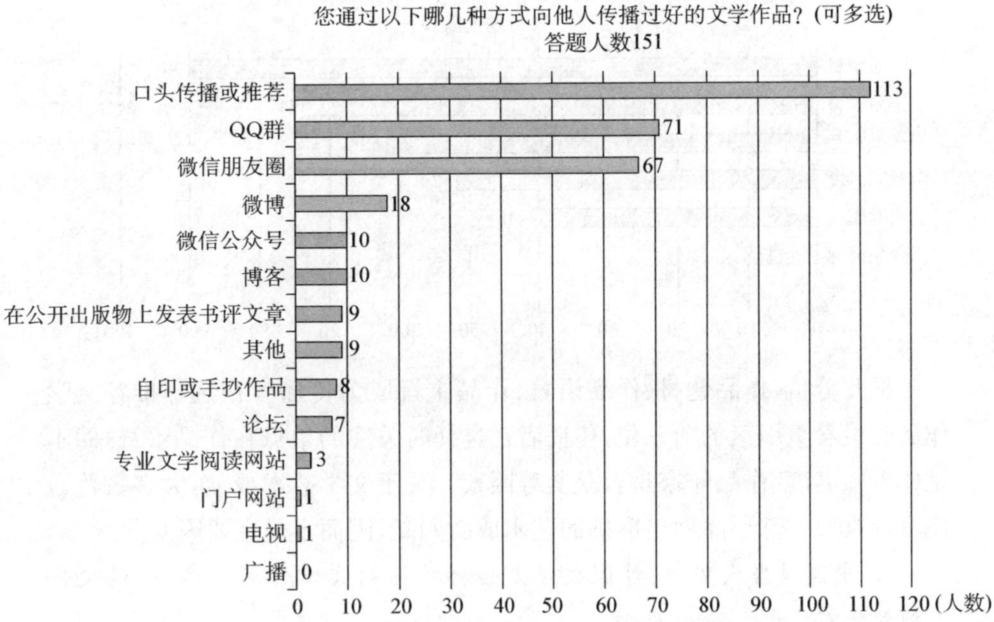

播推荐，这可能与人际传播是社会生活中最常见、最丰富的传播方式有关，面对面传播的强交互性是它的优势因素。QQ 群和微信朋友圈在量上虽不如口头传播，但由于 QQ 群和微信朋友圈都属于一对多的传播方式，其实际传播范围要比口头传播大得多。微博由于其 140 字的限制和内容的差异，很少被受访者采用。其他方式或因普通传播者接触困难，如公开出版物、电视、广播等，或因渠道方式不经常使用，如博客、论坛等，都不是传播者所主要采用的传播渠道。由此，不难看出，传播者在选择传播推荐渠道时，渠道接触的难易程度、共同爱好的群体圈子、渠道的使用习惯和频率是他们比较注重的因素。

3. 作品题材、作品语言、作品主旨最受重视

从传播推荐时所看重的因素来看，151 人的受访者中大多数人表示看重作品题材，共 90 人次，占 59.60%；第二重要的因素是作品语言，共有 74 人次表示看重这个因素，占 49.01%；排在第三位的因素是作品主旨，共 62 人次，占 41.06%；还有 52 人次选择看重作者的知名度，41 人次选择看重作品的文学艺术成就，占34.44%和 27.15%；只有 7 人次表示会根据作品、作家的获奖情况进行推荐传播。

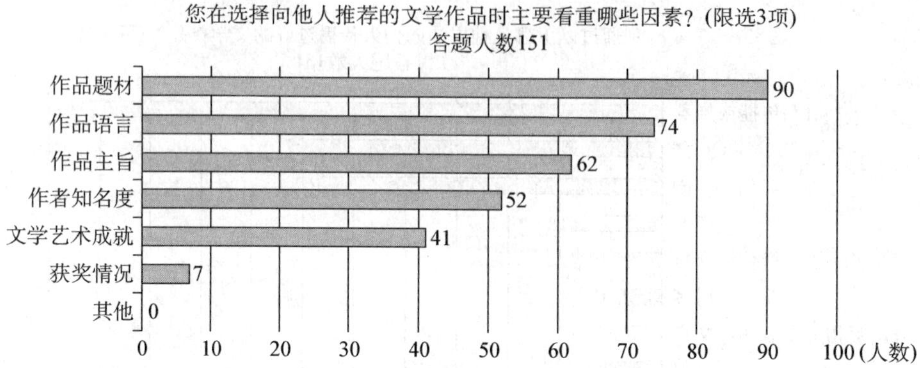

据此分析，作品题材、作品语言、作品主旨成为传播者在选择推荐文学作品时最看重因素的前三位，传播者在选择时关注的重点在作品本身，而不是作者知名度、作品作家是否获奖等因素。关于文学艺术成就，大多数普通民众很难对一部作品做出准确的艺术成就判断，因而不是主要因素。

4. 中国现当代文学、外国文学是传播推荐的文学作品主体，小说文体占绝对优势

从文学传播者推荐的文学作品来看，受访者共推荐 114 部作品，其中中国古典文学作品 11 部，占 9.65%，如《三国演义》《红楼梦》《孟子》等；中国现当代文学 44 部，占 38.60%，如《平凡的世界》《狼图腾》《目送》《文化苦旅》等；外国文学 53 部，占 46.49%，如《小王子》《简・爱》《挪威的森林》等；网络文学 6 部，占 5.26%，如《龙族》《首席医官》《狼王梦》等。从总量上来看，中国现当代文学和外国文学作品被推荐得最多，是传播推荐的主体。

另外，在 114 部作品中，包括 103 部小说，5 部散文，4 部儿童文学，2 部诗歌。

需要特别指出的是，被推荐最多的作品是路遥的《平凡的世界》，共被推荐 17 次，其次是龙应台的《目送》，共被推荐 8 次。在外国文学中，被推荐最多的是《简・爱》和《挪威的森林》，都被推荐了 4 次。

三、文学创作者情况分析

在受访者中，共有 43 人为创作者，占受访者的 18.3%。

1. 散文、小说文体是创作者文学创作的主要倾向

从文学写作实践的文体倾向上来看，散文是最受创作者青睐的文体，共有 25 人次选择，受访者中 58.14%的创作者倾向于散文；紧跟其后的是小说，

你的文学写作实践在文体上倾向于哪一种？(可多选)
答题人数43

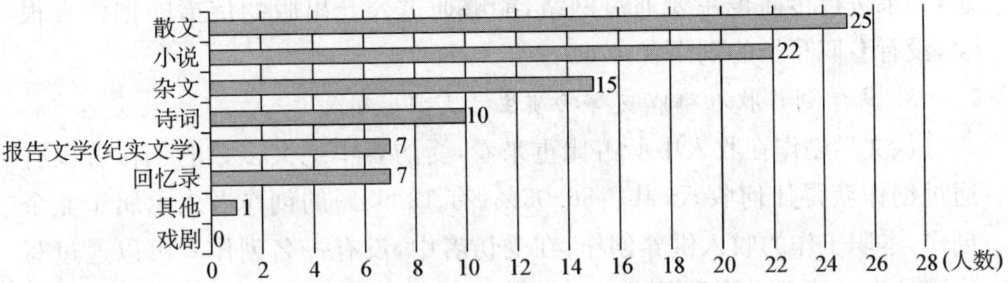

共有22人次选择，占创作者总数的51.16%；排在第三位的是杂文，共有15人次选择，占34.88%；诗词、报告文学(纪实文学)、回忆录各有10人次、7人次、7人次选择；还有1人表示自己的文学创作主要是书评读后感；43人中没有人表示自己有戏剧创作的倾向。

据此分析，文学生活馆中的创作者主要以写散文和小说为主，这两种文体也是当下文学作品最为强势的两种。散文多于小说，可能与写作的难易程度有关，小说的结构、故事性、戏剧性等要求更为繁杂。杂文占有很大的比重，这可能与杂文文体自由度较大有关。诗词、报告文学、回忆录虽没有散文和小说那样被重视，但也占有一定的比重。没有一人进行戏剧创作，可能与受访人群的文学喜好、戏剧创作的难度等因素有关。

你属于哪种创作状态？
答题人数43

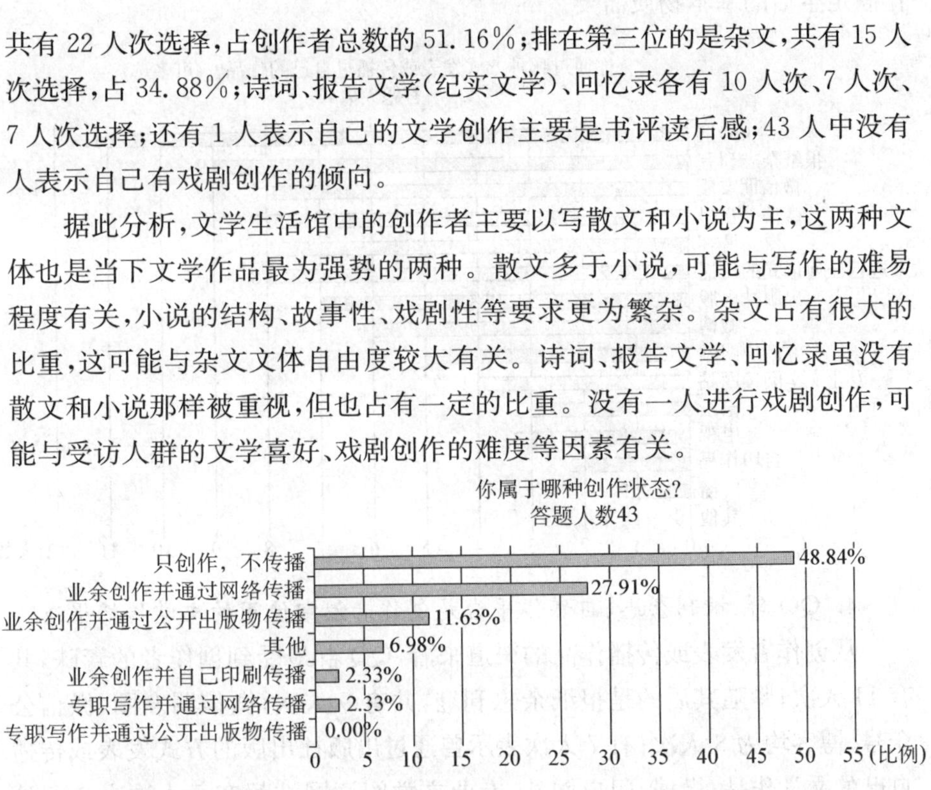

2. 业余创作为主，近五成创作者不传播，近三成创作者通过网络传播

从创作者的创作状态来看，48.84%的创作者表示只创作，不传播；业余创作并进行传播的创作者大多数选择通过网络进行传播，占27.91%；业余创作并通过公开出版物传播的创作者占11.63%；业余创作并自己印刷传播的和专职写作通过网络传播的各有1人；在受访者中，没有一人是专职写作并通过公开出版物传播的。

由此可以看出，创作者都属于业余创作，大多数创作者属于不传播的状态，如果进行传播也主要通过网络，能够通过公开出版物传播的创作者很少，没有专职写作的创作者。

3. 文学创作收入难以支撑物质生活需要

从文学创作在收入中所占比重来看，受访者中绝大多数的创作者没有通过创作获得任何收入，共占86.05%；有 13.95%的创作者表示属于业余创作，本职工作的收入供养创作；在受访者中，没有一名创作者可以通过写作满足生活的基本物质需要。

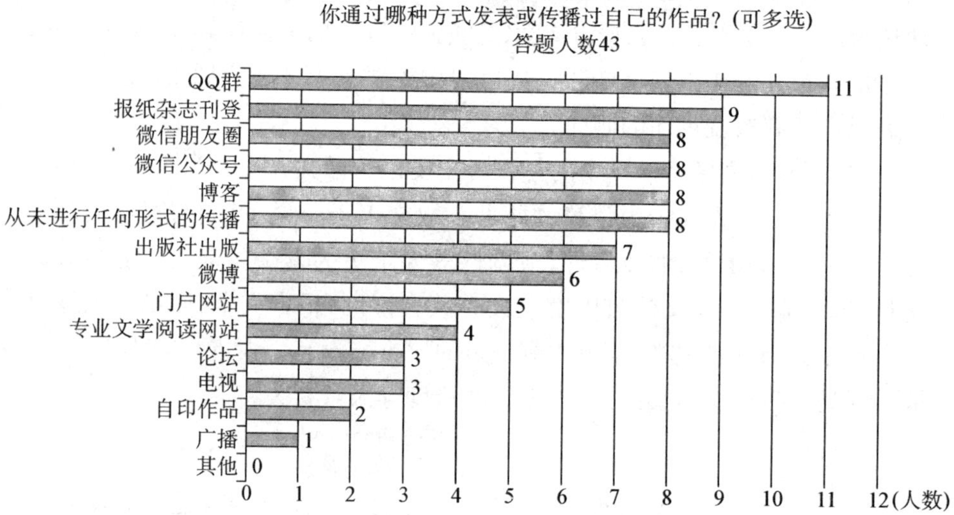

4. QQ 群、报刊杂志、自媒体平台是创作者最常使用的文学传播渠道

从创作者发表或传播作品的渠道来看，QQ 群最受到创作者的青睐，共有 11 人次；紧随其后的是报纸杂志刊登，共有 9 人次；微信朋友圈、微信公众号、博客均为 8 人次；有 7 人次表示曾通过出版社出版的方式发表或传播自己的文学作品；微博、门户网站、专业文学阅读网站都在 5 人次左右。论坛、电视、广播、自印作品都极少被创作者所采纳，均低于 3 人次。

5. 仅有不到两成的创作者想成为专业作家

从创作者的创作动机来看，48.84%的受访者表示属于兴趣写作，无意成为作家，但如有机会希望自己的作品能产生一定的影响；32.56%的受访者秉持“抽屉文学”的观念，即写作仅是个人记录生命历程的形式，大部分

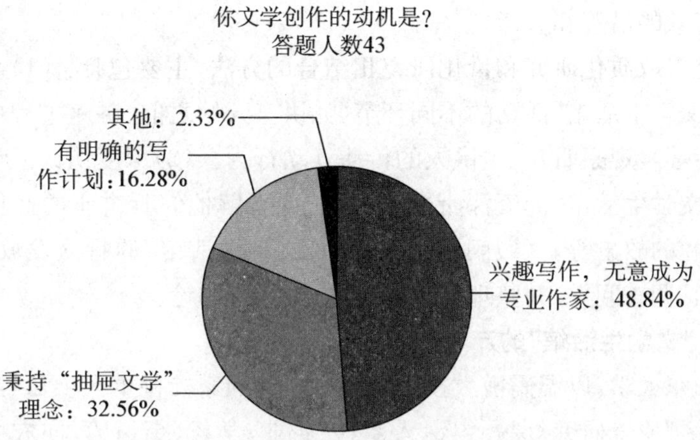

情况下无意公开发表作品；只有16.28%的创作者有明确的写作计划，希望以此成为专业作家。

关于作家是否能够被培养出来，46.51%的创作者认为能，通过对经典作品的分析研究和合理的课程设计可以完成作家培养，尤其对于成名作家，进入学院体系后，有助于其写出更好的作品；32.56%的创作者认为不能，学院派的文学理论和文学史训练是一种知识提炼，与以生命体验为核心的文学创作关联不大，作家无法从学术体系中培养；20.93%的创作者认为这个问题说不清。

第二节　文学经典的社区传播与空间营造

——基于"文学生活馆"传播实践的个案研究①

近年来，随着网络的发展和智能手机的普及，越来越多的人变成了"低头族"，他们借助微博、微信、QQ等手机软件进行阅读，长此以往，这样的"碎片化""片段式"阅读容易造成思维的浅层化和碎片化。如何在这样一个"快餐文化"时代中为居民营造良好的公共文化空间，提高居民的文化素养，就成了一个亟待解决的问题。本研究以"文学生活馆"的社区传播实践为研究对象，探讨以文学经典导读和传播为主要内容的公共文化空间的构建问题，希望可以为营造高质量的公共文化空间，满足居民的精神文化需求的实

① 本节由郭佳琦与唐宁执笔。郭佳琦、唐宁，山东大学文学与新闻传播学院硕士研究生。

践提供有效的借鉴和参考。

研究采取质化研究和量化研究相结合的方法，主要包括：(1)参与式观察。在“文学生活馆”活动的不同环节(如讲座开始之前、讲座过程中以及讲座结束后等)，观察听众、主讲人的传播互动行为。(2)深度访谈。访谈对象主要是“文学生活馆”的资深听众，通过访谈了解他们听讲座的经历、与“文学生活馆”的故事等。(3)问卷调查。向“文学生活馆”的听众发放“我与文学生活馆”调查问卷，并整理分析问卷数据，得出结论。

一、“文学生活馆”的产生与运作

在山东大学，以温儒敏教授为首席专家的国家社科重大项目《当前社会“文学生活”调查研究》课题组深入乡村、企业、学校、街道等，向农民、工人、学生、市民发放调研问卷。调研中发现，调研对象的年龄、学历、背景尽管各不相同，但对高尚雅致的文学生活都有着发自内心的渴望。普通民众的文学生活在哪里？他们对文学作品的反应如何？他们有着怎样的文学消费？如何提升大众的文学生活品位？基于这些思考，山东大学文学与新闻传播学院谢锡文教授提出创办“文学生活馆”，得到温儒敏教授的支持，并确立了以文学经典讲座“经典为本，面向大众”为主导的文学经典生活化、大众化思路。

2013年12月6日，“文学生活馆”推出首期讲座《经典阅读：让生命甘美丰润》，随后引入古今中外的经典文学作品。2014年新学期，讲座时间地点渐趋固定，一般为每周五晚七点半在山东大学中心校区知新楼A620报告厅举行。2013年12月至2014年6月，“文学生活馆”经典讲座的基本脉络是中国古代文学经典导读，间或穿插与现实密切相关的文学话题。2014年9月至2015年6月，又引入中国现当代文学经典及外国文学经典导读。同时创建了“文学生活馆”QQ群、“文学生活馆”微信、“文学生活馆”网站等，并衍生出“文学生活馆·经典讲座”“文学生活馆·暑期学校”“文学生活馆·人文课堂”“文学生活馆·作家讲堂”“文学生活馆·实验坊”等一系列文学生活产品，一个围绕“文学生活馆”而构建的开放性文学社区应运而生。

“文学生活馆”由谢锡文教授及其研究生主持运作，主要工作包括：设定讲座主题、邀请主讲人、发布讲座信息、讲座现场调度、视频音频录制剪辑、新闻报道采写、受众调查访谈等，尽可能为“当代中国文学生活研究中心”的后续研究积累完整资料。

作为一个面向社会开放的公益性平台，“文学生活馆”经典阅读讲座的听众包括中学生、大学生、研究生及社会各界热爱文学的人士；主讲人包括大学教授、中学教师、在读研究生等；内容锁定经典，形式通俗易懂，语言贴近大众。讲座完全公益免费，听众只需提前参加网络报名，取得报名序号后，于讲座开场前领票并在现场入口处验票，即可进入场内听讲座。

二、“文学生活馆”的社区传播

作为一个公益性文学经典阅读平台，“文学生活馆”可以被看作一个特殊的社区，因为它大致符合社区的经典定义：可以提供社交和支持的人际关系网络；拥有共同的地点；具有团结的情感和活动。因此，我们可以将发生在“文学生活馆”中的传播活动都视为社区传播行为，这是比较笼统的划分。具体而言，又大致可以分为人内传播、人际传播和群体传播三大类。

1. 人内传播行为

人内传播，也称内向传播或自我传播，指的是个人接受外部信息并在人体内部进行信息处理的活动。“文学生活馆”中的人内传播活动主要指的是听众在听讲座过程中做记录的传播行为，通过做笔记、对幻灯片内容拍照、小声复述主讲人所讲内容等方式，对传播内容进行有效的存储与识记，加深对文学作品意义的理解。

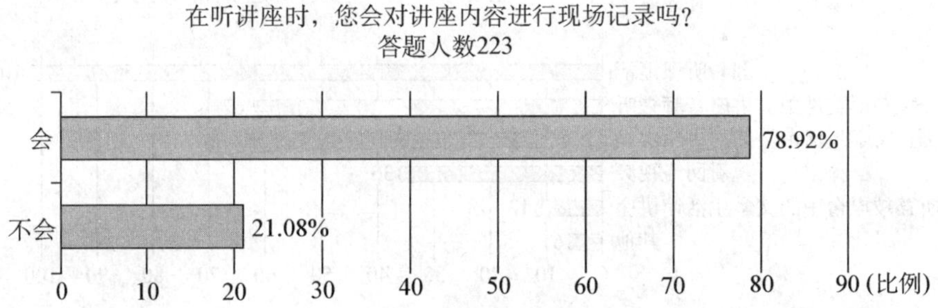

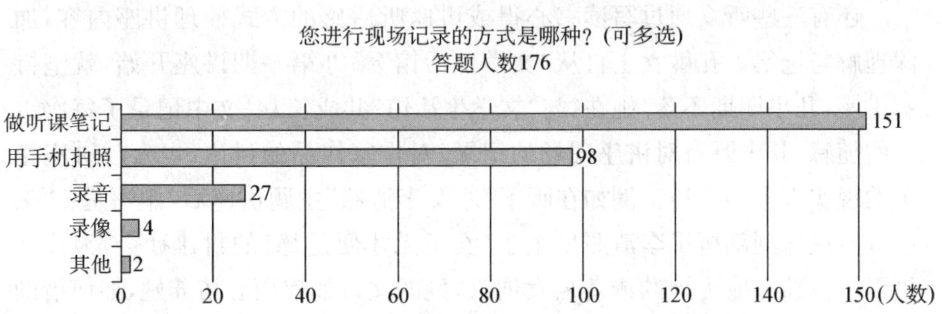

“我与文学生活馆”调查的数据显示，在参与答题的223人中有176人在听讲座时会进行现场记录，占总数的78.92%，其中又以“做听课笔记”和“用手机拍照”的记录方式为主，分别占总数的53.55%和55.68%。

此外，温习讲座内容也是一项重要的人内传播活动，在参与问卷调查的223人中，有159人在讲座结束后会温习讲座内容，占总数的71.30%，温习的方式主要有翻看听课笔记(65.80%)、下载文学生活馆QQ群中的讲座音频(40.00%)以及浏览文学生活馆微信的讲座实录(37.42%)。

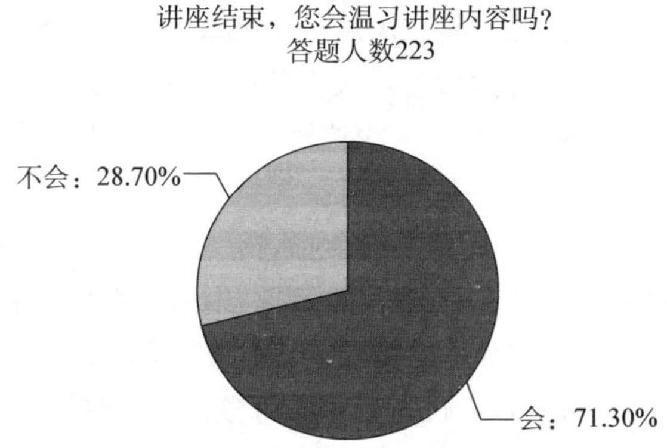

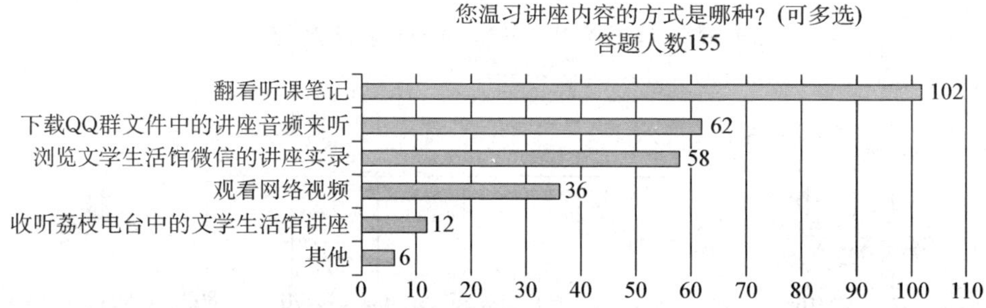

还有一些听众通过写读书心得或讲座听后感的方式梳理讲座内容，加深理解与记忆。孔敏女士自从“文学生活馆”举办第一期讲座开始，就坚持听讲座，几乎期期不落，她在《与“文学生活馆”共成长》一文中记录了每次讲座的随感，其中既有对讲座现场的记录、对作家作品的讨论，也有与讲座相关的现实人生的感悟。例如在听了“才女李清照”主题讲座后，她写道：“王小舒教授深刻剖析了李清照出生于‘女子无才便是德’的封建社会，为什么可以一枝独秀成为婉约派著名女词人，她的父母如何用心培养她，如何借助自己庞大的朋友圈的力量助其成才。王教授关注女性的教育成长，对女性特别尊重鼓励，并且看好女性未来在世界舞台的表现，让人听了心潮澎湃。所以，我从他对女性格外肯定和褒奖的字里行间猜出来他是有女儿的人，在互动环节证实了果真如此。”又如对于《三国演义》讲座的记录：“孔磊老师那一期‘青梅煮酒话三国’，三哭三笑阴险狡诈的曹操，一个个锦囊妙计的诸葛亮，被气死的周瑜……三国人物在孔老师的精彩讲述下栩栩如生。教室里男女老少的听众塞得那个满满的呀，地上坐的，讲堂一侧站立的，简直是火到爆。那天还特别热，观众对文学的热爱，与天气的热度交织在一起，让人永远难忘。”

2. 人际传播行为

人际传播是个人与个人之间的信息传播活动，也是由两个个体系统相互连接组成的新的信息传播系统。

“文学生活馆”中的人际传播行为发生在不同群体的成员之间。

第一，听众与主讲人之间的互动。一般在讲座结束后，会有热心听众主动上前与主讲人交流，或请主讲人答疑解惑，或与主讲人分享阅读心得，或与主讲人合影留念。例如山大附中的王波老师作讲座，他班上的很多学生及学生家长都会来听，讲座后还与其合影，并向王老师请教中学语文的学习方法。赵克芳老师讲《红楼梦》，她曾经教过的已经毕业的学生也赶来听讲座，以表示对老师的支持，讲座结束后还与她交谈。“才女李清照”主题讲座的互动环节中，听众孔敏女士除了提出文学方面的问题以外，还与主讲的王小舒教授交流养育女儿的心得，此举拉近了主讲人与听众的心理距离，由于在座有不少家长，更容易引发现场听众的共鸣。

第二，听众之间的互动。笔者认为这是人际传播活动中最常见的一种，它的形式和发生的场合也是多样的。例如家长带孩子去听讲座，去领票时可能遇到孩子班上其他的同学及其家长，这时双方会互相寒暄。同一个班级的中学生会在讲座开始前闲聊，讲座过程中也会有交流（排除交头接耳的情况）。据笔者观察，在关于《百年孤独》的讲座中，一名初中生之前就熟读这本名著，在听讲座的过程中，每当主讲老师要解读一个新的人物或情节时，他都会向身边的伙伴透露原著中跟主讲人当前所讲述的内容相关的情节，这样的做法有助于增强他的自信心和优越感。

家长也会与孩子交流听讲座的感受与收获。例如，听众李培青每次听完讲座都会问问孩子的感受，在听完关于《百年孤独》的讲座之后，她说孩子特别喜欢主讲人张磊老师，她还引导和鼓励孩子以张老师为榜样："孩子说，她怎么那么好呢，是见过的最完美的女性。可是，她长得那样漂亮，我是这样丑。我告诉孩子，她仅仅是漂亮吗，漂亮的很多，都没有她美，她身上散发着一种智慧的光芒，举手投足间有一种优雅的气质，一直通过微笑来进行心灵交流，让你不知不觉被她吸引。孩子点了点头说，我想成为张教授那样的人！"

除去亲子、朋友等人际关系之外，陌生的文学爱好者之间也会有交流，只是相对较少。

此外，人际传播也是推动"文学生活馆"发展壮大的重要途径。由于听众中有不少中学生及其家长，第一批听众在听了讲座之后认为讲座质量不错，就会向同班的同学及其家长推荐，再由这些人推荐给他们的同事及身边的人……如此"滚雪球"式的口碑传播，使"文学生活馆"的听众队伍不断壮大。调查中，在获知讲座信息的途径上，"老师、朋友、同事、同学介绍"这一人际传播方式占了总数的将近七成。

第三，听众与"文学生活馆"志愿者之间的互动。听众提前在网上报名，获得报名序号，并在讲座开始前领取入场券，凭票入场。听众在领票时会向志愿者报出序号，负责发票的志愿者再为其找出相应号码的入场券，这一过程中双方会有简单的语言交流，遇到报名时填写不规范的听众，志愿者还会提醒其下次注意填写规范。在教室入口处有负责检票的志愿者，听众把票交给他们才能入场，他们也会提醒听众对号入座，并协调可能出现的座位冲突等问题，维持现场秩序。也有一些热心听众会向志愿者咨询问题或建言献策，如询问报名方式、建议讲座更换更大的场地以容纳更多的人等。

第四，"文学生活馆"志愿者们之间的互动。志愿者们之间也会有较多的交流互动，交流的内容中最重要的是协调分工，当一切准备妥当、讲座开始之后，完成任务的部分志愿者有时也会聚到一起聊天。

3. 群体传播行为

"文学生活馆"中的群体传播活动主要发生在听讲座的过程中，在这一传播活动中，传者与受者的角色划分较为明显，基本是以主讲人介绍作家作品、现场听众倾听和做记录为主的形式。主讲人也注重反馈，关注听众的反响，会不时与听众互动，或插科打诨活跃现场气氛，或抛出问题吊起听众胃口。有的主讲人讲到声情并茂之处，甚至会引起全场听众的共鸣，带动受众的情绪，这当然也需要主讲人具有高超的讲演技巧。例如魏建老师讲《四世同堂》时对于主人公祁老太爷的言语进行的惟妙惟肖的模仿，给现场听众留下了深刻印象，听众谢依伦评价魏建老师的语言“风趣至极”“现场表现很丰富，像演戏”。问卷调查数据显示，在听众们选出的印象最深刻的讲座中，这场讲座在同时期举办的中国现代文学经典讲座系列中是得票最多的。

此外，在讲座即将开始或刚结束之时，“文学生活馆”的工作人员会提醒听众们安静下来听讲座，或将垃圾带出教室，这也算是一种带有规训意味的群体传播行为。

群体传播在群体意识的形成中起着重要作用，在“文学生活馆”的实践中，群体意识主要体现为成员的群体感情和群体归属意识。通过坚持听讲座，听众们的文学需求得到不同程度的满足，在回答问卷中的“听讲座的感想与收获”时，大多数听众都表示受益匪浅，通过听讲座“拓宽了文学知识面，加深了对文学作品的理解”“感受文学魅力，亲睹大师风采”“丰富了自己的内心世界，提升了文学素养”……

通过长时间坚持听讲座，听众对“文学生活馆”产生了强烈的认同感、依赖感和归属感。在访谈中，不少资深会员听讲座的时间都超过了一年。会员戚利说：“自从参与聆听以来，周五听讲座几乎成了我的一种生活常态。每个周末，我会推掉所有的活动，如果有时间就在周四晚上抢一张票，到现场感受一下氛围；如果没有时间就在周五晚上 7:30 准时打开电脑和手机，收看网络直播。直播完以后，会和网友在 QQ 群里做第一时间的简短交流。就像运动员在运动场上碰到难得的对手，音乐家在演唱会上相遇一生的知己，我们在‘文学生活馆’的平台上邂逅身边那些和自己价值取向相同的人，无论事后见与不见，彼此遥遥想念，都是一种极好的感觉。”会员任丽军是理工科专业的老师，起初是陪着孩子来听讲座，但到后来自己也渐渐被吸引了，“听得津津有味，每周听‘文学生活馆’讲座也成为一件期盼的、快乐的事”。在问卷调查中，96.86%的人表示向周围的人推荐过“文学生活馆”的活动。不少听众在问卷中表示，如果有机会，会积极帮助宣传“文学生活馆”的活动，或者作为“文学生活馆”的志愿者为听众们服务，这些都显示出他们对“文学生活馆”的认同与支持。同时，通过密切接触和交流，成员们在主观境界上实现了融合，产生了“我们（即文学爱好者群体）”的群体感情。

三、作为空间实践的景观营造与社区意象

空间实践是米歇尔·德塞图日常生活实践理论的一个核心主题，根据

德塞图的主张，人类在一个“场所”内涉入了主观性的行动时，就驱动了空间的产生，即“空间是被实践了的场所”。

山东大学中心校区知新楼A座620报告厅本是山东大学文学与新闻传播学院的一间普通的报告厅，然而自从它成为“文学生活馆”讲座的固定举办地点之后，就被赋予了特殊的意义。“文学生活馆”的组织者们通过一系列的空间实践，营造出属于“文学生活馆”的独特景观与社区意象。这里的空间实践主要指人们从物质层面对空间进行的改造，以使其更贴合“文学生活馆”的宗旨，更符合“文学生活馆”会员的需求与意愿。

这些空间实践主要有以下几方面：

第一，进行空间定位。在知新楼A座六楼距离电梯口不远处的墙壁上悬挂“文学生活馆”的匾额，以这种标识的方式给“文学生活馆”进行物理空间的明确定位，在匾额下放置一茶几两椅，旁边还有摆满书刊的书架，供听众阅读。

第二，规范空间秩序。620报告厅的120个座位本没有序号，讲座开办之初听众们也是先到先坐，并没有严格的规范，但后来出现了比较严重的抢座占座现象，促使组织者们改进做法，为120个座位贴上标有序号的标签，并规定必须按号入座，以此规范讲座秩序。

第三，空间拓展。随着讲座报名人数的日渐增多，120个座位已远远不能满足听众需求，于是组织者又购置了80个塑料板凳，讲座开始前，志愿者们会把凳子摆在教室两旁的过道上。讲座过程中，听众会根据自己的需求，灵活调整板凳位置，遇到人太多而凳子不够用的情况时，听众甚至会从附近的教师办公室另外搬凳子。“文学生活馆”的参与者就是通过这样的方式，实现了“文学生活馆”的空间拓展。

第四，渲染空间的文学氛围。这种空间实践主要是通过播放开场电影或幻灯片的方式实现的。讲座开始前一个半小时，组织者会播放与讲座相关的电影或幻灯片。如2014年11月14日的讲座主题是“莫言与《红高粱》”，现场播放了张艺谋导演的《红高粱》；11月8日诗人寒烟做客“文学生活馆”，她的诗作配以音乐幻灯片在讲座开始前循环播放，听众进入讲座现场后，就会置身于营造的氛围之中。“我与文学生活馆”的问卷调查数据显示，在听讲座的方式上，有96.41%的人更倾向于现场听讲座，以感受现场的文学氛围，只有3.59%的人选择收看网络直播。听众孔敏认为，听音频和现场感觉差别很大，氛围很重要，“坐到现场，思路是跟着老师走的，从而也更加容易理解主人公”。

此外，“文学生活馆”还有专属的LOGO标识，并制作了相关的周边纪念品，如“文学生活馆”的宣传小册子、笔记本和水杯等，这些物品作为“文学生活馆”的附属品和衍生品，也是“文学生活馆”社区意象的组成部分。

在城市中，人们往往根据标志性建筑识别方向，这些建筑就是城市意象的重要元素。城市景观在城市的众多角色中，也是人们可见、可忆、可喜的源泉。同样，“文学生活馆”营造的景观，将成为“文学生活馆”听众的集体记忆。正如“文学生活馆”的听众孔敏所说：“今晚回家的路上，由三国话题聊到小时候的记忆。沛妈记得坐在爸爸的肩膀上看戏，我记得是被妈妈抱在怀里看露天电影……孩子们说，你们小时候蛮有意思的。沛妈感慨地对孩子们说，将来你们长大了，也可以给你们的孩子们讲讲这个学期以来，妈妈们抢票抢座带你们听文学讲座的美好记忆，一如现在的妈妈们。”

空间实践不能不包含传播行为，在一定意义上，空间实践与传播行为相重叠，人们使用、标识特定空间的行为本身就在传递信息、赋予意义。参与者们通过营造“文学生活馆”独有的景观和社区意象，为“文学生活馆”所在的空间赋予了浓厚的文学氛围和文化气息。

四、“文学生活馆”成员间的社会交往与社会关系重构

除去上文中提到的社区传播行为，文学生活馆成员间还有一些其他的社会交往活动。例如一些中学生更多地把周五听讲座当成一次聚会，同班同学结伴而来，在教室互相交流学校见闻和同学关系。孔磊老师讲《三国》的讲座，他班上的不少学生都来听。这是一位学生家长的反映：“今天讲座结束后，我女儿说‘孔老师，我们班来的人可多了’，12班的女生搭话说没她们班人多，辰柠同学马上很严肃地说‘哪有，还是我们班来得多，不信咱们数一数’。”又如山东大学文学院一位老师的孩子，他能够知道讲座信息，还能帮同伴占到前排的座位，这样他在同学们的圈子里就有了一种优越感，这是同学间的社交和互动。家长也将听讲座的空间当成一种社交场合，相熟的家长陪同之余也会互相交流孩子的学习和表现，而这一过程中难免出现暗中较劲的情况。

在成员们的社交中，入场券发挥了重要的社交作用。入场券可以作为礼物馈赠亲朋好友。相熟的家长也会互相代领入场券，这种馈赠或代领的过程就是一种温情的纽带。

听众在“文学生活馆”的空间实践与社区传播中产生了一个重要的结果，即形成新的社会关系。具有不同职业身份和学科背景的人们在固定的时间、固定的地点聚集到一起听讲座，在这段时间内，他们原来的身份背景一定程度上淡化了，而形成了新的共同身份——文学爱好者。正如“文学生活馆”的听众戚利回忆他第一次来“文学生活馆”听讲座的情景时所说：“一群从四面八方齐聚而来的陌生市民，坐在一方小小的教室里，无论是身居要职还是寻常百姓，那一刻都把自己变成了学生的身份，大到七八十岁的老人，小到七八岁的孩子，都端坐着，饶有兴趣。从他们渴望的目光里，我看到了一种力量。”一个学校的老师和学生可能都会来听讲座，根据布迪厄的“文化场域”理论，教师是文化资本的持有者和控制者，他们和学生之间存在一种文化资本传递的过程，而在“文学生活馆”，教师与学生的关系进行重构，他们一同成为了文化资本的消费者。

还有一些听众，他们原本在社会上的职业身份多种多样，有中学校长、大学教授、公司高管、医学博士、纳米材料专家……但在“文学生活馆”，他们都成了投身公益的热心人，他们是接送讲师的司机、音响设备的维修工、网站设计人员……他们都以“文学生活馆”志愿者的身份，发挥特长，为“文学生活馆”的运营与发展做一些力所能及的事情，而这也是以“文学爱好者”这个身份为前提的，由此可见文学经典强大的社会动员力量。

然而，“文学生活馆”也并非乌托邦，权力与资本可能以各种方式进入这一空间，“抢占”优质资源。例如学院的行政管理人员、与组织者相熟的听众可以预先领到位置靠前的入场券而不必亲自报名，而其他没有“背景”的听众一般就需要提前报名，根据座位位置的不同，听众会作出衡量，尽量早报名，抢到前面的座号。如果没有抢到前120名(有座位)，那么听众就可能选择提前来占靠前的塑料板凳，甚至能提前1到2个小时，而抢到靠前座号的听众会比较放心，一般讲座快开始时才到场领票。

通过上述一系列的社区传播与空间实践行为，“文学生活馆”的参与者们，包括听众、主讲人与组织者共同构建了一个开放性的公共文化空间，他们可以在其中分享、交流阅读文学经典的心得，共同探讨与作家、作品有关的问题，甚至推及现实人生。同时他们的身份和社会关系也在进行着翻新与重构。另一方面，现实空间的有限性又使得文学生活馆的讲座不能同时容纳大量人群，因此，文学经典的社区传播如何从小范围推广到大范围，如何利用新媒体手段进行更为广泛的传播，如何让教育资本惠及更多的人群等，这些都是值得继续深入思考的问题。

五、基于“文学生活馆”听众群体的学术调研

从“中国现代文学经典导读系列”讲座开始，每次讲座之前，组织者都会向听众发放主讲老师设计的关于相关作家及作品的调查问卷，问卷调查结果会及时发给主讲老师，以便其了解听众对于作家作品的认知状况，在讲座中更有针对性地讲解。

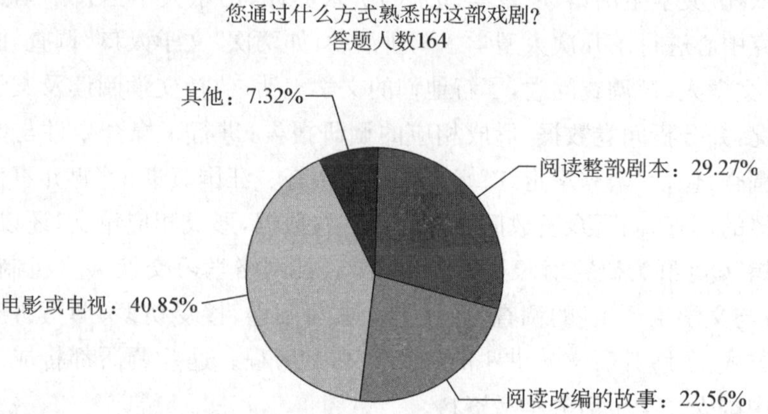

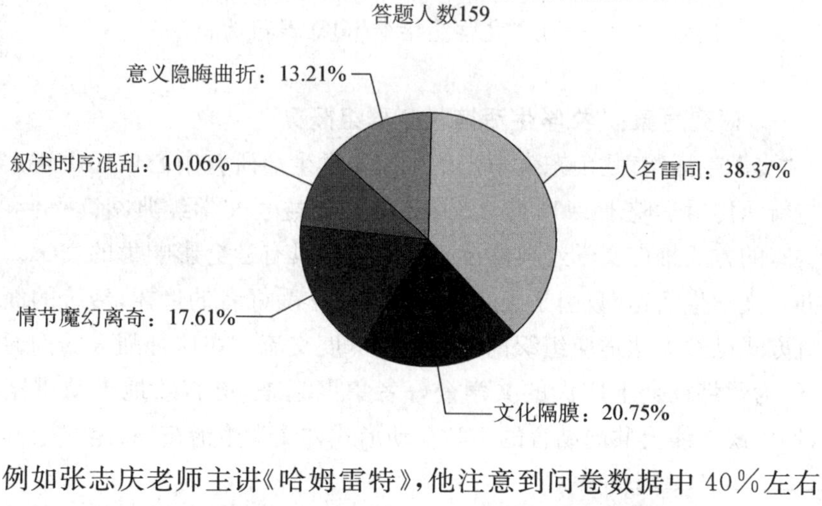

例如张志庆老师主讲《哈姆雷特》，他注意到问卷数据中40％左右的听众是通过影视剧熟悉这部戏剧的，从而在讲座中提醒听众注意印刷文

本的严肃性，提醒听众可以反复思考的性质与影像资料的纪实性、娱乐性这两者之间的明显区别，并由此分析哈姆雷特究竟有没有延宕复仇的问题。

张磊老师主讲《百年孤独》，事先调查了听众在阅读这部著作时遇到的障碍，有将近四成的人选择“人名雷同”，张老师在讲座过程中着重提到了这个问题，并告诉听众，有着相同名字的角色一般具有相同的性格特征。

依托“文学生活馆”所聚集起来的听众群体，山东大学当代中国文学生活研究中心进行了几次大型学术调研活动，如两次“文学人口”调查，向听众发放“文学人口”调查问卷，了解他们的文学生活，包括文学阅读及文学创作等情况，并分析问卷数据，形成相应的调研报告；进行了媒介事件与文学传播的调查，包括“余秀华走红”媒介事件的调查、“汪国真逝世”媒介事件与文学传播的调查，向听众发放问卷并分析问卷数据，形成相应论文；还以“文学生活馆”QQ 群为研究对象进行研究，探讨其网络学习交换共享机制；开展了“我与文学生活馆”的调查，通过听众填写问卷、接受访谈、撰写讲座听后感等方式，了解其听文学讲座的经历与心路历程。这些调研都将成为了解当代中国人文学生活的鲜活资料。

第三节　基于 QQ 群的网络学习交换共享机制研究①

——以“文学生活馆”QQ 群组为例

一、研究对象：“文学生活馆”QQ 群组概况

“文学生活馆”是山东大学当代中国文学生活研究中心依托山东大学文学与新闻传播学院于 2013 年 12 月创办的公益性文学经典阅读平台，以周末讲座的方式推广文学经典阅读。随着多次具有社会影响力的文学讲座的举办，“文学生活馆”吸引了山东社会各界文学爱好者的追捧，传统的面对面交流方式已然无法适应组织内部人员的深度交流。在这种强大的沟通需求之下，为了将社会上广大的文学爱好者集聚起来，更有效地推动讲座的进行，形成线下线上共同结合的文学互动形式，“文学生活馆”特组建了 QQ 群

① 本节由高磊与李莎执笔。高磊、李莎，山东大学文学与新闻传播学院硕士研究生。

组，分别是："文学生活馆"QQ群1(群号：293705575)，规模为2 000人，目前群内人数已满；"文学生活馆"QQ群2(群号：239718646)，规模为1 000人，目前群内人数为996人；文学生活馆QQ群3(群号：305557006)，规模为1 000人，目前入群者128人，此群是在前两个群容纳成员很满的情况下新组建的；"文学生活馆"志愿者群(群号：145883618)，规模为200人，目前群内人数已达128人。

作为经典阅读群，群主和管理员围绕"古代文学—现代文学—外国文学"的讲座主题脉络进行议题设置。每次讲座之前，群主和管理员会在群内发布讲座预告，包括主讲人简介、作家作品信息、作品版本推介、相关预热文章等；讲座结束之后，及时发布讲座实录，包括讲座照片、文字稿、录音等，供成员们温故知新。例如在讲座"赵克芳解读川端康成的《伊豆的舞女》"开讲之前，群主不仅推荐了叶渭渠译本，并节选了作品经典章节，在官方读物上搜集到《川端康成其人与文》的悦读文章，三者的结合，为讲座的正式开讲进行了充分的预热。群组成员依据这些议题设置，提前预习，在群内咨询讨论相关的问题。这些信息的定期发布，保证了群组议题的整体性和纯洁性，成员们的讨论发言就基本上围绕经典作品开展出来。再如群主最近推出的"晒读书笔记获讲座入场券"的活动，鼓励成员们认真聆听经典、记录经典阅读感受，是对成员们阅读习惯的有效引导。其中，这四个群组中，前三个是以讲座资料分享和心得(参加活动心得及阅读作品心得)交流为导向的，第四个是以任务的发布及承担为导向的。

加入"文学生活馆"QQ群组的参与者自主提出申请，经管理员认证通过之后方可成为群组成员。为使信息的发布尽可能覆盖更大的受众群，并提高信息发布的有效程度，群主重新对四个群组进行了维护，进一步明确了各个群组的主要定位，并发布公告指导"文学生活馆"的成员们最大效率地加入目标群。为保证群内成员的可靠性和纯洁性，他们被要求以实名制的方式加入群组并参与讨论，这也正是QQ群相对于其他社交媒体的一项特殊功能，即自主确定准入门槛，确保社群组织对于媒介用户的筛选。

群组第一批成员加入之后，受益者将会在各自的社交圈子中介绍和吸收新的成员加入，他们来自不同的阶层，从事不同的职业，但是都有着共同的文学爱好，"文学生活馆"QQ群组的规模因此得以壮大。当他们在群组中的角色定位稳定之后，也会突破群组原有的文学导向，进行文学之外的沟通交流，由此进一步扩大了“文学生活馆”QQ 群的功能。

二、“文学生活馆”QQ 群组的成员角色划分和运转模式

互联网使得现实生活中具有共同兴趣和爱好的人群可以集结起来形成网络共同体，进行线上的实时交流，“文学生活馆”QQ 群组便是一个基于共同的文学爱好而组建成的网络学习共同体。关于网络学习共同体，我国学者张建伟认为，它是指在基于网络的虚拟环境里，学习者及其助学者（包括教师、专家、辅导者等）共同构成的具有明确学习目标的学习共同体。基于共同的文学爱好，为了提高自身的文学素养，“文学生活馆”的参与者在虚拟的网络环境下互相交流，并将线下的任务活动合理分工，在分享讲座心得、读书感悟和阅读资源的基础上，相互协作，有力地推动讲座的举办。随着时间的流逝，越来越多文学外的交流和情感的注入，使得这个群组的成员关系更加稳定，听讲座甚至于成为某些成员的固定生活习惯，由此形成一种相互影响、相互促进的人际关系。

依据网络学习共同体的角色组成，在“文学生活馆”如此庞大的学习共同体中，首先需要积极负责的管理者和组织者，其次需要能够充当意见领袖的活跃发言者，最后还需要能够簇拥意见领袖发言的响应者。从 2014 年 3 月 27 日起，QQ 群系统依据活跃度将成员划分为六个等级——潜水、冒泡、吐槽、活跃、话唠、传说，这样长时间潜水的成员很容易就被清除出群。笔者将 QQ 群组中的群成员进行了以下归纳分组：

（一）意见领袖：在群中发言的质量和数量都很高，在组织中的认可度和知名度高，多为群内讨论交流的导向者和主导者，提供重要信息，解答成员问题。“传说”和“话唠”这两个等级一般归为此类，群主和管理员应当承担意见领袖的责任（但实际上并不一定亲自承担，可能会将这种权利转移给有强烈的主观参与意愿的成员），负责维护好群内的秩序，制定相应的规则，约束群内成员的发言行为，并随时剔除不遵守规则的人员。

例如“文学生活馆”资深会员戚利先生，基于他熟练的电脑操作技能和对“文学生活馆”的支持，基本上每次讲座进行中和结束后，他都会在 QQ 群内进行文字直播，已经成为群内成员公认的“意见领袖”，有着很高的知名度。讲座时间固定在晚上 19:30 至 21:00，在讲座“马尔克斯与《百年孤独》”中，戚利先生从 19:43 就开始文字直播：“莫言的仿作继承了这种风格，后来，莫言的作品跳出了马尔克斯作品的阴影，形成了自己特有的风格，于是在诺贝尔文学奖的颁奖词中,他的作品被冠以'幻想现实主义'文学作品。"随后,他带动群内其他成员如乔先生发布现场图片直播。成员的这种自发行为,不仅带动了群组讨论的话题热度,而且也为未能到场的其他受众直播最新的讲座内容。这比讲座结束之后组织者的新闻稿件发布得更加及时。

(二)积极参与者:在群中较经常发言,积极响应意见领袖所发布的意见,但发言质量并不一定高,能够提高群内的活跃度。"活跃"和"吐槽"属于此类角色。

例如群组成员孔敏女士,基于自身对文学的热爱,在群内发言十分活跃。在王爱侠主讲"托尔斯泰的《战争与和平》"的讲座结束后,她写道:"安德烈、皮埃尔、娜塔莎无一不是通过宗教情怀寻得灵魂的安宁,放弃个人的爱恨情仇,宽恕关爱他人方是人生的意义所在……"这段话随即在群内引发讨论。她也会将群主发布的公告进行转发,提高了信息的有效程度。在"晒读书笔记"的活动中,她积极发布自己在"文学生活馆"听讲座的读书笔记照片。这些行为与意见领袖的引导相结合,有效地提高了群组的活跃度。作为积极参与者的孔敏女士,可以进一步发展成为意见领袖。

(三)边缘参与者:这类人群在互动中处于被动接受的位置,会下载查看群内的共享文件,单方面地获取群内的信息知识,但很少上传,不能提供有价值的交流意见,偶尔发言。"冒泡"等级即是此类角色。

例如群组成员"14—08—非妈",在5月28日发布了一条"我报名为什么没有名字"的信息,仅是因为管理员发布的讲座入场券名单中没有她的名字。作为边缘参与者,她平时几乎不发言,只在与自己的利益息息相关时才会进行咨询。

(四)沉默参与者:这类人群加入群组之后,以一种旁观者的姿态在群组内"潜水",以获取自己所需要的知识为目的,一般不参与互动,有的甚至当初加入群组之后就因失去兴趣或其他原因而不再关注此群活动。

例如成员"白鸽""冰封"和"灿烂"等等,这些人加入群组之后未曾发言过,甚至连备注也未标注真实姓名,群主甚至不知道这些成员是否还在关注群组内发布的信息,以及是否还参加"文学生活馆"的讲座。

"意见领袖"和"积极参与者"是群组不断发展的中坚力量,但是这两类人群所占比重较低,以"文学生活馆"QQ群2(总人数996人)为例,吐槽、活跃、话唠、传说这四个等级人数仅有 48 人，可见比重之低，而沉默参与者占了绝大多数比重。当然，这种角色的划分并不是一成不变的，也就是说，积极参与者可能会退化成边缘参与者或沉默参与者，而后两者也可能会转化为积极参与者。群主和管理员对后两类成员，要努力提高其群内活跃度和吸引力。

QQ 群的存在和发展，除了依靠基本的媒介技术，更重要的维系点在于群组人员的参与程度。作为一个虚拟的学习共同体，其吸引力在于成员是否能够从中获取感兴趣的知识和所需要的指导帮助。一方面，意见领袖要充分发挥自身知识、社交和组织上的优势，积极为群组成员提供信息和技术帮助，满足成员的各种需求，并分析和判断群内的虚假信息和极端言论，正确引导群内舆论，还要设定与群组学习目标相关的议题，诸如读书笔记征集、读书心得分享等；另一方面，群内成员要积极响应意见领袖的发言，给出合理的意见，持续不断地提出自身的信息需求。“文学生活馆”讲座主题的选取和服务质量的提高，离不开意见领袖和其他参与者的相互协作。

除了群内成员的协作参与，实名认证的准入机制也在约束群组参与者方面起到了至关重要的作用，这完全符合人际传播中印象管理的思想。认知者在印象形成的过程中，往往根据具体的情境做出对认知客体的判断。人们在一定的情境里，往往是以相应的角色身份出现的；人们会不断变换自己的身份角色以适应不同的情境，而当我们的心智中有了对其他参与者角色的认知和定位，就会自然地根据我们心目中对这种角色的期望来判断他可能具有的人格特征。反之亦然，当群组的参与者对自己在群组中的形象有所定位之后，也会根据这些角色期望引导自己的行为。

当这一机制具体作用于“文学生活馆”QQ 群时，其表现形式可具体为：进行实名制发言的参与者们了解该群的主要定位以及自己作为其中成员的文学爱好者的角色定位。他们往往非常重视自己给其他成员留下的印象，并且会采取相应的更为温和有礼、符合自身文学气质的谈话方式来进一步巩固给群组成员的良好印象，如此一来，也使得整个群组处于一种良性交流的谈话氛围之中，即使偶尔有成员要表达自己的不满或不同意见时，也往往会采用更为温和含蓄的对话方式。借助这种人际印象建构而带来的正面效果，“文学生活馆”QQ 群组已经成为了和谐虚拟社区的典范。

三、“文学生活馆”QQ群组的交换共享机制

1. 资源交换共享的类型

美国社会学家R·埃默森指出资源是“一名行为者拥有的使其能够奖赏(或惩罚)另一名特定的行为者的能力、财物或其他属性”。作为一个以参与者们的共同利益关系为内在驱动力的网络学习共同体，只有有了资源共享，才会有维系和发展的动力。笔者参与并观察“文学生活馆”的QQ群组发现，资源的共享主要体现在以下三类：

一是思想资源。讲座之前，“文学生活馆”的组织者将讲座文字预告和海报图片发布到群组内，并发布相关的文章提前进行宣传造势。如在王化学教授主讲雨果的《悲惨世界》的讲座前夕，管理员频繁在群组内发布“王化学教授个人简介、讲座时间地点、作品推荐译本”等信息，并将微信中的“深读”“悦读”版块的文章转发至群组，给群组成员提供了第一手的新鲜资讯；讲座之中，来到讲座现场的人员将现场的状况通过QQ群传达给未到场的人员，如座位空余、讲座主题以及讲座内容精彩程度等信息，类似于现场直播，戚利先生即是这类成员的典型代表。讲座后，成员们在群内讨论心得体会，孔敏女士是其中典型代表。志愿者群中的成员会尽快将每场讲座的录音稿、视频、音频以及新闻稿等整理出来，发布到其他群组中，供大家下载学习。成员郭佳琦同学作为组织者之一，担负整理和发布讲座音频的任务。讲座一结束，她会及时将音频上传到荔枝FM，再转发至各个群组中，满足了成员们聆听经典的需求。除此之外，思想资源还包括群成员平时的生活感悟以及所写所看的精彩文章。“在‘文学生活馆’听讲座”版块即是对这类资源的很好展现，成员李培青、博伦等所写的阅读心得文章，发布在此版块中，进一步激励文学爱好者们深入参与到经典阅读之中。

二是人际资源。虽然群组的初衷是服务于线下的“文学生活馆”讲座活动，但随着时间的流逝，群组内成员的角色稳定之后，在成员之间会形成一种相互影响、相互促进的人际关系。群内成员一方面受益于线下免费的公益讲座活动，以及学习共同体中其他成员的指导和帮助，另一方面出于感恩，同时也是意识到自身对于团体建设的责任感与重要性，会反过来积极帮助他人。典型的就是日常事务交谈，如生活求助、教子经验交流、交通信息咨询等个人事务，这是群内成员归属感和认同感增强的结果。另外还有部分成员，为回馈组织者的公益讲座，将自己参加或举办的其他好的活动分享

到群组。这些都是强大的人际关系在发挥作用。翻看6月2日的群组聊天记录，可很容易地找到此类资源，如成员“秋水—教师”在早晨发布了今日的“新闻早餐”，帮助成员们“三分钟了解天下事”；成员卢迎新充分发挥自己的职业特性，将原创微信“卢迎新为您讲故事之《艾玛和蝴蝶》”转发至群组内，供家长们学习利用。这样的例子每天都会在群组内出现。

三是技术资源。讲座的成功举办以及规模的扩大都离不开技术的支持，组织者们在技术上的劣势通过QQ群组得到了很大程度上的弥补。由于群组成员从事着不同的职业，所以许多掌握技术资源的成员们便自觉地为讲座活动进言献策。如擅长Photoshop图像处理的同学(本科生杨翔文同学)承担了宣传海报的制作，信息学院朱维红老师和她的研究生艾伦以及法学院的研究生赵旺等主动为“文学生活网”网站的建设提供技术支持，还有一些同学参与到讲座问卷的设计和资料收集甚至“文学生活馆”讲座的现场直播中来。群组成员们既是讲座的受益者，又是讲座不断发展壮大的推动者。

2. 资源交换共享机制——社会交换(例子)

“文学生活馆”QQ群组中这三类资源的交换机制非常符合社会交换论的思想，社会交换所涉及的主要要素就是资源。社会交换的概念来自社会学领域，它是社会互动中的一个重要形式，个人或者群体采取某种方式彼此交往，交往的目的是获得报酬或回报，由此形成的关系就是交换关系，这种社会交换遵循着“互惠”的基本原则。“文学生活馆”QQ群中所交换的信息显然都是能够使参与者获益的资源，这些人们想要得到的资源可以被视为一种回报，而这种回报能够进而积极推动交换行为的再发生。

社会交换论认为，一次交换过程涉及到一个前行动和一个后行动。甲方给予或拒绝乙方的某一资源，这就是前行动；这一前行动引发的乙方的某一反应，就是后行动。社会交换的指导力量是自我利益。进行社会交换的人以符合自我利益的方式转让资源。而自我利益的定义是从他人那里谋取自己喜好的资源的倾向。埃默森指出，某些交换可以被看作是在个人与其周围环境之间发生的。正是从环境中换取了回报，才促使了行为的反复进行。当“文学生活馆”QQ群的参与者从其他群组成员那里获得了对自己有益的信息后，他自然也倾向于给“文学生活馆”以相应的回报。而当这种回报性质的信息交换形成一定的规模并开始逐渐作用于更多的个体时，一种群体传播也就就此展开了。

当这种群体传播形成某种稳定模式后，埃克所描述的社会交换形式——广泛交换也就应运而生了，这也可以解释“文学生活馆”QQ群成员的参与机制。广泛交换涉及到两个以上的人，其中各方都不为他为之提供利益的一方取得利益。比方说，当一个群参与者想要找到某份不常见的资料，此时，群中的其他成员齐心协力地帮助他通过各种渠道找寻这个资料，找到资料后，这个人今后就会更倾向于与其他人一道帮助需要找资料的成员，这就是“以个人为中心的网络式广泛交换”。进而可以发生“以群体为中心的网络式广泛交换”，即个人可以施益于一群人。例如，“文学生活馆”志愿者群规定每月需要有一些成员为当月组织的讲座活动提供力所能及的志愿服务，当这个人日后受益于其他人提供的志愿服务时，他不是作为个人去接受回报，而是作为群体中的一员去的。

3. QQ群在网络学习中的优势分析

与传统的群体传播方式相比，QQ群提供了一种相对松散的社会组织形态，组织内部的成员依靠共同的利益关系建立联系，且这种联系并不局限于线上的虚拟社区。以“文学生活馆”QQ群组为例，群组成员既可以维持线上的互动关系，也可以将线上的交流成果作用于线下的活动，线下的活动结束后又可进一步拓展到线上进行讨论，从而突破现实交往的时空局限，给予了全山东省的文学爱好者一个学习交流、沟通的平台，有力地推动了文学的生活化和生活的文学化，这也正是“文学生活馆”创办的理念所在。同时，“文学生活馆”也实现了将普通读者的文学消费和反应纳入学术研究视野的可能，有利于构建完整而全面的中国当代文学研究景观。群组发展到现在，为“当代中国文学生活”的后续研究积累了重要而丰富的资料。

在“文学生活馆”QQ群组这个网络学习共同体中，QQ群提供了集文字、图像、音频与视频一体的信息呈现方式，群组成员们根据自身的需要来选择在群内交流的时间和地点，同时能够获取来自不同阶层、不同职业成员的丰富的文学资料，不仅提高了信息获取的效率，也大大拓展了自身的文学视野，在相互交流和相互学习中发现新的问题，激发了文学爱好者的学习兴趣。经过将近一年的发展，随着“文学生活馆”线上交流的深入和线下活动的成熟，“文学生活馆”的社会影响力也在逐步加深，甚至在跨文化传播中也开始发挥重要的作用。目前已有马来西亚和新加坡的国际留学生热情参与到“文学生活馆”的活动中，他们表示会利用好“文学生活馆”的交流平台，珍惜这个学习机会，了解更系统的中国文学，以便将来更好地推动中外文化的交流。

QQ 群所能带来的另一个其他社交媒体所没有的优势在于它能在同一情境之下提供强联系和弱联系发展的平台。美国社会学家马克·格兰诺维特认为，人际关系网络可以被分为强联系网络和弱联系网络。强联系是指个人的社会网络同质性较强，也就是交往人群从事的工作、掌握的信息都是相对趋同的，人与人之间的关系相对更为紧密，强大的情感纽带维系着人际关系的发展，也就是通常所说的关系特别紧密。与之相反，弱联系指个人的社交网络一致性较强，也就是说交往面很广，交往对象可能来自不同的社会阶层，相应得到的信息也更趋多样化。但这种弱联系使得人与人之间的关系并不紧密，也没有更多的情感纽带作为推动人际关系发展的支持，即所谓的“泛泛之交”。

以“文学生活馆”QQ 群 2 为例，1 000 名群内成员，至少有三分之一的人为沉默参与者，几乎未在群内发言过。而经常在群中发言和回复的积极参与者仅为 50 人左右，且在这些人中，还有一些往往主要在群中进行与特定对象之间的人际沟通。相对于从未发言的参与者来说，积极参与者之间更可能形成一种强联系，他们之间具备更强的感情纽带。例如，作为积极参与者的孔敏女士已经在群组内具备了一定的权威，其他成员有问题时，会直接与她进行交流，在一问一答中，他们之间的强联系就会逐渐形成。而不善言谈的参与者也能在群组中找到最适合自己的位置。可以说在群组中每个人都享有充分的交往自由，他们完全可以自主选择是否参加交往活动，进而形成与相应用户间的强联系或弱联系。在“文学生活馆”QQ 群组中建立了强联系的参与者，往往更倾向于将自己其他社交圈子中的朋友引入这一群组，他们加入的其他群组往往也与文学阅读有着这样那样的关系。而反观在群组中建立弱联系的参与者，他们往往还存在其他与文学不相干的交往圈子。

正因为 QQ 群在网络学习中的特有优势，“文学生活馆”必须更加重视这个公众交流平台，发展出自身的特色来。

4. “文学生活馆”QQ 群组的当前问题与对策探寻

虽然 QQ 群优势众多，但在如此庞大的一个网络学习共同体中，也显露出较多的问题。第一，虽然规定了实名制的准入机制，但群主和管理者把关并不严格，群组内仍有一些不明身份者，这其中不乏利用群组发布广告信息和污言秽语的人员，影响了群组的纯洁性和交流环境。第二，群组成员虽然人数众多，但是占绝对比重的是沉默的“潜水者”，群组的凝聚力和吸引力仍然不够，舆论导向较为分散，碎片化信息较多，难以形成有重大价值的文学交流成果。第三，“文学生活馆”志愿者 QQ 群中的成员分工不明确，线下缺乏合理的沟通与交流，导致前期准备工作和后期整理工作效率较低。

针对这些问题，笔者认为今后相应的群组改进应从以下几个方面进行：首先是群主和管理员加强把关力度，将动机不纯的申请入群者挡在群外，群内成员也要自觉维护群内的交流环境，一经发现不遵守规则者，积极向群主和管理员举报，及时清理无关人员。其次是引入激励机制，将线上的活跃程度与线下活动的优先权进行合理的挂钩，鼓励沉默者积极发言，发展后备的积极参与者。意见领袖要进一步发挥舆论导向的作用，了解群组成员的需求，提供更多更高质量的信息。同时也可邀请线下受欢迎的讲座主讲人参与交流，这样将会增加群组的吸引力，在听众与专家之间展开更直接的对话。最后是充分发挥志愿者群的人才优势，了解各自的专长所在，在线下进行及时的沟通交流，明确各自的分工，提高工作效率，保证讲座活动的顺利进行。

除了继续发挥 QQ 群组的作用以外，“文学生活馆”已建立了微信公众平台（sduread），积极探索新媒体的功能和应用，定期制作讲座预告、讲座实录，并依据现实情况因时制宜发布不同种类不同活动的微信内容，与“文学生活馆”的受众展开更加积极、频繁的互动。

第四辑

文学经典在当前社会的传播、接受和影响研究

导　言[①]

本子课题关注的重点是中国文学经典在当前社会的传播、接受和影响情况，以全面了解文学经典在当前社会的境遇。我们当前的社会正处在现代性与后现代性共存的文化语境之中，后现代主义的“反本质”“解构经典”“消解神圣和崇高”的特质也在影响着当前的社会生活。那么在这种文化语境中，我们的文学经典接受在整个社会的文学阅读中究竟占据什么样的位置，文学经典在当前社会的传播途径是怎样的？对当前社会心理和文化建设有何影响？这是本子课题拟解决的主要问题。

为了进行本子课题的研究，我们通过问卷调查、网络调查和专题访问等形式，获得了大量的数据和事例等第一手材料，然后对这些材料进行了深入细致的分析，采用社会学、接受美学和传播学等学科的理论和方法，进行跨学科的综合研究，并试图从中找出某些规律性的东西。对文学经典接受情况调查的对象选择，我们以大学生（包括研究生）为主要对象。我们调查研究工作主要是围绕着三个方面的内容展开的：一是当前大学生对文学经典、“次文学”、“戏说”接受状况的调查，二是对古代文学经典接受状况的调查，三是对现当代文学经典接受状况的调查。

张学军的《“次文学”“戏说”与文学阅读》从三个方面对当前大学生对文学经典接受状况进行了论析。在对文学经典判定标准的认知中，思想深度是当前大学生最为看重的主导性标准，它不仅贯穿在大学生对文学经典的接受过程中，也影响着对文学大师和文学经典的评判。“次文学”在经典的普及、大众化和延长经典寿命等方面起到了重要的作用，但“次文学”包括影视改编，往往是各取所需地从原著中选择有利于自身特点的内容进行改编，对原著有着或多或少的偏离或误读，因而它并不能取代文学经典的阅读。在如何看待文学经典被颠覆的问题上，多数大学生并不认同对文学经典的

① 导言由张学军教授撰写。

戏说和无厘头的改编，还是期望维护文学经典的纯洁性和独立价值的。

孙俊杰的《多元文化中的戏说与文学经典重构》实际上是对《“次文学”“戏说”与文学阅读》涉及的“戏说”问题的深化，该文对20世纪90年代以来“戏说”的文化现象进行了论析。“戏说”一直试图擦抹文学经典的经典特征，使这个时代呈现出去经典化、非经典化。在某种意义上，“戏说”是对文学经典的有意误读和重新阐释，同样参与着对文学经典的当下重构。“戏说”在对文学经典形而上的人性、理想、信仰等价值维度解构的同时，又往往因对娱乐文化的主观迎合流入“情”“欲”的偏执。在多元文化的语境中，完全依照消费文化的准则对经典的“戏说”事实上也是对受众的某种“误读”，它不仅窄化了人性的空间，而且忽略了人们对更高精神层次的需求。

为了了解古典文学的接受状况，我们采取了问卷调查、网络调查和个人访问的方式。杨海燕、王小舒、孙丽华的《感同身受与渐行渐远：当前大学生的古典文学接受》一文显示，与中学时代相比，大学生的古典文学阅读量虽然大为缩减，但有82.6%的学生对古典文学的积极意义有着高度认同。大学生们认为古代文学经典在追求心灵的宁静、生命的纯真、人生的指引和社会的担当等方面能够提供正能量。浮躁的心态、趋于功利的价值取向和文言文的阅读困难，是当前大学生接受古典文学上的主要障碍。

郑春等撰写的《山东大学文学与新闻传播学院在校学生古典文学阅读现状调查报告》，把调查的对象局限为汉语言文学与新闻传播学两个学科的学生，是一个极具意义的样本。调查利用网络平台进行，该学院几乎所有的本科生、硕士生和博士生都参与了调查。调查显示大部分学生对古典文学感兴趣，研究性阅读与兴趣阅读的阅读方式成为主流。在作品阅读上，经典名篇都受到学生们的关注，但同属于经典篇目的《陶庵梦忆》《长生殿》和方苞的作品则受到冷落。

杨海燕的《当前青少年古典文学阅读调查》以山东省13个城市的1 579名在校中学生为调查对象。调查显示43%的学生喜欢原著阅读，喜欢阅读戏说类的也占35.2%。在对待古典文学的体裁上，75.5%的学生喜欢读古典小说，喜欢读诗词的有10.8%，而选择戏剧或散文的比例均不足10%。在如何激发中学生对古典文学的兴趣上，文章从家庭教育、学校教育和社会教育方面提出了有益的建议。

在现当代经典作家中，我们选择了鲁迅、老舍、张爱玲和莫言四位影响广泛的作家，作为调研对象。

程鸿彬的《当前大学生群体对鲁迅接受状况的调查报告》通过对调查数据的分析显示，鲁迅在90后大学生心目中的形象依然高大伟岸，无可替代。必须承认，这一结果的形成除开鲁迅作品自身所具有的思想艺术魅力之外，中学语文教学在其中起了几乎是决定性的作用。正因为如此，才让人对目前中学语文教材删减鲁迅作品的现象产生隐忧。在大学生心目中，作为一个伟大现实批判者的鲁迅形象远胜于作为一个美文家的形象。大学生群体对鲁迅形象的这一理解与当前文学教育的"纯文学""美文"倾向构成了某种偏离。按照接受美学的观点，文学经典的真正价值和魅力实实在在地进入每一代人的阅读视野，成为人们日常生活中一个不可分割的组成部分。

李萌的《当前大学生对老舍接受状况的调查报告》指出，在当前大学生的心目中，老舍是仅次于鲁迅和巴金的文学大师，其原因除了老舍文学作品本身的成就外，也与中小学语文教育有很大关系。在对老舍作品的成就和艺术特色的认知上，大部分同学的看法来源于语文课本和中小学老师，而对老舍有深入了解、形成了自己看法的同学则很少。这种结果明显带有中小学教育的影响。

孙俊杰的《当前大学生对张爱玲接受状况的调查报告》发现，在对张爱玲的阅读和接受方面，师友的推荐是大学生最初接触张爱玲作品最为主要的原因，与主要通过教材最初接触鲁迅、郭沫若、老舍等经典作家明显不同。从大学生对张爱玲作品的感受中可以看到大学生对作品思想内涵、哲理性和艺术性的重视。张爱玲是大学生心目中排名前十的现当代文学大师之一。女生对张爱玲的喜爱和接受程度以及相关阅读量远远高出男生。这种认同的性别差异性体现出张爱玲作品具有的某种局限性。在对张爱玲的接受中，影视网络同样起了重要的作用。

张学军的《当前大学生对莫言接受状况的调查报告》通过对调查数据的分析发现，莫言获诺贝尔奖引发了大学生对莫言的兴趣，50.5%的大学生认为莫言获奖对阅读其作品有引领作用。但一篇莫言作品也没读过的大学生仍有55.9%，阅读莫言作品的大学生仅比获奖前增加了2%。大学生对信息传媒的热情，取代了阅读莫言作品的热情，这说明在"莫言热"的背后存在追逐时尚、消费明星的因素。史建国的《诺奖之后关于莫言的阅读接受状况调查》相比《当前大学生对莫言接受状况调查》调查的范围更加广泛。该文通过对京东商城、当当网的读者评论情况的统计分析发现，在莫言作品中最受读者青睐的文体是长篇小说，《蛙》、《丰乳肥臀》和《生死疲劳》是读者关注最多的作品。而在中短篇小说中，最受读者关注的是被改编为电影《暖》的《白狗秋千架》，最不受欢迎的则是《欢乐》这种先锋色彩浓厚的作品。调查显示"诺奖效应"对读者文学消费与文学阅读有着重大的推动作用。但多数普通读者并没有表现出对"大师"的盲目景仰，对莫言笔下的"重口味"和"粗鄙"现象，仍持排拒态度。

我们的调查、分析和研究在现代经典作家的选取上、在调查范围的广度上等方面还有不尽如人意之处，我们将在以后的研究中不断深化和完善这一课题。

第一章　当前大学生对文学经典的接受状况调查

第一节　“次文学”“戏说”与文学阅读

——当前大学生对文学经典的接受状况调查①

人们对于当前国民阅读状况不满，经典的“戏说”、无厘头的改编充斥文化市场，“次文学”成为阅读欣赏的主流，大学生不读书等现象，都常受人们批评。那么，当前大学生对文学经典的接受情况究竟怎样呢？2013 年 4—5 月间，本子课题组向山东大学、北京大学、中国人民大学、北京师范大学、同济大学、上海交通大学、中山大学、武汉大学、中南财经政法大学、天津中医药大学、浙江师范大学、山西师范大学、云南大学、广东外语外贸大学、长安大学、山东财经大学等 18 所院校的大学生发放了 2 000 份调查问卷，调查对象涵盖了文学、哲学、经济学、法学、教育学、历史学、理学、工学、农学、医学、管理学、艺术学等学科的 2009、2010、2011 和 2012 年级的学生，收到有效问卷 1 676 份。此次问卷中，既涉及对文学经典的整体接受状况的调查，也包括对具体经典作家的认知调查，本文将结合对具体作家的认知情况，来重点分析大学生对文学经典的整体接受状况。

一、对文学经典和文学大师的认知

对文学经典的阅读和选择，首先涉及到大学生对文学作品的评判，要分析什么样的作品能够被认为是优秀的作品，哪些作家又是大学生心目中的文学大师。

那么，大学生是如何判定文学作品优劣的呢？我们在调查问卷中设置了“您根据什么标准判断一部文学作品的优劣高下？”这一多选题，共设置了 6 个选项：故事情节、人物形象、语言修辞、思想深度、意象意境和情感共鸣。

① 本节由张学军执笔。张学军，山东大学文学与新闻传播学院教授，博士生导师。

其中“思想深度”的选择比率最高，有 1 227 人，占 73.2%，其他的依次是：选择“情感共鸣”的为 1 103 人，占 65.8%；选择“故事情节”的为 1 024 人，占 61.1%；选择“人物形象”的为 675 人，占 40.3%；选择“意象意境”的为 609 人，占 36.3%；选择“语言修辞”的为 570 人，占 34.0%。可见，大学生对文学作品的理解是多方面的，并不以单一的条件作为唯一的标准，他们认为具有深刻的思想内涵，能够引起读者的情感共鸣，具有引人入胜的故事和鲜明生动的艺术形象的作品，就是优秀的作品。这种认识显示出他们对判定文学作品优劣标准的把握还是准确的，而“思想深度”又是一个根本性的方面，这同样体现在他们对作品的具体感受、对作家文学价值的评判、对文学经典影视改编的态度等多个方面。

在具体作家作品的感受方面，无论是对鲁迅、老舍、张爱玲还是莫言，大学生感受最深或最具吸引力的特征往往都在于思想的方面。如对鲁迅的接受调查显示，鲁迅作品最具吸引力的思想艺术特征分别是：“对社会痼疾的犀利批判”(75.5%)、“对世事人心的深刻洞察”(62.6%)、“力透纸背的讽刺艺术”(58.8%)、“爱憎分明的道德感情”(39.9%)，最后是“深邃奇诡的诗性思维”(17.3%)和“博大深沉的仁爱胸怀”(16.9%)。对张爱玲作品感受最深的排在前面的同样是“对人性的剖析很深入”(40.0%)和“对人生的悲悯”(35.5%)。莫言是当代作家中认同度较高的，也是一位形式感极强的作家，大学生喜欢其作品的原因除了“狂放奇异的想象”(21.2%)，“人性刻画的深度”和“‘老百姓写作’的立场”也被认为是主要的因素(选择的比例分别为 19.3%，18.4%)，“魔幻笔法”(13.4%)和“新颖的文体形式”(10.1%)这些纯艺术形式和技巧方面则相对不被看重。

在对作家文学价值的评判方面，可以先了解大学生对文学大师的认知。我们设置了“您心目中的文学大师除了杰出的文学才能之外还必须具备哪些品质?”的多选题，结果见表 1：

表 1

品质	频率	百分比	品质	频率	百分比
超凡脱俗的精神境界	789	47.1%	渊博的学识和深湛的修养	1 204	71.8%

续 表

品质	频率	百分比	品质	频率	百分比
强烈的道德感情和社会责任感	1 118	66.7%	其作品雅俗共赏，为大众所喜闻乐见	587	35.0%
特立独行的思想感悟	868	51.8%	文学形式的创新冲动	506	30.2%
万众瞩目的社会地位	100	6.0%			

从表1中可以看到，选择“渊博的学识和深湛的修养”的比率最高，为71.8%，其次是“强烈的道德感情和社会责任感”，为66.7%，再次为“特立独行的思想感悟”“超凡脱俗的精神境界”。也就是说大学生更为看重的是学识、修养，其次是责任感、独立的思想和脱俗的境界，而这几项都属于思想和道德品质范畴。总之，大学生对文学大师的认知除了杰出的文学才能之外，看重的是学识、修养和人品。而作品的大众化、形式创新和作家的社会地位则处于次要的位置。将之与文学作品的评判标准相对照，则呈现出一种潜在的逻辑，显然，在大学生看来，在作家与作品的关系中，作家自身的修养、思想道德品质是作品思想深度的基础和有力保障。

对如何认识现代文学史上的经典作家，问卷设置了一道单选题：“现代文学研究界素有‘鲁郭茅巴老曹’之说，意即鲁迅、郭沫若、茅盾、巴金、老舍、曹禺六大家的创作代表了中国现代文学的最高成就，你是否赞同这一说法?”调查显示完全赞同的有109人(6.5%)，基本赞同的有1 152人(68.7%)，完全不赞同的有38人(2.3%)，基本不赞同的208人(12.4%)，还有说不清的150人(8.9%)，另有缺失的19人(1.1%)。完全赞同和基本赞同的比率高达75.2%，表现出大学生对这一说法的高度认可。

那么哪些作家是大学生心目中的文学大师呢? 问卷给出了42名现当代文学史上的作家、诗人供大学生选择，限选10人，结果如下：

表2

序号	人名	频率	百分比	序号	人名	频率	百分比
1	鲁迅	1 161	69.3%	6	冰心	662	39.5%
2	巴金	933	55.7%	7	金庸	592	35.4%

续　表

序号	人名	频率	百分比	序号	人名	频率	百分比
3	老舍	923	55.1%	8	张爱玲	578	34.5%
4	沈从文	685	40.9%	9	郭沫若	577	34.4%
5	钱锺书	663	39.6%	10	林语堂	453	27.0%

鲁迅依然高居榜首。第11—20位则依次是茅盾、徐志摩、贾平凹、曹禺、闻一多、艾青、路遥、余光中、莫言、戴望舒。

1994年，王一川曾为20世纪中国文学大师重新排名，依次是：鲁迅、沈从文、巴金、金庸、老舍、郁达夫、王蒙、张爱玲、贾平凹。在前10名的排行中，大学生的选择有6名与王一川的排名相同，即鲁迅、巴金、老舍、沈从文、金庸、张爱玲，这说明大学生对文学大师的认知与学者的判断有较大的相似性。第十次国民阅读调查数据显示，2012年中国读者最喜爱的十大作家是：莫言、金庸、鲁迅、韩寒、琼瑶、老舍、郭敬明、曹雪芹、巴金、冰心。[①] 大学生心目中的文学大师与"最喜爱的作家"有5名重合，即鲁迅、巴金、老舍、金庸、冰心。需要指出的是"心目中的文学大师"与"最喜爱的作家"是两个完全不同的概念，如喜欢韩寒和郭敬明，并不一定就认定其为文学大师。文学大师是在文学领域做出突出成就、德高望重的作家，有一个时间沉淀、经典化的过程。这种重合至少表现出经典作家的作品在当下依然有着深远、广泛的影响和认同。

在前十位中金庸是唯一的一位当代作家。金庸的武侠小说中，跌宕起伏的人物命运，紧张曲折的故事情节，快意恩仇的至情至性，再加上深厚的传统文化修养，引无数读者折腰，老少咸宜，影响广泛，其读者群有超过鲁迅之势，进入文学大师排行前十不足为奇。另外，金庸的某些作品被改编成电视剧或电影，有的已被选入大学语文教材，这更是扩大了金庸的知名度。那么，大学生是如何看待金庸作品的呢？问卷设置了"当下金庸作品已被某些省市选入中学语文教材，对此您有何看法？"的单选题，结果见表3。

---

① 张中江：《中国人年均读书4.39本，读者最爱莫言金庸鲁迅》，载《新京报》2013年4月19日。

表 3

看法	频率	百分比(%)
完全赞同，金庸作品的经典性已得到广泛认可，既然是经典就应该选入语文教材	204	12.2
基本赞同，但必须结合中学生的年龄和心理特征精心遴选	915	54.6
必须慎重，金庸作品的经典性并不是由当下的流行程度和专家所能决定的，还有待历史检验	471	28.1
完全反对，金庸作品是娱乐文化的产物，其内容无非是用"侠义"包装起来的"乱力怪神"，对青少年有害无益	22	1.3
说不清	43	2.6
缺失	21	1.3
合计	1 676	100

从表 3 中可以看到，有 66.8%的大学生持完全赞同和基本赞同的态度，持谨慎态度的有 28.1%，完全反对的只有 1.3%。这说明了大学生对金庸作品的高度认可。金庸的作品经过几十年的淘洗和沉淀已逐渐被广大读者视为经典。雅俗之间本没有天然对立的鸿沟，在中国文学史上，有许多经典作品是从通俗、流行转化而来的，如《三国演义》、《水浒传》等等。

但同时，不可否认的是，精英的雅文学以其思想上的深邃依然在人们心目中有着无可替代的价值高度，通过金庸和鲁迅的对比可以见出。问卷中设置了这样一道单选题："有人认为金庸在 20 世纪文学史上的地位堪与鲁迅比肩，呈'双峰并立'之势，对这种观点您有何看法?"对此，选择"完全不同意，金庸作品的成就再高，也无法摆脱其俗媚性质，把金庸与鲁迅相提并论体现了价值观的极度混乱"的虽然只有 73 人，占 4.4%。但"完全同意，在 20 世纪中国文学史上，鲁迅是雅文学的高峰，金庸是俗文学的高峰，雅俗文学尽管追求不同，但在价值上并无高低之分"的也只有 294 人，占 17.5%。"有所保留，金庸是 20 世纪通俗文学的高峰这一点无可置疑，但把他抬到与鲁迅同等的地位则不太恰当"的则有 55.0%，"基本不同意，'金庸热'只是暂时现象，鲁迅作品及其精神则是现代中国文化的永久财富"的有 12.3%。在这里，不管"有所保留"还是"基本不同意"和"完全不同意"，被调查者的关注点都是作品的思想精神方面，由此体现出大学生对以鲁迅和金庸所代表的雅俗文学的文学价值，在认同方面还是存在差异的，这种差异也正在于雅俗文学思想文化内涵的深浅。

二、“次文学”在文学经典传播中的作用

“次文学”是指根据文学原著改编的电影、电视剧、戏剧、连环画、评书等文艺作品，是法国社会学家罗贝尔·埃斯卡皮在《文学社会学》中提出的一个概念①。他认为次文学在普及大众和延长文学作品寿命方面有着重要的作用。

为了了解次文学在文学经典传播中的作用，问卷设置了三个问题，分别对古典文学、现代文学和红色经典的原著阅读和次文学的改编进行了对比调查。对于“在下列古典小说中您完整读过原著或节选的有________看过改编的影视剧、戏曲、连环画，听过评书的有________”，结果如下：

表 4

	读过原著或节选的		看过改编的影视剧、戏曲、连环画或听过评书的	
作品	频率	百分比(%)	频率	百分比(%)
红楼梦	1 388	82.8	1 279	76.3
三国演义	1 203	71.8	1 215	72.5
水浒传	1 189	70.9	1 230	73.4
西游记	1 169	69.7	1 382	82.5
聊斋志异	990	59.1	1 135	67.6
儒林外史	681	40.6	201	12.0
封神演义	568	33.9	1 188	70.9
搜神记	218	13.0	554	33.1
镜花缘	183	10.9	181	10.8
三侠五义	102	6.1	175	10.4
儿女英雄传	99	5.9	173	10.3

① [法]罗贝尔·埃斯卡皮著，《文学社会学》，丁沛选编，杭州：浙江人民出版社，1987 年，185 页。

从调查结果可以看出，对于古典文学，其改编后的视听文学接受度远远高于原著。所列作品中除了《红楼梦》《儒林外史》《镜花缘》外，看过改编的影视剧、戏曲、连环画或听过评书的比例都高于读过原著或节选的比例，看过根据《封神演义》《搜神记》改编的影视剧、戏曲、连环画的甚至比读过原著或节选的高出一倍多。四大名著和《聊斋志异》《儒林外史》等书的阅读面较为广泛，显然与中学语文教学有关，语文教材和教辅读物大都有这些文学经典的节选。根据四大名著改编的影视剧、戏曲、连环画、评书都有多个不同的版本。其中，《红楼梦》的影视剧最多，从 1927 年复旦影片公司版，到 2012 年龚应恬执导的昆曲电影共有 8 个版本，电视剧从 1975 年香港 TVB 版，到 2010 年李少红导演版，共有 7 个版本。其中影响最大的是王扶林执导的央视版电视剧（1987 版），其人物形象和音乐广受好评，堪称经典。《西游记》的连环画版本最多，全本的就有 20 多个版本。《水浒传》的评书最多，目前留有影音资料的就有连阔如、袁阔成、单田芳、田连元、张少佐等版本。《三国演义》的戏曲最多，根据三国故事改编的京剧多不胜数，如《桃园结义》《捉放曹》《斩华雄》《虎牢关》《辕门射戟》《白门楼》《击鼓骂曹》《千里走单骑》《三顾茅庐》《火烧新野》《长坂坡》《群英会》《借东风》《华容道》《单刀会》《逍遥津》《定军山》《走麦城》《失空斩》等，可以说都是经典剧目。据说京剧里的三国戏超过 180 多出。

在这些传播媒介中，影视剧的影响最大。中央电视台的《西游记》（1986 年版）、《红楼梦》（1987 年版）、《三国演义》（1995 年版）、《水浒传》（1998 年版）有着广泛的受众，1986 年版的电视剧《聊斋志异》和 2005 年版的《新聊斋志异》、2009 年播出的程力栋执导的电视剧《封神榜》也有广泛的影响。尤其是《西游记》，不仅有两版全本的电视剧，还有取材于《西游记》的《大闹天空》《孙悟空三打白骨精》等电影、戏曲，每当寒暑假时，《西游记》更是各家电视台争相播放的剧目，孙悟空成为青少年最喜爱的艺术形象。如此众多的改编通过多种渠道传播，其受众远远大于单一纸质书籍，也是可想而知的。

读过现代文学名著原著或节选的被调查者与看过根据现代文学名著改编的影视剧的被调查者人数比较结果见表 5。

表 5

	读过原著或节选的		看过改编的影视剧的	
作品	频率	百分比(%)	频率	百分比(%)
阿Q正传	857	55.1	552	32.9
祝福	954	56.9	246	14.7
伤逝	491	29.3	38	2.3
茶馆	655	39.1	592	35.3
骆驼祥子	1 019	60.8	499	29.8
四世同堂	252	15	291	14.7
家	519	31	232	13.8
寒夜	477	28.5	37	2.2
雷雨	921	55	908	54.2
边城	888	53	558	33.3
半生缘	717	42.8	758	45.2
金粉世家	578	34.5	1 219	72.7
京华烟云	407	24.3	973	58.1
林家铺子	625	37.3	62	3.7
子夜	486	29	72	4.3

《阿Q正传》《祝福》《茶馆》《伤逝》《骆驼祥子》《家》《寒夜》《雷雨》《边城》《子夜》《林家铺子》等阅读原著的比例都普遍高于看过改编的影视剧的比例。这是因为上述影视作品初次播放的时间比较久远。《阿Q正传》《伤逝》等电影是在1980年代初纪念鲁迅诞辰100周年时放映的,并且改编得并不成功。《祝福》《林家铺子》是改编于现代文学经典的最成功的电影,但由于是在1960年代放映的,当前的大学生难得有机会观看。只有《半生缘》《金粉世家》和《京华烟云》,由于影视版都是近年来拍摄和播放的,看过影视剧的比例远远高于阅读原著的比例。

对问卷中"下列红色经典小说您读过(全读或节选)的有____。看过改编的影视剧、戏曲、连环画或听过评书的有____"这一问题,调查结果见表6。

表 6

	读过原著或节选的		看过改编的影视剧、戏曲、连环画或听过评书的	
作品	频率	百分比(%)	频率	百分比(%)
暴风骤雨	109	6.5	32	1.9
太阳照在桑干河上	106	6.3	41	2.4
创业史	112	6.7	29	1.7
山乡巨变	28	1.7	19	1.1
敌后武工队	124	7.4	406	24.2
红旗谱	106	6.3	50	3.0
红日	193	11.5	176	10.5
红岩	450	26.8	277	16.5
苦菜花	61	3.6	131	7.8
烈火金刚	44	2.6	100	6.0
林海雪原	278	16.6	397	23.7
吕梁英雄传	68	4.1	175	10.4
青春之歌	178	10.6	86	5.1
铁道游击队	235	14.0	757	45.2
新儿女英雄传	70	4.2	139	8.3
野火春风斗古城	60	3.6	176	10.5
上海的早晨	35	2.1	24	1.4
三家巷	8	0.5	12	0.7
百炼成钢	89	5.3	22	1.3
小城春秋	13	0.8	17	1.0

在“十七年”的长篇小说中，阅读人数最多的小说是《红岩》，有 450 人

(26.8%)；看过影视剧、戏曲、连环画人数最多的是《铁道游击队》，有757人(45.2%)。罗广斌、杨益言的《红岩》1961年12月初版，至2004年已有三个版本，59次印刷，总发行量超过1 200万册。从1962年起，根据小说《红岩》改编的各种地方剧和曲艺不计其数。在诸多的衍生文本中，尤以电影《烈火中永生》和歌剧《江姐》影响最大。民族歌剧《江姐》由阎肃根据《红岩》改编创作，羊鸣、姜春阳、金砂作曲，1964年9月中国人民解放军空军政治部文工团首演于北京。1977年5月23日，空政文工团经过修改，重新上演歌剧《江姐》。1978年由上海电影制片厂将《江姐》搬上银幕。1984年、1991年、2007年，空政文工团又三次复排《江姐》，并成为国家大剧院落成后公演的首台剧目。50年间5次复排，总计1 000场次的演出。其中《红梅赞》成为经典唱段，50年来一直传唱不衰。①

刘知侠的《铁道游击队》1954年由新文艺出版社出版后，立刻在读者中引起强烈的反响，对《铁道游击队》的各种艺术样式的改编也随之而来。1956年完成了由上海电影制片厂摄制的同名电影。董子畏改编，丁斌曾、韩和平绘画的同名连环画(10集)由上海人民美术出版社在1956年至1961年间出齐。"《铁道游击队》连环画出版以来，再版二十多次，重印近五十次，累计发行三千六百多万册，据说是中国连环画出版史上再版次数最多、印数最高的现实主义题材作品。"②1963年，著名评书艺术家傅泰臣将《铁道游击队》改编成评书，上部于1965年由山东人民出版社出版。后来，傅泰臣的弟子张立忠完成了老师的未竟事业，改编完成了114回的评书，2005年10月15日中央人民广播电台文艺之声开始播放张立忠播讲的评书《铁道游击队》。2013年网络上出现了杨田荣播讲的有声小说《铁道游击队》。在影视制作上，1985年上海电影制片厂制作了12集的电视连续剧，1995年峨眉电影制片厂摄制了根据小说《铁道游击队》改编的电影《飞虎队》，2005年，内蒙古电视台与山东电视台联合制作了35集的同名电视连续剧。此外，《铁道游击队》还被改编成快书、鼓词和京剧等多种艺术样式，产生了广泛的影响。

---

① 章文罂：《一片丹心向阳开》，载《文艺报》2012年12月28日。

② 华慧：《韩和平谈〈铁道游击队〉连环画创作往事》，载《东方早报网·上海书评》2012年8月12日。

看过《敌后武工队》《林海雪原》《野火春风斗古城》《烈火金刚》《苦菜花》《吕梁英雄传》《新儿女英雄传》等影视剧、连环画和听过评书的比例,也远远高于阅读过原著的比例。这些作品都是战争题材,带有浓郁的传奇色彩,这些英雄传奇契合了人们对于战争和英雄的审美想象,且其传奇性、通俗性和娱乐性的艺术品格,也为普通民众所喜爱。

对"次文学"在经典的传播和普及中的重要作用,我国的文艺工作者很早就认识到了这个问题,注重文学的改编以对民众普及,如夏衍就特别注重将文学名作改编成电影。他在多次论及电影对文学的改编问题,曾说:"一部小说看的人最多不过几百万,一出舞台剧演一年也不过几十万观众,一部电影首轮上映,就可以有上千万观众,改编好一部作品,让一部名著普及化,让更多的人接受爱国主义、社会主义教育,这是十分光荣的任务。"[①]虽然带有那一特定时代的浓厚政治色彩,但对电影这一"次文学"形式在文学传播中作用的认识却是充分的、科学的。

"次文学"作为一种再创造的艺术品,是对文学经典的再认识,具有独立存在的价值,但每一种改编都是依据当下的社会文化语境做出的,都是根据自己的艺术样式的特点进行的,各取所需地从原著中选择有利于自身特点的内容进行改编,并较多地掺杂了时下流行的元素,对原著有着或多或少的偏离或误读。各种艺术样式的改编都有自己的长处,又不可免其局限。鲁迅先生对此一直保持着清醒的态度。《阿Q正传》问世以后,一些人就要将它改编为剧本或电影,鲁迅并不赞成这样做,他认为:"《阿Q正传》实无改编剧本及电影的要素,因为一上演台,将只剩下滑稽,而我之作此篇,实不以滑稽或哀怜为目的,其中情景,恐中国此刻的'明星'是无法表现的。"[②]"况且《阿Q正传》的本意,我留心各种评论,觉得能了解者不多,搬上银幕之后,大约也未免隔膜,供人一笑,颇为无聊,不如不做也。"[③]鲁迅深知舞台剧或电影是很难表现《阿Q正传》的深刻内涵的,不愿意其只剩下滑稽的形式。1980年代《阿Q正传》改编成电影后的结果也证明了鲁迅的预见。戏曲中根据《三国演义》改编的京剧,节选了小说中某些精彩的片段,以优美的唱腔

---

① 夏衍:《电影论文集》,北京:中国电影出版社,1963年,第263页。
② 鲁迅:《致王乔南》,《鲁迅全集》第十二卷,北京:人民文学出版社,1981年,第26页。
③ 鲁迅:《致沈西苓》,《鲁迅全集》第十三卷,北京:人民文学出版社,1981年,第397页。

为主要表现手段，深得人们的喜爱。但是表演的程式化和脸谱化，使得人物的性格显得较为单一，对人物性格的复杂性的刻画就不如原著。连环画主要依靠一个个连续的画面和简短的文字提示来展示场景、叙述故事，是对原著情节的缩写。评书偏重于悬念的设置，依靠情节的紧张多变来抓住听众。而影视则主要依靠影像画面的方式，是一种融合了视觉和听觉的艺术，带有娱乐性，并最大限度地谋求经济回报。如 1995 年拍摄的电影《飞虎队》就是一部容纳了突袭、爆炸、枪战、武打等场面的惊险片，迎合了娱乐化的消费心理。根据文学经典改编的次文学，与原著相比，都难以达到原有的丰富性和深刻性。所以，它虽然能够极大地扩展文学经典的传播和普及，但并不能取代文学原典的阅读。

在当前喧嚣的社会环境中，人们需要心灵的平静来抵御外界的纷扰，而文学阅读就是一种最佳的方式。在阅读文学作品时，会进入到无利害关系的艺术世界中，将实用世界的诱惑、世俗的社会干扰弃置脑后，在获得审美愉悦、陶冶性情的同时，也使心灵获得一定程度的宁静。另外，文学阅读是超越实用性、工具性的，审美体验，对文学语言咀嚼、体悟和由之产生的审美快感，也是其他的艺术样式难以替代的。

三、对“戏说”、颠覆文学经典的认知

“戏说”的“戏”已经表明了它自身的游戏、娱乐、解构的性质，通常是附会历史题材，虚构一些有趣或引人发笑的情节来进行讲述。它不仅是一种外在的艺术形式和风格，更包含着对世界和人生的内在的态度。“戏说”在当下社会中的突显，在于它紧随着商品经济的洪流，是对 20 世纪 90 年代开始的“反神圣”“反崇高”文化潮流在文学、影视等创作上的回应。“无厘头”是 20 世纪 90 年代中后期由周星驰开创的喜剧电影表演方式，依南帆的解释，“无厘头”“即粗俗、随意、莫名其妙、混乱而无逻辑之意”①。在当前娱乐消费喧嚣的社会里，几千年的历史甚至残酷的战争、英雄人物都有可能成为戏说的对象，成为无厘头式的谐谑，文学经典亦难逃此运。许多传统意义上的经典不断地被篡改、被戏说，如《水煮三国》《麻辣三国》《沙僧日记》《春光灿烂猪八戒》《西游记后记》等等，颠覆了文学经典的品质，消解着理想、崇高等传统价值规范。对此，当代大学生是如何认识和

① 南帆：《无厘头：喜剧美学与后现代》，载《上海文学》2007 年第 1 期。

看待的呢？调查问卷设置了两个问题，可以基本反映出大学生对这一现象的态度。

首先是："您对古典文学经典进行戏说、无厘头式的改编持何种态度?"这一问题可以看出大学生对此现象的整体的看法。问卷显示：完全赞同的有 30 人(1.8%)，基本赞成的有 214 人(12.8%)，完全反对的有 337 人(20.1%)，基本反对的有 816 人(48.7%)，无所谓的有 269 人(16.1%)。从调查结果来看，完全赞成和基本赞成的人数仅有 14.6%，而完全反对和基本反对的人数则高达 68.8%。这说明大学生中的大多数还是期望维护文学经典的纯洁性和独立价值的，并不认同对文学经典的戏说和无厘头的改编。

另一问题为："您对《大话西游》、《西游降魔篇》之类的影视作品有何看法?"这是对上一问题的具体化，可以更为切实地了解大学生对文学经典被解构的认知，也可部分地反映对戏说、无厘头式改编所持态度的原因。调查结果如下：

表 7

观点	频率	百分比(%)
是对古典作品的后现代阐释，有其独特的价值和魅力	355	21.2
是对经典的颠覆，是犬儒主义人生态度的体现	93	5.5
是迎合大众口味、追求票房的商业化行为	714	42.6
无所谓好坏，娱乐就是一切	58	3.5
良莠杂陈，不可一概而论	402	24.0
缺失	54	3.2
合计	1 676	100

选择《大话西游》和《西游降魔篇》是非常具有典型性的。从前面的调查我们知道，大学生对古代文学经典尤其是四大名著的认知要大于对现代文学经典的认知，更远远大于对"十七年"文学的阅读，而且古代经典在长期的流传和演绎过程中已经有了比较普遍的认知模式。《西游记》作为古代文学经典，大学生的熟悉度是非常高的，读过原著或节选的比例达到了 69.7%，

而看过改编的连环画、影视剧、戏曲等的比例更是高居榜首，1986 年版的电视连续剧《西游记》作为经典影响了一代又一代的少年儿童。《大话西游》和《西游降魔篇》正是对传统《西游记》中人物和故事的带有后现代色彩的改编，同时，《大话西游》也是“无厘头”风格的肇始。经典《西游记》的人物和故事越是深入人心，这种充满夸张、变形、反讽、搞笑使人莫名其妙的无厘头式改编就越挑战人们的审美心理。

周星驰主演的《大话西游》于 1995 年最初在大陆上映时，票房惨淡，甚至被列入“95 年十大引进劣片榜”，但几年之后，却成为“大话”电影的典范之作，尤其受到大学生的追捧，产生了一系列后续产品，包括网络游戏、文学创作，并迅速使“大话”式的无厘头成为一种显在的文化。《西游降魔篇》自 2013 年初上映至 2013 年 8 月底已有 12.4 亿的票房收入。从最初的冷遇到此后连绵不断的热潮，这种态度的变化正映现着 20 世纪 90 年代以来社会文化的迅速转型和分化，以娱乐性、消费性、技术性为特征的大众文化成为社会文化中的重要一支，人们的各种欲望得到了狂欢化的释放，同时，它的解构性、颠覆性也切合了人们追求个性、以特立独行来突出自我、解构权威以自我实现的心理需求。被调查的大学生大都出生于 20 世纪 90 年代中前期，他们的成长过程，也是《大话西游》逐渐被接纳的过程，是娱乐、消费的大众文化成为“次文化”的过程，大学生们的青少年时期一直浸淫在这样的文化环境之中，可以说是各种“大话”式影视、网络文学和网络游戏的主要消费者和推动者，

从表 7 可以看到，42.6%的被调查者选择了这“是迎合大众口味，追求票房的商业化行为”，21.2%的人充分肯定了它“是对古典作品的后现代阐释，有其独特的价值和魅力”，而持“良莠杂陈，不可一概而论”中间立场的有 24.0%，持坚决反对态度、认为“是对经典的颠覆，是犬儒主义人生态度的体现”的仅有 5.5%。这里还应有一个更为清晰的概念。作为单选题，它反映的是被调查者最主要的那一观点，而非全部。意识到“是迎合大众品味，追求票房的商业化行为”，并不就意味着反对“是对古典作品的后现代阐释，有其独特的价值和魅力”的观点，肯定它的价值和魅力也不代表对所有类似影视的肯定，反之亦然。

在此，有对解构经典的宽容和认同、对时尚的追逐，也有理性的分析，既可以看到当代大学生在多元文化、多元价值下多样化的态度，同时也反

映出这样一个问题，即作为“大话”“无厘头”式影视、文学的推动者，在娱乐、消费、表面化的后现代文化潮流中成长起来的一代，认为“具有独特的价值和魅力”的达到了21.2%，中间立场的也有24.0%。这种评价结论与他们本身对“大话”、“戏说”文化的热消费在事实上形成了很大的差距。尽管大众文化消费文化在日常生活中风生水起，热闹非凡，主流的文化价值观念却一直潜在地对人们的事物判断起着重要的影响作用。这与问卷中大学生们对文学作品的评判标准互相印证。“戏说”“无厘头”在更多的时候恰恰是取消了思想的深度，以游戏、夸张、嘲讽的姿态颠覆了应有的庄严和崇高。文学作品和影视虽然属于不同的艺术形式，但艺术必然是相通的，大学生所持有的文学价值的标准必会影响着对影视的评判。

在当下社会的文化语境中，“戏说”已经改变了原有的文学的意味，在更多的时候恰恰是取消了思想的深度，成为编造、游戏、无厘头的同义词。被调查的大学生中“对古典文学经典进行戏说、无厘头式的改编”之所以有高达68.8%的人持反对的态度，除了“经典情结”，更多的原因也许在于，“戏说”“无厘头”以游戏、夸张、嘲讽的姿态颠覆了文学经典原有的内涵和庄严，在解构中只留下碎片、拼贴，娱乐成为主要的目的，审美的愉悦却难觅踪迹。戏说式改编，大话式影视，不能得到大学生的认同也就顺理成章了。这种解构经典的行为，无疑属于后现代主义的范畴，它不屑于艺术的原创，而对解构、戏仿、拼贴表现出更大的热情，是带有商业消费元素的一种快餐文化。它消除了雅俗对立，与传统的文化观念和审美观念决裂，而与流行的大众文化联姻，具有商业消费性和大众娱乐性的特征，如果一味秉持娱乐至上的原则，过度消费文学经典，也将走向浅薄和低俗。

对文学经典的接受调查，使我们看到大学生对文学经典文化价值的认同和维护，这是人类精神向善向美、认识自我的需求。只有沉浸于书香墨海中品味经典，与人类精神高峰对话，才能不断提升自身的精神境界。同时，作为人类精神传承的主要载体，文学经典的阅读在大学生价值观念的形成中也有着至关重要的作用，这种共生性使文学生产和文学经典的改编都有责任和义务来护卫文学经典的价值，提升文化产品的品味，以形成互动共生的良好文化场。而对文学经典的阅读、在阅读中对人类丰富性和深刻性的探寻也是任何形式的改编无法代替的。

第二节　多元文化中的戏说与文学经典重构[①]

自1990年代以降，戏说已经成为一种显在的文化现象，追根溯源，可以以1993年《戏说乾隆》电视剧在全国的热播为其肇始，自此，戏说历史和历史人物成为图像时代一种时尚和潮流。《戏说康熙》《宰相刘罗锅》等一系列戏说式影视剧以故事性和娱乐性博得了大众的青睐。翻阅中国知网也可以发现，从1993年起，“戏说”一词开始大量出现，似乎任何内容都可以成为戏说的对象。张颐武曾以“灿烂的迷乱”来形容1993年的文化环境，大众文化迅速崛起，精英文化不情愿又无奈地从中心滑落边缘，政治意识形态从日常生活中大撤军，“文化的载体和表述形式也由以文字为中心转向了以音像为中心”[②]，也许因此前的压抑太久格外要求补偿，现代性在很多方面还未羽翼丰满，颇具后现代色彩的娱乐的消费的喧嚷便纷纷粉墨登场，戏说很快又走到更具后现代文化特征的“大话”时代，对现代理性、信仰、价值的颠覆彰显了大众的狂欢。文学经典作为人类精神的载体，以及某种程度上权力话语选择的结果，自然也成为戏说的对象，如缘自《西游记》的《悟空传》《沙僧日记》以及影视版的《大话西游》《西游降魔篇》《春光灿烂猪八戒》《西游记后记》，如缘自《三国演义》的《戏说三国》。2003年《江南》杂志发表了署名薛荣的小说《沙家浜》，其中对原创经典《沙家浜》中阿庆嫂英雄形象的彻底改写更是引起了一场广泛而激烈的争论和抗议。根据红色经典小说改编的影视《红旗谱》《林海雪原》《红色娘子军》《红岩》等很多都遭到了戏说的侵入和改写。

戏说的产生有其社会、文化等多方面的因素，它似乎一直试图擦抹文学经典的经典特征，使这个时代呈现出去经典化、非经典化。在某种意义上，戏说是对文学经典的有意误读和重新阐释，同样参与着对文学经典的当下重构。戏说对文学经典形而上的人性、理想、信仰等价值维度解构之时，又往往因对娱乐文化的主观迎合流入“情”“欲”的偏执。在多元文化的语境中，完全依照消费文化的准则对经典的戏说事实上也是对受众的某种“误

① 本节由孙俊杰执笔。孙俊杰，山东大学文学院博士生。
② 张颐武：《1993：灿烂的迷乱》，载《大家》1994年第3期。

读”，它不仅窄化了人性的空间，而且忽略了人们对更高精神层次的需求。

一、戏说与文学经典

由于对人物形象、对故事性的要求，戏说所针对的文学经典，主要是经典小说这一类别。在此，首先需要对“戏说”进行一种厘定。广义上，戏说是文学中自古有之的创作方式或途径。从理论上来看，我国文学素有文以载道的传统，如曹丕在《典论·论文》中认为“盖文章者，经国之大业，不朽之盛事”，刘勰《文心雕龙》中提出“原道心以敷章，研神理而设教”，但只有到晚清，梁启超才把文学的功利性强调到极致，提倡新小说，不仅将小说作为最重要的文体门类，而且强调了小说负载社会变革和社会进步的使命。在最初小说作为“街谈巷议之语”以见作者的“史才、诗笔、议论”[①]，社会教寓却并非其必然的目的。如唐传奇“其间虽亦或托讽喻以纾牢愁，谈祸福以寓惩劝，而大归则究在文采与意想”[②]。创作上，“戏说”作为本源的艺术手法在文学创作中一直存在。《西厢记》经历了由唐代元稹的传奇小说《会真记》以来多次的演变，由张生对莺莺“始乱之，终弃之”的爱情悲剧到王实甫《西厢记》中张生和莺莺在红娘的帮助下取得了爱情的胜利，其中的人物和故事都已经有了很大的改变。各种各样的演义、稗史无不是对于历史和典籍的一种“戏说”。郭沫若“失事求似”的历史剧创作将现代精神贯注于古人的身上，对历史不乏虚构和想象，《蔡文姬》中作为伟大政治家、军事家和诗人出现的曹操颠覆了传统“白脸奸臣”的形象，自是对历来曹操形象的一种“改写”和“戏说”，鲁迅的《故事新编》更是“古今杂糅”，可以在辉煌壮丽的背景之下，让创造人类的女娲双腿间出现一个小丈夫，具有明显的游戏的色彩，让埋头治水的大禹与文化山上的现代名人相遇，对于历史的解说充满了荒诞的意味。1950 年代对传统戏曲中的历史剧和神话戏加以“现代”改编，将“社会发展史的学习，治螟运动，反对美帝侵略，土地改革宣传这许多内容”[③]，都缝合在牛郎织女的故事中，寄寓了剧作者以文艺为现实政治服务的热情。可见，“戏说”在广义上可以认为是作家对历史和典籍充满个人色彩、现代意识甚至功利意识的一种改写和阐释。

---

① 黄霖、韩同文选注：《中国历代小说论著选》(上)，南昌：江西人民出版社，2000 年 9 月，第 68 页。
② 鲁迅：《中国小说史略》，见《鲁迅全集》卷九，北京：人民文学出版社，1981 年，第 70 页。
③ 艾青：《读〈牛郎织女〉》，载《人民日报》1951 年 8 月 31 日。

但作为1990年代兴起的一种文化现象，“戏说”的涵义显然不是指这些。它依附于得以产生的社会文化语境，而具有了特定的内涵：它是以娱乐、消费为其主要目的，追求平面的“愉悦”性，以民间、大众为接受对象而对大众审美品味表现出自觉的认同。

戏说在20世纪90年代最初兴起于对历史的戏说，继而周星驰主演的《大话西游》于1995年上映，成为戏说文学经典的开始。但显然的，戏说历史和戏说文学经典既具戏说的相通之处，也具有不同的特质，导致人们对此不同的态度和评价。有研究者追溯了戏说历史的历史渊源，认为“历史题材‘戏说剧’不过是一种现代的‘艺人历史剧’，是历史叙事的民间、野史形态与现代影视传媒的审美娱乐化倾向相结合的产物，‘事’‘艺’中心而‘理’‘故’淡薄，乃其根本特性”。而历史题材的“戏说”审美形态能够为当今社会的普通受众喜闻乐见，“其中的关键在于它们存在着这样一种审美机制：一方面，它是‘大众在文化工业的产品与日常生活的交界面上创造出来的’；另一方面，其中却又往往蕴藏着深厚的民族、民间心理文化的积淀”[①]。如果因具有这种历史的渊源从而使对历史的戏说更能够顺利地为人们所接受——《戏说乾隆》一上演即形成万人空巷的盛况，此后，其他戏说式历史剧也通常具有可观的收视率，在消费的同时也未引起大众的非议，戏说文学经典则表现出更为复杂的因素——《大话西游》却需要一段认识接受的过程。不仅如此，小说《沙家浜》的发表引起的强烈不满不仅是一个文学事件，更是社会事件，中国广电总局也针对影视剧中戏说红色经典的现象下发通知，要求认真对待红色经典的改编。

一个根本的不同就在于，如果戏说历史剧“蕴藏着深厚的民族、民间心理文化的积淀”，戏说文学经典则恰与民族心理文化积淀相冲突。一个民族的文学经典形成了民族文化源流，建构了我们的民族想象和文化认同感，具有一种以文字为形式的文本的原创性与具体指向性，在对文学经典的长期阅读、演绎、阐释过程中已经形成了基本的认同点。虽然一部《红楼梦》“因读者的眼光而有种种：经学家看见《易》，道学家看见淫，才子看见缠绵，革

① 刘起林：《“艺人历史剧”特征及其两面性——评当下“戏说剧”的审美形态》，载《文艺争鸣》2010年第7期。

命家看见排满，流言家看见宫闱秘事”[①]，但所有这些认识并不超出于具体的文本，具有角度、立场的自我圆融性。这种前文本的确定性就导致无论是文本还是影视对经典的改写和改编，都会与之构成一种具体而明确的“互文性”，并与人们对经典的审美认知甚至民族的心理和想象交互作用。而历史只是一个空洞模糊的能指，并不具有这样一个直观的确定的前文本，更不具有具体可感的精神内涵。如果历史的前文本是指历史的“真实面貌”或者“历史本质”，显然这个“真实面貌”只能是一种假设，它并非不存在，但却从来不在场，导致它的多元和复杂性。人们对它的记忆、叙述和思考，只能是一种有选择的记录和有选择的遮蔽的简化结果，所谓“正史”很大程度上只是意识形态掌握者的命名，而非就是“历史真实”和“本质”。鲁迅曾指出过正史“要摆史架子，里面也不敢说什么”，在现实中，“究竟不像正史那样地装腔作势”[②]的无数的稗史、野史，和正史几乎同时在流传着。所以，“艺人历史剧”也并非是对“正史”的戏说，而是对民间野史、稗史的直接演绎。即使是新历史主义的小说，将英雄平凡化、革命情欲化，它对宏大叙事的颠覆因历史、革命指向的模糊性也并不构成20世纪90年代的戏说，而是以新的历史意识对历史的多元化解读。

如果对历史的戏说因具有历史的渊源，人们对此本来就以嬉戏的态度对待，并不会将之等同为历史真实，对文学经典的戏说则完全是伴随着后现代消费文化兴起的一种文化形态，以《大话西游》和其他戏说经典剧来看，它除了具有消费性、娱乐性的外在特性之外，还更指向于对人类共同认同的经典价值的消解和颠覆，这种颠覆导致经典的去经典化，经典负载的精神内涵也随之崩塌，成为后形而上学时代的媚俗性。

二、戏说的“弑父”与文学经典重构

正如刘起林说戏说式历史剧“是历史叙事的民间、野史形态与现代影视传媒的审美娱乐化倾向相结合的产物”[③]，“戏说”在20世纪90年代的风行，有其社会、文化等各方面的因素，对此，很多研究者已经有过充分的分析。在社会文化方面，大众文化、消费文化、娱乐文化的兴起，使曾经一度处于压

① 鲁迅：《〈绛洞花主〉小引》，见《鲁迅全集》卷八，北京：人民文学出版社，1981年，第145页。

② 鲁迅：《这个与那个》，见《鲁迅全集》卷三，北京：人民文学出版社，1981年，第138页。

③ 刘起林：《“艺人历史剧”特征及其两面性——评当下“戏说剧”的审美形态》，载《文艺争鸣》2010年第4期。

抑状态下的娱乐的世俗的倾向可以光明正大地展示出来，而娱乐、世俗确也是人类的一种本性。“戏说”的“拒绝深度”、故事与传奇色彩正适应了大众文化中的消费性和消闲性。文化产业的市场化也要求生产者适应市场化的需求，做出更多的迎合大众的行为。而另一方面，我们总是难以摆脱二元对立的思维方式，在新时期之前，尤其是“文革”中对“纯粹性”的追求导致革命、理想与日常、人性的相互对立，那么，从对崇高、庄严、革命的颠覆来实现日常的娱乐和游戏便也成了一种理所当然的便捷的途径。此时，德里达的“解构主义”与时代文化一拍即合，更起到推波助澜的作用，世俗化现象、人的欲望，替代重要社会现象成为文学的关注点。在受众方面，个人意识的增强成为戏说的一种接受心理。作为经典，既有很多权力的因素，自身也形成潜在的标尺。戏说经典，使经典非经典化、去经典化，这种行为本身就表达出对“正统”“权力”的反判和颠覆，“叛逆”和“颠覆”从来就是“自由”的某种表征，呈现一种“独立”的精神。有人曾概括大学生喜欢《大话西游》的理由，包括“后现代文化的艺术载体”“爱情颂歌”“文化认同”与“自我实现”，而文化的认同正来自于大学生的世俗性、媚情性、独立性和独特性①，这些呈现的都是自我意识的张扬。

大众文化的消费性、后现代文化的解构性以及人们的自我意识合力推出的戏说经典，从文学发展的历史来看，又是创作中“弑父”意识的表现和对文学经典的当下重构。

“弑父”是文学现代化进程中带有“母题”性质的命题。文学经典作为历代作家写下的作品中最优秀的部分，除了具有高度的艺术原创性，还富有深厚的思想意蕴，负载着人类普遍性的价值命题，艺术上和思想上的巨大成就，为后来者创作上如何产生新的突破造成了巨大阴影和挑战。当代美国著名文学批评家哈罗德·布鲁姆认为，强者诗人要想得到生存并流芳于世，最好的方法就是对前人进行“弑父”式的误读和修正，通过这样的误读和修正，他才有可能脱颖而出，进而跻身经典的行列②。“弑父”在文学创作中普遍存在。五四新文学对传统的否定、别求新声正是一次集体的“弑父”行为。在这种行为中，旧文学成为“选学妖孽”“桐城谬种”，传统信奉的仁义道德、

① 夏学銮：《大学生们喜欢〈大话西游〉什么？》，载《大众电影》2001年第6期。

② 王宁：《误读与文学经典的修正和重构》，载《文艺理论研究》2008年第2期。

思想规范被颠覆描画成“吃人”的意象，这种意象往往由“父辈”来承载，通过反抗传统、反抗“父辈”，新文学标榜了自我的价值和目标。“文革”时期更是以激进的“弑父”式姿态对文学经典进行了彻底颠覆和重新打造，力图开创真正的“无产阶级文艺”。戏说文学经典，是在新的时代文化下对经典进行的“弑父”式误读和修正。

戏说文学经典，显然是有意利用经典的深远影响，并有意对之进行颠覆式改写和重新阐释，颠覆式改写与人们对经典的普遍认知反差越大，创造的惊奇或者含混就会越强烈，从而越容易“脱颖而出”。小说《沙家浜》对经典进行了一系列“弑父”式行为，原有英雄人物的崇高品质、信仰、理想被各种“人性的欲望”代替，在各种欲望中突出的则是“情欲”，英雄传奇遂沦落为一个庸俗故事。这种改写既对经典“宏大叙事”的既定法则表现出心理上的本能抗拒，也抹杀了经典深具的民族精神内涵，使英雄俗化矮化丑化，“以逼视的姿态表现出对其决绝意识和审丑化处置”[①]，从而完成了“父辈”的“去魅”。它所呈现的精神状态与原典负载的民族文化心理、民族自我认同的精神高下判若云泥。尽管小说《沙家浜》的作者说小说中的几个人物只是和原创中的人物名字一样，发生的大背景一样，其他的跟原创作没有任何关系，可以想见，小说《沙家浜》如果不是借用了作为经典存在的《沙家浜》的幡号，借用了负载着民族记忆而为人们熟知、敬仰的人物，不会引起如此大的波澜。从情欲的角度叙述革命并非新创，一个女人与三个男人的情爱纠葛也是通俗小说常见的模式，借助已经具有很高知名度、已在大众中流传的文本进行的改写才更迅速地产生反响，也由此显示自我的历史想象和文化镜像。

戏说经典，用所谓的“人性化的关系”取代“革命关系”，是迎合于当下消泯深度、拒绝崇高的后现代文化而对经典的改写，某种意义上同样是对文学经典的一种重构。经典所以能得以认同流传，一个重要的因素就在于它的丰富的思想内涵在历史的阐释中，不断地具有了适应当下人的审美需求。它既是历史的，又是当下的。“文革”重构文学经典的过程中，京剧样板戏的产生都建立在对已有文学作品的“弑父”式修正之上，对它们进行改写或移植，使它们更趋向于政治伦理的“革命性”“纯粹性”，更符合当时激进的“无产阶级”文学观念。如作为样板戏存在的舞剧《白毛女》由 20 世纪 40 年代

① 杨经建：《论中国当代文学的“审父”母题》，载《文艺评论》2005 年第 5 期。

歌剧含混、多层的寓意提纯为一个文学的寓言，人物和情节都被高度本质化和抽象化。革命现代戏《沙家浜》《红灯记》对沪剧《芦荡火种》《红灯记》的改编，都最大程度地抹杀人性人情的含混而代之以党性阶级性的纯粹。20 世纪 90 年代以来产生的戏说经典剧以及其他戏说经典小说，对经典的移植与样板戏对已有作品的移植如出一辙。如果样板戏使原有的文本精神更高更大，使英雄“神化”以至遮蔽掉人性，戏说经典则从“俗化”“游戏化”“去经典化”的方向对经典进行了价值的颠覆。“俗化”“游戏化”往往通过渲染世俗的“情”“欲”来实现，由此消解掉经典精神上的庄严和崇高感。电视剧《红色娘子军》的定位是青春偶像剧，加入了许多爱情戏，让吴琼花和洪常青的爱情纠葛作为剧中的一条主线，《红岩》中江姐和许云峰也产生了恋爱的情愫，电视剧《林海雪原》渲染杨子荣与其情人，《红旗谱》为了表现地主冯氏父子的道德败坏，添加了低俗乱伦的情节。“文革”中的“神化”和戏说的“俗化”，这种不同方向的有意改写反映出政治、文化的不同时代背景，都有着使已经存在的经典适应新的时代或新的审美规范的意图（这种审美规范的合理性是另一个问题），都具有重构文学经典的一种努力，其结果亦殊途同归。戏说文学经典从去经典化的角度提出了在后现代文化环境下如何重构经典的经典性问题。

不可否认，经典也难免受到所处时代的局限性而具有不适应当下认知和审美的部分。新时期之前的红色经典深受当时文学规范的制约，书写了英雄的崇高精神，又都或多或少存在着对内心情感刻画、对人性探寻的不足的问题。尽管“在宏阔的时空中进行的残酷战争，许多时候都会要求人们服从战争的最高需要，对儿女情长的排斥，对个人的欲求丰富性的压抑，都有其必然合理性”，红色经典所开创的史诗性品格决定了这些作品“不是以展现人物的丰富性格见长，而是强化作品中的主要人物对历史重大事件的驾驭能力”①。在新的“讲述话语的年代”，从对经典的推广尤其是从影视剧的改编来看，从更丰富的人性的角度对经典进行重构自然更符合当代文化的需求。人性、人情并不必然地与精神、崇高、史诗构成对立，戏说也应该成为历史精神和当代文化之间沟通的桥梁。

① 张志忠：《定位与错位——影视改编与文学研究中的“红色经典”》，载《文艺研究》2005 年第 4 期。

三、多元文化中戏说经典的偏至和维度

戏说文学经典，以情、性来增加它的人性化和娱乐性，具有一定的时代合理性。问题就在于，戏说的娱乐性走到极端，“情”“欲”的刻画成为全部的叙事目的，而非深化人性的手段。阿庆嫂在小说《沙家浜》中不再是机智英雄而变成“欲女”，丝毫没有精神心灵的丰富内涵；《红旗谱》中地主的低俗乱伦也没有增加对人性丰富的体认。在娱乐的语境下，没有“情欲”难以引起受众的兴趣；然而完全以“情欲”为目的，在情欲的庸俗化演绎中消解颠覆经典文本本来具有的崇高、庄严的精神和美好的价值体系，滑向了对经典的“亵渎”。这样的戏说对文学经典的重构并不会产生任何有益的作用，也不会对文学经典的内涵有任何时代色彩的丰富。它既是对人性的窄化，体现出当下依然根深蒂固的二元思维模式——似乎情感、人情、人性总是与理想、庄严相互对立，也是对多元文化下受众趣味的简化和贬低。

戏说是“以日常感性愉悦为主的大众文化”[①]，它对大众消费观念和审美品味的主观迎合，依据的是大众文化的准则，泯灭深度的故事性，注重传奇性、感官的愉悦。当下社会中大众文化的熙熙攘攘以及戏说剧很高的收视率，似乎都在说明戏说与文化和受众的合拍。然而，当下中国社会的文化状况显然与西方的后现代文化状况不同，比之要复杂得多。这种复杂性和特殊性就在于，尽管它的大众文化也呈现出浓厚的消费文化色彩，具有后现代文化特征，当下社会却并非是一个消费文化社会。事实上，它存在着多元的文化关系。如王一川就曾指出当前中国文化存在着若干形态或层面，“可以大约见出如下四层面。一是主导文化，即以群体整合、秩序安定和伦理和睦等为核心的文化形态，代表政府及各阶层群体的共同利益，这是当前中国文化与西方文化不同的一个重要方面。二是高雅文化，代表占人口少数的知识界的理性沉思、批判和探索旨趣。三是大众文化，尤其突出数量众多的普通市民的日常感性愉悦需要。四是民间文化，代表更底层的普通民众的出于传统的自发（或非制作）的通俗趣味”。“正是这四个层面及其复杂的互渗关系构成当前中国消费文化所赖以存在的语境。”[②]当下社会的多元性，也是

---

① [美]杰姆逊：《后现代主义与文化理论》，唐小兵译，西安：陕西师范大学出版社，1986 年，第 3 页。

② 王一川：《中国消费文化中的悖谬：身体热消费与头脑冷思考》，载《学术月刊》2006 年第 5 期。

人们的一个共识。处于这样的文化格局中，戏说单纯愉悦性的主观意向必然是对受众的“误读”。

事实上也是如此，受众对这些平面化、没有思想深度的产品表现出“身体在热烈消费，头脑在冷静思考”[①]的矛盾的状态。热烈消费是追逐时尚，而在思想的主宰中，对于文学经典的传统审美文化观念和价值评判标准，在民族的长期发展中早已沉潜为一种集体无意识，具有一种恒定性，它并不会在短期内被根本改变，也就是说，主流文化和精英文化依然占据主导的地位，潜在地影响着人们的价值评判。以主流文化和精英文化的标准来衡量，媚俗和浅薄自不能满足要求。对这一点很好理解，尽管表面上大众文化热闹非凡，人们似乎趋之若鹜，但“大众文化之形成，永远是对宰制力量的反应，并永远不会成为宰制力量的一部分”[②]。如果娱乐休闲是一种人类本性，向善向美同样是人类的一种本性，而且正是这种本性趋动着社会文明的发展和进步。从 20 世纪 90 年代开始，精英文化似乎已经从中心滑落到边缘，以至引起知识分子对人文精神失落的忧思，精英文化中心地位的失去却显然是去中心或多中心文化的表征，而非边缘与中心的等级对立。调查表明，精英文化以其内蕴的丰富思想性在文化层次上一直处于较高的位置[③]。况且，我们所实施的教育，一直是主流和精英文化的教育，这对人思想观念的形成也具有重要的作用。依照大众文化的规则对经典的戏说，与人们对经典的文化心理积淀背道而驰，强化视觉而浅化思想，似乎是在迎合大众，却忽略了大众对善与美、对形而上的更高层次的精神追求，这种戏说必然陷入矛盾的窘境。

无论是从形而上的精神建设方面，还是受众方面，都给我们提出了戏说经典的维度问题。2005 年，世界范围内兴起了重述神话的运动。“神话”在源远流长的传播过程中，早已形成了固有的程式，具有“原典”的性质。苏童、李锐、叶兆言、阿来等都对我们远古著名的神话进行了重写，产生了《碧奴——孟姜女哭长城的传说》《人间——重述白蛇传》《后羿——后羿射日和

---

① 王一川：《中国消费文化中的悖廖：身体热消费与头脑冷思考》，载《学术月刊》2006 年第 5 期。

② [美]约翰·费斯克：《理解大众文化》，王晓珏、宋伟杰译，北京：中央编译出版社，2001 年，第 45 页。

③ 据山东大学 2012 年对当代大学生文学经典的接受状况进行的调查，金庸和鲁迅虽同为文学大师，但大学生对其价值的高下认同有别，显示出大学生对精英文化价值的坚守。

嫦娥奔月的神话》《格萨尔王》等小说，这种重述被认为是“文学与文化创意的双赢”，重要的就在于“作为描写对象的神话与传说，在‘重述’之中，‘本事’被丰富了，原意被延展了；而在这种‘丰富’与‘延展’中，被‘重述’的‘神话’，既带有我们这个时代一定的色彩，也打上了作家个人的鲜明印记”[①]，不仅将“神话”赋予新时代的意义，而且还具有更深刻的文化内涵，从而得到人们的认同。戏说文学经典也是一种重述。

戏说对经典媚俗化、娱乐化的当下阐释，具有时代文化的某种必然性。戏说经典剧是面向大众的传播，使经典为最广大的人们认识和接受。无论怎样的戏说都不能泯灭经典自身的价值，也不可能动摇我们的民族文化之根。但在这个图像化的时代，在这个人们头脑里的精英无法抵挡身体大众化的时代，只有当头脑中具有经典的认识，形成民族文化的根基，才能够更理性地看待戏说经典，对民族文化保持应有的尊重。那么首要的问题也必然是回到原点，即阅读经典。

---

① 《“重述神话”：文学与文化创意的双赢》，参见网址：http://www.chinawriter.com.cn/bk/2007-05-22/28413.html。

第二章　古代文学经典的当代传播接收情况

第一节　感同身受与渐行渐远：当前大学生的古典文学接受[①]

2014年，我们对山东大学、中国人民大学、华东师范大学、中山大学、西安交通大学、大连理工大学、湖南大学、广西师范大学等全国十几所高校大学生的古典文学（侧重但不局限于“文学”，也包括历史、哲学等文化经典）接受情况进行了一次调查，调查形式主要有问卷调查和个人访谈两种形式。调查问卷共回收1 046份，其中人文社科类占31.4%，理工农医类占68.6%；男生占55.7%，女生占44.3%；在发放问卷过程中还对若干大学生进行了个人访谈。另外，笔者也在高校内承担了国学类通识课程《中华传统文学修养》的教学工作，学生主要是非中文专业的本科生，通过课堂教学、作业以及课下交流，对大学生的古典文学阅读情况也有较为真切的了解。

一、阅读量较中学时代整体缩减

统计显示，55.2%的大学生5岁以前便开始接触古典诗词，但是大学以后，经常接触古典文学的学生却仅占27%，没再接触的占12%，偶尔接触的占60%。在经常接触的部分中，一多半是人文社科类专业的学生，和中学时代人人都学习、背诵文言文的情况相比，古典文学的整体阅读量大大下降。再以古典小说中接受度最高的四大名著为例，其中的片段在中小学语文教材中都有所收录，但到了大学阶段，仍有41.6%的学生没有读过全部原著。所以，说古典文学与大学生活渐行渐远，并不夸张。

在大学专业分化的背景下来看，87%的大学生还能偶尔或经常接触古典文学，说明古典文学在大学生中还占有不小的“市场份额”，这与高校的课

① 本节由杨海燕、王小舒、孙丽华执笔。杨海燕，山东大学文学与新闻传播学院副教授；王小舒，山东大学文学与新闻传播学院教授。

程设置不无关系。课程是高校教育的基本途径，对大学生的阅读选择有着重要影响，经调查，在经常接触古典文学的大学生中，93％的学生所在大学开设有古典文学方面的选修课或必修课；在偶尔接触古典文学的大学生中，有91％的学生所在高校开设有古典文学方面的选修课或必修课；而在高考后不再接触古典文学的大学生中，仅70％的学生所在的高校开设有相关课程。所以，要提高古典文学的普及率离不开相关课程的设计，尤其是高校课程设定部门的顶层设计。以山东大学为例，《中华传统文学修养》这门课过去是全校非中文专业的必修课，现在是国学类通识核心课程，这门课程使得许多理工科学生在大学中有了与古典文学“亲密接触”的机会，也使许多大学生改变了过去对古典文学的畏惧厌烦态度。

大学阶段，学生有更多时间和精力去选择自己喜欢的课外活动，社团活动、专家讲座、各类竞赛是大学生课外活动的主要形式，课外活动对大学生阅读兴趣的提升起到重要的作用。对于和古典文学相关的社团活动，大学生的参与度又怎样呢？经我们调查，48.6％的学生参加过“文学社团、读书会或校园讲座”，19.6％的学生参加过诗歌创作或感悟征文，18.7％的学生参加过“诗歌吟诵、国学知识大赛”。以上列出的各种活动形式都是高校中相对常见的，但没有一个数据过半，说明学生的参与度不高，也表明高校中与古典文学相关活动的数量和影响力有限。

二、对中国古典文学价值认同度高

阅读量、参与度较低是否和学生对古典文学有较多消极认知有关呢？古典文学是古代社会的产物，当然不可避免地带有旧时代的痕迹甚至是糟粕，对此当如何评价？调查结果显示，大学生对古典文学的认知与评价主要面是积极的。在一组对于古典文学消极特性的判断问题中，对古典文学“内容与当代生活脱节，已经过时，应该淘汰”“观念陈腐，其不健康的价值观会对当代教育产生不良影响”“娱乐消遣还可以，但没什么实用价值”“表现形式与当代话语表达方式差异太大，很难产生共鸣”“不乏权谋、迷信、色情、暴力等内容，不宜多读”“充斥着忠孝节义、男尊女卑等封建礼教，读之会束缚言行”等观点，66.3—87.2％的大学生持明确的反对态度。

再如对古典诗词中的消极悲观情绪，55.4％的学生认为应该“历史地来看”，34.6％的学生能够“感同身受”，仅有4.8％的学生“不选此类的篇目”，这也说明有些作品即使带有消极悲观的色彩，多数学生仍能理性对待，部分学生能够通过作品的阅读，产生心灵共鸣，表达和宣泄内心的情绪。

我们的问卷还设计了一系列针对古典文学积极意义认知的问题，如“感到对自己的精神建构影响很大”“能够让人增加正能量，感觉很给力”“作为大学生应该多读，传承民族传统文化”“喜欢阅读古典文学的美好感受”“古典文学具有让人追求真善美的价值，是人类宝贵的精神财富”，有 62.2%—82.6%的大学生明确表示对以上观点的认同，说明大多数大学生在实际阅读过程中切实感受到古典文学的积极意义和内在价值，古典文学在大学生心目中依然占有着重要位置。

三、对古典文学的阅读质量和接受程度有所提升

应该指出，较之于中学阶段主要出于考试目的而阅读古典文学不同，大学生的阅读和接受是以个人精神需要为中心的。个人兴趣是大学生选择古典文学的主要动因，对于古典文学的理解更多地与生活体验相结合，部分学生还会做系统性、研究性阅读，并将之引入自己的精神成长过程。例如一位大学生谈到阅读《论语》时这样说：“以前读《论语》，就是为了应对考试中那 4 分的诗词名句填空，而现在，我能多多少少汲取到精神养料。孔子也不再是一个给万千学生带来苦难的‘老头子’，而是一个真正能启迪人心灵的老先生。他的‘仁爱’，让我在乘公交车的时候毫不迟疑地给老人让座。”还有学生说：“感动于司马迁，感动于他年少时的贫寒刻苦，感动于他年轻时的勇于探索，感动于他不惑时的坚强意志，或许也是感动于他懂得自己，明白自己前进的道路并能一直走下去。现在的我看不清楚自己，或许只有更多的经历才能打开前方的微弱灯光。愿借司马迁来鼓励自己不畏艰难，永远向前。”更有学生说：“我觉得古典文学充满着正能量的气息，每次品读它们都会让自己受益匪浅。”“在我看来，没有古典文学滋养的人是一棵没有头脑的稻草。”

通过梳理我们发现，大学生对古典文学的价值接受取向主要有以下几个方面。

1. 追求心灵的安宁和愉悦

古典文学最突出的特点是抒情性，用美的文字传达美的情感和意境。许多大学生对古典文学的喜爱源于它能让自己产生美好的心境。有的学生喜欢古典文学的“雅致韵味”；有的认为它能够让自己的生活“多一点禅意，少一些无谓的喧嚣”；还有的学生认为，“摆脱了高考的压力和死板的教学模式后，当自己以平常心再次阅读古典文学的时候，却突然发现了古典文学的巨大魅力，因此主动地去借阅曾经被自己视为‘洪水猛兽’的古代文学经典”。“传统文学用一种真实、简单而触手可及的方式让我接触了一种更加轻松浪漫的生活，我可以去拥抱一个美好的与我所处的地方完全不同的世界，在那里享受一些时光。”

2. 追求生命的率真和纯粹

古代文学经典是经历了时间的冲洗沉淀下来的，蕴含着更加纯粹和具有普遍意义的生命情态。许多学生由对现实生活进行反思，进而到传统文学中来感悟生命的真谛。根据笔者的经验，在学生的课堂演讲中，柳永、李煜、纳兰性德是常见的对象，究其原因，一方面在于其作品中的抒情气质呼应了大学生在人生特殊阶段容易产生的情感诉求和内心迷惘，也在于他们的作品中挥洒出来的不羁和率真，契合了大学生对于个性发展的需求。例如，有的学生喜欢陶渊明，是因为现实中总在无奈地应付一个又一个功利的目标，无法摆脱世俗的包袱，而陶渊明所追求和拥有的恬静的田园生活正满足了自己的向往。

3. 追求人生的指引和超越

在大学阶段，一个人要较以往更独立地去面对人际交往和社会生活，也更强烈地渴望判断能力的提升和价值观的确立。不少学生有意识地通过阅读和研究古典文学来提升自己的生命涵养和人生智慧。有的学生喜欢苏轼、陶渊明等这类旷达的作家，认为“他们是我的偶像，或者至少是某一刻我想成为的人。遇到困难时，我需要的是‘莫听穿林打叶声，何妨吟啸且徐行’；闷闷不乐时，我喜欢读陶渊明的《故去来兮辞（并序）》，他虽然不能给予我动力，但是却给我一种沁人心脾的清新之感，让我冷静下来，去思考什么是我想要的，我接下来该去做什么；至于李白，我主要欣赏的是他的那句‘长风破浪会有时，直挂云帆济沧海’，这是一首从初中起就陪伴在我求学路上的诗。我应该感谢李白在这几年给予我的鼓励和安慰”。古代文人旷达豪迈的精神人格对学生们产生着实实在在的影响，帮助他们渡过现实和心理的难关。曹操在大学生中的人气也很高，学生们认为他性情真实、豪迈霸气、果断而不武断，有远大的理想抱负，这与当代年轻人想凭借着自己的努力和打拼，为自己开启美好未来的心态颇为契合，表现出这一代年轻人的务实与朝气。

也有一些大学生开始研习古代的哲学经典，有的学生喜欢读庄子，认为“庄子让我理解了生活，明白了生活，实现自己的价值又何必计较那么多……保持豁达的心态，拥有一颗平常的心向未来进发”。有的学生通过阅读《老子》，认识到人“要有弹性，不求一举成名，但求持之以恒”“不做一个争强好胜的人，而应做一个喜欢帮助他人的人”，只有持久的耐心和利他心才能够让人获得成功。王阳明在大学生中也有一定的认知度，有的理工科学生甚至对其进行深度阅读，并从中领悟到“什么应是自己毕生追求的目标，什么是需要立刻舍弃的，什么是‘知行合一’”，从而面对纷纭的生活有了更清晰的选择和更坚定的追求。

4. 追求生活和社会的担当

大学生对古典文学的接受，并不完全囿于个人情感的需要，也常常出于他们对社会的关切。虽然较之于前者，从这一角度去关注古典文学的学生较少，但在这个强调自我、关注自我的时代，仍能有一些学生呼吁爱国和正义，也显得难能可贵。有的学生认为最感动自己的作家是杜甫，“作为常人，我们每天关心最多的不外乎一日三餐、衣食住行，很少有人关心国家的情况。而杜甫在自己的温饱问题都没有解决的情况下，依然想的是‘安得广厦千万间，大庇天下寒士俱欢颜’……对于一个国家一个民族来说，最为需要杜甫这种无论自身处境如何都时时刻刻关注国家局势、体恤民众疾苦的爱国之情”。其他如孔子、屈原、范仲淹等，也在个人访谈或课程作业中屡屡被学生提到。学生们认为孔子的仁爱、屈原的高洁、范仲淹的忧患是当代人应该具备的精神，对身边的人，对国家都应该坚守这些情操，只有这样，“我们这个社会，这个国家才会更和谐，更美好”。

四、存在一定的阅读与接受障碍

众所周知，文言文的语言形式是阅读古典文学的一大困难，本次调查显示 61.8%的学生认为，语言是自己阅读古典文学作品的主要障碍，即便如此，对于古典文学不同的版本，依然有 50.2%的学生喜欢阅读原著全本（其他 31.3%的学生喜欢读带注释的简体字本，18.9%的学生喜欢读名家导读本，6.3%的学生喜欢读青少版和图文并茂本，4.2%的学生喜欢通过相关报刊阅读了解古典文学，3.8%的学生喜欢缩写版、改编本），这说明在大学生心目中，原著依然是他们最乐于接受的。对于语言障碍这个事实，他们基本能够客观对待，也能够克服。另一调查结果显示，有57.9%的学生明确选择"只要有钱、有空，想多买、多借、多读有关古典文学的书充实自己"。既然对古典文学有阅读的愿望，同时语言又不是难以逾越的障碍，在阅读过程中也确实能产生许多积极感受，那么为何就整个大学生群体来看，古典文学阅读却趋于弱化呢？本次调查的数据也反映出更深层次的原因。

1. *浮躁的社会文化心态、功利驱动的价值心理*

美国当代著名社会学家丹尼尔·贝尔在40年前分析资本主义的文化矛盾时曾分析道："现代主义重视的是现在或未来，绝非过去。然而，一旦人切断了和过去的联系，他就不能逃脱未来所拥有的最终的虚无感。信仰不再可能，艺术或本性或冲动只是在迷醉或酒神行为的癫狂中将自我暂时抹杀。但迷醉总会过去，接着到来的是寒冷的清晨，它伴随黎明无情降临。这是无法逃脱的末世焦虑，让人不可避免地感到——这是现代主义思想的那条黑线——每个人的生活都已到了尽头。"[①]现代社会在经济领域对利益的寻求，在文化领域对自我的放逐，让人们失去了内心的平静，更失去了对传统的信仰——虽然社会制度不同，但现在中国社会某种程度上遭遇的同样是40年前的美国曾经面对的问题。在古典文学的阅读与接受障碍这一问题上，43.2%的大学生认为"社会文化心态浮躁，不愿去深入挖掘古典文学的价值意义"，16.6%的大学生认为"买书太贵，借书太麻烦，读书太花时间，所以懒得读"，13.7%的大学生认为"当代社会的主流风气是赚钱，不想关注那些无直接经济效益的事"，同时也有13.7%的大学生觉得"读那些东西对自己的学习、生活没有实际用处"，11.5%的大学生认为古典文学"历史久远，内容落伍，思想陈腐，和社会实际距离太远"，10.8%的大学生认为"年轻人喜欢炫、酷、帅的事物，不想接触那些故纸堆"。以上除了第一个数据之外，其他都不足20%，但后者却可以作为前者的注脚，表明这些大学生不愿意阅读古典文学的原因在于，他们认为阅读古典文学耗时费力，却没有直接的用处——它和当下生活没有直接的联系，阅读它不能给自己带来立竿见影的收益，不能满足自己

---

① [美]丹尼尔·贝尔：《资本主义文化矛盾》，严蓓雯译，南京：江苏人民出版社，2012年，第52页。

追求时尚的愿望，更不能带来直接的经济效益。在个人访谈中，就有学生表示“最主要的是，看文言文需要推敲深思，快速的社会节奏，让我难以精心研读”。

此外，还有36.4%的大学生感觉“学习压力很大，没有心情阅读”。在个人访谈中，也有许多大学生表示专业书籍已经看不过来，没有时间再去阅读古典文学。虽然应该肯定大学生追求学业发展的动机，但唯专业是从，忽视个人素养的提升，这也是功利心理的一种体现。当然这不能全归因于学生，整个教育体制都应该反思。

2. 国学热的虚火

20世纪90年代开始兴起国学热，结果之一就是各个出版社推出了版本众多、良莠不齐的古典文学(文化)读本。按理说，多元的选择应该更加促进古典文学的普及，但令人意外的是，本次调查显示，有33.7%的大学生表示“各种版本太多太乱，不知如何选择”，10.3%的大学生认为自己“分不清精华与糟粕，干脆不读”。这背后反映出的是图书出版质量与古典文学的荐引和评介问题。对于学习者而言，权威型专家的引领不可缺少，每一个有愿望探求古典文学的学子都少不了一个可信可敬的引路人，尤其对于业余学习者来说，更需要能在有限的时间中接触到权威的编选、推介，聆听到能够与时代相合、与心灵相契的分析解读。而目前，相关的图书精品以及学者成果，数量和影响力都远远不够。

此外，还有22.5%的大学生认为“过分提倡国学热，反倒使人产生逆反心理”，这同样值得包括出版界在内的所有传统文化倡导者、推动者反思。是什么让人产生逆反心理？在推广国学的过程中，一些现象的确让人有“过分”之感：或搞形式主义，不顾实际；或追求利益至上，忽略质量；或一味复古，回避现实；或迎合当下，扭曲事实。这样制造出来的“虚热”，当然不能与读者的接受心理对接。所以，国学的推广首先要立足品质，其次要钻研方式、方法，力求国学更有效地介入当下生活。

综上可见，大学生对古典文学的接受情况反映的是处在各种矛盾纠葛中的现实，是一个时代对于传统文化矛盾而复杂的心态：在浮躁的现实中渴望被拯救，但面对着现实中种种切身和直接的利益，又不得不暂停对于心灵的寻找和沉淀，而义无反顾地投入滚滚洪流中。贝尔认为，对于西方来讲，宗教是唯一能够解救后工业时代问题的方法，“宗教可以恢复的是世代之间的连续性，把我们带回到生存困境面前，这些生存困境是人性和关怀他人的基础"。[1] 然而，对于中国大学生而言，如果丢失了古典，抛弃了传统，我们的灵魂将在哪里安放？我们的心灵将在哪里获得勇气？

推广古典文学，弘扬传统文化，任重而道远。

第二节　山东大学文学与新闻传播学院在校学生古典文学阅读现状调查报告[2]

一、问题的提出

古典文学是中华传统文化的重要载体，可是在当今社会，古典文学的阅读与接受却面临着前所未有的困境。改革开放以来，随着观念的解放和市场经济的发展，生活方式的变化，科技的进步，传媒的革新，人们的阅读生活也发生了很大改变。当今社会的人们对感官刺激的需求一般大于对文化内涵的追求，注重经济效益的文化产业为了迎合人们的需求，渐渐偏离了真正的经典，这可以说是当前社会文学生活中的经典缺失现象。诸多优秀的文学作品被束之高阁，远离了人们的阅读生活。古典文学更因为语言艰涩难解、内容远离现实、思想脱节落后等种种原因成了经典缺失的重灾区。这是一个不容忽视的现象，关乎中国的文化软实力与国民的民族认同与自豪感，必须深刻认识和尽快改善。

山东是孔孟之乡，中华传统文化的重要发源地之一。地处传统文化圣地的山东大学的学生对古典文学的阅读与接受情况是一个极有意义的样本。在古典文学阅读与接受遭遇困境的情况下，文学与新闻传播学院（以下简称文学院）学生是最有义务、最有必要也应该是最有能力阅读古典文学的。在文学院这个环境中进行古典文学阅读的调查，调查对象具备一定的专业知识水平，问卷的内容专业性较强，调查的指向性更加明确。这种小范围的调查可以为进一步调查文化水平不一、身份职业复杂的社会大众创造经验，提供方法。

---

① [美]丹尼尔·贝尔：《资本主义文化矛盾》，严蓓雯译，南京：江苏人民出版社，2012 年，第 29 页。

② 本节由郑春、杨括、夏昀、向维、黄瑞、任哨奇执笔。郑春，山东大学文学与新闻学院教授，博士生导师。

基于以上原因，我们选择以山东大学文学与新闻传播学院的在校学生为调查对象，以古典文学阅读与接受的现状为调查内容，进行了这次调查。

二、文献综述

对古典文学的阅读和接受现状的研究大致可分为以下几个方面：

1. 阅读群体与现状

如《新阅读时代下大学生文学阅读现状调查分析》（宁艳艳、王岩，2008年）的调查表明古典文学的阅读时间和阅读态度不容乐观，大学生的文学常识和文学底蕴缺失，此调查缺少对阅读动机的深层分析。《当代大学生古代文学经典阅读情况调查》（韩田鹿、林琳、贾彬、唐绎涵，2010 年）的调查结果显示大学生对古典文学阅读范围普遍偏窄，阅读量总体偏低，但没有对古代文学作品喜好定向的调查和分析。《古典文学名著阅读严重缺失——对“〈红楼梦〉女性”问卷调查之反思》（温婧，2013 年）一文提出当下非文学专业大学生及教师对古典名著的关注渐趋淡化，选取一部经典做调查具有一定的片面性。《关注普通人的文学阅读——当代普通市民的古典文学生活调查》（栾妮，2014 年）一文分析了古典文学阅读在当代式微的各种影响因子，提出古典文学阅读的倡议和举措。

2. 阅读意义与影响

《应高度重视对古代文学作品的阅读与鉴赏》（蒋丽华，2012 年）表明古代文学作品对现代人格养成具有重要影响，应鼓励学生积极主动阅读及鉴赏我国优秀的古代文学作品。《阅有所思思有所得——引导大学生阅读古代文学经典的教学策略》（谢仁敏，2011 年）提出古代文学经典是经过时间淘选、具有浓厚民族特色、凝结民族精神并体现民族智慧的优秀文化遗产，阅读经典是文化传承的重要一环。《阅读中国古典文学的方法和意义》（袁培尧，2014 年）则强调了古代文化的传承创新和阅读思考的独立性、批判性。

3. 阅读的传承和推广

提高人们对古典文学的兴趣和关注度，首先要最大限度地利用课堂平台，这方面的研究有《中国古代文学作品阅读课程教学研究要点举隅——以如何提高大学生的学习兴趣为中心》（吕海龙，2013 年）和《阅有所思思有所得——引导大学生阅读古代文学经典的教学策略》（谢仁敏，2011 年）。其次，要充分发挥好电视、网络等媒体资源，如《新阅读时代下大学生文学阅读现状调查分析》（宁艳艳、王岩，2008 年）的调查提出，现代传播方式使古典文学作品更易于接受。

通过以上研究的分析，可以发现古典文学阅读和接受状况的课题一直以来备受关注。在新媒体飞速发展，流行文化、快餐文化大行其道的今天，人们对于阅读的兴趣日趋冷漠，号召人们回归古典文学，汲取中华传统文化的智慧结晶，十分有必要。作为古典文学传承和发扬的主力军，文学院学子任重道远。

由于以往调查中时常有模糊性、随意性、表面性的问题，一定程度上削弱了调查的成效，我们特地组织此次关于古典文学阅读和接受情况的调查，以山东大学中文系各年级学生为调查对象，精选了 23 部具有代表性的文学作品，希望深层挖掘同学们的阅读动机和爱好。调查不但采用了横向加纵向的定向调查模式，从作品题材内容、创作时间等方面进行问卷调查，还结合具体的阅读动机，对研究性阅读做了深入分析。

此次调查有利于进一步了解同学们对古代文学的阅读结构，能明确反映问题，便于及时提出解决方案，提高古典文学的学习质量和同学们的传统文化素养。

三、数据采集、变量设置及其操作化

本研究所用数据来源于"山东大学文学与新闻传播学院在校学生古典文学阅读现状调查"。该调查于 2014 年 9 月至 2015 年 4 月期间，利用网络平台进行[①]，受访者全部来自山东大学文学与新闻传播学院，除极个别学生因特殊情况无法参与调查之外，该学院全部学生都参与了该调查，截止数据导出时总共得到 1 095 份填答合格的问卷。数据采集完毕之后，利用调查网站的自动导出数据功能导出全部问卷的填答结果，这一环节的自动化不仅大大提高了效率，更重要的是确保了数据格式转化过程中的准确性，完全避免了传统调查之后录入问卷过程中可能出现的录入错误问题。因而，本次调查依托新兴的网络调查平台开展，使得本次调查不仅省力高效，而且准确严密。

---

① 该调查依托"问卷网"进行，"问卷网"网址为：http://www.wenjuan.com。

表 1　基础变量的统计描述

变量名	变量值	频数	百分比(%)	变量名	变量值	频数	百分比(%)
年级	大一	179	16.3	专业方向	中国古代文学	293	26.8
	大二	233	21.3		中国现代文学	108	9.9
	大三	111	10.1		中国当代文学	136	12.4
	大四	181	16.5		外国文学	66	6.0
	研一	119	10.9		比较文学	35	3.2
	研二	84	7.7		古代汉语	43	3.9
	研三	31	2.8		现代汉语	52	4.7
	博一	47	4.3		中国古代文艺理论	15	1.4
	博二	41	3.7		西方文艺理论	110	10.0
	博三	60	5.5		新闻传播	211	19.3
	博四	9	0.8		艺术设计	26	2.4
层历层次	本科生	704	64.3		合计	1 095	100.0
	硕士生	234	21.4	性别	男	208	19.0
	博士生	157	14.3		女	887	81.0
	合计	1095	100.0		合计	1 095	100.0

其中，"学历层次"变量为"年级"变量重新编码转化而来：本科生包括"大一"至"大四"的全部个案，"硕士生"包括"研一"至"研三"的全部个案，"博士生"包括"博一"至"博四"的全部个案。"专业方向"变量在问卷中的问题表述为"您感兴趣或已选择的专业方向"。

此外，本研究中关注的变量包括"作品总体阅读程度""作家总体阅读程度"和"总体阅读程度"三个变量及另外一些涉及古典文学阅读状况的变量。由于 45 个作品、作家阅读程度变量均为多分类有序变量(变量值均设定为：1＝没有阅读，2＝粗略阅读，3＝任务性阅读，4＝兴趣性阅读，5＝研究性阅读)，在此可以被操作性地当作连续型变量来处理，因而上述三个变量分别由对 23 部古典文学经典作品的阅读程度、对 22 位古典文学经典作家的阅读程度及对全部23部作品和22位作家的总体阅读程度计算均值得到。

四、数据分析结果及其解释

首先，本研究对于具体作品、作家阅读程度进行统计分析发现，全部作品按平均阅读程度从高到低排序依次为：《红楼梦》《三国演义》《诗经》《聊斋志异》《水浒传》《论语》《古诗十九首》《史记》《人间词话》《牡丹亭》《西厢记》《庄子》《儒林外史》《世说新语》《左传》《桃花扇》《三言二拍》《古文观止》《长生殿》《文心雕龙》《老残游记》《陶庵梦忆》《昭明文选》。全部作家按平均阅读程度从高到低排序依次为：李白、杜甫、苏轼、李清照、白居易、陶渊明、李商隐、柳永、辛弃疾、纳兰性德、韩愈、陆游、欧阳修、柳宗元、屈原、“三曹”、关汉卿、黄庭坚、嵇康、司马相如、江淹、方苞。

然后，本研究关注了作品、作家阅读程度的总体特征。“作品总体阅读程度”“作家总体阅读程度”和“总体阅读程度”三个变量的基本统计描述如表2所示：

表2 研究变量的基本统计描述

	作品总体阅读程度	作家总体阅读程度	总体阅读程度
平均值	2.610 6	2.911 4	2.754 2
中位数	2.608 7	2.904 8	2.750 0
标准差	0.754 6	0.731 5	0.700 9
最小值	1.000 0	1.000 0	1.000 0
最大值	5.000 0	5.000 0	5.000 0

以“学历层次”为自变量对阅读程度进行单因素方差分析(One-way ANOVA)的结果显示，“作品总体阅读程度”“作家总体阅读程度”和“总体阅读程度”都在P值(Sig.值，即显著性水平)为0.000的水平上表现出极为显著(下文中如无特别说明，显著性水平标准一律为0.05)的学历层次差异，表3为相应的LSD法多重比较表格：

表 3 “学历层次＊阅读程度”LSD 法多重比较表(＊.均值差在 0.05 的水平上显著)

研究变量	(I)学历层次	(J)学历层次	均值差(I-J)	标准误	显著性水平	95%置信区间	
						下限值	上限值
作品总体阅读程度	本科生	硕士生	−0.395＊	0.054	0.000	−0.502	−0.288
		博士生	−0.538＊	0.064	0.000	−0.663	−0.413
	硕士生	本科生	0.395＊	0.054	0.000	0.288	0.502
		博士生	−0.143	0.075	0.055	−0.290	0.003
	博士生	本科生	0.538＊	0.064	0.000	0.413	0.663
		硕士生	0.143	0.075	0.055	−0.003	0.290
作家总体阅读程度	本科生	硕士生	−0.196＊	0.054	0.000	−0.302	−0.089
		博士生	−0.335＊	0.064	0.000	−0.459	−0.210
	硕士生	本科生	0.196＊	0.054	0.000	0.089	0.302
		博士生	−0.139	0.074	0.062	−0.285	0.007
	博士生	本科生	0.335＊	0.064	0.000	0.210	0.459
		硕士生	0.139	0.074	0.062	−0.007	0.285
总体阅读程度	本科生	硕士生	−0.300＊	0.051	0.000	−0.400	−0.199
		博士生	−0.441＊	0.060	0.000	−0.559	−0.323
	硕士生	本科生	0.300＊	0.051	0.000	0.199	0.400
		博士生	−0.141＊	0.070	0.044	−0.279	−0.004
	博士生	本科生	0.441＊	0.060	0.000	0.323	0.559
		硕士生	0.141＊	0.070	0.044	0.004	0.279

以上表格显示,“作品总体阅读程度”和“作家总体阅读程度”两者呈现了非常相似的学历层次差异,以前者为例,本科生比硕士生平均低 0.395,比博士生平均低 0.538,都通过了显著性检验;而硕士生的总体阅读程度虽然比博士生的该值平均低 0.141,但不具有统计显著性;“总体阅读程度”这一变量则是在所有两两之间的对比中都表现了显著差异,且呈现随着学历层次的上升而上升的趋势,详细差值见表格。

仍以“学历层次”为自变量,以对全部 23 部经典作品和 22 位经典作家的阅读程度均值为研究变量进行的方差分析显示,全部作品中除了《陶庵梦忆》之外，其余全部作品的阅读程度均值都表现了显著的学历层次差异，而且无一例外都是本科生比硕士生和博士生低。全部作家中，对司马相如和柳永两位作家的阅读程度均值没有表现出显著的学历层次差异，对其余作家的阅读程度均值都表现了显著的学历层次差异，这其中除纳兰性德外，对其余作家的阅读程度均值都是本科生低于硕士生和（或）博士生，对纳兰性德的阅读程度表现了特殊性：本科生的阅读程度均值比硕士生高 0.183，比博士生的该值高 0.417，且都通过了显著性检验；硕士生该值虽然比博士生的该值高 0.234，但由于标准误偏大，差值的 95%置信区间上下限值之间包含了 0，因而没有通过显著性检验。这里值得一提的是，上述没有表现显著学历层次差异的作品和作家中，对于《陶庵梦忆》和司马相如，是由于所有人对他们的阅读程度均较低，而对于柳永的阅读程度则普遍偏高，因而没有呈现差异。

接下来本研究以“专业方向”为自变量对阅读程度进行了方差分析。结果显示，“作品总体阅读程度”“作家总体阅读程度”和“总体阅读程度”三个变量都在 P 值为 0.000 的水平上呈现了显著的专业方向差异（由于此处 LSD 法多重比较表格过于冗长，不便插入文中，只好从略）。该表格显示，全部 11 个专业方向中，呈现最典型的数据特征，即与其他专业方向数据差异呈现最频繁显著性的专业方向主要是“中国古代文学”“新闻传播”和“艺术设计”，由于此处三个研究变量数据表现类似，此处以“总体阅读程度”为例进行说明。“中国古代文学”专业方向数据显著高于除“中国古代文艺理论”以外的全部专业方向；“新闻传播”则除了与“艺术设计”没有显著差异外，显著低于其他所有专业方向；“艺术设计”除了与“新闻传播”和“现代汉语”两个专业方向没有显著差异外，也显著低于其他所有专业方向。除这三个表现极端的专业方向外，“中国现代文学”和“中国古代文艺理论”两者都略高于除上述三个表现极端的专业方向外的少数专业方向；“外国文学”和“现代汉语”则略低于除上述三个表现极端的专业方向外的少数专业方向。其余专业方向除了和上述三个表现极端的专业方向外与其他专业方向之间没有表现显著数据差异。

然后本研究以“性别”为自变量对阅读程度进行了 T 检验（T-Test）。结果表明，虽然“作品总体阅读程度”“作家总体阅读程度”和“总体阅读程度”三个研究变量都没有表现显著的性别差异，但对全部作品和作家的阅读程度进行此项检验时，仍然发现以下具有明显性别差异的变量，包括《论语》《庄子》《左传》《史记》《文心雕龙》《昭明文选》《西厢记》《三国演义》《水浒传》《三言二拍》《牡丹亭》《红楼梦》《儒林外史》《聊斋志异》《老残游记》《古文观止》、屈原、“三曹”、李清照、纳兰性德和方苞，详见表4。

表4 “性别＊阅读程度”T检验结果摘编

	性别	均值	标准差	标准误均值	均值差（男-女）	显著性水平（双侧）
作品阅读程度：《论语》	男	3.42	1.096	0.076	0.372	0.000
	女	3.05	0.994	0.033		
作品阅读程度：《庄子》	男	2.86	1.400	0.097	0.240	0.023
	女	2.62	1.189	0.040		
作品阅读程度：《左传》	男	2.47	1.262	0.088	0.217	0.022
	女	2.25	1.048	0.035		
作品阅读程度：《史记》	男	3.16	1.116	0.077	0.338	0.000
	女	2.82	1.092	0.037		
作品阅读程度：《文心雕龙》	男	2.40	1.421	0.099	0.300	0.006
	女	2.10	1.304	0.044		
作品阅读程度：《昭明文选》	男	1.70	1.208	0.084	0.210	0.021
	女	1.49	0.999	0.034		
作品阅读程度：《西厢记》	男	2.47	1.365	0.095	−0.277	0.007
	女	2.7	1.327	0.045		
作品阅读程度：《三国演义》	男	3.72	0.923	0.064	0.465	0.000
	女	3.25	1.092	0.037		
作品阅读程度：《水浒传》	男	3.54	1.067	0.074	0.428	0.000
	女	3.11	1.136	0.038		
作品阅读程度：《三言二拍》	男	2.57	1.353	0.094	0.384	0.000
	女	2.19	1.321	0.044		
作品阅读程度：《牡丹亭》	男	2.35	1.361	0.094	−0.413	0.000
	女	2.76	1.349	0.045		

续 表

	性别	均值	标准差	标准误均值	均值差（男-女）	显著性水平（双侧）
作品阅读程度：《红楼梦》	男	3.58	1.197	0.083	−0.273	0.002
	女	3.85	0.925	0.031		
作品阅读程度：《儒林外史》	男	2.71	1.360	0.094	0.217	0.032
	女	2.49	1.297	0.044		
作品阅读程度：《聊斋志异》	男	3.03	1.316	0.091	−0.252	0.012
	女	3.29	1.183	0.040		
作品阅读程度：《老残游记》	男	2.02	1.300	0.090	0.204	0.039
	女	1.82	1.180	0.040		
作品阅读程度：《古文观止》	男	2.58	1.331	0.092	0.409	0.000
	女	2.17	1.265	0.042		
作家阅读程度：屈原	男	3.15	1.106	0.077	0.330	0.000
	女	2.8	1.008	0.034		
作家阅读程度："三曹"	男	2.91	1.147	0.080	0.212	0.018
	女	2.70	1.170	0.039		
作家阅读程度：李清照	男	3.22	1.058	0.073	−0.398	0.000
	女	3.62	0.956	0.032		
作家阅读程度：纳兰性德	男	2.67	1.266	0.088	−0.576	0.000
	女	3.25	1.177	0.040		
作家阅读程度：方苞	男	1.75	1.039	0.072	0.194	0.014
	女	1.55	0.915	0.031		

由表4可知，这些呈现显著性别差异的变量，一些是男生的阅读程度均值低于女生的该值，包括《西厢记》《牡丹亭》《红楼梦》《聊斋志异》、李清照和纳兰性德；对其他作品、作家的阅读程度则是男生高于女生。这方面的数据很明显地揭示了男女生之间不同的文学兴趣和风格取向。

接下来本研究关注了"开始接触古典文学时间"这一变量的数据表现，绝大多数受调查者从小学（甚至小学之前）就开始接触古典文学了，二者分别占比47.6%和37.2%,12.0%的人从初中开始接触古典文学,仅3.3%的人表示从高中开始接触古典文学。然后本研究检验了这一调查是否具有性别差异的问题。通过T检验("开始接触古典文学时间"为多分类有序变量,可操作性地视为连续型变量)发现,"开始接触古典文学时间"变量的确有显著的(P值达到0.000)性别差异,通常情况下女生明显比男生更早接触到古典文学。

然后,本研究关注了"开始接触古典文学渠道"这一变量,该变量的四项取值中,选择"学校的教育"和"家长的引导"者最多,其次为"自己主动探寻","朋友的影响"受选最少,详情参见表5的列边缘数据。为探索该变量是否具有性别差异,这里运用的是列联表(Crosstabs)配合卡方检验(Chi-Square Test)的方法。结果显示,皮尔孙卡方值(Pearson Chi-Square)为34.284,相应的渐进双侧显著性水平(Asymp. Sig. (2-Sided))为0.000,表明了这一研究变量具有极为显著的性别差异。列联表呈现如表5。该列联表数据表明,男生开始接触古典文学的渠道更多的是"朋友的影响"和"自己主动探寻",而相比之下女生则主要是经由"家长的教导"和"学校的教育"开始接触古典文学的。

表5 "性别 * 开始接触古典文学渠道"列联表

			开始接触古典文学渠道				合计
			家长的引导	学校的教育	朋友的影响	自己主动探寻	
性别	男	计数	56	99	6	47	208
		百分比(%)	26.9	47.6	2.9	22.6	100.0
	女	计数	361	414	3	109	887
		百分比(%)	40.7	46.7	0.3	12.3	100.0
合计		计数	417	513	9	156	1095
		百分比(%)	38.1	46.8	0.8	14.2	100.0

"阅读古典文学方式"的各项取值中,选择"看纸质书较多"和"只看纸质书"的占了绝大部分,此外,选择"纸质书和电子书阅读量相当"的多于选择"看电子书较多"和"只看电子书"的人,详情参见表6的列边缘数据。表6

为“性别”变量与“阅读古典文学方式”变量的列联表。对此进行的卡方检验结果显示，显著性水平为 0.094，虽然没有达到 0.05 的习惯标准，但仍然可以认为呈现了一定程度的显著性：

表 6 “性别＊阅读古典文学方式”列联表

			阅读古典文学方式					合计
			只看纸质书	只看电子书	看纸质书较多	看电子书较多	纸质书和电子书阅读量相当	
性别	男	计数	78	1	103	8	18	208
		百分比(%)	37.5	0.5	49.5	3.8	8.7	100.0
	女	计数	322	1	498	18	48	887
		百分比(%)	36.3	0.1	56.31	2.0	5.4	100.0
合计		计数	400	2	601	26	66	1095
		百分比(%)	36.5	0.2	54.9	2.4	6.0	100.0

从中可见，大体上相比于女生而言，男生更倾向于“看电子书较多”和“纸质书和电子书阅读量相当”两种方式；而女生则相对更倾向于“看纸质书较多”的方式。

使用该法检验“阅读古典文学方式”的“学历层次”差异，则发现了更为显著的差异（显著性水平达到 0.016），列联表显示，本科生倾向于“只看纸质书”，而相比之下硕士生和博士生选择电子书这种阅读方式的比例要高一些。

接下来本研究探索了“古典文学在阅读中占比”这一变量（1＝几乎全部，2＝一多半，3＝一少半，4＝几乎没有）的数据表现。65.5%的人选择了“一少半”，其次，22.1%的人选择了“一多半”，9.3%的人选择了“几乎没有”，3.1%的人选择了“几乎全部”。然后本研究使用了“性别”“学历层次”和“专业方向”三个自变量对其进行了进一步的数据探索。首先，以“性别”为自变量的 T 检验得到的双侧显著性水平为 0.113，不支持该研究变量具有显著性别差异的猜测。而以“学历层次”为自变量进行方差分析则发现该研究变量存在显著的学历层次差异，显著性水平为 0.001，该方差分析中采用 LSD 法进行多重比较的结果如表 7 所示：

表 7 “学历层次＊古典文学在阅读中占比”LSD 法多重比较表
（＊.均值差在 0.05 的水平上显著）

(I)学历层次	(J)学历层次	均值差(I－J)	标准误	显著性水平	95%置信区间	
					下限值	上限值
本科生	硕士生	0.156＊	0.048	0.001	0.06	0.25
	博士生	0.152＊	0.056	0.007	0.04	0.26
硕士生	本科生	－0.156＊	0.048	0.001	－0.25	－0.06
	博士生	－0.004	0.065	0.951	－0.13	0.12
博士生	本科生	－0.152＊	0.056	0.007	－0.26	－0.04
	硕士生	0.004	0.065	0.0951	－0.12	0.13

该 LSD 表格显示古典文学在本科生阅读中的占比显著低于(数值显示为大于，但问卷中赋值方式设定为了数值越大占比越低)硕士生及博士生，而硕士生和博士生在这一数值上的差异没有通过显著性检验。

然后本研究以“专业方向”为自变量对该研究变量进行了方差分析，结果表明，该研究变量的确具有非常显著的专业方向差异，显著性水平达到了 0.000。该方差分析的 LSD 法多重比较表格由于内容过于冗长，故从略不引，仅举其中要者略加叙述。“古典文学在阅读中占比”显著高于(数值上表现为小于，原因详见上段括号内注释)其他很多专业方向者，包括：“中国古代文学”“古代汉语”“中国古代文艺理论”，三者分别显著高于 9 个、8 个、9 个专业方向的该比例。而另外一些专业方向的该比例则显著低于其他很多专业，这些专业方向包括“外国文学”“新闻传播”“艺术设计”，其中“外国文学”方向的该比例显著低于其他 4 个专业方向，后两者各显著低于其他 8 个专业方向。

接下来本研究关注了“阅读古典文学主动性”这一变量的情况。26.3% 的人认为自己是“兴趣所在，主动阅读”，11.1%的人认为自己是“课程要求，被动阅读”，剩余 62.6%的人则认为自己“以上二者都有”。然后本研究对其在“性别”和“专业方向”两方面的差异进行了探索。数据表明了该研究变量在“性别”和“专业方向”两方面都具有显著差异。对“性别”与该研究变量进行列联表卡方检验得到 0.000 的显著性水平，充分说明了该研究变量具有非常显著的性别差异，列联表详情如表 8。由该表可知，相比而言，男生更倾向选择“兴趣所在，主动阅读”，而女生则更倾向于选择“课程要求，被动阅读”和“以上二者都有”。

表8 “性别＊阅读古典文学主动性”列联表

			阅读古典文学主动性			合计
			兴趣所在，主动阅读	课程要求，被动阅读	以上二者都有	
性别	男	计数	82	20	106	208
		百分比(%)	39.4	9.6	51.0	100.0
	女	计数	206	101	580	887
		百分比(%)	23.2	11.4	65.4	100.0
合计		计数	288	121	686	1 095
		百分比(%)	26.3	11.1	62.6	100.0

同样使用此方法，本研究得到“阅读古典文学主动性”变量与“专业方向”的列联表卡方检验结果的显著性水平为0.000，表明了该研究变量具有显著的专业方向差异。该列联表详情如表9所示。所有专业方向中，表现出明显的“兴趣所在，主动阅读”倾向的包括“中国古代文学”“比较文学”和“西方文艺理论”等方向，而表现出明显的“课程要求，被动阅读”倾向的则包括“外国文学”“现代汉语”“新闻传播”和“艺术设计”等方向。

表9 “专业方向＊阅读古典文学主动性”列联表

			阅读古典文学主动性			合计
			兴趣所在，主动阅读	课程标，被动阅读	以上二者都有	
专业方向	中国古代文学	计数	94	5	194	293
		百分比(%)	32.1	1.7	66.2	100.0
	中国现代文学	计数	24	12	72	108
		百分比(%)	22.2	11.1	66.7	100.0
	中国当代文学	计数	31	14	91	136
		百分比(%)	22.8	10.3	66.9	100.0

续 表

			阅读古典文学主动性			合计
			兴趣所在，主动阅读	课程标，被动阅读	以上二者都有	
	外国文学	计数	18	10	38	66
		百分比(%)	27.3	15.2	57.6	100.0
	比较文学	计数	12	1	22	35
		百分比(%)	34.3	2.9	62.9	100.0
	古代汉语	计数	12	3	28	43
		百分比(%)	27.9	7.0	65.1	100.0
	现代汉语	计数	6	9	37	52
		百分比(%)	11.5	17.3	71.2	100.0
	中国古代文艺理论	计数	4	0	11	15
		百分比(%)	26.7	0.0	73.3	100.0
	西方文艺理论	计数	33	14	63	110
		百分比(%)	30.0	12.7	57.3	100.0
	新闻传播	计数	52	46	113	211
		百分比(%)	24.6	21.8	53.6	100.0
	艺术设计	计数	2	7	17	26
		百分比(%)	7.7	26.9	65.4	100.0
合计		计数	288	121	686	1 095
		百分比(%)	26.3	11.1	62.6	100.0

“阅读名著时做笔记情况”这一变量，12.5%的人选择了“较经常，勤动笔，长短不限”，63.6%的人选择了“兴之所至，十分随意”，8.4%的人选择了“大多为完成教师布置任务而写”，另外15.5%的人选择了“基本不写”。该变量有显著的学历层次差异。列联表卡方检验结果显示显著性水平为0.042，其列联表（限于篇幅，从略不引）显示，相比之下，本科生更倾向于“兴致所至，十分随意”和“大多为完成教师布置任务而写”的笔记方式，而硕士生和博士生则相对更

倾向于“较经常，勤动笔，长短不限”和“基本不写”两种极端方式。

对于“阅读古典文学名著习惯”变量，48.0%的人表示“大多能循序渐进读完全书”，33.5%的人表示经常“随便翻翻，看情节能否激起阅读兴趣”，11.6%的人“常常跳读，零零碎碎，看过几个章节就算了结”，其余6.8%的人“基本未读完过全书”。列联表卡方检验发现，这一变量表现了显著的性别差异，男生更倾向于“大多能循序渐进读完全书”和“基本未读完过全书”两种习惯，女生则更倾向于“随便翻翻，看情节能否激起阅读兴趣”的习惯。

“对古典文学的兴趣”这一变量，多数人选择了“比较感兴趣”，其次，选择“非常感兴趣”和“一般”者比例相当，选择“不太感兴趣”和“深恶痛绝”者甚少，详见“表10”列边缘数据。该变量呈现了非常显著的专业方向差异。列联表卡方检验得到显著性水平为0.000，该列联表详见表10。该列联表显示，仅有“中国古代文学”和“中国古代文艺理论”两个专业方向的学生明显倾向于选择“非常感兴趣”，而“中国现代文学”“外国文学”“比较文学”“现代汉语”“西方文艺理论”“新闻传播”和“艺术设计”几个方向的学生则更倾向于选择“一般”和“不太感兴趣”。

表10　“专业方向 * 对古典文学的兴趣”列联表

			对古典文学的兴趣					合计
			非常感兴趣	比较感兴趣	一般	不太感兴趣	深恶痛绝	
专业方向	中国古代文学	计数	159	130	3	1	0	293
		百分比(%)	54.3	44.4	1.0	0.3	0.0	100.0
	中国现代文学	计数	9	61	33	4	1	108
		百分比(%)	8.3	56.5	30.6	3.7	0.09	100.0
	中国当代文学	计数	14	83	30	9	0	136
		百分比(%)	10.3	61.0	22.1	6.6	0.0	100.0
	外国文学	计数	3	30	29	4	0	66
		百分比(%)	4.5	45.5	43.9	6.1	0.0	100.0
	比较文学	计数	4	20	10	1	0	35
		百分比(%)	11.4	57.1	28.6	2.9	0.0	100.0

续　表

			对古典文学的兴趣					合计
			非常感兴趣	比较感兴趣	一般	不太感兴趣	深恶痛绝	
专业方向	古代汉语	计数	8	25	10	0	0	43
		百分比(%)	18.6	58.1	23.3	0.0	0.0	100.0
	现代汉语	计数	4	28	18	2	0	52
		百分比(%)	7.7	53.8	34.6	3.8	0.0	100.0
	中国古代文艺理论	计数	8	7	0	0	0	15
		百分比(%)	53	3	46.7	0.0	0.0	100.0
	西方文艺理论	计数	11	57	35	7	0	110
		百分比(%)	10.0	51.8	31.8	6.4	0.0	100.0
	新闻传播	计数	16	83	70	40	2	211
		百分比(%)	7.6	39.3	33.2	19.0	0.9	100.0
	艺术设计	计数	1	12	11	2	0	26
		百分比(%)	3.8	46.2	42.3	7.7	0.0	100.0
合计		计数	237	536	249	70	3	1 095
		百分比(%)	21.6	48.9	22.7	6.4	0.3	100.0

“认为古典文学对当今社会的重要性”这一变量，64.0%的人认为“有一定意义”，31.8%认为“至关重要”，选择“实际意义不大”和“完全没有意义”者较少，总计只有4.2%。这一变量同样呈现了显著的专业方向差异(列联表卡方检验得到显著性水平0.026)。列联表(限于篇幅，从略不引)显示，相比之下，“中国古代文学”“中国现代文学”“比较文学”和“中国古代文艺理论”四个方向的学生更倾向于认为古典文学对于当今社会“至关重要”；而“新闻传播”和“艺术设计”两者则明显更倾向于认为古典文学对于当今社会“实际意义不大”。该变量还表现了显著的性别差异，T检验结果报告的P值达到0.003，总结而言，男生对古典文学社会意义的认识相对女生更显消极，女生更倾向于认为古典文学对当今社会意义重大。

问卷中“认为大学生对古典文学不感兴趣的原因”这一变量的原问题是多

项选择题，因而本研究对其进行了多重响应(Multiple Response)定义，针对该多重响应集的频数描述表见表11。该表显示大多数(超过50%)的人都选择了“对于一般人来讲有些晦涩难懂”及“缺乏良好的条件或环境与正确的引导”的选项。

表11 “认为大学生对古典文学不感兴趣的原因”多重响应集频数描述

		响应人次		占个案数的百分比(%)
		频数	百分比(%)	
认为大学生对古典文学不感兴趣的原因[a]	认为大学生对古典文学不感兴趣的原因：对于一般人来讲有些晦涩难懂	873	31.4	79.7
	认为大学生对古典文学不感兴趣的原因：不太符合当代大学生口味	535	19.2	48.9
	认为大学生对古典文学不感兴趣的原因：学习压力较大没有时间去看	434	15.6	39.6
	认为大学生对古典文学不感兴趣的原因：对某些古典文学书籍已经有过大概了解，不想再去细读	331	11.9	30.2
	认为大学生对古典文学不感兴趣的原因：缺乏良好的条件或环境与正确的引导	608	21.9	55.5
合计		2 781	100.0	254.0

a. 值为1时制表的二分组。

“认为自己是否有‘文学生活’”这一变量，92.9%的人认为自己有“文学生活”，仅7.1%的人认为自己没有。本研究发现该变量具有显著的“专业方向”差异。列联表卡方检验得到的显著性水平为0.000。列联表(限于篇幅，从略不引)显示，除“古代汉语”“现代汉语”“西方文艺理论”和“新闻传播”外，其余专业方向都倾向于认为自己有“文学生活”。该变量在“学历层次”上表现的差异P值为0.070，可以认为具有一定程度的显著性，具体而言，本科生和硕士生相对更倾向于认为自己有“文学生活”，而博士生则相对倾向于认为自己没有“文学生活”。

“‘文学生活’方式”这一变量的原问题在问卷中也是多项选择题，本研究仍对其进行了多重响应定义，并对此多重响应集进行了频数描述，详见表12。该表显示，绝大多数人(94.8%的人)都选择了"阅读文学作品"这一方式，另外，"看电影""写作""听音乐"和"冥想，与心灵对话"等方式也得到很多人的选择。

表12 "'文学生活'方式"多重响应集频数描述

		响应		占个案数的百分比(%)
		频数	百分比(%)	
"文学生活"方式[a]	"文学生活"方式：阅读文学作品	1 038	21.5	94.8
	"文学生活"方式：参加文学社团	195	4.0	17.8
	"文学生活"方式：师友家人聚会	186	3.8	17.0
	"文学生活"方式：喜好摄影书画	363	7.5	33.2
	"文学生活"方式：旅游	439	9.1	40.1
	"文学生活"方式：看电影	739	15.3	67.5
	"文学生活"方式：听音乐	663	13.7	60.5
	"文学生活"方式：冥想，与心灵对话	476	9.8	43.5
	"文学生活"方式：写作	691	14.3	63.1
	"文学生活"方式：其他	46	1.0	4.2
合计		4 836	100.0	441.6

a. 值为1时制表的二分组。

五、总结与建议

本次调查优点在于调查对象覆盖范围广泛，文学院各个专业(新闻系和中文系)、各个年级(本科生和研究生)都有涉及。列出的调查古典文学书目和作家具有代表性和典型性，基本覆盖各个历史时代和各种文学流派，并且带有一定的阶梯性，既有脍炙人口的文学作品和作家如《红楼梦》、李白、杜甫，也有较为小众的文学作品和作家如《牡丹亭》、黄庭坚等。另外对于阅读层次也有较为明确的划分，从不同的作品、作家的阅读状况调查可以了解调查对象的阅读广度和深度。但是也由于问题数量的限制，导致所选作品和作家受限，可能有所遗漏，导致了调查结果的缺陷。

调查显示，山东大学文学院在校学生古典文学阅读整体情况令人满意。绝大多数学生都对古典文学表示了“非常感兴趣”或“比较感兴趣”。纯粹的“课程要求，被动阅读”只占较少数，可见山东大学文学与新闻传播学院在校学生对古典文学有较为浓厚的兴趣。在阅读的完整度上，近半数的学生表示对于古典文学作品都能“循序渐进读完”，且大部分学生都有做读书笔记的好习惯，“基本没有读过全书”的只占较少数。在古典文学的阅读时间上，约三成的学生表示古典文学阅读在其日常阅读中占了大部乃至全部，其中“中国古代文学”“中国古代文艺理论”专业学生的古典文学阅读时间在所有参与调查的学生中位于前列。就具体的作品及作家的阅读层次而言，对于一些知名作品（如《牡丹亭》《儒林外史》等）或者作家（如欧阳修、纳兰性德等），“研究性阅读”及“纯粹出于个人兴趣阅读”等较高层次的阅读方式成为主流。

就古典文学的影响力而言，调查结果也较为乐观。在接触古典文学的时间上，则显示了较明显的低龄化特征，在“小学以前”和“小学”这两个年龄段接触古典文学的比例占到了大部。在整个中文系，大部分学生都对古典文学及文学院所设立的专业表示了浓厚的兴趣，并且可以认识到古典文学对中文系学习和当代社会的意义。通过古典文学的阅读，大多数人都创造了自己的丰富的文学生活。古典文学在山东大学文学院学生的影响力可见一斑。

然而通过此次调查，我们也不难发现文学院在校学生在阅读古典文学时出现的一些问题。首先，虽然绝大数的文学院学生对古典文学表现出较为浓厚的兴趣，但是仍有一部分学生对古典文学的态度较为冷漠，认为古典文学“对古代文学、文论方向的学生重要，对其他方向的学生意义不大”。事实上，仅有古代文学和中国古代文艺理论方向的学生倾向于肯定古典文学的重要性，同时也更倾向于表现主动相对积极的态度。而“外国文学”和“新闻传播”等新闻系方向的学生在古典文学的阅读上则表现出相对消极的态度。同样，在涉及“古典文学对当代社会的意义”这个问题上，也只有古代文学方向的学生认为对当今社会“至关重要”。古典文学里保存了中华文明的优秀传统文化，中华民族里很多积极向上、符合社会发展、利于人类福祉的价值观都凝结在古典文学的作品中，无论是新闻系学生还是中文系学生，都理应有意识地广泛接触古典文学经典。

其次，通过对比不同群体的阅读情况，我们发现，除了一些较为冷僻的文学作品和作家外，研究生（包括硕士研究生和博士研究生）的阅读层次普遍高于本科生。女生对于《牡丹亭》《红楼梦》以及李清照等的阅读层次普遍高于男生。男生开始接触古典文学的渠道更多的是“朋友的影响”和“自己主动探寻”，相比女生显得更有主动性。

最后，通过数据分析，我们不难看出，文学院系学生对于《儒林外史》《红楼梦》、柳永和纳兰性德等较为知名的作品、作家的阅读层次较高，但事实上中学的课堂里往往对这类作品已经进行了一些探究性学习，从某个角度上，文学院学生对于这些经典作品的认知是处于相对停滞状态的。而对于《陶庵梦忆》《长生殿》和方苞等其他作品和作家的阅读层次则普遍较低，这些作品的知名度比不上同时代的明清小说，但无疑也是经典篇目，受到冷落不无可惜。

针对以上分析，我们提出以下建议：

1. 文学院学生自身

古典文学是中华优秀传统文化的重要组成部分，在当今依然发挥着重要作用。广泛的阅读积累对古典文学的认知和学习大有裨益。文学院学生中选择非古代文学方向的一些学生对古典文学阅读的态度并非十分感冒，甚至否认古典文学的价值和作用。此外，文学院学生对一些作品不够重视，比如《陶庵梦忆》《长生殿》《史记》等。这些作品或相对冷僻，或语言晦涩，然而它们在中国古典文学里的地位不容忽视。因此，学生自身应从思想上重视古典文学的地位，尤其是对于一些较为冷僻的作家、作品，更要消除内心的偏颇，去走近、理解这些作家、作品。可以广泛参与和开展古典文学的课外活动，例如举办诗词比赛、定期读书沙龙等，来培养对古典文学的兴趣，更广泛地接触古典文学作家作品。

在阅读古典文学作品时，女生更倾向出于“课程要求，被动阅读”，并且更喜欢一些感性忧伤的作品或作家（如《牡丹亭》《红楼梦》纳兰性德等），对于一些更具社会历史厚重感的作品（比如《儒林外史》《老残游记》）不太感兴趣。女生在中文系专业中往往占据更大比例，因此我们建议女生可以多尝试拓展自己的古典文学爱好。不同学历的学生对于古典文学的阅读层次也不尽相同，本科生的阅读层次明显低于研究生。因此我们建议本科期间也可以尝试多读多写，丰富自己的阅读量，积累更多语言文化知识，提升自身审美修养。无论是中文系学生还是新闻系学生，广泛的古典文学阅读都对日后学习工作可以起到很大帮助。

新闻系学生或许由于专业限制，阅读古典文学机会少于中文系学生。我们认为，新闻系学生仍可以利用空闲时间阅读古典文学作品，广泛的阅读积累可以提升语言文字运用能力，而且在具体的新闻工作中，了解更多的中国古典文化也有利于新闻写作、采访纪实。

2. 古典文学的教学

从古典文学的教学来讲，学生的阅读方向受大学教师影响较大，因而教师可以在课上多推荐同学阅读教材之外的古代文学作品。教材上对于长篇古典文学作品倾向于节选，要想了解作品的全貌，应当多利用课外时间阅读元典，进行完整的阅读。

在本科教育阶段，古典文学教学的课堂应避免教师“一言堂”的尴尬局面，中文系学生是接受古典文学的主体，古典文学的教学应当充分发挥学生的能动性，让学生广泛参与到课堂的教学中，比如以做展示等形式开展教学活动。从我校中文系学生的自身经历来说，在本科阶段中做展示活动最为频繁的是外国文学、西方文艺理论等课程，这在很大程度上得益于这些课程的教师对国外大学优秀教育方法的借鉴。相比之下，中国古典文学更加“接地气”，学生有更大的兴趣，会有更多的话想说，会有更大的激情去探讨问题。此外课堂教学的时候，学生的互动方式可以更加多元，不仅仅是课堂知识性的展示，也可以对戏剧性、场面感较强的古代文学经典进行舞台演出，比如对荆轲刺秦、《孔雀东南飞》等故事进行演绎。此外，古典文学的教育不应该只局限于中文系学生，对于新闻系学生而言，更可以采取以上那些寓教于乐的方式。

3. 文学生活

在文学生活方式上，绝大多数人都选择了“阅读文学作品”这一方式，另外，“看电影”“听音乐”“写作”等方式也得到很多人的选择。这些文学生活多偏向于个人对于文学的感受与体悟。而与同学交流，进行共同的文学生活的“参加文学社团”“师友家人聚会”都只占了较少的比例，可以看出现在传统的文学社团对于同学的吸引力已经不如电影和音乐。

文学生活既为一种生活方式，那么必然需要更多人广泛参与，交流思想与感悟。因此，校内文学社可以采取多样化的文学活动方式来吸引同学的参与，比如举行赏析文学名著电影等活动来提高大家的参与度，同时也可以对古典文学的改编作品如越剧、昆曲等组织欣赏活动。中文系学生在掌握古典文学的相关知识后，可以通过文学社团提供的新渠道将所学的知识用更为轻松、简洁的方式向更为广泛的群体传播，将文学氛围、文学生活推广。

文学生活应该成为一种常态，文学可以浸润人的心灵，虽然学术性研究需要思辨、理性的态度，但是仍然应用一种欣赏、感悟的态度去读作品，创造自己的生活。

第三节　当前青少年古典文学阅读与接受调查

——以山东省中学生为例[①]

传统文化是人类精神的故乡，是每个人内在生命的一部分，支撑人建构自己的文化自我和文化自信。古典文学是传统文化的重要载体，王国维说“生百政治家，不如生一大文学家”，文学家与人以精神上之利益，而“精神上之利益，永久的也”。阅读古典文学对塑造心灵、培养文化人格具有重要意义。青少年时期是自我建构的关键时期，也是大多数受教育者一生中阅读和接受古典文学最为集中的阶段；山东是中国传统文化的重要发源地之一；因此，山东省中学生对古典文学的阅读与接受情况将是中国当前接受和传承传统文化的一个极有意义的样本。

2013 年 6 月到 8 月，课题组对山东省中学生群体进行了问卷调查，本次调查的对象为山东省济南、青岛、烟台、威海、潍坊、泰安、聊城、菏泽、济宁、临沂、德州、滨州、东营等 13 个地市的 1 579 位在校中学生。问卷填写人有女生 931 人，男生 648 人，分别占 59% 与 41%；其中农村户口占总比 49.5%，城市户口占总比 50.5%。问卷填写人的年级分布主要集中在高中部，其中高二学生最多，占 48.1%，高一次之，占 38%，高三占 13.4%。从中学语文学习的渐进性来看，这一比例分布能够较好地体现中学阶段的整体学习状况。本次调查在对问卷进行了系统、全面、有层次的对比分析的基础上，积极探寻目前中学生古典文学阅读的现状与接受情况产生障碍的根源，思考完善家庭、学校、社会一体化的古典文学教育体系的解决途径和方法。

---

① 本节由杨海燕执笔。杨海燕，山东大学文学与新闻传播学院副教授。

一、基本阅读状况

1. 阅读占有重要位置，但娱乐文化和网络构成较大冲击

在课余生活中，中学生最喜欢做的事是“看电影电视”，占35.6%；喜欢“读书”的次之，有26.7%；喜欢上网玩游戏或聊天的居第三位，占21.3%；喜欢文体活动或其他的共占17.4%。数据显示，当前流行的娱乐文化、网络文化对中学生的影响很大，极易挤占其课外阅读时间。但另一方面，这种“喜欢”也符合中学生的年龄特点，并不意味着喜欢看电影电视的学生就不会读书。因此，有26.7%的学生喜欢读书，这一比例还是较为理想的。

关于课外阅读的类型，有“文史类”“科学类”“漫画类”和“其他”四种，各选项比例差别不是太大，“文史类”略高占30%，说明文史内容对中学生依然具有较大的吸引力。但数据也显示，“漫画等娱乐性作品”高出“科学类作品”十个百分点以上，位列第二，说明在中学生中，娱乐化的轻型阅读已成为一种重要趋势。

就古典文学阅读而言，对于“课外阅读过多少本和古典文学有关的书籍”一题，40.2%的学生选择“6—10本”，加上选“11本以上”的共占约62.8%，远超过阅读“0—5”本的37.2%。另有一题“你阅读古典文学的主要途径”（多选题），有81.8%的学生选择了课外书籍。这些都说明中学阶段古典文学的实际阅读情况良好，大多数的中学生都能够跨出课本之外进行拓展阅读，并拥有一定的阅读量。

2. 原著阅读占主流，兴趣阅读为主导

关于“你喜欢阅读哪类和古典文学有关的书籍”（多选题），喜欢阅读原著的最多，有43%，说明虽然古典文学对当代人而言存在语言障碍，但其原汁原味的魅力对中学生还是有较大的吸引力。喜欢“戏说、穿越、漫画等娱乐性作品”的居次，占35.2%，这说明娱乐化倾向对学生阅读的渗透。另有33.6%的学生选择阅读白话改编本，28.6%的学生喜欢读“名家解读鉴赏本”，除了这样的阅读更容易之外，我们认为，也和目前图书市场种类较多，尤其是各种版本的白话改编本数不胜数、学生选择余地大有关系，它们对中学生的影响也不可忽视。

关于阅读的动力与原因，我们设定了诸如“自己喜欢”“应付考试”“家长老师的要求”“同学朋友影响”“看到权威专家的评价或讲解”“通过电影、电视、歌曲、游戏等接触到相关作品”等选项（多选题），选择“自己喜欢”的最

多，有 58.7%；受电影电视、歌曲、游戏等影响的也有许多，占 51.4%；为了考试和受同学朋友影响的也占一定比例，分别为 21.8%、22.6%；因家长老师的要求和受权威专家影响的则相对较少，分别为 17.4%、17.6%。这些数据说明当今一代的中学生阅读的自主性较强，虽然考试给他们造成一定的压力，但他们依然能主要根据兴趣去选择自己的阅读对象而不是“唯考是从”，尤其是以往扮演着权威角色的家长、教师、专家对学生的影响都呈现出弱势，甚至不及来自同学朋友的影响大，不管这种影响是否真的如学生所感觉的那么小，至少从学生的主观心理上来看，他们自主选择的意识更强了。其次，说明电影电视歌曲游戏等其他形式的文化产品对中学生的影响较大，学生的兴趣有相当一部分是这些文化产品激发出来的。课题组在对出版社和大型书店的调查采访中，也验证了影视娱乐对图书销售的影响，例如在新版四大名著影视剧开播后，相关的纸质图书也会出现销售热潮。

关于古典文学的阅读质量，57.59%的学生选择“挑感兴趣的看”，占 23.87%，选择“仔细阅读全文”和“仅看个大概”的都占较少数。这更说明中学生对古典文学的阅读，兴趣是最大的驱动力量。但一切仅凭兴趣，就容易出现“三分钟热度”的现象，从而使得阅读支离破碎，不能有效实现价值传承，因此中学生的阅读依然有较大的改善空间，需要学校和社会做进一步引导。

3. 小说最受欢迎

从文学体裁角度来看，相对于典雅醇正的诗词、散文，中学生更喜欢通俗易懂、故事性较强的小说。75.54%的同学最喜欢看小说；诗词次之，且大幅减少，仅占 10.86%；“戏剧”“散文”等选项的所占比例还不到 10%。

就文学风格角度看，调查数据也体现出同前者的吻合，70.1%的学生喜欢故事性强的古典文学。因为是多选题，在故事性之外，选择喜欢阅读富含人生哲理或意境优美的也占有不小的比例，分别有 50.6%和 40.5%。说明学生们在阅读古典文学的过程中，既追求趣味性、生动性，也希望在阅读中获得美的享受及对人生的思考，但如要在三者间做取舍，则取故事性舍意境和哲理，这反映出这个年龄层次以及这个文化层次的读者的一个普遍特点，在具体教育过程中，则要求教师要能够关注并且利用这一心理特点。

4. 课堂认可度一般，专家讲座吸引力不大

在接受途径的选择上，当问及“你喜欢通过什么方式了解古典文学”（多

选题)时,主要选择依然集中于“课外阅读”(72.9%)和“影视剧”(60.9%),和前面的阅读情况基本吻合,这说明基于兴趣的阅读和基于形象的了解是最受认可的,前者能让学生更为自由、真实地感受古典文学,后者则给予学生生动而完整的体验。值得注意的是,喜欢通过课堂了解古典文学的学生只有34.9%,远低于“课外阅读”和“影视剧”,说明教学质量离学生的期待还有较大距离。选择量最少的是“专家讲座”(20.2%)和“网络游戏”(15.8%)。专家讲座对于普通中学生的吸引力不大,与其内容过专、过精、过深,缺少生动性,缺少能够产生共鸣的连接点可能有较大关系,这也说明大多数专家还缺少主动“俯下身来”为普通读者服务的意识。而网络游戏虽利用了古典文学的一些故事原型和人物形象,但改变较大,纯以娱乐为目的,已经基本脱离了原始文本,中学生已具备一定的理性判断能力,对此还是有辨别能力和自控能力的。

5. 语言、思想差异,课余时间少是主要阅读障碍

关于阅读古典文学的障碍,问卷做了内因和外因两种向度的考察,内因主要有“文言难以理解”“思想深奥”“生活与现在脱节”“观念陈腐落后”“情节不合理”等属于古典文学自身的原因;外因是“没时间”“没兴趣”等属于读者方面的原因(多选题)。被认为首要障碍的是“文言难以理解”,70.8%的学生选择此项;反映“古典文学思想深奥”的同学也占45.0%。这些数据反映出古典文学普及所面临的主要问题是语言和思想方面的古今差异,这一情况符合古典文学的客观事实。另外有32.4%的学生认为古典文学中的“生活与现在脱节”,14.7%的学生认为古典文学的“观念陈腐落后”,这些判断并非完全毫无根据,毕竟古典文学既有精华也有糟粕,其所展现的社会环境和人物生活也与现在存在较大差异,但也说明仍有部分中学生对古典文学的深层价值体会不到,理解不深。读者方面的原因,41.4%的学生选择“没时间”,这一数据说明现在中学生课业压力大,挤压了他们发展个人兴趣、进行拓展阅读的空间。仅14.6%的学生选择“没兴趣”。以上数据从整体上看,说明中学生对古典文学的接受态度基本是客观的,主观的价值偏颇并不明显。

二、对古典文学的价值认知

中学生在学习过程中,对古典文学究竟产生了怎样的价值判断?古典文学在传播过程中,对接受者究竟产生了怎样的影响?这种互动关系,是文

化传承中的核心问题。下面分别来看：

1. 积极价值认可度高，但缺少清晰认知

问卷从积极价值和消极价值两个方面共 8 条，调查了中学生对古典文学的内在精神价值判断。积极价值有“蕴含真善美，是人类宝贵的精神财富”（第一条），“帮助人领悟各种美好的情感，丰富心灵”（第二条），“所展现的道德原则，大部分对现代生活依然有积极意义”（第三条），“古人的人生智慧，能够提高现代人在社会中的竞争力”（第四条），“普及古典文学有助于增强民族凝聚力”（第五条）等 5 条；消极价值有“不乏权谋、暴力、迷信等因素，不宜多读”（第六条），“含有太多消极悲观因素，容易消磨进取心”（第七条），“充斥着愚忠愚孝、男尊女卑、功名利禄等观念，束缚个性”（第八条）等 3 条。分别在五种程度上设置选项：非常不同意、不同意、不知道、同意、非常同意。

对于积极价值，绝大多数中学生都表示认同，如第一条，表示“同意”和“非常同意”的共有 86.8%，表示“不同意”和“非常不同意”的共仅占3.3%。第二条同意的占 59.9%，第三条同意的占 55.1%，第四条同意的占 45.1%，第五条同意的占 43.2%。在各条中，选择不同意或者不知道的人数只占少数，但是表示“不知道”古典文学到底是否有这样的影响与作用的学生比例基本是逐渐增加的，分别为 9.72%、9.29%、15.51%、22.19%、28.89%。这说明中学生对古典文学的认识理解还有一定隔膜，对社会的认识也不完善，虽然能够体会到古典文学在文学上的风格，但对其思想价值在当前社会的意义还不是非常明确。

对于消极价值，即古典文学是否在多个方面对读者产生负面影响，持否定态度的学生占最大比例。第六条，51.1%的同学“不同意”；第七条，50.7%的学生“不同意”；第八条，35.79%的学生“不同意”。这说明，中学生对于古典文学所包含的一些负面因素具有一定的判断能力，整体上依然基本肯定古典文学的内在价值和积极意义。值得注意的是，和积极价值的选项相比，表示“同意”“非常同意”的与表示“不知道”“不同意”“非常不同意”的比例差别明显变小，如第八条，“不同意”的占 35.79%，“同意”也占到 26.6%，比数相当接近。另外也有不少同学选择了“不知道”，和积极价值的数据相似，这再次说明中学生对古典文学缺乏全面深入了解，这同中学生的知识体系以及认知能力相关，但也同教师在教学中有可能常偏重词语与意思的解析，对作品所蕴藏的价值取向及文化内涵涉及较少有关。

2. 对学生自我发展产生积极影响

关于古典文学对学生的帮助和影响，问卷主要在 7 个方面考察，即“提升语言表达能力”（第一条），“愉悦心灵、放松心情”（第二条），“激励人生”（第三条），“丰富知识”（第四条），“提高道德修养（第五条）”，“认识世间百态”（第六条），“增进人际交往”（第七条）。分别在五种程度上设置选项：没有帮助、帮助很小、没感觉、帮助较大、帮助非常大。

各条的数据显示，选择“帮助较大”的占绝对优势，大致都高于 40%。其中以第四条最多，达到 54.7%，此条另有 30.8%的学生认为“帮助非常大”。可见古典文学的阅读对中国文化的传播和传承起到巨大的作用，这是任何其他类型的阅读都不能够替代的。此外，51.6%的中学生认为古典文学对“提升语言表达能力”“帮助较大”或“非常大”，71.5%的中学生认为古典文学对“愉悦心灵、放松心情”“帮助较大”或“非常大”，68.5%的中学生认为古典文学对“激励人生”“帮助较大”或“非常大”，72.1%的中学生认为古典文学对“提高道德修养”“帮助较大”或“非常大”，77.8%的中学生认为古典文学对“认识世间百态”“帮助较大”或“非常大”，而以上各条中，选择“帮助很小”和“没有帮助”的最高不到 25%，大部分只有百分之十几。这些数据说明古典文学对中学生在语言发展、心灵陶冶、精神塑造和人生选择等各方面都发挥了积极有效的作用。

对于第七条（增进人际交往），认为对自己“帮助较大”和“帮助非常大”的同学共计 46.3%，虽然比例和其他几项相比较小，但也超乎预期。因为古典文学是过去时代的文学，也是一种内敛型的文学，和现代生活的价值观念，以及现代人际关系所要求的开放性、沟通性在客观上有一定差距，但依然有将近一半的学生认为阅读古典文学有益于增进人际交往，这说明古典文学以较为有效的方式参与了现代生活，适应了现代社会人际关系的需要。古典文学中所强调的道德自律对现代人际交往依然有积极意义，古典文学所蕴含的丰富的文史知识、审美体验，提高了人的修养和品格，这都有益于与他人的沟通和交流。

三、古典文学与学校教育、家庭教育

中学生学习、生活、思想交流主要在学校和家庭环境下进行，学校教育和家庭教育无疑对中学生具有重要影响。那么学校中的古典文学教育情况

如何？家庭教育又对学生的古典文学接受起到怎样的影响呢？

1. 教材认可度一般

“教材中的古典文学选篇，你喜欢多少？”选择“大部分”及以上的共有49.7%，选择一半以下的共51.3%。有大约半数的学生对其中一半多的古典文学选文不喜欢，这一数据至少说明教材选文的接受度并不是很高。

“你认为教材中的古典文学的数量应该怎样调整？”有七成以上的学生选择了维持现状或增加，说明学生对古典文学的学习意愿是有的。但从另外一个角度看，有调整意愿（增加或减少）的比例占到57.2%，这都说明语文教材的古典文学选文还有很大的调整空间。

2. 学校相关的教育教学活动不丰富

问卷专门调查了学生所参加的和古典文学相关的活动，提供了如“朗诵会”“征文”“国学知识大赛”“演讲比赛”等选择项，56%的学生没有参加过任何与古典文学相关的活动。参加过的以“征文”活动最多，也只占26.3%，参加最少的是国学知识大赛，只占3.2%。

关于学校是否设置了古典文学相关的课程或讲座，76.6%的学生所在的学校没有开设相关课程和讲座。以上数据都表明学校中的古典文学教育教学活动不够丰富，基本只靠语文课堂，这对激发学生的兴趣是不够的。

3. 古典文学阅读与语文成绩正相关

语文成绩是中学生语言运用能力和人文素养的一种综合反映。通过不同问题的合并考察，可以清楚地显示哪些因素对语文成绩有着显著影响。

调查显示，学生课外阅读的兴趣类型和语文成绩有较大关系。语文成绩上游的学生中，约43.2%的学生更喜欢阅读文史作品，远超其他类型的阅读。语文成绩下游的学生中，高达40.6%的学生喜欢读漫画等娱乐性作品，只有约14.3%的学生喜欢读文史类作品。语文成绩中游的学生中，喜欢“漫画等娱乐性作品”的也要多于喜欢文史类作品的（前者占约31.6%，后者占约27.1%）。调查也显示，古典文学的阅读量同语文成绩也有明显相关。在语文成绩处于上游的学生中，阅读11本以上和古典文学有关的书籍的学生占36%；在语文成绩处于中游和下游的学生中，这一比例则分别为18.7%和14.1%。在语文成绩处于下游的学生中，只阅读了0到5本的学生高达57.5%，远高于中游的39.9%和上游的23%。

调查同时显示，中学生对古典文学的学习意愿和语文成绩呈现正相关。

在学习成绩处于上游的学生中，愿意更多地了解和学习古典文学的中学生占71.1%，在中游和下游的学生中，比例则分别为50.5%和35.3%。

另一项合并考察同样证明了古典文学学习意愿同语文成绩的相关性。希望增加教材古典文学选文数量的学生，在语文成绩上游的学生中，占约49.62%；而在成绩处于下游的学生中，只占27.82%。希望减少古典文学数量的学生，在成绩上游的学生中只占约12.85%；而在成绩处于中游和下游的学生中，则分别占到19.2%和29.32%。这说明语文成绩的好坏与学生学习古典文学的热情有相关性。

4. *家庭教育对阅读兴趣有重要影响*

调查显示，在家长影响下最早接触古典文学的占36.26%，在各影响源中比例最高。在对古典文学有更多学习意愿的学生中，约41.2%的学生最早在家长的影响下接触古典文学，和其他选项相比比例最高。可见家庭教育对学生的学习态度和学习兴趣有着重要的影响。

家庭教育还对学生的语文成绩产生明显影响。在语文成绩处于上游的学生中，在家长影响下最早接触古典文学的学生比例最高，占48.2%。

四、总结与建议

以上调查数据显示，山东省中学生对古典文学的阅读整体情况令人满意。然而此次调查也显示，尽管整体上山东省中学生对古典文学的认可度较高，但也存在理性认知上的肯定和主观选择间的矛盾。虽然大部分中学生能够认识到阅读古典文学的积极作用，但仍有四成多的学生对古典文学持一种漠然、无所谓的态度。可以想见，如果这一阶段学生不能够对古典文学产生足够的兴趣和学习意愿，在他们步入下一人生阶段时，很有可能会远离古典文学；甚至那些曾经有意愿学习的学生，如果这种意愿不够强烈、不够牢固，也很有可能会放弃阅读。这种设想也由其他学者的调查得到验证，在贺仲明和王世诚对国内十所大学中文系学生所做的调查中发现："在中国古典文学、外国文学、中国现代文学和中国当代文学之间，大学生的阅读趣味总体来说差别不大……但具体到重要作家、作品时，还是能看出一定问题。就作家作品而言，除了《红楼梦》和其作者曹雪芹之外，其他古典文学作家的影响力明显落后于现代文学著名作家，甚至不如著名的外国作家作品。'你最喜欢的文学作品（自填）'中，除了《红楼梦》特别突出之外，其他被选择的古典文学作品非常少。在'你最喜欢的作家（自填）'，古典文学领域有曹雪芹、苏轼、李白比例相对较高，但绝对数都不高，远不能与鲁迅、金庸等现当代作家相比。尽管四大名著的阅读比例比较高，但作为大学中文系学生来说，这一普及型的经典阅读不具备充分代表性。而另一部经典作品《世说新语》的阅读比例只有29%，《聊斋志异》的阅读比例也不到50%。这些都反映古典文学经典的阅读在大学中文系学生中还存在较大不足。"《红楼梦》等四大名著，苏轼、李白等作家的经典作品，是中学阶段都接触过、学习过的，如果大学中文系的学生的阅读书目还仅限于此的话，就更不用说其他专业的大学生和普通市民了。这就向家庭、学校、社会提出了一个重要问题，即如何保护中学生对于古典文学的兴趣，如何促进他们对于古典文学的实际阅读和接受。对此，我们提出几点建议：

1. 家庭教育

家长是孩子的第一任教师，是对孩子一生影响最大的人。本次调查显示，受父母影响最早接触古典文学的学生，将来对古典文学的兴趣往往较大，语文成绩也往往较好。这就要求家长要提高对阅读的重视，要从小培养孩子良好的阅读习惯和阅读兴趣，不仅要能为孩子买书，还要让孩子爱书。打造书香家庭是每一位家长的责任。要承担起这样的责任，更加要求家长具备良好的素养和教育智慧。

2. 学校教育

学校教育是学生知识提升和人格培养的重要途径。在古典文学普及方面，学校教育发挥着举足轻重的作用。学生对古典文学的认可度总体较高，说明学校教育起到了较积极的影响，但是具体环节上仍有欠缺。

首先是教材，调查显示，现行语文教材离学生的满意度还有较大差距，教材编选者对此应引起足够重视，要深入调查研究，对教材进一步修改完善。

教材的满意度不理想也显示了另外一种可能，即学校中的古典文学教育还没有达到令人满意的程度。古典文学经过了历史的检验和淘洗，只要进入教材，其经典性几乎不容置疑（这一点和现当代文学有所不同）。如此经典的篇章却有大量学生对质量和数量不甚满意，促进其接受的重要中间环节——课堂教学和学校教育，难免其责。

教师直接承担着教育的责任，对古典文学，不能仅拘囿于文学常识和语言知识的灌输，要结合本阶段学生的心理特点，有针对性地选择教学方法，让学生真正产生学习的兴趣。前面调查显示，故事性、哲理性作品最易引起学生的兴趣，这提示教师在讲课中也应有意识地注重讲课内容的故事性和哲理性。语文学习不能满足于课文的学习，要以课内带动课外，以点带面，使学生对于古典文学的了解深入下去；应在学生中提倡阅读，尤其是原典阅读。语文教学要达到理想的效果，要求教师必须具备较高的人文素养和人格魅力。

学校教育方面，调查显示山东省各中等学校的古典文学教育基本依赖语文课堂，古典文学教育的形式和内容单一。中学阶段是学生思维最为活跃，求知欲最为旺盛的阶段之一，也是独立意识、自我意识急剧增长的时期，课外活动如此贫乏，不仅会阻碍学习兴趣的产生，对学生的人格成长也无益。学校应当举办更加多样化的和古典文学相关的活动，如朗诵会、知识竞赛、辩论赛、征文比赛等，既可以锻炼孩子的表达能力、提高参与意识，更可以为学生提供进一步走入古典文学、感悟古典文学、评价古典文学的机会，激发他们阅读原著的热情。另外，学校应进一步加强师资培养，使部分教师“术业有专攻”，能够开设相应的选修课程、校本课程，满足学生对古典文学的学习需求。学校也可以同当地有师资能力的大学合作，将大学的古典文学专家请到中学课堂中来，为学生提供高层次、高质量的文学课堂。

3. 社会教育

社会大环境对学生的阅读取向产生着根本性影响。从根本上说，古典文学的普及是一项社会大工程，需要全社会多个领域共同作出努力。

首先社会应尽可能地为中学生创造适合的文化产品，这不仅是一种社会责任，从消费的角度看，中学生也是一个具有重要潜力的市场。

调查显示，古典文学的“名家解读鉴赏本”是中学生较为喜欢的一种阅读形式，但是当前适合中学生阅读的此类作品数量较少，虽伴随着“百家讲坛”的走红，如于丹的《论语今读》等作品也形成了销售热点，但总体来看，今人解读的数量和质量都不甚让人满意，许多是脱离了文本原意的一种“六经注我”式解读，还有一些是以古典文学为卖点，却纯粹追求商业利润的贴牌式杂凑，其预期读者，也往往不是中学生而是普通市民或城市白领。这就要求更多的古典文学研究者能够从自己的科研领域分出一些精力，创作一些适合这个年龄特点又能够保证学术水准的解读作品。当然，这也进一步要求高校的学术评价体制要相应调整，质量高、评价好的大众普及读物能够同纯学术的科研成果“平起平坐”，才能够吸引更多的人才投入到这方面的工作中来。

中学生对新事物好奇，对故事类作品感兴趣，易受电影、电视、网络等媒体的吸引。近年来《四大名著》的普及率较高，同四大名著各版电视剧的热播关系密切；《三国演义》近年来在学生中的影响急剧增强，和《三国杀》游戏的走红也有很大关系。因此社会应根据不同人群的特点，创造多种形式的作品。影视剧既是文化商品，同时也是文化产品，作为一种文化产品，就应当担负起基本的社会责任，影视剧的拍摄，应以尊重历史、尊重原著为基本前提。这个原则把握好了，才有可能打造出真正的影视精品，也才能获得长期的经济收益。网络文化产品也同样如此。

更重要的是，社会应为中学生的成长提供良好的氛围，让学生们始终能够切身感受到传统文化的魅力和价值。归根结底，中学生对古典文学的接受是整个社会态度的一种反映。新世纪以来，“国学热”逐渐升温，似乎呈现出古典文学的复兴场面，但其中也有一种“虚热”的表征，跟风式阅读、功利化阅读、碎片化阅读、浅表化阅读、娱乐化阅读是当前整个社会阅读的问题，这些问题也反映在古典文学的阅读中。如何去除这种浮躁功利的心态，以追求高品质的精神生活为阅读目标，拥有一种踏踏实实、平心静气的阅读状态，这是整个时代面临的问题，需要所有人去求解。

第三章 现代文学经典作品的阅读传播

第一节 当前大学生对鲁迅接受状况的调查[①]

为全面了解当前大学生群体对中国现代文学经典的接受状况，2013 年 4—5 月，山东大学当代中国文学生活研究中心在全国范围内展开了一次问卷调查，调查对象包括北京大学、北京师范大学、长安大学、长江大学、广东外语外贸大学、湖北文理学院、山东财经大学、山西师范大学、上海交通大学、天津中医药大学、同济大学、武汉大学、云南大学、浙江师范大学、中国人民大学、中南财经政法大学、中山大学、山东大学等 18 所高校的在校本科学生，年级为 2009、2010、2011 和 2012 级，所属专业涉及哲学、历史学、文学、法学、经济学、理学、工学、医学、农学、教育学、军事学、管理学、艺术学等 13 个学科门类(汉语言文学专业较为特殊，故被单独分类。被调查者基本信息详见表 1、表 2、表 3)。本次调查采取分层随机抽样方式，共发放问卷 2000 份，回收问卷 1 711 份，有效问卷 1 676 份。鉴于鲁迅及其作品在中国现代文学史上无出其右的崇高地位，本次调查特将鲁迅的接受状况作为一个重要部分，本报告即是针对该部分的调查结果所做的总体描述和初步分析。[②]

---

① 本节由程鸿彬执笔。程鸿彬，文学博士，山东大学文学与新闻传播学院讲师。

② 本次调查的问卷发放和组织活动，曾得到山东大学等院校有关教职人员的热情协助和大力支持，他们是：丁晓萍、高新华、高志明、郭维、纪准、姜涛、李飞、李骏、刘建华、刘祖国、路成文、马兵、马俊江、全艳、史建国、宋亚云、苏晓威、孙俊杰、唐海华、王华、吴述桥、夏循祥、谢蔚、徐楠、许艳秋、杨国华、杨俊杰。山东大学文学院现当代文学专业的部分 2012 级硕士研究生承担了本次调查的数据录入工作，他们是：曹琦、曹淑贤、崔菲菲、李萌、伦杰、彭晓檄、宋琳琳、孙婷、王晴、吴延强、姚明月、张铭芳。笔者在撰写本报告的过程中，还就中学语文教学中的一些具体问题向蔡可、胡海敏、郭良东等专业人士进行了咨询。在此谨向上述老师和同学表示诚挚的谢意。

表 1　被调查者性别情况

	男性	女性	未填写或无效	合计
人数	590	1 083	3	1 676
百分比	35.2%	64.6%	0.2%	100%

表 2　被调查者专业情况

专业	人数	百分比
汉语言文学	196	11.7%
哲学	21	1.3%
经济学	71	4.2%
法学（含政治学、社会学）	228	13.6%
教育学（含心理学、体育学）	80	4.8%
文学（不含汉语言文学）	230	13.7%
历史学	50	3.0%
理学	155	9.2%
工学	197	11.8%
农学	13	0.8%
医学	216	12.9%
军事学	4	0.2%
管理学	111	6.6%
艺术学	90	5.4%
未填写或无效	14	0.9%
合计	1 676	100%

表 3　被调查者年级情况

年级	人数	百分比
2012 级	652	38.9%
2011 级	512	30.5%
2010 级	364	21.7%

续 表

年级	人数	百分比
2009 级	140	8.4%
未填写或无效	8	0.5%
合计	1 676	100%

一、鲁迅作品的阅读状况

1. 除教材外,你还通过何种渠道阅读过鲁迅作品?

相关调查显示,中学语文教材在鲁迅作品的传播过程中几乎扮演着无可替代的重要角色,多数中学生都是经由该渠道首次进入鲁迅的思想艺术世界的①。与中学生相比,大学生的心智已趋于成熟,自由阅读的时间更为充裕,从理论上讲阅读视野、阅读层次也应当有较大幅度的拓展和提高。但在"读图时代"和"信息过剩"的社会大背景之下,类似鲁迅作品这样对于专注力和理解力有较高要求的"重文学"读物是否还能引发多数大学生的阅读兴趣?除教材外,大学生是否还会通过其他渠道接受鲁迅作品?诸如此类的问题是本次调查首先需要了解的对象。调查结果(详见表 4)显示,"鲁迅作品的各种选本"是除教材以外大学生阅读鲁迅作品的首要来源,以下依次为"《鲁迅全集》"(36.2%)、"网络"(28.5%)、"电影电视"(28.1%)。

表 4 除教材外,你还通过何种渠道阅读过鲁迅作品?(多选)

	《鲁迅全集》	鲁迅作品的各种选本	网络	电影电视	没有其他渠道
人次	606	1 101	478	471	126
百分比	36.2%	65.7%	28.5%	28.1%	7.5%

目前图书市场上鲁迅作品选本种类繁多,小说、散文、杂文精选集尤为常见,大多具有容量适中、图文并茂、阅读方便、价格低廉等优点,但其中相当一部分也存在显而易见的缺陷,如选收篇目不精当,题解注释付之阙如,排印配图多有讹误等等。这类选本虽在准确把握鲁迅作品的精神实质方面

① 参见郑以然:《当代中学生对鲁迅接受状况的调查报告》,载《鲁迅研究月刊》2005 年第 10、11 期。据该报告的调查结果,有 69%的受调查者表示教科书是"第一次接触鲁迅的途径"。

参差不齐，但必须承认的是，在文学阅读趋于低迷的当下社会，其普及传播经典之功也是不可埋没的。《鲁迅全集》的选择比例位居第二，这个结果让人略感意外之余生出几分欣慰，看来煌煌18卷本《鲁迅全集》并未令青年学子们望而却步，这或可说明当今大学生的人文求知欲在整体衰退的情况下并未全面滑坡。但经交叉分析却发现，这一结果存在着较为显著的专业差异，并不能完全反映被调查者的阅读兴趣。比如文史类专业的被调查者由于课业之需，选择《鲁迅全集》的比例明显高于其他专业，其中汉语言文学专业达56.1%，历史学专业紧随其后，为50.0%，其他专业均不足40%。排在第三、四位的接受渠道分别是网络(28.5%)和电影电视(28.1%)，二者大致旗鼓相当。令人费解的是，在网络如此普及的社会条件下，为何经由网络渠道阅读鲁迅作品的比例如此之低？可能存在以下两方面原因：一、本次调查未注明《鲁迅全集》为纸本书籍，因而导致选项内涵互有交叉，部分习惯在线阅读的被调查者误勾选项；二、网络作为综合性媒体，其娱乐交际功能对文学阅读构成了挤压。

2. 你是否产生过系统阅读鲁迅著作的想法？

经过中学阶段的阅读，大学生对鲁迅作品的了解已具备一定基础。但考虑到中学生对鲁迅作品的接受在相当大程度上具有功利特征，那么大学阶段的自由拓展阅读就尤显重要，因为从中能够大致窥见较为真实的阅读兴趣和传播效果。调查结果(表5)显示，当被问及“你是否产生过系统阅读鲁迅著作的想法”时，绝大多数被调查者都在不同程度上认识到系统阅读鲁迅著作的意义或价值，表示“有过”或“以后大概会有”这种想法的被调查者累计达到81.2%，其中表示“已经或正在”实现这一想法的被调查者达16.6%。后一类被调查者虽体现出一定的专业特性，如比例最高的仍为汉语言文学专业，达32.7%，但与其他专业的差距并不太大，如排在第2—4位的农学、法学、历史类专业也分别达到20%以上的比例。

表5　你是否产生过系统阅读鲁迅著作的想法？

选项	人数	百分比
A. 有过这种想法，并已经或正在付诸实施	278	16.6%
B. 有过这种想法，但没机会实现	853	50.9%

续 表

选项	人数	百分比
C. 从没想过，估计将来也不会	270	16.1%
D. 过去没想过，以后大概会吧	229	13.7%

上述调查结果至少表明，鲁迅作品尽管不再作为学习和考试的主要内容（汉语言文学专业除外），但它在多数90后大学生心目中依然具有非同一般的地位，这无论如何都是一个值得欣喜的现象。但值得我们思考的是，究竟是什么原因使得半数以上的被调查者系统阅读鲁迅作品的夙愿无缘得偿？除开被调查者主观方面的原因，空前激烈的竞争环境、日益沉重的生存压力、急功近利的社会风气、无孔不入的娱乐文化，凡此种种都对经典的自由阅读构成了严峻挑战。

3. 在鲁迅作品中，你比较喜欢的是哪几种体裁？

个体对事物的态度是由认知、情感和行为三个层面构成的，三者虽互有关联但又往往表现出较大差距。具体到鲁迅作品的阅读，或许相当一部分大学生从认知层面意识到阅读鲁迅作品对于个体成长的重要意义，其中不排除因主流话语的熏染或基于角色身份的考量而形成的从众心态，但落实到情感和行为层面，则很有可能表现出截然不同的状况。因此有必要从多个角度测知被调查者实际阅读鲁迅作品的情况。

对鲁迅作品体裁的情感态度往往与一定的年龄和亚文化氛围相对应，同时也关系到对鲁迅思想艺术世界的理解层次。调查结果（详见表6）显示，比较受被调查者喜爱的鲁迅作品体裁依次是小说（78.2%）、杂文（56.5%）和散文（30.9%），其余体裁的喜爱度均不足10%。值得注意的是，鲁迅杂文与散文的受喜爱程度相差竟达20多个百分点。应该说，这一结果与被调查者所接受的文学教育构成了某种错位关系。以人民教育出版社现行初、高中语文教材为例，列入必修范围的鲁迅作品共计11篇，其中散文5篇，小说4篇，杂文2篇[①]。这就是说，被调查者在中学阶段接触最多的

① 人民教育出版社2007年版初中《语文》（1—6册）收入鲁迅作品8篇：散文《从百草园三味书屋》《阿长与山海经》《藤野先生》《雪》，小说《社戏》《故乡》《孔乙己》，杂文《中国人失掉自信力了吗》。人民教育出版社2006年版高级中学《语文》（必修1—5册）收入鲁迅作品3篇：散文《纪念刘和珍君》，小说《祝福》，杂文《拿来主义》。

是鲁迅的散文和小说，而对鲁迅的杂文应该相对陌生。鲁迅的小说高居榜首无疑是在情理之中，而鲁迅的杂文达到如此高的比例且与散文相去悬殊却在意料之外。

表6　在鲁迅作品中，你比较喜欢的是哪几种体裁？（多选）

	A. 小说	B. 杂文	C. 散文	D. 散文诗	E. 旧体诗	F. 学术论著
人次	1 310	947	518	144	63	68
百分比	78.2%	56.5%	30.9%	8.6%	3.8%	4.1%

及至目前，为数不少的专家学者仍然认为鲁迅的杂文“艰深晦涩”，“政治味”“火药味”太浓，不适合青少年的心理特征，这也是近一二十年来不断削减中学语文教材中鲁迅杂文的理据所在，同时也是“纯文学”倾向在文学教育上的某种反映。相形之下，大学语文教学的情况更为严重。笔者查阅了近几年出版的几部《大学语文》教材，发现鲁迅杂文竟无一篇入选①。照理说，大学生在理解力和知识面上较之中学生均有质的飞跃，困扰鲁迅杂文教学的首要问题在大学阶段也不复存在，为什么仍然拒鲁迅的杂文于文学课堂之门外呢？若论及“艰深晦涩”，鲁迅的杂文不会超过大部分文言文，而且学习的本质不就是克服障碍以获得精神的愉悦吗？但匪夷所思的是，近一二十年来二者在文学教育中的地位却呈现反向发展之势。当然必须看到，鲁迅杂文的“艰深晦涩”与文言文相比具有不同表征，前者多体现为个性化的思想表达和特定的历史语境，后者多体现为语言文字障碍和传统文化典故。后者虽年代久远，但相关知识因长期积累而较为确定，在教学上便于操作；前者虽时距较近，但因主流意识形态的进退消长而多有争议，在教学上难以把握尺度。尽管存在这种客观原因，在文学教育中长期厚此薄彼恐怕也是弊大于利的，批判性视野的缺失和现代历史记忆的断层，或许是排斥鲁迅杂文最为严重的后果。需求与匮乏往往如影随形，更何况为鲁迅杂文所抨击的弊端痼疾远未在我们这个时代销声匿迹。本项调查所折射的问题，

---

① 参见胡德才主编：《大学语文》，北京：北京大学出版社 2009 年；李淑蓉、孙昕主编：《大学语文》，济南：山东大学出版社 2008 年；曾繁仁主编：《大学语文》，北京：教育科学出版社 2010 年；黄美玲主编：《大学语文》，北京：北京大学出版社 2010 年 5 月；程箐、刘汉波主编：《大学语文》，北京：北京大学出版社 2012 年 1 月。

或可归为文学教育上的供需不平衡，揭示其原因并非本文主旨所在，但有必要指出的是，杂文是鲁迅生前创作数量最为丰赡同时也是最能体现其战斗人格的文体，假如不能在文学教育中予以有效安置，那么我们口口声声所承续的鲁迅精神究竟还有多少实质性体现呢？

4. 提起鲁迅，你首先想到的是他的哪篇作品？

为进一步了解大学生对鲁迅作品的熟悉程度，本次问卷还设计了一系列作品识别题，例如要求被调查者写出一篇印象最深的鲁迅作品的标题。调查结果（详见表7）显示，被调查者提及的鲁迅作品共计48篇（含作品集），覆盖了鲁迅作品除旧体诗外的所有体裁，甚至有个别调查对象填写了《中国小说史略》，看来心仪学术者代不乏人。部分被调查者对单篇作品与作品集未加区分，故所列篇目中出现了鲁迅的小说集《呐喊》、散文集《朝花夕拾》。

表7　提起鲁迅，你首先想到的是他的哪篇作品？（表中所示为位居前10位的数据）

作品篇目	人数	百分比
1.《阿Q正传》	464	27.7%
2.《狂人日记》	288	17.2%
3.《祝福》	158	9.4%
4.《从百草园到三味书屋》	132	7.9%
5.《朝花夕拾》	97	5.8%
6.《孔乙己》	75	4.5%
7.《呐喊》	72	4.2%
8.《故乡》	69	4.1%
9.《药》	64	3.8%
10.《记念刘和珍君》	22	1.3%

第一反应往往是情感积淀的集中显现，由本项调查结果可以了解大学生对鲁迅作品的情感态度分布状况。从所举作品的比例来看，除《阿Q正传》和《狂人日记》较为集中外，其他作品则相对分散，且多为小说和散文。所举小说篇目绝大多数出自《呐喊》《彷徨》集，鲁迅后期《故事新编》中的作品仅有6人提及，即《铸剑》（4人）、《奔月》（1人）、《非攻》（1人，误写成"墨攻"）。尽管根据前项调查结果，多数被调查者对鲁迅杂文抱有好感，

但列举鲁迅杂文篇目者却为数戋戋。这似乎说明，被调查者对于鲁迅杂文存在着认知和情感的距离，即在理智上认识到鲁迅杂文的价值和意义，但在情感、经验和行为层面却相对疏远。另外，杂文的文体特征或许对调查结果也构成了某种影响。由于缺乏故事情节和人物形象，加以内容芜杂，行文随意，单篇杂文作品很难给人留下完整而准确的印象。鲁迅杂文中虽多有格言警句且广为人知，但人们对其作品出处往往不甚了然。值得注意的是，作为鲁迅小说代表作的《阿Q正传》和《狂人日记》在现行高中语文教材中并未纳入必修范围，当下林林总总的大学语文教材也鲜有选入，但其提名率却远远高于《孔乙己》《故乡》《祝福》等中学语文教材的保留篇目。这一方面表明大学生对鲁迅作品的情感态度并不完全受制于教材选编，另一方面也反衬出当下文学教育环节的某种疏漏：由于课时限制，类似《阿Q正传》这样内蕴厚重的作品纳入高中语文教学确有不妥之处，但现在的情况是，该作品已被高中语文删除，而大学语文教学尚未及时跟进。

5. 鲁迅小说及人物形象的识别状况

为更具体地了解大学生对鲁迅作品的熟悉程度，本次调查还分别就小说、杂文和散文、旧体诗进行了分类识别测试。首先是小说，问卷中列举了鲁迅小说中的5个人物形象——假洋鬼子、魏连殳、鲁四老爷、子君和陈士成，分别出自《阿Q正传》《孤独者》《祝福》《伤逝》和《白光》。调查结果（详见表8）显示，鲁四老爷和假洋鬼子的识别率最高，分别为56.9%和51.1%，其他三个人物形象则相对较低，均在30%以下。《伤逝》作为鲁迅唯一书写爱情的小说，其识别率虽不能与《阿Q正传》和《祝福》相提并论，但也达到近三分之一的比例（29.3%）。经过交叉分析，这一结果体现出较为明显的性别差异，在正确识别者中女性占到了61.7%。

表8 以下人物形象分别出自鲁迅的哪篇小说？

选项	人数	百分比
A. 假洋鬼子	857	51.1%
B. 魏连殳	341	20.3%
C. 鲁四老爷	954	56.9%

续 表

选项	人数	百分比
D. 子君	491	29.3%
E. 陈士成	286	17.1%

根据本项调查的最低识别率(E 项,17.1%)可以推知,被调查者中通读过《呐喊》或《彷徨》的应当在二成以下,即便是汉语言文学专业的被调查者(E 项识别率为 34.2%),这一比例也仅在三成左右。考虑到小说是大学生最为钟爱的鲁迅作品体裁,这样的接受状况并不足以让人乐观。

6. 鲁迅杂文与散文的识别状况

本项调查旨在测试被调查者对鲁迅杂文、散文的熟悉程度。在选择项中列出鲁迅杂文、散文四篇——《春末闲谈》《拿来主义》《为了忘却的记念》《魏晋风度及文章与药及酒之关系》,另加两个干扰项——聂绀弩的杂文《谈娜拉》和周作人的杂文《十字街头的塔》。

表 9 在以下文章中你认为出自鲁迅的有哪些?(多选)

选项	人数	百分比
A.《春末闲谈》	136	8.1%
B.《悼刘和珍杨德群女士》	——	——
C.《拿来主义》	1 391	83.0%
D.《谈娜拉》	——	——
E.《为了忘却的记念》	692	41.3%
F.《魏晋风度及文章与药及酒之关系》	306	18.3%
G.《十字街头的塔》	——	——

调查结果(详见表 9)显示,识别率最高的首推《拿来主义》(83.0%),这是人教社高中语文必修教材中唯一保留至今的鲁迅杂文,也是最为契合改革开放主流观念的鲁迅杂文之一。识别率位居第二的是《为了忘却的记念》(41.3%),这是一篇情深意切、内蕴厚重的记人散文,在很长一个时期都是高中语文的重点课文,现被收入人教社高中《语文读本》第三册,该册还收入了《春末闲谈》一文,但识别率仅为 8.1%。这一相差悬殊的调查结果固然

是由特定年龄阶段的阅读趣味所致，但也不得不让人对《语文读本》的传播效果产生怀疑。笔者曾就《语文读本》的阅读状况，向个别高中语文教师和大学本科低年级学生做过访谈，发现除少数重点中学外，《语文读本》中的作品基本上不纳入教学范围，其阅读状况大体处于放任自流状态。而高中生则由于高考压力，很少有人在课余时间阅读《语文读本》。令人稍感讶异的是，竟有18.3%被调查者能够识别较为生僻的《魏晋风度及文章与药及酒之关系》，其中汉语言文学专业占38.7%。这篇文章内容怪诞，语多滑稽，在当下"恶搞""无厘头"文化大行其道的背景之下，似能引发大学生的阅读兴趣，但又有多少人能够体会隐匿其中的幽怀深意呢？

7. 鲁迅旧体诗句的识别状况

鲁迅是中国现代少有的旧诗大家，其诗风雄奇瑰异，寄托遥深，虽数量不多，但佳句甚众。在相当长一个历史时期，鲁迅旧体诗作深受普通读者喜爱，其普及程度甚至可与毛泽东诗词相比肩。选择项中A、D、E、G、H为鲁迅诗作中的名句，B、C、F为干扰项，作者分别为郁达夫、毛泽东和苏曼殊。调查结果（详见表10）表明，除"横眉冷对千夫指，俯首甘为孺子牛"（《自嘲》）之外，当今大学生对鲁迅旧诗创作的了解极其有限。在某种程度上，这一结果也可说明以上调查中鲁迅旧体诗喜爱度偏低的原因：不喜欢是因为不了解、不熟悉。

表10 你认为以下诗句出自鲁迅的有哪些？

选项	人数	百分比
A. 横眉冷对千夫指，俯首甘为孺子牛。	1 551	92.5%
B. 劫数东南天作孽，鸡鸣风雨海扬尘。	——	——
C. 金猴奋起千钧棒，玉宇澄清万里埃。	——	——
D. 岂有豪情似旧时，花开花落两由之。	92	5.5%
E. 忍看朋辈成新鬼，怒向刀丛觅小诗。	741	44.2%
F. 无端狂笑无端哭，纵有欢肠已似冰。	——	——
G. 心事浩茫连广宇，于无声处听惊雷。	380	22.7%
H. 曾惊秋肃临天下，敢遣春温上笔端。	165	9.8%

识别率最高的"横眉冷对千夫指，俯首甘为孺子牛"出自鲁迅的《自嘲》，

入选人教社高中《语文读本》第一册。自1940年代毛泽东用这两句诗来概括鲁迅的坚定革命立场以来，它作为鲁迅革命形象的权威脚注已成为人们耳熟能详、广为传诵的隽语箴言。从调查结果也可看出，即便是在90后青年学子们中间，长达半个多世纪的鲁迅革命形象塑造工程也依然保持着巨大能量。“忍看朋辈成新鬼，怒向刀丛觅小诗”出自鲁迅的散文《为了忘却的记念》，后者曾是高中语文的重点课文，全诗要求学生背诵，但因这篇散文被新版语文必修教材删除，影响了它本应具有的较高识别率。

鲁迅旧体诗之所以盛况不再，以至沦为鲁迅作品接受中的冷门，激进主义文化和现代民族风格的消退固然是其主因，不过也应该考虑到现代旧体诗在当下所处的尴尬境况。新人旧诗实际上也意味着非新非旧，甚至非驴非马，在学术研究上属于古代、现代文学两不管的交错地带，总体研究状况略显沉寂。鲁迅旧体诗也概莫能外，中学、大学语文教材的选编者也对鲁迅旧体诗关注不够。另外，近十几年方兴未艾的“国学热”催生了一个“新古典主义”的时代，以儒学为代表的传统经典连带古典诗词成为人们追慕仰望的对象，一时间厚古薄今蔚然成风。在这一氛围中成长起来的90后大学生，他们当中许多人在童年时代就寝馈于国学经典和唐诗宋词中。应该说，这种状况对于以鲁迅为代表的现代旧体诗词的传播阅读构成了某种程度的挤压。

二、对鲁迅及其作品的评价

1．你阅读鲁迅作品的总体印象是什么？

认知主体对特定事物的印象，一般是在过去经验的基础上经过分类定向而形成的。在文学阅读中，感性印象是阅读体验的开端，它一经形成又会时时左右着读者的情感态度和主观评价。本项调查列举了26个选项，每个选项都用一个词语表达一种有关鲁迅作品的感性印象。本项调查旨在了解被调查者对鲁迅作品的总体印象的分布状况，并结合鲁迅作品中所体现的人格气质对这一状况做进一步分析。

表11　你阅读鲁迅作品的总体印象是什么？（多选，仅显示位居前10的数据）：

	人次	百分比
S. 犀利	783	46.7%
O. 深刻	674	40.2%
I. 尖刻	598	35.6%

续 表

	人次	百分比
B. 冰与火	580	34.8%
L. 冷幽默	583	34.6%
F. 诙谐风趣	508	30.3%
N. 深沉	455	27.1%
K. 抗争	409	24.4%
G. 晦涩	376	22.4%
E. 刚烈	361	21.5%
Z. 张力	296	17.7%

按照体液气质学说，人的性格气质分为四种类型：多血质、胆汁质、黏液质和抑郁质。这四种类型在特定个体中均有所体现，但以其中一种类型为主导。本项调查借用这一学说，对比例位居前10的选项(详见表11)进行了分类。因与黏液质相对应的选项认可率过小，故在分类时予以省略，分类情况及累积比例如下：

(1) 多血质："冷幽默""诙谐风趣"，64.9%。

(2) 胆汁质："犀利""尖刻""抗争""刚烈"，128.3%。

(3) 抑郁质："深刻""冰与火""深沉""晦涩""张力"，142.2%。

可以看出，被调查者对鲁迅作品的总体印象较多地集中于胆汁质和抑郁质两种类型，后者的累积比例略高于前者。鲁迅的人格气质强烈地投射在其作品之中，但不同时代基于各自的历史前提对其人格气质的理解和侧重存在着较大差异：在革命意识形态统摄全局的历史时期，较多地推重其胆汁质特征，即战士的气质；1980年代以后，由于时代主题的变化，人们更为关注其抑郁质特征，即智者和诗人的气质。鲁迅的内心世界是参差多态的，调查结果显示，约有三分之二的被调查者对鲁迅作品中的多血质特征留下了深刻印象。的确，我们在阅读鲁迅时常常能够体会到一种于不经意间流溢而出的诙谐风趣。实际上，鲁迅人格气质中也不乏黏液质的一面，如他在为人处世、日常起居上的刻板固执，又如他在校勘古籍、整理古碑时体现出来的专注和毅力、严谨和细致。不过最能体现这些特征的文类，如古籍序跋、学术论著、旧体诗作，或许还可算上译文和日记，又都是当今大学生少有接触的。如果联系到最近热议的中国制造业呼唤“工匠精神”的话题，鲁迅作品传播和接受在这方面的缺失尤其让人感到遗憾。

2. 鲁迅作品中对你最具吸引力的思想艺术特征是什么？

本项调查旨在从理性把握的角度了解被调查者对于鲁迅作品特质的认知和评价状况。调查结果(详见表 12)显示，鲁迅作品对被调查者最构成吸引力的思想艺术特征是“对社会痼疾的犀利批判”(75.5%)，紧随其后的依次是“对世事人心的深刻洞察”(62.6%)、“力透纸背的讽刺艺术”(58.5%)。从中可以看出，被调查者最为关注的是鲁迅作品中的现实批判内容以及与之相得益彰的艺术表现力。

表 12　鲁迅作品中对你最具吸引力的思想艺术特征是________(多选)

选项	人次	百分比
A. 爱憎分明的道德感情	669	39.9%
B. 博大深沉的仁爱胸怀	283	16.9%
C. 对社会痼疾的犀利批判	1 265	75.5%
D. 对世事人心的深刻洞察	1 050	62.6%
E. 精炼透辟的语言风格	723	43.1%
F. 力透纸背的讽刺艺术	980	58.5%
G. 深邃奇诡的诗性思维	290	17.3%

认可率相对较低的是 B、G 两项，即“博大深沉的仁爱胸怀”和“深邃奇诡的诗性思维”。这一结果首先说明，多数被调查者不善于以辩证的方式来理解鲁迅的精神世界。诚如鲁迅本人所言“爱憎不相离”，假如仅仅从“爱憎分明”的角度来把握鲁迅，那么所得到的不过是一个平面化、简单化乃至漫画化的鲁迅形象。这一结果还说明，文学教育中所贯彻的“纯文学”意图并没有真正落到实处，多数被调查者对于鲁迅作品的“诗性”特质并无太多认识。相形之下，汉语言文学专业的被调查者对这一特质的认可率明显高于其他专业，达 33.7%。这固然体现了普通文学教育与专业文学教育的差距，不过也暴露出前者在实践中存在的问题。

3. 你对鲁迅的文学成就作何评价？

多数被调查者对于鲁迅的文学成就持肯定态度，甚至有13.6%的人选择了A项——“中国文学史上无法逾越的艺术高峰”。经交叉分析发现，选择A项者呈现出由低年级向高年级逐次递减之势：2012级为39.8%，2011级为30.5%，2010级为20.3%，2009级为8.5%。上述结果一方面说明鲁迅在90后大学生心灵天平上的分量之重，另一方面也说明随着年龄的增长和知识面的拓展，他们对鲁迅文学成就的评价逐渐趋向于客观公允。更多的被调查者在肯定鲁迅文学成就的前提下，体现出较为审慎的态度，他们更倾向于将鲁迅的文学地位置于一个稳妥可靠的参照系之下。也有少数被调查者(7.0%)选择了D项，对鲁迅文学成就持基本否定的态度，如果考虑到鲁迅作品与应试教育的密切关系以及与之伴生的逆反心理，这一看似偏颇的态度也不是不可理解的。

表13　你对鲁迅的文学成就作何评价？

选项	人数	百分比
A. 旷古绝今，是中国文学史上无法逾越的艺术高峰	228	13.6%
B. 在整个中国文学史上算得上是第一流的	601	35.9%
C. 在中国现代是最杰出的，但在整个中国文学史上却不能这样说	509	30.4%
D. 鲁迅的文学成就是人为夸张的结果，即使是在中国现代也不是最优秀的。	118	7.0%
E. 说不清楚	133	7.9%

4. 你怎样评价鲁迅精神及其意义？

本项调查列举了自20世纪30年代以来关于鲁迅的具有代表性的理论评价(详见表14附注)，旨在了解当前大学生对鲁迅精神及其意义的认知状况。调查结果显示，认可度最高的是A项和B项。A项摘自钱理群的论文《鲁迅与中国现代思想文化：去世70周年的回顾》，着重强调鲁迅在中国现代化进程中立足现实的思想基点，体现了1980年代以来知识界对于鲁迅的主流看法，被调查者表示“完全赞同”和“基本赞同”的合计达到85.6%。B项摘自毛泽东的《新民主主义论》，着重强调鲁迅在反帝反封建革命中的文化先锋地位，在相当长一个历史时期曾经是对鲁迅最为权威的评价，对此表示“完全赞同”和“基本赞同”的被调查者合计达到77.7%。如果就“完全赞同”的比率进行比较，A项要高于B项约20个百分点。这说明，革命时代的鲁迅形象虽保持着较高的认可率，但与改革开放时代的鲁迅形象相比则略处下风。其他各项中认可率较高的还有E项(合计64.7%)、J项(合计53.5%)、H项(合计50.2%)，分别出自李长之的《鲁迅批判》、汪晖的《反抗绝望——鲁迅及其文学世界》、钱理群的《鲁迅与中国现代文化》。C项、D项、K项分别摘自三篇苛评文章——梁实秋的《关于鲁迅》、王朔的《我看鲁迅》、葛红兵的《为二十世纪中国文学写一份悼词》，分别就鲁迅的政治倾向、艺术成就和道德人格做出了有悖情理的非议，对此多数被调查者持否定态度。值得注意的是，有20.5%的被调查者对K项表示“基本同意”“仔细想一想难道鲁迅的人格真的就那么完美吗？他为什么在‘文革’期间成了唯一的文学神灵？他的人格和作品中有多少东西是和专制制度殊途同归的呢”。这一调查结果所反映的问题，或可归结为某种社会戾气的宣泄，但也令我们不得不正视当今社会话语严重失序所导致的恶劣后果。如何在纷纭繁复的情势下既保持多元并竞的学术活力，又高度重视文化领导权的严肃斗争，无疑是摆在我们面前的一个重大而艰巨的历史课题。

表14　以下是对于鲁迅的不同评价或描述，你完全赞同的有________基本赞同的有________基本不赞同的有________完全不赞同的有________(多选，选项内容参见附注)

选项	百分比				
	完全赞同	基本赞同	基本不赞同	完全不赞同	说不清楚
A.	61.8%	23.8%	2.1%	0.7%	7.3%
B.	40.4%	37.3%	8.4%	2.1%	7.1%
C.	5.0%	16.1%	40.7%	21.0%	11.9%
D.	2.1%	7.2%	19.9%	53.0%	12.1%
E.	29.8%	34.9%	5.8%	2.2%	20.5%
F.	12.5%	38.4%	11.2%	3.5%	26.6%
G.	3.5%	23.1%	30.5%	12.3%	23.2%
H.	14.1%	36.1%	10.2%	2.6%	28.8%

续 表

选项	百分比				
	完全赞同	基本赞同	基本不赞同	完全不赞同	说不清楚
I.	4.2%	18.3%	29.7%	15.9%	24.9%
J.	16.1%	37.4%	8.4%	3.7%	26.8%
K.	3.8%	20.5%	29.3%	15.5%	23.5%

附注：

A. "立足于中国这块土地，立足于中国现实，'执著现在''执著地上'：这正是鲁迅最基本、最本质的特点，鲁迅是真正立足于中国本土现实的变革，以解决现代中国问题为自己思考的出发点与归宿的思想家、文学家。"①(钱理群《鲁迅与中国现代思想文化：去世70周年的回顾》)

B. "鲁迅的骨头是最硬的，他没有丝毫的奴颜和媚骨，这是殖民地半殖民人民最可宝贵的性格。鲁迅是在文化战线上，代表全民族的大多数，向着敌人冲锋陷阵的最正确、最勇敢、最坚决、最忠实、最热忱的空前的民族英雄。鲁迅的方向就是中华民族新文化的方向。"②(毛泽东：《新民主主义论》)

C. "鲁迅的态度不够冷静，他感情用事的时候多，所以他立脚不稳，反对他的以及有计划地给他捧场的，都对他发生了不必要的影响。他有文学家应有的一支笔，但他没有文学家所应有的胸襟与心理准备。他写了不少的东西，态度只是一个偏激。"(梁实秋：《关于鲁迅》)

D. "鲁迅光靠一堆杂文几个短篇是立不住的，没听说有世界文豪只写过这点东西的。"③(王朔：《我看鲁迅》)

E. "撇开功利不谈，诗人的鲁迅，是有他的永久价值的，战士的鲁迅，也有他的时代的价值！"④(李长之：《鲁迅批判》)

F. "鲁迅在孙文身上看到了'永远的革命者'，而又在'永远的革命者'那里看到了他自己。……对于永远的革命者来说，所有的革命都是失败的。不是失败的革命不是真革命，革命的成功，不是大叫'革命成功了'，而是坚信永远革命，以'革命尚未成功'来破却现在。"⑤([日]竹内好：《鲁迅》)

G. "鲁迅在中国的价值，据我看要算是中国的第一等圣人。孔夫子是封建社会的圣人，鲁迅则是现代中国的圣人。"⑥(毛泽东：《论鲁迅》)

H. "他(鲁迅)既是中国现代思想文化的建构者，又是中国现代思想文化的解构者，因而，他的思想与文学，实际上是溢出中国现代思想文化的范围的，或者说，是中国现代思想文化所无法概括的，具有特殊的丰富性与超前性的，是真正向未来开放的。"⑦(钱理群：《鲁迅与中国现代文化》)

I. "然而鲁迅不是思想家。因为他是没有深邃的哲学脑筋，他所盘桓于心目中的，并没有幽远的问题。他似乎没有那样的趣味，以及那样的能力。倘若以专门的学究气的思想论，他根底上，是一个虚无主义者，他常说不能确知道对不对，对于正路如何走，他也有些渺茫。"⑧(李长之：《鲁迅批判》)

J. "一个或者消失于沉沉黑夜，或者为光明所吞没的独自远行的战士，一个拒绝了一切天堂、地

---

① 钱理群：《鲁迅与中国现代思想文化：去世70周年的回顾》，载《思想》2006年第3期。

② 毛泽东：《新民主主义论》，《毛泽东选集》第二卷，北京：人民出版社，1991年，第698页。

③ 王朔：《我看鲁迅》，载《收获》2000年第2期。

④ 李长之：《鲁迅批判》，北京：北京出版社，2003年，第162页。

⑤ [日]竹内好著、孙歌编：《近代的超克》，李冬木、赵京华、孙歌译，北京：三联出版社，2005年，第114页。

⑥ 毛泽东：《论鲁迅》，《毛泽东文集》第二卷，北京：人民出版社，1993年，第43页。

⑦ 钱理群：《鲁迅与中国现代文化》，载《中国现代文学研究丛刊》2006年第6期。

⑧ 李长之：《鲁迅批判》，北京：北京出版社，2003年，第160页。

狱、黄金世界，义无反顾地在黄昏里'走'向坟场的'过客'，一个背负四千年重负，带着赎罪的自觉，肩起黑暗的闸门的历史'中间物'……正是在'反抗绝望'的不懈努力中，鲁迅完成了自身的人格塑造。"①(汪晖：《反抗绝望——鲁迅及其文学世界》)

K. "仔细想一想难道鲁迅的人格真的就那么完美吗？他为什么在'文革'期间成了唯一的文学神灵？他的人格和作品中有多少东西是和专制制度殊途同归的呢？"②(葛红兵：《为二十世纪中国文学写一份悼词》)

三、鲁迅与当下中国思想文化

1. 你对鲁迅作品中的"国民性批判"持何种态度？

进入新世纪以来，民族主义思潮数度成为公众舆论的焦点，而鲁迅作品中的"国民性批判"主题也屡屡被推上风口浪尖。有学者在反思中国现代文化"自我殖民化"倾向的同时，对"国民性批判"也顺带提出微词，如"鲁迅作为中国最有影响的作家，他一辈子的创作，竟然如此严重地受到殖民主义者的影响和支配，虽然我们相信他的主观意愿在于激励中国人摆脱外国人的奴役，可是在效果上也许难免适得其反。"③调查结果(详见表15)显示，这种否定"国民性批判"的观点在大学生群体中并未获得反响，绝大多数被调查者对鲁迅作品中的"国民性批判"主题持基本肯定的态度。然而同为肯定，其理由却颇不一致。较多的被调查者认同C项——"对于中国的现代化进程和民族精神重建具有警示作用"，该项体现了近三十多年来关于"国民性批判"较为主流的观点。有近三分之一的被调查者则认同A项——"中国人的性格中确实存在着严重缺陷"，而这一观点恰恰符合为民族主义论者口诛笔伐的"逆向种族主义"的表征，即对自身所属种族的非理性贬低和歧视。在该派论者看来，这种心态正是当下社会"自我殖民化"倾向得以泛滥的内在动因。

表15 你对鲁迅作品中的"国民性批判"持何种态度？

选项	人数	百分比
A. 切中肯綮，中国人的性格中确实存在着严重缺陷	515	30.7%
B. 把中国人刻画得过分丑陋，有歪曲之嫌	83	5.0%
C. 对于中国的现代化进程和民族精神重建具有警示作用	879	52.4%

① 汪晖：《反抗绝望——鲁迅及其文学世界》，石家庄：河北教育出版社，2000年，第323页。

② 葛红兵：《为二十世纪中国文学写一份悼词》，载《芙蓉》1999年第6期。

③ 摩罗：《中国站起来》，武汉：长江文艺出版社，2010年，第50页。

续 表

选项	人数	百分比
D. 只代表鲁迅的个人观点，并无普遍意义	27	1.6%
E. 说不清楚	43	2.6%

一种新锐思潮的逻辑"短板"往往在十几年乃至几十年后才会显露端倪，1980 年代的新启蒙主义思潮亦不例外。作为该思潮的一个重要内容，鲁迅形象的重新建构对于突破政治教条主义的禁锢有很大作用。但相对而言，鲁迅形象的重构资源多采自鲁迅五四时期的思想，而鲁迅最后十年的思想演化则被有意无意地忽略了。后期鲁迅由于系统接受了历史唯物论，基本上摆脱了唯意志主义的思维方式，在文化批判中多从社会条件和阶级状况着眼立论，进而与其前期关于历史奴役结构的发现相融合，构成了一种更为成熟圆通的文化思想。平心而论，新启蒙主义思潮在试图"回到鲁迅"的同时又催生了新的认知盲区，影响所及，不仅对某些民族主义论者构成了误导，而且使相当部分的大学生对鲁迅产生了误读。

2. 有人认为鲁迅的"国民性批判"受到西方中心主义观点的影响，实际上是用西方人的眼光居高临下地看待中国人。对此你持何种态度？

尽管被调查者对鲁迅的"国民性批判"表示高度认可，但当问卷列出否定"国民性批判"者的基本理据("鲁迅的国民性批判受到西方中心主义观点的影响，实际上是用西方人的观点居高临下地看待中国人")时，情况发生了微妙变化：部分被调查者开始转而同情这种具有民族主义印记的观点，例如有 18.3% 的被调查者表示"基本同意"，略高于表示"完全不同意"者(17.5%)。不过选择"基本不同意"的比例仍然最高，达 51.5%，仅有 1.9% 的被调查者表示"完全同意"(详见表 16)。

表 16　有人认为鲁迅的"国民性批判"受到西方中心主义观点的影响，实际上是用西方人的眼光居高临下地看待中国人。对此你持何种态度？

	人数	百分比
A 完全同意	32	1.9%
B 基本同意	306	18.3%
C 基本不同意	863	51.5%

续 表

	人数	百分比
D完全不同意	294	17.5%
E说不清楚	126	7.5%

尽管民族主义思潮极有可能助长社会的非理性情绪，但其中也包含某些合理性成分和无从否认的客观事实。近年来，作为民族主义思潮的铁杆拥趸，网络“愤青”在各种社会文化问题上表现活跃，亦有大学生厕身其间且扮演着重要角色。如何将这一思潮提出的问题纳入理性探讨的议程，应当是一个值得认真对待的问题。

3. 有人认为金庸在20世纪文学史上的地位堪与鲁迅比肩，呈“双峰并峙”之势，对这种观点你有何看法？

1990年代以来，金庸小说以其在世界华人圈的巨大接受度和影响力，日益受到大陆学术界的重视和推崇。1994年，金庸被北京大学聘为名誉教授，著名学者严家炎先生在聘任仪式上发表了热情洋溢的致辞，高度评价金庸小说的思想艺术成就，认为这些成就对于既有文学史格局不啻为“一场静悄悄的文学革命”。以这一事件为标志，金庸小说的经典化工程正式拉开帷幕。尽管当下仍有部分学者坚决否认金庸小说的价值，但总体而言其经典地位已大体奠定：“金庸学”被名正言顺地纳入大学课程，金庸小说则成为众多学者的研究对象和中文专业本科生、研究生的论文选题，甚至被某些省区选入中学语文选修教材。调查结果（表17）表明，尽管多数调查对象对金庸小说的成就表示了不同程度的肯定，但在总体上还是认同雅俗文学的价值等级，对鲁迅、金庸“双峰并峙”的说法持较为消极的态度（B、C、D三项合计达到了71.7%）。

表17　有人认为金庸在20世纪文学史上的地位堪与鲁迅比肩，呈“双峰并峙”之势，对这种观点你有何看法？

选项	人数	百分比
A. 完全同意，在20世纪中国文学史上，鲁迅是雅文学的高峰，金庸是俗文学的高峰，雅俗文学尽管追求不同，但在价值上并无高低之分	294	17.5%

续表

选项	人数	百分比
B. 有所保留，金庸是20世纪通俗文学的高峰这一点无可置疑，但把他抬到与鲁迅同等的地位则不太恰当	922	55.0%
C. 基本不同意，“金庸热”只是暂时现象，鲁迅作品及其精神则是现代中国文化的永久财富	206	12.3%
D. 完全不同意，金庸作品的成就再高，也无法摆脱其媚俗性质，把金庸与鲁迅相提并论，体现了价值观的极度混乱	73	4.4%
E. 说不清楚	121	7.2%

这一结果与1990年代以来学术界对金庸的热烈推崇形成了某种反差，看来金庸小说的经典化行为并未引发多数90后大学生的共鸣。在本问卷的第一部分“现代文学经典的总体接受状况”当中，有一项调查是让被调查者在所列40名中国现当代作家中遴选出“心目中的文学大师”。结果是鲁迅高居榜首，比例达69.3%，金庸则位居第7，比例为35.3%。在鲁迅与金庸之间尚有巴金、老舍、沈从文、钱锺书、冰心等5位作家。结合这一调查结果，可见某些学者对金庸的影响力不无高估之嫌，至少在多数90后大学生心目中，金庸的地位尚不能和鲁迅、巴金、老舍等已有定评的作家并驾齐驱。

必须指出，金庸小说从备遭排斥到荣登经典，不仅得益于文学观念的日益开放，而且与文学研究群体的新陈代谢存在着并非不重要的因果关系。1980年代金庸小说以盗版形式进入中国大陆时，大陆尚处于相对封闭单一的文化背景之下，现今的中年文学研究者在那时恰处于成长期，大多都曾有过阅读金庸的新异体验。因此当他们走上学术道路之后，难免将其在特定语境下的主观感受投射到学术研究当中。从调查结果来看，90后大学生对于金庸的态度似乎更具“平常心”，并不像他们的父辈那样呈现出过分戏剧化的态度。毕竟作为新武侠小说的一个阶段性代表作家，金庸并不是没有被超越的可能，更何况近年来大陆新武侠小说以及各种类型的网络小说异军突起，正在气势逼人地蚕食着金庸小说曾经拥有的读者市场。

4. 有人说韩寒是“当代鲁迅”，你对此有什么看法？

韩寒是新世纪以来出现的文化明星，以其对应试教育的叛逆姿态赢得了众多青少年学生的激赏乃至崇拜。近年来，韩寒屡屡在博客上发表惊人之语，对当下社会弊端嬉笑怒骂，言辞犀利，风格谐谑，尤以“韩三篇”的社会反响最为强烈。这些博文不仅为其赢得了“意见领袖”的美誉，更有人以此将他与鲁迅相提并论。本项调查意在测试大学生对这一流行观点的态度。

表 18 有人说韩寒是“当代鲁迅”，你对此有什么看法？

选项	人数	百分比
A. 在敢说真话、针砭时弊方面，二人确有相似之处	583	34.8%
B. 在韩寒“代笔门”未澄清之前，做这种类比还为时尚早	80	4.8%
C. 风马牛不相及，一个是真的猛士，一个是玩“批判秀”的娱乐明星	318	19.0%
D. 两人风格不同，读鲁迅太沉重，读韩寒很轻松	301	18.0%
E. 一个是学贯中西的文化高峰，一个是宣称自己不读书的山寨文人，岂可相提并论	166	9.9%
F. 说不清楚	159	9.5%

尽管调查结果分布相对分散，但从中仍可清晰地看出韩寒在当今大学生心目中的特殊地位。值得注意的是，认可度最低的选项为B项，即“在韩寒‘代笔门’未澄清之前，做这种类比还为时尚早”。“代笔门”事件始于2012年年初，网友麦田发布质疑韩寒的博文《人造韩寒》，后因“打假斗士”方舟子的强力介入而引发轩然大波。方舟子在其博文中指出，在韩寒的早期作品中存在着诸多与其生长年代、年龄特征、生活阅历不相符的细节描写，据此可推论，这些作品或由他人捉刀代笔。方舟子一语既出，网络震动，各路网民迅速分化为“倒韩”与“挺韩”两方，针锋相对，唇枪舌剑，从网上杀到各大媒体，文化名人纷纷介入其中，质疑范围也不断扩大：从早期小说到近期博文，乃至其全部作品。之所以设计B项这一选项，是出于一个很自然的考虑：假如“倒韩”一方的分析成立，韩寒能否被称为一个文人都成了问题，何谈“当代鲁迅”？从调查结果来看，半数以上被调查者（A、D两项合计为52.8%）要么对“代笔门”事件漠不关心，要么毫无保留地站在“挺韩”立场。无论“代笔”与否，韩寒作为消费文化的耀眼符号早已成功地跻身成功人士之列，从“七门功课亮红灯，照亮我的前程”，到“文学天才”、赛车冠军、

电影导演、《时代周刊》封面人物、“意见领袖”、“全球百大思想家”……这种“不读书可以有文化，玩酷与成功可以得兼”的现代神话，确实大大刺激了相当一部分青少年对于未来的想象。即便抛开“代笔门”事件的干扰，我们在韩寒的成功之路上看到的无非是策划、包装、运作、资本和收益，而文学、思想和良知则退而成为背景式的存在。然而遗憾的是，在本项调查中仅有约三分之一的被调查者(B、C、E 合计为 33.7%)能将严肃的文化批判与商业文化炒作加以区分。这一结果不得不令人们对当今大学生的辨别能力感到忧虑。

5. 近年来媒体上风传“中学语文课本鲁迅大撤退”，你对这一现象有何看法？

近年来，关于中学语文教材删减鲁迅作品的报道层见叠出，尽管不乏媒体炒作之嫌，但也在一定程度上凸显了鲁迅作品传播可能面临的危机。对于在鲁迅作品熏陶之下成长起来的一代人来说，目前文学教育中淡化鲁迅或以当代观念取舍鲁迅作品的行为是难以容忍的。然而对于 90 后大学生来说，这种“神化”鲁迅的态度似乎有些不可理喻，尽管他们对鲁迅心怀敬意，但却未必是基于对鲁迅的深刻理解和深挚感情。调查结果(详见表 19)显示，多数被调查者(AB 两项合计为 66.5%)对删减鲁迅作品持基本赞同的态度，其中以 B 项的比例最高(37.6%)，“鲁迅有些作品是特殊时代的产物，与当今社会不太合拍”。

表 19　近年来媒体上风传“中学语文课本鲁迅大撤退”，你对这一现象有何看法？

选项	人数	百分比
A. 适当压缩是有必要的，鲁迅有些作品太晦涩，不好理解	485	28.9%
B. 同意适当压缩，鲁迅有些作品是特殊时代的产物，与当今社会不太合拍	631	37.6%
C. 这是媒体炒作出来的伪命题，压缩语文教材并非针对鲁迅	219	13.1%
D. 难以接受，这意味着批判意识和怀疑精神的委顿	229	13.7%
E. 无所谓	25	1.5%
F. 说不清楚	34	2.0%

在相当一部分90后大学生看来，鲁迅的现实批判属于“过去式”，甚至应“和光阴偕逝”。这种态度或可解释为大学生涉世未深，阅历有限，但从中也可看出，当下不少大学生缺乏社会担当意识，对于社会公正等宏大问题丧失了基本的敏感。与此恰成对照的是，对于个人前途和名利，他们从不吝惜自己的聪明才智和精力投入，世事洞明，人情练达，八面玲珑，左右逢源，善于迎合体制以达到个人目的。钱理群先生曾对这种现象痛加针砭，称之为“精致的利己主义”。根据能量守恒原理，当大学生们在自己身上耗费了几乎全部能量之后，他们怎么可能有剩余能量来给予社会呢？这恐怕不单纯是个思想素质或精神境界的问题。当我们在责备他们的时候，不妨扪心自问一下：要是换成我又会怎样呢？

四、结论

经过以上对于调查结果的全面描述和初步分析，下面就调查中发现的主要问题略作归纳总结。

一、当今大学生对鲁迅依然怀有高度的敬意，在他们看来，鲁迅是最具代表性、开创性，最具批判精神和社会责任感的中国现代作家。但我们也在调查中发现，当今大学生与鲁迅之间似乎存在着一种很难表述同时又很难消弭的距离感，而这一状况与他们的父辈形成了较大的反差。在他们的父辈那里，鲁迅不仅是一座灯塔，一面旗帜，而且是一位能够与之促膝密谈的长者，他们在鲁迅作品当中获得的不仅是思想的启示和意志的砥砺，还有心灵的共振、情感的愉悦和精神的休憩。而在当今大学生那里，鲁迅尽管值得敬仰，但“敬而不亲”，甚至“敬而远之”。以上对比不是为了引出九斤老太那句“一代不如一代”的唠叨，而是提请父辈们进行认真的反思：在此前几十年里究竟发生了些什么？以至在两代人之间出现了如此触目的鸿沟。有必要在这里重温一下马克思的那段名言：“人们自己创造自己的历史，但是他们不是随心所欲地创造，并不是在他们自己选定的条件下创造，而是在直接碰到的、既定的、从过去承继下来的条件下创造。”①

二、鲁迅之所以在当今大学生当中享有如此的尊荣，中学语文教学在

① 马克思：《路易·波拿巴的五月十八日》，《马克思恩格斯选集》第一卷，北京：人民文学出版社，1972年，第603页。

其中起到了几乎是决定性的作用。正因为如此，人们才会对目前中学语文教材调整鲁迅作品的现象忧心忡忡。相比之下，高校文学教育在鲁迅作品的传播接受方面效果甚微，大学生的自由阅读状况也不尽如人意，其中不少人对于鲁迅作品的认知并未超出高中生水平。尽管当下社会喧嚣浮躁，但高等院校绝不能以此为借口降低对大学生人文素养的要求，而应当切切实实地担负起传承经典、维系文脉的责任来。

三、在当今大学生心目中，作为伟大现实批判者的鲁迅形象远胜于作为美文家的鲁迅形象。坦率地说，对鲁迅形象的这一理解与当下文学教育中的“纯文学”倾向构成了某种偏离，但同时必须指出，这种偏离并不完全出于对批判精神的渴望或景仰，而是出于某种由来已久的认知惯性。为数不少的大学生对于鲁迅批判精神的当下意义缺乏起码的关切，个人功利主义的雾霾遮蔽了他们本应无比广阔的视野，“娱乐至死”的流行文化麻痹了他们本应异常敏锐的神经。尽管如此，人生对他们来说毕竟才刚刚开始，大学时代虽然重要，但并不等于说可以决定一生。因此，我们还不至于对人的成长失去信心，更何况在他们中间还播下了鲁迅的种子。

西方接受美学的开创者姚斯在论及作品与读者的关系时，曾做过一个堪称精妙的比喻：“一部文学作品，并不是一个自身独立、向每一时代的每一读者均提供同样的观点的客体。它不是一尊纪念碑，形而上学地展示其超时代的本质。它更多地像一部管弦乐谱，在其演奏中不断获得读者新的反响，使本文从词的物质形态中解放出来，成为一种当代的存在。”①如果把鲁迅的作品也比作一部“管弦乐谱”，那么大学生无疑是当下社会一个最重要的“演奏”群体，或者不如说是一个演奏团。尽管以当下的情况来看，这个演奏团技艺平平，演奏热情也不够高涨，演奏场所弥漫着聒噪之声，演奏当中还不时地离弦走板。但无论如何，演奏毕竟在进行。只要演奏没有中止，“管弦乐谱”的生命就仍在延续。最后借用鲁迅的一句名言来作为本文的结束语：

“其实地上本没有路，走的人多了，也便成了路。”

---

① [德]H. R. 姚斯、[美]R. C. 霍拉勃著：《接受美学与接收理论》，周宁、金元浦译，沈阳：辽宁人民出版社，1987 年，第 26 页。

第二节 当前大学生对老舍的接受状况的调查[①]

老舍在现当代文学史上有着独特的价值，他以幽默诙谐、充满老北京风味的语言风格，在一出出悲喜剧中，关怀社会底层的乐与悲，探讨市民文化的优与劣，也努力寻找中华民族命运跌宕起伏的原因和出路，留给我们许多优秀的文学作品，其中多篇被选入中小学语文教材。近年来学术界对老舍的研究不断扩大和深入，许多作品被更广泛地发掘、探讨，而老舍本人的身世命运也饱受关注，引起了许多次热议。为了了解老舍在当前大学生心目中的地位和对老舍作品的认知，在2013年4—5月间，本子课题组向山东大学、北京大学、中国人民大学、北京师范大学、同济大学、上海交通大学、中山大学、武汉大学、中南财经政法大学、天津中医药大学、浙江师范大学、山西师范大学、云南大学、广东外语外贸大学、长安大学、山东财经大学等18所院校的大学生发放了2 000份调查问卷，调查对象涵盖了文学、哲学、经济学、法学、教育学、历史学、理学、工学、农学、医学、管理学、艺术学等学科的2009、2010、2011和2012年级的学生，收到有效问卷1 676份。大一、大二、大三、大四的学生占被调查人数的比例分别是：38.9%、30.5%、21.7%、8.4%。在样本范围、问卷规模、专业覆盖率以及学生年级的分布等方面基本保证了本次调查的可靠性，代表了当前大学生对现代文学经典接受和认识的真实状况。此次问卷中，既涉及对文学经典的整体接受状况的调查，也包括对老舍在内的作家的认知调查。本文对这次的调查结果中关于老舍的部分进行了深入分析，以使我们能够深入了解当前大学生对老舍及其作品的态度和看法。

一、对老舍的文学地位和作品的认知

首先，根据在问卷中设置的“现当代文学研究界素有‘鲁郭茅巴老曹’之说，意即鲁迅、郭沫若、茅盾、巴金、老舍、曹禺六大家的创作代表了中国现代文学的最高成就。您是否赞同这一说法?”问题答案得出的分析数据显示，6.5%的人选择了“完全赞同”，而“基本赞同”的人则高达68.7%。这表明了大学生对上一代心目中文学经典的最高成就基本持赞同观点，但是仍然

---

① 本节由李萌执笔。李萌，山东大学文学与新闻传播学院研究生。

有24.8%的人选择了反对或者模糊的态度。

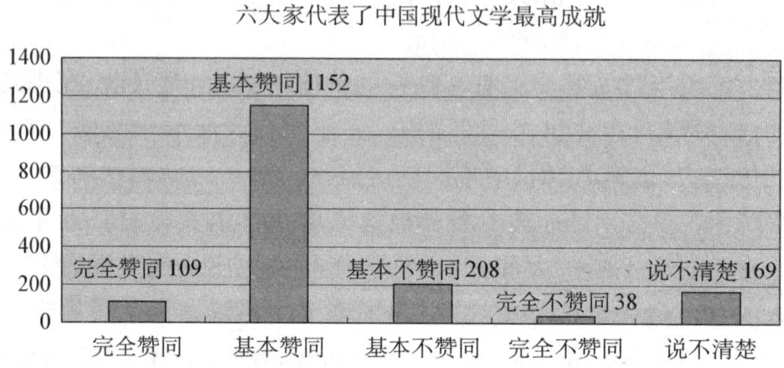

而“下列哪些现当代作家是您心目中的文学大师?”这一题目,则进一步调查了大学生对现当代作家的评价。这个题目设置了 42 个选项,不仅涵盖了现代文学的经典作家,也包括了港澳台作家在内的当代优秀作家。然而占据前三位的仍然在这六位作家之中。在 1 676 份问卷中,鲁迅以1 161 票稳居第一,而老舍以与第二名十票之差位居第三,仅次于巴金。而郭沫若、茅盾、曹禺则分别以 577、446、405 的票数分列 9、11、14 位,在沈从文、钱锺书、冰心、金庸、张爱玲之下。也就是说,老舍的文学大师地位得到了超过半数(55.1%)大学生的承认,是仅次于鲁迅和巴金的最重要的经典作家。

名次	作家	票数	百分比
1	鲁迅	1 161	69.3%
2	巴金	933	55.7%
3	老舍	923	55.1%
4	沈从文	685	40.9%
5	钱锺书	663	39.6%
6	冰心	662	39.5%
7	金庸	592	35.3%
8	张爱玲	578	34.5%

续 表

名次	作家	票数	百分比
9	郭沫若	577	34.4%
10	林语堂	453	27.0%
11	茅盾	446	26.6%
12	徐志摩	434	25.9%
13	贾平凹	408	24.3%
14	曹禺	405	24.2%

调查显示，“鲁郭茅巴老曹”的经典排序获得普遍认同。尤其是在具体到这六位作家各自的排名时，老舍的地位不但没有下降，反而超越了郭沫若和茅盾，上升到了第三的地位，这符合许多文学研究者和读者的期待。如王一川曾在评选出的九位“二十世纪中国小说大师”中将老舍放在第五位，前四位依次是鲁迅、巴金、沈从文、金庸，而郭沫若、茅盾和曹禺则没有进入这一名单①。《亚洲周刊》也曾邀请十四位在文学界和文学研究界有一定威望的作家、学者进行评审，于1999年6月评选出“二十世纪中文小说一百强”，尽管扩大了评选范围，将视野扩展至港台等华文文学重要作家作品，老舍的《骆驼祥子》仍能排名第三，《四世同堂》也排到了第二十五名。

那么，大学生们是在何时开始接触老舍作品的呢？调查结果显示，49.2%的大学生在小学阶段就接触到了老舍的作品，而在初中开始接触的占42.1%，也就是说，91.3%的大学生在义务教育阶段就接触到了老舍的作品，仅仅有0.3%的人从未接触过老舍的作品。这里可见老舍作品的普及率之高。而在最初的接触渠道方面，76.7%的受调查者是通过教材认识老舍的，仅仅有10.7%的人最先是阅读原著，其余渠道则为电视、电台广播、电影、网络等。

在涉及对老舍作品的第一印象即“提到老舍您最先想到的是他的什么作品?”这一问题中，长篇小说《骆驼祥子》、散文《济南的冬天》、话剧《茶馆》

---

① 王一川：《我选二十世纪中国小说大师》，载《文学自由谈》1994年第4期。

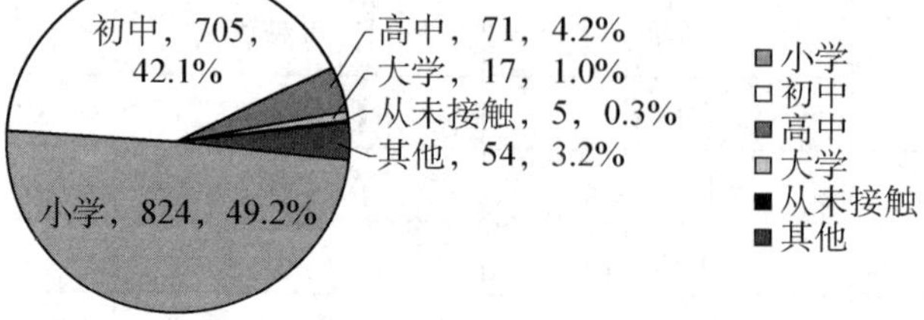

最早接触老舍作品的途径

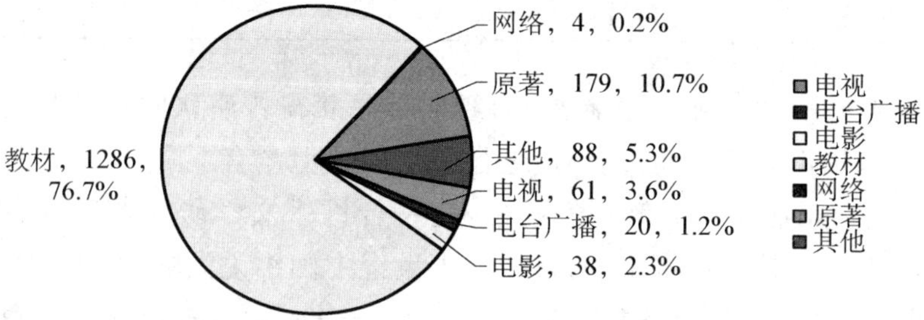

分别以35.7%、28.4%、21.2%的比例位居前三，总数达到85.3%，其他作品则最高仅占2.2%的比例。而完整读过《茶馆》的人的比例为39.1%，《骆驼祥子》则被60.8%的受调查者完整阅读过，如果加上阅读过部分章节的人数，这个比例接近100%。而除《四世同堂》有15%的人读过外，其他作品的比例均不超过10%。而读过《四世同堂》节选或部分章节的人则比完整读过的人在数量上增加了一倍左右，占比30.7%。

针对根据老舍作品改编的影视剧的调查显示，接近一半的人(48.3%)看过茶馆的影视剧，《骆驼祥子》和《四世同堂》分别为35.7%和30.6%。但在受喜爱程度上，19.7%的人喜欢《茶馆》，占比最大，《骆驼祥子》和《四世同堂》各占15.6%和11.8%。但是由于是根据作品改编的影视剧，不能代表受调查者对老舍作品原著本身的喜爱程度，只能作为参考。

和完整读过的作品的状况类似，《骆驼祥子》和《茶馆》分别以41.0%和33.5%的比例成为大家心目中成就最高的作品，《四世同堂》与其阅读量基本一致，占14.5%。

为了进一步调查大学生对老舍的实际接受状况并增强问卷的有效性，我们的调查问卷还设置了如下题目："以下人物分别出自老舍的哪部作品？

您认为老舍作品中哪一部成就最高？

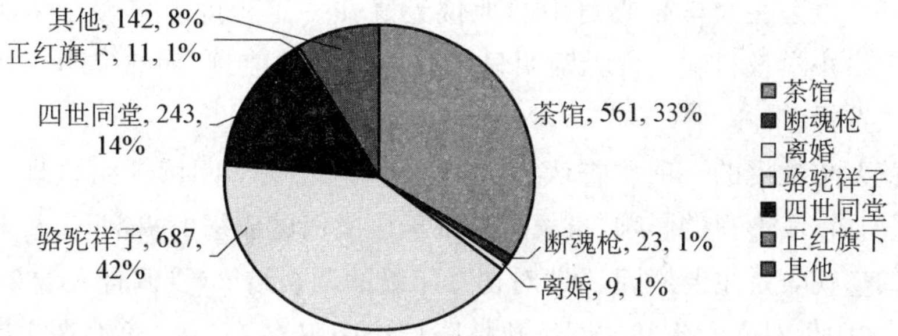

虎妞、祁瑞宣、沙子龙、王利发、张大哥。”

在选项中，我们增加了一些干扰选项，而且由于问卷是在规定时间内现场作答，减少了受调查者作弊的可能性，增加了正确答案比例的可信度。调查结果显示，选择“虎妞”来自小说《骆驼祥子》的正确率为 78.7％；选择“祁瑞宣”来自《四世同堂》的正确率为 21.1％；选择“沙子龙”来自《断魂枪》的正确率为 22.0％；选择“王利发”出自《茶馆》的正确率为 37.9％；“张大哥”出自《离婚》的正确率为 14.4％。《骆驼祥子》不仅为大多数人所阅读，也为大多数人接受、记忆，而《茶馆》的阅读率虽然也很高，但是读者的印象并不深刻。

问卷还调查了读者对老舍作品特色的看法，题目为“老舍作品对你最具吸引力的特色是(单选)”。为了提高问卷有效性，我们仅统计了这一问题的有效作答部分，也就是将问卷中没有作答、多选以及有其他答案的结果剔除，仅仅在单选了 7 个选项之一的答案中统计，有效问卷为 1 094 份。结果显示：53.2％的有效作答者认为老舍作品对其最具吸引力的特色是“对老北京民俗文化的鲜活展示”，其次依次是“幽默诙谐的语言”(12.7％)、“朴素的平民立场”(10.1％)、“对市民文化的批判”(8％)、“人物性格鲜明”(7.1％)、“寓悲于喜的美学风范”(5.7％)、“故事情节动人”(3.2％)。也就是说，多于半数的读者是被老舍作品中展现的民俗文化所吸引，幽默的语言风格和平民立场也为许多读者认同。而作品的美学风范、故事情节的展现、人物性格的塑造等方面明显被大多数读者所忽略。

二、对老舍作品艺术成就的认知

问卷的结果部分印证了我们对老舍在大学生中阅读和接受状况的期待，但也给我们呈现了一些问题，我们进行了进一步的分析和思考。

首先,大学生对老舍的接触尽管普遍很早,但是大多数还是通过教材这一途径。老舍在大学生心目中的地位无疑在一定程度上依赖于中小学教育。但中小学教材和教育无疑明显带有被选择的痕迹,而非完全出于学生的自主选择。

黄万华教授的一项调查认为:“小学生课外文学阅读开始呈现下降趋势,网络游戏、影视的影响,家长只着眼于语文考试成绩的提高,学校对儿童文学的忽视等是主要原因。”①“对初二年级的调查结果(受调查人数287人)表明,初中生对文学作品的阅读热情降低……只有12%的学生喜欢读文学书籍(女生比例高于男生),比小学生要低74个百分点。”“在阅读内容上,只有10%的学生喜欢阅读文学名著,而不喜欢阅读文学名著的学生中,偏向于‘漫画、绘本等图文作品’和‘青春畅销书’的分别占52%和32%。”②也就是说,在义务教育的高年级阶段,学生已经明显出现了阅读兴趣的分化,文学名著所占的比例令人堪忧。为此我们将“最初接触老舍作品的时间”和“完整读过《骆驼祥子》”的数据进行了交叉分析,最早在小学阶段接触过的受调查者中,完整读过小说的人占66.5%,而初中接触作品的人读过《骆驼祥子》则为60.7%,虽然相关性较低,差别并不非常明显,但也显示了接触时间对阅读的部分影响。

所以尽管老舍的作品(主要是《骆驼祥子》)在大学生中拥有很高的完整阅读率,当鲁迅这个被普遍认同的现代文学最高成就者都在中小学教育中难逃厄运时,我们仍然无法预测老舍作品未来的命运。

其次,“对老北京民俗文化的鲜活展示”成为老舍作品最具吸引力的特色这一结果,尤其展现了许多矛盾和问题。孔庆东认为老舍在文学界获得“六巨头”之一的地位的原因与其他五位有着很大的差别,而20世纪80年代以来“老舍不但没有贬值,反而有凌越于茅公巴老之上,与沈从文钱锺书平起平坐,蝉联现代小说大师‘后三雄’之势”③。孔庆东分析,原因在于老舍作品展现的大众文化的意义,而且“老舍把自己的大众情感方式和审美趣味与新文学的人道主义和国民性批判等主题进行了巧妙的拼接”。这种说法

---

①② 黄万华:《学校教育背景下的大学生文学阅读状况调查》,载《中国现代文学研究丛刊》2012年第8期。

③ 孔庆东:《老舍的大众文化意义》,载《南方文坛》2004年第4期。

是有说服力的，展现了老舍之于“鲁郭茅巴曹”的不同。但我们的调查结果却显示“对老北京民俗文化的鲜活展示”才是吸引读者的主要因素。值得分辨的前提是，尽管在字面上两者有共同之处，孔庆东所谓“大众文化的意义”中的大众文化是与“老北京民俗文化”有着很大差别的，甚至还有对立的方面。“老北京的民俗文化”很明显带有对守旧的、已经逝去的传统文化的展现和怀念而非批判。也就是说老舍作品对于当代大学生的意义则更多表现在文化标本层面而不是阶级立场。受调查者多数选择“对老北京民俗文化的鲜活展示”而非“对市民文化的批判”和“朴素的平民立场”，支持了这一差异。也就是说，老舍对老北京尤其是旗人文化的矛盾态度，及至今天，已经被多数读者消化、转变。相比之下，更接近我们调查结果的是王一川基于文学成就的入榜理由：“老舍对北京市井世相的描绘和在调制‘京味’上的杰出成就。”①

但与之矛盾的是，尽管大家普遍认同老舍的作品展现了老北京的民俗文化，完整阅读率最高和被最多人认为成就最高的作品《骆驼祥子》却无法代表这一特色。

《骆驼祥子》通过人力车夫祥子命运的起落沉浮，展现了“对城市文明病与人性关系的探讨”②，尽管也表现了些许婚丧嫁娶等民间风俗，但更致力于对病态文明和软弱国民性的批判和反省，这也是老舍中期创作的集中点，与其前后期作品比较，恰恰更少地展示了那些吸引人的、精致的、令人怀念的“老北京民俗文化”。

通过数据的交叉分析，我们发现受调查者中认为《茶馆》成就最高的人中表示被民俗吸引的有 37.2%，被老舍作品中“对市民文化的批判”和“朴素的平民立场”特色吸引的有 14%；认为《骆驼祥子》成就最高的 687 人中表示被民俗吸引的有 35.9%，被“对市民文化的批判”和“朴素的平民立场”吸引的有 11.7%。这一结果并没有表现出不同趣味的人对老舍文学成就评价有太大的差异，同时对老舍文学成就最高的作品的看法并没怎么影响到作品特色的吸引力。

---

① 王一川：《我选二十世纪中国小说大师》，载《文学自由谈》1994 年第 4 期。

② 钱理群、温儒敏、吴福辉：《中国现代文学三十年》，北京：北京大学出版社，1998 年 7 月，第 192 页。

通过与几位大学生和中学生的交流，我们发现，这种现象与中小学语文教育有着莫大的关系。我们采访的对象包括5位潍坊医学院大二学生，4位山东大学研究生、本科生，4位山东菏泽一中的中学生，方式有当面采访、电话采访和网络采访。其中本科生的生源地比较广，包括河北、山东、江苏、陕西等省。我们的访问显示，大部分人对老舍作品成就和特色的看法来源于课本和老师，而对老舍有深入了解、形成了自己看法的同学则很少。甚至有的学生只读过《骆驼祥子》和《猫城记》，却仍然表示老舍的作品主要表现了老北京特色。而没有看过《骆驼祥子》的同学，也会把它列为老舍最主要的作品。这种结果明显带有中小学教育的影响。

综上，现代文学作品的经典化进程进行到今天，老舍已经确立了他在这一代大学生中的大师级地位，而他最可能传世的作品是《骆驼祥子》，他作品中对民俗文化的鲜活展示有着传统文化的标本意义，他的成就也得益于这种展示。但是老舍地位的确立也不可避免地受到了中小学语文教育的影响，第一表现在接触时间和范围上，老舍的许多作品进入教科书，使得他成为家喻户晓的文学家；第二表现在对老舍的看法上，当代大学生对他的文学成就和作品特色的看法在很大程度上来源于教科书和语文教师。但是由于这种影响范围广、时间长，我们难以对这种影响量化分析。可以肯定的是，很大部分的读者对老舍并没有深入了解；即使读过作品，也很少形成自己的观点，基本还被限定在中小学语文教育的范围内。同时也显示了中小学语文教育对老舍作品的解读单一、不注重思想内涵、没能启发学生独立思考等问题。

值得期待同时也令人担忧的是，中小学生的阅读兴趣明显产生了分化，越来越少地受到语文教育和上一代人的影响和挟持。一方面现代文学的经典化过程必然随着这一趋势加速，许多由外部环境决定的经典迅速被淘汰出去，真正优秀的作品显露出来；另一方面文学名著的整体受关注度降低，经典的挑选也必然更加严苛，许多优秀作品也被过早遗忘。不过至少目前为止，老舍仍在令人欣慰的位置上。当然我们的调查只是针对当代大学生群体，而文学作品经典化的进程需要几代甚至几十代人共同的筛选，针对老舍作品的接受和阅读状况调查需要更持久、范围更广的追踪，才能更清晰准确地分辨、回答诸多问题和疑惑。

第三节　当前大学生对张爱玲接受状况的调查①

作为现代文学史上一位极富传奇色彩的女作家，张爱玲自 20 世纪 80 年代在大陆“复出”之后，三十几年来，引起了一次次的阅读研究热潮。从 20 世纪 90 年代其人在海外的仙逝掀起第二次研究的热潮，到新世纪胡兰成的“再现”，他对张爱玲“民国世界的临水照花人”的考语，使张爱玲的形象更平添了一层独特的魅力，再到 2007 年李安导演的电影《色戒》和 2009 年张爱玲有传记性质和传奇色彩的小说《小团圆》的出版，由学界扩散到整个社会民间的“张爱玲热”持续不断。统计数字显示，2003 年中国国内发表的研究现代作家的学术论文，最多的是鲁迅，其次是胡适，第三就是张爱玲。很多高校图书馆公布的读者借阅量排行榜也表明，张爱玲的作品借阅次数常常名列前茅。2012 年，山东大学的黄万华教授曾做过一次大学生文学阅读状况调查，调查显示，无论是理工科学生还是中文系学生，张爱玲都是他们最喜欢的现代作家之一。对于张爱玲的这种持续不退的热度，理论界早已经开始进行反思。即便是当年张爱玲的“发掘者”之一的温儒敏先生，他在指出“张爱玲热”背后的文化、心理等方面的因素之外，也指出其存在的负面影响，在很早以前就表示应该给“张爱玲热”降一降温了。

“大学生的文学生活往往较深入地反映了，甚至代表了一个时代的文学生活。”当下校园里的大学生，他们出生于 20 世纪 90 年代中期，可说身历了四次张爱玲热潮，其成长的过程正是张爱玲成为经典、进一步文化符号化的过程，而网络传媒的普及，网络小说的繁荣，更给他们带来了前所未有的新的阅读体验。在这个“浅阅读”盛行的时代，当前大学生们对于现代文学经典的接受和认识具体如何？对张爱玲持有怎样的态度？为此，我们向山东大学、北京大学、中国人民大学、北京师范大学、同济大学、上海交通大学、中山大学、武汉大学等 18 所院校，覆盖了文学、哲学、经济学、法学、教育学、理学、工学、医学、农学、管理学、艺术学等十多种专业的大学生发放了 2 000 份问卷，收到有效问卷 1 676 份，其中男性 590 人，女性 1 083 人(另有 3 人性别未填)，大一、大二、大三、大四的学生分别占被调查人数的比例是：

① 本节由孙俊杰执笔。孙俊杰，山东大学文学院新闻传播学院博士生。

38.9%、30.5%、21.7%、8.4%。从它的样本范围、问卷规模、专业覆盖率以及学生年级的分布等方面来看，这次调查应基本体现了当前大学生对现代文学经典接受和认识的真实状况。本调查报告作为其中的一部分，主要是对于张爱玲的阅读和接受情况的分析。

一、对张爱玲及其作品的认知

在问卷中，我们主要从接触途径、对张爱玲之为作家的印象、阅读目的以及作品的阅读和接受等方面对大学生进行了考察。

根据调查的结果，我们发现，被调查者最初接触张爱玲的途径与其他现代经典作家的接触途径相比，有明显的特殊性。对问卷中"您最初接触张爱玲的作品是通过什么渠道?"这一问题，有高达41.8%的人选择了"老师或朋友的推荐"，排在第一位。选择"语文教材"的是21.3%，选择影视剧、网络的分别是17.0%和9.5%。其中，初中时代即接触张爱玲作品的被调查者中，30.4%的人是通过"语文教材"，38.7%的人选择了"老师或朋友推荐"，另有23.7%是通过"影视剧"，4.8%通过"网络"；在高中始接触张爱玲的被调查者中，只有23%是通过"语文教材"，50%是"老师或朋友推荐"，12.9%是通过影视，11.9%选择了"网络"。大学时代的接触渠道同样具有这样的特点。可见，在对张爱玲作品的阅读中，人们之间的互相推荐是最为主要的渠道，影视剧和网络在不同的阶段也同样发挥了不可忽视的传播作用。这种接受渠道可与其他现代经典作家进行对比——在此次问卷中对现代文学经典总体接触渠道的调查显示，39.3%的人选择了"语文教材"，其次是原著22.7%，影视剧17.5%，网络7%，教辅读物6.6%，连环画6.1%，电台广播1.1%。以鲁迅、郭沫若和老舍为例：在本次问卷中，有76.7%的被调查者最初接触老舍是通过教材，其次是原著10.6%；80.5%的人最初接触郭沫若是通过中学教材。这种差异当然是因为长期以来张爱玲的作品未进入中学语文教材。只是在近些年来，有些地方的中学语文教材、语文选修教材、读本等才开始收录张爱玲的小说和随笔。

对张爱玲的印象调查，我们给出了一项多选题，分列出7个可选项。结果表明，绝大多数同学(83.5%)对"富有才华的女作家"表示了认可，其次是叛逆(32.3%)，出身豪门(20.5%)，现代(19.6%)，古典(16.4%)，写过反共作品(3.6%)。在此，男、女生对这些选项的选择比例分别是：

表 1

比例% 性别	A：富有才华的女作家	B：出身豪门	C：写过反共作品	D：古典	E：现代	F：叛逆
男	75.3	17.6	5.8	11.3	14.2	19.5
女	88.1	22.1	2.4	19.1	22.5	39.3

富有才华的女作家是对张爱玲的整体印象和评定，而叛逆、古典、现代则涉及性格或可理解成作品中表现出的风格倾向、艺术特色等方面，出身豪门是一种身世，写作反共作品是张爱玲1952年离开大陆后创作中曾产生的一种意识形态倾向，在此，除了对“富有才华的女作家”的认同，无论男生女生对叛逆的选择比例都是比较高的。这其中有着显在的文化、心理的因素，恰如一位论者分析的，“那些在校的大中学生，正处于青春的反抗期，有着张扬的个性和强烈的叛逆心理，而张爱玲恰是一个典型的个人主义者和叛逆者”。

虽然有高达83.5%的被调查者认可了张爱玲富于才华，同时对“您对张爱玲的哪方面最感兴趣”的调查结果显示，对其文学创作最感兴趣的比例达到了42.5%，远高于对其生平轶事（25.4%）、思想状况（11.4%）以及研究者对她的评价（5.0%）的兴趣；但接下来，对阅读张爱玲的目的的调查却表明，只有29.2%的被调查者是缘于“喜欢她的作品”，却有高达49.2%的比例是“作为一种经典，想了解”，另有22.4%选择了“消遣”，7.2%选择了“应付考试”。男、女生对此的比例分别是：

表 2

比例% 阅读目的	总比率	性别	
		男	女
应付考试	7.2	12.4	4.3
喜欢她的作品	29.2	18.0	35.4
作为一种经典想了解	49.2	39.3	54.6
消遣	22.4	20.8	22.3

通过表一和表二的对比可以看到一组有趣的数字，喜欢张爱玲作品的

比例和对其叛逆的认同的比例是极为相近的，这其中并没有什么必然的联系，如果从读者接受心理的角度来看，对叛逆的认同和共鸣便有可能成为阅读接受作品的心理和情感基础。

在张爱玲作品的阅读和接受方面，我们设置了几道多选题。其中之一是列出了一部分张爱玲的作品或作品集，来看大学生对它们的阅读情况。按阅读比例从高到低的方式进行排列，结果如下：

表 3

	总阅读比例%	性别阅读比率%	
		男性	女性
《倾城之恋》	51.8	32.4	62.5
《半生缘》	42.8	24.7	52.8
《白玫瑰与红玫瑰》	31.6	15.4	40.4
《金锁记》	24.8	14.2	30.6
《小团圆》	16.6	7.3	21.6
《沉香屑》	15.6	6.1	20.7
《流言》	7.5	4.6	9.1
《红楼梦魇》	6.7	4.7	7.8
《传奇》	6.2	4.1	7.4
《对照记》	3.7	1.7	4.8
《张看》	2.3	1.7	2.6

由表 3 中可以明显见出，人们对张爱玲小说的兴趣远远大于散文，随笔散文集的阅读量都无法和小说相比。在小说中阅读比例最高的是《倾城之恋》，达到了 51.8%，有一半以上的被调查者阅读过这部作品。排在第二的是《半生缘》，阅读比例是 42.8%，2009 年始在大陆出版的《小团圆》阅读比例是 16.6%，考虑到出版的时间短，这一比例还是很高的。《半生缘》始出版于 2003 年，它和《小团圆》的高阅读率，表明了大学生对于热点图书的关注。作为印证，在对张爱玲作品人物熟悉程度的调查中，显示了与阅读极为一致的结果，有 55.5%的被调查者知道"白流苏"，16.3%的人知道"葛薇龙"(《沉香屑》的阅读比例则是 15.6%)，这亦从一方面表

明了调查数据的可信度，熟悉人物的比例比阅读作品的比例稍高，也正是正常的表现。《传奇》作为张爱玲的第一部小说集，奠定了她在1940年代文坛的地位，也囊括了她早期最为重要和有代表性的作品，它的阅读比例是6.2％。这可能有几方面的原因。其一，取决于各图书馆的馆藏；其次，现在各种张爱玲的作品选集很多，有了更多的选择性，最初的《传奇》反而被淹没了。

表3同样显示，无论男生还是女生，他们对作品的关注、阅读比例的次序是极为一致的——尽管男生对《红楼梦魇》的阅读比例比散文集《流言》高出了0.1个百分点，而女生对《红楼梦魇》的阅读比例却比《流言》低了1.3个百分点。这种不谋而合显示了阅读中某种共同的倾向性。

为了了解大学生对张爱玲作品的接受情况，我们还设置了一问："您对张爱玲作品感受最深的是________"，并给定了8个可选项。数据表明，大学生对作品感受最深的是"B.对人性的剖析很深入"，达到了40％，"F.对人生的悲悯"是35.5％，"H.浪漫的爱情故事"是34.2％，其他几项则分别是："E.人物与我们很接近，对现在的生活也有很多启示"（28.2％），"A.情节引人入胜"（28.1％），"D.带古典传统意味"（23.2％），"C.写日常生活"（21.9％），"G.贵族气"（12.5％）。这些体现出大学生对作品思想内涵及其哲理性、艺术性的感受和重视。依托俗世男女的爱情故事，对人性进行近乎残酷的剖析尤其是对女性生命入微的描绘，从而寄寓作家对人生的悲悯，是张爱玲作品显著的特色，即使处于浮躁的当下社会中，它依然给予大学生强烈的心灵感受。而很强的故事性，显然也是张爱玲作品赢得了众多读者的一个重要因素。在男生的选择中，"浪漫的爱情故事"比例最高，而女生对"浪漫的爱情故事"和"情节引人入胜"的选择也仅次于B（对人性的剖析很深入）和F（对人生的悲悯）。

二、张爱玲阅读与接受中的性别差异

通过前面的调查统计数字，我们发现：

首先，对张爱玲的阅读和接受中，具有明显的性别差异。这种性别差异表现在对张爱玲的评价、印象、对作品的阅读和感受等各个方面。在此次问卷对现代文学经典的总体接受状况的调查中，根据被调查者的阅读频率，大学生心目中的现当代文学大师排名（前10位）是：

表 4

		频率	百分比
1	鲁迅	1 161	69.3%
2	巴金	933	55.7%
3	老舍	923	55.1%
4	沈从文	685	40.9%
5	钱锺书	663	39.6%
6	冰心	662	39.5%
7	金庸	592	35.4%
8	张爱玲	578	34.5%
9	郭沫若	577	34.4%
10	林语堂	453	27.0%

张爱玲位居第8。张爱玲的这一位置并不令人惊讶。1994年,王一川曾为20世纪中国文学大师重新排名,依次是:鲁迅、沈从文、巴金、金庸、老舍、郁达夫、王蒙、张爱玲、贾平凹。与之相对应的还有,首都师范大学文学院现当代文学教研室2004年10月以北京市部分中学生和大学生为对象所作的抽样调查中,对于“喜欢的作家”,无论初中生、高中生、大学生,在前10位中,张爱玲都榜上有名。然而,如果将男女大学生对大师的选择比例进行分列,有什么不同?从表5中可见一斑(以%计):

表 5

	鲁迅	巴金	老舍	沈从文	钱锺书	冰心	金庸	张爱玲	郭沫若	林语堂
男	68	56.9	52.7	40	35.8	40	37.6	22.2	33.6	20
女	70.2	55.1	56.5	42.6	41.7	39.3	34.2	41.3	35	31.1

将范围更扩大一些,其他几位认可度较高的作家分别是:茅盾(男生31.9%;女生23.8%),徐志摩(男生25.4%;女生26.2%),曹禺(男生25.4%;女生23.5%),贾平凹(男生23.6%;女生24.8%)

可以看到,在男生的现当代文学大师的排名中,张爱玲的位置是落后于茅盾、徐志摩、曹禺以及贾平凹的。根据频率的排名显然与所取的调查样本有很大关系，如果假定男女大学生的比例是1:1，那么只有取男生女生各自比例之和的平均数，才更能够真实地反映作家在当代大学生心目中的地位。从表5可以见出，对于鲁迅、巴金、老舍等作家，男生女生的认可度是基本持平的，包括对徐志摩、曹禺、贾平凹这些排名在前10之外的作家，也并没有多大的差异，而张爱玲却并非如此。男生的认可度只有22.2%，排在10名之外，女生则高达41.3%，排在第6位，相差了近20个百分点。

与之相对应，在表2中，喜欢张爱玲作品的女生比率为35.4%，男生为18.0%，相差了17.4个百分点。表3中，尽管男女生对作品的阅读排名次序极为一致，但女生对张爱玲作品的阅读比例通常是男生的2倍左右甚至更多。这就使我们去反观，在张爱玲作品高借阅率、高阅读率的背后，也许女生是它主要的推手。

女性显然对张爱玲表现出更多的身份认同和共通的情感体验，其作品中对女性心理、境遇的描写也更易使女性产生情感共鸣，这一点通过表1对叛逆的不同选择比例亦体现出一斑。固然，无论男生女生对叛逆的选择比例都是比较高的，都是除“富有才华的女作家”之外认可度最高的，但与其他选项相比，男女生对此的比例明显相差更大，女生比男生高出了近20个百分点(其他几项分别相差：A. 12.8;B. 4.5;C. 3.4;D. 7.8;E. 8.3)。

对张爱玲的阅读和接受中，这种性别之间的巨大差距本身就令人深思。一位优秀的作家，是为人而写作，是不应该存在太大的性别阅读偏差的。

其次，如果阅读张爱玲的目的更为真实地反映出人们对其作品的态度，那么，表二的数据显然会使我们重新审视“张爱玲热”。事实上，真正出于喜欢而进行的阅读比例并不大，只有被调查者的29.2%，如果取男女比例的平均数，更要低一些，只有26.7%，这个喜欢的比例显然与“热”不太符合。有近一半的人存在着“作为一种经典，想了解”(49.2%)的心态，“消遣”的因素也达到了22.4%，其中，并不存在年级和专业的差异，可见在当下的大学生中，这是一种比较普遍的状况。这首先说明经典事实上在调查者的头脑中早已经是一种存在，当开始阅读张爱玲的时候，张爱玲就已经是作为一种经典的文化符号而呈现。这可与调查者对郭沫若的态度进行比照。同样，尽管有高达68.7%的被调查者对以“鲁郭茅巴老曹”来代表中国现代文学最高成就的说法持基本赞同的态度，并且郭沫若在大学生心目中的大师排名中排在第9位，位于张爱玲之后，但很喜欢和比较喜欢的比例只是

17.2%,认为一般的占到了63.2%。这里的一般既可理解为一般喜欢也可以是对它感觉一般,无所谓喜欢不喜欢,也许在此,后一种理解更具有真实性。对郭沫若的阅读也大多局限于其诗集《女神》和戏剧。以其喜欢的低比例和阅读的有限性而能够得到对一个作家地位的更普泛的认同,显然并非仅仅因为对作品的阅读得到的客观的评价。这来自于各方面,周围人的影响,教科书以及其他书籍,网络宣传等。表2也表明大学生对文学的选择更为理性、冷静也更为独立。不会因为经典而盲目地推崇,排名是理智的客观判断,而喜欢却是自身直觉的感受。温儒敏先生曾感叹的20世纪90年代大学校园里"张爱玲热"的情景,"在大学校园里手捧《张爱玲文集》成为一道时尚的风景,'张爱玲'变成某种趣味的象征而被争相仿效",恐怕只能成为一抹时代的记忆。在当下并不高的喜欢度,阅读接受中男女生态度巨大的差异的事实面前,很难想象"张爱玲热"能够持续下去。正如张爱玲的自传三部曲的出版,2009年的《小团圆》所引发的各大媒体的评论热潮言犹在耳,紧随其后于2010年出版的自传体小说《雷峰塔》和《易经》却有些"悄然",如评价者所感受到的,2009年出版的《小团圆》也许真的是"张爱玲热"的最后一针强心剂了。

再次,虽然大学生的选择更为理性,对文学有着自己独立的态度和认识,但不可否认的是,影视媒体网络对大学生的张爱玲阅读接受具有重大的影响。在最初接触张爱玲的途径中,来自影视和网络的比例之和是26.5%,超过了教材的21.3%,其中,初高中即接触张爱玲的途径比例分别是(影视和网络的比率之和/教材)28.5/30.4,24.5/23,几乎持平。近些年,根据张爱玲作品改编的影视剧甚至话剧、歌剧不断上映,2004年电视剧《半生缘》热播(1997年也曾被拍成电影),2009年,电视剧《倾城之恋》在央视八套黄金档播出,2007年电影《色戒》引起的热议更无需细说,甚至引发了又一次张爱玲热潮。通过调查可以看到,大学生对根据张爱玲作品改编的影视观看的比例是很高的:《色戒》41.6%,《倾城之恋》41.6%,《半生缘》47.9%;《白玫瑰与红玫瑰》因其较早(1994年由关锦鹏导演),观看的比例是10%,想看但没机会的有11.9%,没看过也没兴趣的只有8.1%。影视和文学之间的相互影响很难以排除。

同样由表3可以感受到,在《小团圆》出版时间较短却有16.6%的阅读比例之后,有着显在的网络的影响。我们难以忘记《小团圆》出版前后在研究领域和在报刊网络上引起的热闹非凡的景观，打着“张爱玲自传”“半写家史半写情史”这样富于诱惑力的商业包装，用一系列神秘渲染挑起人们的阅读欲望。大学生对经典的选择有自己的理性和认知，也有着对思想艺术意蕴的注重和追求，对于当下依然将思想深度作为评判一部文学作品最为主要的价值尺度的大学生，过度的俗化和消费显然与他们对经典的期待有着一定的距离。由媒体网络和商业共同合谋，以神秘诱惑为其主调的热潮，在失去了对作品更内在的人性内涵的深层体验后，除了导致较高的阅读率，并没有相应的对作家的认同为其依托。网络对人们的张爱玲接受具体产生了怎样的影响，这是一个值得讨论的问题。

第四节　当前大学生对莫言接收状况的调查[①]

一

莫言是我国著名作家，在获诺贝尔文学奖之前，大学生中熟悉、了解和知道他的有 59.6%，可见他的知名度还是较高的，但是也有 36.4%的学生从没听说过莫言（见表 1）。在收回的有效问卷中，汉语言文学专业的学生有 196 人，他们对莫言的认同度要高于整体水平，熟悉、了解和知道莫言的占 82%。当然汉语言文学专业的学生具有文学专业的背景优势，但也说明专业教学在扩大文学经典影响中具有重要的作用。

表 1　在莫言获诺贝尔文学奖之前，您对莫言了解的程度如何？

了解程度	频率	百分比(%)
非常熟悉	22	1.3
比较了解	73	4.4
有一点了解	350	20.9
只听说过	553	33.0

① 本节由张学军执笔。张学军，山东大学文学与新闻传播学院教授，博士生导师。

续 表

了解程度	频率	百分比(%)
没听说过	611	36.4
缺失	67	4.0
合计	1 676	100

莫言获诺贝尔文学奖之后，国内外对莫言获奖反应强烈，或褒或贬，众说纷纭。肯定的人认为莫言获奖实至名归，是中国文学史上具有里程碑意义的重大事件，提高了中国当代文学在世界上的知名度；也有人认为这是中国经济崛起和国际形象改变的必然结果，"莫言的获奖，表明国际文坛对中国当代文坛及作家的深切关注，表明中国文学所具有的世界意义"。否定的意见有：莫言不是当今中国最好的作家；莫言的作品迎合了西方人解读中国的思维定式，落后、粗野；莫言获奖是诺贝尔评委放低标准眷顾中国文学的结果等。甚至还有讽刺、挖苦、人身攻击等言论。那么，大学生对这一问题是如何看待的呢？见表2。

表2 对莫言获诺贝尔文学奖持什么看法？

	频率	百分比(%)
实至名归，在中国文学史上具有里程碑意义	616	36.8
名不副实，莫言并不是当今中国最优秀的作家	106	6.3
商业炒作价值高于实际意义	109	6.5
中国经济崛起和国际形象改变的必然结果	170	10.1
诺贝尔文学奖是西方价值观及审美趣味的体现，获奖与否不能说明中国当代文学的成就	567	33.8
缺失	108	6.4
合计	1 676	100

调查显示大学生对莫言获诺贝尔文学奖给予了高度的关注，对莫言获奖的看法也是"仁者见仁，智者见智"，但充分认同并肯定莫言获奖的还是占较高比例的，无论如何莫言获奖的反响已超出文学界，成为中国当代社会的一个重大事件。

我们还对中文系三年级的学生进行了采访调查，79%的学生认为莫言的创作达到了世界一流水平，获诺贝尔文学奖是当之无愧的。有42%的学生认为莫言获奖只代表了他个人的文学成就，并不代表中国当代文学获得世界认可。在对莫言获诺贝尔文学奖原因的调查中，53%的学生认为成功的外文翻译功不可没，还有11%的学生认为莫言的作品暗合了西方人对中国的想象。

诺贝尔文学奖是世界上文学界的最高奖项，其影响力是不可低估的。它不但能提高一个作家的知名度，促进获奖作家作品的出版发行，也能引发人们对文学的关注和文学阅读的热潮。这对于当下处于边缘状态的文学，无疑是一强心剂。调查显示，在回答“莫言获诺贝尔文学奖对你阅读其作品有无引导作用?”这一问题时，有50.5%的学生选择了“有”。可见莫言获奖已经对大学生阅读其作品起到了有力的推动作用。莫言获奖后，其作品在全国各地书店迅速脱销，作家出版社《莫言文集》、上海文艺出版社“莫言作品系列”的出版和热销，都说明诺贝尔文学奖对推动莫言作品的阅读有着重要的作用，同时对于广大民众关注文学也将起到重要的引导作用。

二

为了了解莫言的作品在当前大学生中的阅读和接受状况，调查问卷设置了“您读过几篇莫言的作品?”的问题。问卷显示读过莫言作品的有40.4%，这一结果比2012年莫言获诺贝尔文学奖之前的调查(大学生读过莫言作品的人数为38%)略有增加。这说明，阅读莫言作品人数的增加与莫言获诺贝尔文学奖有着密切的联系。但仍有55.9%的学生一篇也没有读过(见表3)。

表3

	频率	百分比(%)		频率	百分比(%)
一篇	295	17.6	一篇也没读过	937	55.9
两篇	177	10.6	缺失	62	3.7
三篇	114	6.8	合计	1 676	100
五篇以上	91	5.4			

这说明莫言获奖对大学生阅读其作品的状况并没有根本的改变。白烨主编的《中国文情报告(2012—2013)》发布的 2012 年“开卷”小说类图书畅销排行榜显示,去年的莫言热并没有改变文学作品销售的格局。排在畅销榜首的是郭敬明的《小时代 3.0 刺金时代》。去年郭敬明共有 3 本书进入销量前 20,黄晓阳的四部官场小说全部进入榜单的前十名。莫言的《蛙》和《丰乳肥臀》在排行榜的位置分别是 11 和 16。从销售量来看,文学经典仍然不如流行的通俗文学,莫言作品的销量不敌郭敬明的青春文学和通俗的官场小说。市场选择代表了当下社会阅读的选择,大学生对莫言小说的漠视与市场选择呈一致的状态。

在对汉语言文学专业的 196 名学生的调查中,关于莫言作品,读过一篇的有 38 人(19.4%),读过两篇的有 28 人(14.3%),读过三篇的有 29 人(14.8%),读过五篇以上的有 30 人(15.3%),一篇也没读过的 66 人(33.7%),缺失 5 人(2.5%)。与表 3 相比,汉语言文学专业的学生读过一两篇的差别不大,一篇也没读过的比例大幅下降,达 22.2%;而读过三篇和五篇以上的比例则有较大的提升,分别提升为 8.0%和 9.9%。可见,受过文学专业教育的学生对莫言作品的阅读比例明显高于其他专业学生。

问卷显示出不同的年级对莫言作品的阅读情况:一篇也没读过的学生中,大一学生(2012 级)378 人(占总数的 22.6%),大二学生有 292 人(17.4%),大三有 183 人(10.9%),大四有 81 人(4.8%)。由此可见,没有读过莫言作品的学生主要集中在低年级,在 55.9%的没读过莫言作品的学生中,大一、大二年级学生就占其中的 40%。而在读过五篇以上的大学生中,大一 22 人(1.3%),大二 33 人(2.0%),大三 28 人(1.7),大四 8 人(0.5%),大二和大三的学生相对集中,在全部的 91 人中就占了 61 人。

为了了解大学生对莫言作品的阅读情况,我们设置了“您读过莫言的哪些作品?”的多选题,见表 4:

表 4

作品	频率	百分比(%)	作品	频率	百分比(%)
《透明的红萝卜》	134	8	《檀香刑》	98	5.8
《红高粱家族》	285	17	《四十一炮》	12	0.7
《天堂蒜薹之歌》	23	1.4	《生死疲劳》	66	3.9

续 表

作品	频率	百分比(%)	作品	频率	百分比(%)
《十三步》	24	1.4	《蛙》	211	12.6
《食草家族》	17	1	《我们的荆轲》	24	1.4
《酒国》	29	1.7	《欢乐》	15	0.9
《丰乳肥臀》	207	12.4	《师傅越来越幽默》	29	1.7
《红树林》	37	2.2	《白狗秋千架》	24	1.4

从表 4 可以看出阅读最多的是《红高粱家族》,有 17%的学生读过;其次是《蛙》,阅读的比例为 12.6%;再次是《丰乳肥臀》,有 12.4%的学生读过。这三部作品在莫言的小说中有较高的阅读比例是有着重要的原因的。《红高粱家族》1987 年由解放军文艺出版社出版,张艺谋执导的电影《红高粱》获得了极高的声誉,在莫言作品的传播中起到重要的作用。在我们设置的"您看过哪几部根据莫言作品改编的影视剧?"的问题中,有 55.2%的学生看过《红高粱》,电影成为引导学生阅读原著的一大诱因。《蛙》2011 年获得了第八届茅盾文学奖,一时成为人们争相阅读的热门书籍,同样对大学生的阅读起到了引导作用。《丰乳肥臀》最早发表于《大家》杂志,获十万元的"红河"文学大奖,1995 年由作家出版社出版。这部作品受到大学生的青睐也有获奖的因素在其中,或许还与"重口味"的题目有关。在中国新闻出版研究院组织的第十次全国国民阅读调查中,莫言的《红高粱》、《蛙》和《丰乳肥臀》都入选 2012 年中国读者最喜爱的十本书。由此可见,大学生对莫言作品的阅读选择与全国国民的阅读选择有着高度的一致性。《中国文情报告(2012—2013)》发布的 2012 年"开卷"小说类图书畅销排行榜显示,《蛙》和《丰乳肥臀》都进入了排行榜前 20 名,这说明大学生的阅读选择与文学类图书市场的销量也是大体一致的。总之,文学奖在引导文学作品阅读上起到了重要的作用。

在"您喜欢莫言的作品是因为________"的多选题中,"狂放奇异的想象"是选择最多的一项(355 人占 21.2%),紧随其后的是人性刻画的深度(324 人占 19.3%)和"作为老百姓写作"的立场(309 人占 18.4%),汪洋恣肆的语言(282 人占 16.8%),魔幻笔法(225 人占 13.4%),新颖的文体形式

(169人占10.1%)。从表5中可以看出大学生对莫言作品认同上的多样化。对调查问卷中"您根据什么标准判断一部文学作品的优劣高下?"这一多选题的回答中,"思想深度"的选择比率最高,为73.2%,其次是:情感共鸣65.8%,故事情节61.1%,人物形象40.3%,意象意境36.3%,语言修辞34.0%。由此可见,大学生在判定文学作品高下时,更为看重的仍然是思想深度。具体到对莫言作品的认知,人性刻画的深度和"作为老百姓写作"的立场,显然属于思想性的范畴,莫言小说中的苦难叙事、现实批判和文化反思,都体现了他的"作为老百姓写作"的立场。再加上他那狂放奇异的想象、汪洋恣肆的语言、魔幻笔法和新颖的文体形式,形成了莫言小说创作的独特个性,也是他的小说独具艺术魅力之所在。

表5

您喜欢莫言的作品是因为——	频率	百分比(%)
新颖的文体形式	169	10.1
汪洋恣肆的语言	282	16.8
狂放奇异的想象	355	21.2
人性刻画的深度	324	19.3
魔幻笔法	225	13.4
"作为老百姓写作"的立场	309	18.4
其他	555	33.1

在"您看过哪几部根据莫言作品改编的影视剧?"的调查中,看过《红高粱》的高达55.2%(见表6)。中篇小说《红高粱》发表于《人民文学》1986年第3期,1987年获第四届全国优秀中篇小说奖。电影《红高粱》是根据中篇小说《红高粱》和《高粱酒》(即《红高粱家族》中的第一、二章)中的内容改编的,1987年由西安电影制片厂摄制,张艺谋导演,1988年获第38届柏林国际电影节最佳影片金熊奖。这部影片给莫言带来极高的声誉,也引发人们竞相观看。许多人对莫言作品的最初认识就是从影片《红高粱》开始的。时过二十多年,当前的大学生们对电影《红高粱》仍趋之若鹜,足见其艺术魅力。根据《师傅越来越幽默》改编的电影《幸福时光》由张艺谋导演,观看比例6.7%。根据《白狗秋千架》改编的电影《暖》由霍建起导演,获第16届东

京电影节金麒麟奖，其观看比例也达到4.4%。由此可见，获奖电影在引导观众方面的作用是不可低估的。

表6

作品	频率	百分比(%)	作品	频率	百分比(%)
《红高粱》	925	55.2	《幸福时光》(《师傅越来越幽默》)	112	6.7
《白棉花》	25	1.5	《红树林》	55	3.3
《暖》(《白狗秋千架》)	74	4.4			

与文学阅读相比，影视剧有着广泛的受众。我们可以与作品阅读做个比较。从表7中我们可以看到，小说阅读的比例远远低于电影观看的比例，尤其是观看过电影《红高粱》的比例高达55.2%，比阅读过作品的比例高出38.2%。由此可见，在文学经典传播的过程中，电影起到了重要的作用——扩大了受众的范围，延长了作品的生命。

表7

	小说		电影	
作品	频率	百分比	频率	百分比
《红高粱》	285	17	925	55.2
《幸福时光》(《师傅越来越幽默》)	29	1.7	112	6.7
《暖》(《白狗秋千架》)	24	1.4	74	4.4
《红树林》	37	2.2	55	3.3

三

在上一节中，我们看到没有读过莫言作品的大学生有937人，占有效问卷的55.9%，仅比莫言未获诺贝尔奖之前的数据高出2个百分点，大学生阅读其作品的比例并没有因为莫言获诺贝尔文学奖而大幅提升。显然，这并不是一个令人乐观的数据。

我们还对大学生文学经典接受渠道进行了调查，“您是通过下列哪种渠道接触到文学经典的?”见表 8。

表 8

	频率	百分比		频率	百分比
原著	380	22.7%	影视剧	294	17.5%
语文教材	659	39.3%	网络	12	0.07%
教辅读物	111	6.6%	缺失	100	6.0%
电台广播	18	1.1%	合计	1 676	100%
连环画	102	6.1%			

从表 8 中可以看到，大学生真正读原著的只有 22.7%，很少读原著成为普遍的现象。当前大学生接受文学经典的主要来源是语文教材和教辅读物，两者占 45.9%。当前大学生大都是 20 岁左右的青年，他们在中学阶段随着学习科目的增多，学习压力的加大，为了高考无暇阅读课外文学书籍，一心扑在应付高考的学习中。进入大学之后，虽然有大学语文和一些通识课程，但主要精力还是放在专业课的学习上。在当今读图时代，除非特别喜欢文学的学生(汉语言文学专业的学生除外)，大多数学生很少阅读经典原著，从表 8 中也可看出通过电台广播、连环画、影视剧和网络接触文学经典的人数占 24.77%，高出了阅读原著 22.7%的比例。陈晓明认为今天的文学已经面临“剩余”的命运，“无疑与影视、图像、声音为主体的‘视听’文化占据霸权地位有关”。在当今娱乐至上的时代，追求图像直观和感官愉悦的趋向愈加明显，文学经典被冷落的现象难以避免。

时代的进步，科学技术的发展，使互联网与移动通讯相结合，将通讯、浏览、搜索等功能集为一体，为大众阅读带来了许多的便利。根据中国互联网信息中心发布的第 31 次中国互联网发展状况统计报告显示：“截止 2012 年 12 月底，我国网民规模达 5.64 亿，全年新增 5 090 万人，互联网普及率为 42.1%，手机规模为 4.2 亿，较上年底增加约 6 440 万人，这为数字出版特别是移动互联网出版发展奠定了坚实的用户基础，并直接推动了阅读方式的改变。”而微博的出现更是为大众的阅读习惯带来了强烈的冲击，“微阅读”

改变着大学生阅读的形式和内容。“大学生微博使用情况调查报告”中有这样一组数据：42.11%的人认为阅读过于“微”化，会让大家形成阅读惰性。这一带有“娱乐化”“零散化”特点的资讯消费形式，成为当下最为流行的大众阅读方式。网络文学成为大众流行趣味和社会时尚的风向标。“屏幕”阅读的文学已不是精神食粮，而成为日常生活的消费品。人们的阅读耐性正在消失，传统的静坐默读的文学阅读方式受到挑战，信息传媒的便捷使一些大学生养成了一种惰性，导致了他们对文学经典阅读的漠视。实用主义的社会心理，功利主义的学习观，普遍的就业压力，使大学生将主要精力放在专业课学习、四六级英语考试、托福、雅思、计算机、经济、法律等应用类书籍的阅读和考公务员的资料复习上，而没有实际用处的文学经典阅读则被搁置。当然，为了生存，这也是无可厚非的，但兴趣阅读让位于实用阅读，长此以往，将会导致人文素养的欠缺和审美能力的降低。

问卷还设置了“莫言获诺贝尔文学奖对你阅读其作品有无引导作用?”这一问题。选择有引导作用的有 847 人(50.5%)，选择“无”的有 763 人(45.6%)，缺失 66 人(3.9%)。由此可见莫言获奖已经激发了大学生阅读其作品的兴趣，提高了他们对文学的关注。莫言获诺贝尔文学奖之后，其作品曾一度热销，这是一个好的现象，最起码说明关注文学的人们在增多。问题是在当前消费主义蔓延、追逐时尚、娱乐至上的大环境中，大学生对莫言的追捧是对文学的关注，还是一种追逐时尚、明星的热情？他们对莫言作品的阅读是出于对文学的热爱，还是一种消费明星的心理？(莫言获奖以后，成为网上被恶搞的对象，各种段子的流传，现实中莫言被消费的现象更是层出不穷。)若无宁静的心境和平心静气的阅读，只是一味追求时尚，公众这种亢奋的热情也会转瞬即逝，随着新的热点的出现，去追捧另一引领潮流的时尚。

第五节　诺奖之后莫言的阅读接受状况研究[①]

2012 年，莫言获得诺贝尔文学奖。一时间，莫言成为万众瞩目的焦点，其作品遭遇抢购，其故居迎来大批游客，其故乡准备大面积种植红高粱，出

① 本文由史建国执笔。史建国，山东大学文学与新闻传播学院副教授。

版社也加班加点推出其文集……从 20 世纪 90 年代市场大潮兴起、文学日渐边缘化以来，尽管其间也曾出现过令人瞩目的文坛事件，但关注者大都仅限于文坛中人，普通民众并未参与其中。莫言获诺奖则真正成了一次全民“事件”。关注者已不仅限于文坛中人或者学术界，而是飞入寻常百姓家，成为普通百姓街谈巷议的话题，走入了普通公众的生活。当然，“事件”也好，“话题”也罢，总会过去，那么后诺奖时代人们将如何认识莫言、阅读莫言、理解莫言呢？对此，媒体和批评家们已经有大量的文章发表，发出了专业读者和批评家的声音，此处不赘言，本文更关注的是普通读者对莫言的阅读、接受状况。

莫言获奖之后，许多出版社都推出莫言作品集。眼下已经推出的有：作家出版社出版的《莫言作品集》(20 册)和《莫言经典收藏》(12 册)，出版社广告语分别是“中国首位诺贝尔文学奖得主最新全本文集”和“填补了莫言获奖之后诺贝尔纪念版的空白”；上海文艺出版社出版的《莫言小说集》(16 册)以及《莫言长篇小说集》(11 册)，出版社广告语是“2012 年诺贝尔文学奖获得主莫言作品系列，上海文艺出版社荣誉出品”；天津出版传媒集团、百花文艺出版社出版的《莫言诺贝尔文学奖典藏文集》(20 册)，当当网的广告语是“全新修订版，家庭藏书必备！当当网独家销售！”；云南人民出版社出版的《莫言文集诺贝尔奖纪念收藏版》(20 册)，当当网广告语是“莫言送瑞典文学院相同版本”；作家出版社出版的《莫言经典收藏》(繁体字版，12 册)，当当网广告语是“莫言获得 2012 年诺贝尔文学奖之后，首次独家授权的全球唯一中文繁体字版文集”。至于经过重新包装后出版的单行本就更多了。长江文艺出版社还抓住机会推出了《盛典——诺奖之行》，广告语是“莫言获诺贝尔奖后首部作品，全程实录诺奖之行空前盛典，独家披露获奖前后心路历程”。可见，“诺贝尔文学奖”已经成了出版社和经销商推销莫言作品的最大卖点，换言之，诺贝尔奖获得者的身份也已经成为莫言最重要的“象征资本”，而这种象征资本在出版社和经销商的共同推动下，正在迅速化为有形的经济资本。转化的过程，则牵涉成千上万普通读者的文学生活。

那么，莫言获奖后，他的作品发行情况到底怎样，普通读者又是如何接受和认知的呢？笔者选取作家出版社 2012 年出版的《莫言文集》和上海文艺出版社出版的《莫言小说集》进行了调查。之所以选择这两套书作为样本，是因为这两种文集是莫言获奖后最早开始运作并推广的，迄今发行量也最大。调查的方法是对当当网和京东商城这两家国内较大的电商企业所销售的上述两套书读者评论状况进行统计分析。另外，针对莫言的读者接受也在山东大学文学与新闻传播学院2011级中文系同学中进行了抽样调查。

从统计结果来看，截至2013年8月30日，作家出版社2012年11月出版的《莫言文集》(20卷)在当当网上有7 201条评论，京东商城上有631条评论；上海文艺出版社2012年11月出版的《莫言小说集》(16卷)在当当网上有509条评论，京东商城上有167条评论。另外，上海文艺出版社出版的《莫言长篇小说集》(11卷)，当当网上有7 422条评论。至于两套集子中每本作品的评论情况则详见下表：

表1 《莫言作品集》当当网评论统计(2013.8.30)

书名	当当网读者评论数	排序
《莫言作品集》(20卷)	7 201	(作品集不参与排序)
《蛙》	50 058	1
《丰乳肥臀》	40 772	2
《生死疲劳》	12 778	3
《檀香刑》	8 292	4
《红高粱家族》	5 972	5
《酒国》	4 749	6
《四十一炮》	2 430	7
《红树林》	1 946	8
《天堂蒜薹之歌》	1 933	9
《白狗秋千架》	1 380	10
《会唱歌的墙》	1 302	11
《食草家族》	1 245	12
《怀抱鲜花的女人》	1 169	13
《十三步》	1 117	14
《师傅越来越幽默》	985	15
《我们的荆轲》	946	16
《与大师约会》	842	17

续 表

书名	当当网读者评论数	排序
《欢乐》	667	18
《用耳朵阅读》	572	19
《碎语文学》	352	20

表 2 《莫言作品集》京东商城评论统计(2013.8.30)

书名	京东商城读者评论数	排序
《莫言作品集》(20 卷)	631	(作品集不参与排序)
《蛙》	3 108	1
《丰乳肥臀》	2 413	2
《生死疲劳》	799	3
《红高粱家族》	549	4
《檀香刑》	493	5
《酒国》	419	6
《四十一炮》	288	7
《红树林》	233	8
《天堂蒜薹之歌》	212	9
《白狗秋千架》	192	10
《会唱歌的墙》	160	11
《食草家族》	156	12
《十三步》	152	13
《师傅越来越幽默》	150	14
《我们的荆轲》	135	15
《与大师约会》	135	15
《欢乐》	128	17
《怀抱鲜花的女人》	124	18
《用耳朵阅读》	114	19
《碎语文学》	102	20

表 3 《莫言小说集》当当网评论统计(2013.8.30)

书名	当当网读者评论数	排序
《莫言小说集》(16 卷)	509	(作品集不参与排序)
《蛙》	33 393	1
《丰乳肥臀》	30 537	2
《生死疲劳》	7 694	3
《红高粱家族》	6 839	4
《檀香刑》	5 452	5
《酒国》	4 968	6
《天堂蒜薹之歌》	2 893	7
《四十一炮》	2 774	8
《红树林》	2 542	9
《食草家族》	1 920	10
《十三步》	1 765	11
《白狗秋千架》	1 528	12
《怀抱鲜花的女人》	1 329	13
《师傅越来越幽默》	1 299	14
《与大师约会》	1 047	15
《欢乐》	1 001	16

表 4 《莫言小说集》京东商城评论统计(2013.8.30)

书名	京东商城读者评论数	排序
《莫言小说集》(16 卷)	167	(作品集不参与排序)
《蛙》	7 189	1
《丰乳肥臀》	5 487	2
《生死疲劳》	2 508	3
《檀香刑》	1 917	4
《红高粱家族》	1 423	5

续 表

书名	京东商城读者评论数	排序
《酒国》	1 395	6
《四十一炮》	1 004	7
《红树林》	962	8
《天堂蒜薹之歌》	957	9
《白狗秋千架》	791	10
《十三步》	785	11
《食草家族》	733	12
《与大师约会》	727	13
《师傅越来越幽默》	395	14
《欢乐》	386	15
《怀抱鲜花的女人》	317	16

网络平台的读者评论尽管有许多是对图书价格、装帧设计、印刷质量以及物流速度等的评论，但更多的评论则是针对作品本身的，可以从一个侧面反映出读者对作品的接受状况。读者评论数越多，作品销售的数量和被阅读的次数就越多。从表 1 可以看出，在莫言创作的文学题材中，读者评论数最多的大致依次是小说、散文、戏剧。而在小说中，长篇小说尤其受到读者青睐。排在前 10 位的除了第 10 位《白狗秋千架》是短篇小说集以外，其余 9 部全部是长篇小说。散文集《会唱歌的墙》排在第 11 位。剧作集《我们的荆轲》则排在第 16 位。表 2 大致相同，排在前 12 位的除了《红高粱家族》和《檀香刑》与当当网上的顺序颠倒之外，其余排序完全相同。两个网络平台上读者评论数量排名最靠后或者说读者关注最少的都是《用耳朵阅读》和《碎语文学》——这两个集子是莫言的一些演讲和答记者问的合集，这类作品除了专业读者出于研究的需要会阅读之外，普通读者兴趣不大，因此读者阅读和评论数量较少。

表 3 显示，读者评论最多的前十部作品全部是长篇小说，中短篇小说集分别排第 12—16 位。中短篇小说集中，《白狗秋千架》排名最靠前，第 12 位。排名最后的是中篇小说集《欢乐》。表 4 同表 3 的排序大致吻合，《白狗秋千

架》成了第10位，排在最后的是《怀抱鲜花的女人》，而《欢乐》则成了第15位。

从以上统计结果并结合作者评价的具体内容可以看出，读者对这两套莫言作品集的阅读与接受情况呈现出了某些共性。第一，在莫言的作品中，读者偏爱长篇小说，当当网和京东网读者评论数最多的前三部作品高度一致，依次分别是《蛙》《丰乳肥臀》和《生死疲劳》，排在第4—6位的是《红高粱家族》《檀香刑》《酒国》。但不同版本、不同平台的相应排序略有差异。其中《蛙》和《丰乳肥臀》的读者评论数遥遥领先，后面几部作品的读者评论数则呈梯次递减。排在第7名以后的作品读者评论数跟前六部相比有较大差距。这从一个侧面反映出，在获奖后的"莫言热"中，绝大部分读者都能够坚持阅读莫言的两部作品，而读到六部以上的读者就比较少了。第二，莫言中短篇小说集中，最受读者关注的是《白狗秋千架》，而读者关注最少的则是《欢乐》。《莫言作品集》在当当网和京东商城的统计，《白狗秋千架》都排第10位，甚至超越了《食草家族》和《十三步》两部长篇。而《莫言小说集》在当当网的评论统计中《白狗秋千架》排名第12，京东商城评论统计排第10，在中短篇小说集中是排名最靠前的。在两套书中，当当网评论统计，《欢乐》排名小说最后，而京东商城评论统计《欢乐》则排在小说的倒数第二，仅以微弱优势高于《怀抱鲜花的女人》。第三，从评论的内容来看，绝大多数读者都是冲着诺贝尔奖的光环而选择购买莫言作品并开始接触莫言的。当然也有些人购买是为了收藏，并没有阅读，或者"留着以后有空慢慢读"。

诺贝尔奖的光环会影响到读者的文学消费与文学阅读是显而易见的，如前所述，莫言获奖后各家出版社纷纷推出各种版本的莫言作品集，基本上打的都是诺贝尔奖牌。从网上的读者评论来看，80%以上的消费者都承认自己购买阅读莫言作品是跟莫言获得诺贝尔文学奖有关，有的甚至坦率地承认自己是"跟风""并没有读"，仅仅是为"收藏"。例如用户名为"网购一快乐"的京东用户评价"诺贝尔奖的书值得看看"[①]；用户名为"jd_she1012"的读者说："中国好不容易出了个'诺贝尔'，怎么都该支持一下"[②]；用户名为"y＊＊＊芷"的京东用户购买了上海文艺版的《白狗秋千架》《生死疲劳》《欢乐》以及《怀抱鲜花的女人》并拍照晒单，发表的评论文字也极为简洁，"为

① 参见 http://item.jd.com/11110656.html#comments-list。
② 参见 http://item.jd.com/11110656.html#comments-list。

‘诺贝尔’买，不为莫言……”[①]可见诺贝尔的光环对普通读者的文学消费与文学阅读之影响是非常大的。另外，我们还可以从莫言作品与其他作家作品的比较中看出“诺奖效应”的威力。莫言的《蛙》是2011年第八届茅盾文学奖的获奖作品，此次统计显示，截至2013年8月30日，仅仅2012年作家出版社出版的《蛙》在当当网上就有50 058条读者评论，而第八届茅盾文学奖其他获奖作品的当当网读者评论数则少得多：2008年9月出版的毕飞宇的《推拿》有3 240条评论；2010年4月出版的张炜的《你在高原》有1 816条评论；2009年5月出版的刘醒龙的《天行者》有2 600条评论；读者评论数较多的刘震云的《一句顶一万句》是2009年3月出版的，也不过有15 600条，而当年莫言参评茅盾文学奖的、在2009年由上海文艺出版社出版的《蛙》也只有2 516条评论。可见，如果不是诺贝尔文学奖的效应，《蛙》的阅读接受状况可能跟同届矛盾文学奖的其他获奖作品差不多，但莫言获得诺奖之后，《蛙》不仅推出多种版本，读者关注度也远超从前。

针对莫言作品的阅读接受，出现上述阅读状况也并不是偶然的。莫言最主要的创作题材或者说成就最高的创作题材是小说，尤其是长篇小说，他正是靠《红高粱家族》《丰乳肥臀》《檀香刑》等十余部长篇小说奠定其文坛地位的，一提起莫言，读者首先想到的就是他的这些长篇。这也不独莫言为然，作为一种文体，长篇小说备受作家们的青睐，几乎所有作家在有了一定的创作积累之后都会将目光瞄准长篇。当然其中也有例外，比如鲁迅、汪曾祺、契诃夫、博尔赫斯等等。但即使是鲁迅，也有过创作长篇的计划，只不过没有来得及实现。莫言对长篇小说是有着充分的文体自觉的，他曾在为《长篇小说选刊》的题词中强调“长度、密度和难度，是长篇小说的标志，也是这伟大文体的尊严”。他也特别看重长篇小说“大江大河般的波澜壮阔之美”，认为这“是那些精巧的篇什所不具备的”[②]。他在这一文体上用力之深，有目共睹，迄今出版的20卷文集中，长篇小说就占到11部。而他几乎所有的长篇小说都曾在当代文坛上引起广泛关注，有的甚至引起热烈争论。就读者评论数前5的五部长篇来看，《蛙》在莫言获得诺贝尔文学奖之前，刚刚获得中国当代最重要的长篇小说大奖“茅盾文学奖”，而2012年，《蛙》也刚刚被

---

① 参见 http://club.jd.com/bbsDetail/11107975_3cfa523d-e4a0-435a-a297-af2774fd30be_1.html。

② 莫言：《捍卫长篇小说的尊严》，载《当代作家评论》2006年第1期。

译成瑞典文出版。因此很多人都误以为莫言是因为《蛙》而获得诺贝尔文学奖的。2013 年，某省的专升本考试，大学语文试题中甚至有一道选择题就是考察“莫言获得诺贝尔文学奖的作品是什么”，而标准答案就是《蛙》。从网上的读者评论来看，有许多读者选择从《蛙》开始阅读莫言，也跟“《蛙》是莫言的代表作”，以及“莫言因《蛙》获得诺贝尔文学奖”之类的传闻有关。例如京东网上关于作家出版社版的《蛙》的几条读者评论：

1. 银牌会员“我爱小溪水”于 2012 年 11 月 12 日发表的评论《蛙，值得阅读》说：“茅盾文学奖和诺贝尔文学奖获奖作品。内容没得说，莫言的作品必须收藏……”①

2. 金牌会员“娜娜小达”于 2012 年 11 月 12 日发表的评论《莫言得奖的书籍》：“据说这本得了诺奖，但其实莫言还有更好的书，这本也值得一看。”②

3. 金牌会员“dlhaitian”于 2012 年 12 月 14 日发表的评论《据说是莫言的代表作》：“据说是莫言的代表作，凭此书获得诺奖。”③

……

这当然是一种误解。实际上，莫言获得诺贝尔文学奖，是对其文学成就的肯定，而不是单单对他哪一部作品的肯定，因为诺贝尔文学奖的颁奖原则是颁给那些“在文学方面创作出具有理想倾向的最佳作品的人”，而代表一个作家文学成就的作品可能是一部也可能是很多部，所以诺贝尔文学奖是“作家奖”而非“作品奖”。这跟茅盾文学奖以及国内外其他许多文学奖都是不同的。但既然《蛙》是莫言最近的一部长篇，而且还有刚刚获得茅盾文学奖以及翻译成瑞典文等种种因素，被许多媒体和读者误认为是诺奖的“获奖作品”也算是“事出有因”了，这在客观上也影响了读者在开始阅读莫言时的选择。当然，就一般阅读习惯而言，要走近并认识一个作家，大多数人也会先从作家的近作开始，而不会从他发表的处女作读起，毕竟近作相比处女作

---

① 参见 http://item.jd.com/11110647.html#comments-list。

② 参见 http://item.jd.com/11110647.html#comments-list。

③ 参见 http://item.jd.com/11110647.html#comments-list。

才更能够代表一个作家的水准和成就。至于《丰乳肥臀》等其他几部长篇，也曾分别获得各种文学大奖或者在作品问世后引起广泛热议，并且《丰乳肥臀》等其他长篇大都故事性较强，而《丰乳肥臀》的题目本身，时至今日也仍然对初次接触莫言的读者有着很大的吸引力。《红高粱家族》则因张艺谋执导的电影《红高粱》而走向世界，在网络上的读者评论和笔者在山东大学所做的调查中，有许多人都表示自己是看了电影《红高粱》而开始关注莫言的。这些前期的酝酿和铺垫对莫言获得诺贝尔文学奖后，普通读者走近莫言还是有着比较大的影响的。

莫言的中短篇小说集中，《白狗秋千架》比较而言更受读者青睐，而喜欢《欢乐》者相对较少，这应该也是有原因的。《白狗秋千架》之所以更受青睐可能也跟作品曾改编成电影有关，有许多读者看这本集子其实就是奔着这一篇小说来的。比如用户名为“jd_szr”的京东会员就于 2013 年 3 月 24 日写道：“只看完了《白狗秋千架》，感觉和电影不太一样，小说留的想象空间更大。”[①]用户名为“李亚强大导演”的读者也于 2012 年 11 月 19 日评价说：“很早以前就知道这部作品被改编成了电影，现在才来关注原著，相信此书应该是很不错的……”让人感到有些疑惑的是，为什么小说集《欢乐》的读者评论数会那么少？而在相对较少的读者评论中，还有一些读者直言不讳地表达出了自己的不喜欢，比如当当网的一位无昵称用户于 2013 年 1 月 7 日发表题为“一般”的评论，直截了当地说：“不太爱看这类型的书。”[②]另一位无昵称用户于 2012 年 12 月 13 日发表题为“挺满意”的评论，较为含蓄地说：“读了一部分，我感觉 70 年代前的读者会更喜欢些。”[③]在莫言获得诺贝尔奖之后，几乎所有读者都是在以一种近似“朝圣”的心态去购买、收藏、阅读莫言作品，所发表的评论中也几乎都是对“大师之作”的赞叹。而在《欢乐》这部集子的读者评论中却出现了不但评论者相对较少，而且还大胆袒露自己不喜欢的状况。这是很有意思的。

《欢乐》这部集子共收录了《透明的红萝卜》《球状闪电》《爆炸》《欢乐》

---

① 参见 http://item.jd.com/11110656.html#comments-list。

② 参见 http://comm.dangdang.com/comment/review_list.php?pid=22890927&fc=0&sort=1&auto=1&page_index=4。

③ 参见 http://comm.dangdang.com/comment/review_list.php?pid=22890927&fc=0&sort=1&auto=1&page_index=6。

《流水》《野种》《你的行为使我们恐惧》七部中篇。从篇名可以看出，这些小说都是在1980年代“先锋”浪潮中备受关注的作品。应该说莫言最初就是依靠《透明的红萝卜》《球状闪电》等作品为自己赢得文坛声誉的。“这些作品有故事，也有较为完整的情节，但其着眼点显然不在于展现存在的荒谬、残酷，而在于某种特殊的叙述感觉的追求。”①至于《欢乐》这部小说，当年则因为作品中塑造的母亲形象而受到许多激烈的批评。当然，无论热情肯定也好，激烈批评也罢，当年这些阅读反应都来自专业的读者——研究者和批评家。普通读者的阅读感受则无从知晓。而今，如果说京东网、当当网等读者评论数量只能比较直观地反映出读者对于这本书的喜好程度的话，“豆瓣读书”里面的读者评论或许更能较为充分地说明普通读者对这本书的接受态度：

1. 豆瓣“木子李”发表于2013年5月8日的评论中说：“很多人看莫言的书，是因为受到其诺贝尔光环的影响。假如没有诺贝尔的光环，莫言的作品应该是怎样的？他的笔下到底塑造过哪些人物、故事、形象？抱着这个目的和态度，我读了莫言早期的一些中篇小说，有《筑路》，还有这本《欢乐》里的几部作品。对于那个年代，对于高密的故事，应该都是作者当时真实生活场景的虚拟化重构。不知怎的，我对于书中的人物没有留下什么深刻印象，倒是对于故事的发展脉络，产生浓厚兴趣……”②

2. 豆瓣名户名为“象小姐乐(kissing the fire)”的读者于2012年10月2日评价道：“终于看完了这个中篇，感觉很不舒服，重叠的繁复的形容词，满眼都是莫言勾勒出来的污秽肮脏的景象，没有一丝新鲜空气。”③

3. 豆瓣用户名为“夏天快点来”的读者则于2013年6月21日评论道：“奶子是一个经常出现的词，莫言style！对乡村对自然的描写很多，男女主角并不可爱的性格，总是厌恶这厌恶那。《欢乐》那篇里某段

---

① 董健、丁帆、王彬彬主编：《中国当代文学史新稿》，北京：人民文学出版社，2005年，第376页。

② 参见 http://book.douban.com/review/5939737。

③ 参见 http://book.douban.com/subject/5250523。

写老鼠跳蚤母亲的乳房阴毛生殖器，我只能说我欣赏不了。并不愉快的阅读过程……”①

这些评论大都是发于莫言获得诺贝尔文学奖之后，只有一条是发于获奖之前。其中一条评论是针对作品中的人物形象发表意见，另外两条则是针对作品的语言。表面看来这样的评论不过是读者随口一说，但实际上却非常重要。因为能否塑造出立得住的人物形象是判断一篇小说成功与否的重要标准之一，而第一条评论中，读者居然说“对于书中的人物没有留下什么深刻的印象”，从这个意义上来讲，“木子李”认为《欢乐》中几篇小说对人物形象的塑造是失败的，或者说至少不能算成功。同时，文学说到底是语言的艺术，而第二、第三条评论都表示不喜欢作品的语言感觉、不喜欢里面的“污秽肮脏”。当然语言的粗鲁豪放也好，温柔细腻也罢，都只是风格的一种，并无优劣高下之分，喜欢与不喜欢是见仁见智的问题。有人不喜欢粗鲁豪放、“污秽肮脏”，也许有人恰恰喜欢，不可一概而论。《欢乐》与《红蝗》发表当年就曾经引来很多关于“语言肮脏”的指责，莫言也曾在一些场合有所回应，例如在《酒国》中就曾提及此事，提醒读者注意“那些‘不洁细节’在文中的作用和特定的环境”②，但这里具体到《欢乐》的阅读接受，之所以读者阅读和评论较少，仍然跟许多读者对作品中的这种语言风格心存拒斥有关。看来尽管时过境迁，莫言今非昔比，但大多数普通读者仍然无法对“大师”笔下的“重口味”“粗鄙”进行理解地欣赏。

当然，对莫言获奖以及莫言作品表现出更多关注的还是那些向来就喜欢文学或者研习文学的读者群体，这其中，高校中文系的学生读者群就显得尤有代表性。为此我也于 2013 年 1 月在山东大学文学与新闻传播学院 2011 级中文系同学中做了调查。调查的内容有两个，一是莫言获奖的内在原因有哪些，二是如何看待莫言的作品。调查中不设答案供选择，完全由学生自由发表意见。调查统计结果显示，有 25.58％的同学认为莫言获奖跟其作品中的“民族性”有关，能够在一定程度上满足西方读者的猎奇心理；有 18.60％的同学认为莫言作品的语言通俗简单，容易被译成外语流通世界，

① 参见 http://book.douban.com/subject/5250523/collections? start=0。
② 莫言：《酒国》，北京：作家出版社，2012 年，第 140 页。

是其获奖的重要基础；16.28%的同学认为莫言获奖跟其作品被改编成《红高粱》等电影有关，“在新的传播方式的发展下，莫言的作品被改编为影视，促进了他的创作及作品的广泛传播，有了一定的知名度（尤其是《红高粱》被广大外国观众接受）和读者基础，并获得了诺贝尔文学奖评委的认同”（熊昕昕）。

有意思的是，这些有一定文学基础的年轻读者并没有因为莫言身上的诺贝尔光环而一味颂扬、仰视，而是有许多人都直言不讳地说出了自己对莫言作品的“挑剔”。正如前文中提及有许多读者不喜欢莫言的《欢乐》是因为作品中语言的“污秽肮脏”，此次调查中也有不少同学表达了类似的看法，诸如“莫言作品的语言不是很精致”（宋欣）、“我觉得用语实在不美，不让人赏心悦目”（蔡萌）等等。更有同学结合自己的阅读体验从“不耐读”的角度对莫言作品语言的通俗流畅进行了批评：“在我阅读《四十一炮》的时候，28万字的长篇我只用了一下午加半个晚上。我看得很快，但也说明莫言的作品很不耐读。而我同样在阅读魔幻现实主义巨作《百年孤独》的时候，半晚上只读了四十几页，而且那本书我读了有四五遍都处于懵懂之中。莫言是高产作家，《生死疲劳》一本55万字的小说，莫言用了40多天完稿，平均每天1.6万字。在佩服他的同时，我也在怀疑这本作品的质量……”（冯春晖）

对于莫言作品中显露出来的“先锋色彩”或是“叙事”方面的营构，也有许多同学表达出拒斥的态度。本次调查中，在没有指定探讨哪部作品的前提下，有18.60%的同学不约而同地选择了《生死疲劳》来谈自己的阅读感受，这跟当当网和京东商城平台上显示出的《蛙》与《丰乳肥臀》最受读者欢迎形成了一定的差异：这些有一定文学基础的读者，相对而言更喜欢《生死疲劳》。而在谈论《生死疲劳》的同学之中，有75%的同学都表达了对于《生死疲劳》中频频出现的“莫言那小子”的不解和批评：“并非莫言的作品没有任何缺陷，他文中不时跳出的‘一位叫莫言的作家’让我们总是会被赶出作品，有些不尽兴，阻碍读者流畅连贯的阅读”（孙瑛琦）；“在《生死疲劳》中，反复出现‘一个叫莫言的人说过’又让我十分反感讨厌，就像沉浸在奇幻的小说中又被生生拉回现实的感觉，像热情被泼了一盆冷水，而且主角对莫言又很不屑，不认同，但那种时时之间透出的得意招摇之感让我很不舒服，莫言在其他书中也这样表现，是我不喜欢的一个地方”（刘璐）；“对于其作品的评价因人而异，有的作品就很难读下去，比如《生死疲劳》，阅读过程中读者经常见到‘听说莫言这个作家又……’类似的语句，不停将我从作品的语境中抽离出来”（李华臣）……而这种阅读体验与专业评论家的解读以及作者本人的叙事意图就构成了冲突。比如当年《生死疲劳》出版时，李敬泽与莫言有个对话，其中李敬泽就高度赞扬这种叙事安排，认为“三位叙述者构成了复杂的张力关系，《生死疲劳》是一种重建宏大叙事的努力”。而莫言本人也对自己的创作进行解说：“书中的‘莫言’不纯粹是一个作家，他的出现是作为小说的叙述者存在。马原小说中早已有过这样的表达，‘我是一个汉人’这是他的一个品牌。‘大头儿’‘蓝解放’‘莫言’这三者构成三重对话关系……起码，在形式上，这比单一的全知视角要丰富……”[①]作家的创作意图是好的，但从读者的阅读体验来看，这样的叙事意图很少有普通读者能领会——即便是中文系学生这样有一定文学基础的读者也是如此。而莫言所提到的当年马原的“叙事圈套”也并不成功，因为这种执着于叙事本身而对内容进行消解的叙事游戏注定是难以为继的。结合先锋色彩比较重的《欢乐》也比较为读者所不喜，看来从读者接受上来讲，这些热衷于先锋探索的作品，普通读者还是有相当隔膜的。

总之，从调查统计的结果来看，莫言获得诺贝尔文学奖以来，社会公众的文学阅读热情明显高涨，对莫言作品的阅读掀起了从未有过的高潮。以《蛙》为例，诺奖之后《蛙》的读者关注度远超与《蛙》同时获得第八届茅盾文学奖的其他作品。具体到莫言作品，影视改编、故事性的强弱以及作品发表时的舆论铺垫等因素都会影响到读者的阅读选择。在所有文体中，普通读者更喜欢阅读莫言的长篇小说，《蛙》和《丰乳肥臀》成为阅读莫言的首要选择，而有一定文学基础的中文系学生读者则偏爱有着更深切人文关怀的《生死疲劳》。但总的来说，对那些先锋色彩较强、注重叙事营构，或者语言比较“重口味”的作品，普通读者包括有一定文学基础的中文系学生读者都表现出了不同程度的拒斥。这也表明，许多读者并未因“大师”的光环而改变自己的审美标准与阅读趣味。

---

① 《莫言与文学评论家李敬泽对话新作〈生死疲劳〉》，载《新京报》2005 年 12 月 29 日。

第五辑

当前社会的非主流文学生态研究

导　言[①]

2012年开始，“当前社会的非主流文学生态研究”课题组主要做了以下三方面的工作：大学校报副刊与校园文学的调查，以高校校报的文艺副刊作为研究对象，通过对新世纪以来校报副刊上发表文学作品的综合考察，把握大学生文学创作的基本情况及对大学生读者所产生的显在和潜在的影响，对校报文艺副刊在引导舆论、弘扬新风、繁荣文化和传承文明等方面的作用，通过问卷进行实证式的调研；高校校园戏剧的演出与接受调查，包括校园戏剧团体的组成、演出剧目的选择、演出服务的对象及观众的反应等调查，对山东省有代表性的十所高校的学生剧社做了系统而全面的调研，整理编辑了近30万字的调研报告；民间文学社团与民间文学刊物的调查研究，目前已经将山东省青州市的《青州文学》的创刊、发展及生存现状撰写成文。

一

高校校报是学校党委宣传机构的机关报，是具有国内统一刊号的正式出版物，在高校媒体中占有重要位置，其文艺副刊是高校教职工和大学生“文学生活”的重要载体。在“当前社会的非主流文学生态研究”中，高校校报的文艺副刊属于重要的研究对象。长期以来，校报副刊尽管充满活力，但由于自身的非主流性而导致其文学生态并未受到相应的关注。因此，将高校校报文艺副刊纳入到非主流文学生态的研究中，就自然构成当前社会“文学生活”的重要内容。本项研究主要选取了《北京大学校报》《新清华》《复旦》《吉林大学报》《山东大学报》《山东师大报》《中国海洋大学报》《青岛大学报》等校报的副刊作为研究样本，运用数据统计和内容分析法，并综合使用了访谈法和问卷调查法等，对上述出版物的文学作品进行包括体裁、主题和作者信息的统计分析，多角度展示中国高校校报副刊的文学生态以及作者

① 导言由刘方政教授撰写。刘方政，山东大学文学与新闻传播学院教授，博士生导师。

群体的文学创作状态。需要说明的是，这些高校的校报开办较早，历史悠久，副刊建设较好，形成了各自的办报特色，同时，它们在全国性和区域性两个方面均具有代表性。由于本项研究的起步是在2012年期间，所以将2011年作为一个时间整体来选取样本。一般而言，高校校报的出版发行与高校生活节奏同步，学期期间正常发行，而寒暑假停止出版发行。因此校报的发行月份主要集中在3月、4月、5月、6月和9月、10月、11月、12月、1月等月份，每月4至5期，每年出版30至50期。其中3月和9月是学期之初，学习生活开始，但社团等校园活动还并不活跃；5月和10月、11月是学期中间，属于校园生活的活跃期；6月和12月、1月是学期末，学生们进入考试期，校园生活的丰富度大幅下降。基于此，也考虑到数据统计的可行性和科学性，我们选择了3月、5月、9月、11月共4个月份出版的校报副刊作为样本范围。又由于《山东大学报》的第一手资料最为丰富，而且本身介于全国性和区域性之间，比较能够说明本项研究的基本问题，所以对《山东大学报》的文艺副刊进行了长达10年的总体考察与抽样统计和分析。

通过调研分析，并结合当前大学生学习和就业实际，我们认为，高校校报文艺副刊应加强以下三个方面的工作。

首先，引导、鼓励理工医科学生进行文学创作和文学鉴赏，提高他们的人文素养和就业竞争力。

其次，可以更多地登载教职工、校友的稿件，以便帮助学生间接地丰富人生阅历、了解学校历史。

最后，适量增加应时之作，帮助学生清醒地认识社会现实。

二

校园戏剧是中国现代话剧创生最主要的推动力量。校园戏剧演出既可丰富大学生的业余生活，又能够潜移默化地对他们进行世界观人生观方面的教育；既可以增进不同专业学生之间的人际交流，又能够陶冶他们的思想情操。因而，无论从戏剧史的角度立论还是从现实的需要出发，无论从戏剧的发展还是大学生的人格培养上讲，对大学校园戏剧生活的关注都具有积极的意义。

通过问卷调查和实地访谈，我们获得了高校校园戏剧发展历史与当下生态的第一手资料（因山东十高校话剧社的创办、发展和现状不在本报告中，故略）：大学生对戏剧的参与度相对较高，对家乡地方戏具有较为浓厚的兴趣，对京剧表现出很高的认同和喜爱。同时，改革开放以来，戏剧的持续不景气、剧团解散、剧院挪作他用，再加上时间和门票的费用问题，大学生们亲身到剧场观摩的机会很少，导致他们对舞台演出缺乏直观的感受。

通过调研，我们认为，应该从以下三个方面入手丰富大学生的戏剧生活，通过娱乐的方式，增进大学生对祖国传统文化的了解，丰富他们的戏剧知识，进而陶冶情操，提高审美品位，培养团队精神。

首先，充分发挥大学生善于接受新事物的优势。

其次，要做些实事将传统文化的精髓熔铸在每个公民的思想和行动中。

最后，学校应当对校园剧团和校园演剧进行扶持和支持。

三

民间文学社团与民间文学刊物的调查研究，包括社团的基本生存状态：发起、成立与基本活动；构成人员的基本状况，尤其是人口统计学指标的调查；社团的地域覆盖性及其影响力；民间文学刊物的生存状况与内容的调查分析；当代中国的文化语境与民间社团刊物的互动关系的调查研究。

由于时间和精力所限，截至目前，我们只对青州文学创作者联合会和《青州文学》作了较为全面的调研，对其发生的历史和生存现状做了较为仔细的梳理，把握了民间文学社团和民间文学刊物由于意识形态和经济等方面的原因举步维艰的生存状况，也领略了民间文学人那种苦干、坚韧的精神。青州文学创作者联合会和《青州文学》之所以能够“长寿”，并且收获了相当丰硕的成果，主要的经验有两个方面：第一是坚持“纯粹”，成员凭兴趣来参加“文学沙龙”式的讨论座谈，创作与发表作品也纯粹是出于对文学的挚爱，这一原则保证了联合会与刊物纯正的文学品质；同时，也吸引了真正热爱文学的创作者，从而保证了相当厚实的作者群，这在出版《青州文学》的过程中，起到了基础性的作用。第二就是坚持本土特色，不管是文学座谈还是出版刊物，青州文学创作者联合会的组织者都坚持把他们的工作跟当地文化建设工程结合在一起，力图保存当地历史文化，推出当地的作家和作品。

通过这一个案，基本上能够了解民间文学社团和民间文学刊物的生存困境：其一，由于刊号的难以取得，使刊物的创办和发行有些名不正言不顺,影响了创办人员的热情和干劲;其二,资金的捉襟见肘,由于创作者都是真正热心于文学者,他们并不奢望有什么稿费,但刊物的印刷、发行等离开金钱却是寸步难行的,而这个问题,在唯经济马首是瞻的当下,希望妥善解决又不啻水中月、镜中花。

第一章　高校文艺副刊调查

第一节　全国性高校校报文艺副刊研究

——以《新清华》《北京大学校报》《复旦》《吉林大学报》为中心①

高校校报文艺副刊是高校文学生活的重要园地之一，其文学作品的登载容量虽然不能与校园文学刊物相比，但因出版周期短、发行量大而深受高校师生喜爱。从我们对四家校报文艺副刊的调查统计看，这一阵地既能给师生的文学创作提供发表的机会与阵地，又能在一定程度上满足师生的文学阅读需求。由于通常只有一个版面，文艺副刊只能发表篇幅较小的诗歌散文，文学的其他体式则与此无缘。这不能不说是一种遗憾，但换一个角度思考：正因为短小精悍，所以更有利于作品的创作、发表，给阅读也提供了便利。本文进行高校校报文艺副刊调查统计的目的，一是力求清晰地了解校报文艺副刊的生存现状和呈现状态，二是在统计调查的基础上，针对目前高校学生的生活、学习尤其是就业实际，培养学生的人文素养，使他们更加深入地了解社会、适应社会，提高就业所需的文字性考试能力等方面，为高校文艺副刊的编辑、约稿和组稿提供些许建议。

一、《新清华》副刊数据统计与内容分析

《新清华》创刊于 1953 年，隶属于清华大学新闻中心，面向全校师生发行，每周一期，每期发行 9 000 余份，截至 2011 年 12 月 30 日，共出版 1 866期。②

2011 年的《新清华》是四开四版，主要有头版、综合、专题和副刊。自

---

① 本节由刘方政执笔。

② 引自清华大学新闻中心网站，《新清华》编辑部，《新清华》周报简介（http://news.tsinghua.edu.cn/publish/news/newscenter/newscenter.htm）。

2012年4月26日清华大学建校101周年始,《新清华》改版,从四开四版增加至四开八版,第八版为文艺副刊。

1.《新清华》副刊简介与样本总体数据

本文不仅研究所选取的样本内容,也尽可能大量翻阅近几年的校报,以便更好地了解和统计考察对象①。《新清华》的整体风格硬朗,政治立场鲜明,给读者一种自上而下的严肃感,副刊也是如此。出于位置的原因,副刊常常容易受到其他专版、专题和新闻事件挤占,纯粹的文艺副刊期数较少。2011年的样本中,《新清华》副刊的主要形式为专栏和专版。

《新清华》副刊版面简洁,大板块式排版,除需要的人物照片之外,极少使用辅助性图片。当文艺副刊的作品形式多样时,其排版就相对灵活,也会注重图片的使用。

本文选取的有效样本总量为27篇,其中,散文22篇,诗歌5篇,小说0篇,具体统计数据如表1所示。

表1 《新清华》散文样本总量 （计数单位：篇）

学科＼身份	学生	教职工	总计
文科	12	2	14
理工科	4	3	7
医科	1	0	1
总计	17	5	22

2. 内容以人物记事为主

在统计考察的2011年的4个月份中,每期副刊一般只有2篇文章,主要介绍的是清华人物。样本中,有3期是专版,分别为校庆、社会实践和教师节,其中校庆和教师节专版主要为新闻作品,不计为有效样本;社会实践专题并非新闻稿件,因此计入有效样本,列入实践体验主题。有效样本中的绝大多数是人物记事,其次是应时之作,另有少量的实践体验。

① 数据统计来源为《新清华》网络电子版(http://tsinghua.cuepa.cn/index.php?release_id=39090&paper_id=142607)。

3. 作者以学生为主

通过表1的数据可以得出图1和图2。如图1所示，在统计的《新清华》样本中，学生作品占77%。通过网络搜索等多种手段确定身份后发现，大部分作者都是校报学生记者。而教职工作者撰写的数量只占23%。另有个别学院的供稿因无法确定具体作者信息，所以没有计入有效样本。

从图2学科门类的比例图中可以看出，文科院系学生作者所占比例为64%，理工科占32%，医科仅占4%。

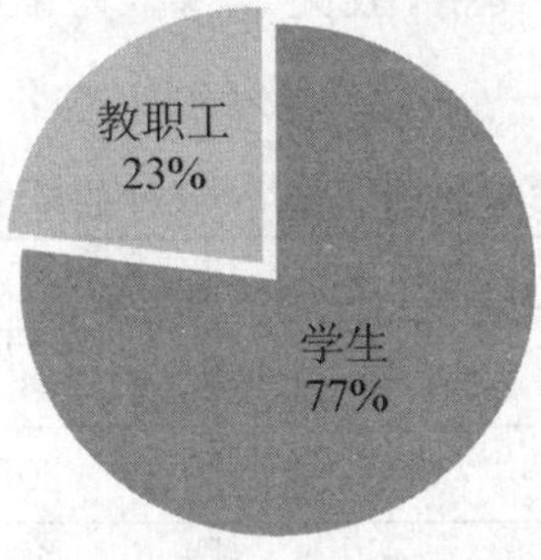

图1　《新清华》作者身份比例

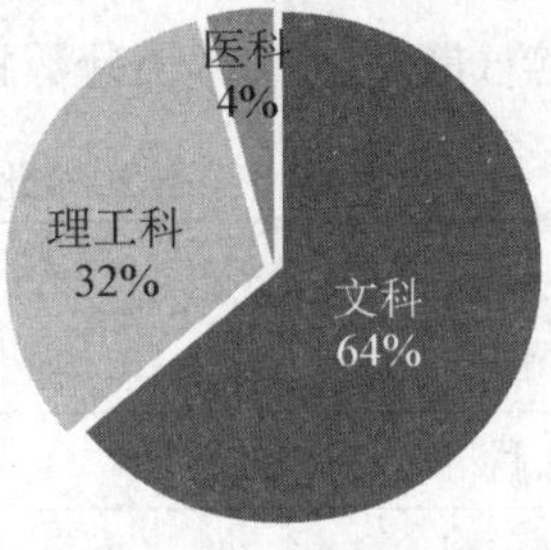

图2　《新清华》作者学科门类比例

二、《北京大学校报》副刊数据统计与内容分析

1917年11月16日蔡元培创办《北京大学日刊》，开中国现代高校报刊之先河，《北京大学校报》由此而来，1953年10月1日成为面向全校师生发行的四开四版报纸。《北京大学校报》于2011年改为对开四版，目前是旬刊，主要有要闻版、综合新闻版、学术版、副刊等，每期发行量在1万份左右[①]。

1.《北京大学校报》副刊简介和样本总体数据

为收集资料的便利，在统计《北京大学校报》时主要通过其网络电子版[②]，在统计的样本范围内有5期由于无法打开，也未能从其他途径获得同期报纸的内容，因此未统计。另有3期因为并非文艺副刊(专题、专栏、讲座等)也未计入。这也说明校报副刊容易受到其他因素的影响而取消，并不像新闻版或综合版、学术版那样稳定。通常若校报当期某个版面内容太多或需要临时追加报道，就会占用文艺副刊的版面。

① 引自百度百科词条“北大校报”(http://baike.baidu.com/view/4511326.htm)。

② 数据来源《北京大学校报》网络电子版(http://pku.cuepa.cn)。

另有3期校报在打开的具体文章中，无法看到作者的名字，仅标注了作者的院系。如不将这3期副刊计入有效样本，样本数量会大量减少，因此分析类目中性别比例这一条暂不进行统计分析。

北大校报副刊没有图片专栏，平常版面中少见书画作品和摄影作品，其运用的图片大多是装饰性的，以美观为主；其余是为文章服务的配图，有些配图与文章关系紧密，如人物图像或校园风景等；有些则与文章没有必要的相关性。

《北京大学校报》的有效样本总量为28篇，其中，散文25篇，诗歌3篇，小说0篇，散文的具体统计数据如表2所示。

表2 《北京大学校报》散文样本数据 （计数单位：篇）

学科 \ 身份	学生	教职工	校友	总计
文科	7	9	4	20
理工科	0	3	1	4
医科	1	0	0	1
总计	8	12	5	25

2. 散文内容以校园生活、人物记事和游记数量最多

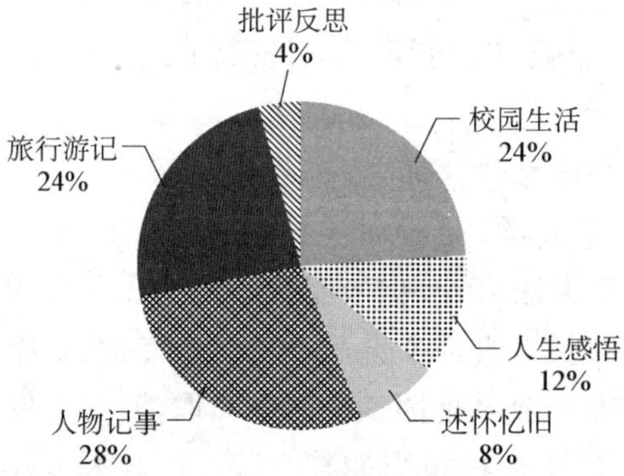

图3 《北京大学校报》副刊散文内容比例

通过图3可以看出，《北京大学校报》副刊的散文共有6个方面的内容，而没有实践体验、应时之作和文学艺术品评。文学艺术品评类文章的缺乏令人意外，大多数高校校报副刊基本上都设置这一栏目，对文学艺术作品的鉴赏是高校副刊极为显著的特色。因为高校人群文化层次相对较高，对文学艺术作品的关注也就更多一些，尤其是教职工群体，对于文学艺术的品评具有较高的水平，也乐于通过品评文章表现自己的艺术鉴赏力。

样本中，校园生活、人物记事和旅行游记三类各占约四分之一的比重，与其他高校校报相比，前两者比较正常，因校园生活和人物记事方面的文章在校报副刊中比较常见，旅行游记所占比重较大则较为少见，这一定程度上体现了其副刊编辑的取向。人生感悟和述怀忆旧占的比例较小，批评反思类最小。

由于样本中诗歌和小说数量较少，没有充分的样本进行数据支持和分析，这里略过。

3. 作者中半数为教职工，文科作者达八成

北大校报副刊上也有校外作者的作品，譬如校友讲述与北大有关的人或事、知名学者对北大学术或学者的关注。因数量较少，计入校友身份一类。通过表 2 可以得出作者信息如图 4 和图 5。如图 4 所示，统计的《北京大学校报》样本中，教职工作品占 48%，学生作品占 32%，校友作品占 20%。

如图 5 所示，文科作者占到八成，比例相当高，理工科作者占 16%，医科作者最少。

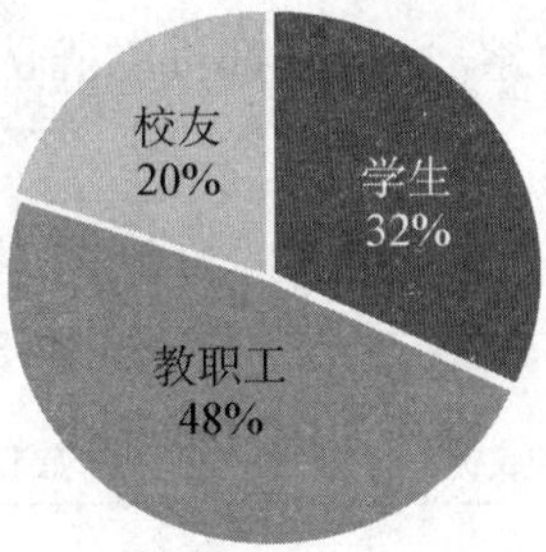

图 4 《北京大学校报》副刊作者身份比例

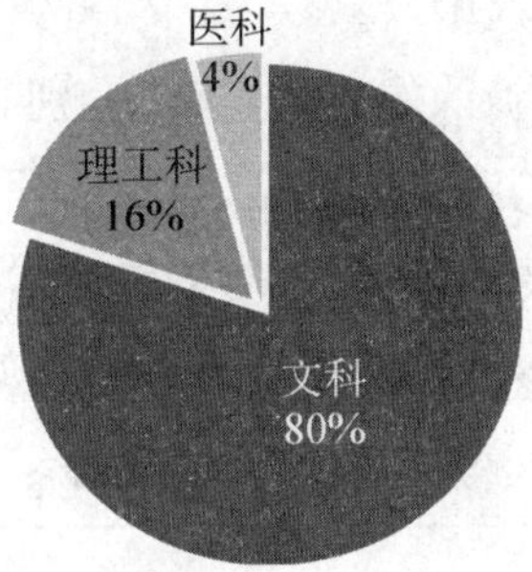

图 5 《北京大学校报》副刊作者学科门类比例

三、《复旦》副刊数据统计与内容分析

复旦大学的校刊《复旦》是四开八版的周报，截至 2011 年 12 月 28 日，已出版 902 期。复旦校刊每期八版，其中包括头版新闻、校园新闻、专题报道、学术、人物和副刊等版面。2007 年复旦校刊正式推出网络版，从复旦大学网站首页点击校刊网络版，出现的是《复旦》各期报纸的 PDF 版本，本文据此统计了本节的相关数据①。

① 数据来源：复旦大学新闻文化网，校报 PDF。参见网址：http://news.fudan.edu.cn/pdf。

1.《复旦》副刊简介和样本总体数据

《复旦》副刊名字为“芳草地”，刊登的文章都设有专栏图标，在统计样本中出现较多的专栏有：往事如烟、诗情诗意、健康提示、朝花夕拾、且行且驻、文化拾趣、有感而发。副刊将文章划入各类专栏，既使副刊的风格更加固定和明晰，也为读者寻找自己喜欢的文章类型提供了便利。其中“健康提示”这一专栏是与校医院合办的，因非文学作品不计为有效样本。但其内容丰富真实，针对性较强，是很好的专栏形式。

副刊设有图片专栏，展示书画和摄影作品，间或也有漫画作品，它们均为复旦大学艺术系学生所作。漫画表达充满现代感，让副刊富有现代气息，这是大多数校报副刊所缺乏的。

在《复旦》样本统计中，由于其文章的作者信息只有名字，未标注学院专业信息，因此无法判断作者的身份是学生还是教职工。如果仅依靠文章的标注，大部分都无法计入有效样本，这会让样本失去代表性。因此本文在统计的过程中，将每一篇文章的作者名字放在百度搜索引擎中进行搜索，尽最大努力确认作者的身份、性别和学科信息。搜索后，通常都可以确认作者的信息；仍然无法完全确定的，不计为有效样本。

《复旦》副刊的有效样本总量为 65 篇，其中，散文 50 篇，诗歌 15 篇，小说 0 篇，散文的具体统计数据如表 3 所示。

表 3 《复旦》散文样本数据 （计数单位：篇）

学科＼身份	学生	教职工	校友	其他	总计
文科	16	16	6	2	40
理工科	0	1	0	0	1
医科	1	6	0	2	9
总计	17	23	6	4	50

2. 散文内容以人物记事和实践体验所占比例最大

《复旦》副刊的样本中散文有 50 篇，占总数的 77%，内容比例见图 6。可以看出，各类内容的比例分布相对均匀，没有某一类或几类主题占据大部分版面的状况。

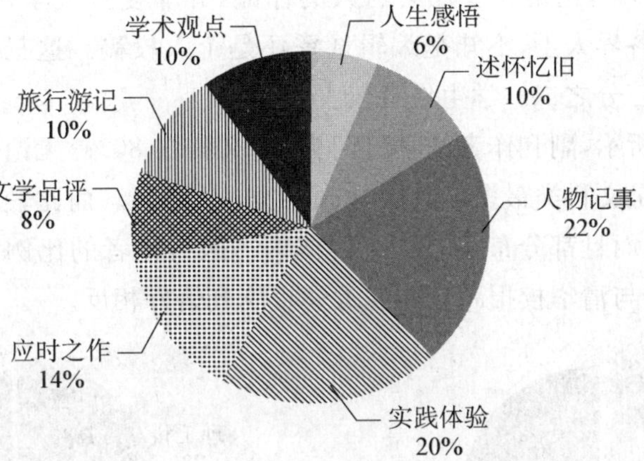

图6 《复旦》副刊散文主题比例

人物记事和实践体验各占五分之一,数量最多。实践体验是高校生活的重要组成部分,由此可以看出,复旦大学校报副刊非常关注校园生活。人物记事类文章作者主要为教职工,是专栏“往事如烟”里常见的题材。

其次较多的是应时之作、述怀忆旧两类。应时的文章主要关注的是春季、兔年、中秋节等。述怀忆旧类文章作者全部为教职工或校友。

其中学术观点类文章是《复旦》独有的。

3. 诗歌作品约占四分之一,旅行游记类最多,作者主要为男性教职工

样本中诗歌作品15篇,占总量的23%,是一个较高的比例。究其原因,主要是“诗情诗意”专栏的设置,且这一专栏在副刊的出现频率非常高。诗歌的形式以格律诗为多,兼有新诗。内容上,旅行游记类的有6篇,是数量最多的;应时之作3篇,2篇关注的是春节和教师节,1篇关注的是2011年11月3号天宫一号和神州八号交会对接成功①。作者15人,其中14人为文科男性教职工(有重复),另有1人是文科男性学生。

4. 作者中教职工多于学生,且男性居多;文科占八成,医科其次

通过表3可以得出图7和图8。如图7所示,《复旦》副刊作者中教职工作者比例高达46%,其中一些文章来自于离退休教职工简报,校友作者占12%,相对其他高校校报副刊而言属于较高的比例。另有标注“其他”的一

① 引自人民网报道:天宫一号与神舟八号成功实现首次交会对接,标志着我国在突破和掌握空间交会对接技术上迈出了重要一步,对于推进我国载人航天工程“三步走”战略至为关键。

类文章占到 8%，这是一些社会名人的作品，并非复旦大学校友，但往往是知名学者或各界人士，不知是编辑选登还是个人投稿。这三类作者占到了作者总数的三分之二。学生作者仅占 34%。

如图 8 所示，副刊作者的学科门类中，文科占 80%，无论是教职工还是学生群体都是文科类最多。其次是医科类，占 18%。而比较特殊的是理工科作者极少，而且都分布在教职工群体内。医科作者的比例高于理工科作者的比例，这与清华校报副刊和北大学报副刊恰好相反。

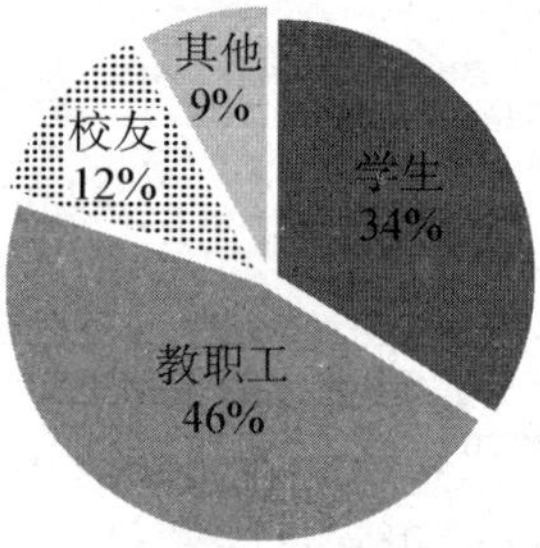

图 7 《复旦》副刊作者身份比例

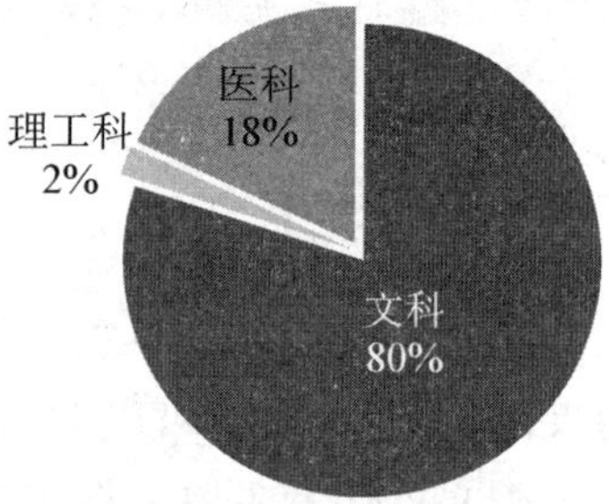

图 8 《复旦》副刊作者学科门类比例

关于作者的性别比例，如图 9 所示，教职工作者中以男性居多，占 87%，女性仅占 13%。如图 10 所示，学生作者中则女性占 65%，男性占 35%。这是教职工作者和学生作者的显著不同。

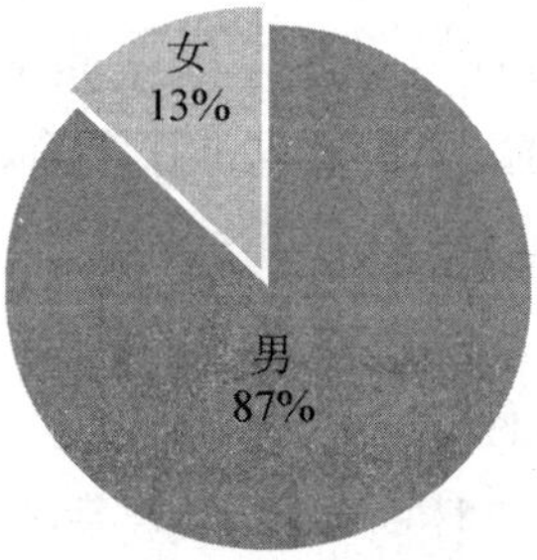

图 9 《复旦》副刊教职工作者性别比

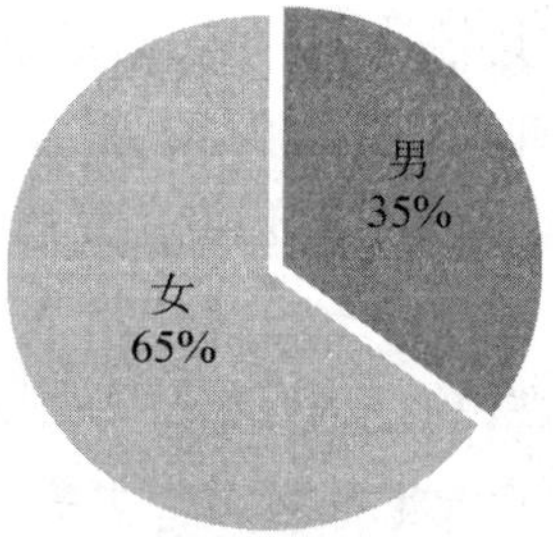

图 10 《复旦》副刊学生作者性别比

四、《吉林大学报》副刊数据统计与内容分析

《吉林大学报》创刊于 1950 年 12 月 5 日，是建国初期高校校报中成立较早的。原吉林大学、吉林工业大学、白求恩医科大学、长春科技大学、长春

邮电学院5校于2000年6月12日合并组建新的吉林大学后，原5张校报也合并为新《吉林大学报》。2001年《吉林大学报》在吉林省高校中率先改版，由原来的四开四版旬报扩为对开四版周报①。

2011年3月份是《吉林大学报》扩版10周年和出版满400期纪念日，3月18日校报改版，报头从蓝色变为红色，头版变动较大。截至2011年12月23日，出版433期，主要版面有头版新闻、综合新闻、多彩校园、专版和文艺副刊等。

1.《吉林大学报》副刊简介和样本总体数据

《吉林大学报》第四版2011年3月改版前形式多样，有新闻专版、书画专版等，改版后常规版面为头版新闻、综合新闻、多彩校园和文艺副刊，各类专版等版面形式会出现在第三版，而文艺副刊则较为恒定，受各类因素影响而取消的情况很少，变化不大。文艺副刊设有图片专栏，刊登书画和摄影作品。文章的作者信息中仅标注了姓名，给统计增加了一定难度。本文将每一个作者的姓名在百度搜索引擎中进行搜索，尽力确定其性别、身份和所属学科专业。

《吉林大学报》副刊的有效样本总量为89篇，其中，散文60篇，诗歌29篇，小说0篇，散文的具体统计数据如表4所示。

表4 《吉林大学报》散文样本数据 （计数单位：篇）

身份 / 学科	学生	教职工	校友	总计
文科	36	5	2	43
理工科	13	1	0	14
医科	3	0	0	3
总计	52	6	2	60

2. 散文内容以应时之作和高校生活为最多

如图11所示，《吉林大学报》的应时性十分明显，应时之作占30%，关注的内容既有常规的节日，如五四青年节、母亲节、中秋节、国庆节和记者节

① 引自吉林大学报网络版，校报编辑部，校报简介。参见网址：http://xiaobao2.jlu.edu.cn。

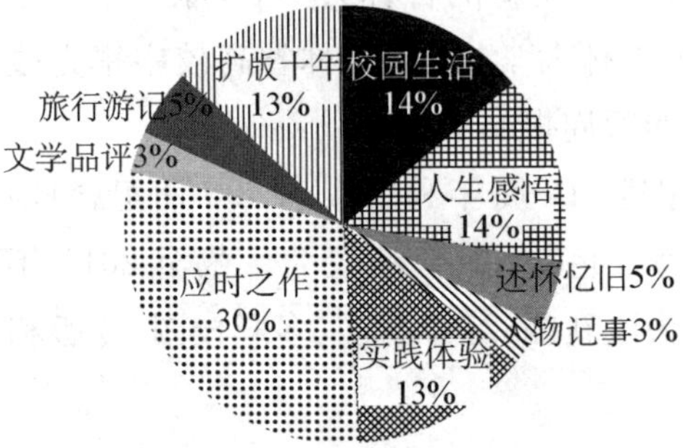

图 11 《吉林大学报》散文主题比例

等,也有重大事件纪念日,如汶川大地震周年祭、学习雷锋、建党 90 周年等,还有具有地域特点的纪念日,如九一八事变;同时还有文章关注“11.11 光棍节”这一新潮节日。光棍节作为民间节日,首先在高校学生中发起并流行开来,现在已经有许多商家借“11.11”这一特殊日期进行营销。在重要节日或纪念日期间出版的副刊,虽不是专版,但其选用的文章主题集中在应时性上,这体现了吉大校报副刊的编辑倾向,对某一主题的稿件组织力度较大。

另外,从 3 月份开始吉大校报为扩版十年征稿,其征稿使用专栏的形式连续刊登几个月,统计的样本范围内有 8 期报纸均有登载,所占比例达到 13%。5 月份有“向党旗献礼”征稿启示并登载一些这方面的文章。

其次校园生活、实践体验和人生感悟三类所占比例基本相当。校园生活和实践体验类相加所占比重为 27%,说明吉大校报副刊对于校园生活的关注还是较多的。

3. 诗歌约占三分之一,应时之作最多

诗歌约占吉大校报副刊所发文学作品三分之一的比例,作者主要是学生,男女比例较为均衡,学科也没有特别的偏重;形式以新诗为主,兼有格律诗。教职工作者的诗歌作品较少。《吉林大学报》副刊诗歌作品以应时最多,内容除与散文基本相同外,另有季节性即景抒情作品,如伤春、悲秋、赞雪等。

4. 作者绝大多数是学生,女性居多;文科作者占七成

如图 12 所示,《吉林大学报》副刊中的学生作者占 87%,其中许多学生作者是吉林大学校报学生记者团的成员,这一方面说明吉大的校报记者团建设非常完善,学生记者的投稿积极性较高;另一方面也从侧面说明了应时诗作较多的原因是副刊编辑向学生记者约稿。而教职工作者仅占 10%,比例较小。

图 13 清晰地表明,作者的学科分布中,文科最多,理工科其次,医科最少,与清华大学校报副刊和北大学报副刊作者的专业分布情况基本相同。

如图 14 所示,吉大校报副刊的作者中女性占六成多,男性仅占 38%。

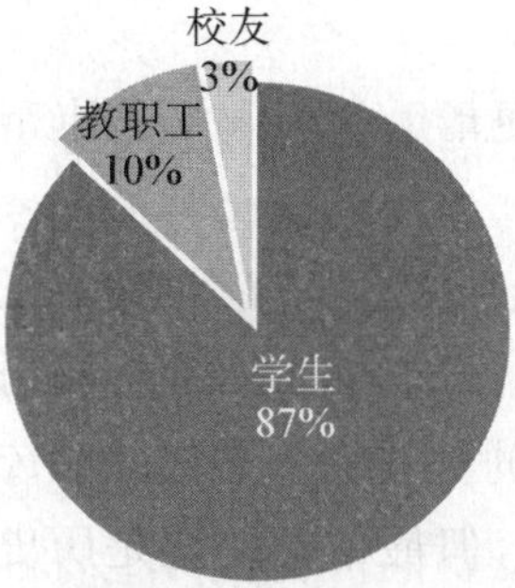

图 12 《吉林大学报》副刊作者身份比

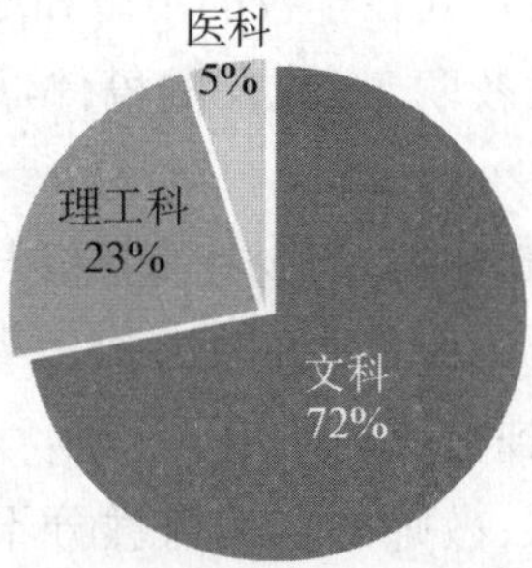

图 13 《吉林大学报》副刊作者学科比例

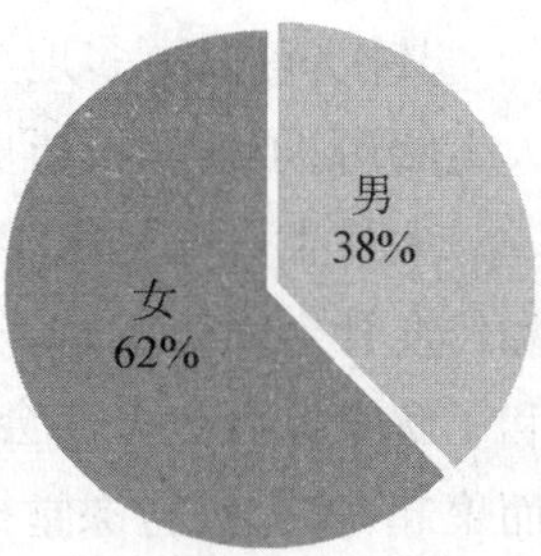

图 14 《吉林大学报》副刊作者性别比

五、结论

通过上述的统计分析并结合当前大学生学习和就业实际，我们认为，高校校报文艺副刊应加强以下三个方面的工作。

首先，引导、鼓励理工医科学生进行文学创作和文学鉴赏，提高他们的人文素养和就业竞争力。

自 2001 年开始，中央国家机关和各省市自治区实施公务员统一考试，科目有“行政能力测试”和“申论”。前者主要考察考生的知识面和反应能力；后者重点考察考生观察问题、分析问题和解决问题的能力。“申论”试卷一般由具有内在联系的八千字左右的文字材料组成，考生对根据材料的理解回答三至四个问题、写一篇一千字左右的文章。考试中，应试者的阅读理解能力和文字表达能力至为关键。如果连材料都不能正确理解，答卷绝对不会得高分；如果答卷前后不连贯甚至矛盾，语言组织能力太差，病句和错别字连篇，考试更不会成功。最近几年，省及以下党政机关和事业单位招收事业编工作人员，新闻出版单位甚至某些企业招考员工，基本上也是模仿公务员的考试形式。显而易见，如果在校期间不经常阅读文学作品，不进行一定的写作训练，对于理工医科的学生来说，“申论”考试必然会力不从心。因此，应以高校校报文艺副刊为阵地，引导、组织、鼓励他们在校期间积极参与副刊栏目的采访、编辑和写作，适当增加理工医科学生记者的名额和发稿量，这对于学生阅读理解能力和文字表达能力的培养具有举足轻重的作用，增强就业竞争力的同时也潜移默化地提高了他们的人文素养。进一步，理工医科学生通过参加副刊的采、编、写得到锻炼，会增强他们对此项工作的兴趣，相应地也会提高校报副刊在学校的声望和地位。

其次，可以更多地登载教职工、校友的稿件，以便帮助学生间接地丰富人生阅历、了解学校历史。

大学生一般是由学校到学校，很少有直接参与社会实践的机会，教职工和校友社会阅历丰富，学生阅读他们的文章既温馨又亲切，在丰富社会阅历和了解学校历史方面会起到很大的作用。一所大学的精气神依靠代代相传而聚起，这固然与课堂授课、教师的言传身教分不开，但最重要的还是历史的积淀。因为一个学生在校四年中直接接触的老师数量毕竟有限，而每个老师的社会阅历和对学校历史的了解、对学校的理解也是有限的，这就需要学生们广泛地接触教工和校友，除了定期或不定期地举办各种形式的讲座外，校报副刊更多地登载前辈的文章，也是学生向他们学习和接受影响的机会。

最后，适量增加应时之作，帮助学生清醒地认识社会现实。

在这方面，吉林大学校报副刊的做法值得其他高校校报副刊学习。大学生处在人生观世界观确立定型期，如何看待、分析、解释社会现实对他们的影响极其关键。副刊应该在不违背党的基本路线的基础上，优先登载与现实生活关系密切的文学作品。即使是对于那些准备攻读硕士、博士学位、将来从事教学科研的学生来说也是如此，因为只有对现实尤其是现实政治具有具体和深切的了解、理解，才会激发起一个人的学术激情，否则是啃不动历史和学术的。

第二节　区域性高校校报文艺副刊研究

——以《山东师大报》《中国海洋大学报》《青岛大学报》为中心①

一个明显的事实是，当前主流大众报纸的文艺副刊日益弱化，尚且留存的副刊形式也已经不能和曾经的原创文学副刊相比。对照而言，高校校报却始终坚持了文艺副刊的传统形式，虽在主流媒体之外，却保留了文学的一方园地。校报是高校发展变化的历史见证者，对内塑造文化，对外传播形象，属于学校的舆论窗口。而校报副刊作为专门的文学创作空间，则无疑在学生的人文素养培育和文学生活提升方面发挥出无可替代的重要作用。

---

① 本节由丛新强执笔。丛新强，山东大学文学与新闻传播学院副教授。

对于高校校报副刊的文学生态状况考察，本次研究主要以山东省区域内较有代表性并且影响力较大的《山东师大报》《中国海洋大学报》《青岛大学报》为例，把这三份报纸的文艺副刊作为对象进行统计、分析，选取的样本都是2011年3月、5月、9月和11月这4个月份的副刊文章。

一、《山东师大报》副刊数据统计与内容分析

《山东师大报》前身是创刊于1952年11月5日的《山东师范学院校刊》。《山东师大报》现为周报，并于2010年被评为全国高校优秀校报。《山东师大报》是对开四版，主要为第一版要闻，第二版新闻，第三版综合，第四版文艺副刊。

在统计样本过程中，由于其副刊文章仅标注了作者姓名，因此本文依靠百度搜索引擎等方式尽力确定作者的相关信息，不能确定的不计入样本。

1.《山东师大报》副刊简介与样本总体数据

《山东师大报》文艺副刊设有图片专栏，展示书画和摄影作品。副刊设有各类专栏，同时有固定的图片为专栏定位，主要专栏有：灯下漫笔、心灵视野、小说天地、林园抒怀、记者物语、直抒己见等。在统计的样本范围内，可以看到几则征稿启示，这也是本文统计的校报副刊中所见征稿启事最多的，说明《山东师大报》副刊的编辑组稿较多，对副刊的应时性较为注重。

《山东师大报》的有效样本总量为110篇，其中，散文共82篇，诗歌22篇，小说6篇，具体统计数据如表1所示。

表1 《山东师大报》副刊统计数据 （计数单位：篇）

身份 学科	男		女		总计
	学生	教职工	学生	教职工	
散文	14	6	61	1	82
诗歌	8	3	10	1	22
小说	0	2	4	0	6
小计	22	11	75	2	
总计	33		77		110

2. 副刊体裁散文最多，诗歌和小说均占有一定比重

根据表1可以得出图1，明显看出散文占据最大的比重，占到75%，诗

歌占到20%,而小说也占有5%的比重。在大多数的校报副刊中,散文和诗歌数量较多是比较常见的,而小说体裁则基本没有。《山东师大报》副刊设有“小说天地”,虽然这一专栏并不是每期都有,但其特有的存在和有意识的倡导,显然让小说在校报副刊中占有了一席之地。

受校报副刊的版面所限,其刊登的小说作品篇幅较短,其中,既有反映校园生活的作品,也有反映记者生活状态的,而剩下的就是关于人生态度的思考等。

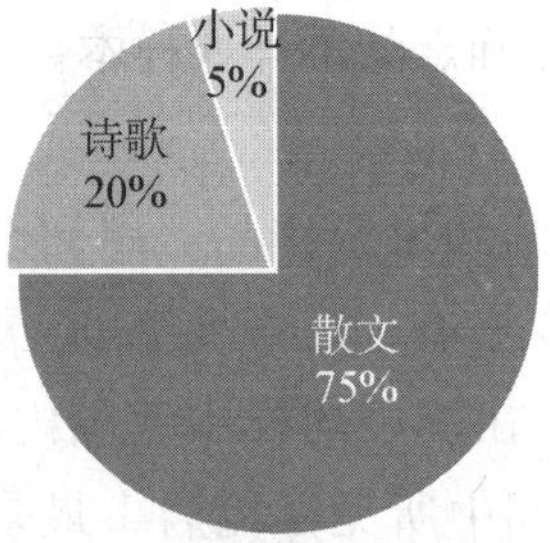

图1 《山东师大报》副刊体裁比例

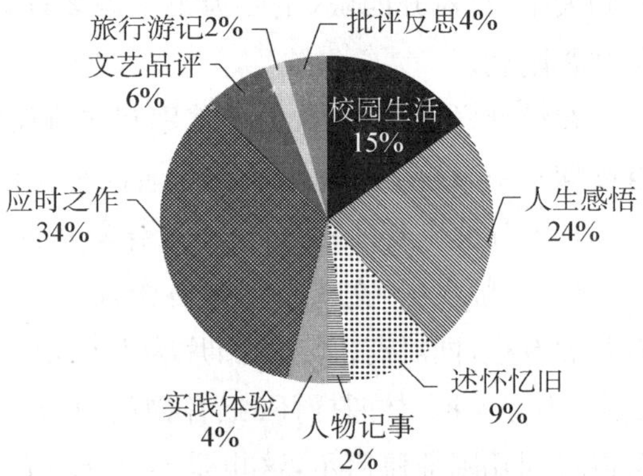

图2 《山东师大报》副刊散文主题比例

3. 散文作品中,应时之作占三分之一,感悟类文章占四分之一

在所选取的样本中,散文有82篇,其中各类主题的比例见图2。可以看出应时主题的文章比重最大,占三分之一。山东师大校报副刊对于稿件的征集和组织还是非常积极的,这一点主要体现在应时性文章上。例如10月份为国庆特刊征稿,11月份为“一二·九运动”征稿等。而譬如国庆节、中秋节、记者节期间的文艺副刊几乎变成了主要节日的专版,记者节的相关稿件甚至延续了两期报纸。

其次较多的是感悟类文章,作者主要为女性学生。大学生正处在思想变化大,认知世界越来越深入的阶段,在学习生活和实践中的所见所感都是这类文章的素材。在经历中成长是所有人的必经之路,但由于每个人经历的阶段不同,所获得的感悟也不尽相同,因此就常常有不吐不快的情绪。但这类文章往往偏于个人化,虽然情感真实热烈,但往往思想深度不够,而且容易陷入自我的世界中，而缺乏对整体的认知。

另外，校园生活类主题也占了较大比重，而实践体验类反而很少。以人物记事为主题的文章也相对较少。批评反思类主题的文章虽然比重较小，但值得注意的是其作者主要是学生群体而非教职工，这类文章不仅具有思想性，而且有学术的火花，十分难得。

4. 作者中九成为学生，女性占七成，文科作者最多

关于作者的性别比例，如图3所示，女性七成，男性三成。而教职工作者中男性明显多于女性。

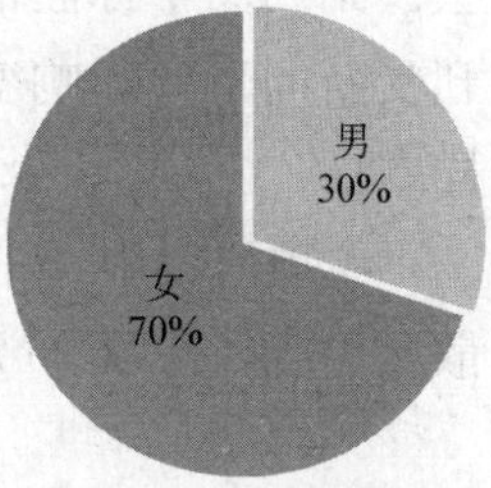

图3 《山东师大报》副刊作者性别比

通过表1可以进一步得出作者信息指标，如图4和图5。如图4所示，统计的《山东师大报》样本中，学生作品是最多的，占91%，是绝大部分；而教职工仅占9%。说明山东师大校报副刊的话语权在学生手中，主要为学生的创作平台。

如图5所示，作者的学科构成中，文科作者占到77%，占有相当高的比重。其次是理工科作者，占22%，而医科作者最少。

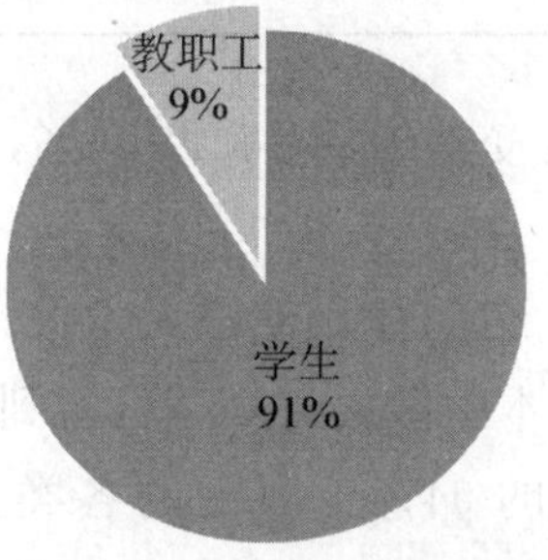

图4 《山东师大报》副刊作者身份比

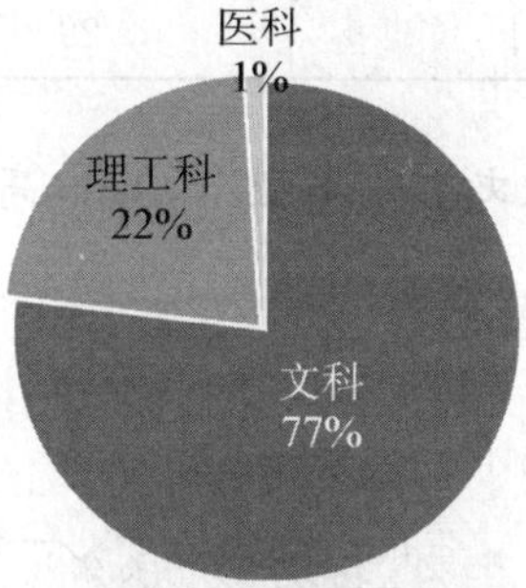

图5 《山东师大报》副刊作者学科门类比

二、《中国海洋大学报》副刊数据统计与内容分析

中国海洋大学的校报《中国海洋大学报》是周报，对开四版，其中包括有头版、新闻、专题报道或观点和副刊等版面，截至2011年12月29日，已出版1 740期。2011年5月份《中国海洋大学报》创刊八十周年纪念，在副刊中也有所体现。

1.《中国海洋大学报》副刊简介和样本总体数据

《中国海洋大学报》副刊版面设计和其他高校校报副刊略有不同，其属于大板块排版，很少参差的文章板块，观之简洁，但又有严肃之感。其大部分版面并非中间图片周围文章的形式，而是线条的大板块分割。副刊设有摄影和书画专栏，除此之外，与文章内容密切相关的装饰性图片也有一些。副刊文章标注的只有作者名字，统计依然依靠百度搜索和确认。副刊受新闻事件影响变为专版的期数较多，因专版新闻性更强，因此不计为样本。

本项研究中，《中国海洋大学报》副刊的有效样本总量为 72 篇。其中，散文 46 篇，诗歌 26 篇，小说 0 篇，散文的具体统计数据如表 2 所示。

表 2 《中国海洋大学报》副刊散文 （样本数单位：篇）

身份 学科	学生	教职工	总计
文科	18	9	27
理工科	11	8	19
医科	0	0	0
总计	29	17	46

2. 散文主题类型多，其中高校生活最受关注；诗歌占 36%，比重相对较大

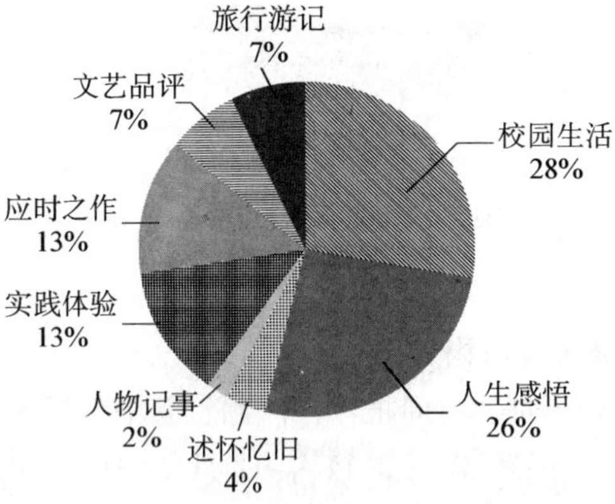

图 6 《中国海洋大学报》副刊散文主题比例

《中国海洋大学报》副刊的样本中散文有 46 篇，占到样本总数的 64%。散文的各类主题比例见图 6。校园生活和实践体验相加共占 41%，说明文艺副刊中关注校园生活的最多。其次是感悟类主题的文章，占 26%；应时之作、实践体验各占 13%；文学艺术品评类和旅行游记各占 7%。这些属于校报副刊中占比重较大

的内容。形成鲜明对比的是,人物记事类作品极少。

诗歌作品有26篇,占样本总量的36%,三分之一多。在诸多高校校报副刊中,这是一个非常高的比例。诗歌作品的主题中,有应时之作8篇,4篇关注的是春季、母亲节、教师节和中秋节,还有1篇关注的是2011年11月3日天宫一号和神州八号交会对接成功。另有旅行游记类的3篇。诗歌作品的作者中,学生14人,男女比例相当;教职工12人均为男性;作者中,文科占大多数。

3. 作者中学生居多;文科占六成,理工科占四成

通过表2可以进一步得出图7和图8。如图7所示,海大副刊作者中学生比例相当高,占到63%;教职工作者占37%。

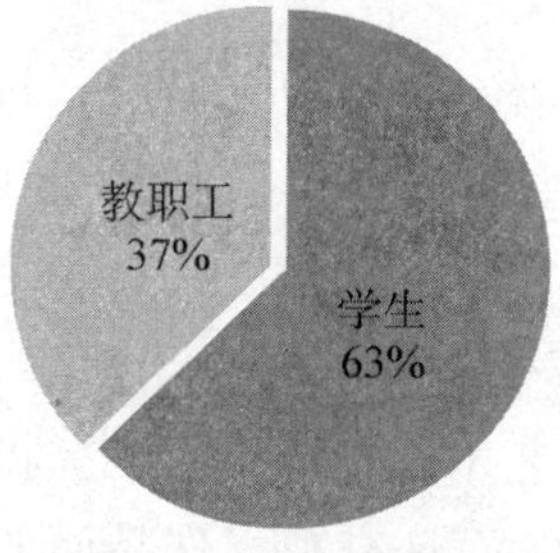

图7 海大副刊作者身份比例

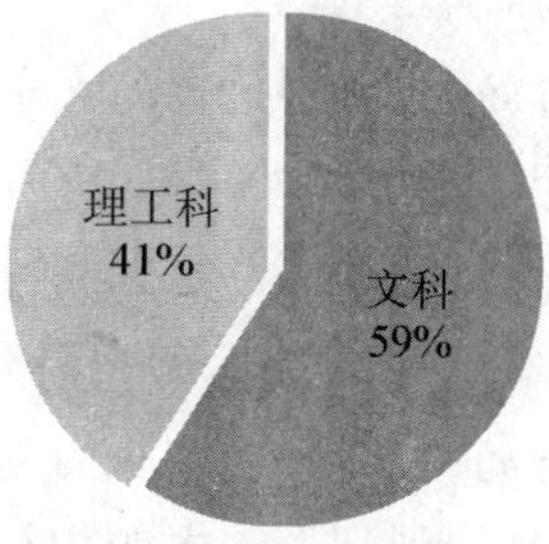

图8 海大副刊作者学科门类比例

如图8所示,副刊作者的学科门类中,文科占59%,无论是教职工还是学生群体都是文科类居多。理工科类作者,占41%。有意思的是,在以理工科类为主的高校,副刊作者却是以文科类占优势。

关于作者的性别分布情况,如图9所示,教职工作者中以男性居多,占59%;如图10所示,学生群体中,则是女性占多数,为62%,男性较少,为

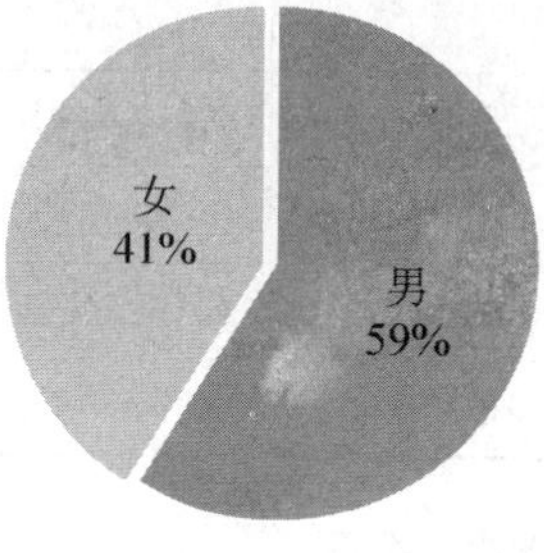

图9 海大副刊教职工作者性别比

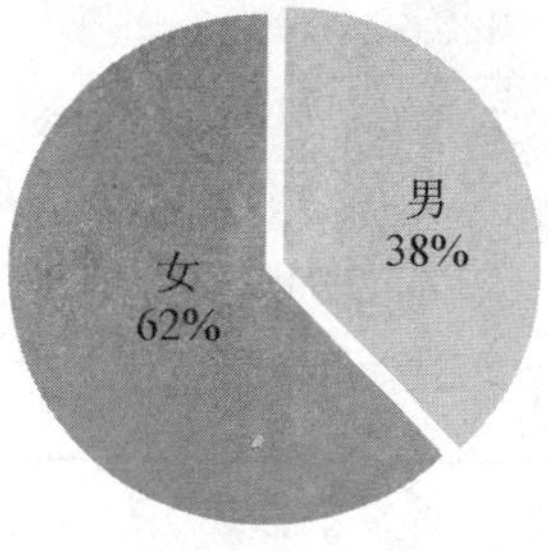

图10 海大副刊学生作者性别比

38%。这是教职工作者和学生作者的显著不同。由于教职工作者数量小，因此以样本总体的性别比来看，是女性作者更多一些。

三、《青岛大学报》副刊数据统计与内容分析

《青岛大学报》是随着青岛大学实现四校合并逐步完成四报合一的。1993 年 9 月，原《青岛大学报》《山东纺院报》《青岛医学院报》《青岛师专报》分别更名为《青岛大学文理学院报》《青岛大学工商学院报》《青岛大学医学院报》《青岛大学师范学院报》。1994 年 5 月，《青岛大学文理学院报》《青岛大学工商学院报》合并，名称恢复为《青岛大学报》。1998 年 8 月《青岛大学医学院报》《青岛大学师范学院报》并入《青岛大学报》，四报合一至此完成。《青岛大学报》以创刊时间最早的《青岛医学院报》的创刊日为创刊日，即 1956 年 9 月 8 日。

《青岛大学报》是青岛大学党委机关报，面向校内师生员工发行，每周一期，每期印数 10 000 份。其为对开四版大报，主要内容包括要闻、新闻、校园・文化专刊和“海风”副刊。

1.《青岛大学报》副刊简介和样本总体数据

《青岛大学报》第四版为“海风”副刊，设有“艺术长廊”专栏，刊登摄影和书画作品。副刊上与主题相符的配图应用较多，而且有独立作品而非无意义的图，两者结合较好。受新闻事件影响变为专版的期数较多，本次统计中不计为有效样本。

《青岛大学报》副刊的有效样本总量为 57 篇，其中，散文共 55 篇，诗歌 2 篇，小说 0 篇，散文的具体统计数据如表 3 所示。

表 3　《青岛大学报》散文样本数据　（计数单位：篇）

学科＼身份	学生	教职工	总计
文科	23	25	48
理工科	4	1	5
医科	0	2	2
总计	27	28	55

2. 散文主题较分散，关注高校生活较多

根据图 11 可以看出，各类主题的比例分布相对均匀，没有一类或几类主题占据大部分的状态。如图所示，校园生活和实践体验共占 29%，比重最大。其次是文学艺术品评的文章，占 18%，相对其他校报而言比例很高。再次是人物记事主题占 13%，相对而言也具有较大的比例。

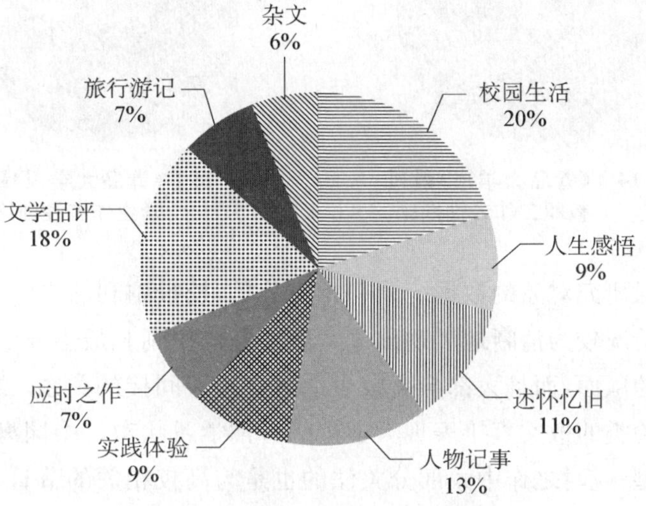

图 11 《青岛大学报》散文主题比例

3. 作者中学生和教职工各占半数；文科作者最多

关于作者的构成情况，如图 12 所示，《青岛大学报》副刊中的学生作者和教职工作者各占半数。在高校校报副刊中，这是比较少见的情况。从图 13 可以清晰地看出，在作者所属的学科中，文科最多，理工科其次，医科最少。

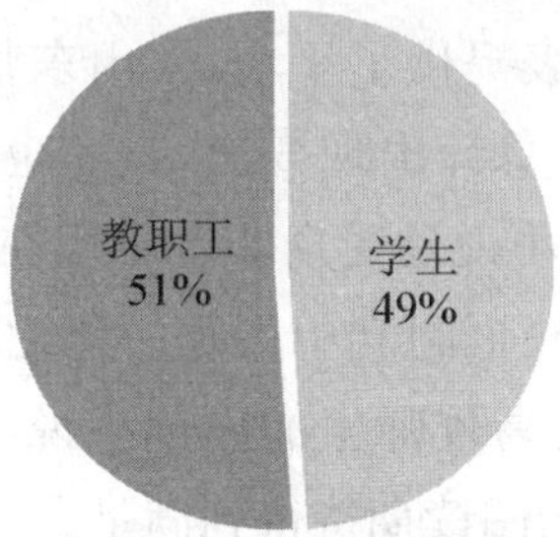

图 12 《青岛大学报》副刊作者身份比

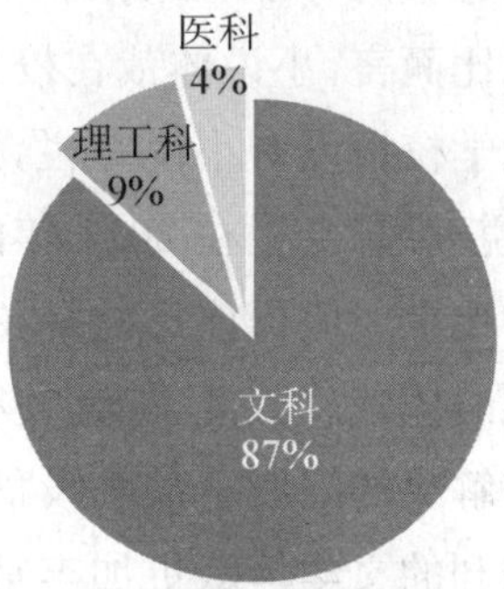

图 13 《青岛大学报》副刊作者学科比例

如图 14 所示，青大校报副刊的教职工作者中男性占 86%，而女性仅有 14%。如图 15，学生作者中则相反，女生占大多数，为 74%，男生占 26%。

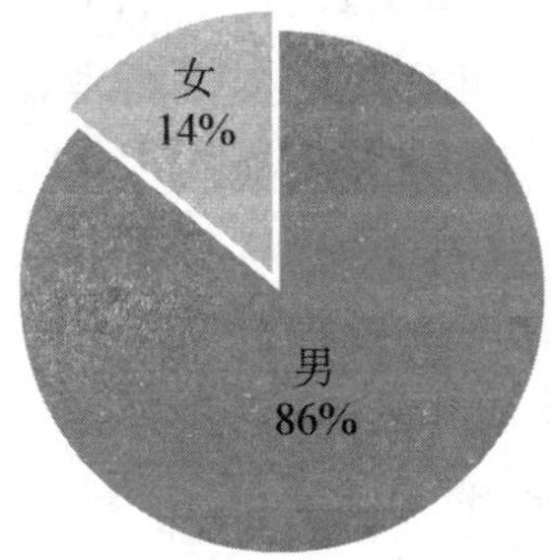

图 14 《青岛大学报》副刊教职工作者性别比

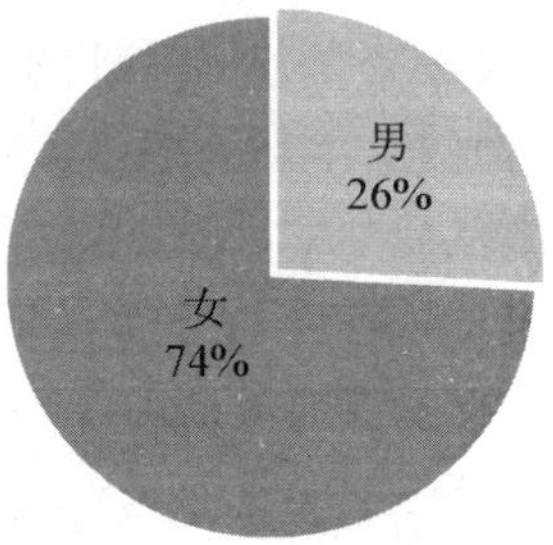

图 15 《青岛大学报》副刊学生作者性别比

四、小结

通过对研究对象的数据统计和相关分析，校报副刊的文学作品特点和文学创作情况较为清晰地展现出来。散文是校报副刊最主要的体裁，占据绝大部分的版面，而且大都与高校生活有直接或间接的关系。如校园生活和实践体验类的散文直接表现大学生的日常学习状态，《中国海洋大学报》就比较典型；应时之作中大部分关注的也是与高校相关的节日、纪念日等，《山东师大报》具有代表性；人物记事主要是本校的专家学者或者与本校密切相关的讲学、访学学者等，《青岛大学报》能够说明问题；而像抒情感悟、述怀忆旧主题的文章，则反映了当下高校教职工和学生群体的心理状态；其他的如文艺品评、旅行游记等也各有千秋。诗歌作品也是校报副刊的重要体裁，在数量上占有相当的比重。比如，中国海洋大学的校报副刊中的诗歌数量占到总量的 36%，山东师范大学校报副刊的诗歌数量也占 20%。

相比而言，小说体裁在校报副刊中极少。在本次统计对象中，只有山东师范大学校报设有小说专栏，这为小说的发表提供了平台。《山东师大报》的“小说天地”专栏在 2011 年的 4 个月份中，总计出现 6 次，其实也是一个极低的比重。值得注意的是，在调查过程中，小说是受众非常希望在副刊上阅读到的体裁。因此，如何使得小说在高校校报副刊中占据一席之地是需要迫切解决的问题。鼓励投稿并尽可能刊发高校师生的原创小说，不仅能促进副刊的文学体裁更加丰富，更能使受众的阅读期待得到满足。

就副刊作品的作者构成而言，从学生作者角度看，女生远远高于男生；

从教职工作者角度看，则是男性远远高于女性。而且，总体来说都是文科专业的天下。这样，本属于高校师生共同创作园地的校报副刊，实际上却成为女性文科学生和男性文科教职工的文学平台。这样的作者构成，在一定程度上削弱了校报副刊对于高校文学生活的建构程度和影响力度。

在相当长的历史时期，校报副刊都是高校文学生活的最重要的阵地。如今，文艺副刊的这一功能日益弱化。除了时代和社会的外部环境影响外，校报副刊本身的体裁布局和作者构成不能不说是最为基础性的因素，因而，可以从这两个方面入手找到扩大校报副刊影响的可行途径。

第三节　象牙塔中的超时空文学守望

——以《山东大学报》为典型案例的文学生活考察①

如果我们将文学生活视作当前娱乐至死的文化语境下一种边缘化的生活方式选择的话，高校的文学生活则因其空间的相对封闭，交流的自足特征，创作的随意性、前卫意识和作者群、读者群的定期轮换特征，呈现出一种更加边缘的存在特征。但是，我们并不能因为这种叠加的边缘性而忽视其研究价值。毕竟，高校汇集了当下社会平均知识水准最高的创作和阅读群体，高校文学爱好者的群体特征决定了高校往往成为文学新锐的最初发声之地和新的文学思潮滥觞之所。本文选取《山东大学报》文学副刊作为研究对象，力求通过对作者、编者、作品、读者的多维度考察，以点带面地对当前高校文学生态和文学生活状况做一个科学而全面的描述，在研究中，我们运用了数据统计、内容分析、作者和编者访谈等方法，力求依靠事实形成观点，依托科学的分析形成判断和结论。希望我们的研究对于完善当前非主流文学生活的拼图有一定的积极意义。

一、选择《山东大学报》的原因

《山东大学报》的前身《国立青岛大学校刊》创刊于1931年，随着学校的变迁和发展，先后改名为《国立山东大学校刊》《新山大》《山大生活》等。2000年，随着原山东大学、山东医科大学、山东工业大学三校合并，分属三

---

① 本节由唐锡光、封小翠执笔。唐锡光，山东大学文学与新闻传播学院教授。封小翠，山东大学文学与传播学院硕士研究生。

校的报纸也合并成为现在的《山东大学报》[①]。随着学校的跨越式发展，《山东大学报》创新办报理念，提升专业化水平，取得了长足发展，连续十几年被评为“山东省优秀报刊”，先后获得教育部“全国高校优秀校报”“山东省十佳校报”等荣誉。《山东大学报》刊发的许多稿件被中央和省级新闻媒体转载转发，在全国高校校报中走在前列。因此《山东大学报》在高校校报中具有代表性，选为高校校报副刊研究的案例是合适的。

山大校报副刊设有专栏或专题，专栏既有学者观点，又有学生感怀；专题既有文学作品，又包含各类艺术形式。副刊的文学作品包括诗歌、小说、散文等体裁；既有抒情类作品，也有叙事类作品，涵盖述怀、实践、人物等主题；其作者群体比较多样，学校在职或退休的教职员工、校友、在校学生均有投稿并获得发表。因此《山东大学报》副刊是山东大学教职员工和学生群体进行文艺创作和作品发表的重要阵地，在学校文学生活中扮演了重要角色。

二、确定本文研究对象的总体与样本范围

本文选取了 2000 年及以后出版的《山东大学报》副刊作为研究对象。

在收集研究对象的资料过程中，掌握了自 2000 年至 2011 年的报纸合订本，时间跨度为 12 年。本文的研究对象严格意义上是 12 年间出版的副刊中的所有文章，但以此总体进行抽样，会打乱校报副刊文章本身的时间顺序和内在联系。按照本文研究对象总体的特点，综合考虑选择了日期分层的抽样方法，首先抽样得到样本的年份，其次确定其中的样本月份，再次统计这些月份出版发行的校报副刊上刊登的样本文章数量，形成最终的样本总量，就是本章统计的数据来源和分析依据。

将 12 年的报纸按时间分成三层，每层 4 年的时间，即 2000 至 2003 为第一层，2004 至 2007 为第二层，2008 至 2011 为第三层。在三层样本中按比例等距选取了 2001 年、2005 年、2009 年三个年份的报纸作为最终数据统计使用的样本，这样选出的样本相对于这一个时期校报副刊的内容具有一定代表性。

因在全国高校副刊的数据统计中，选取了 2011 年的数据做横向对比，因此也将 2011 年的《山东大学报》副刊纳入统计范围。考虑到本文数据统计的可比性，也同样选择了 3 月、5 月、9 月、11 月共 4 个月份出版的校报副

① 引自百度百科词条“山东大学报”。见网址：http://baike.baidu.com/view/6566581.htm。

刊为样本范围。

三、《山东大学报》副刊的数据统计和内容分析

通过上述方法，最终确定的《山东大学报》副刊样本范围为2001年、2005年、2009年、2011年共4年出版的校报中，每年的3月、5月、9月、11月共4个月份出版的副刊，通过统计，共计68期。统计样本范围内的样本个体，即这些副刊上发表的文章作品，得到的样本总量为356篇作品，具体数据如表1所示。

表1 《山东大学报》样本总量 （计数单位：篇）

身份 / 年份	3	5	9	11	总计
2001	18	20	24	27	89
2005	14	18	11	20	63
2009	22	23	5	33	83
2011	34	30	20	37	121
总计	88	91	60	117	356

按照上述分析维度需要排除的样本为：不参与本论文统计的非文学类作品50篇，无法完全确定作者类目的文学作品60篇。所以本文最终的有效样本为246篇。通过数据统计，有效样本总量中，散文共201篇，诗歌41篇，小说4篇，具体统计数据如表2所示。

表2 《山东大学报》有效样本总量 （计数单位：篇）

体裁 / 年份	散文	诗歌	小说	总计
2001年	45	9	0	54
2005年	30	3	1	34
2009年	58	8	2	68
2011年	68	21	1	90
总计	201	41	4	246

1. 校报副刊文学作品体裁以散文为主

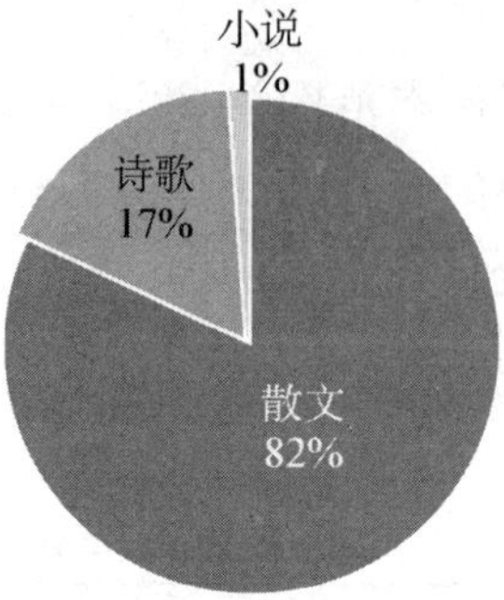

图1 《山东大学报》副刊作品体裁百分比

为直观表示各类体裁所占百分比，各类体裁所占百分比如图1，可以看到散文占到了82%的绝对比重；同时，也应该注意到诗歌这一体裁占到了16%的比例；而小说体裁仅占2%。

在《山东大学报》副刊中小说体裁是最少的，校报的周刊特性和其副刊较少的版面容量，并不是小说创作的温床，而更适合创作周期短的散文，其也更适合表达单一和明晰的主题。山大校报设有"微小说"专栏，刊载诗歌篇幅都十分短小。诗歌因其篇幅短小，相对小说而言，更受到编辑的青睐。对作者来说，相对于小说的出版，诗歌也更适合在媒体或者刊物上零散地发表。

2. 校报副刊作者群以学生为主，文科作者最多

在本有效样本中，学生的作品有173篇，其他教职工和离退休人员的作品共73篇，具体统计数据见表3。

表3 《山东大学报》副刊体裁、作者信息 （统计单位：篇）

体裁＼身份	学生			教职工			总计
	文科	理工科	医科	文科	理工科	医科	
散文	110	29	23	29	5	5	201
诗歌	5	3	1	28	4	0	41
小说	1		1	2			4
小计	116	32	25	59	9	5	
总计	173			73			246

通过数据分析，我们发现，其中学生作者的作品占到了样本总量的70%（见图2），这让校报副刊成为大学生发言和表达的主阵地。而教职工作者的作品仅有30%，属于校报副刊"话语权"的次要位置。

校报副刊另一个不能忽视的重要作者群体是校友，虽则由于辨识较难，在统计中将其都归入了教职工一类。知名校友尤其是校报副刊应该把握的优质资源，杰出的校友往往在不同领域有所建树，他们的经历和感悟通过随笔的形式发表在副刊上，对于学生来说无异于一场盛宴。同时，校友的母校

情怀往往深刻地烙印在他们的作品中，也让副刊成为校友和母校联系的纽带。例如中文56级校友石家麟[①]，在校就读时就曾在当时的校报《新山大》（《山东大学报》的前身）上发表稿件，对校报有很深的感情。1991年山东大学90周年校庆时收到《山东大学报》校庆专刊，他对校报的感情再次被激起，由此成为山大校报最勤勉的校友作者。1996年中文系聚会，成为他再度和校报结缘的契机，自文章发表后，1997年起开始订阅校报至今不辍，每期必读。其后他在校报副刊发表了近二十篇文章，并且被《人民日报》海外版和《新华文摘》等媒体转载。他说，“我和校报的因缘是没有了结的”[②]。

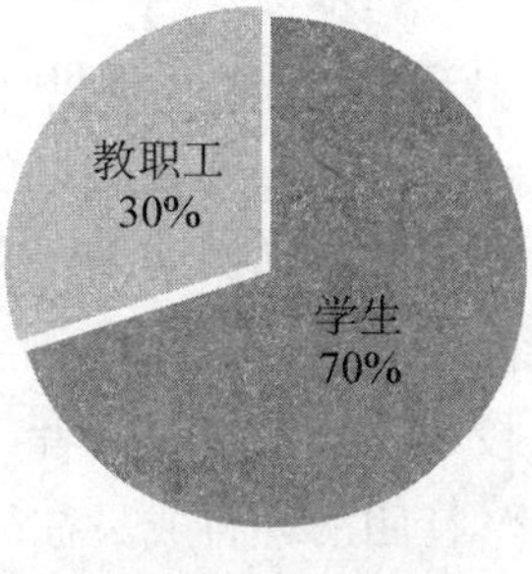

图2 《山东大学报》副刊作者身份百分比

因此，对校报副刊来说，充分把握自己的作者资源是很重要的，这也有赖于编辑的日常工作。无论是教职工，离退休人员还是校友，他们都对校报副刊有一定的认识和感情，发展和联系他们作为副刊的作者，可以有效提升副刊的文化层次，从而为学生读者提供文化大餐，提高校报副刊的接受度。

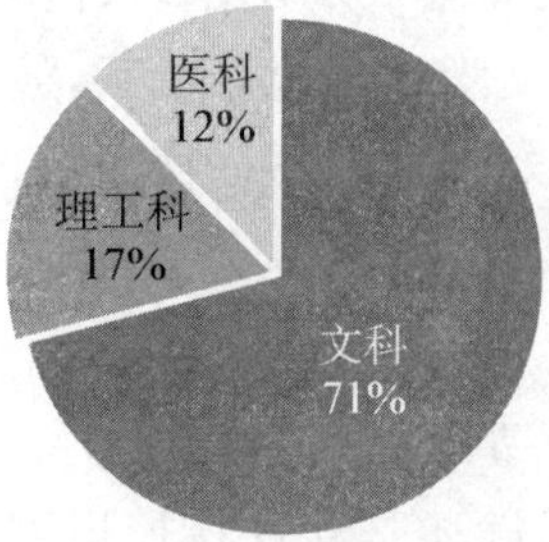

图3 《山东大学报》作者学科门类百分比

而在作者群的统计中各个学科的比重如图3所示。其中文科作者占到了71%的绝对比重。为更好地分析这一现象，将学生群体和教职工群体进行了学科门类的分别统计，发现学生群体中文科作者占67%，仍然超过六成，而教职工群体中则占到了81%，更是超过了八成。

在文艺副刊上看到文科作者的大量作品是在意料之中的，但本文采访的副刊编辑等却对理工科学生的佳作印象尤其深刻，并且也愿意采用各学科优秀的稿件。几位编辑都认为，校报副刊是一个广阔的平台，各个学科的教职工和学生，只要热爱文学创作，都可以在这里获得认可，并把这里当作表达自己的一块阵地。

---

① 石家麟，山东大学中文56级校友，安庆师范学院中文系教授。

② 石家麟：《因缘——我与校报五十年》，载《山东大学报》2006年总第1656期。

在采访校园内的文学社团时，我们却发现了有趣的现象，如山东大学印记文学社①成员在60—70人左右，其中文科生仅占三分之一左右，而理工科学生占三分之二。山东大学意象诗社②成员在30—50人左右，其中理工科学生所占比例远大于文科生。这一现象说明理工科学生对于文学的关注度是很高的，他们由于所学专业不同于文科生，比文科生更需要也更愿意在高校中寻找文学爱好者，因此文学社团就是很多理科生的选择。但是这些文学社团的理科成员往往更多地选择内部同仁刊物而不是校报副刊发表自己的作品，对此，我们也进行了调查。在询问中发现，造成这一现象的原因主要有两个：第一，担心自己作品达不到发表要求；第二，和校报编辑缺乏联系和沟通。

因此，我们认为，校报编辑采取更加积极主动的、富于建设性的工作方法，可能是解决问题的关键所在。校报副刊应该大力发掘理科生和医科生中的文学爱好者，让他们的文学创作能够在校报上更多地展示出来。许多建设性的工作思路应该进行尝试，如副刊编辑和校园文学社团建立联系，鼓励社团成员向副刊投稿；或在理工科和医科学院有针对性地发布征稿启事，大力宣传副刊，让更多的学生了解有这样一个平台，既可以发表文学作品，又可以和文学爱好者进行交流。

3. 大学生作者男女比例基本持平，教职工作者中男性是大多数

校报副刊作者的性别比例也值得探究，究竟是男性还是女性在校报副刊上作品更多，也会是个有趣的现象。在样本总量246篇作品中的男女比例，具体统计数据见表4。

表4 《山东大学报》作者信息统计表 （单位：篇）

体裁＼身份	男		女		总计
	学生	教职工	学生	教职工	
散文	71	29	91	10	201
诗歌	8	32	1	0	41
小说	1	2	1	2	4

① 印记文学社，山东大学校级社团，2004年成立。

② 意象诗社，山东大学校级社团，2009年成立。

续 表

体裁＼身份	男		女		总计
	学生	教职工	学生	教职工	
小计	80	63	93	10	
总计	143		103		246

校报副刊的学生作者群体中，一般而言，某一个作者会有一段比较集中的投稿时间，因此在某一个时期可能会有相同作者的作品见报，这一定程度上会干扰样本统计的有效性。而本文选取的样本中，年份跨度长达10年，同一年份的月份也相差至少两个月，因此受到同一作者反复出现的干扰较小，其数据结果相对而言比较有代表性。据表4可以得到全部样本中作者的男女比例，见图4，可以看出，总体上男性多于女性，男性作者占58%，比女性作者多16%。

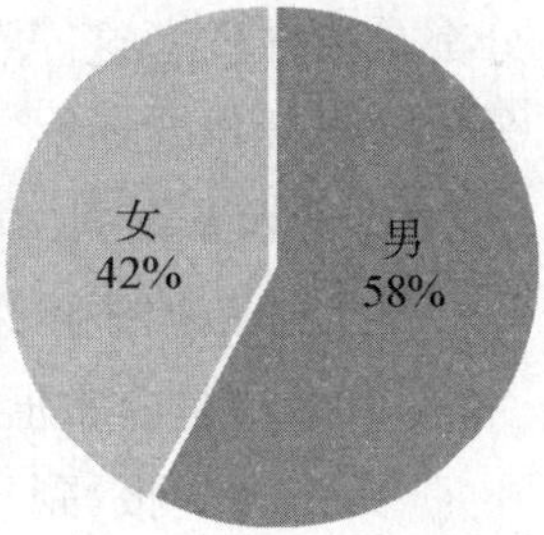

图4 《山东大学报》副刊作者性别百分比

为更好地体现不同群体的性别比，分别统计学生和教职工的男女比例，则出现了比较不同的情况。如图5显示，学生群体中作者比例基本持平，男性比女性少8%，这与整体情况略有不同，但显示出学生群体中的文学创作，并未受到性别的局限，而且无论是男性还是女性都有很多的作品出现。教职工和离退休人员中的性别比例差距悬殊，如图6，男性作者占86%的绝大多数，女性仅有14%。

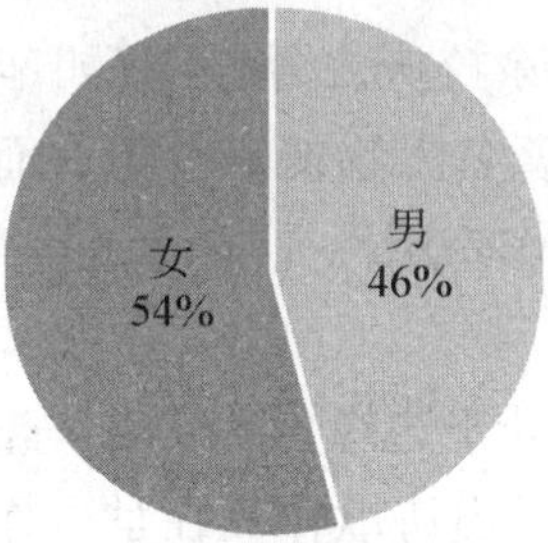

图5 学生作者性别百分比

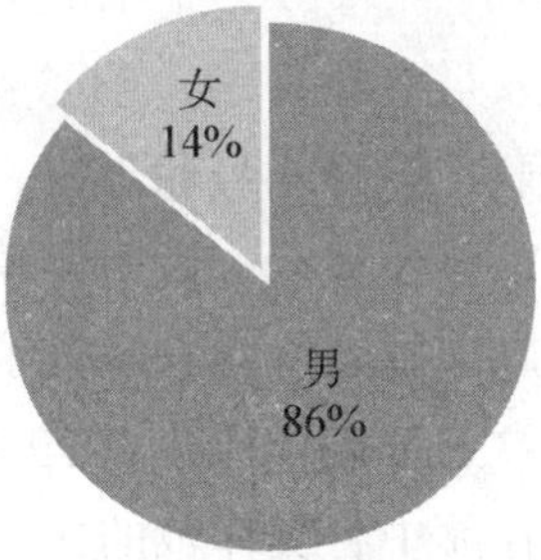

图6 教职工作者性别百分比

虽然在校报副刊发表的文章中，学生作者的男女比例并没有特别大的差距，但《山东大学报》副刊编辑薛国兰表示，在投稿的大量作品中，学生中女性的作品还是要偏多一些。这一方面是由于文科类学科中女性学生的数量本来就比男生多，而文科生投稿积极性较高；另一方面理工科学生以男性多，而投稿积极性又偏低。采访的文学社团中，男女比例反而没有很大的差距，反而是男生在社团里的活跃度要普遍高于女生。而教职工作者中大部分都是男性作者这一点则比较明显，包括离退休人员，投稿比较频繁的大部分也是男性作者。

4. 诗歌是副刊上的重要体裁，但其创作边缘化

从上述数据中可以看到，诗歌这一体裁在校报副刊中占据了近五分之一的阵地，这是非常值得关注和重视的一点。

《山东大学报》副刊编辑对于诗歌的要求是：要有主题、有意境，读之有感受。而对于诗歌中的应时之作，如有好的作品，那是画龙点睛，当然会采用；而不好的作品并不会勉强使用。

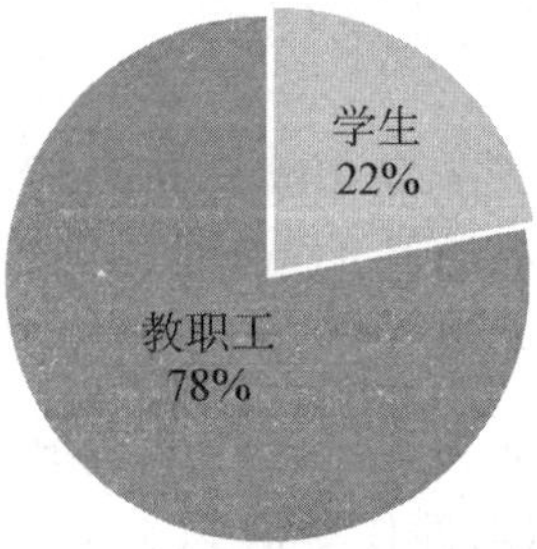

图 7 《山东大学报》副刊诗歌作者身份百分比

据表 3 可以得出诗歌作者的百分比，如图 7，即在所有诗歌作品中 78%的作者是教职工或离退人员。在这些作者的诗歌作品中，以传统诗形式的五律、七律居多，且有两篇以赋的形式创作，而新诗较少。诗歌作品比较多的时候就是山东大学 110 周年校庆期间，这时候的诗歌作品大多是教职工和校友创作，水准较高，因此刊登数量多一些。

虽然诗歌作者中教职工很多，但教职工的诗歌作品中，应时类的诗歌是最多的。主要是在重大节日或纪念日的时候，除校庆之外，还有如辛亥革命纪念、国庆、神舟八号和天宫一号空中对接、著名人物诞辰等等。而其他主题的诗歌创作很少。说明诗歌这一体裁的创作功用性变强，而文学性淡化，其创作越来越边缘化和没落了。

诗歌这种创作形式，在学生群体中，就更处于边缘化的状态。据表 3 得出学生作品中各类体裁的比重，如图 8，可以看出诗歌作品在学生作品中仅占 5%，数量微乎其微，显示出学生对于诗歌这一体裁的选择度很低，诗歌创作在高校文学中非常边缘化。

“20 世纪 90 年代以来……相对于其他文学体裁而言，诗歌更是受到了大众文化致命的冲击，造成了读者甚至没有写诗的人多的尴尬局面。”①校报副刊上，诗歌能够占到相当比重的篇数，说明诗歌在高校的文学生活中还是具有一定生命力的。而诗歌作品中的学生作者占 22%(见图 7)，以新诗形式为主。尽管学生诗歌创作日趋边缘化，但在热爱文学的大学生群体中，愿意尝试和进行诗歌创作的仍大有人在。其中大部分为应时之作，如母亲节献给母亲、秋季述怀等；也有反映大学生活和心理状态的现实之作；其余是少量的即景抒怀作品。

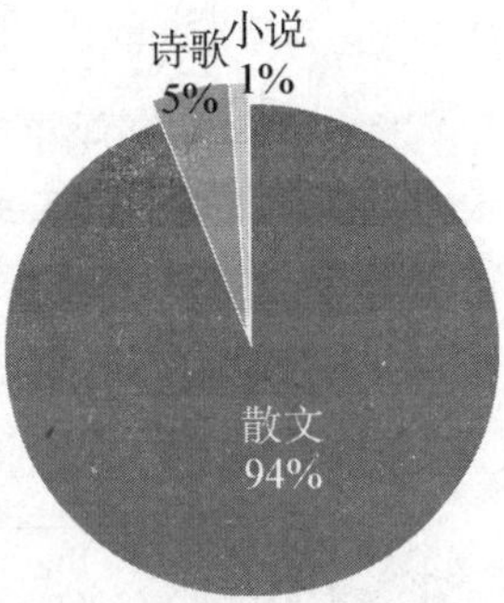

图 8 《山东大学报》副刊学生作品体裁百分比

在诗歌这一体裁中，即在有效的样本中诗歌作品 41 篇，其中仅有 1 位女性作者是文科的学生，其余作者全部为男性。虽然本论文统计的样本有限，也在一定程度上说明女性对于诗歌这一体裁的应用远远低于男性。记者就这一问题采访了山东大学意象诗社原社长张玉涛②，他表示诗社内的社员男女比例比较均衡，在他当社长两年多的时间里，诗社成员没有显著的性别比例差距。但是在活跃程度上，男生要明显高于女生。在学科方面不平衡性较为明显，诗社成员一直是理工科学生多于文科学生。

5. *学生散文作品主题以反映高校生活为主，其次是感悟和应时作品*

散文作为《山东大学报》副刊上最重要的体裁，因此将其作品主题进行了详细的统计。学生作者和教职工作者群体在主题上有比较明显的区别，因此分别统计，其中学生作者的散文作品共 162 篇，其主题具体统计数据见图 9。

通过图 9 可以看出，学生作品中，人生感悟 41 篇、校园生活 36 篇、应时之作 28 篇、实践体验 22 篇，这四类主题数量最多。而这四类主题实际上都反映了大学生当下生活的方方面面。大学是青年人知识积累最多、思想变化最剧烈的人生阶段，因此通常就会有不吐不快的想法，通过写作表达自己当下的思考和感悟就成为很多大学生的选择。校报副刊恰恰提供了这样的一个地方，让大学生群体有地方有渠道表达自我和记录心境。

---

① 李景林：《当代诗歌的边缘化现象》，载《运城学院学报》2010 年第 3 期。

② 张玉涛，山东大学文学与新闻传播学院 2008 级学生，2010 年至 2011 年任意象诗社社长。

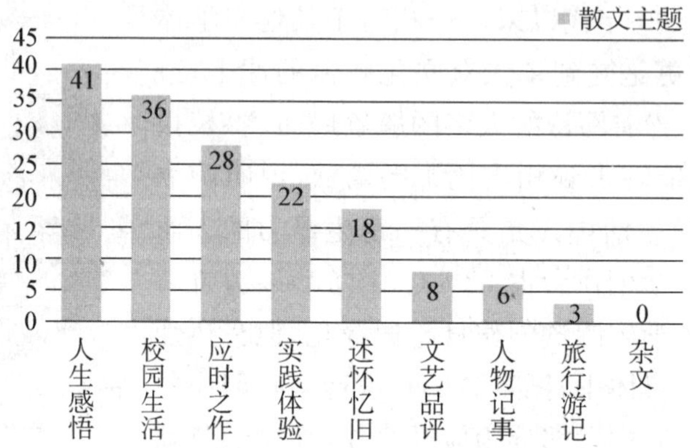

图 9 《山东大学报》副刊学生散文作品主题数量

据了解,校报副刊的投稿量季节性变化非常明显。在学期之初稿件比较少,一般会有寒暑假的实践和交流活动的稿件,但在投稿上并不集中,这一类的文章会持续地有人投稿。学期中间是学生校园生活最丰富、空余时间比较多的阶段,投稿量比较集中,数量最多;临近考试的学期末尾是稿件最少的时候。从投稿量的变化中,也可以了解副刊作为大学教职工和学生文学创作的窗口,与他们的高校生活密切相关。

学生散文的主题中,表现校园生活和实践体验的文章,实际上都是对于大学生活最直接的反映,只不过一类偏向于大学校园里的生活,而实践类偏向于与社会生活接触的方面。这两类作品相加,数量达到了 58 篇,事实上是数量最多的一类主题,占到总数的 36%(见图 10),这说明校报副刊对于当代大学生校园生活的反映还是直接的、切合的。

关于校园生活的文章往往比较个人化,包括宿舍情谊、同学关系、兄弟情、姊妹情等;当然也有爱情,然而编辑在选用此类文章时,考虑的因素比较多,因此选用量较少。而实践类主题的文章是副刊编辑愿意采用的稿件,因为这些文章生动鲜活地反映了当代大学生的生活和生命体验。和比较平淡的校园生活不同,实践或交流类的活动和体验中,大学生面向的是外面的世界,通过深入社会实践,扩展了视野,增长了人生阅历和积累,在这样活生生的现实生活里得到了锻炼和提升。选用这样的文章,也可以让更多的大学生了解其他生活方式的存在,从而透过文章丰富内心世界。

如图 10 显示,学生散文作品中应时之作占到 17%,是校园生活和抒情感悟之外最多的一类主题。应时之作则比较广泛,包括节日,如母亲节、五四青年节、中秋节、记者节等；有应季节之变，春秋冬三季最多；也包括重大事件或纪念日，如校庆、汶川地震周年纪念。

在节日、重大事件或纪念日期间，一般来说投稿量不会有显著的变化，不过作者的文章中主题会有应时性的内容，而且编辑在组织版面时会倾向于应时的作品，体现校报副刊的议程变化。从年初开始，比较多的应时类稿件出现在清明节、五四青年节、母亲节、教师节等节日期间。清明节是投稿的一大高峰，这主要是教职工和离退休人员的稿件增多，他们人生阅历丰富，在清明节期间，述怀忆旧或人生感悟会通过作品体现出来。这也是稿件选材比较多、体裁比较丰富、稿件质量比较高的一段时间。中秋节是阖家团圆的日子，对于离家求学的大学生们来说，无法抑制的思乡情怀较多体现在了校报副刊的投稿上。

另外母亲节也是应时稿件比较多的时候，这与人们的思念亲人和思乡情绪有很大的关系。母亲节现在已经越来越普遍，感恩母亲的主题在教职工和学生群体中均有。而有趣的是，父亲节竟然是个被遗忘的节日，几乎没有应时的稿件，即便有父亲类的文章，也并不是在父亲节期间投稿的。

副刊上有一类文章也值得注意，那就是关注国家和社会大事件的散文或诗歌，这些作品的作者中，教职工是大多数。例如建国60周年、辛亥革命110周年、神舟飞船升空、汶川大地震周年纪念等，这些社会和国家大事，最多的当然是在新闻中体现，但在副刊上的文学创作中也有许多体现。学生作者也会有对世界和国家的关注，例如乔布斯之死，作为个人事件却受到全世界的关注，就有学生就此发表文章阐述看法。

从图10中看出抒情感悟类的散文占25%，是四分之一的比重，这很大程度上是由于散文的特性决定的。抒情性散文是作者比较容易驾驭的散文创作形式，通常是受到人或物的即景即事的启发，在抒情的同时产生人生感悟。学生散文中的抒情往往偏于个人化，反映的是一个阶段或一个时期对于人生、自我或某个事物的认识，其思想深度和成熟度与教职工散文有明显的差距。但大学生的思想活跃，情感真挚，读之让人觉得眼前一亮或情感受到触动，因此也不乏佳作。

在各类主题中，述怀忆旧主题的文章占11%（见图10），其数量虽然并不那么多，但也足够值得注意，并且我们不禁要问问，为什么大学生怀旧之作会这么多？大学生的年龄阶段在18—26岁，最好的青春年华，是人生的

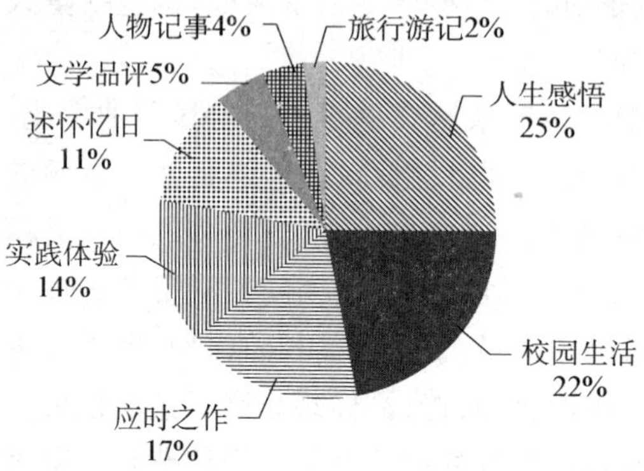

图 10 《山东大学报》学生散文作品主题比例

黄金时期，朝气蓬勃、向往未来是人们对青年人的看法，述怀忆旧则往往被认为是中老年人的"专利"。在样本文章中，学生的述怀忆旧往往都是小时候，涉及到亲人和思乡情怀。许多大学生背井离乡独自在外求学，在奋斗和生活的时候难免会偶尔或时常感觉到孤独，所以思乡和思念亲人是一种表达方式，它表现了大学生对于当下的生活状态中缺少的部分的留恋甚至是依赖，实际上还是一种当下情感状态的写实。

综上所述，可以看出，校报副刊中主要以散文为主的学生作品，对于当代大学生的心理状态和现实状况的展示还是给予了很大的空间。无论是直抒胸臆还是借景抒情，大学生的思想变化和情感变化通过校报副刊这一平台得到了比较多的体现。

四、结语：应时的孤独之舞和超时空的边缘化的文学守望

综观《山东大学报》的副刊作品并结合上文中的事实和数据进行分析，我们可以发现这样一个事实，可以把该报纸的副刊文学作品进一步简化为两类：应时之作和个人文学小品。

应时之作大致包含两类主题：学生的社会实践活动和针对当下新闻热点的文学呼应。第一类作品的作者以在校学生为主，而第二类作品则平均年龄在 50 岁以上。两类应时主题的作品合计达到副刊作品总数的 31%，也就是将近三分之一的数量，这一方面是校报新闻的特性所决定的，另一方面则体现出在文学创作中的实用主义倾向。据我们了解，许多院系都将在校报上发表文章作为考察和评价学生社会实践的条件之一，甚至有些社会实践课题和项目的结题要求，就是发表实践报告，因此副刊一方面成了新闻宣传的延伸之地，另一方面又承担起了社会实践、政治活动等功利性活动的舞台。至于第二类应时之作，我们完全可以视作过去文学生活议程的一种习惯性延伸。这从创作者的年龄结构以及作品体裁多以诗歌尤其旧体诗词为主可见一斑。换来换去总是西江月、念奴娇、水调歌头几个词牌，颠来倒去无非歌舞升平、山呼海应之类的陈词滥调。调查中我们发现，这一类作品往往在学生中阅读率很低，评价也不高，但是离退休教师群体对此类作品却往往比较关注。应时之作对于许多老教师而言，也许是熟悉的生活议程的延续，但对于主流读者群而言则注定是孤独的舞者，没有关注，也不会有喝彩。

而作为另一类作品的个人文学小品，述怀忆旧、人生感悟、校园生活三个主题占到副刊作品总数的 58%。这说明文章的作者更加关注个人情感的表达，而不是对时代、社会投入更多的关注，更不是在文学的样式上做新的尝试和探索。这与 20 世纪 80 年代中期大量的新诗创作尝试有着明显的不同。视野的窄化和视线的完全内倾化使得这些文学作品更加脱离社会，脱离主流文学运动和主流文学生产活动，成为一种超时空的、边缘化的文学守望，这不能不让我们对校报副刊乃至高校报纸、高校非主流的文学生活状况感到忧虑。

第二章　文学社团与民间文学期刊

第一节　高校文学性社团生态调查研究①

高校的学生社团，在高校思想政治教育工作及推动学生素质全面发展等方面，具有着重要的作用。社团活动以其多样性，弥补了因目前大学“专门教育”而导致的学生视野不够开阔、无法接触到本学科以外的知识及能力的弊端，同时也可以扩大学生的交际范围，使其在人生、职业等方面处于塑造期的大学时代，能够形成更加完善的人格和更加开阔的职业视野。在这个过程中，高校的文学性社团有着不可替代的重要作用。

文学社团的活动，在于对“文学性”的共同爱好。文学性活动，可以理解为涉及对于文学这一社会现象各个方面的分析与探讨，如文学写作、文学批评、文学刊物编辑出版等。从这个前提来看，凡是进行与文学有关的活动的社团，均可以被列入“文学性社团”这一概念之内。结合大学生社团活动的实际，如文学社、诗社、戏剧社等类型的社团，成为我们所探讨和分析的范围。

高校文学性社团，相对于高校内的其他社团，具有特殊的作用。文学是人学，在其整个活动过程中，可以塑造人，改变人。同时必须看到，由于学业上的压力及培养方式的局限，非中文类尤其是理工类专业的学生，其能够主动接触文学的可能性相对较小，对于文学阅读这一活动的诉求较少，一定程度上会导致高校的人文气息不足。而高校的文学性社团，则在这个反思和改进的过程中，扮演了重要的中介作用。它以其自身的活动，让文学本体和更多的暂时不具备接受文学、热爱文学的群体之间产生沟通，最终起到培养文学爱好并通过文学完成更好的人格塑造的作用。从这个角度来看，高校

① 本节由丛新强、杨念泽、马凯盈执笔。丛新强，山东大学文学与新闻传播学院副教授。

的文学性社团，在高校的整体性发展过程中尤为重要，其良性发展也具有重要意义。

本次对于高校文学性社团生存发展状况的调查，根本目的就在于通过对所选择样本文学性社团的发展状况、活动开展情况等方面进行实地调查，并与“理想”状态进行对比分析，从而归纳出一定的问题，并提出相应的解决方法，以期达到预想的目的。

本次调查活动，采取了抽样问卷调查和实地采访调查相结合的方法进行。调查问卷是通过前期的走访以及对于材料的分析，归纳出相应问题后，有针对性地制定的；实地采访调查，则是对于有关人员，如文学性社团负责人、相应辅导员老师等进行有针对性的访谈。在上述工作结束后，对于数据进行定性定量的分析，并且对于谈话记录进行归纳，从而得出最终的结论。

一、调查结果分析

1. 关于高校社团生存发展状况的调查分析

在受调查的群体中，仅有8.89%在大学期间，未参加任何的社团活动，而在参与各类社团的群体中，大部分人(56.3%)参加了1至2个社团，仅有5.68%的受访者，参加了4个或更多的社团。结合前期的访谈记录，我们认为，在参与社团活动这一问题上，大部分的受访者较有热情，且能够保持正确的态度，结合自己的兴趣，去选择适合自己的社团投入活动。

同时，对于高校社团的本质性定位问题，大多数的受访者认为，其理想中的高校学生社团，是“由学生自发组织，培养爱好的自治团体”，这与教育部门对高校社团的定位是基本相同的。在这一点上，教育工作的管理者和高校大部分的学生群体，有着共同的愿景。

对于高校社团发展的实际情况的认识，受访者的看法则可以概括为各持己见，且基本比例相同。有46.91%的受访者认为，高校社团发展情况较为自由，很少受到行政体制的束缚；53.09%的受访者则认为，高校社团的发展受到了各方面，尤其是行政体制的束缚，难以达到理想预期。那么，关于行政体制到底对于高校社团发展是否具有束缚作用这个问题，我们将结合具体例子，进行更加深刻的分析。

对于阻碍高校社团继续发展原因的理解，从调查数据分析上看，资金供给(47.9%)和社团管理方式(40.99%)被认为是两个对于高校社团发展影响最大的因素，其次则是行政体制及其对于社团的管理方式。那么，资金供给是否真的是高校社团发展的最大阻碍，我们在后面将结合具体案例，进行深刻的分析，以期得出结论。

2. 关于高校文学性社团生存发展状况的调查分析

对于“文学性社团”，“文学性”的涵义在于，其发起社团的共同兴趣爱好，应该是与文学的各类体裁，或是文学本体的某一个方面有着紧密的联系，并且其活动内容，应该与“文学”有着重要的关联性。因此，对于“书法、艺术类社团”这一选项，调查组多数成员认为，其应该属于“文艺”类而非“文学性”社团。此题目为多选，从各选项中选的比例上看，与调查组成员先前预想的结论有着一定的差距：“文学、创作类社团”这一选项的选中比例为85.43%，“戏剧类社团”的选中比例为64.94%，“国学、讲坛类社团”的选中比例为74.07%，而“书法，艺术类社团”的选中比例则达到了84.94%。从此题目上看，对于“文学性社团”的界定，在调查组和受调查者二者之间，产生了一定的分歧。

在被调查者认为的“文学性社团”范畴之内，31.11%的受调查者参加了文学性社团，而68.89%的被调查者则未参与文学性社团。从这个比例上看，即使是由被调查者所认为的，可以说是广义上的文学性社团，其在高校中的参与程度仍相对较低。这个问题的原因，我们应该从多方面进行分析，后文将结合实际案例访谈进行分析。

从活动的角度，80.94%的被调查者认为，其所在高校的文学性社团有公开进行的活动；从活动的类型上看，文学征文比赛和文学讲坛是比较常见的两种，文学性刊物的编辑出版活动，比例相对较低(16.54%)。众所周知，一个文学性社团，其生命力必然系于其组织活动的频率和质量等多方面因素。

从社团自我宣传的角度进行调查，广场纳新(78.52%)和定期举办活动，被认为是社团自我宣传的重要方式。关于宣传方式对于高校文学性社团发展的影响，后文将进行继续论述。

分析高校文学性社团对于大学生阅读和大学生的文学素养培养的影响即其“中介”作用是否得到了良好的发挥。73.33%的受访者在其学习生活中，并不经常进行创作活动；同时，56.79%的受访者认为，高校文学性社团以其实际活动，对于其自身的文学兴趣产生了影响。

二、个案调查分析

通过在山东师范大学校园内对普通学生的随机采访，调查人员发现：在校内比较有名的校级文学社团为拓荒者文学社和绿洲文学社。然而，也有部分学生表示听说过院级文学社团陀螺文学社。为此，调查人员对以上三个文学社团进行了个案调查分析。

1. 社团情况概述

拓荒者文学社成立于 2002 年 10 月 26 日，是当时山东师范大学唯一一个校级文学社团。文学社成立之初就得到了著名诗人舒婷“也问耕耘，也问收获”的赠言。2006 年又喜获山东师范大学校长的关注与题词。目前，拓荒者文学社的发展情况呈现下滑趋势，据了解，该文学社已转入山师大历山学院（山东师范大学与浪潮集团合作举办的普通本科独立学院），无出版刊物，基本不举办大型活动。

绿洲文学社成立于 2007 年 11 月 9 日，是通过校团委审批成立的校级社团，无出版刊物及大型活动。

山东师大文学院陀螺文学社成立于 2000 年 5 月 12 日，2004 年迁至长清校区，由文学院团总支管理。文学社印有杂志《陀螺》和报纸《陀螺》：杂志每年一期，每期 100 份，受众人群主要为杂志内作者，或作为该社团宣传之用；报纸每年发行 3—4 期，每期 500 份，受众人群为作者本人、部分社团成员及老师等。刊物包含小说、散文、诗歌、戏剧等文学形式，其中，小说和散文数量居多，戏剧数量很少。稿件来源分为约稿和投稿：主要约稿人为老师，主要投稿人为文学院各年级学生。文学社体制主要分为两大块：第一块为编辑部，是整个文学社的核心，主要负责杂志和报纸的编辑工作；第二块为秘书处和宣传部，主要负责社团的日常工作。以上部门的成员来自各专业，不局限于文学院。陀螺文学社刊物的编辑流程为“稿件→各版面编辑→主编审查→打印→改错→社长审查→老师审查→修改→出版”。其中，杂志《陀螺》在每年寒假前开始准备出版，报纸《陀螺》在出版前一个月开始准备。该文学社不定期举办活动，如现场作文大赛、名师讲坛、诗歌朗诵会、好书推荐会等。陀螺文学社面向全校招收社员，加入文学社的每位社员需每人缴纳 5 元社费，作为文学社活动之用。据社长介绍，该文学社的刊物发行来源于文学院支持，其他活动均为社团自费。

2. 社团发展比较分析

从基本情况中不难得出，以上三个山师大比较有名的文学社团中，陀螺文学社的发展较为成功，而拓荒者文学社和绿洲文学社的发展呈下降趋势。出现这种情况的原因是什么？调查人员做出如下比较。

比较方面 社团名称	社团级别	社团管理体制	社团影响力
拓荒者文学社	校级	主要为学生自办，校社联监督指导	为很多在校学生熟知，但参与人数较少，无出版物发行
绿洲文学社	校级	主要为学生自办，校社联监督指导	为较多数在校学生熟知，参与度低，无出版物发行
陀螺文学社	院级（文学院）	主要为学生自办，文学院给予大力支持	为部分在校学生熟知，参与度高于以上两个社团，有出版物发行

通过比较，调查人员总结出陀螺文学社的成功经验：

第一，陀螺文学社有自己的刊物发行，而拓荒者文学社和绿洲文学社无刊物发行。我们知道，刊物是社团进行自我宣传、提升影响力的有效手段，而高质量的刊物的作用是“双赢”的，一方面，它可以帮助社团扩大知名度，也是社团良好发展的证明；另一方面，它可以提升社团成员的文学兴趣和文学修养，进而影响他们的生活。

第二，陀螺文学社与其他两个文学社最大的不同之处为级别不同，陀螺文学社为院级文学社，由文学院发起并提供一部分经费支持，而拓荒者文学社和绿洲文学社为校级社团，除校社联给予其少量指导外，基本由学生自主管理，自负盈亏。在问卷调查中，很多被调查者认为高校学生社团的定位应该是“由学生自发组织，培养爱好的自治团体”，然而，个案分析结果却说明，院系领导和老师给予支持可以促进社团的发展。陀螺文学社前社长在采访中也表示，文学院对陀螺文学社的管理并没有束缚其发展，反而可以帮助其发展。

然而，山师大的文学社团发展也存在一些问题：

首先是文学社团的知名度与实际发展情况之间的矛盾。在对山师大在校大学生的随机采访中，我们发现，在校大学生对拓荒者文学社和绿洲文学社的认知程度高于对陀螺文学社的认知程度，而拓荒者文学社和绿洲文学社的发展却远远慢于陀螺文学社。探其原因，拓荒者文学社和绿洲文学社属于校级社团，可以在每年秋季开学后的"百团大战(校级社团纳新)"中更好地进行宣传，让广大在校大学生了解自己；而陀螺文学社为院级社团，无法在"百团大战"中进行纳新，故知名度低于拓荒者文学社和绿洲文学社。这就引出了一个问题：行政体制在高校文学社团的发展中应起到什么作用？

其次是学生自治与校方管理之间的矛盾。如果以校方管理为主，老师的工作经验和校方的资金支持有利于学校文学社团的发展，社团发展方向规划和经费上的不足也可以得到支持；如果以学生自治为主，社团的活动可以更加贴近学生的生活，减少师长的"说教"成分。可以说，学生自治和校方管理各有利弊。这也引出了一个问题：学校和院系在高校文学社团的发展中应起到什么作用？

三、调查总结及问题分析

经过对于调查目标院校所进行的前期分析、问卷调查及对于相关人员的实地采访，调查组对先期所提出的问题有了初步的解答，对于调查中发现的部分问题有了一定的结论，总结如下：

1. 高校社团及文学性社团存在的问题及分析

(1) 高校社团生存发展状况简述

结合问卷中的相关数据，我们基本可以得出，高校社团的生存发展情况总体是好的，大部分成形的社团都有自己的固定成员和相对完整的组织，部分社团能够形成自己的品牌，并产生较大的影响力，对于活跃高校学生的业余生活气氛、推动校园文化建设发展具有着积极的作用。但部分社团的发展，存在着一定的问题。如组织上不完善，活动缺少新意和吸引力，形式主义意味较重，难以使得成员得到实质意义上的素质提高。

(2) 行政体制对于社团的影响

从前期调查、问卷调查及走访中，受众普遍认同"高校社团的发展应该由学生自发组织，从而培养爱好和能力"，这与教育部对高校学生社团的定位相符合。也可以说，官方与高校被调查者在"高校社团理想定位"这个问题上的看法，基本是一致的。大部分受调查者认为，大多数高校目前实行的社团行政体制，对于高校社团的发展是具有束缚性作用的。但是，结合对较成功的高校文学性社团的调查采访，我们发现，从实际上看，被大多数调查者所诟病的社团行政管理体制，并不是完全如其所认为的——对于社团发展的阻碍多于推动。这一点从对于拓荒者文学社、绿洲文学社及陀螺文学社三个文学性社团发展的实际情况的分析可以看出。缺少了行政体制上的积极推动和一定的资金投入，完全由学生自主管理，并不一定能使得一个社团得到真正顺利的发展。在这一点上，我们可以认为，对于高校学生社团的理想定位和其实际发展所要求的条件，是具有一定的差距和矛盾性的。看待行政体制和社团发展之间的关系，需要用辩证的眼光来处理。

（3）对于高校文学性社团内涵的界定

对于高校文学性社团内涵的问题，在调查问卷中可以看出，调查组和被调查者之间的看法存在着一定的分歧，主要在于“书法、艺术类社团是否属于文学性社团”。我们认为，对于“文学性社团”这一范畴，从一定的角度上看，“书法、艺术”等类型的社团，其创作或交流的过程中，的确与文学产生了一定的交集，如对于画作“意境”等特征的分析，与文学理论判断确实有着一定的相通之处。但是，其中心活动还是在于“艺术”的境界上，因此这类的社团，我们可以称之为“文艺性社团”而非“文学性社团”。文学性社团应该与文学的某种体裁或是文学本体的重要方面有着紧密的联系。因此，对于高校文学性社团的界定，我们认为，文学社、诗社、戏剧社等类型的社团，可以被认为是较符合上述定义的社团。对于文学性社团发展的进一步分析调查，也应该从这几个类型的社团入手。

（4）对于高校文学性社团自身发展问题的分析

根据调查数据和访问记录可以看出，高校文学性社团的发展并不是十分顺利。多数被调查者理想中的文学性社团应该有完整的组织体系，在活动方面提高质量和数量，有高水平的人员对社团进行指导。而目前高校的文学性社团发展并不理想：虽然个别文学性社团能够举办一定的活动，也可以出版文学刊物（如陀螺文学社），但大部分文学性社团并没有条件和精力进行活动和出版刊物，且有活动和刊物的文学性社团的活动数量和刊物出版频率较低。实际上，大部分文学社团不能起到其应有的作用，也无法达到理想预期。结合调查问卷及采访记录，我们认为，产生这一问题的因素有如下几个，首先在于高校文学性社团自身的定位相对不明确，很多文学性社团不能找到推动自己切实向前发展的动力之所在，社团定位模糊；其次在于，当前社会气氛下，对于文学的阅读和创作以及批评等活动，正由社会多数人参与转为少数具有专业修养的人所从事的活动，且文学阅读，尤其是能够建立文学信仰和文学爱好的经典阅读，正在逐步让位于通过新媒体传播的“快餐”性文化阅读，这也直接导致了文学爱好由社会广泛参与，变为了小众人群的专属；最后，基于当前社会的实际情况，即生活节奏的加快、工作压力的增加以及文学自身的根本特性，即潜移默化的影响性和非功利性，导致高校学生更喜欢选择加入如“商业实践”“创业”等类型的社团，放弃了文学性社团。以上应该是高校文学性社团当前面对的重要问题。

2. 针对上述问题的解决策略

针对上述问题，结合各方面资料和实际情况，我们认为，高校文学性社团要保持其生存活力，并且以其实际活动切实地起到推进高校文学生活发展的“中介”作用，至少应该从以下两个方面进行有针对性的改进提高。

(1) 正确对待行政体制和社团发展之间的关系

通过前面的调查分析，我们可以得出，行政体制对文学性社团发展的影响具有两面性：一方面，过于严格的行政体制无疑会阻碍文学性社团的发展，并使高校文学性社团成员无法真正按照其意愿和喜好进行创作。然而，高校管理者完全放手，让学生自己管理就真正有利于高校文学社团的发展吗？其实不然。在调查中，陀螺文学社的前社长明确表示，正是院方的管理才使得陀螺文学社能够顺利发展。而拓荒者文学社和绿洲文学社发展不利的重要原因是它们脱离了行政体制的干预，进而增大了其发展的不确定性。对于以上问题，调查组认为，在自由发展和行政体制管理两者间，应找到一定的平衡点——既保持一定的独立性，又能够在行政体制上得到一定的支持。而对于这个平衡点应如何寻找的问题，应由高校文学性社团根据实际情况，在其发展的过程中自行总结发现。

(2) 结合当前社会实际，找到正确的发展方向

当前社会已经进入高速信息化时代，且大学教育因其自身所存在的局限性，必然导致大学生所能接受的文学体裁，由先前的经典文学作品，转移至具有“快餐化”特质的一类文学，如通俗休闲性文学、网络文学等。面对这个实际，高校的文学性社团要想保证其能够继续发展并且发挥其应有的作

用，必须要在承认现实的情况之下，在坚持维护文学本体性的范围内，正确处理与新时期快餐性文学等新兴文化现象之间的关系。既不能孤芳自赏、阳春白雪，也不能完全随波逐流。这个问题要得到解决，就要求高校的文学性社团在其组织上和活动方式上，进行有限度的改革创新，从而得到正确的发展方向，正确发挥其应有的中介作用。

第二节　高校校园戏剧生活调查[①]

自19世纪末以来饱含探索激情的校园戏剧，始终是青年一代关注社会、表达自身思考、实现自我价值的重要艺术活动。校园戏剧以其前卫性、教育性和建构性不断推动戏剧现代化和民族化进程，在中国现代戏剧的建构中起到了重要作用。中国百年话剧的起源和创生均为学校的学生演剧：19世纪末20世纪初，教会学校的学生演剧首开中国话剧的风气之先，1906年成立于东京的由中国留学生组织的“春柳社”（1907年春正式演出）是中国话剧创生的标志，而南开学校的学生演剧（1909年—1922年）更是将中国话剧推向了新的高潮（无论是戏剧观念、剧本创作还是舞台演出均如此）。

校园戏剧演出既可丰富大学生的业余生活，又能够潜移默化地对他们进行世界观人生观方面的教育；既可以增进不同专业学生之间的人际交流，又能够陶冶他们的文化情操。因而，无论从戏剧史的角度立论还是从现实的需要出发，无论从戏剧的发展还是从大学生的人格培养出发，对大学校园戏剧生活的关注都具有积极的意义。

2013年5月，国家社科基金重大项目“当前社会‘文学生活’调查研究”课题组以在校大学本科生为调查对象，就“校园文学生活”向两千名学生发放了问卷，回收问卷1 817份[②]，专业包括文理工医四个学科（见图1），男女比例为48∶52。

问卷包括三个方面的内容：校园戏剧生活调查、大学校报副刊调查和大学生文学社团与文学刊物调查。其中校园戏剧生活调查涉及到文学剧本阅读、对京剧及地方戏的认识和校园戏剧演出的影响等三个方面。

---

① 本节由刘方政执笔。刘方政，山东大学文学与新闻传播学院教授，博士生导师。
② 本文中统计的数据皆为问卷中的有效数据。

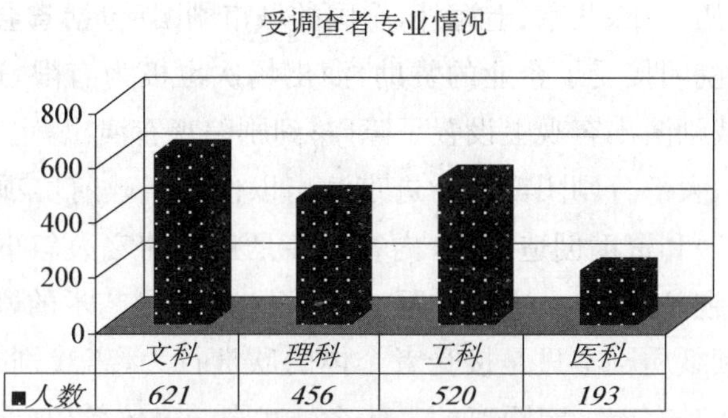

图 1　受调查者学科分布情况

一

通过问卷调查，总的来看，大学生戏剧生活丰富多彩，参与戏剧生活的渠道按比例的顺序为：在网上阅读剧本或观看演出录像为 48%，阅读纸质剧本为 30%，观看校园剧团演出为 15%，直接到剧院观看演出为 7%。（见图 2）

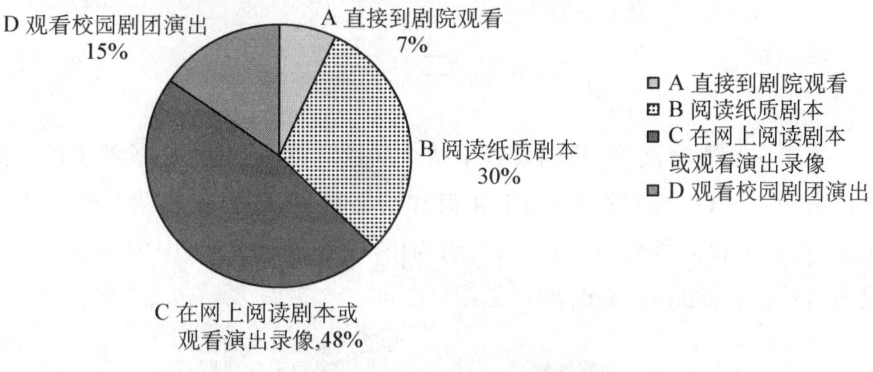

图 2　接触戏剧作品的渠道

由图 1 可以看出，第一，尽管渠道不同，受调查者都不同程度地参与了戏剧生活。其二，目前在校的本科生基本上都是 90 后，他们思维敏捷，善于接受和运用先进的网络工具，因而在网上进行戏剧生活的比例最高。第三，与网络相比，虽然阅读纸质剧本和观看校园戏剧演出在一定程度上受时间和空间的限制，但相对于到剧院观看演出在时间上和经济上还是要方便、节省。第四，从 20 世纪 90 年代开始的文化体制改革，本质上就是从财政上给剧团剧院“断奶”。除北京、上海外，全国的城市剧团（包括省会城市）演出极少，即使有的院团接受了企业的赞助，演出场次也极为有限，这就为大学生到剧院观看戏剧演出客观上设置了障碍；到剧院观看演出，也有时间和门票的问题；另外，大部分剧团都是为进京演出以便获得政府奖项（譬如中宣部“五个一工程”）和资助创造条件，内容大多是正面的宏大叙事，与在校大学生的生活、兴趣、感情有一定的差距。实际上，从戏剧艺术的剧场性来讲，上网视听与阅读纸质剧本只是接受者个体的欣赏行为，离戏剧艺术与生俱来的群体效应还是有着一定距离的。什么是戏剧的群体效应？简单而通俗地说，就是在观看演出时，观众之间潜移默化的互相影响，相互之间在不经意的情感泄露（如流泪或微笑）、自言自语中加深对舞台演出的理解，感受剧场的魅力，这是单独的欣赏行为永远都不可能做到的。因而，戏剧团体应该充分了解大学生的情感愿望、理想追求和兴趣爱好，创作演出能够激起他们欣赏欲望的戏剧作品，千方百计将他们请到剧院中，这不但是戏剧工作者的艺术天职，也是社会责任；使大学生在接受艺术熏陶、欣赏戏剧美的同时，加深对社会的了解、对文化的理解、对人情人性的关注。

二

关于文学剧本阅读，我们设置了两个问题。第一题为“您最熟悉的一组剧作家是”。第一组为关汉卿、王实甫和汤显祖（中国古代），第二组为莎士比亚、易卜生和契科夫（外国），第三组为田汉、曹禺和夏衍（中国现代），第四组为高行健和孟京辉（新时期）（见图 3）。

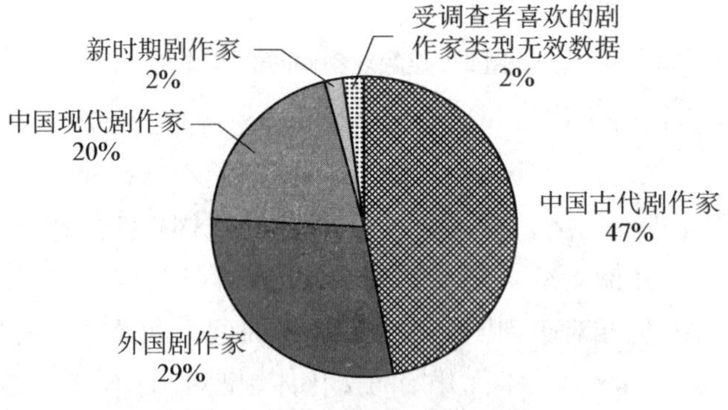

图 3　您最熟悉的一组剧作家

第二题为“您读过的文学剧本类型”。其中包括中国古代戏曲、外国戏剧、中国现代话剧和新时期的小剧场话剧(见图 4)。

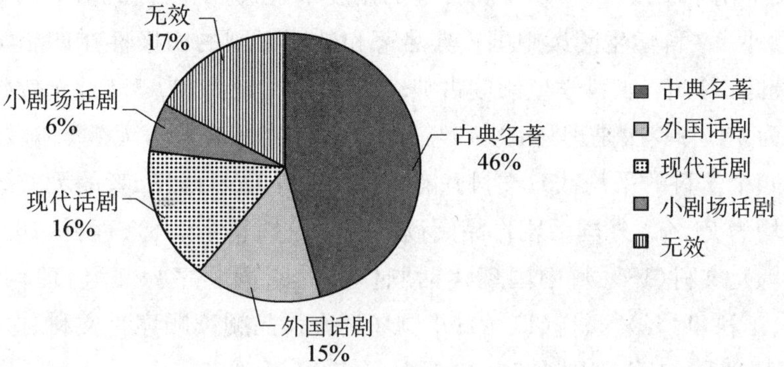

图 4　受调查者读过的文学剧本类型

从图 3 和图 4 可以看出,受调查者对中国古代戏曲作家的熟悉程度和阅读古代戏曲作品的比例基本相同,分别为 47%和 46%,这是一个很有意味的巧合。其中的原因一是与中学时期的语文教学有很大关系,二是与弘扬传统文化的大环境密不可分,三是大部分学校都在本科年级开设了各种类型的“通识”课,文学艺术类课程的设置使他们对文艺作品加深了了解。对外国戏剧作家的熟悉程度比对中国现代剧作家高出近一成,但在文学剧本阅读方面,外国戏剧作品与中国现代话剧作品却基本持平,分别为 15%和 16%,其中的重要原因应该是他们对莎士比亚、易卜生和契科夫的名字比对田汉、曹禺和夏衍的名字更为熟知。不熟悉对新时期探索戏剧和小剧场话剧贡献最大的高行健与孟京辉,以及小剧场话剧作品阅读比例仅为 6%,则说明大学生基本不关心戏剧的发展现状,而这,又与他们缺乏剧场的亲身感受、不到剧院实地观看演出具有内在的联系。

值得注意的是,在这个问题上,无效卷的比例高达 17%,是整个问卷中无效率最高的,这说明这部分受调查者基本上没有读过文学剧本(至少没有完整地读过)。如果与小说、诗歌、散文相比的话,说明大学生的文学阅读时限主要集中在中学时期,因为后三者在中学语文课本中的数量就很大,而课本中的文学剧本数量极少并且只能是节选,学生们缺乏直观的把握。从这里也可以看出,中学语文课本在文学体裁的编选上一定程度上存在着轻视戏剧的倾向。另外,戏剧现状的极其不景气也是学生们不喜欢阅读剧本的因素之一，即使是中文系的本科生，在四大文体中“戏剧的受欢迎比例只有1.4%”①，而文科研究生的“戏剧阅读，完全成为冷门”②。

文学剧本阅读方面，从学科专业的角度来说，这次调查的结果也令我们有些意外：文科学生阅读中国古典名著和外国话剧的积极性在四个学科中居然最低。其中，工科学生阅读古典名著积极性最高，为57%，无效数据最低，仅为10%；其次是理科，为46%（四个学科的平均数），无效数据为15%（低于四个学科的平均数）；文科只有40%，医科为41%，二者的无效数据也最高，均为21%。外国话剧作品阅读的顺序是医科（19%）、理科（16%）、工科（15%）、文科（13%）；中国现代话剧作品的阅读顺序为文科、理科（均为18%）、工科（14%）、医科（11%）；小剧场话剧作品阅读顺序是文科、医科（均为8%）、理科、工科分别为5%和4%（见表1）。

表1　不同专业受调查者阅读文学剧本的类型

专业 阅读剧本的类型	文科	占百分比	理科	占百分比	医科	占百分比	工科	占百分比
古典名著	247	40%	205	46%	78	41%	294	57%
外国话剧	81	13%	74	16%	36	19%	79	15%
现代话剧	114	18%	82	18%	21	11%	74	14%
小剧场话剧	50	8%	22	5%	16	8%	21	4%
无效数据	127	21%	70	15%	41	21%	52	10%

为什么会出现这种看似令人意外的阅读现象呢？“20世纪现代文学与电影”通识课选课学生的专业分布给了我们很大的启发，也可以为这一现象做一佐证。2013—2014年第一学期，山东大学中心校区选修这门课程的本科生共有64人，其中理科学生40人，文科学生24人。而中心校区的院系

① 贺仲明、王世诚：《大学中文系学生阅读调查》，载《当前社会文学生活会议论文集》山东大学当代中国文学生活研究中心编。

② 刘东方、杨甜：《文科研究生文学阅读生态状况》，载《当前社会文学生活会议论文集》山东大学当代中国文学生活研究中心编。

分布则是理科 7 个院系，文科 8 个学院（不包括文学院），学生数量基本持平。

这种现象的出现，一方面与人的天性有关——从事某一特定工作（与文字打交道）的时间长了，便不自觉地会产生厌烦感，这正像男孩子在业余时间踢足球兴致很高甚至着迷，一旦加入专业足球队又会想尽办法躲避训练一样；而理工科的学生长期陷入枯燥乏味的数字定理之中，业余时间便渴求阅读形象性虚构性的文学作品。另一方面又说明，人在理性生命发展的同时（求真），还需要情感生命的活跃（崇美）以及闲暇时的消遣（娱乐），而文学生活恰恰能够给予这两方面的满足。

三

在给中文专业本科生讲授戏剧选修课时，每个年级都有一定数量的同学对自己的家乡戏很感兴趣，故而，在问卷中我们设置了两个问题：怎样看待地方戏？（见表 2）地方戏在您家乡的影响程度？（见表 3）

表 2　怎样看待地方戏

	地方戏在您家乡的影响	频率（次）	百分比（%）
有效	非常流行	183	10.1
	有一定影响力	631	34.7
	影响力有限	616	33.9
	比较冷门	369	20.3
	无效	17	0.9
	合计	1 816	99.9
缺失	系统	1	0.1
	合计	1 817	100

表 3　地方戏在您家乡的影响程度

	怎样看待地方戏	频率（次）	百分比（%）
有效	非常喜欢	118	6.5
	比较喜欢	329	18.1
	还可以	783	43.1
	不太喜欢	573	31.5
	无效	13	0.7
	合计	1 816	99.9
缺失	系统	1	0.1
	合计	1 817	100

表 3 中，“非常喜欢”和“比较喜欢”占总数的四分之一，“还可以”占四成以上，“不太喜欢”占三成多一点。由此可见，随着娱乐形式的丰富多彩，地方戏在青年学生中的影响确实不是很大，但年轻人也并没有完全远离了传

统戏曲。积淀了家乡生产方式、生活方式和情感方式的戏剧形式，对青年学生毕竟还有一定程度上的亲和力，浓浓的乡音也很容易引起远离家乡的游子的共鸣。从专业分布来说，四个学科的受调查者对四个问题的回答依顺序比例逐渐减少：文科“非常喜欢”、“比较喜欢”和“还可以”比例最高，“不太喜欢”比例最低，理科次之，工科又次之，医科则“不太喜欢”的比例高于“非常喜欢”和“比较喜欢”的(见表 4)

表 4　各专业受调查者对地方戏的态度

对地方戏的态度＼专业	文科	理科	工科	医科
非常喜欢	51(8%)	33(7%)	25(5%)	7(4%)
比较喜欢	128(21%)	83(18)	86(17%)	29(15%)
还可以	295(48%)	184(42%)	217(41%)	80(41%)
不太喜欢	143(23%)	154(34%)	191(37%)	77(40%)

表 2 中，“非常流行”占一成，“有一定影响力”占 34.7%，二者合计占总数的一半弱，“影响力有限”和“比较冷门”则占一半强。由于问卷设计的疏忽(没有受调查者的籍贯)，这里我们只能是猜测：如安徽的黄梅戏、河南的豫剧演出比较活跃，它们覆盖地区的受调查者比较容易做出前两个方面的回答，而地方戏不甚发达的地区的受调查者则容易做出后两个方面的回答。当然也有例外，譬如吕剧，这是山东省地方戏最典型的代表，但实际演出却远远不如淄博的五音戏更频繁，也就是说，山东其他地区的受调查者选择前两个答案的可能性要比淄博地区的受调查者明显少得多。第一个问题客观上对第二个问题也有所回应：真正具有艺术价值的地方戏可能被冷落，但绝对不会消亡。

与地方戏的情况绝然相反，被调查者对京剧则怀有深深的感情和美好的向往：认为京剧“博大精深、韵味醇厚、唱腔优美，应该很好地传承”占一半以上，京剧“是传统文化的重要表现形式，但正走向没落”占 33%，“不符合时代潮流，节奏慢、听不懂”仅占一成(见图 5)。对于第一个方面，被调查者确实把握了京剧的基本特征和艺术感染力，但联系到“接触京剧的渠道”来看，这种认识主要不是基于被调查者自己的亲身感受而是受网络和电视介绍与报道的影响(见图6)。最需要引起注意的是第二个问题,即怎样认识京剧“正在走向没落”?实际上这已是任何人都无法否认的残酷现实,坦然地承认这种现实是正确地探究其“走向没落”的原因和摆正面对“走向没落”的认知心态的根本路径。众所周知,京剧产生于政治极其专制、经济相对落后、文化定于一尊的封建社会后期,其基本形态——节奏迟缓的程式化的编演方法和善恶分明的脸谱谱式,只能存活于与产生它相同或相近的社会土壤之中。虽然20世纪60年代至70年代,京剧也出现过短暂的“繁荣”,并称之为“革命现代京剧”,那是因为当时所谓的“现代生活”并不具备通常意义上的现代内涵,相反,在意识形态与生活节奏上却带有非常强烈的拟古性质。30多年来,尽管从上到下振臂高呼,花足力气大搞京剧的创作与演出,但收效甚微,其原因就在于当今的社会文化语境与产生京剧的那个时代相比,已经发生了深刻的变化:生活节奏明显加快,政治气候相对民主,程式化不再是社会现状的触目标记,文化多元化带来的多元的思维方式也逐渐取代了过去那种善恶分明的脸谱谱式,今天的社会现实较之以前可以说是真正趋于复杂多义。因而,利用程式化的京剧形式满足当今观众的审美需求,同时又必须使之保持传统京剧应有的本色,确实有些勉为其难。较之于产生京剧的社会环境,30多年来的生活现实已经发生了翻天覆地的变化:政治、经济抑或是文化等方面都是异质异构的。这就是无论从上到下振兴京剧的愿望如何强烈,无论调配多少梨园精英来攻坚,京剧始终无法振兴并且毫无阻碍地一步步“走向没落”的根本原因。从这一角度来说,三分之一的被调查者在这方面的认识还是比较符合京剧实际的。

然而“正在走向没落”并不就是“已经没落”,在弘扬传统文化的大气候下,它依然具有一定的文化方面的价值。京剧是中华民族艺术宝藏中的瑰宝,是历代无数艺术家精心培育的戏剧之花,是中国的“国粹”,90后大学生们虽然不一定会唱京剧,也可能很少到剧场观摩,但他们对京剧的肯定和赞赏,同样说明古老的京剧艺术绝对不会成为只能供人们瞻仰和怀念的历史遗留物。

既然对京剧艺术具有如此高的评价,那么被调查者又是通过什么渠道对京剧进行了解的呢?问卷统计的结果如图6:网络和电视的介绍、报道占据了六成以上的比例,老师、家人和朋友的引导占了两成稍强,专业人士的

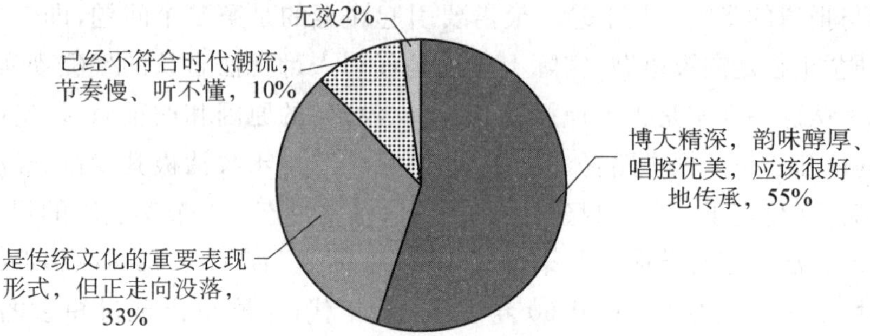

图 5　如何看待京剧艺术

指导或到剧场观看占一成。以上数据提示我们：京剧艺术应该积极主动地与新的传播手段联姻，以便扩大自己的影响、培养更多的京剧观众（听众）；家长、老师和京剧从业者也应该引导大学生多听多看，使这一古老的戏剧品种薪火相传。

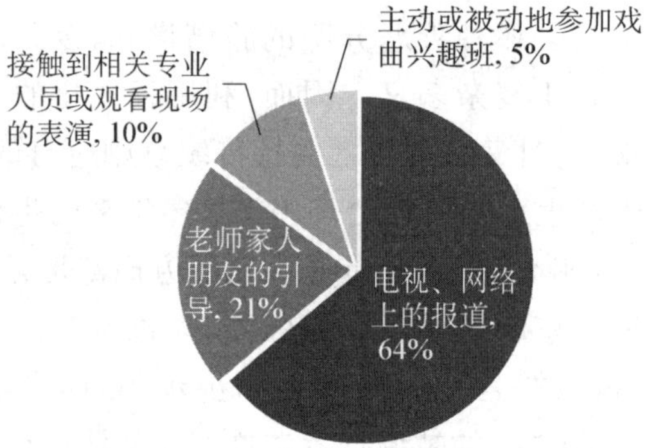

图 6　接触京剧的渠道

四

关于校园戏剧演出，我们设置了三个问题：对校园戏剧演出的态度、校园戏剧演出的影响和制约校园戏剧发展的因素。

第一个问题中，“非常喜欢”和“不太感兴趣”“从没看过”的比例基本持平（见图 7），“比较喜欢”占两成，“还可以”占四成多。由此可以看出，大学生对自己的戏剧演出实践的认识是两头小中间大，除了各有一成的积极者（非常喜欢）和消极者（从没看过）外，大多数受调查者持无所谓的态度。

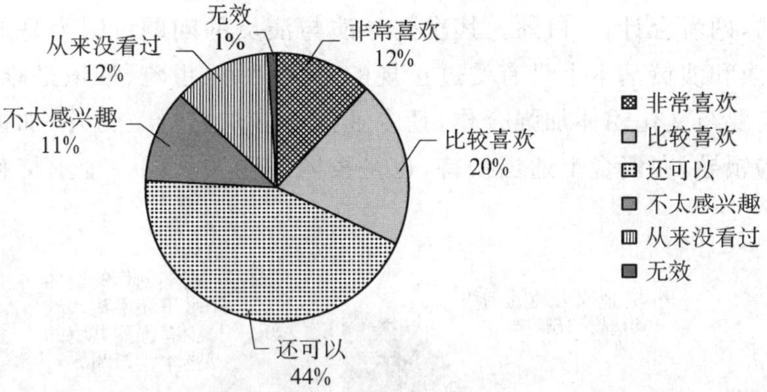

图 7　对于校园戏剧演出的态度

“校园戏剧演出的影响”采用的是多选的形式，统计结果表明，受调查者对校园戏剧演出的效果几乎全部持肯定的态度：深化课堂教学，激发学生的自我学习、自我教育；由兴趣出发，鼓励学生的参与热情，有利于学生人格等非智力因素的发展；以话剧演出为契机，陶冶大学生情操，提升审美品位；通过其中积淀的深厚人文气息，形成具有时代特色的校园文化。选择“打发时间或玩”的只占总数的不到 10%（见图 8）。

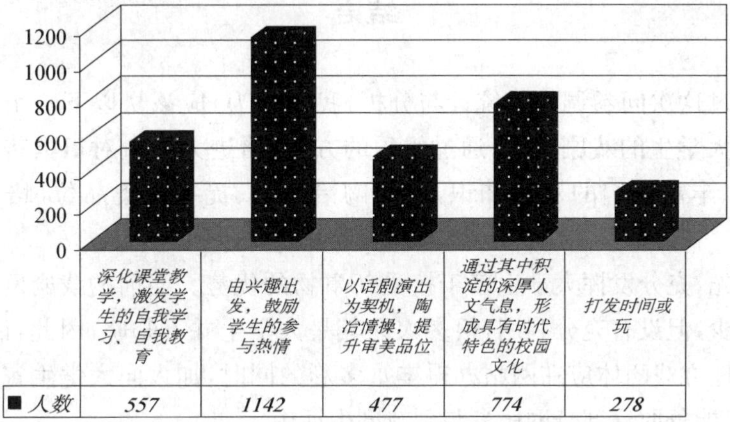

图 8　校园戏剧演出产生的影响

关于“制约校园戏剧发展的因素”，受调查者表现出了对校园戏剧的极度关注（见图 9）。其中剧本问题最为关键，用戏剧行业的话说“剧本，剧本，一剧之本”，剧本的水平不高，不能够引起观众的共鸣，其实与“演出内容与校园生活有一定距离，无法引起最大多数人的关注”在本质上是一致的，两者合计占44%。其次是导演与演员的问题。因为是业余演出，导演和演员基本上没有受过正规的专业训练，粗疏、稚嫩是难免的。这就需要与文化团体加强合作，请专业人士多加指导。另外，加强学生剧团的领导，在资金上适当扶持，也是校园戏剧发展的一个亟待解决的问题。

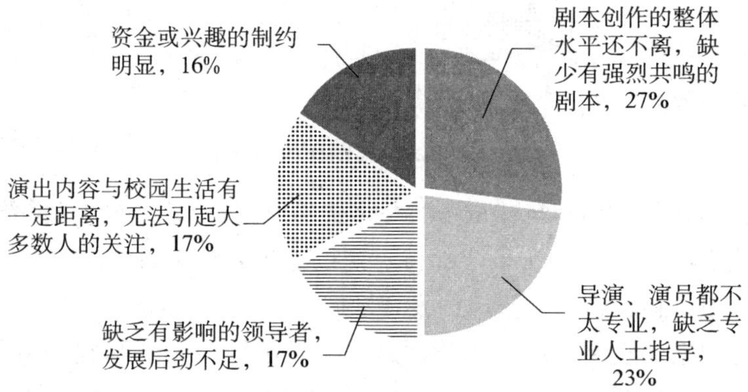

图9　制约校园戏剧发展的因素

结语

通过这次问卷调查的统计与分析，我们认为，应该从以下三个方面入手丰富大学生的戏剧生活，通过娱乐的方式，增进大学生对祖国传统文化的了解、丰富他们的戏剧知识，进而陶冶情操、提高审美品位，培养团队精神。

首先，充分发挥大学生善于接受新事物的优势。当前的戏剧网站虽然数量不少，但没有充分利用，很多人尤其是大学生并不知晓，因此，话剧、京剧和各地方戏团体应在网站办得丰富多彩的同时，加大向大学生宣传的力度，尽可能争取这部分网民参与到戏剧生活中。

其次，仅仅靠行政命令式的号召和新闻的狂轰滥炸，弘扬传统文化只能停留在表面化和口头化，将传统文化的精髓熔铸在每个公民的思想和行动中，就必须踏踏实实做些实事。大学生是国家的希望，不管是传统文化的续承还是民族未来的强盛，他们都是理所当然的主力军，也是当前社会生活中最活跃、最敏感的阶层。当下，他们接受传统文化熏陶的渠道多种多样，如盛极一时的“读经”、开设传统文化修养课等等，其中，利用简单便捷的方式加深对传统戏曲的了解(包括阅读剧本和观看演出)，也是不可忽视的途径之一。当然，这必须建立在保证学好专业课的基础之上，利用“通识”课或业余时间进行戏剧生活。

最后，学校应当对校园剧团和校园演剧进行扶持和支持。所谓扶持，即是说，在有条件、有积极性的院系，引导、帮助学生成立戏剧社团，协调其他院系对戏剧演出有兴趣、有表导演能力的学生积极参与，每所院校形成一至两个“样板”性质的戏剧社团。如北京大学的“北大戏剧社”和“音乐剧社”、南开大学的“翔宇剧社”和“外文剧社”、山东大学的“玩家剧社”等都做得比较成功。所谓支持，即是说，学校要动员一定的资源帮助校园戏剧活动的经常性展开和深入发展。现在不少大学的校董会、校友会对学校的经济资助相当可观，在这些资助的支出计划上，能否给校园戏剧活动一点帮助？一所学校的硬件设施固然重要，但校园文化建设对学生的人格培养、情操陶冶更是根本的，如 20 世纪早期，南开大学张伯苓校长在校园戏剧发展和戏剧人才培养方面就是榜样。另外，社会各界尤其是企业界和文化界也要将眼光放远一些，以实际行动为校园文化建设出钱出力。

第三节　青州文学创作者联合会及《青州文学》的诞生与发展[①]

青州文学创作者联合会成立于 1994 年 10 月，是山东省青州市第一个民间文学团体。《青州文学》杂志是青州文学创作者联合会开展活动数年之后，为了能让会员的优秀作品可以更好地得以传播、阅读和评价，于 2000 年 2 月正式创刊的。

① 本节由刘方政执笔。刘方政，山东大学文学与新闻传播学院教授、博士生导师。

一

1994年,随着邓小平南巡讲话的推动和改革开放的力度进一步加大,意识形态领域的种种僵化的教条呈现出逐渐松动的迹象。1980年代就已经在大城市出现的"沙龙"文化,虽在当时已经渐归平静,但是因为中国社会的地区性差异,这股暖流在相对滞后的山东省青州市才刚刚开始产生热度。当时,青州文学群体当中有两个私人"沙龙"性质的活动组织:市文化馆杨如雪家中的"诗人沙龙"和青州纺织机械厂耿春元宿舍的"小说沙龙"。这两个自发的民间文学组织,吸引了相当一部分青年文学爱好者。因为1989年的政治风波影响犹在,政府对群体性聚会依然比较敏感,即使是文学爱好者纯粹的文学活动,在政治上也存在着一定的风险,要获得一定的生存空间,必须经过官方或者是官方人士的许可方有可能。随着活动的开展和人员的增多,两个"沙龙"的主办人都想要把这种文学活动固定化、正规化。1994年的一天,杨如雪找到耿春元,说:"宣传部分管文化的王效友副部长,建议我们到民政局去备个案,按规定成立一个合法的民间文学组织。""青州文学创作者联合会"的组织和筹备,由此开始。

既然要正规化,原来无名无姓的"沙龙"就得有一个正式的名称。一开始,参与筹备的任职于《青州报》的陈沛提议应遵循其他地方通行的惯例,叫"青州市作家协会",耿春元也基本同意这个称呼。杨如雪则说:"人家陕西是中国文学大省,才号称自己有三个半作家,我们还是把自己定位在'文学创作者'这个层次比较合适。"经过商量决定,因为青州文学圈子毕竟规模有限,加上是一个县级地区(当时青州市还叫益都县),"大家伙这么一谦虚,就有了'青州文学创作者联合会'"(耿春元语)。当时的主要成员有:会长耿春元,副会长陈沛、杨如雪,秘书长孙贵颂,副秘书长王福伟。

青州文学创作者联合会成立前夕,恰好山东大学中文系马瑞芳教授陪同著名作家刘白羽前来青州参观(马瑞芳还写了散文《刘白羽还乡记》)。正式成立的那天,刘白羽委托马瑞芳发来贺电,电报原件现在仍然保留在耿春元的家中(贺词为"受刘白羽同志委托,并以个人名义热烈祝贺青州成立文学创作者联合会。马瑞芳"),青州市宣传部的负责人也悉数参加并表示热烈祝贺。

正式成立以后，联合会的主要工作集中在两个方面，第一，组织文学座谈会，也就是保留先前“沙龙”特点的日常文学交流活动；第二，创办《青州文学》杂志。两项工作，一直坚持至今，且取得了不俗的成绩。

二

青州文学创作者联合会的正式活动时间确定在每月的20号，所以会员们和当地文化界的友人也都管联合会叫“二十号”。每次举行文学座谈会，参加者多则三四十人，少则一二十人。作者的大部分都住在县城里，也有少数从邵庄、黄楼、东夏、高柳、东高、东坝等乡镇赶来的，其中有农民、教师，以及行政机关企事业单位的干部、职工等。他们都是业余的文学爱好者，参加活动完全出于个人对文学尤其是文学创作的喜爱。因为没有固定经费，都是借用场地，“二十号”的文学座谈会的场地几经变更，但是相当一部分组织者和参与者历经二十年依旧热情如初。文学座谈会开始的时候，主要以有主题的漫谈为主，据创始人之一、前会长耿春元回忆：“（活动初期）主要是以座谈为主，我是会长，负责讲解小说，副会长负责散文，杨如雪讲诗歌。当时我讲小说主题的《你看到了什么》，1994年发表在《青州日报》。”

后来，特别是《青州文学》双月刊创刊之后，座谈会的活动内容就主要变成作品交流的性质，作者们把作品带到座谈会上来，大家品评讨论，座谈的主题随着作品的主题而定。这样的讨论更为自由，“文学沙龙”的风格也更明显。座谈会曾经聘请前潍坊作协主席穆海、前青岛作协副主席徐培范、山东作协副主席赵德发等作家前来义务讲座。另外，著名作家冯骥才、马瑞芳、尤凤伟、田永昌等也曾专程到青州参加过《青州文学》编辑部组织的专题活动。

耿春元总结举办文学座谈会时说：“沙龙，在国外就是一种很随便的形式，大家聚在一起，贵族阶级为主；我认为做文学也是一种精神贵族。活动形式非常自由，就是一群文学爱好者，大家在一起谈文学，讨论各自写的作品。后来有了杂志之后，就将好的作品发表，聘请马瑞芳为特邀顾问。”

当然，“二十号”文学座谈会活动，最可贵的是二十多年的坚持。联合会的老会员潘有德回忆：“从1994年到现在，每月的讨论会都坚持举办，风雨无阻，多的时候几十个人，最少的时候只有三个人。有一次下大雪，那时我在宣传部，距离开会地点比较近，我以为那天可能没有人会去参会，但是觉得万一有作者去，现场没人招待也不太好，因此我就去了。到了进门一看，耿老师也在，两个人想法一致，耿老师本来也不想来，但是怕万一有作者过来，看到没人，心里会感觉不好，所以就过来了。后来又来了一个作者，这成了我们三个人的小型会议。”

1994 年之后，文学座谈会“二十号”坚持开展，来参加的文学爱好者越来越多，供稿的数量有了积累，质量也有了一定的提升。但当时凭借文学座谈会大部分参加者的身份和创作水平，想要在专业文学期刊上发表作品，难度可想而知。讨论完之后的作品最后只能锁在抽屉里，时间一长，会员们也有些泄气。

改变这个局面，让青州文学创作者联合会更好地走下去的关键人物，是当时的副会长陈沛。时任《青州报》副刊主任的他，选取会员们比较优秀的作品，在《青州报》副刊发表。虽然数量有限，但还是让会员的作品有了与普通读者见面的机会，同时也锻炼了青州文学创作者联合会的第一批作家。当时陈沛以审稿严格、六亲不认著称。有一次机关某位领导送来一篇文学稿件，陈沛看了以后，认为达不到《青州报》的发稿水平，就坚决退了稿，谁说情也没用。这种只认文章不认人的态度，促使了青州文学创作者联合会第一批作家的涌现，也保证了联合会作家的稿件质量。虽然没有组织上的继承关系，但是《青州报》的副刊，实质上是《青州文学》的前身，《青州文学》能够成功“立起来”的人才基础，是在《青州报》副刊培养出来的。

三

自联合会成立之日起，“创办一份属于青州人自己的文学刊物”便是会员们的共同呼声，联合会章程里面写得很清楚：“交流创作经验，创办《青州文学》。”但是创办刊物的诸多困难，使得这个目标在数年之后才得以实现。一方面，刊物的创办必然要牵扯到经费问题，这对于本来非常纯粹、以“沙龙活动”为主的联合会来说类似于强为无米之炊。但是最大的问题还是在于刊号，钱少可以“穷过”，反复申请也无法获得正式刊号，却让会员们无计可施。

1998 年，一次偶然的事件促成了《青州文学》的最终创办。这一年，青州市文化局通过关系从省里申请到了一期的《齐鲁艺坛》刊号，交由下属的文化馆承办出刊事宜，文化馆又责成创作员顾秀梅具体运作。上哪去找那么多作者呢？顾秀梅想到了联合会，于是她便找到了耿春元，耿春元再去找陈沛，陈沛就给作者们打电话进行广泛联系。这一期《齐鲁艺坛》的创作，就最终“外包”到了青州文学创作者联合会会员们这里。这次活动组织得非常顺利，会员们权当组织了一次沙龙聚会，没觉得费什么大劲儿，又发表了不少作品，“得来全不费工夫”。更重要的是，这是有史以来第一本作者全部是青州人、而且也是由青州人自己编辑出版的文学杂志。这一次的成功对联合会的组织者们产生了很大的冲击，他们更加强烈地意识到：可以这样把《青州文学》办起来。

于是，陈沛、徐晓宏、刘允泉、史鑫等几个联合会的骨干又开始酝酿出书的事。首先，陈沛通过为企业写报告文学拉了一千元钱的赞助；接着，王福伟照葫芦画瓢，也募捐了一千元。怀里揣着作者们辛辛苦苦挣来的这两千元钱，耿春元便和史鑫坐上公共汽车，到潍坊新闻出版局去“跑书号”。结果是闹了笑话，这两千块钱，比起书号的费用还差得很远。面对这种情况，联合会的主要成员们决定自己出书，自己找印刷厂印刷，毕竟是内部交流的材料，并不准备在社会上流通，更谈不上牟利。据耿春元回忆，当时他找了一家不大的印刷作坊，要求：“就这两千块钱，印多少算多少，不要好看，只要字黑就行。”于是青州文学创作者联合会就此编辑“出版”了第一本书——《一缕阳光》。耿春元主动拿着《一缕阳光》到宣传部汇报，宣传部的王效友说：“费那么多劲干什么，我就分管这事，你们写个申请，我帮你们去办个内部刊号，一期一期地出就是了，合法的，又不用花钱。”

有了宣传文化部门的关心、支持和帮助，《青州文学》获得了“身份”，但是经费问题仍然需要联合会自己解决。青州地方不大，当时上规模的企业也就那么几家，想要获得赞助很成问题。最后，会长耿春元自己拿出了一万块钱，作为正式办刊的启动资金；为节约印刷成本，又从自己家中拿来了电脑和打印机。联合会的组织伴随着办刊这件大事，开始涉及财务问题。耿春元坚持把自己和联合会的财务情况分开。拿出钱来之后，他安排陈沛管账，另一个联合会的骨干雷素芳做出纳，自己不参与财务工作，以此来保证联合会的透明。他说：“我只管公章，公章上刻着联合会的名字，只要这几个字别弄脏了，《青州文学》就垮不了。”

2000年2月，只发表青州籍作者作品的杂志《青州文学》双月刊终于诞生了。主编耿春元，副主编陈沛，发稿编辑陈沛、孙贵颂、张国钟、徐晓宏、史鑫、雷素芳。中共青州市委书记辛丕宏为《青州文学》创刊题词，青州市市长陈仁杰为《青州文学》撰写了发刊词，国家文物局局长张文彬，山东省文化厅副厅长、著名作家王承典，分别为《青州文学》创刊题字；山东大学教授、著名学者马瑞芳和上海《文学报》副总编田永昌，也分别为《青州文学》创刊题辞祝贺；赵德发、韩静霆还为《青州文学》的创刊号提供了高水平的作品。

《青州文学》创刊号的封面，底色是青州博物馆的馆藏国家一级文物、明朝赵秉忠的殿试状元卷；刊名"青州文学"四个字，提取于鲁迅先生的手迹。这个创意，是当时青州唯一的一家商业设计室"富尔设计"的王安富先生免费为《青州文学》设计的。

2005到2006年间，因为编辑署名问题，引发了法律纠纷。有人罗织了赠阅之后流入到社会书报亭的《青州文学》作为刊物违规销售的证据，上告到山东省有关部门。后来省里和人大施加压力，最终取消了《青州文学》的刊号，之后，《青州文学》一直没有重新获得刊号，2006年，潍坊市法警正式查封了《青州文学》。费力不讨好，使耿春元一度心灰意冷，不想再办下去了。青州文学创作者联合会的成员们听说之后都来劝说：如果刊物停了，就没了发表平台，也没有讨论话题，创作还怎么进行？后来，在文友们的支持下，为了"争口气"，耿春元才又坚持把《青州文学》继续办下去。

这之后，《青州文学》靠着"三无办刊"原则坚持编辑印刷：杂志无刊号，作者无稿费，编辑无工资。耿春元自费购买过两次书号。不过，值得庆幸的是，在市文化局和宣传部领导的大力支持下，《青州文学》依然还能够生存。

2006到2008年，因为一场风波导致了《青州文学》进入了前所未有的困难时期，幸亏"天无绝人之路"，才使刊物免遭滑铁卢之灾。就在联合会思考着要另起炉灶的时候，许新益局长接过了这块烫手的山芋，《青州文学》在文化局的帮助下顽强地度过了难关。除了上级主管部门的支持，青州的许多文化界友人也给困境中的《青州文学》以支持和鼓励。这时《青州文学》经济非常困难，但是联合会的会员商量决定：《青州文学》不能停，哪怕最后大家凑钱，找个打印社打印几份，大家传阅、交流。幸亏作为《青州文学》艺术顾问的不少画家朋友给《青州文学》作画，用几尺丹青冲抵印刷费用。艺术顾问、画家云门子还用一张四尺整宣，为耿春元主编画了一幅题为“宁弯不折”的墨竹图，还用红宣写了一幅“青州人民的文学”，以示鼓励。

到2014年，青州市已经有五个与《青州文学》类似的文学刊物，这些刊物和《青州文学》都有直接关系，包括作者和编者，几乎都是从《青州文学》走出去的。现在，《青州文学》已经有了相当程度的发展，一是推出了很多作品，二是培养了不少文学人才。

《青州文学》自创刊之后，为青州1 000余位作者发表了千万字以上的文学作品，其中有200余篇获奖或被其他报刊转载，为当地的文学爱好者提高自己的文学创作水平提供了一个很好的练兵平台。除了文学类作品，现在的《青州文学》也拿出很大篇幅挖掘青州的古文化，开设了“历史勾沉”“名胜与文物”“青州人物”“民间传说”“地名故事”“民族文化”等栏目，特邀牛志伦、房重阳、有令衡、马忠辉、李凤琪、席天民、刘继孔等文化老人为其撰稿，介绍青州历史名胜，发掘非物质文化遗产，挖掘青州古文化、探索旅游新文化。近两年来，《青州文学》为文化产业办公室和非物质文化保护中心提供了“民间文学”和“民俗文化”280余项，联系提供15位文化老人做非物质文化遗产的调研员。

《青州文学》在青州市的文化影响力，也已经有了相当程度的发展。成为青州文友们一道不可或缺的精神大餐，总编辑耿春元说：“《青州文学》是青州人的文学，所以只要有青州人的地方，我们都寄，让北京、广州、上海、青岛等地的青州人，都能看到《青州文学》。”事实上，《青州文学》一直坚持只刊发本地作者的作品，没有稿酬，目的在于利用这个文学刊物专注于培养青州本土的作家。这个原则在《青州文学》整个办刊过程中，几乎没有破过例。除此之外，《青州文学》还专门设有一个“游子篇”的栏目，发表在外地青州籍作者的投稿。目前《青州文学》每期印数在1 000—3 000册之间，通过邮寄的形式送到全国各地。

《青州文学》在办刊过程当中，也培养了不少文学人才。《青州文学》的编辑们换了一茬又一茬，他们是拿着《青州文学》这张名片走出青州到外地去谋职的。史鑫、照天、徐晓宏等去了广州，有的干报社主编，有的干广告策划，有的在政府机关做文秘工作；雷素芳去了北京，任某电影制片厂剧本责任编辑；洪波去了济南，在某杂志社任编辑。作者联合会的几个创始人也相继走出了青州，副会长杨如雪，去了石家庄《女子文学》任执行主编；副会长陈沛，在山东电视台“天下父母”栏目干场记；秘书长孙贵颂，调任潍坊作协副主席；副秘书长王福伟，因为写了 25 集电视连续剧《防线》，而被调到最高人民法院任职。

青州文学创作者联合会和《青州文学》之所以能够“长寿”，并且收获了相当丰硕的成果，主要的经验有两个方面。第一是坚持“纯粹”，成员凭兴趣来参加“文学沙龙”式的讨论座谈，创作与发表作品也纯粹是出于对文学的挚爱，这一原则保证了联合会与刊物纯正的文学品质；同时，也吸引了真正热爱文学的创作者，从而保证了相当厚实的作者群，这在出版《青州文学》的过程中，起到了基础性的作用。第二就是坚持本土特色，不管是文学座谈还是出版刊物，青州文学创作者联合会的组织者都坚持把他们的工作跟当地文化建设工程结合在一起，力图保存当地历史文化，推出当地的作家和作品。

第六辑

“文学生活”概念方法的理论探讨

第一章 “文学生活”概念的提出、内涵及意义[①]

“文学生活”既是文学的阅读、接受和消费问题，又是美学、文学理论问题。它涉及社会的文化生活、精神结构和人们的日常生活等诸多层面，既是文学史写作和文学理论研究长期忽视的领域，又是当下社会生活要求文学研究者必须面对并亟待解决的课题。这一论题在相当程度上关联到当下社会的文化生态、精神现状、审美取向和文学创作之间错综复杂而又互动互助的关系。换言之，“文学生活”是一个既具有文学史意义和文学理论意义，又具有文学实践意义的命题。中国现当代文学研究专家温儒敏先生立足于现实生活的需要和文学研究者的社会责任感，以极大的理论勇气提出了这一命题，值得我们深入而系统地进行研究。

一

自新中国成立至20世纪80年代初的30年，中国现当代文学研究基本上照搬苏联社会学的研究方法，以历史唯物主义为尺度界定作家的世界观和阶级立场，探寻作品的时代背景和创作方法，以无产阶级标准衡量作品的内容。20世纪80年代中期，欧美文学研究的各种新主义、新理论纷至沓来，结构主义、文本主义、语言分析、心理分析、新批评……社会学研究一统天下的局面被打破，文学研究呈现出多元开放的局面。20世纪90年代至本世纪初年，植根于新历史主义的文化研究风靡学界。上述方法都从不同层面对中国现当代文学研究做出了应有的贡献，然而，它们却有两个共同的不足。其一，局限于作家作品及文学现象的评说，基本不关注社会大众与现当代文学的关系，譬如普通读者选择什么样的文学作品，文学如何走进普通人的生活，作家作品如何渗透到当代生活的各个方面及怎样影响和制约人

① 本章由刘方政教授撰写。刘方政，山东大学文学与新闻传播学院教授、博士生导师。

们的情感方式、思维方式和审美方式，等等。即使是关于现当代文学的“接受”研究，也无非是对作家作品引起的评论或争论进行线索梳理与逻辑整合，只关注文学从业者的“接受”，而很少甚至没有照顾到普通读者的“接受”。其二，现当代文学研究与文学史写作所采用的材料一般是批评家与评论者的言论，很少关注并采用普通读者的反应。其实，社会大众的阅读感受最能反映作品的实际效应，理应进入文学研究的视野，虽然他们的阅读感受是零散的而非理论形态的，但却最真实，是研究者进行逻辑归纳和理论提升最充分、最能说明问题的原始材料。这两个方面的缺失便是“文学生活”概念提出的学术前提。

从学风上说，当下的现当代文学研究缺乏实事求是的作风，学科建设缺乏活力，存在着脱离实际、硬套理论、陈陈相因等弊病，尤其是在量化要求管理的限制下，忽视了对活生生的文学现实的关注，没有形成与文学生活实际之间的密切联系。

在文化产业化的大环境中，文学刊物的发行、文学书籍的出版和文学网站的建设势必追求利益的最大化，文学的生存和发展受到了较大的挑战，现实急切需要将文学的生产、传播与消费纳入研究视野。因而，文学研究拓展到作家作品之外，更广泛地认识文学的生存环境和生产消费状况，便显得非常有必要，也非常有意义。

“文学生活”作为中国现当代文学研究的一个全新概念，是由温儒敏于2009年在华中师大召开的“中国现当代文学60年国际学术研讨会”上提出来的，他“建议学者们像‘田野调查’那样深入读者群的‘田间地头’，了解读者如何看待作家、作品”①。他在《现代文学“新传统”及其当代阐释》一书中认为，近百年来形成的现代文学新的传统，已经渗透到了当代社会生活的各个方面，影响和制约着人们的思维和审美方式，成为当代文学（文化）发展的规范性力量。必须重视研究这个“小传统”，并探讨了鲁迅、张爱玲等经典作家在当代社会生活中的影响。2012年1月10日，温儒敏又在《人民日报》发表专论《关注我们的“文学生活”——寻找阅读与研究的源泉》，更加鲜明地提出并阐述了“文学生活”这一概念，提出文学阅读与研究应当关注“民生”——普通民众生活中的文学消费情况。

---

① 范宁：《温儒敏：文学研究也要走进“田间地头”》，载《楚天都市报》2009年9月27日。

“文学生活”概念提出的时间虽然不长，但已经引起学界较为广泛的关注。本文试图从理论上对这一概念做点阐释。

二

笔者认为，“文学生活”这一概念的提出，既有现实的针对性，又有理论的前瞻性；既基于当前社会生活对文学的需求和消费，又基于长期以来文学研究只局限于书斋和文本，而在一定程度上忽视文学对生活的作用与影响；同时，对于文学史的写作也具有理论上的挑战意义和操作上的启示作用。

“文学生活”概念涉及互相联系而又相对独立的三个层面：什么是文学(本体论)、文学是如何存在的(生存论)和文学是如何发挥它的功能和意义的(价值论)。如果说前两者属于文艺学、文艺美学的研究范畴，那么后者则主要是文学史研究者的职责：文学如何增进人们对文化的理解——在历史与现实的时空中，文学对我们的民族、我们的时代具有怎样的意义和怎样的价值？文学如何在继承文化传统的基础上进行文化创新？文学应该怎样关注与展示现实人生？文学如何眺望和描绘未来？文学如何增进对人的理解——在文学世界中，人得到了怎样的表现和人到底应该如何？它与现实世界中的人与人生有什么关系？要落实文学对文化的关怀和对人的理解，除了研究文学自身的基本问题(写什么、怎样写以及为什么写)以外，还必须关注文学阅读、文学接受与文学消费等活动，而这，便是“文学生活”这一概念最为重要的方面，它是指“社会生活中的文学阅读、文学接受和文学消费，这又牵扯到文学生产、传播、读者群、阅读风尚，等等，甚至还包括文学在社会生活各个方面的影响、渗透情况……专门提出‘文学生活’这个概念，是强调关注‘普通国民的文学生活’，或者与文学有关的普通民众的生活。提倡‘文学生活’研究，就是提倡文学研究关注‘民生’——普通民众生活中的文学消费情况”①。“文学生活”概念大致包括这三个层面，下面略作分析。

其一，普通国民的文学阅读和文学消费。这是文学对社会生活最直接也是最根本的作用，研究的对象是普通读者选择什么样的文学读物，阅读文

---

① 温儒敏：《“文学生活”概念与文学史写作》，载《北京大学学报》2013 年第 3 期。

学作品的目的何在，什么时间在阅读，甚至还包括阅读时间多少等；就各社会群体来说，也存在着上述三个方面的问题，即读什么、为什么读和何时读。譬如，城市白领、大学生、打工一族等日常的文学阅读状况，便能够反映出当下社会文学消费的走向和层次。又如，社会各阶层对于文学史上的经典作家作品的认可程度、认知差异，也能反映出社会的文明程度和社会成员的素质水准。对这些问题进行实地的调查、访谈及分析研究，对于正确认识和把握文学的社会作用具有切实的帮助。举一个实际的例子，就社会整体的文学阅读而言，人们似乎有这样一个大致相同的认识：进入新时期，尤其是20世纪90年代以后，在商品大潮和趋利主义思潮的冲击下，文学已经失去了往昔的光环（与"十七年"和改革开放初期相比[①]），它不再是神圣的精神食粮，人们已经远离了文学。但现实生活中文学阅读的实际情况究竟如何呢？据"关于'文学阅读与当代生活'的调查问卷"显示，有43%的人在业余时间进行文学阅读，14%的人业余时间都用于阅读文学作品，近三分之一的人偶尔阅读文学作品，只有不到1%的人几乎完全没有文学阅读时间（不是不想阅读）。作品阅读量最大的作家首推鲁迅，最熟悉的人物形象是阿Q，另外"四大名著"、《骆驼祥子》、《雷雨》、《平凡的世界》等都拥有大量的读者，也就是说，经典依然具有较大的阅读群[②]。在"阅读文学作品的目的是什么？"的选项中，"可以提高人的品位、层次"占了近三分之二的比例；即使有三成的被调查者选择文学阅读用来"娱乐消费"，但其中的大多数人也并不否定文学阅读能够"提高修养、陶冶情操""了解文化、增长知识"。其实，即使某些读者文学阅读的直接目的是为了"娱乐"也无可厚非，因为娱乐本来就是文学与生俱来的功能之一。另外，文学对人的精神世界的影响是潜移默化的、润物无声的，部分普通读者的文学阅读虽然是为了打发时日、消闲取乐，但久而久之，他们的文化素质和精神境界会得到相当程度的提高。关于文学的消费支出，受访者中的大部分人每月都能购买一定数量的文学书籍（300

---

① 这两个时期里文学一枝独秀及在社会生活中易引起轰动效应的背后有着深刻的文化与政治原因：文化娱乐手段的单一、官方对文学社会政治功能的极端强调（"十七年"）和文学对现实政治直接而有力的冲击力度（对"文革"的反思与对改革的呼唤）。

② 这次调查的地域涉及山东、湖南、江苏、广东、安徽、黑龙江、四川、河南、福建和江西等十个省份，各年龄层次、各种职业、不同的文化程度都有所覆盖。详见郑春、叶诚生《当下文化语境中鲁迅作品的阅读与接受状况调查》，载于《中国现代文学研究丛刊》2012年第8期。以下除注明外，均出自这次调查得来的数据。

元以下)，只有三分之一的人“基本不买”文学方面的书籍。这次调查的结果表明，虽然文学风光不再，但也绝非明日黄花。

其二，文学的策划、生产和传播。从实际的操作流程来说，文学的生产在前，消费在后，但是，后者既是前者正常进行的必要前提，又是最终目的。在一切以利益利润为第一选择的当下，文学生产同其他物质生产一样，也要追求利润的最大化。因而，围绕文学阅读消费的策划就极其重要，策划的成功与否，关键在于对文学阅读消费市场的准确把握和产品上市后有针对性的宣传、推销，也就是说，生产必须紧紧依靠策划和传播来进行。就生产来说，主流的出版社、文学期刊的生产销售过程，各种体裁的文学作品是如何得到出版的，文学期刊的现状如何，非主流(民间)的文学社团和文学刊物的生存状况，作品印行情况等，都值得研究和关注。就策划和传播来说，文学生产的策划和传播是怎样进行的，为什么有的作品面世之后很轰动，有的比较成功，有的则是失败的，其中除了作品本身的因素外，策划与传播在其中起了什么作用？具体来说，有的期刊如《读者》《知音》和《故事会》等发行量巨大与策划传播的关系怎样，金庸的武侠小说、路遥《平凡的世界》等何以一版再版，这些都是“文学生活”探讨的话题。

文学阅读决定着文学的策划、生产和传播，某种体裁的作品和文学期刊的出版发行数量取决于阅读人群的大小。如农民工最喜欢阅读的是武侠、传奇、侦探和爱情等题材的通俗小说。即使像《三国演义》和《红楼梦》这样的文学经典，由于前者更通俗，也占据阅读优势。在期刊杂志中，登载通俗文学作品的《故事会》和《读者》(比例分别达到了 68.8%和 53.2%)受到了普遍的欢迎，而较为严肃的文学刊物受欢迎的程度则要差一些。再如，由于戏剧演出极不景气和诗歌创作陷入困境，文学剧本和诗歌的阅读也受到了空前的冷落，不要说普通读者，就是和所学专业具有密切关系的大学中文系学生，文学剧本和诗歌的阅读比例也只有 1.4%和 10.1%，远远低于小说的 77%[①]；文科研究生的戏剧阅读，更是“完全成为冷门”，诗歌阅读也只有 7%的比例[②]。弄清楚读者的阅读需求，对于文学的生产、策划和传播就显得尤

① 贺仲明、王世诚：《大学中文系学生阅读调查》，载《当前社会文学生活会议论文集》山东大学当代中国文学生活研究中心编。

② 刘东方、杨甜：《文科研究生文学阅读生态状况》，载《当前社会文学生活会议论文集》山东大学当代中国文学生活研究中心编。

为关键，既可以避免没有消费对象的自娱自乐，又能够反思自我，使文学生产活动主动适应读者的需求。

其三，“文学接受”现象也应当受到重视，因为这也是“文学生活”的一部分。如1978年曾轰动全国的话剧《于无声处》，当年曾“有2 700个剧团同时上演这个戏”①，高层将其视作为“天安门事件”平反的民意依据②。当时的观众都是“含着眼泪看完”的，纷纷表示“很受教育”“热烈欢呼这个戏的诞生，热烈欢迎来自上海的演出队！一出好戏力量无穷。这个话剧表达了人民的心声，人民的爱和恨”③。文学史如果写这一段，就不能停留于对剧本内容形式本身的评论，最好能把当时热烈的社会反响也加以呈现和评析，以展现“文学生活”的真实状况，其实也是社会精神状况。如果把普通的“文学生活”适当纳入研究视野，文学史的画面就开阔得多，也更真实。

从“文学生活”角度切入研究，会格外关注到文学接受的共时性，会在研究中照顾到同一时期社会各阶层对同一接受对象的共同感受，以及不同阅读群体各自的阅读取向和对同一接受对象认识与理解的差异。文学作品都有自身的生命与灵魂，读者的阅读体验与感受就是重新发掘、唤醒其生命与灵魂的过程，不同年龄、不同职业、不同文化水平甚至不同性别的读者，对与同一作家作品的感受必然会有一定的差别。譬如，在回答“阅读鲁迅的最大困难”时，18至25岁大专或本科学历的被调查者大多选择“时代差异造成的精神隔膜”，而46岁以上相近文化程度的受访者则基本没有这方面的阅读困惑④。在金庸武侠小说阅读调查问卷中，请被访者在张无忌、令狐冲、杨过、韦小宝和郭靖五人中选择自己最喜欢的人物，虽然总的来说比较平均，但18至25岁的人更喜欢杨过，而65岁以上的人则更喜欢令狐冲；文化程度较高的首选郭靖，受教育程度较低的则首选张无忌；男受访者最喜欢郭靖，女受访者则最喜欢杨过⑤。

---

① 上海市工人文化宫编：《〈于无声处〉三十年》，上海：上海文艺出版社，2008年，第181页。

② 同上，第22—23页。

③ 同上，第75—76页。

④ 郑春、叶诚生：《当下文化语境中鲁迅作品的阅读与接受状况调查》，载《中国现代文学研究丛刊》2012年第8期。

⑤ 刘方政：《金庸武侠小说读者群调查》，载《中国现代文学研究丛刊》2012年第8期。

三

提倡“文学生活”研究至少具有以下几个方面的价值与意义：

首先，丰富文学史写作，为中国现当代文学学科建设拓展新生面，使文学研究更完整、更全面、也更具活力。

正像温儒敏所说，现有的文学研究大都是在“兜圈子”，只是在作家作品和批评家、文学史家的圈子里打转，很少甚至根本不去关注圈子之外普通读者的阅读感受和反应。所以，他提出文学研究必须要“接地气”。这是因为在很多情况下，能够最直接、最真实地反映出作家作品实际效果的，首推普通读者。他们自觉不自觉地都在“参与”文学活动。所以普通读者进入文学研究的视野，不仅是理所当然的，而且是很有必要的。同样，作为文学研究的“大头”，文学研究也不能仅仅局限于作家与评论家的“对话”，而应当把注意力放到大量普通读者身上，研究他们所传递出的普遍的趣味、审美与判断。因为普通读者才是更准确、更真实、更富有价值的研究对象。也就是说，不但要重视专业评论家研究者撰写的文学史，还要关注并写出大众的、群体性的文学活动史①。“文学活动史”写作将打破传统文学史仅仅以作家作品为研究对象的框框，即在作家生平叙述、作品的审美分析和文学史地位界定之外，增加普通读者的阅读感受和理解。事实上，从文学的真正“实现”来说，它是由一度创作（作家的文本）、二度创作（读者的阅读）共同完成的，后者是前者得以成为“文学作品”的绝对不可缺少的条件：“文学作品的价值和意义不是仅仅由作者意图或作品本身的结构所决定的，而是在读者的阅读中才逐步得到实现的。因此，文学作品的价值和意义系统是一个由作者与读者共同参与的主客体交互作用的动态实现模式。”②文学史上经常出现这样的现象，作品思想上的深刻性或艺术上的感染力有的是最原始的创作构思具有的，有的则是后来的研究者和读者根据时代的需求通过自己独创性的感受与深思另外赋予作品的。因而，“文学生活”理应作为文学史研究的重要一环，这样，我们的“文学史”才会更立体、更丰满，也更真实。作家

① 温儒敏：《文学研究也要接“地气”》，载《求是》2013年第23期。

② 朱立元：《接受美学》，上海：上海人民出版社，1989年，第17页。

作品固然是文学史研究的第一对象，但如果弃置普通读者的阅读感受而只是评论家研究者从知识谱系出发的逻辑整合、概念演绎和范畴认定，这只能是专家的“文学史”，而不是“社会的”（中国古代、近代、现当代）文学史。同样，如果文学活动史的研究做得扎实而全面，也会敦促作家在创作时首先考虑社会大众的审美需求和欣赏趣味，创作他们喜闻乐见的作品，而不是闭门造车、孤芳自赏。

“文学生活”研究的出发点是文学，但落脚点却是对普通百姓的精神需求和文化生活的关注，即关注民生。诚然，文学研究是科学性的知识话语系统，它要求研究者必须具有全面性、客观性、规范性和准确性。然而，问题也恰恰出在“科学性”上：研究的主要目的不是阅读并通过阅读增加人文修养，如诗意、哲思和史识，而只是用文学概念代替文学事实、为了创新而推进新知。文学创作是关于人、属于人、为了人的精神活动，就 20 世纪文学来说，无论是启蒙文学、救亡文学、革命文学，还是伤痕文学、改革文学、主旋律文学，意识形态用话语修饰、规定的文学式样，必须经过人文性的调适之后才称得上真正的“文学”，否则，只能是政治口号的叫喊宣泄与狂轰滥炸。同样，文学研究的最终目的也应该始终以人为中心，也就是必须具有人文关怀，这里的“人”不应该仅仅囿于评论家和研究者的圈子，而要以开放的心态，站在惠及大众的立场，审视、考察、衡量：文学究竟对普通民众的精神生活和文化生活产生了怎样的影响？不同的阶层群体喜欢什么样的文学作品（包括形式、内容、品味）？不同的文学类型在当前社会的传播、接受情况是怎样的？等等。对于普通读者来说，固然是生存第一，文学其次，但是，文学阅读却可以在一定程度上弥补生活的些许遗憾，平静浮躁的心灵，创造和谐舒适的生存环境，树立正确的道德观、家庭观，建设良性的人际关系、清晰的社会底线、人群的集体教养。20 世纪后半叶，前期的中国被极端地“政治化”，后期则被极端地“物质化”，政治专制主义的强权意识、物欲主义的价值观、消费主义的意识形态，一波又一波地淹没了“人”的社会，普遍地把理性当做实现物质欲望最大满足的工具而丢弃感性，追求瞬间的快乐、幸福和意义而罔顾未来。21 世纪初年，“以人为本”和“人文关怀”的倡导具有深刻的理论意义和现实的进步意义，只可惜在金钱主义巨轮的碾压下始终处于萎缩枯黄状态。上述社会现象产生的原因极其错综复杂，即使人人读书也未必能够从根本上得到匡正，但是，如果社会大众多读书、读好书，用自己的心去领受、感悟作家和作品中人物的心灵颤动，在心的相遇中获得一种真正的感动，获得自我人格力量的提升，便有利于提高自己的判断能力和质疑能力，多一些心平气和、温文尔雅，少一些政治喧嚣、金钱痴迷。文学是一个时代的灵魂（高尔泰语），是一个民族的梦想（张炜语），"文学生活"研究必须通过实际而广泛的野外调查、问卷发放、跟踪访谈等形式，探究"灵魂"的精神内核和在现实生活中的具体表现，考察"梦想"的内容生成及其对民众生活方式、思维方式和情感方式的影响程度。

其次，"文学生活"研究是加强文化建设的重要基石，它可以为文化政策的制定与实施提供可靠的参照。

"弘扬传统文化"是最近几年叫得最为响亮的口号之一，"弘扬"的目的既是为了传承其中的精华部分，更是以此为资源进行符合社会发展和时代前进的新创造。换言之，传统文化是建设具有中国特色社会主义新文化的宝贵资源，只有很好地传承，才能成功地创造。文化传承固然可以通过多种渠道进行，但最重要的首推文学经典。"这是因为，通常人们记住任何一种文化，主要是通过这种文化里的文学艺术作品达成的……因此，当下社会的文学生活成为决定传统文化当代传承的重要因素，而社会转型时期文学阅读的转型更关系到文化建设的走向。"①从这个意义上说，对文学生活的研究便不能够站在纯客观的立场上，只是超然地对文学阅读、文学消费，以及出版、传播等依据调查访谈得来的数据进行统计学社会学的描述与分析，而应该通过研究发现问题，引导文学消费者积极参与到健康向上的文化建设中。目前的新文化建设有两个最基本的倾向需要引起注意——专制文化与商业文化。前者在文学上表现最突出的是近十年的铁血英雄主义：表面上歌颂爱国主义、英雄主义，骨子里却是挥之不去的专制阴影，英雄人物为了国家的独立、阶级的解放驰骋疆场挥洒热血，尽情地演绎硬汉子的形象，读者（观众）在敬佩他们英雄行为的同时，往往容易忽视他们专制的一面——独断专行，"不喜欢军事民主"，等等。尤其是戏剧舞台和影视屏幕上，更是出现了赤裸裸粉饰封建帝王而评论界却一味叫好的现象。后者则对物质主义、欲望主义导致的浮躁的社会心理，不但不尽抚慰之

① 黄万华：《文学生活：当代社会转型时期文化建设的重要基石》，载《湖南社会科学》2012 年第 2 期。

力，反而听之任之，甚至推波助澜：对金钱的津津乐道和永不满足的攫取，对权势的俯首帖耳与不择手段的争夺，一切底线都史无前例地被颠覆、被解构。“文学生活”研究虽然没有从根本上矫正这两种创作倾向的能力，但却有提醒文学消费者警惕上当、免被误导的责任，进而为文化政策的制定与实施提供实际的参考。

与此相关的另一个问题是，作为文化政策制定与实施的政府相关部门，也有责任从人力、物力和财力上为普通民众的阅读提供便利条件。社会阅读的氛围在一定程度上取决于文化设施是否健全、图书阅读是否方便，因而要创造条件让普通读者有书读、有地方读书。现在的纸质书籍动辄几十、上百元，文集、全集更要四位数以上，而打工一族和蜗居阶层吃住的空间都极为拥挤，遑论安静的读书场所。因而，公共图书馆的建设和发展便显得极为迫切。为了实现伟大的中国梦，为了国民素质的提高，政府有义务加大社会阅读的财政投入，将图书馆事业纳入国民经济和社会发展计划。

第二章 “文学生活”论题对于文学研究者的意义

张巧玲 刘方政[①]

当今的时代对于文学来说，可能是最坏的一个阶段——商业化的极速进程，微博、微信等新兴媒体的迅速发展，不仅带来了人心的极度浮躁与焦虑，也导致传统的阅读方式日益式微，人们用于书本阅读的时间越来越少；当今的时代对于文学来说，可能是最好的一个阶段——社会心态的趋向多元，受教育人口的空前增长，不仅赋予更多人亲身参与和张扬自我的良机，也进一步提高了整个社会的文学水准与理论水平，进行文学性质的创作与阅读已经成为人们生活不可分割的有机组成部分。从获得诺贝尔文学奖后莫言著作的热卖，到因曾经热播的电视剧《来自星星的你》而造成书籍《爱德华的奇妙之旅》[②]的脱销，《鬼吹灯》《盗墓笔记》等小说所拥有的巨大读者群[③]，这个时代或许并不缺乏阅读的欲望，而关键在于如何重新界定“文学”概念的内涵与外延，如何重新认识与评价人们如今的阅读期待以及现时各种文学现象所呈现的全新价值理念及其与过往不同的表达方式。正是在这个意义上，“当前社会文学生活”论题的提出，首先意味着文学研究界的又一次学术突围，它最大限度地拉近了文学研究与最大多数人日常生活之间的距离，使学术研究直面社会人生的现实变迁。另一方面，该论题将普通人的

---

① 本章由张巧玲、刘方政撰写。张巧玲，文学博士，河南商丘师范学院文学院讲师；刘方政，山东大学文学与新闻传播学院教授，博士生导师。

② 美国作家凯特·迪卡米洛 2006 年创作的一部儿童小说，引入中国后并没有造成太大的社会反响，因为这是该电视剧中男主人公非常喜欢且经常引用的一本书，导致了如今人们对它的热烈关注。在韩国，也发生了类似的情形。参见北国娱乐（http://ent.lnd.com.cn/news/2014-02/16/content_3476688.htm），南方都市报（http://epaper.oeeee.com/H/html/2014-02/15/content_2020329.htm），作家网（http://www.zuojiawang.com/xinwenkuaibao/6675.html）等网站对此的报道。

③ 如《盗墓笔记》的大结局首印达 210 万册，前 1—7 册更是销量达到近 1 000 万册，参见百度百科：http://baike.baidu.com/subview/582208/6687576.html 中的相关介绍。

文学阅读情况纳入学术反思的范畴，这其中表现出的清醒的理性自觉意识，也反映了在这个喧嚣时代，学者坚守责任与良知的持续努力。

一

正如福柯的话语权力和布迪厄的场域理论所提示的，人们自我主张权力的获得，必须经历一个复杂的社会斗争过程，只有那些在公共领域具有发言权的人，才能使自己的利益要求被社会所认知，并进而维护自己的权利。正因如此，伊瑟尔摒弃了将文学与现实对立起来的传统看法，而将文学看成是现实、虚构和想象“三元合一”的产物，一种对于现实与虚构疆界的双重“侵犯”：“其一是，虚构化行为再造的现实是指向现实却又能超越现实自身的；其二是，无边的想象反倒被诱入某种形式之中。这两种情况都存在着越界现象：现实栅栏被虚构拆毁，而想象的野马被圈入形式的栅栏，结果，文本的真实性中包含着想象的色彩，而想象反过来也包含着真实的成分。”① 换句话说，文学虽是一种虚构但绝不虚幻，它的表达从来与社会人生的现实状况息息相关。文学研究会提出“为人生”口号的现代意义，不仅在于它要求文学表现现实人生，更重要的是它更新了人们关于文学应该表现谁的人生、应该表现人生的什么方面的观念，使下层百姓的日常生活代替帝王将相、才子佳人的传奇人生，成为文学的主要表现对象，并通过对普通百姓艰难生活的描写，唤起人们对于底层人物生存境遇与心理状况的广泛关注。然而，无论是鲁迅、老舍等现代作家，还是王蒙、“二张”等当代作家，其突出的启蒙立场和精英倾向，使得他们作品中的底层人生往往成为他们自身社会价值观念的载体，只是作为知识分子思想认识的注脚而存在，底层人物也因此成了“被代言”的对象，与作家存在着一定程度的隔膜②，也只有在经历了新写实主义、晚生代作家和底层写作等文学过程的今天，普通人的平凡人生和世俗欲望才真正有了最大限度的自我表达和自我确认的可能。

---

① [德]沃尔夫冈・伊瑟尔：《虚构与想象：文学人类学疆界》，陈定家、汪正龙等译，长春：吉林人民出版社，2003 年，第 3—4 页。

② 如许多论者对于《获虎之夜》中黄大傻形象真实性的质疑。

这些现象同时反映了长期以来在学界通行的现代文学作用于启蒙与救亡两方面的观念，已经一定程度上无法全面概括与应对当今社会纷繁复杂的文学现象的现实。换句话说，如今的很多人阅读文学作品可能已经主要不是为了获得对于社会人生与政治问题的深刻认识，而可能主要是为了缓解现代生活的巨大压力，得到心灵的宁静与情感的满足①。如果说卡尔维诺对于经典的定义——"帮助我们理解我们是谁和我们所到达的位置"②，强调的是经典作品对于民族文化承续的重要意义，那么，如今流行的各种文学性质的作品在某种意义上同样担负了当代人心理与感情上自我确认、自我理解与自我抚慰的功能，同样可以帮助我们更好地理解我们自我的身份与处境。这必将迫使文学研究者进一步调整关于文学价值的观念，认真思考将中国传统文论中言志缘情的"情本体"观念进行现代性转化的可能。

以现时依然非常流行的各种网络穿越小说为例，固然如许多论者所批评的，这些小说是一些人凭借白日梦逃避现实的手段，但也从一个侧面体现和满足了当代人对于国家命运的真实祈望——因为痛感于曾经的无比辉煌的大唐帝国经由宋明以后的无奈衰落，诸如《大宋之风流才子》《回到明朝当王爷》等穿越小说都特地让主人公回到这些重要的历史节点，借助来自现代社会的先进理念与科学技术，成功地扭转中国自晚清后积贫积弱的命运。其中无论是石坚"凡是犯我宋人者，我石某人哪怕用一生时间，哪怕远在欧洲，我石某人要帮助我煌煌天朝去诛之"③的誓言，还是杨凌带领明朝海军战胜了曾经天下无敌的葡萄牙海盗，"打造了一个版图最大、实力最强的强国，迄今屹立于世界之巅"④的构想，都凝聚了普通中国人对于中国现代化道路问题的思考，对祖国强盛的殷切期望，从而显现出一种鲜明的现代国家意识。

通俗文学这种将原本局限于知识精英圈的现代性观念进行世俗化的改造，使之最终能够在全社会得以推行的作用同样体现在其他类型的网络小

---

① 叶诚生曾用"越轨"的现代性来概括民初小说对小说世俗本性的回归与保持边缘姿态的自觉，这一观点同样适用于今天的文学创作。参见叶诚生：《"越轨"的现代性：民初小说与叙事新伦理》，载《文学评论》2008年第4期。

② [意]伊塔洛·卡尔维诺：《为什么读经典》，黄灿然，李桂蜜译，南京：译林出版社，2006年，第10页。

③ 午后方晴：《大宋之风流才子》，见网址：http://read.qidian.com/BookReader/1229431,23789563.aspx。

④ 月关：《回到明朝当王爷》，见网址：http://www.23us.com/html/8/8998/2528155.html。

说中：在以爱情和宫斗、宅斗为主题的小说中，人物间勾心斗角的残酷争夺过程的再现，不仅是对传统大家族式生活方式与一夫多妻制度下的权利斗争造成的人性丑恶面的集中展示，也验证了女主人公“愿得一心人，白首不分离”观念的合理性，强化了现代爱情观、家庭观中对于专一、平等原则的坚守；以探案为主题的小说中，对破案过程中主人公收集证据、勘察现场和判断推理等行为的描写，则反映了作者重视证据、倚重理性的现代办案理念——“作为验尸官，你是唯一能为死者说话的人，他在用他的身体告诉你，他是怎么死的！什么时候死的！他在死亡过程中经历了什么！而你，完全忽视，甚至都没有仔细检查过尸体的每一处伤痕，每一个细节，就武断下结论，就因为你的一句话，他有可能死的不明不白，凶手也将逍遥法外”[①]；以科幻为主题的小说更不仅肯定了探案小说中反复突出的科学信仰，还对科学技术可能产生的副作用进行了深入反思——“三十八年后，在叶文洁的最后时刻，她回忆起《寂静的春天》对自己一生的影响。在这之前，人类恶的一面已经在她年轻的心灵上刻下不可愈合的巨创，但这本书使她对人类之恶第一次进行了理性的思考。这本来应该是一本很普通的书，主题并不广阔，只是描述杀虫剂的滥用对环境造成的危害，但作者的视角对叶文洁产生了巨大的震撼……而本书让她看到，从整个大自然的视角看，这个行为与‘文化大革命’是没有区别的，对我们的世界产生的损害同样严重。那么，还有多少在自己看来是正常甚至正义的人类行为是邪恶的呢？”[②]从而在另一维度上实现了对于人性与科学的现代性批判……而考虑到这些观念在读者中造成的共鸣[③]，都显示了通俗小说在帮助今天的普通读者进一步坚定现代性价值理念方面的作用。

网络通俗小说因此同样成为现代人自我人格成长的一种见证。比如，在现代社会，如何妥善处理人际关系是每一个人都必须面对的难题——对

---

① 浅绿：《错嫁良缘之洗冤录》，见网址 http://vip. book. sina. com. cn/chapter/149728/99279. html.

② 刘慈欣：《三体》，重庆：重庆出版社，2008 年，第 14 页.

③ 如网友 melissa 对《何处金屋可藏娇》中陈娇拒绝刘彻情节的评论：“让阿娇过想过的生活吧，不要写得太悲了，毕竟阿娇也不一定非要做皇后吧，那只是个虚名而已，她完全有能力养活自己，而且能活得很好，一个人太依赖别人是一种悲哀，让她活出自我，活得精彩一点……”（http://www. jjwxc. net/comment. php? novelid=98034&commentid=40733&page=1），体现了其对于平等、自由、独立等现代观念的确认。

于他人与自我界限的清晰划分虽然是现代人权观念建立的重要基石，是现代人必须坚持的理念。具体到《终身大事》《伤逝》等涉及现代人爱情问题的文学作品中，这一理念就化为对爱情中仍然必须坚持自我追求观点的赞同①，并成为当今人们处理爱情问题的准绳。但“自我”同时是一个需要理性约束的对象，对它的过分强调可能造成“自我”的过度膨胀，造成“自我”与“他者”的尖锐对立，导致现代人“他人即地狱”的绝望体认与孤独处境，导致对于他人的冷漠与戒备乃至自私自利观念的盛行，导致一系列的环境生态问题。《三救姻缘》中的女主人公云起作为一个标准的现代人，穿越到古代后在一次偶然的机会救了九王爷的命，并在患难中与他产生了真挚的感情。可是一旦知道了九王爷的真实身份，现代人的所谓矜持与自尊却使她违背本心地要拉开与九王爷的距离，直接造成了两人本不应承受的精神苦痛，而最终，九王爷的那段“两情一旦相许，就从此共同作战，不会分离……我从不觉得我还是我自己了，你的一切都和我有关系，你无论做什么，我都会支持你的……可你还是觉得你，只是你自己，和我没关系”②，这一爱是不计回报的付出式的表白，使主人公认识到了自己追求独立外表掩盖下的自私与无情，获得了对于爱与坚持自我的本质与真谛的真正把握。回到虚构世界里，从想象中的古人那里学习如何用一种更温情、更宽容的方式处理人际关系，因此成为现代人治疗自身“爱无能”症状的一种有效方式。

“当前社会文学生活”论题的文学史意义正在于此，如果说哈贝马斯的“公共知识分子”理论更强调了知识分子对于社会政治生活的参与，葛兰西的“有机知识分子”更侧重于对于知识分子反抗立场的坚持，“当前社会文学生活”论题及其包含的对于日常人生中普通人与文学互动关系的关注，则主要表现为一种价值立场的主动选择，这不仅使活泼泼的“文学生活”正式进入研究者的视域，使文学研究成为与现实人生有关的学问，进一步扩大了文学研究的边界，也反映了知识分子对于自身在这个多元社会中所处位置的再次设定，显示了他们摆脱既有观念束缚、吸纳新知的宽容心态和力图突破“学院化”治学模式的努力。

---

① 曾经轰动一时的电视剧《牵手》也生动的证明了这一现代定理。

② 笑声：《三救姻缘》，见网址 http://www.jjwxc.net/onebook.php? novelid=266763&chapterid=29。

另一方面，反对随随便便地将一些还没有经过时间检验的作品视为“经典”，以求文学史书写的所谓“创新”甚至获得商业利益的主张，固然表现出一种审慎而又严肃的治学态度，但这绝不意味着忽视对于现今所有与文学相关材料的记录保存。中国是一个非常重视记录历史的国度，又是一个非常不重视记录历史的国度，因为，之前的大多数历史书籍主要记录的是所谓帝王将相的丰功伟绩，而对平凡百姓特别是他们文学阅读、书写情况的记录却是严重不足的。特别是在今天的条件下——就像之前的调查显示的：“事实上，国民的文学阅读状况并不是我们想象的那么差，在2012年国民阅读情况调查中，文学依然是最受人喜欢的阅读类型；而且，文学阅读与受教育程度之间并不存在必然联系，我们所调查的农民工虽然文化程度不是很高，但与他们阅读当代文学较少的事实之间关系并不大。在我们所进行的调查中，有一道单项选择题‘你是否喜欢文学’中，肯定的回答占到了65.4%的比例。可见，与一般大众一样，农民工群体并不缺少对文学的热情。即使是对当代文学，农民工也并不排斥，相反他们普遍持着比较认可的态度。在‘你是否喜欢当前文学’的选项中，有56.8%选择了喜欢，43.2%选择的是不喜欢，而且，那些选择‘不喜欢’者所做的理由选择中，有31%的人选择‘没有时间读’……”[①]文学已经真正成为每个人生活的有机部分，“文学生活”不仅意味着文学已经能够全面反映我们时代的方方面面，更在于我们每个人都可以用自己的阅读和书写参与到文学中去。在此意义上，当今天的学者因难以获得诸如“抗日战争的正面战场文学”“文革时期地下文学”等论题的完整资料而扼腕叹息的时候，“当前社会文学生活”论题的提出所代表对于亚文化现象的关注，再一次体现了学术界对于现实人生的正视，使得过去不被文学史书写所特别关注的非严肃文学和读者阅读反应等的相关资料得到了有意识的收集与整理，为今后的研究者更为全面地了解我们今天的文学生态提供了坚实的保证，从而显示了一种新的文学史书写的可能。

二

需要特别指出的是，如果说“当前社会文学生活”论题体现了现今学者

① 贺仲明：《农民工当代文学阅读状况调查》，载《中国现代文学研究丛刊》2012年第8期。

对于民间立场的回归，那么，正如许多论者警惕的，“民间”自身的藏污纳垢性也是显而易见的。首先是商业化过程中的趋利冲动造成的文学低水平的自我重复与庸俗倾向在通俗文学中的普遍存在，“形形色色的流行文化活动可以给人以感觉的刺激，给人以种种梦想，给人以交流的机会，给人以逃遁之处，但很少能给人以真正的人本价值——使人的智慧、理性与人格获得提升”[①]。其次是通俗文学娱乐化追求中包含的敬畏意识和严肃态度的缺失——换句话说，网络穿越小说之所以被很多学者诟病，主要不是因为其与历史事实的不相符合，某种意义上完全符合所谓的“历史真实”的文学作品本来就不存在，而是因为其中充斥的可以任意改变历史的“玛丽苏”“杰克苏”[②]式的自我迷恋与自我逃避，因为其中充溢的沾沾自喜于照抄照搬现代文明成果并认为其可以解决一切问题的文化惰性。最后，上述只知抄袭懒于创造的惰性正反映了现代化过程中我们民族精神文化方面的一种痼疾——穿越时间、改变历史的主题并不是中国作家的独有选择，只不过与中国穿越小说中的主人公只是睡一觉、发生一次事故甚至完全没有任何理由就可以穿越时空，描写的重点是穿越者在异时空的经历不同，外国穿越小说中更关注的是对可以穿越时空的机器的工作原理的设想[③]，或者是对于穿越时空引发的伦理问题及其背后的哲学问题的思考[④]，以及其中体现出来的人性拷问[⑤]。这些都是需要学者以一种清醒的理性眼光加以指出的，是当代知识分子社会责任的一部分。

在这个意义上，回归民间立场并不意味着以一种犬儒主义的心态来看待乃至迎合现在社会流行的各种价值观念，“但在传统的民间天地里，有一种原始正义作为指导生活的伦理标准，使其在浑浑噩噩中自有清浊之分；而在现代都市里，本来就虚拟化的价值取向一旦丧失了知识分子的人文精神

① 高小康：《大众的梦：当代趣味与流行文化》，上海：东方出版社，1993年，第193页。

② 网络术语，意指无理由地受到所有人热爱的完美男女主人公形象。

③ 当然，不能用科幻小说的标准来要求中国现时流行的穿越小说，但是，考虑到科幻小说正好是国外比较受读者欢迎的通俗文学样式，这恰恰反映了不同国家国民性的差异与中国社会国民科学素质相对较低的实际状况。

④ 如斯蒂芬·霍金的“时序保护臆测”——自然界总会找到一个阻止人们到过去的时光中去旅行的办法；穿越时空的“祖母悖论”——一名时间旅行者回到了过去，杀死了当时还是个女孩的亲生母亲，可这样一来，他就无法出生也就无法完成这个谋杀了。

⑤ 如电影《时间旅行者的妻子》对于穿越者给自己亲人的心灵造成的影响的探讨。

的参与，其虚无情绪就会变本加厉……”[①]比如轰动一时的《小时代》系列电影所引起的争论[②]；再如现今搜狗等输入法的盛行，在强调汉语的语音属性的同时（这一点与五四先驱汉语拉丁化的主张有某种相通之处，因其主动向西方表音文字的靠近，的确增大了中国文化与其他文明沟通交流的可能），也带来了人们对汉字象形、表意等可能更具文化根性的属性的忽视，从而引起了现今各种书写中词语误用、乱用[③]和错别字现象盛行等等，这些都需要学者坚持自身的反思立场与批判精神，以发挥知识分子人类道德守夜人的职能。因为“要想使得‘多元共生’不流于相对主义，批判精神不堕落为虚无，就有待在更大范围内重建价值立场。这当然是很难的，我们也不能只是抱怨和等待。现在能做的，是认真思考现代文学研究在当代价值重建上能起何种作用，我们的研究是否多少还能作为‘天下之公器’，这其实也牵涉到现代文学学科‘安身立命’的问题”[④]。因此也成为“当前社会文学生活”论题的题中应有之义。

“当前社会文学生活”论题反映出的理性精神还表现在研究方法的选择上，与以往主要以作品为中心研究作者与读者心理过程的研究范式不同，“当前社会文学生活”论题引入了社会学、统计学等学科的研究方法，将关注的重点放在对于文学阅读行为本身的考察上，使看似随意无序的阅读选择在分门别类的比较中获得整体性的意义，将看似杂乱无章的阅读行为纳入理性研究的范畴揭示其中深层次的内涵，显示了研究者使文学研究有作用于现实人生方面的积极探索，展现了研究者将错综复杂文学消费状况加以理性梳理与评判的自觉。

对于知识分子对社会责任的主动承担同样体现在“当前社会文学生活”论题对于“非主流”文学的关注方面。所谓“非主流”文学，指的是独立于主流文学与流行文学之外的文学现象，如活跃于大学校园内的文学社团、学生

① 陈思和：《中国现当代文学名篇十五讲》，北京：北京大学出版社，2003 年，第 268 页。

② 这里无意评论争论双方孰是孰非，因为这是一个多元时代必然出现的现象。但涉及到“抄袭”事件中一些网友的态度：凭什么那么多人抄了，就跟“小四”过不去？（http://tieba.baidu.com/p/3027563143），反映了一种时代精神的浮躁。

③ 如现今网络上流行的“普大喜奔”“不明觉厉”“图样图森破”等创造，在显示了汉语巨大包容性和生命力的同时，也严重威胁了汉语使用的规范性，给汉语初学者造成了困扰。

④ 温儒敏：《现代文学研究的“边界”及“价值尺度”问题——对中国现代文学研究现状的梳理与思考》，载华中师范大学学报（人文社会科学版）2011 年第 1 期。

剧团和高校校报副刊等。由于这些领域的文学创作、演出往往不以营利为目的，潜在的接受对象主要集中于高校，具有较高的文化素养，其作者也带有更多的业余特征，反而给了“非主流”文学创作与欣赏方面的巨大自由，特别是其中非中文专业大学生所表现出的对于文学的热爱：“如果说我心里有一条通往月亮的路，那就是文字。当夜深人静的时候，我整理思绪，把心中的万分感触，铺就一篇文章，感觉那文字犹如宁静美好的月华洒满全身——而这，就是最大的幸福。”①这些领域成为在校大学生记录自我成长轨迹、缓解内心压力、抒发对于社会人生的青春感悟、表达他们对于以文学为载体的善美理想的真诚向往的主要场所，虽然有些幼稚，但仍然散发着一种青春洋溢的动人气息：“所以年轻的朋友们，想哭就痛快地哭出来吧！……只是哭过以后我们仍要坚定地继续前行。哭完了，我们仍要微笑着面对生活，依然要面向太阳，骄傲地活着。那眼泪洒在我们成长的道路上，浇灌着坚强，我们长大了，长大的还有我们的坚强。”②“当前社会文学生活”论题对于这一文学样式发展状况的梳理，保留了这个时代的乐观向上和纯洁真挚的一面，显示了研究者对于人类精神家园的永恒守护。

同样值得重视的是网络上以博客、论坛、读者评论等形式存在的非专业人士的文学论文，这些文章不仅有可能直接影响作者对于小说情节走向的设置③，更重要的是其中闪烁的对于严肃文学的执着和对于人文理念的坚持。比如豆瓣网是一个发表书评、影评和乐评的网站，其中推荐的图书与鲁迅有关的有 2 602 种，与张爱玲有关的有 669 种，与钱锺书有关的有 239 种④；读者对于《阿 Q 正传》的评价有 23 814 人次，对《倾城之恋》的评价有 67 796 人次，对《围城》的评价 144 687 人次。这些网友对于经典作家的评价可能有些肤浅，但明显反映出作者对于鲁迅的认知与了解的进一步深化：

> 鲁迅和我们中的绝大多数人一样，再平常不过。一般的兴趣爱好（喜欢看地方戏，喜欢看小人书，喜欢描绣像），一般的成绩（一直都不是

---

① 杜妍琦：《文字带来的美好》，载《山东经济学院报》2010 年 11 月 11 日。

② 任变婷：《眼泪流成诗》，载《山东理工大学报》2011 年 11 月 17 日。

③ 比如，一些网络作者会采取票选的形式让读者决定女主人公最终会和哪个男主角有情人终成眷属。

④ 参见 http://book.douban.com/tag。

> 很好，中等水平）。可能，不大一样的是，他比较认真，比较真诚，从而也就遭受较多的失败和挫折。在日本留学被怀疑，在教育部任职被排挤，在文学论战中，受到左翼和右翼的共同打压……因此，他会在深夜时放下手中的笔，静静地燃上一支烟，躺到阳台上去……他那些充满脉脉温情的书信，大多朴实、实在，让人感到说话者是兄长或父亲，读完后充满感激和敬畏；至于亲昵，那是绝对没有的。他就像我的堂兄，渊博的学识，不卑不亢的性格，土地般厚重的关怀，都令我敬仰和感动，但从来不会想到要去亲近。从这个意义上来说，鲁迅是中国现代文学史上最显眼的孤独坐标。他是一株冷杉，孤独地，静静地，从来不跟风对话。[①]

“横眉冷对千夫指”的战士鲁迅身上更具人情味、更温暖的一面正逐渐被更多人所接受。换句话说，由于教育的普及和相对更为自由宽容的生活环境，现在的80后、90后甚至00后读者与鲁迅杂文中一直受愚弄、一直甘于受愚弄的“愚众”[②]不同。从五四到今天将近100年的历史已经使独立思考和勇敢表达的观念成为一种属于“现代”的“传统”，他们往往不会因为别人对鲁迅的大力褒扬或者“鲁迅已经成为一块‘老石头’”的说法，就喜爱或者拒绝阅读鲁迅，他们往往更加相信自己的眼光与判断。他们对于作家作品的阅读也不仅仅局限于那些更广为人知——因此某种程度上也就很难产生只属于自己观点——的作品，而更倾向于那些接近作者内心的文字，这使得豆瓣中的许多书评因此表现出一种对于文学严肃而自觉的态度。

再如网友对于《围城》的看法：“近日重读《围城》，开始就像是剥光了衣服被鞭打，有微微自虐兼虐人的快感，到了辛楣离开，鸿渐的天空突然黑了，而那些鞭打也开始由皮肉往里渗入，心中点点酸楚，以为已经被埋得很深入了，却犹如奄奄一息的火焰，煽风点火后的灼热烧痛你的心。而到结尾，就好像是被烟熏得有些不能呼吸。”[③]现今的许多有文学性质的作品虽然仍然保留了传统文学抒情言志的传统，继承了五四文学启蒙救亡的传统，但其“为己”的一面在他们阅读与写作过程中的比重正越来越大，或者说他们更

---

① 白夜：《从高尔基到鲁迅》，网址 http://book.douban.com/review/6478510。

② （明）无名氏：《草庐经略·愚众》，北京：中华书局，1985年，第130页。

③ 薰衣草的小香水：《我们都是方鸿渐》，网址 http://book.douban.com/review/2222687。

愿意以“为己”的方式实现“为人”的目的，文学正在这个越来越多的人备感孤独的时代，被更多用于慰藉心灵、安抚自我，这也是现在仍然有那么多人依然以各种形式阅读文学作品的原因。

在这个商业化的“娱乐至死”时代，在学术圈以外，对于文学依然保持这种态度的可能真的只是一些“小众”，可这正显示了人们对于“爱”与“美”理念的永恒向往，正显示了无论多么浮躁焦虑，人们依然希望保留一片心灵的净土，能够有所信赖和有所盼望，这正从另一侧面反映了“当前社会文学生活”论题对于当代人坚持精神方面的追求的意义。

关于“人”的本质，罗素的看法是：“人是不是天文学家所看到的那种样子，是由不纯粹的碳和水化合成的一块微小的东西，无能地在一个渺小而又不重要的行星上爬行着呢？还是他是哈姆雷特所看到的那种样子呢？也许他同时是两者？”[①]扎根大地的同时始终不放弃向上眺望的目光，不断突破旧有认识的同时始终坚守自己的立场，在现实与理想两者间努力保持一种平衡，这，大概就是“当前社会文学生活”论题对于文学研究者的现实启示。

---

① 罗素：《西方哲学史・上卷》，何兆武、李约瑟译，上海：商务印书馆，1976年，第11—12页。

第三章 “文学生活”：全球对话主义语境中的文学路向[①]

在中国现当代文学学科中，“精英意识”和“经典文本”一直构成主导性的研究范式。20 世纪 80 年代末和 90 年代初，文学经典的话题再度以一种充满质疑的方式成为前沿问题。佛克马、易布思关于“文学研究与文化参与”的讲演、“文学大师座次”重排事件、“百年文学经典”的编撰与出版等，都对传统的经典意识产生了重要影响。而且，经过后现代主义的学术争鸣和后殖民主义的理论冲击，文化研究逐步形成强势的思潮，直至今日。事实上，这在某种程度上正是以一种精英思想替代或者改变另一种精英思想。与“文化研究”对于文学经典和既有文学史的解构不同，温儒敏先生提出的“文学生活”研究是对既有主导范式的有效补充，更是对“文学史重写”理路的理性建构。“不但要重视专业评论家研究者撰写的文学史，还要关注并写出大众的、群体性的文学活动史。”[②]

一、问题的提出

刘再复先生在 20 世纪 80 年代中期论述文学的主体性之时，就特别提出要关注作为接受主体的读者的研究[③]。如果忽视读者的主体意识，至少不是全面的文学研究。尤其今日的媒介融合与新媒体时代，缺乏对于普通民众的文学参与的专门考察，就会自然产生“文学衰亡”的论调。而且自 1990 年代以来的“全球化”，已经成为国际学界和汉语学界最为显著的话题。根据旅美学者刘康的观点，全球化是指冷战结束后跨国资本建立的所谓世界“新秩序”或“世界系统”，同时也指通讯技术革命以及“信息高速公路”所带来的文化全球化传播[④]。从文化逻辑的层面而论，全球化首先就是媒介的全

---

① 本章由丛新强副教授撰写。丛新强，文学博士，山东大学文学与新闻传播学院副教授、硕士生导师。

② 温儒敏：《文学研究也要接“地气”》，载《求是》2013 年第 23 期。

③ 刘再复：《论文学的主体性》，载《文学评论》1985 年第 6 期、1986 年第 1 期。

④ 刘康：《全球化・民族化》，天津：天津人民出版社，2002 年，第 4 页。

球化。2001年，美国批评家希利斯·米勒发表《全球化时代文学研究会继续存在吗》一文，电子媒介时代的文学研究问题再度成为国内学界关注和争论的新话题。米勒以宣读德里达的《明信片》而开始自己的论析："在特定的电信技术王国中（从这个意义上说，政治影响倒在其次），整个的所谓文学的时代（即使不是全部）将不复存在。哲学、精神分析学都在劫难逃，甚至连情书也不能幸免……"[①]文学本来是关于"距离"的存在，而电信则创造了"世界范围的联结"，距离被压缩为"趋零距离"[②]。显然，媒介正在通过改变文学赖以存在的外部环境而间接地改变文学，甚至直接重组文学的审美要素。在全球化视野和媒介语境中，文学研究的转向势在必行。2009年，温儒敏先生提出"文学生活"的研究，并不断加以理论和实践的深化。作为一个学术性概念，"文学生活"有其特定指向，"主要是指社会生活中的文学阅读、文学接受、文学消费等活动，也牵涉到文学生产、传播、读者群、阅读风尚等等，甚至还包括文学在社会生活各个方面的影响、渗透情况"[③]。相对于传统的文学批评与研究，它主要针对的是非专业性的文学活动，强调关注"普通国民的文学生活"，充分意识到文学与各种媒体间的渗透和互动。如此来看，也就不会认为文学在"没落"或者"衰亡"。"文学生活"这一全新的概念，并非通常所意会的字面意义的表达，而是具有哲学意义的思辨性和逻辑展开，否则不过是一个日常术语而已。

尽管刘康特别提醒不要忽略全球化的文化内涵和意识形态内涵，但在全球化的理论和具体操作层面，却仍然没有跳出"全球化"与"民族化"的逻辑框架和相互界定的格局。于是，"全球化"不仅难以推进，甚至会重回老路。问题的症结在于"全球化研究一直就缺乏哲学的介入"，所以，"全球对话主义"便试图在"全球化"与"哲学"之间打开一条研究理路[④]。说到底，"全球对话主义"是"全球化"在哲学意义上的自然延伸，或者直接说，"全球化"的本质理应就是"全球对话主义"。反观全球化背景中的"文学生活"，如果继续以往的讨论，同样很可能重回老路并使这一概念变为陈词滥调。"文学生活"的"概念化"，同样需要哲学的介入和透视。面对"全球化"本质存在的

---

① 希利斯·米勒：《全球化时代文学研究会继续存在吗》，载《文学评论》2001年第1期。

② 金惠敏：《媒介的后果——文学终结点上的批判理论》，北京：人民出版社，2005年，第10页。

③ 温儒敏：《"文学生活"概念与文学史写作》，载《北京大学学报》2013年第3期。

④ 金惠敏：《全球对话主义：21世纪的文化政治学》，北京：新星出版社，2013年，第2页。

"全球对话主义","文学生活"至少关涉三个问题：第一，文学生活处理的是"自我"与"他者"的关系；第二，文学生活是一种"文学对话"；第三，文学生活是一种"文学行动"。"这一论题在相当程度上关联到当下社会的文化生态、精神现状、审美取向和文学创作之间错综复杂而又互动互助的关系"，"是一个既具有文学史意义和文学理论意义又具有文学实践意义的命题"[①]。

二、"自我"与"他者"

如温儒敏先生所言，传统的文学研究大都是"兜圈子"，"在作家作品—批评家、文学史家这个圈子里打转，很少关注圈子之外普通读者的反应"[②]。这种"内循环"式的研究，说到底就是专业研究者以"自我"为中心的必然结果。殊不知，这恰恰忽略了作为"自我"对应性存在的"他者"——"圈子之外普通读者"的反应。而后者，在某种程度上又构成最为真实的文学生态。比如，作为重要阅读群体构成的当代大学生的文学生活状况如何，作为当代中国最为突出的阶层构成的农民工的文学阅读状况如何，作为信息传播重要力量的新闻媒体从业人员的文学消费状况如何，类似这样的关注视野肯定会极大地改变我们对于文学的既有认识。再比如在现代戏剧研究中，校园戏剧生活状况就是极为重要的一环。其中的文学剧本的阅读、对京剧及地方戏的认识和校园戏剧的演出等问题，都值得关注，将会影响到戏剧研究的整体生态。"自19世纪末以来饱含探索激情的校园戏剧，始终是青年一代关注社会、表达自身思考、实现自我价值的重要艺术活动。校园戏剧以其前卫性、教育性和建构性不断推动戏剧现代化和民族化进程，在中国现代戏剧的建构中起到了重要作用。"[③]这样的思路，就会突破固有的专业研究规范，进而实现对于某一学科门类的整体关照。

全球对话主义要面对并解决的关键问题是"自我"与"他者"的关系，在这里，"自我"与"他者"是平等关系，是制衡关系，甚至是"二合一"的关系，唯独不是通常理解的对照关系。"对照关系"导致的理论偏颇所带来的现实陷阱，根源恰在于"不将他者作为他者"，其实质是借助"自我"否定"他者"，最终也将无以"自我"。如果说传统的专业性批评和研究是以"自我"为中心的

① 刘方政：《"文学生活"概念的提出、内涵及意义》，载《山东大学学报》2014年第4期。

② 温儒敏：《"文学生活"概念与文学史写作》，载《北京大学学报》2013年第3期。

③ 刘方政：《高校校园戏剧生活调查》，载《东岳论丛》2014年第2期。

话，那么“文学生活”的提出则是以“他者”为中心。前者注重从作家到评论家、文学史家的线性发展模式，后者则关注“作品的生产、传播，特别是把普通读者的反应纳入研究范围”，也就是“普通国民的文学生活”，或者是与文学有关的普通民众的生活[①]。既然二者不再是“对照关系”，那么就不能以前者来排斥、否定后者，当然更不能主张以后者取代前者。比如普通民众对于唐诗宋词、“四大名著”等古典文本的选择和心理反应如何，对于鲁迅、张爱玲、金庸、莫言、韩寒、郭敬明等热点文本的阅读和接受状况如何，对于《人民文学》《收获》《十月》《当代》等所谓“纯文学”期刊的接触方式和阅读期待如何，对于《知音》《读者》《故事会》等通俗文学期刊的阅读和认识如何，对于传统媒体的文学副刊和海量的网络文学的阅读和理解如何，类似这样的关注视野同样会极大地重塑我们既有的文学构成圈层。

正像“全球化”并非放逐“主体”一样，“文学生活”研究也不是去除“主体”或者哪怕弱化“主体”，而是极为强调“主体”存在本质的“主体间性”（或者直接说，“主体”本身就是“主体间性”）。也就是说，一主体同时为其他主体所介入、所构成，否则就无所谓“主体”。鉴于“不将他者作为他者”的常规状态和负面效应，必须意识到任何主体都是有限性的存在，所以不仅将他者作为他者，也要将自我作为他者，从而将“主体间性”推进为“他者间性”。“文学生活”研究所强调的正是“他者”的根本位置，就是要不断进入“他者”的世界，进而扩展和平衡文学研究的视野。反过来，如果固守于“自我”，就只能陷入“内循环”式的单向度研究，似乎顺理成章地就限定了文学世界的多层面和丰富性。比如当代中国社会广泛存在的民间文学社团及其民间期刊的活动状况如何，当代中国文学最为复杂的诗歌生态状况如何，新媒体乃至自媒体带来的文学模式变迁形态如何，类似这样的关注视野也必然会极大地丰富我们的文学园地，进而促使各方文学力量的制衡性发展。

在伽达默尔看来，“他者”既是“真理”也是“方法”，因为一方面“他者”不可穷尽，另一方面与“他者”相遇才使“自我”被认识、被扩大、被更新。作为“他者”的“文学生活”范围广阔，可谓“不可穷尽”，“所关注的是文学生产、传播、阅读、消费、接受、影响等等，是作为社会文化生活或精神结构的某些部

---

① 温儒敏：《“文学生活”概念与文学史写作》，载《北京大学学报》2013 年第 3 期。

分，在这样的视野下，有可能生发许多新的课题，文学研究将展示新生面”[①]。比如，社会各阶层的文学阅读状况、各种流行的文学现象、文学期刊（尤其是类文学刊物的读者群研究）、文学与其他媒介的相互渗透等等。与此同步的是，“文学生活”研究又必然不断“扩大”和“更新”传统意义上的专业化文学批评和研究，并不断加深对后者的“认识”。因为一个基本的事实是，没有普通读者的接受和反应，对于作家的判断就不会全面客观，对于作家与文学史的关系就难以定位。伽达默尔对“翻译”的论述点中问题的实质：“文本的可翻译性，即翻译所容易传达的东西，常常就是我们自己的文化编码系统，而其不可翻译性则是起于那不接受此编码的他者文化的他者性。翻译会聚因而也凸显了文化间的差异、距离和冲突，使我们清晰地意识到我们自己的文化局限，于是一个文化间的对话成为必要，为着认识我们自己的必要，否则我们就只能在我们的内部做自体循环了。”[②]长期以来所谓的“不可翻译性”往往归结于“他者”文化的局限所致，殊不知这恰恰表明了“自我”文化的局限。归因于“他者”局限，“对话”便自行消解，至多陷入“自我”循环；而归因于“自我”局限，“对话”则主动介入，也就具有达成有效性的可能。“文学生活”概念的提出，正是源于对现有的主流研究状况的“困倦”和“不满足”，针对的是固有的以“自我”为中心的文学研究的局限所在，并以积极主动的姿态介入其中。当然，“文学生活”也承认自身研究的局限性，比如难以全面顾及作家作品的“审美个性、形式创新、情感、想象”等等。其实，所谓的“局限”和“他者”都是“互为局限”和“互为他者”，这也是“自我”和“他者”共同存在的理由，实质也是“文学生活”得以成立的条件。在这个意义上，“文学生活”就自然生成为有效性的“文学对话”。

三、“对话”与“行动”

在巴赫金看来，主体或自我的存在永远是特殊的、个体的、未完成的。只有在与“他者”的对话交往中，才能实现主体的进程。以往的文学研究大多处于“未完成”的状态，而“文学生活”研究的参与，则无疑在推进并逐步实现文学的历史进程。伽达默尔在其对话本体论中充分阐释了“对话”的本质：“虽然我们能够说我们‘举行’一场谈话，但是越是一场真正的谈话，它

---

① 温儒敏：《“文学生活”概念与文学史写作》，载《北京大学学报》2013 年第 3 期。

② 金惠敏：《全球对话主义：21 世纪的文化政治学》，北京：新星出版社，2013 年，第 24 页。

就越是不怎么按一方或另一方对谈者的意愿举行。因此，真正的谈话从来就不是那种我们意愿举行的那种。……谈话如何转折，如何继续进行和结束，这当然完全可以有一种举行的方式，但是在这其中的对谈参与者，与其说是举行者，毋宁说更是被举行者。在一场谈话中没有谁能够事先就知道将会‘出现’什么样的结果。”[①]相对于习以为常的外部力量的“决定性”，“对话”更具有自身内在的“自足性”。作为一种“文学对话”的“文学生活”研究，同样具有自身内在的“自足性”。“文学生活”不是按照“我们”的“意愿”发生、发展的，它是一种永远开放性的研究，而且是一种无法预料结果的研究，甚至“我们”不能准确把握研究的过程，故其创造的“生长点”和产生的“思考”或许大于研究本身。“文学生活”意义上的“对话”，本质上说是一种没有“前提”的对话，如果说非要有什么对话的“前提”的话，那就是对“自我”存在的反思和对“他者”身份的尊重。而这，又再次构成“文学生活”概念的“提出”和“展开”。“文学生活”研究从根本上就处在“对话”之中，其间涉及的每一个“主体”都互为对话者。“对话”赋予“他者”以主体性的维度，从而使得“主体”之间得以相互改变的承认。

比如文学与影视的互动关系，就是“文学生活”中的互为主体性的对话。影视吸收文学的能量以激活自身，而文学则借助影视巨大的传播力获得扩展的机会。当前，文学与影视的整合与互动越来越呈现多元化。在影视发展史中，文学著作往往成为影视工作者改编拍摄的首选。为什么越来越多的制片方选择剧本时首先会考虑文学作品？“文学作品有着殷实的‘潜价值资源’，在题材选择、主题开掘、人物塑造、价值取向、审美情趣等方面都非常扎实，给影视艺术的发挥以多方面的启迪。”而且，“优秀文学作品早已取得了广泛的社会认同，不论结构和故事都非常成熟，这大大降低了投资人的投资风险”[②]。文学是影视最需借助的资源，它所提供的故事、人物及其语言构成其中的核心要素。张艺谋说：“我们研究中国电影，首先要研究中国当代文学。因为中国电影永远无法离开文学这根拐杖。”[③]文学的发展为影视提供了丰富的改编资源，包括目前风头正劲的网络文学的影视剧改编，都推动

---

① 金惠敏：《全球对话主义：21世纪的文化政治学》，北京：新星出版社，2013年，第25页。
② 李春利、李蕾：《影视与文学联姻：相互尊重才能共入佳境》，载《中国青年报》2007年1月22日。
③ 颜纯钧：《文化的交响——中国电影比较研究》，北京：中国电影出版社，2000年，第320页。

了影视产业的快速发展。从文本到剧本的历程无论如何，文学对影视的基础性作用都是迄今为止其他因素和资源无法取代的。

反过来说，影视对于文学的影响大致具有负面的和正面的两种表现。由于改编带来的对原著和原著作者的宣传效应和经济效益，影响了作家的创作心态，也就出现了一大批作为影视改编备选作品或脚本的小说，影视化痕迹明显，表现特征主要是："主题健康而肤浅；注重故事情节，而故事又好不到哪儿去；忽视生活的丰富质感，忽视细节描写，忽视闲笔，真把小说写成了单线的单纯结构；取消了细腻的心理刻画；对话过多。由此，这些年的确产生了一批半小说半影视的作品，大都两边不讨好。所谓'电视小说'，是写完剧本后的拷贝，更不值一提。"[①]对于部分优秀作家也把主要精力用于影视创作的问题，已经引起争议。一些文学读本是在影视热播中或者热播后推出，借着影视的余温和轰动效应继续"走红"，目的也无非是获取延伸性的商业利益。与影视对文学的负面影响相比，有研究者认为，文学价值可以在影视世界获得再生。文学将自己的价值内核以改编的方式嵌入影视价值系统中，影视价值的提升又会激发文学价值的增生。"改编手段从体现原著故事到倾向于体现原著精神，再到用当代精神去阐释对原著的理解，直至后现代的荒诞解构，形成了复杂而又斑斓的过程。每一次改编都是文学名著向大众的开放，也是对文学名著艺术内涵的一次创造性再阐释，这对文学传播效应的扩大作用是显而易见的。"即便对有些内涵太丰富或叙述方式非常特殊的名著的改编并没有取得公认的成功，也有其独特的功效。这样的改编"以反证的手法再次掀起了如何深刻解读这些不朽名著的思考热潮，成为传播和放大文学艺术价值的一种另类形式"。[②] 显而易见，成功的影视改编，无疑推动了文学作品的传播，并改变着人们的阅读习惯。影视剧的流行，带动人们对相关书籍的渴望，并利用传播优势扩大了作家的知名度和影响力。不用说"名著"和"经典"，每一次改编与翻拍都会引发新一轮的文学读本阅读热潮，就是一般作品也是如此。影视可以成为文学的载体，可以是文学的一种传播方式，其实也为文学的发展提供了一个契机。而"影视同期书"现象的出现，又使得文学借助影视而成为文化传播的热点。影视因为有了文学

---

① 胡平：《视听时代文学与影视关系如何重构》，载《人民日报》2011 年 3 月 29 日。

② 李晓灵：《图像时代的电影和文学》，载《北京社会科学》2008 年第 2 期。

精神而获得强大生命力，文学因为有了影视的强势传播而影响更为深远，这理应成为“共存共生”的全球化语境中的理想状态。

说到底，“文学生活”就是“对话”，这个“对话”没有终点。文学发展的历史连续性只能放在生产与消费的关系中来理解，而且通过消费主体得以呈现过程性的特征。“在作者、作品与读者的三角关系中，读者绝不仅仅是被动的部分，或者仅仅作出一种反应，相反，它自身就是历史的一个能动的构成。一部文学作品的历史生命，如果没有接受者的积极参与，是不可思议的。因为只有通过读者的传递过程，作品才进入一种连续性变化的经验视野之中”。[①] 也就是说，只有通过读者的“文学生活”，文学才能在一代代的接受链条上被展现、被丰富，才能保持其价值和生命，而这又构成文学存在的历史本质。正如美国批评家霍兰德在其“文学反应动力学”中所提及的，“处在文学本体边缘的作品往往比符合学院标准的作品更为直接地提出文学的问题”。[②]

通过不同层面的不间断的“对话”，文学的现时经验和过去经验得以不断交流，文学的“外循环”得以形成。“文学生活”不仅是“对话”，同时是以“对话”的方式介入现实。文学存在的复杂形态，其作为历时性与共时性交叠的历史过程，文学作为多种因素多种环节的多向运作，使其与整个社会发生永远的交互作用。文学学科与非文学学科的壁垒正被日益打破，“文学生活”研究既是文学的，又是社会的，关注社会对文学的“自然反应”和文学活动的“社会化过程”，“分析某些作品或文学现象在社会精神生活中起到的结构性作用”。[③] 显然，“文学生活”意在恢复文学研究与当代现实的对话能力，重新点燃文学研究的现实激情。在这个意义上说，“文学生活”是一种“文学行动”而非“文学本质”。

德里达认为：“没有内在的标准能够保证一个文本的本质的‘文学性’。没有可确认的文学本质或文学存在。如果您去分析一件文学作品的所有要素，您将永远见不到文学本身，您只能遇上一些它分享或借取的、您在其他文本中也可以发现的特点，无论是在语言、意义方面或是在被指示物（‘主观

---

① 姚斯、霍拉勃：《接受美学与接受理论》，周宁、金元浦译，沈阳：辽宁人民出版社，1987 年，第 24 页。

② 金元浦：《接受反应文论》，济南：山东教育出版社 1998 年，第 345 页。

③ 温儒敏：《“文学生活”概念与文学史写作》，载《北京大学学报》2013 年第 3 期。

的'或'客观的')方面。"[1]就此而论，文学不具有纯粹的独创性，对于任何文本都可以作"非超越的"的阅读。"没有任何文本其自身就是文学性的。文学性不是一种天然的本质，不是文本的一种内在属性。它是对于文本的一种意向关系的关联物。"[2]这种"意向关系"，总体而言就是"社会性"关系。如果要对文学进行界定的话，那么它是某一共同体的集体意向对象。德里达用"文学行动"取代"文学本质"，即用"行动"的复杂性否定"本质"的纯粹性，用"行动"的介入性否定"本质"的距离性。"文学的本质，如果我们坚持'本质'一词的话，就是在刻写和阅读'行动'的历史渊源处被作为一套客观的规则而生产出来的。"[3]文学的"本质"就是它的"行动"，就是它的时空存在性。德里达把文学本质地界定为"虚构的体制"，"文学以其虚构的本性可能被允许'讲述一切'……但同时也恰恰是由于这一虚构性，其'讲述一切'等于什么也没有说"[4]。文学无处不在，而又无处"独在"；"文学就是互文性，就是文学史"[5]。"文学生活"无处不在，具有"行动"的复杂性，它着力研究的不是"文学性"，而是"文学反应"；它重点关注的不是所谓的文学的"本质"，而是文学的"社会存在"。"文学生活"的最突出特征就是"互文性"研究，如果说要有"行动"追求的话，就是"文学史写作"。正像温儒敏先生所提及的，理性的文学史写作"将不再局限于作家与评论家、文学史家的'对话'，还会关注大量'匿名读者'的阅读行为，以及这些行为所流露出来的普遍的趣味、审美与判断，不但要写评论家的阐释史，也要写出隐藏的群体性的文学活动史"[6]。至此，"文学生活"作为"文学行动"的性质和使命得以提出并逐步明确，"行动"时刻进行，"文学史"也就没有终结。

四、结语

回到前述全球对话主义的媒介文化基础，"文学生活"概念的一个重要前提无疑来自于和文学紧密关联的"媒介"的变化、融合与转换。美国媒介研究专家利奥·博加特认为，当今处于媒介界限变得模糊的世界。"创造性

---

① 金惠敏：《媒介的后果——文学终结点上的批判理论》，北京：人民出版社 2005 年版，第 24 页。
② 同上，第 25 页。
③ 同上，第 26 页。
④ 同上，第 26 页。
⑤ 同上，第 24 页。
⑥ 温儒敏：《"文学生活"概念与文学史写作》，载《北京大学学报》2013 年第 3 期。

的产品已能从一种媒介形式转换到另一种媒介形式，……象征性讯息跨越媒介疆界而进行转移时，可以发挥协同作用，从而使整体较之个体的总和更大，……无论我们将报纸、连环漫画中的英雄故事改编成一部电影，抑或根据一部电视剧改编成小说，还是建议观众把一部电视商业片当成报纸广告来收看，都表现了媒介的相互渗透和内涵的不断扩大”[①]。其实，“文学生活”研究也是基于“媒介的相互渗透和内涵的不断扩大”这样的媒介生态环境。一方面，媒介的发展导致了“文学正在消失”的言论出现，另一方面的事实却是“文学对各种媒体的渗透比任何时期都要广大与深入”，这也是“文学生活”的基础和题中应有之义。新的信息媒介方式需要新的文化范式，文学不断面临打破文本中心时代被割断了的与人的生活的密切关系，从而重新恢复文学对于我们生活的重要意义。

再次回到米勒的讲述，“我希望文学研究本身能够以某种方式继续下去，……即使书籍的时代过去了，被全球电信的世纪取代了（我认为这一过程正在发生），我们仍然有必要研究文学，教授‘修辞性阅读’，这不只是为了理解过去，那时文学是何等的重要，而且也是为了以一个经济的方式理解语言的复杂性，我想只要我们使用语词彼此间进行交流，不管采用何种手段，语言的复杂性就依然是重要的”。[②] 在由文本中心走向视听中心的时代，“文学生活”充满空间，不仅是理解历史以保持公共文化记忆，更是理解“语言”的丰富性也即是“文学”的复杂性存在。“阅读”文学就是进入、回应和记录“他者”世界，而全球化又为阅读他者提供了合适机遇。视听时代，文学何为，“文学生活”提供出一种有效的文学史乃至社会文化史的研究路径。当然，问题的另一面同样存在，或许唯有到了视听时代，文学的特质才会显现，但这已经属于文学研究的另一向度了。

葛兆光先生在一篇题为《经典的和生活中的》文章中提到学术研究和社会状况之间的反差：“翻开宗教研究的各种著作，那些关于‘空’‘无’的玄妙理论、关于宇宙本质或人类理想的超越话题、关于‘道’或‘逻各斯’的异同思辨，好像并没有给我们解释这些（社会）现象以太多的帮助，倒反而把我们搅糊涂了：‘怎么老百姓不去讨论终极信仰，却专门相信这些名堂？’于是，我

---

① 邵培仁、陈兵：《媒介战略管理》，上海：复旦大学出版社，2003 年，第 2 页。
② 金惠敏：《后现代性与辩证解释学》，北京：中国社会科学出版社，2002 年，第 242—243 页。

们总是会不自觉地去追问：‘他们究竟信仰的是什么？’”[①]基于此，葛兆光认为，思想与学术有时是一种少数精英知识分子操练的场地，它常常是悬浮在社会与生活的上面的，他们的思想常常与实存的世界的思想有一段距离。“仅仅由思想精英和经典文本构成的思想似乎未必一定有一个非常清晰的延续的必然脉络，倒是那种实际存在于普遍生活中的知识与思想却在缓缓地接续和演进着，让人看清它的理路。……因为精英和经典的思想未必真的在生活世界中起着最重要的作用，尤其是支持着对实际事物与现象的理解、解释与处理的知识与思想，常常并不是这个时代最精英的人写的最经典的著作。”[②]这虽是针对思想史研究与写作的论述，但对文学研究与文学史写作来说同样适合。“文学生活”研究显然不属于传统模式的“精英意识”与“经典文本”的范畴，反而呈现出“平民意识”和“大众文本”的取向，但是在其自身所处的当时代，“文学生活”研究却“真的在生活世界中起着最重要的作用，尤其是支持着对实际事物与现象的理解、解释与处理”。这样看来，其存在意义及其研究价值又是极为重要的，恰恰是文学自身发展与时代语境变迁相互作用的需要和结果。

① 葛兆光：《经典的和生活中的》，《中国学术》(东京)1997年第1期。详见葛兆光：《中国思想史·导论·思想史的写法》，上海：复旦大学出版社，2001年，第11页。

② 葛兆光：《中国思想史·导论·思想史的写法》，上海：复旦大学出版社，2001年，第11页。

第四章 想象共同体的重建与互联网环境下的文学生活①

文学与生活的关系问题实在是一个老生常谈的话题，探讨这一问题的时候我们习惯于将二者作为独立的客体，并以此为基础进行逻辑演绎。但问题恰恰便出在这里：文学不仅源于生活并以自己独特的方式对生活施加影响，文学创作、传播、消费等等本身就构成一种独特的生活方式。因此我们在研究这一问题的时候，不仅要研究文学“与”生活，还应当将文学“的”生活甚至文学“在”生活、“生活的文学”等等纳入视野之内。换句话说，既然文学与生活扯上了边，问题的答案就不能单从文学的路径去寻找而应当更多地求诸于社会学领域。在我的理解中，文学生活实际上就是一个社会学课题。其核心应当是研究人们的生活方式、生活价值、生活态度与文学生产和消费的关系问题。在这个维度内，行为研究比文本研究更为重要，当下性比经典性更具研究价值。

纵观近年来与文学相关并且成为公众话题的社会事件，给我留下深刻印象的有两个：一个是围绕中学课本中杜甫肖像进行毁典性戏仿动漫接力创作“杜甫很忙”，另一个则是围绕着中学课本中鲁迅作品撤出而引发的争吵——“鲁迅大撤退”。前者专注于形象的颠覆，并因为商业炒作和行为艺术的介入吸引了更多的社会关注，后者则因为在专业人士和非专业人士之间、专业人士内部以及线上和线下范围内引起并不广泛但烈度甚强的争执，从而呈现出更加强烈的价值对立的特征。虽然两个事件中，一个属于古典文学领域的话题，而另外一个属于现当代文学领域的争吵，但是其中有两个不容我们忽视的共性特征，那就是，被质疑和颠覆都是收录在中学语文课本中的、被主流意识形态和主流文学史观所充分肯定的作者或者作品。

争论发生于中学语文课本，发生在杜甫和鲁迅这两位在我们现行的文

① 本章由唐锡光执笔。唐锡光，山东大学文学与新闻传播学院教授。

学史体系中本应无可争议的标杆式的作者和作品身上，这原本是最不应该和最不可能的事情。我们知道，但凡能够被收录于教材之中的文学作品，无疑应当是这个国家和这个民族最无可争议的具有“范本”意义的作品，这种“范本”的意义不仅在于其表达的典范性，同时也来自于其价值的普适性和典范性。但是偏偏就是这样最应该无可争议的范本被质疑、否定和颠覆，我们不禁要问，到底发生了什么事情？从不同的角度观照和思考，会有不同的观点和结论，在我看来，这两个事件无疑是想象共同体的当代重建的典型案例。

一、

文学是语言的艺术，同时也是由语言出发建构的想象共同体。它从语言出发，藉由对共同的概念和逻辑的理解被传播和接受，依托现代大众传媒被不断复制和强化，最终完成由个体的、主观的、随意化的表达向公共的、神圣化的仪式性象征体的转化，成为特定民族和特定文化的想象共同体，所谓“典型性”“民族性”“大众性”，在我看来，就是对于文学作品所构成的想象共同体的别样表述而已。这种从语言出发进行的想象共同体建构，一般体现为以下几个维度。

首先是场景。“小说的世界由位置和背景、场所与边界、视野与地平线组成。小说里的角色、叙述者以及朗读时的听众占据着不同的地点和空间。”[①]场景不仅标注了故事发生的物理空间，同时也赋予了故事特定的文化地理特征。诚如海德格尔所言，地理学者“不会从诗歌的山谷中探索河流的源头”，但文学作品的阅读者和研究者却可以从“诗歌的山谷中”找到作品的文化源头。特定的地理环境往往和特定的民族、习俗、社会关系、生活方式等联系在一起，成为阅读者打开故事迷宫，进入虚构空间的钥匙。许多经典文学作品的作者都喜欢选择以场景为作品命名，《巴黎圣母院》《静静的顿河》《呼啸山庄》《双城记》等便是典型案例。当代作家中，阿瑟·黑利的小说也往往以特定的场景命名，例如《航空港》《大饭店》《汽车城》等，在第一印象的位置给故事打上了工业文明的标志。中国当代文学作品中也不乏同样的例子，如《没有航标的河流》《芙蓉镇》《乡场上》《老

① [美]迈克·布朗：《文化地理学》，南京：南京大学出版社，2005年8月，第39页。

井》《废都》等等。

场景为故事的走向提出了最初的规定性，成为构建关于文化的想象共同体的起点，而不同场景的对立、冲突，则往往成为文学作品基本的叙事动力。无论是曹雪芹的《红楼梦》、劳伦斯的《德伯家的苔丝》、贾平凹的《野山》还是科幻作品、玄幻小说，场景的对立和冲突可以说无处不在。我们甚至能够从"城市老鼠和乡下老鼠"这样的童话作品中找到类似的范本。

其次是事件。事件赋予场景和人物以历史的意义和价值。有了事件，场景的社会性得以激活，其内在的文化意蕴得以呈现。就如前文提到的对立和冲突的场景，必然会以对立和冲突的事件为填充，通过矛盾冲突表达价值判断，凸显人物内心世界的张力。事件是人物的历史，阅读者在分享事件的同时分享故事中人物的观点、态度和行为方式，同时也分享作者的审美判断。这种在不同个体间进行的大规模的相似的分享活动最终导致规模化的认同和模仿，从而完成想象共同体的生产和再生产。

再次是人物。基于特定场景和设定的事件而存在的人物，本身便具有意义上的规定性。虽然我们一直在强调文学创作的形象思维特征，强调人物的个性、生动性，但我们同时也在强调典型性。而所谓"典型性"，从创作者角度看，是关于"这一个"的意义给定，从接收者的角度看，则是对给定意义的认同和接受，是在此基础上形成的关于社会理想、审美理想的趋同化认知。由此，人物的语言成为不断引用的箴言，人物的行为成为理想化的模板，人物的命运成为共同的情感经历和生命体验，人物的思想和性格成为共同的人格理想和价值标准。

当然，并非所有的文学作品都具有充分的想象共同体的价值，即便这些作品在语言、逻辑判断和价值表达上呈现出足够的共同体特征。就如穆时英的作品所表现的那样：

"街有着无数都市风魔的眼：舞场的色情的眼，百货公司的饕餮的蝇眼，'啤酒园'的乐天的醉眼，美容室的欺诈的俗眼，旅邸的亲昵的荡眼，教堂的伪善的法眼，电影院的奸猾的三角眼，饭店的朦胧的睡眼……"①

穆时英的这段文字在20世纪二三十年代的城市描绘中无疑是极为出

① 穆时英：《PIERROT——寄呈望舒》，《穆时英全集》第二卷，北京：十月文艺出版社，2008年1月，第95页。

色的。文章捕捉城市公共环境中最为典型的器物——街灯，同时用拟物象形的手法将其与舞场、百货公司、啤酒园、美容室、电影院等都市的典型场景连接起来，将自己的判断、评价融入其中，不仅在表达的生动性上达到很高的水平，而且其对都市的批判性描述在当时的文学青年中极具共性特征。但是，穆时英和他的作品在中国现代文学的想象共同体中却是边缘化的存在。究其原因，首先是因为新感觉派专注于城市文学的创作，其选材和表达与当时社会焦虑点并不合拍，因而缺少了类似左翼文学那样在大众传播的平台上被充分的公共化过程；其次是他的作品在当时和随后多次的主流意识形态的神圣化筛选中落选，从而失去了仪式性转化的机会。而鲁迅、杜甫，其作品和人格的公共化、神圣化则是一个不争的事实。

其实鲁迅也好，穆时英也罢，其作品都是20世纪早期中国社会剧烈的现代化转型时期新兴力量密集的颠覆性写作的一部分，选择狂人、阿Q等有疯症的人物站立于文学舞台的中央，也许作者所持理性的批判与谵妄的呓语有所不同，与当时主流价值判断的对抗则是一致的。正如福柯所言：

“艺术作品和疯癫共同诞生和变成现实的时刻，也就是世界发现自己受到那个艺术作品的指责，并对那个作品的状况负有责任的时候。”①

而当颠覆作为一种社会行为宣告结束，颠覆者以胜利者的姿态占据历史舞台中央的时候，颠覆性写作的历史使命也发生转换，不再作为一种批判或者质疑的力量，而是经由公共化和神圣化的过程成为一种仪式性的存在，以此证明颠覆的价值及其合理性。成为教材，意味着成为无可争议的模板和蓝本，是一种典型的神圣化和公共化。曾经有一段时间在互联网上风靡这样一个话题：假如鲁迅活到今天他会怎样？鲁迅不可能活到今天，所以一切可能性的推断终归是虚妄的。但如果我们将这个话题和“鲁迅大撤退”联系起来思考就不难发现，两个事件或者话题面对的是同样的焦虑：我们如何面对和评价那些曾经被神圣化了的颠覆和批判性的文本？

二、

但是任何由文学构成的想象共同体都不得不面临这样一个困境：毫无

① 米歇尔·福柯：《疯癫与文明》，北京：生活·读书·新知三联书店，1999年5月，272页。

疑问，藉由神圣化，它构成价值认同的基础，具备了某种程度上的不朽的特征，但同时也因其固化而面临过时的风险。一切批判和颠覆当其出现之时，便已经是过去时态，当其完结之时，便是新的质疑和批判的起点。

在文学史研究中，我们通常会将主要精力放在由名家和经典所构成的所谓“高雅”文学之上，“这不仅仅是说，我们借以理解世界的最核心的观点和概念是定位于被社会和历史所确定的文化当中的，而且‘文化’观念本身也是这样定位的”①。

“高雅”二字，通常被理解为主流、成熟和代表性的确认。因此，高雅文学可以理解为是一种被确认的文学，也就是一种被确认的文化表达。这种被确认性，使得它能够被广泛复制和传播，使得人们可以凭借它完成身份和价值观的安全性确认，获得合法的治疗和慰藉。但是，与一般社会学意义上的确认所采取的超然立场不同，文学的这种确认带有更多的介入和体验的特征，往往需要通过“或然”或者“正然”的表达体验，通过与自身的现实生活坐标参数的不断对比和修正来完成。它不是对知识和信息的认知或者认可，而是对意义的持续性再生产和再创造，是一个复杂的交互式体验过程。而这种持续性的再生产和再创造，仅仅依靠固化的、有限的文本是难以完结的，这是高雅文学自身所无法克服的内在紧张。与此同时，这种通过阅读和体验进行的坐标参数的确认和修正不仅包含了对族群关系以及自身状况和地位的确认认同，同时也伴随着由对于族群关系和个体身份的不满而引发的不断的质疑和挑战。因此，一方面，被神圣化的高雅文学作为完美的、体现普遍价值的经典范本得以确认，另一方面，又不得不作为重要的参照系被丰富的、当下的文学消费和文学体验所冲击和对抗。

有趣的是，这种质疑和挑战往往来自高雅文学的“经典范本”自身，正如鲁迅的作品作为那个时代颠覆性写作的经典样本在证明那个时代颠覆者及其行为的合理性的同时，也证明着颠覆本身的自然合理性和永恒价值。既然昨日边缘化的或者通俗的文学样本会成为今天的经典，谁又能怀疑今天的通俗文本中会诞生明天的经典呢？所以不必对旧的经典文本的边缘化过度反应，也不要对金庸、古龙乃至今天的网络写手不屑一顾。大概这就是文

① [英]马克·J.史密斯：《文化——再造社会科学》，吉林：吉林人民出版社，2005年1月，第25页。

化发展和文学生活的基本范式：颠覆—重建—再颠覆—再重建。

也许应当对“颠覆”和“重建”给予必要的解释。在我看来，颠覆体现为一种大规模的、急剧的社会变革，它既可以体现为由政治斗争和权力转移导致的社会关系变化，也可能是由以科学技术为核心的生产力的爆发式发展所引发的社会观念和交往沟通方式方面的变革。无论前者还是后者，其中都包含着对现有秩序的破坏性变革。之所以采用“颠覆”和“重建”而非“转型”，则是因为“转型”往往意味着观念、关系、权力的修修补补式的顺滑过渡，这与当下社会变革的实际是不相称的。以互联网为核心的新技术革命，将人类社会引入到一个空前的一体化时代，对“宇宙”“自然”“社会”“人类关系”“时间”“空间”等观念的颠覆是前所未有的，由此引发的社会关系变革和社会交往方式变革绝非“转型”“融合”之类温和的概念所能够描述和体现的。这种翻天覆地的变化既然非“颠覆”无以表达，“重建”自然就是题中应有之义了。

三、

就文学生活而言，重建包括观念和价值体系的重建、表达方式和形象体系的重建、生产和消费体系的重建三个方面。当下文学生活的多样性既包括了传统样式的文学生活，也包括了基于虚拟平台的网络文学生活。从时代特征和影响力的角度考察，后者无疑更加具有典型意义。

从纸质的印刷平台到虚拟的网络平台，文学创作发生的变化绝不限于介质和载体。以小说为例，虚拟平台给创作者提供了无限的空间可能，小说的篇幅呈现出爆炸性的增长。在印刷出版条件下，创作者必须考虑将小说的长度控制在合理的印刷成本之内，出版商则致力于对作者和作品精挑细选以降低投资风险。而虚拟存储价格接近于零，创作者获得了充分的空间自由，由此，短篇、中篇、长篇的区分变得不那么重要了。这一方面导致了阅读的日常性和常态化，另一方面也导致了创作的繁琐化。毫无意义的枝节横生、缺乏控制的细节演绎较之印刷条件下的小说严重得多。有趣的是，互联网在给予创作者极大程度空间自由的同时，也毫不留情地剥夺了创作者的时间自由。及时足量的“更新”不仅是创作者成功的“王道”，也是网络写手头顶挥之不去的阴霾。许多作者因更新不及时招致谩骂攻击，同样也有许多作者为了保证更新而粗制滥造，更有许多作者为了确保更新速度而长时间伏案工作，导致身心两个方面都出现问题。

互联网平台的开放性，也促使更多的人可以加入创作队伍中一试身手。草根作者和专业写手各展身手、粗制滥造的作品和精心创作的作品同样拥有了被读者选择和评判的权力，拥有了平等的成功可能性。阅读的日常性和常态化，导致网络写手对最新的新闻事件有着异乎寻常的敏感和热情，他们往往试图将最新发生的轰动性的新闻事件缝合进自己的作品中，以期使自己的作品和当下生活产生共时性效果。发生在我们身边的亚洲金融风暴、钓鱼岛事件等等都可以在网络小说中找到历史或者现实的投影，而“喜大普奔”“不明觉厉”等当红正热的网络词汇，也会迅速成为网络小说中的热门词汇。

网站和数据库条件下的小说创作是以“互读”为基本特征的双向性共同创作。首先，小说写手为保证足够的点击率回报，必须认真研究读者的需要和喜好。在缺乏可靠研究支撑的条件下，模仿已经获得成功的作品成为一种比较稳妥的选择；其次，网上阅读和写作两种形式是交叉进行的，读者随时阅读最新更新并发表评论，作者根据读者最新反应确定已完成部分的认可程度及其心理预期，调节后续的人物设计和情节进程，这样，双方通过相互的阅读不断地调适心理预期和后续创作的契合程度，实质上共同完成了小说创作的过程。

如同好莱坞的系列化影片一样，网络上某一篇小说的成功也会引发复制和模仿的热潮。曾经有一篇小说《极品家丁》长期占领排行榜前列位置，随后便出现了“家丁题材”的创作热潮，仅起点文学网站上可查到的以“家丁”为题的文学作品便在70部以上。之后，一部红透网络的穿越小说《回到明朝当王爷》引发了更大规模的模仿热潮，以“回到明朝”为主题的作品达到百部左右，而以各种“回到”为主题的作品更是超过了千部。这种刻意的模仿和前文所提到的以讨好读者为目的的小心翼翼的调适使得相当一部分网络小说在题材、情节、人物等方面趋同。这种刻板印象化的创作一方面极大地影响了作品的审美价值，但同时也促成了新的文学想象共同体的快速形成。

互读也导致网络小说生产和消费的碎片化。线性的历时性的完整文本阅读被并列的共时性的连载多文本阅读取代。多文本的存在导致比较阅读、交叉阅读、延时阅读等等新的阅读方式产生出来，网页上五颜六色的广告和不时出现的弹出窗口又使阅读从单纯和集中变为复杂和泛化。互联网环境下的阅读面对的不是文本，而是承载文本的数字化平台，公共讨论区、书评区的打分投票等手段的存在和常态化的频繁使用使得个人化的阅读变为公共性的讨论阅读。由此，封闭的个人创作变成了公共监督下的订单式服务和按需进行的内容生产，这又在另一维度上强化了以小说为代表的网络文学生产和消费的碎片化。但我们同时应该注意到，互动阅读强化了文学阅读的社交功能，定期更新和相应的跟进阅读也促进了文学阅读作为一种日常活动的常态化和规律化。可以说，文学生活的社会学价值超过了以往任何时期。

按照前文所说的想象共同体的三个构成维度，我们先看看场景。网络文学对观念和价值体系的重建首先体现在时空观上。“穿越”提供了一种不讲道理的时间可逆性和空间关系，从早期小心翼翼的“戏说”“重生”到“群穿”“双穿”“对穿”，从个人创作的随意性到“穿越宝典”等创作蓝本的出现和“异次元”“平行空间”“异世界”等哲学概念的构建，时空观的颠覆和重建越来越远离创作者的个体化行为，成为网络小说生产和消费的共性特征。网络小说中的时空观既包含了爱因斯坦的相对论、黑洞理论、反物质理论等许多似是而非的科学假说，又包含了“须弥芥子”等宗教和神秘主义的观点。这种近乎玄学的时空观，其价值不仅仅在于为故事提供一个陌生化的场景，更在于为作者和读者提供了一个关于世界观的共同约定。一次次的穿越和架空，等于是对这种关于世界的认识和描述的不厌其烦的推广和确认。

如果说穿越所代表的时空观的重建呈现出的是一种通过修正历史以影响现实的渴望，基于《魔兽世界》《星际大战》等著名网络游戏所建立的兽人王国、精灵世界、异大陆则包含着显而易见的批判性企图。相对于前文本存在的人类世界的物欲横流狡诈多变，魔兽世界和异大陆往往被赋予更多的人性化光辉。当然，并不排除这种有意识的对立和对比可能有推广相关网络游戏的目的在内。不过这并不能否认其批判价值。

当然，在网络文学中也不乏现实化的场景，尤其在以“官文”为代表的现代都市题材作品中。所谓“官文”，是官场文学的简称。将官场作为小说中人物活动的典型场景，体现出创作者藉由政治体系把握社会脉络的企图。

倘若我们将穿越和架空理解为观念坐标，将魔兽世界和异大陆理解为价值坐标，官场、商战等现代都市场景理解为体系和规则坐标，那么由这三类坐标共同定义的网络文学场景恰恰体现了创作者对现实既疏离和批判，又介入和期盼的矛盾心态。疏离和批判由前两个坐标完成，介入和期盼则体现在现代都市题材的坐标上。所以我们会发现在这些小说中许多矛盾和冲突都是当下社会热点的新闻事件，如医患关系、环保危机等等。这些事件在现实中的结局往往差强人意，但在小说中总能获得出人意料的漂亮解决。这三类场景在不同的网络文学作品中不断地被复制和再现，成为网络文学生活中想象共同体构建的第一块基石。在当前青年的话语体系中，行为怪异、不合群的人往往被称为“异次元生物”，这也在一个侧面印证了这种典型场景被接受和认同的程度。

关于事件，这里我们重点探讨一下游戏。网络小说与网络游戏的相关性不仅体现在场景方面，还体现在其内容生产与相关游戏的同步共振以及价值选择与游戏诉求的高度一致上。当“开心农场”红遍全国，众多玩家忙于“种菜”“偷菜”之时，相关的种植类修真小说也开始集中上架。许多写手在创作之初就有网络游戏、动漫作品、影视剧方面的考量，在小说尚未完成之时，相关领域的签约和授权往往已经先行一步。于是，在互联网文学生产中出现了第三方：赞助商。赞助商不仅要对作品的人物设定、情节规划提出要求，而且对作品的更新速度和方式拥有近乎绝对的话语权。网络文学产品由此成为网络文化产品价值链条中的一环，其文本的自足性和生产的独立性面临着被商业利益剥夺和侵害的危险。这种相关性还体现在以游戏法则替代社会法则的有意识或者无意识的企图上。无论是从乡村教师到叱咤风云的大人物，还是从失败者到平步青云走向成功，情节千变万化而不离其宗，无非获得装备、不断升级、闯关得分而已，这种叙事模式我们在武侠小说中已经非常熟悉。但与金庸、梁羽生的武侠小说不同，网络小说的游戏观更加彻底——不仅有基本的动力模型，而且有基本的观念模型。既然是游戏，就不能那么较真，生活中无法实现的妻妾成群、穷奢极欲都可以在游戏中得偿所愿；既然是游戏，使用“外挂”当然理直气壮，作弊和取巧也无可厚非。由此，在高张的行侠仗义旗帜下，公平和公正被弃之如敝屣。

网络小说《武极天下》是这样做内容介绍的：

"一个梦想进入武府圣地的普通少年，立志追求极致武学。

然而面对竞争激烈的考核，又有世家子弟的借势压人，小小平凡少年如何立足？……

热血的对决，天才的竞争，三尺枪芒，千里直驱，武道极致，独步天下！"①

不难看出，这也是一部以"闯关""升级""夺宝""打怪"为基本动力模型的作品。与所有同类小说一样，主人公虽然小有坎坷，但在"主角的光环"映照之下，终究还是心想事成，一路高歌，踏上了人生的巅峰。于是便有了这样的场景：

"在场武者，哪怕是大界界王圣地出身，可是跟天尊天宫一比，那都是草根，林铭是在用真正的实力告诉他们：出身、资源、师父、传承都差了一截的草根一样有望达到天尊传人的水准！

那一刻，林铭就仿佛封神台上的唯一，主宰天下英豪，傲世世间！"②

最后我们探讨人物这一维度。倘若将网络小说中主人公的社会身份做一个排名，官员、医生无疑占前两名位置。这两个身份的共同特征是"掌控"，前者掌控权力，后者掌控生命。笔者曾经使用起点中文网的站内搜索引擎做过一次粗略的查询，发现站内与"官"相关的作品达到 17 680 部，其中数量最多的是现代都市题材的作品，总量达到 4 968 部；位居第二的玄幻类作品有 2 260 部，第三位的历史类则只有 1 535 部。其次便是以"医""药""丹"为代表性关键词的医生丹师类，起点网站与"医"关键词相关的作品总量达 10 261 部，其中居前三的是都市类 2 562 部、玄幻类 1 501 部、历史类 312 部。现代都市题材同样占据了主流的位置。当笔者继续进行关键词搜索的时候，发现"官"以及与之相关的"宦""仕""领导"等关键词和其在古代的近义词"帝""皇""王""候""将"在作品标题上的出现率在该网站全部作品中达到一半左右。而且玄幻、历史两类题材内容也往往是以"穿越""架空"的方式为现实世界中的失意者提供一个陌生化的展示平台，因此可以说，现实题材，尤其以现代都市生活为背景，关注现代社会权力斗争情景、焦虑于话语权状况的现实题材占据了网络文学创作的主流。

如果我们再进一步对这些作品中的人物命运做一概括，则"逆袭上

① 参见网址：http://www.qidian.com/Book/2470949.aspx。

② 参见网址：http://www.xsjie.com/html/13/13960/4298127.html。

位”或者说“咸鱼翻身”几乎是所有作品中主人公命运的不二选择。由此我们也可以看出，当前的网络文学创作依然是失意者和新兴力量的领地，他们渴望通过颠覆既有秩序获得话语权力，试图通过重建新的想象共同体让自己的价值观成为共有的主流的观念和意志。虽然内容或有不同，但其实质与以往时代新兴力量的诉求并无二致；甚至包括在“穿越”“异界”中的关于生命和不朽的焦虑，与以往文学创作的神话原型也大体相当。“然而神话依然是神话，变动因而仍然遵守某种旨在保留神话素材的原则。”[①]所以虽然杜甫被“忙”，鲁迅被“撤”，新的想象共同体也同时在孕育当中，颠覆的批判色彩会逐步被重建的理性诉求所取代，与此相应的，新的文学生活的时代也将到来。

① [法]克洛德·列维·斯特劳斯：《结构人类学》，北京：中国人民大学出版社，2006年1月，第647页。